尸骨袋

〔美〕斯蒂芬·金 著　宋伟航 译

BAG OF BONES

斯蒂芬·金作品系列
STEPHEN KING

人民文学出版社
PEOPLE'S LITERATURE PUBLISHING HOUSE

著作权合同登记号　图字 01-2024-0194

BAG OF BONES
by Stephen King

图书在版编目(CIP)数据

尸骨袋/(美)斯蒂芬·金著;宋伟航译. —北京:
人民文学出版社,2020(2024.5 重印)
(斯蒂芬·金作品系列)
ISBN 978-7-02-014990-2

Ⅰ. ①尸…　Ⅱ. ①斯…　②宋…　Ⅲ. ①长篇小说-美
国-现代　Ⅳ. ①I712.45

中国版本图书馆 CIP 数据核字(2019)第 018959 号

出 品 人　**黄育海**
责任编辑　**朱卫净　张玉贞**
封面设计　**陈　晔**

出版发行　**人民文学出版社**
社　　址　**北京市朝内大街 166 号**
邮政编码　**100705**

印　　刷　**上海盛通时代印刷有限公司**
经　　销　**全国新华书店等**

字　　数　**500 千字**
开　　本　**890 毫米×1240 毫米　1/32**
印　　张　**16**
版　　次　**2012 年 10 月北京第 1 版**
印　　次　**2024 年 5 月第 3 次印刷**

书　　号　**978-7-02-014990-2**
定　　价　**85.00 元**

如有印装质量问题,请与本社图书销售中心调换。电话:010-65233595

作者小志

由于这本小说牵涉到缅因州儿童监护权的法律问题，所以我向朋友沃伦·西尔弗求教过相关的知识。沃伦是位杰出的律师，他仔细给我指点，期间还跟我提起一种以前用过的怪东西：面罩式速记机。我听了当然马上拿来作恐怖的应用。但若故事里的法律程序有任何错误，要怪就怪我，而非我的法律咨询对象。还有，沃伦也拜托我——看那样子有一点可怜——在我的书里安排一个“好律师”。对此，我只能说我尽力了。

另外也要谢谢我儿子欧文在纽约州伍德斯托克提供技术支持；还有我的朋友（兼“超低价滞销书”乐队成员）里德利·皮尔逊在爱达荷州凯彻姆给予的技术支持。谢谢帕姆·多尔曼帮我读初稿，给予投契又透彻的意见。谢谢查克·瓦利尔付出繁重的编辑心力——查克，这是你到目前为止最出色的一本书。谢谢斯克里布纳出版社的苏珊·莫尔德、娜恩·格雷厄姆、杰克·罗曼诺斯和卡罗琳·里迪等人细心的照顾。最后还要谢谢塔比，有困难时她一定在我身边。谢谢你，老婆。

斯蒂芬·金

仍然献给娜奥米

是啊，巴特比，我心里想，你就躲在你的屏风后面好了，我以后不会再找你麻烦了。你对人无害，又没有声音，跟那些旧椅子一样。总而言之，我一知道你在这里，反而觉得最为隐秘。

——《巴特比》
赫尔曼·梅尔维尔

昨天晚上我又梦到我回曼德雷了……我站在那里，没一点声音，没一点动作。我发誓，我真的觉得那屋子并不是空壳子，而是有生命的，有呼吸的，就像它以前就有过生命似的。

——《蝴蝶梦》
达夫妮·杜穆里埃

火星是天堂。

——雷·布拉德伯里

1

一九九四年八月的大热天，我妻子跟我说要到德里镇的莱德爱药店去补充她鼻窦炎的处方药——我想现在这东西应该已经不需要处方了。那时，我已经写完当天该写的份，便说我去替她买好了。但她说谢了，反正她顺便要到“莱德爱”隔壁的超市去买鱼，可以一兼二顾。她从掌心送我一个飞吻之后，就出门了。之后，我再见到她时，就是在电视荧光屏上了。在我们德里这里，要认尸不必到地下室，穿过墙面贴着绿瓷砖、头上有白色长日光灯管的走廊，不必去看赤裸的尸身由轮床从冰冷的柜子里推出来；只需要走进一间挂着“非请莫入”牌子的房间，看一看电视荧光屏，然后说“是”或“不是”就好了。

“莱德爱”和“惠购”超市离我家都不到一英里，就开在一处小街区的购物中心里面。那里还有一家音像店，一家叫“物尽其用”的二手书店（我的平装版二手书在他们那里卖得很旺），一家“电子小栈”和一家快速冲印店。购物中心在上里丘，威臣路和杰克逊路的十字路口。

她把车停在“百视达”音像店前面，走进“莱德爱”，向乔伊·怀泽尔先生买药。当时他是那里的药剂师，后来调到班戈的“莱德爱”去了。结账时，她挑了一颗老鼠造型的小巧克力糖，里面包了糖稀。我后来发现这颗糖还放在她的钱包里。我撕开包装纸，自己把糖吃掉。那时，我坐在厨房的桌边，她红色手提包内的东西在我面前散了一桌子。吃的时候，我感觉有一点像在领圣餐。等我把糖咽下肚，只剩巧克力的滋味还留在舌尖和喉头时，我哭了出来。我坐在那里，身边散了一堆她的面纸、化妆品、钥匙、几条吃剩的赛滋口香糖。我双手盖在脸上，像小孩子一样号啕痛哭。

鼻窦炎的吸入剂还包在“莱德爱”的袋子里。十二块又一角八分。袋子内还有别的东西，价钱是二十二块又五毛五。我看着那件东西好一阵子，却仍旧无法理解。我觉得意外，甚至震惊，但仍然没有想到约翰娜·阿伦·努南可能有我浑然不知的另一面，至少那时没有想到。

乔[①]结账之后，再度走入屋外亮晃晃的毒辣艳阳里，拿掉脸上的普通眼镜，换上有度数的太阳镜。她一踏出药店略朝外突的风檐(我在这里是用了一点想象力。我想，这应该算是踩到小说家的领域了，但不多，几英寸而已，我保证)，就听到轮胎咬死在人行道上“吱——”的一声，声音凄厉，像是出了车祸，或者差一点要出车祸。

是真的出了车祸——那种白痴X形路口，大概每个礼拜至少要来上一次。一辆一九八九年的丰田，刚从购物中心的停车场出来，左转开进杰克逊路。坐在驾驶座上的是住在拜瑞特果园的埃丝特·伊斯特林太太。陪着她的朋友是艾琳·迪沃西，也住在拜瑞特果园。艾琳在音像店逛了一阵子，没找到想租的片子。暴力太多了，她说。这两位都是“烟枪寡妇”[②]。

埃丝特几乎不可能没注意到那辆橘色的工程车从山丘上面开下来，尽管她跟警方和报社都否认这一点。事后两个月我跟她谈，她也跟我否认。我觉得，她根本就是忘了看路。我老妈以前就跟我说过(我老妈自己也是“烟枪寡妇”)：“老人家最常见的两大毛病啊，关节炎和健忘症。别拿这两大毛病来怪他们出事。”

开工程车的那个人叫威廉·弗雷克，住在“老岬角”。我妻子死的那天，弗雷克先生三十八岁，正打着赤膊开车，急着要冲凉、喝冰镇啤酒——孰先孰后无妨。他和另外三人都已经上工八小时，在机场附近的哈里森大道外沿道路铺柏油。热死人的活儿，热死人的天气！比尔[③]·弗雷克说，对，他是可能开得快了点——在限速三十英里的地方开到了四十。他急着要开车回车库，把车签退缴回，好坐进自己的福特F-150里去，那辆车里就有空调了。还有，那辆工程车的刹车虽然还算好，过得了车检，但远算不上是顶呱呱。弗雷克一看到那辆丰田车从他前面冒出来，就马上

① 乔(Jo)是约翰娜(Johanna)的昵称。

② “烟枪寡妇”(cigarette widow)，老公因烟瘾致死的女人。

③ 比尔(Bill)是威廉(William)的小名。

踩了刹车(当然也按了喇叭),但为时已晚。他只听见轮胎摩擦的厉声尖叫——有他自己车子的,也有埃丝特的。埃丝特发现有危险时已经晚了。他也看到了埃丝特的脸,就那么一下。

“这其实才是最惨的,”我们坐在他家的门廊喝啤酒时,他跟我说。那时已经是十月天,虽然太阳晒在脸上还是暖洋洋的,但我们两个都已经穿上了毛衣。“你知道坐在工程车的驾驶座上离地有多高吗?”

我点点头。

“嗯,她仰起脸来看我——应该说是‘伸长脖子’来看我——阳光照在她脸上,这就看得很清楚她有多老。我记得那时我想,‘真要命! 车停不下来她就要碎得像玻璃碴了!’但一般说起来,老人家反而像是‘老不死’,有可能出乎你的意料之外。我是说,你看看结果就知道了。两个老太太都没死,但你老婆……”

讲到这里,他停了下来,脸颊刷一下涨得通红,像小男生在校园里被女生抓到石门水库没关。很滑稽,但我若是笑了,准会把他搞糊涂。

“努南先生,很抱歉,我从来就管不住这张嘴。”

“没关系,”我说,“反正最糟糕的时候已经过去了。”我在撒谎,但这样才能回到正题。

“总之,”他说,“就撞了上去。好大一声‘砰——’驾驶座那一边嘎扎、嘎扎凹了下去,玻璃也碎了。我摔在方向盘上面,摔得很重,害得我有一个多礼拜呼吸时胸口都痛。这里一大片淤青。”他在胸口的锁骨下面画了一道弧线,“我的头撞上挡风玻璃,撞得很重,玻璃都裂了,头却只肿了一小块儿……没流血,连头痛都没有。我老婆说我一定长了一颗铁头。我看到那个开丰田的女人,伊斯特林太太撞得飞过前排两张座椅中间的排挡杆。后来车子终于停了下来,两辆车在路中央歪七扭八地挤成一团。我下车去看她们怎么样了。我跟你说啊,我原以为她们两个准死。”

但她们两个都没死,连昏过去都没有。只是,伊斯特林太太断了三根肋骨,骨盆移位;迪沃西太太和撞击点隔了一个座位,有脑震荡,因为她的头撞在她那一边的车窗玻璃上。就这样,“经治疗已经出院”,这类事情《德里新闻报》上都这样子写。

我妻子,已故的约翰娜·阿伦·努南,麻省莫尔登人氏,手提包挂在肩上,一只手拿着她的药袋,从她站的药店外面把这场车祸看得一清二楚。她一定跟比尔·弗雷克一样，以为丰田车里的人不是死亡就是重伤。撞击的巨响空洞而决绝，像保龄球滚过球道，卷过午后酷热的暑气；玻璃碎裂的声音，则像它参差不齐的蕾丝花边。两辆车在杰克逊路的车道中央绞成一团，严重扭曲，脏兮兮的橘色卡车森森然压在淡蓝色的进口车上面，居高临下，像凶巴巴的父母亲在厉声责骂缩成一团的子女。

约翰娜一个箭步，冲过停车场朝街道的中央跑过去。她身旁的其他人也跟她一样。其中一位，吉尔·邓巴利小姐，事发当时正在“电子小栈”看橱窗。她说她觉得自己当时好像曾跑过约翰娜的身边，但不敢确定——不过，至少她可以确定有一个人穿着黄色休闲裤。那时，伊斯特林太太已经在尖叫，说她受伤了，两个人都受伤了，有谁可以帮帮她和她的朋友艾琳。

我妻子在跑过停车场过半，也就是那几台自动报纸贩卖机附近的地方，倒了下来。手提包的带子还搭在她肩膀上面，但药袋从她的手里滑落到地上，鼻窦炎的吸入剂也从药袋中滑出一半。另一个东西还在里面。

没人注意到她倒在报纸贩卖机旁边。所有人都只在关注纠成一团的汽车、尖叫求救的老太太、从工程车破掉的散热器外泄在地上的一摊水和防冻液。（“汽油！”快速冲印店的店员冲着大家喊，希望有人注意到。“汽油！小心爆炸！”）我想那些赶去抢救的人里面，应该有一两个人从她身上跳过去，可能还以为她只是昏倒了吧。气温飙高到华氏九十五度①的大热天，他们可能会觉得这没什么不合理。

约有二十多个购物中心里的人围在车祸现场旁边；另外有近五十个人从斯特劳福德公园跑过来，那里正有一场棒球赛。我想，一般人碰上这种情况会说的话，应该都有人说了，搞不好还同时有好几个人说。人们在四周乱转。有人把手伸进一个歪歪扭扭的洞里，拍拍埃丝特不停发抖的老手；这个洞原本是驾驶座的窗口。乔伊·怀泽尔到的时候，大家马上给他让路。在这样的当口，不管是谁穿着白大褂，都绝对是众人瞩目的焦点。远处也传来了救护车幽幽的哀鸣，像焚化炉里袅袅上升的青烟。

就在这一团乱里，就在停车场没人注意的地方，躺着我妻子，手提包还挂在肩头（里面有她没吃的巧克力老鼠，连包装纸都还没撕开），白色的

---

① 等于摄氏三十五度。本书中均为华氏温度。C（摄氏）＝5×（$F_{\text{〈华氏〉}}$－32）/9。

药袋掉在她朝外伸的一只手边。直到乔伊·怀泽尔要赶回药店去拿纱布帮艾琳·迪沃西包扎头部时，才瞥见了她。虽然我妻子俯卧在地上，但他还是一眼就认出她来。他是从她的一头红发、白色套衫和黄色休闲裤认出来的。他认得她，是因为不过十五分钟之前，他才刚招呼过她。

"努南太太?"他开口问，原本要替神色茫然但显然伤势不重的艾琳·迪沃西拿纱布的事，这时被丢到了脑后。"努南太太你还好吗?"但他心里清楚（或说是我猜的，我也可能猜错），她不好。

他替我妻子翻身，还必须双手并用，但即使如此，仍然很费力。要跪下，在停车场上又推又抬，头上顶着能烤焦人的大太阳，之后还要赶忙从柏油路面跳起来。我觉得人死了会变得更重；他们的肉身和在我们的心里，都会变得更重。

她脸上有几块红印子。我去认尸的时候，这些红印子通过荧光屏也还看得很清楚。我才问法医助理那些红印子是怎么回事，自己心里马上就有答案了。八月末的时节，滚烫的人行道，基本常识嘛，华生。我妻子是中暑死的。

怀泽尔站起来，看见救护车已经到了，便朝救护车跑过去。他挤过围观的人群，一把抓住正从驾驶座上下来的那个救护员。"那边有一个女人。"怀泽尔指向停车场。

"老兄，我们这里就有两个女人再加一个男人，"救护员说完就想走人，但怀泽尔不依。

"先别管他们，"他说，"他们大致都还可以。那边的女人就不一样了。"

那边的女人死了，我敢说乔伊·怀泽尔心里知道……他知道轻重缓急，这一点要肯定他。他也挺有说服力的，说动了那两个救护员从纠成一团的工程车加丰田那边挪步外移，暂时不管埃丝特·伊斯特林喊痛的惨叫和旁观的"希腊歌咏大队"①不满的咕哝。

他们赶到我妻子身边时，一个救护员很快就证实了乔伊·怀泽尔先前估计得没错。"真糟糕，"另一个说，"她怎么会这样?"

---

① "希腊歌咏大队"，希腊戏剧都有歌咏队（chorus）在戏台上担任旁白解说，此处指围观议论的人群。

“心脏的问题吧，这最有可能。”头一个救护员说，“一时紧张，心脏就跳不动了。”

但问题不在她的心脏。验尸结果发现她的脑部长了一个动脉瘤，可能跟着她有五年的时间了，一直无声无息。可就在她一个箭步跑过停车场朝车祸现场冲过去时，她大脑皮层里那一条脆弱的血管就像轮胎爆胎一样爆裂了，脑子的控制中枢因此淹在一片血水里，进而要了她的命。法医助理跟我说，虽然可能不是立即死亡，但时间应该也很快……她绝对没吃什么苦。就像忽然有一大团黑影当头罩下，人还没摔到人行道上，所有的感觉和意念就已经全部消失了。

“有什么我可以帮忙的吗？努南先生？”法医助理在问我的时候，轻轻推着我转了个方向，不让我再盯着荧光屏上动也不动的脸和紧闭的眼看。“你有什么问题要问吗？我能答的一定尽力。”

“只有一个。”我说。我跟他说她死前在药店里买了些什么，然后问了我要问的问题。

接下来到举行葬礼的那几天，还有葬礼的过程，在我的记忆里都像做梦一般——我记得最清楚的，只是把乔的巧克力老鼠吃掉，然后痛哭失声……我想，我哭，主要是因为我知道这巧克力的滋味消失得会有多快。她下葬后过了几天，我又痛哭了一场。不过，这我稍后再跟各位详述。

我很高兴乔的家人都来了，尤其是她的大哥，弗兰克。就是靠弗兰克·阿伦——五十岁，两颊红扑扑的，虎背熊腰，一头茂密的黑发——才把事情打理得好好的……事实上，他到最后居然还跟葬仪公司的人“杀价”。

“想不到你还来这一招。”后来我们坐在杰克酒吧的雅座喝啤酒时，我对他说。

“他存心要敲你一笔，迈克，”他说，“我最讨厌这样的人。”他伸手到后裤袋，摸出一条手帕，不经心地抹了一把脸颊。他的情绪没失控——阿伦家没有一个人失控的，至少在我面前没有——但弗兰克整天都在流泪，看起来像得了严重的结膜炎。

阿伦家总共有六个孩子，乔是最小的一个，也是独生女，从小一直是上面几个哥哥娇宠的宝贝。我觉得若她的死跟我有一点关系的话，她那五个哥哥准会徒手把我碎尸万段。结果，现在反而是他们联合起来，在我身边织了一张保护网。这感觉不错。我想，没有他们，我应该还是熬得过去，但就是不知道会是怎么个熬法了。我才三十六岁，记得吧。有谁会想到自己在三十六岁的时候就替妻子办葬礼？她还小我两岁呢。在这年纪，死是我们两个脑子里最难找到的字。

“有人从你的车里拿走音响被逮了，他们一定说这是盗窃罪，送他去坐牢。”弗兰克说。阿伦家是麻省人，弗兰克的口音还听得出来有莫尔登的乡音——“被逮”念成“被抬”，“车子”念成“褶子”，“说这是”念成“说彻是”——“但这家伙把三千块的棺木用四千五卖给丧妻的伤心老公，就可以说是生意，还恨不得请他到扶轮社①的午餐会演讲。贪得无厌的混账！我就是要他吃不了兜着走，对吧？”

“对，是这样。”

“你还好吧，迈克？”

“还好。”

“真的？”

“妈的我怎么知道？”我反问他一句，声音大得惹来附近雅座的几个人转过头看。接着：“她有孩子了。”

他的脸倏地没有一点表情：“啊？”

我拼命压下自己的声音：“她怀孕了。六七个礼拜，从……你知道，从验尸知道的。你知道这件事吗？她跟你提过吗？”

“没有！天啊！没有！”但他脸上有怪怪的表情，好像她是跟他说了些什么事。“我只知道你们一直在努力……她说你的精子数量比较少，可能需要等长一点的时间，但医生觉得你们可能……迟早你们还是可能……”他的声音愈来愈低，低头看着自己的手。“他们看得出来，啊？他们做过检查？”

“他们看得出来。至于检查，我就不知道他们是主动做检查还是怎样。我自己问出来的。”

“你为什么要问？”

“她死前不只买了鼻窦炎的药，也买了那种居家验孕剂。”

---

① 扶轮社(Rotary Club)是一个由商人和职业人员组织的全球性慈善团体。

“你自己什么都不知道？没看出一点端倪？”

我摇了摇头。

他从桌子另一头伸过手来，捏了一下我的肩膀：“她只是想先确定再跟你说，没别的。你也知道，对不对？”

去补充我的鼻窦炎药，再买鱼，这是她说的。跟平常没两样，不过是一个女子出门去办几件杂事。我们一直都想要有小孩，想了八年，但她那样子跟平常没两样。

“对，”我说，伸手拍一拍弗兰克的手，“对，大块头，我知道。”

*　*　*

约翰娜的告别仪式是阿伦家处理的，由弗兰克领军。我由于是家里当作家的人，因此分到了写讣告的差事。我哥哥从弗吉尼亚州来参加告别式，带着我妈和我的姨母；阿伦家分派他在开放亲友瞻仰遗容时主掌来宾留言簿。我妈——她从头到脚都算得上是六十六岁的“老糊涂”，只是医生一直不肯宣判她得了老年痴呆症——和她妹妹住在孟菲斯。我这位姨母小我妈两岁，糊涂的程度也只少一点点。她们两个负责在葬礼的餐会上切蛋糕和派。

其他的事，就全都由阿伦家的人打理，从瞻仰遗容的时间到葬礼的细节等等。弗兰克和老四维克多作简短的致辞，乔的父亲负责祈祷，让女儿的灵魂安息。最后，夏天替我家除草、秋天替我家扫落叶的那个男孩子，皮特·布里德洛夫，以一首圣诗《有福的确据》，唱得人人动容掉泪；弗兰克说这是乔小时候最喜欢的一首圣诗。至于弗兰克是怎么找到皮特这孩子的，还说动了他在葬礼上献唱，这我就永远搞不清楚了。

我们就这样熬了过去——礼拜二下午、傍晚的瞻仰遗容，礼拜三早上的告别式，然后是在绿茵墓园里举行的小祈祷会。我记得最清楚的，是我心里一直在想怎么这么热；在想没有乔可以讲话，我这个人就像连魂都没了；在想我真该买一双新鞋。乔看见我脚上穿的这一双准会唠叨——若她还在的话。

后来，我又跟我哥哥锡德谈了一下，跟他说我们两个一定要趁我妈和弗朗辛姨母在垂暮之年的迷离幻境里走失之前，先替她们作一点安排。她们住养老院还不够老；所以，锡德有什么看法呢？

锡德是有提议，只是，要命的是我想不起来他提议了什么。我只记得自己同意了他的提议，但就是想不起来他说了什么。那天再晚一点时，锡德、老妈和姨母一起坐进锡德租来的车，开往波士顿。他们先要在波士顿过夜，隔天再赶“南湾”①的火车回家。我老哥还算乐意护送两位老人家，只是他不肯坐飞机，哪怕机票算我的也不行。他说天上又没有紧急停车道，万一飞机引擎坏了怎么办？

阿伦家的人大部分隔天就走了。天气还是一样热得会死人，大太阳在热气氤氲的天际闪着亮晃晃的光，罩在万事万物上面，像融化的黄铜。他们站在我们的屋子前面——不，那屋子已经算是我一人独有了——身后的路边停了三辆出租车在等他们。几个傻大个儿站在四散的行李袋旁，搂搂抱抱，用浓浊的麻省乡音互道珍重。

但弗兰克多留了一天。我们在屋子后面挑了一大束花——不是那种闻起来很恐怖的温室花朵，那种花的香味，我一闻就会想起死人和管风琴；而是户外长的真花，乔最喜欢的花——插在两个咖啡罐里，咖啡罐是我在后面的餐具间里找出来的。然后，我们两个人到绿茵墓园，把花放在新砌的墓碑前面，又顶着毒辣的大太阳，在墓碑前面小坐了一会儿。

“她一直是我生命里最美的那部分。”过了好一阵子，弗兰克终于开口，声音很怪，像憋在胸口里面出不来。“我们从小就把乔照顾得好好的，我们几个做哥哥的。没人敢欺负乔，我跟你说。有谁敢，我们就要他吃不了兜着走。”

“她跟我说过很多你们的事。”

“棒吧？”

“对，都很棒。”

“我会很想她。”

“我也是，”我说，“弗兰克……是这样子的……我知道她跟你最亲。她难道从没打电话跟你说，比如她月经没来或早上不舒服什么的？你就跟我说吧，没关系，我不会生气。”

“可是没有啊，我对老天爷发誓。她早上会不舒服吗？”

“我没见过。”就这样。我什么也没发现。当然，那时我正在写书，而我每逢写书的时候，通常都会神游太虚。只是，她知道我神游的太虚在哪

① “南湾”(Southern Crescent)，美国国铁(Amtrak)从纽约市开往新奥尔良的一条线路。

里，一定找得到地方，把我摇醒过来。但她怎么没有呢？有喜的事，她为什么要瞒着大家呢？不到确定时不肯跟我说，是有这种可能……但就是不像乔会做的事。

“儿子还是女儿？”他问我。

“女儿。”

我们结婚后没多久，就开始给孩子挑名字，只等孩子来报到。儿子要叫安德鲁；女儿就叫凯娅。凯娅·简·努南。

弗兰克离婚六年，一人独居，所以留下来陪我一阵子。我们回家去时，他说：“我担心你呢，迈克。你又没几个家人让你在这时候可以投靠的，仅有的那几个还都住得那么远。”

“我会好好的。”我说。

他点一点头：“唉，我们每个人都这么说，对吧？”

“我们每一个？”

“男人啊。‘我会好好的。’就算不好，也会藏着不让别人知道。”他瞅着我看，眼角还在泛泪光，一只晒得红红的大手上拿着一条手帕。“你若心情不好，迈克，又不想打电话给你老哥——我注意过你看他的眼神——那就把我当作是你老哥，好吗？我这是在帮乔，不是你。”

“好。”我说，对他的好意既尊重又感激，但也知道自己绝不会做这样的事。我绝不会打电话跟人求助。虽然从小父母教的就是这样，但那倒也不是主因——至少我自己不觉得——而是因为我天生就是这性子。约翰娜说过，我这人若是一头掉进旧怨湖要淹死了——我们在旧怨湖有一栋避暑别墅——我也会一个人闷不吭声，就算是死在离公共岸区不过十五英尺的地方，也不会开口喊救命。这不是爱或感情的问题。这些我都可以给，也都可以拿。我跟任何人一样，也会觉得痛苦。我也有拥抱别人、被别人拥抱的需要。唯独有人问我：“你还好吗？”我就是没办法说不好。我就是没办法说：请你帮帮我。

一两个小时后，弗兰克走了，要南下到州界的南端去。当他打开车门时，我发现他在听的有声书正是我的作品，颇为感动。他搂了我一下，接着吓我一跳——他凑上来，在我的唇上亲了一下，重重的一咂。“要找个人谈的时候，一定要打电话来，”他说，“要找人做伴的话，尽管来找我。”

我点一下头。

“自己凡事小心。”

这让我有一点惊愕了。酷热加上悲伤，弄得我过去那几天一直觉得自己好像在做梦，但这时，却像一语惊醒梦中人。

“小心什么？”

“我不知道，”他说，“我不知道，迈克。”说完就坐进车里开车走了。他长得那么魁梧，车子却那么小，坐在里面像把车子穿在身上一样。那时太阳也要下山了。各位知不知道八月的大热天，太阳要下山时是什么样子？一团橘红色，还像被压扁了，活像有一只看不见的手正搭在这个火球上面朝下压，而这一团火球也随时会像吸了一肚子血的蚊子一样啪地爆掉，把血溅得地平线上到处都是！那时就是这样。东边的天已经黑了，传来隆隆的雷声。但那天晚上没有下雨，只是暗沉沉的，又重又闷，人像罩在毛毯下面。我则是老样子，一屁股坐到电脑前面，写上一个小时左右。写得相当顺；我记得是这样。各位知道，就算不顺，也可以打发时间。

我第二次哭，是在葬礼过后三四天。当时，那种像在做梦的感觉还没走。我照样走动，照样讲话，照样接电话，照样写我的书——这书在乔死的时候，已经完成了将近百分之八十——但始终有一种明显的断线的感觉，觉得不管什么事，都和我这个真人隔着一段距离，我不管做什么都像是在茫然敷衍。

丹尼丝·布里德洛夫，皮特的妈妈，打电话来问我要不要让她带两个朋友在下礼拜找一天到我家来，替我现在独居的这栋又老又大的爱德华式屋子来一次从里到外的大扫除——在这屋子里晃，你会很像一颗豆子在特大号的罐头里面滚过来晃过去。她说只收一百美元，她们三个分就好，而最主要的原因是，不做大扫除对住在里面的我不好。家里有人死后，都要做一次大扫除，她说，就算不是死在家里也一样。

我跟她说这主意不错，但我要付她们每人一百块钱，六小时的工。六小时到后，一定要完工。就算没办法完工，我跟她说，也就算完工吧。

“努南先生，不用这么多。”她说。

“不管多是不多，我就付这么多，”我说，“你们要做吗？”

她说她做，怎么会不做。

说不定大家都猜得到，那天傍晚在她们到达之前，我自己就先在屋子里巡了一圈，做一次大扫除前的小扫除。我想我是不想让这几位太太（这里面可有两位是我根本不认识的人）看到她们会脸红或我自己会脸红的东西吧：搞不好会有一双约翰娜的丝袜塞在沙发靠垫后面（“我们常忍不住在沙发上哎，迈克，”她跟我说过，“你有没有注意到？”），或露台的情人座下面躲着几个啤酒罐，要不就是马桶没冲！其实，我根本说不清楚我在找什么，那种梦游的感觉还是牢牢扣在我的脑门儿上。那几天我脑子里最清楚的，要么是我正在写的小说的收场（疯子杀手把我的女主角骗到一栋高楼上，想把她从楼顶推下来），要么就是乔死的那一天买的“诺可居家验孕剂”。鼻窦炎的药，她说；鱼，晚餐时用，她也说，而她的眼神看不出一丝异样需要我再端详一下。

*　*　*

等我的“小扫除”快要完工时，我看了一下我们的床底，看见乔睡的那边有一本翻开的平装书摊在那儿。她没死多久；只是，居家的领域少有地方会像“床底国度”那样可以积那么多灰。我把那本书拿出来，蒙尘的封面刹时让我想起了约翰娜的脸和双手在棺木里的样子——乔已经到了地底的黄泉。棺木里会积灰尘吗？当然不会，只是……

我把这念头硬压下去不想。虽然看起来像压下去了，但那一整天它就是不时要探出头来，像托尔斯泰的白熊①。

约翰娜和我都在缅因大学主修英语文学。我想，我们跟很多人一样，都爱上了莎士比亚的音韵和罗宾逊的蒂尔伯里嘲谑②吧。只是，真能把我们两个紧紧绑在一起的作家，不是学院派偏好的诗人或散文名家，而是毛姆这位老前辈。这个走遍世界的小说家、剧作家，爬虫类的脸后（在相片中好像老是遮在氤氲的烟气后面），藏着一颗浪漫的心。所以，发现床

---

① 据说托尔斯泰（Tolstoy）小时候最爱玩的游戏，是在家里的深宅大院里找一根绿棍子。那根绿棍子上面刻着人世幸福的最大秘密，要找到这一根棍子的诀窍，是心里绝不能想着白熊。只是，托尔斯泰的哥哥要他别老想着白熊，托尔斯泰的脑子却扔不开白熊。

② 得过普立策诗歌奖的美国诗人埃德温·罗宾逊（Edwin Arlington Robinson，1869—1935），以戏剧独白的笔法，通过虚构的蒂尔伯里小镇（Tilbury Town），刻画他那时代的新英格兰情貌，大量运用日常口语入诗，反映清教徒对人类道德败坏的愤慨和讥诮。

底下的书是《月亮和六便士》,我并不那么意外。我自己高中时就读过了,读了还不止一次,而是两次,对书里的查尔斯·思特里克兰德①一角,大感心有戚戚(不过,我想去南洋当然是写作,不是画画)。

她从废弃的扑克牌里拿了一张来做书签。我翻开书时,不禁想起我们刚认识时她跟我说过的话。在"二十世纪英国文学"的课堂上讲的,可能是一九八〇年吧。约翰娜·阿伦那时是热情急躁的大二学生,而我已经四年级了,会选"二十世纪英国文学",纯粹是因为在大学的最后一学期比较闲,有这时间。"再过一百年,"她那时说,"二十世纪中叶的文学评论家会因为拥戴劳伦斯、忽视毛姆而蒙羞。"这番话立刻引来一阵没有恶意但不表苟同的轻笑(他们都知道《恋爱中的女人》是人类笔下有数的伟大邪书),但我没笑。我就此坠入爱河。

那张纸牌夹在第一〇二页和一〇三页中间——戴尔克·施特略夫刚发现妻子已经离开他,投向毛姆版的保罗·高更——就是思特里克兰德。叙事者想给施特略夫打气:好兄弟啊,别伤心,她会回来的……

"说的比唱的好听。"我自己在房间里咕哝一声;现在,这房间全归我一人所有。

我翻过这一页,就读到下面这一段:思特里克兰德的这种叫人无名火起的冷静叫施特略夫再也控制不住自己了。一阵狂怒把他攫住;他自己也不知道做的是什么,一下子便扑到思特里克兰德身上。思特里克兰德没有料到这一手,吃了一惊,踉跄后退了一步,但是尽管他久病初愈,还是比施特略夫力气大得多。不到一分钟,施特略夫根本没弄清是怎么回事,就已经发现自己躺在地上了。

"你这个小丑。"思特里克兰德骂了一句。

这时,我忽然想到,乔再也不可能翻页,看到思特里克兰德骂可怜的施特略夫小丑了。刹时像是灵光一闪,开了天眼一般——那感觉我永远不会忘记!我怎么忘得了?那是我这辈子最痛苦的一刻——我知道了,这不是可以改正的错误,这不是醒来就不见的梦。约翰娜

---

① 英国小说家毛姆(W.Somerset Maugham,1875—1965)在《月亮和六便士》(*The Moon and Sixpence*)里面,刻画主人翁在追逐理想和传统羁绊间的挣扎,月亮和六便士分别代表梦想和现实。书里的画家查尔斯·思特里克兰德(Charles Strickland),是毛姆以法国画家保罗·高更(Paul Gauguin)为本而写就的。

死了。

悲伤顿时带走了我全身的力量。若不是床就在身边，我准会一头朝地板栽下去。我们的泪，是从眼里流下没错吧，我们身上也只有眼睛会流下泪水。然而，那天傍晚，我却觉得全身上下的毛孔都在哭泣，我整个人上上下下、里里外外都在哭泣。我坐在她睡的那半边床上，手中拿着她那本满是灰的平装本《月亮和六便士》，号啕大哭。我想，我那时心里的惊，不亚于痛。虽然已经在高清晰度的荧光屏上认过尸，确认了身份；虽然已经办过葬礼，皮特·布里德洛夫也用他甜美清润的高音唱过《有福的确据》；虽然已经在坟边办过祈祷会，说过尘归尘、土归土，我却始终没真的相信过。这一本企鹅平装书，帮我做到了那一具灰色大棺木做不到的事：这一本书明确跟我指出，她已经死了。

“你这个小丑。”思特里克兰德骂了一句。

我躺在我们的床上，双臂交叉盖在脸上，哭到力尽睡去，跟小孩子闹脾气时一样，结果做了一个噩梦。我在梦里醒了过来，看见《月亮和六便士》还放在我身边的被单上，就决定把书放回床底先前找到它的地方。各位也知道梦境会有多混乱——梦里面的逻辑可以像达利画的钟一样，轻软得可以挂在树枝上，像毯子般翻折下来。

我把纸牌书签夹回第一〇二页和一〇三页之间，食指一翻，就把“你这个小丑。”思特里克兰德骂了一句这一句盖掉，一劳永逸。然后我侧躺着，头垂在床沿，想把书放回原先找到它的地方。

但乔就躺在床底下的灰尘里！一张蜘蛛网从床底的弹簧垂下来，像羽毛般轻拂在她的脸颊上。她的红发看起来很干，眼睛倒是幽深、警醒，在惨白的脸上显得很哀怨。她一开口，我就知道死把她逼疯了。

“把那给我！”她气呼呼地说，“那是我的集尘网！”我还没来得及把书还给她，她就一把把书从我手里抢走。我们的手指头碰了那么一下，她的手指冰得像霜降后的树枝。她把书翻到她原先摊开的地方，纸牌便从书里飘落。她把这一本毛姆盖回脸上，像是她的文字裹尸布。等她交叉起双手摆在胸口，躺着不动之后，我想起来了：她穿的正是我替她选的蓝色连身裙寿衣。她从坟里跑出来躲到我们的床底下！

我猛地从梦里醒来，惊叫压在嘴里，痛苦得抽搐一下，差一点就从床上滚下去。我睡得不久——脸颊上的泪痕都还没干，眼皮也有哭过一场才有的怪怪的、胀胀的感觉。只是，梦里的情景太鲜明，所以我真的侧翻过去，把头伸到床沿下面，朝床底下看。我要看她是不是就躺在那里，脸上盖着书；要看她是不是会伸出冷冰冰的手指头，朝我摸过来。

只是，还用说吗？床底下什么也没有。梦，就只是梦。尽管如此，那一晚，我还是改到书房的长沙发上睡觉。我想，那是正确的决定，因为那天晚上我再也没做梦。一夜好眠，什么也没梦到。

2

结婚十年，我从没有过“写作障碍”的毛病，约翰娜死后也没有马上出现。其实，这是因为这情况对我太过陌生，所以，在我注意到有事情不太对劲时，病症早就来了不知多久。我想，这是因为我在心里面认定，唯有承蒙《纽约时报书评》惠予讨论、解构、偶尔嗤之以鼻的“文学”作家，才会犯这毛病。

我的写作生涯和我的婚姻生活几乎是重叠在一起的。我的第一部小说《二就是双》的初稿，是在乔和我正式订婚不久之后完稿的（那天，我忽然拿出一个猫眼石戒指套在她的左手中指上。那是我在戴氏珠宝店花了一百一十块钱买的，在当时算是有一点超过我的经济能力，但约翰娜看起来还是高兴得要命）。而我的最后一部小说《从巅峰直坠而下》，则是在她宣告死亡后一个月完工。这本书写一个疯子杀手专爱找高楼动手杀人，于一九九五年秋天出版。在那之后，我还出了几本小说——听起来有一点矛盾，但我可以解释——只是，我想，在这以后，有好一阵子不会有迈克·努南的小说出现在任何榜单上了。我现在知道“写作障碍”是怎么回事了，好吧？我不想知道也不行。

那一天，我磨磨蹭蹭地把《二就是双》的初稿拿给乔看，她只花了一个晚上就读完了。她窝在她最喜欢的一张椅子上，身上只穿了一条小内裤，再套一件T恤，T恤前胸印了一头缅因州黑熊，一杯又一杯地把冰红茶往肚子里灌。我则是躲到车库（那时我们的经济状况还不稳，所以在班戈和另一对夫妻合租一栋房子……唔，不对，乔那时和我还没正式结婚，只是，据我所知，她也从没把那个猫眼石戒指从她的手指头上拿下来），在里面像无头苍蝇一样乱走一通，觉得自己好像《纽约客》漫画里的角色——等在产房外的那些怪家伙。我记得我还弄坏了一套三岁小孩也拼得起来的鸟舍组装玩具，差点切掉自己的左手食指。每隔二十分钟，我就回屋里偷瞄一下乔。就算她发现了，当时也没让我看出来。我就把这当作是乐观的征兆好了。

当她从屋里出来时，我正坐在后门的台阶上，抬头看天上的星星，抽烟。她坐到我身边，伸出一只手搭在我的颈背上。

"怎样？"我说。

"很棒啊，"她说，"你现在要不要进屋里来嘿咻一下？"我还没回答，她穿的那条小内裤就掉在我的大腿上，带着轻轻一声尼龙的轻叹。

* * *

之后，躺在床上吃橘子的时候（这坏毛病后来我改了），我问她："好得可以出书吗？"

"这个啊，"她说，"出版这迷人的行业，敝人啥也不懂。只是，我从小到大专看好看的书——《好奇猴乔治》①是最早的一本，你若想知道——"

"我不想。"

她再朝我靠过来，剥了一瓣橘子送进我嘴里，温热的胸脯抵着我的手臂，好不挑逗。"——而我读这一本时，觉得好看得不得了！所以，照我看啊，你在《德里新闻报》当记者的命绝对过不了菜鸟这一关。我看我是注定要当作家夫人啦。"

她这一番话听得我精神大振——其实，听得我连手臂都起鸡皮疙瘩了。对，出版这迷人的行业她是啥也不懂，但她若有信心，我若有信心……

① 《好奇猴乔治》（*Curious George*）是美国童书作家夫妻档汉斯·雷（Hans Augusto Rey）和玛格丽特·雷（Margaret Rey）合著的著名童书绘本，书里调皮捣蛋又好奇成性的猴子乔治，被人从非洲带到美国的大城市后，有了许多搞笑冒险的经历。从一九四一年出版第一册以来，广受美国民众欢迎，直到一九六六年为止。

信心真的就是最正确的道路。通过以前教过我创意写作的老师介绍(他也读了我的小说,给了几句不痛不痒的赞美,明褒实贬,我想是他觉得我这小说走商业路线等于离经叛道吧),我有了经纪人,而这位经纪人帮我把《二就是双》卖给了兰登书屋。他们是头一家审阅这部小说的出版社。

乔对我的记者生涯所作的预言也很准。我又花了四个月采访花展、短程加速赛、豆子宴①,周薪不过百元上下,才等到兰登书屋的第一张支票——扣掉经纪人的佣金后两万七。所以,我在他们的新闻编辑室还没待到第一次小小的调薪就闪人了。但他们不管怎样还是替我办了一场欢送会。现在我想起来了,地点是在杰克酒吧。他们在后面包厢的桌子上方挂了一条横幅:“祝迈克万事顺利——写作不辍!”后来我们回到家时,约翰娜说,若嫉妒是强酸的话,我应该只剩身上的腰带扣和嘴里的三颗牙了。

后来,上床后,熄了灯——两人吃光最后一瓣橘子,抽完最后一根烟——我说:“该不会有人拿它跟《天使,望故乡》②相提并论,对吧?”我指的是我的小说。她很清楚,就像她同样清楚我对创意写作老师对《二就是双》的反应颇感沮丧。

“你别拿怀才不遇那一套屁话来烦我,行不行?”她半坐起来,靠在一只手肘上。“如果真想说,就现在说个痛快,那我明天早上第一件事,就是去翻‘离婚自己来’的实战手册。”

她这话把我逗乐了,但也有一点受伤。“你也看到了兰登发的第一份新闻稿,”我知道她看过了,“他们只差没说我是‘带把的弗吉尼娅·安德鲁斯’③,天哪!”

“哦,”她说,轻轻抓住我讲到的那东西,“你是真的有‘把’嘛。至于他

---

① 短程加速赛(drag race),全长只有四百英尺的短程高速赛车。豆子宴(bean supper,或作bean feast),农庄雇主一年一度宴请雇工的宴会,因为吃食中必有熏肉豆拼盘,故得此名。现已衍伸指众人的宴会。

② 《天使,望故乡》(*Look Homeward, Angel*)是美国小说家托马斯·沃尔夫(Thomas Clayton Wolfe, 1900—1938)写的小说。另一美国著名家作家威廉·福克纳(William Faulkner, 1897—1962)虽有美国“失落的一代”文学祭酒之誉,却在沃尔夫死后,标举沃尔夫的作品胜过自己,他只能排名第二。

③ 弗吉尼娅·安德鲁斯(Virginia Cleo Andrews, 1923—1966),人称V.C.Andrews,美国恐怖小说女作家,主题多以家庭秘史和禁忌的爱为出发点。死后出版的《阁楼里的小花》(*Flowers in the Attic, 1979*)是最轰动的名作。由于盛名太响,销路太大,她死后家人雇了影子写手以她的名号继续写恐怖小说。

们说你是……迈克，我三年级的时候，那个帕蒂·班宁就说我是'鼻屎老奸'。你说我是吗？"

"印象决定一切。"

"胡说八道！"她还是握着我的"把"，但现在用力一捏，有一点痛，却又无比畅快。这色迷迷的"裤裆鼠"在那时候可是荤腥不忌，只要量多就好。"快乐决定一切。你写作的时候快乐吗，迈克？"

"快乐。"反正她也只知道在乎这些。

"你写作时会觉得有愧于心吗？"

"我写作的时候，天塌下来也不管，除了这一件。"说完，我一翻身爬到了她身上。

"哎哟！"她的声音好不娇羞，每次都撩拨得我心痒难耐。"有一根'把'夹在我们中间哦！"

就在我们翻云覆雨的时候，我领悟到一两件事，都是好的：她说她喜欢我写的书，是说真的（唉！光是从她窝在安乐椅上读稿的样子就可以知道：一绺鬈发垂在眉间，两条光溜溜的腿蜷缩在身子底下）；因此，我对我写的东西没什么好丢脸的……至少在她眼里没什么好丢脸的。还有一样，也是好的：她的印象加上我自己的印象，合起来才是婚姻该有的"双眼并用"，才正是我该在乎的"印象"。

谢天谢地她是毛姆迷。

我就这样当了十年的"带把的安德鲁斯"……该说是十四年吧，若把约翰娜死后的那几年也加进去的话。头五年在兰登书屋，后来我的经纪人从普特南出版社要到了高价，我就跳槽了。

各位一定在很多畅销书榜上看过我的名字……这也多亏各位礼拜天看的报纸登的畅销书排行榜是列到前十五名，而不是前十名。我从来没克兰西、勒德拉姆、格里沙姆①的分量，但我还是出了不少精装本（这一

---

① 克兰西（Thomas Leo Clancy，1947—2013），美国作家，偏好政治题材，著有《爱国者游戏》（*Patriot's Game*）、《猎杀红色十月》（*The Hunt for Red October*）等。勒德拉姆（Robert Ludlum，1927—2001）的笔调类似约翰·勒·卡雷（John Le Carré），名作有伯恩（Bourne）三部曲和《死亡拼图》（*The Parsifal Mosaic*）。格里沙姆（John Grisham，1955—　）也是美国百万畅销名家，主题偏重法律界。

点，安德鲁斯就始终没有过，哈罗德·奥布洛夫斯基跟我说——他是我的经纪人——这位夫人最多只是平装本明星)，有一本书还蹿到了《纽约时报》畅销榜的第五名——那是我写的第二本书《红衫男子》。只是说来讽刺，挡在我前面让我上不去的那几本书，有一本是赛德·波蒙特①写的《钢铁机器》。波蒙特家那时候在城堡岩有一栋避暑别墅，就在我们旧怨湖的房子往南不到五十英里的地方。赛德现已过世，自杀死的。我不知道他的死跟写作障碍有没有关系。

我就这样站在百万畅销作家的神奇圈子外围进不去，但我从没放心上。我三十一岁的时候，名下已经有了两栋房子：德里的这一栋漂亮的爱德华式老屋；在缅因州西部另有一栋湖边的木屋，还够大，算是可以住人的民宿。湖边木屋有个名字："莎拉笑②"，当地人这样叫这木屋都有一百年了。别的夫妻在我们那年纪，未经一番奋战还没办法替自己的第一个家争取到贷款，要到了一点还觉得自己命好，我们却已经有了两栋房子，名下还没一丁点债务。我们两个都没病没灾，不闹外遇，"玩乐骨头"也一根没散。没错，我不是托马斯·沃尔夫(我连汤姆·沃尔夫或托拜厄斯·沃尔夫③都算不上)，但我爱做的事还相当赚钱，这世上没有比这更好的行当，简直像拥有偷窃执照似的。

所以，我有一点像二十世纪四十年代的中段班④小说作家：评论不睬，走的是类型路线(我的类型就是漂亮的年轻女子孤身遇上迷人的陌生男子)，但报酬优渥，享有如内华达公娼那一等级的不入流认可。人性比较低下的本能需要找出口宣泄，因此，总有人该做这档子事吧。而我做起这档子事来，还相当带劲儿呢(有时乔当起共犯也很带劲儿，尤其是在书里的情节走到特别麻烦的十字路口时)。就在老布什当上总统的那一阵子前后，会计师跟我们说，我们已经是百万富翁了。

---

① 赛德·波蒙特(Thad Beaumont)是斯蒂芬·金另一本小说《黑暗的另一半》(*The Dark Half*)里的作家男主角。

② 原文为 Sara Laughs。

③ 汤姆·沃尔夫(Tom Wolfe, 1931—)是以一身白色西装外套为标志性服装的美国著名记者、作家，原名是 Thomas Kennedy Wolfe。托拜厄斯·沃尔夫(Tobias Wolff, 1945—)，在斯坦福大学教文学和写作的作家。

④ "中段班"的原文为 midlist，指在书籍畅销榜不上不下的位置，虽非大红大紫，但也不是没有稳定的销路。

我们的钱是还没多到可以（像格里沙姆一样）买喷气式飞机来玩，也买不起美式职业足球队（克兰西），但以缅因州德里镇的标准，享受是够了。我们上床千百回，看电影千百次，读书千百本（乔通常都把她每天读的书摆在她睡的那一边床底下）。不过，我们最大的福气可能还是：我们始终都不知道幸福的时光有多短暂。

我有好几次都觉得打破仪式便是写作障碍的成因。我在白天可以把这想法成迷的胡言乱语给打发掉，但到了晚上，就没那么好打发了。晚上，你的思绪就很讨厌，会像脱缰野马一样到处乱跑。如果你成年后的大部分时间都在构想小说的情节，那我敢说，你的缰绳还会更松，野马也更不肯乖乖就缚。不知是萧伯纳还是王尔德说过，作家这一种人就是要脑子有办法胡思乱想才行。

而我这突如其来、意料之外（至少在我的意料之外）的"不语之症"，若有部分成因要归咎于打破仪式，真的会太牵强吗？各位若是在"编故事"的土地上找饭吃，那"真实"和"逼真"二者的分界线会变得比较模糊。所以才会有画家没戴某一款帽子就没办法作画，才会有棒球选手打得顺手的时候绝不肯换袜子。

我的仪式是在写第二本书时出现的，我记得那是唯一让我神经紧张的书——我想是因为我吸收了太多"二年级魔咒"①吧：有一本书畅销可能只是一时侥幸。我记得大学上"美国文学"时，有一个讲师说过，现代的美国作家也只有哈珀·李②找到过不做蠢事也能避开第二本书忧郁症的办法。

我在《红衫男子》写到近结尾时，忽然停笔，没一口气把它写完。那时，德里镇班顿街的那一栋爱德华式老房子还要再两年才会是我们的，但我们已经买下了"莎拉笑"，就是旧怨湖边的那栋木屋（那时木屋的装潢跟后来绝对没得比，乔的工作室也还没盖，不过，还是不错）。所以，当时我们是住在那里的。

我从打字机前（我还在用那台 IBM 老式打字机）起身，走进厨房。那是

---

① "二年级魔咒"（sophomore jinx）是美国运动界的行话，指新秀冒出头后，第二年往往陷入瓶颈，遇到重大考验。

② 哈珀·李（Harper Lee，1926—　），写《杀死一只知更鸟》（*To Kill a Mockingbird*，1960）的美国女作家。她写完这本小说之后就没再写了。

九月中的时节，度假的人大部分都已经走了，湖上潜鸟的叫声美得无法言喻。太阳已经下山，湖面变成一汪平静、清凉的火盘。这是我记忆里最鲜明的几段之一，鲜明到我有时还会觉得自己可以一脚走回去，把记忆重新活过一次。届时，有什么事我会有不同的做法呢？我有时还是会想这个问题。

那天傍晚，我已经先把一瓶“泰廷爵”香槟和两个香槟杯冰在冰箱里了。所以，我取出香槟和杯子，放在一个锡托盘上面。这托盘我们一般拿来放水罐，把冰红茶或“果乐”从厨房送到小码头去。我捧着托盘，朝起居室走去。

约翰娜那时正窝在她那张又老又破的安乐椅上读书（那晚她读的不是毛姆，而是威廉·邓布洛①，她最喜欢的当代作家之一）。“唔，”她抬起眼来，记下暂停的地方。“香槟！什么大事？”各位也明白，她说得好像什么事也不知道。

“完啦，”我说，“我的书写完了②。”

“哦，”她笑了，在我弯下腰把托盘捧到她面前时，拿起一杯香槟，“那就好了嘛，对不对？”

我现在知道这仪式的根本——就是真的有用、有法力的那一部分，像满嘴咕哝、不知所云的咒语里终究有一个字是真有魔法的——就在这句话上面。在这当口，我们大概都会喝一杯香槟，之后，她也大概都会跟着我进书房把另一件事做完，但也不是每次都这样。

有一次，她死前五年吧，她在爱尔兰和一位女性朋友一起旅行。那时我又写完了一本书。那一回，我就自己喝香槟庆祝，自己把最后一句写完（那时我已经改用苹果电脑；这电脑能做的事有千百样，只是敝人我独沽一味），而且睡得相当好呢！不过，我还是打电话到她和她朋友布琳待的小旅馆，跟她说我要完工了，听她说我打电话给她要听的话——那几个字蹿进爱尔兰那边的一条电话线，送到微波发送器，再像祈祷一般上传到太空的某颗卫星，由卫星下传到我的耳朵里：“嗯，那就好了嘛，对不对？”

开始有这习惯，我说过了，是我写第二本书的时候。那一次，我们两个喝完一杯香槟和后来的续杯之后，我就带着她进书房。我那台青绿色的打

---

① 威廉·邓布洛（William Denbrough）是斯蒂芬·金小说《它》（*It*）里的一个角色，恐怖小说作家。

② 这句话原文为法文。

字机上面还塞着一张纸。湖面传来最后一声潜鸟的长鸣，唤来了夜色。那一声长鸣，我直到现在还觉得像某个生锈的东西在风中缓缓摇曳。

“我还以为你说的是你完工了。”她说。

“是完工了，就剩最后一句，”我说，“这一本书虽然不怎么样，却是要献给你的。所以，最后一句我要你来写。”

她没笑，没反对，也没感动莫名，只是定定地看着我，看我说的是真的还是假的。我点一点头；我是说真的。于是她坐进我的椅子。她先前游过泳，头发整个朝后梳，箍在一条白色的塑料发圈里，还是湿的，比平常的红色还要再暗上两分。我轻抚她的头发，摸起来像潮湿的丝绸。

“分段缩行？”她问得很严肃，很像速记学校毕业的女生准备记下大老板的口述。

“不用，”我说，“接着前面就好。”然后，我把我在倒香槟前就已经放在脑子里的那句话讲了出来。“他把链子从她头上套下去，两人一起走下楼梯，朝停车子的地方走去。”

她打完这一句后，看了一下，再抬眼看我，等我说出下一句。“就这样，”我说，“我看你可以把‘完’打上去了。”

乔敲了两下“回车”键，把定位的托架移到中央，在文章的最后面打下“完”这一个字。IBM“信使”①（我最喜欢的字体）乖乖踏着舞步，吐出一个个字母。

“他从她头上套下去的链子是什么链子？”她问我。

“你把书读完就知道了。”

她坐在我书桌的椅子上面，我站在她旁边。这时，她要把脸凑近到她想要凑近的地方，位置正好。她一开口，嘴唇就靠上了我最敏感的部位。我们两个之间，就只隔着一件纯棉短裤，仅此而已。

“有的是办法要你告诉我。”她说。

“这还用说吗？”我说。

那天写完《从巅峰直坠而下》的时候，我还是试了一下习惯的仪式，却感觉很空洞，只是虚有其名，魔法的质已经不见。这原本就是意料中的

---

① 即 Courier，为等宽字体的粗线字体。

事。我这样做,不是因为迷信,而是因为敬和爱。像是纪念,各位也可以这么说吧;要不然,就说这才是我为约翰娜办的真正的告别式,在她入土一个月后,终于办的告别式。

那一天是九月的倒数第三天,天气还是很热——那是我记忆里最热的夏末。在为那本书写最后一句的时候,我心里想的一直是我好想她……却也没因此放慢速度。还不只这样:那时的德里其实相当热,热到我常只穿一条平脚短裤在写作,但我却从没想到过要到我们湖边的木屋去避暑。就好像“莎拉笑”那屋子已经被我从记忆里抹得一干二净。可能是因为我写完《从巅峰直坠而下》的时候,我终于慢慢接受了现实。这一次,她不是到爱尔兰去了。

我湖边木屋的书房很小,但景观不错;德里的书房则是长方形的,四壁都是书,没有窗。那天傍晚,我头上的吊扇——总共有三台——都开着,不停扑打又闷又潮的空气。我身穿短裤、T恤,脚踏塑料夹趾凉鞋,捧着锡制的可乐托盘,上面摆了一瓶香槟和两个冰镇过的玻璃杯,走进了书房。这间像火车车厢似的房间,最里面那边的屋檐很斜,我每次从椅子上站起来都得压低身子,免得一头撞上去(过去那些年,我也一直都要耐着性子听乔念叨,说我怎么会挑这房间里最糟的一块地方工作)。苹果电脑的屏幕上闪着我刚才输入的字。

那时,我虽然觉得可能在自讨苦吃,又要再熬一场悼亡的伤痛——搞不好还会是最猛烈的一场——但我还是闷着头,继续下去……只是,我们的情绪每每都有出人意料的演出,对不对?那一晚,我没掉泪,也没哭出声来。我想,这些在我身上都已经耗到油尽灯枯了吧。剩下的,是很深很深、心痛如绞的失落感——她以前最爱窝在里面读书的那张椅子,现在空了;她以前放眼镜但老是太靠桌沿的那张小桌子,现在空了。

我倒了一杯香槟,等泡泡消失,然后举起杯子。“完啦,乔。”我坐在扑扑拍打的吊扇下面,跟她说,“那就好了嘛,对不对?”

没有回应。由后来出的事来看,我想我应该在这里重复一次——没有回应。虽然后来我知道了,但那时,我还不知道我在那个看起来空荡荡的房间里,其实不是孤单一人。

我喝完香槟,把玻璃杯放回可乐托盘,再倒一杯。我拿着那杯酒,走到苹果电脑旁边,坐到原本该由约翰娜坐的地方——要不是那人人爱戴又普爱世人的上帝，如今这还是她的位置。我没掉泪，没哭泣，只是眼睛泛着泪光。屏幕上的字是：

今天不算很糟嘛，她想。她走过草地朝她的车走去，看见挡风玻璃上面夹着一张四四方方的白纸，不禁笑了起来。卡姆·德兰西这家伙就是不死心，也容不得别人拒绝，又邀她参加他礼拜四晚上的品酒会。她拿起那张纸，才要撕掉，却又转念，把纸条塞进她牛仔裤后面的口袋。

“不分段缩行，”我说，“接着前面就好。”然后，我打下我去拿香槟时就已经放在脑子里的最后一句话。

世界何其广大，卡姆·德兰西的品酒会未尝不是她开始探索的好开始。

我停下来，看着屏幕上一闪一闪的小光标，泪珠还在我的眼眶里打转。我还是要再说一次，那时，我并不觉得有冷冷的东西在我的脚踝边盘旋，也不觉得有鬼魅的手指在我的颈背上摩挲。我先敲两下“回车”键，再点了一下“居中”图标，把“完”这个字打在文章最后一行的下面，拿起原该由乔喝的那杯香槟，对着屏幕举杯致意。

“这一杯酒敬你，宝贝儿，”我说，“希望你能陪在我身边！我想你想得好苦！”说到这里，我的声音抖了抖，但没呜咽。我把“泰廷爵”喝完，把最后一句存起来，再把稿子全部用软盘存好，另外再做一份备份。在这以后，除了日常的笔记、购物清单和支票以外，我四年中没再写过一个字。

3

我的出版方不知道，我的编辑德布拉·温斯托克不知道，我的经纪人哈罗德·奥布洛夫斯基不知道。弗兰克·阿伦也不知道。只是，有好几次，我很想跟他说。就当我是你老哥，好吗？我这是在帮乔，不是你。那一天他回去前跟我说过这句话。他在缅因州南部的桑福德市开印刷厂，日子多半都很孤独。我从没想过要跟他说这样的事，也从没说出口过——至少不是他心里想的那一种原始的“救命啊！”——但我大概每隔一两个礼拜就会跟他通一次电话。男人间的私房话，各位也知道——怎样啊？还不错，就是冷得发紫。是啊，这里也是。弄得到“熊人”队①的票，就到波士顿来玩吧。可能明年，现在忙得紧哪。是啊，我知道你那情况，再见啦，迈克。好，弗兰克，你那小弟弟要顾好。都是男人家的私房话。

我敢说他有一两次问过我是不是在写新书，我想我回答的是——

哎，还用说吗——我撒谎，好吧？但这小谎一遍遍印得如此之深，弄得现在连我自己都会跟自己这么说了。反正他就是会问，我每次都答，对啊，是在写新书，还挺顺的，不赖。其实，我不只一次想跟他说，我现在写不到两段，大脑和身体就开始打结——心跳先是快一倍，之后再快一倍，然后开始气喘如牛、心脏乱跳，眼睛像是要蹦出来挂在脸上，感觉像有幽闭恐惧症的人困在往下沉的潜水艇里面一样。情况就这样，谢谢关心。只是我从没讲过。我从不跟人求救的；我没办法跟人求救。我想这我先前就说过了。

以我自认不公正的立场来看，凡是功成名就的小说家——就算只是小有成就——真的算是找到了搞创作最好的一条明路。诚然，现在的人买CD比买书多，看电影比看书多，看电视就多更多了；但若论创作力的曲线，却是小说家走的比较长。这可能是因为会读书的人，都比非文学类艺术的迷哥迷姐们要聪明一点吧，记忆力自然也就略长一点。像演《警网双雄》的大卫·索尔②，谁知道他现在人在何方？那个罕见的白人饶舌歌手“香草冰淇淋”③不也一样？但是一九九四年时，赫尔曼·沃克、詹姆斯·米切纳、诺

---

① 熊人队(Bruins)，波士顿的冰上曲棍球队。

② 《警网双雄》(*Starsky and Hutch*)是美国二十世纪七十年代很红的警匪剧集，大卫·索尔(David Soul)是里面的一位主角，演的是Hutch。

③ 香草冰淇淋(Vanilla Ice)，是美国二十世纪九十年代早期首位以饶舌歌称霸排行榜的美国歌手。

曼·梅勒[1]等人,却都还在读者的视野中,谈着恐龙时代老掉牙的往事。

阿瑟·黑利[2]那时正在写一本新书(谣传啦,但不管怎样,后来是真有新作问世)。托马斯·哈里森[3]时隔七年才又写下后续的莱克特小说,但其仍成为畅销书。塞林格[4]虽然近四十年无声无息,但在英语文学的课堂上和咖啡屋的非正式文学社团里,依然是热门的话题。读书人的忠诚度,是其他创作类型的艺迷比不上的。也正因为如此,许多作家就算江郎才尽,还是可以靠着惯性运动过活,凭着封面胪列的旧作发威,就可以把新作硬推上畅销榜单。

至于出版社所要的回报,尤其是小说一出版准卖得出去五十万本精装本加一百万本平装本的作家,也简单得很:一年出一本。这个啊,纽约那边的"买办"都认定是最好的做法。每隔十二个月出一本三百八十页线装或胶装小说,有头,有中,有尾,有金西·米尔霍恩或凯·斯卡尔佩塔[5]这样的角色贯串最好,但没有也无妨。读者喜欢看连续出现的角色,因为那就像回到亲人的怀抱一样。

若是一年出不到一本书,出版社在你身上的投资就不划算了,你的业务经理帮你延期支付信用卡账单的能力也会受限,你的经纪人也可能没办法准时付钱给他的"逊客"[6]了。还不止,时间拖得久,肯定让你折损掉一些书迷。这是没办法的事。只是,你的书若出得太密,也会有读者说:"呸!这家伙我要戒一阵子才行,读起来像鸡肋。"

---

① 赫尔曼·沃克(Herman Wouk, 1915—),写下《叛舰喋血记》(*The Cain Mutiny*, 1950)等多部名著的美国作家。詹姆斯·米切纳(James Michener, 1907?—1997),美国历史小说家。诺曼·梅勒(Norman Mailer, 1923—2007),写下《裸者和死者》(*The Naked and the Dead*, 1948)等多部名著的美国记者作家。

② 阿瑟·黑利(*Arthur Hailey*, 1920—2004),以现代工商业为背景写下多本小说的作家。

③ 托马斯·哈里森(Thomas Harris, 1940—),以杀人狂魔莱克特(Lector)医生为主角写了三本惊悚名著,《沉默的羔羊》(*The Silence of the Lamb*)改编成同名电影。

④ 塞林格(J.D.Salinger, 1919—2010),写有名作《麦田的守望者》(*The Catcher in the Rye*, 1951)。另有代表作《九故事》《弗兰妮与祖伊》等。

⑤ 金西·米尔霍恩(Kinsey Millhone),女侦探作家苏·格拉夫顿(Sue Grafton, 1940—)笔下的女神探。凯·斯卡尔佩塔(Kay Scarpetta),帕特里夏·康韦尔(Patricia Cornwell, 1956—)写的犯罪小说里的女法医。

⑥ "逊客"(shrink),用来指心理医生的贬义词。

我跟各位说这些，是要让各位了解：我怎么可能有四年的时间把我的电脑当作世上最贵的拼字板来玩也没人起过疑心。写作障碍？什么写作障碍？谁会得那个臭毛病？谁会朝这方面去想？迈克·努南每年秋天都有一本悬疑小说问世，准得跟钟一样，正好让各位可以在炎夏过后来一场阅读飨宴。哦，还有，别忘了圣诞佳节即将来临，各位的亲朋好友可能也都爱读努南的书，到博得书店就可以用七折买到，很便宜哦！

这秘诀很简单，我也不是美国通俗小说作家里面唯一知道它的人——若传闻说得没错的话，丹妮尔·斯蒂尔①（只提一个就好）用这“努南秘方”就有好几十年了。所以各位知道了吧，虽然我从一九八四年的《二就是双》开始就一年出一本书，但这十年里，我有四年是一年写两本，一本交付出版，另一本就找个老鼠洞藏起来。

我不记得我跟乔说过这件事。由于她也从没问过，所以我猜想她应该理解我为什么会这么做：以备不时之需嘛。但当时我想的不时之需，可跟写作障碍完全无关。那时我写得可带劲着哪！

到了一九九五年二月，在我写砸了至少两个好点子后（我那灵光一闪的“有了！”从没停过，只是，全给我自动跑成乱转的一团混沌），明摆在眼前的事实让我再也没办法否认了：我碰上了凡是作家都怕的事——老年痴呆或严重中风不算。只是，我还有四个硬纸箱里放着稿子，就藏在忠联银行的大保险箱里。四个纸箱上面，写的分别是《承诺》《威胁》《达西》《巅峰》。约莫就在情人节那时候，我的经纪人打电话给我，有一点紧张但不严重——一般来说，我会在一月份把最新力作交到他手里，现在已经过了二月中，这下子他们得要赶工才能把该年度的迈克·努南新作适时推出，赶上一年一度的圣诞节购物潮。一切还顺利吧？

我这次终于有了机会可以老实招认：离顺利还差十万八千里！只是，人在公园大道225号的哈罗德·奥布洛夫斯基先生不是你能跟他说这种话的人。他是很好的经纪人，出版界有人爱也有人恨（有些还爱恨交加），但他对晴天霹雳般打下来的坏消息，还有其实很混沌、滑溜的作品生产线一直适应不良。我若老实招来，他准会吓得魂飞魄散，一骨碌跳上到德里的飞机，要来替我进行创作力口对口人工呼吸，不把我从创作失能的恍惚

① 丹妮尔·斯蒂尔（Danielle Steel，1947— ），擅长写爱情小说的美国著名作家。

状态拽出来誓不罢休。不行！哈罗德最好给我好好待在那边！乖乖待在他三十八层楼高的办公室里头，好好欣赏他的狗屁东区美景吧。

所以我跟他说，真巧，哈罗德，你挑中了我写完新书的第一天打电话来，真有你的，你看看。我叫联邦快递给你送过去，明天你就收到了。哈罗德郑重跟我表示，这没什么巧不巧的，他对他旗下的作家都有心灵感应，接着恭喜一声，就挂掉电话。两小时后，我收到他送来的一束花——肉麻、圆滑得不得了，和他戴的“吉米好莱坞”①式领带有得比。

我先把花放进餐厅，这餐厅在乔死后我就很少去，然后出门到忠联银行。我用我的钥匙，银行经理用他的钥匙，很快就让我捧着《从巅峰直坠而下》到联邦快递去了。我会挑这本才刚写成的书，是因为它正好放在保险箱最靠外面的地方，没别的原因。这本书预定十一月出版，正好赶上圣诞节的大采购。我把书献给过世的爱妻，约翰娜。书在出版后，爬上《纽约时报》畅销榜的第十一名。皆大欢喜。连我也欢喜。因为，此后会开始渐入佳境，对不对？从没听过有谁得的是不治的写作障碍，对不对（呃——哈珀·李例外）？我该做的只是放松一下，和歌舞团女郎对大主教说的一样。谢天谢地，我一直是勤奋的松鼠，懂得多藏一些果子。

隔年，我再带着《威胁之举》开车往联邦快递去的时候，依然乐观不减。这本是一九九一年秋天写成的，也是乔很偏爱的几本之一。一九九七年三月，我带着《达西的求爱者》，冒着雨雪交加的坏天气开车去寄稿子时，乐观已经略有一点消减。只是，每当有人问起我写得怎么样了（“最近在写什么大作吗？”——大部分的人好像觉得这问题不这样子措辞就根本别问），我都回答还好，不错，对啊，写了不少本啦。这几句从我嘴里吐出来跟吃喝拉撒一样自然。

哈罗德读完《达西》后，认为这是我写得最好的一本，不仅会上畅销榜，也会登上纯文学的大雅之堂。所以，我趁这机会试探了一下，跟他说我想封笔一年。他一听，马上丢出我最恨的问题：你还好吧？好啊，我跟他说，好得不得了，只是想放松一阵子。

---

① 《吉米好莱坞》（*Jimmy Hollywood*）是美国名导巴里·莱文森（Barry Levinson）一九九四年推出的电影，评语不佳。

接着就是哈罗德·奥布洛夫斯基招牌的“无声胜有声”，意思是：你这个超级大浑蛋，但是，他又那么喜欢你这个人，所以，只好暂时闭嘴，想一下要怎样用最委婉的说法来跟你说。这是妙招没错，但六年前就已经被我识破了。其实，应该说是被乔识破。“他只是在装好心，”她说，“他这个人其实就像以前‘黑色电影’里的警探，自己闭嘴，就等你先出错，然后，你自己就全部从实招来了。”

而这一次换我闭嘴——不过就是把话筒从右耳换到左耳，在书桌前的椅子上略朝后靠一下罢了。在这同时，我的目光落在我放在电脑上的一张相框里的照片——“莎拉笑”，我们在旧怨湖边的木屋。我像是有不知多久没去那里了，一时间心里着实纳闷怎么会变成这情况。

接着，哈罗德的声音又传到了我耳中——刻意安抚的小心口气，像精神正常的人以为有个疯子一时突发奇想，因此要想办法劝他别做傻事。“这样可能不太好，迈克——在你事业的这个阶段，不太好。”

“这是什么阶段！”我说，“我最风光的时候是在一九九一年，在那之后，我的书的销量既没往上走也没往下掉。我这是在停滞期，哈罗德。”

“对，”他说，“作家一般走到了这种持平的稳定期，销量也只有两条路线可以走——一条是维持，一条是走下坡。”

所以，我算是走下坡了，我想说出来……但我没有。我不想让哈罗德知道我这次的麻烦有多大，或我的处境有多危险；我不想让他知道我现在已经有心悸的症状——对，这可是实事陈述句——我每次打开电脑的文字处理软件，一看到空空的屏幕和一闪一闪的光标，就会心悸。

“哦，”我说，“好，信息收悉。”

“你真的没事？”

“我那本书读起来像有问题吗，哈罗德？”

“啊呀，没有，那个故事棒极了。你最好的一本，我跟你说啊，真是好看，绝对很有他妈的文学价值。索尔·贝娄[①]如果也写浪漫悬疑小说，文笔也大概就是这样。只是……你接下来的一本不会有问题吧？我知道你

① 索尔·贝娄(Saul Bellow, 1915—2005)，美国犹太裔作家，一九七六年诺贝尔文学奖得主。

一直很想乔。唉，我们谁不——”

“没问题，”我说，“一点问题也没有。”

接下来又是好长一阵子没声音，我硬憋着不先说话。最后，哈罗德开了口：“格里沙姆可以封笔一年，克兰西可以封笔一年，托马斯·哈里森呢，封笔好一阵子正是他神秘的所在。只是你目前的地位，绝对没有顶尖的那一批人好，迈克。在下面的作家每一个都要和五个人竞争。你也知道他们是谁——唉，他们一年里有三个月都在当你的邻居啊。有人往上走，像帕特里夏·康韦尔的前两本书就在往上爬；有的人则是往下掉；有的人持平，像你。若汤姆·克兰西要封笔五年，之后再让杰克·莱恩[①]重出江湖，绝对还是声势不减，没人会有异议。但若换你封笔五年，可能就根本没办法东山再起了。所以，我建议——”

“有花堪折直须折。”

“你还真是我肚子里的蛔虫。”

我们又聊了一会儿，就互道再见。我坐在书桌前的座椅上朝后再多靠一点——差一点就要朝后翻过去——看着我们在缅因州西部的度假别墅。“莎拉笑”，听起像白发苍苍的“霍尔奥兹”[②]唱的老民歌。说真的，我没乔那么喜欢那地方，但差距也只有一点点。所以，我为什么要躲着不去呢？比尔·迪安会替我们照顾那地方。每年春天都替我们把防风板拿下来，到了秋天再放回去；每年秋天都替我们把水管排干，到了春天再检查看是不是还可以用。他帮我们检查发电机，注意维修的签条是不是到期了；一过阵亡将士纪念日[③]，就去帮我们把浮台拉到我们那一块小海滩外五十码的地方固定好。

一九九六年初夏，比尔帮我们清过烟囱，虽然木屋的壁炉有两年没升过火。我按季付钱给他，那边替人看房子习惯这样收钱。比尔·迪安是世居新英格兰不知多少代的人，只把我给的支票兑现入账，从不过问我为什么再也不到那木屋去。乔死后，我只去过那里两三次，从不过夜。幸好

---

① 杰克·莱恩(Jack Ryan)，克兰西多部小说里的主角。

② “霍尔奥兹”(Hall and Oates)，二十世纪七八十年代初期红透美国的双人组合，有一首畅销的名曲《莎拉微笑》(Sara Smiles)。

③ 阵亡将士纪念日(Memorial Day)，美国的重要节日，原来定在五月三十一日，一九七一年后改在五月的最后一个礼拜一，和周末连成比较长的假期。

比尔这人不会多问，因为我不知道要怎么回答。我甚至不太想得起“莎拉笑”那地方，直到和哈罗德聊过这一次。

想到哈罗德，我把视线从照片移开，回到电话上去。想想看，若我跟他说，是啊，就算我走下坡那又怎样？世界末日吗？拜托，我又没老婆孩子要养——我老婆死在药店的停车场；你若想知道的话（搞不好你还不想知道），我们两个想得要命也等了那么多年的孩子，跟着她一起走了。我这人又不渴望出名——要是只上得了《纽约时报》畅销榜下半截的作家也算有名的话——晚上睡觉也不会做把书卖进读书俱乐部的春秋大梦。所以，干吗呢？我干吗烦这些事？

但这最后一句话，我倒是有答案。因为，跟他讲这样的话，感觉像是弃械投降。已经没了妻子，又没有工作，我就成了废物一个，独居在一栋已经付清钱的大房子里，成天啥也不做，只在午饭时玩一玩报纸上的填字游戏。

于是我硬着头皮继续过我滥竽充数的作家生涯。我把“莎拉笑”丢到脑后（或者说，我脑子里不想去那里的一部分硬把那地方给深埋了起来），在德里又过了一个汗流浃背、凄凄惶惶的夏季。我在我的苹果笔记本电脑上面装了字谜程序，开始搞我自己的字谜版本。我加入我们那边的“基督教青年会”任临时董事。替沃特维尔的夏季艺术节大赛当评审。替地方的游民收容所拍一系列的公益电视广告；这一处收容所摇摇欲坠，快要倒闭了。甚至还在收容所的理事会打过工（有一次在收容所理事会的公开会议上，一个女人说我是堕落者的益友。我回答她，“谢啦，正中下怀。”引来一阵如雷掌声，可惜我到现在都还没搞懂那掌声所为何来）。我试过几次一对一的心理咨询，五次过后就放弃了，因为那位咨询师自己的问题似乎比我还严重。我赞助了一个亚洲小女孩，还加入社团玩保龄球。

有时，我还是会写写看，但每次一试，我的身体就会马上锁死。有一次，我想挤出一两句来（管它怎样的句子都好，只要是我大脑刚出炉的新鲜句子就行），却落得捧着字纸篓大吐特吐，吐到整个人像要没命一样……到最后只能从书桌和电脑旁边逃开，四肢着地，拖着身体在厚厚的地毯上爬，等爬到了房间的另一头，才觉得好过一点。我扭头还看得到电脑屏幕，但就是没办法朝它靠过去。后来我是闭着眼睛摸到电脑前面去关机的。

那年夏末的那一阵子，我想起丹尼森·卡维尔的次数愈来愈多。他就是居中帮我和哈罗德牵线的那位教过我创意写作的老师，给《二即是双》的评语明褒实贬。卡维尔说过一句话，我永远忘不了。他说这话是维多利亚时代的小说家兼诗人托马斯·哈代说的。或许哈代的确说过，但我从没找到过出处。《巴氏常见引用语辞典》①里面没有，哈代的传记里面也没有——我在出《从巅峰直坠而下》和《威胁之举》的空当，读过哈代的传记。我觉得这可能是卡维尔自己编出来的，伪托在哈代名下，以提高分量。但这一招，老实说我自己也常用，不好意思。

不管怎样，在我的生理出现惊慌反应，大脑冻结成冰，也就是在我和可怕的锁死感觉奋斗的时候，我想起那句话的次数愈来愈多。那句话似乎说中了我心底的绝望，道破了我愈来愈不知道自己是否能再提笔写作的彷徨（真惨，“带把的安德鲁斯”竟然被写作障碍打败）。而且，那句话也像在跟我说：不管我下怎样的功夫去改善我的状况，就算有效，也属徒劳。

依悲观的老丹尼森·卡维尔的说法，怀抱创作理想的小说家一定要从一开始就看清楚这件事：小说创作的目标，永远非他所能企及；小说创作这件事，纯属徒劳无功。“在大地上真正行走过、投下过身影的人，就算再愚笨不过，”据称哈代说过，“小说里刻画得精彩绝伦的角色一经比对，也不过像是一袋白骨。”这句话我懂。因为，在那一阵无止无休、支离破碎的日子里，我的感觉就像：一袋白骨。

昨晚我又梦回曼德雷。②

我从没读过还有哪一本英语小说开场的第一句话，比这一句还要更凄美，更荡气回肠。而一九九七年秋到一九九八年冬这期间，我会不时回想起这句话，不是没有理由。我梦到的当然不是曼德雷，而是“莎拉笑”。乔有时叫那座木屋“迷藏屋”。这样子叫它我觉得还不错，因为那地方深居缅因州西部的树林里，连小镇也不算，不过是一块还没划归行政区的小

---

① *Bartlett's Familiar Quotations*。

② “昨晚我又梦回曼德雷”，英国女作家达夫妮·杜穆里埃（Daphne du Maurier，1907—1989）的名作《蝴蝶梦》（*Rebecca*，1938）开头的第一句话。

地方，在缅因州的地图上只标作 TR-90。

我做的那一连串梦的最后一场，是噩梦。但直到那一天，那些梦都还有超现实的简洁感。每一次做梦时，我就会醒来想要打开卧室的灯。我首先要确定，现实里我到底是在什么地方，才敢再次入睡。各位也知道风雨将来之前的感觉：万物屏息不动，颜色变得特别鲜明，像发高烧时看东西的感觉一样。我冬天梦到的“莎拉笑”就是这样，而且每一次都留下并非不适的感觉。*昨晚我又梦回曼德雷*，有时我心里会这样想；有时我会躺在床上，开着灯，听着屋外的风声，眼睛在卧室幽暗的角落里逡巡，心想那吕蓓卡·德温特①并不是淹死在海湾，而是淹死在旧怨湖里。她沉入湖里，嘴里不住咕嘟冒泡，身躯逐渐瘫软，怪异的黑色眼眸涨满了水，湖面的潜鸟在日暮的幽光中幽幽长鸣，对此完全无动于衷。有时，我会从床上起来，喝一杯水。有时，我在确定自己的确实所在之后，就关掉灯，翻个身再回去睡。

白天我倒是绝少想起“莎拉笑”。要过相当久的一段时间，我才会想到这还真的要有事情很不对劲，才会让一个人在醒着跟睡着的时候有这么大的差别。

而我想，我当时会做那样的梦，跟哈罗德·奥布洛夫斯基一九九七年十月打来的一通电话有关。哈罗德打电话来，明里是要恭喜我《达西的求爱者》即将出版；这本小说不只是好看得要命，还包含了不少发人深省的东西。但我私下猜想，他要讲的至少还有一样别的——哈罗德这个人一向如此——而我猜得没错。他前天和德布拉·温斯托克吃过饭，就是负责我作品的那位编辑。两人谈到了一九九八年的出书计划。

“看起来有一点挤，”他说，这“挤”指的是一九九八年的秋季书单，尤其是“小说类”。“多出来几本意外的产品。迪安·昆兹②——”

“我还以为他都在一月出书。”我说。

“是这样没错。但德布拉听说他这一本可能要延迟，他要多加一点东西进去。还有哈罗德·罗宾斯，他的《掠食者》③——”

---

① 吕蓓卡·德温特(Rebecca de Winter)，《蝴蝶梦》英文书名 *Rebecca*，指的就是她。

② 迪安·昆兹(Dean Koontz，1945—)，美国悬疑小说名家。

③ 哈罗德·罗宾斯(Harold Robbins，1916—1997)，美国畅销小说名家，坎坷的早年和大起大落的人生经历都成了他笔下最好的素材，也是他的作品迷人的基础。《掠食者》(*The Predators*)是他死后于一九九八年出版的作品。

“大事哟。”

“罗宾斯的书迷都还在啊，迈克，都还在。你自己不也说过不止一次，小说家的创作曲线是很长的。”

“嗯哼。”我把话筒换到另一边的耳朵，坐在椅子里面再往后靠一点。这时，我就一眼瞥见了书桌上的“莎拉笑”照片。那一晚，我会再到“莎拉笑”一趟，在梦里去，而且还会待得更久、更靠近一点。讲电话时我自己并不知道。那时我知道的只是：我满心巴望这狗屁哈罗德·奥布洛夫斯基别啰嗦了快讲重点。

“我觉得你好像不太耐烦，迈克老弟，”哈罗德说，“我是在你正忙的时候打来的吗？你正在写稿子吗？”

“今天的份才刚写完，”我说，“只是在想午餐。”

“那我速战速决，”他跟我保证，“你就忍着我一点吧，这很重要。明年秋天会多出五个我们想都没想到的作家也要出书：肯·福莱特①，据说他那一本会是他继《针眼》后最好的一本……贝尔瓦·普莱恩②……约翰·杰克斯③……”

“这几个没一个是和我在同一块场子里打球的嘛。”我说，但我知道这不是哈罗德要讲的重点。哈罗德要讲的是：《纽约时报》的畅销书榜只有十五个席位。

“那琼·奥埃尔④呢？她终于要出她穴居豪放女史诗的下一本了。”

我坐直了身子：“琼·奥埃尔？真的？”

“唔……还不是百分之百确定，但很可能。最后还有这一位，你绝对不能小看，玛丽·希金斯·克拉克⑤也有新书要出。我知道她在哪一块场子里打球，你也知道。”

若是早个六七年听到这样的消息，我会气得七窍生烟，觉得自己有不少

① 肯·福莱特(Ken Follett, 1949—)，英国作家，写惊悚小说和历史小说。

② 贝尔瓦·普莱恩(Belva Plain, 1915—2010)，美国女作家，以笔下的迷人爱情赢得许多读者。

③ 约翰·杰克斯(John Jakes, 1932—)，美国作家，擅写奇幻、科幻、历史小说。

④ 琼·奥埃尔(Jean Auel, 1936—)，美国作家，以背景设在史前欧洲的历史小说知名。

⑤ 玛丽·希金斯·克拉克(Mary Higgins Clark, 1927—)，美国女作家，有“悬疑小说之后”的封号。

东西要赶快保住。玛丽·希金斯·克拉克是真的和我在同一块场子里打球，抢的是同一批观众。到目前为止，我们两个排出版时间表，一直会注意刻意错开，免得相撞……这对我的好处绝对比她大，我跟你说。放我们两个单挑的话，准是她给我好看。已死的吉姆·克罗斯①就很聪明，知道别去拉超人的披风，别去迎着风吐口水，别去扯独行侠的面罩，别去招惹玛丽·希金斯·克拉克。反正只要是迈克·努南，就千万别干蠢事儿。

“怎么会这样？”我问。

我不觉得那时我反问的口气特别让人感觉大事不妙，但哈罗德回答的口气却很紧张，结结巴巴的，活像给人送噩耗的信差生怕被炒鱿鱼或拉出去砍头。

“我不知道。可能是今年刚好多生了一个点子吧，我猜。这也不是没有的事，我听说过。”

既然我自己就会生“双胞胎”，也就知道这绝不是不可能的事，所以，我也只好问哈罗德他打算怎么办。要他快快放下话筒，好像就这一招最快，最简单。他的回答也没有出人意料的地方，他和德布拉两人都希望——遑论普特南其他的人——他们在一九九八年夏末的时候，能出版一本我的书，这样就会领先克拉克女士还有其他竞争对手一两个月。届时，普特南的业务代表就可以在十一月圣诞节前好好再推我这本小说一把。

“他们一贯这么说啊。”我回他一句。我跟大部分的小说家一样，从不相信出版社的承诺（而且，这在已经出头的作家和出不了头的作家没什么两样；可见这想法，以及业界司空见惯的“自由浮动型偏执狂”②，不是没有道理）。

“我想这件事你该相信他们，迈克。《达西的求爱者》是你旧合约里的最后一本，别忘了。”哈罗德的口气听起来像是很想要和普特南的德布拉·温斯托克、菲莉丝·格兰两人谈判新约。“重要的是，他们对你还是

---

① 吉姆·克罗斯（Jim Croce，1943—1973），因空难早逝的美国著名歌手，唱过一首歌：《别去招惹那个吉姆》，里面有歌词是：别去拉超人的披风，别去迎着风吐口水，别去扯独行侠的面罩，别去招惹那个吉姆。

② 自由浮动型偏执狂（free floating paranoia），心理学有“自由浮动型焦虑症”（free floating anxiety），指没有固定外在诱因的焦虑症，随患者把焦虑的源头乱指。

很满意的。如果他们能在感恩节之前，看到印了你大名的新书，我想他们准会更满意。”

“他们要我在十一月就交出下一本书的稿子来？就是下个月？”我尽量装出质疑的口气，我自以为可信的质疑口气，装作我没有一本叫《海伦的承诺》的稿子在我租的保险箱里躺了近十一年。这是我收藏的第一颗果子，在那时候也已经是仅剩的一颗了。

“不用，不用，你在一月十五号交稿就可以了——最晚。”说时尽量要给我宽限的感觉。那时我突然心里纳闷，他和德布拉是在哪里吃的午餐？一定是高档的餐厅，不对的话我把头给你。说不定是“四季”，约翰娜以前老爱叫那地方“弗朗基·瓦利和四季”①。“总之，他们不赶工不行，而且是很赶、很赶！但他们愿意赶。现在的问题是，你能不能赶。”

“我想可以吧，但他们要花钱，”我说，“跟他们说这跟干洗店当日取件一样。”

“哦哟，他们惨了啊！”哈罗德听起来像是将手枪打到“老实泉”②就要喷发，每个人都忙不迭拿他们的傻瓜相机要拍的关键时刻。

“你想多少——”

“我想预付版税往上拉一截可能比较好。”他说，“他们当然会不高兴，还会说他们这样子安排是为了你好，甚至说全是为了你好。但是，从你得加班来讲的话……比如你得开夜车赶工……”

“创作时的心理煎熬……早产的痛苦……”

“对……对……我想往上拉个百分之十应该合理。”他说得头头是道，摆出十足讲公道的架势。我自己呢，则是在心里纳闷会有多少妇女愿意收下二三十万大洋，然后提早一个月引产。有些问题还是搁着不提比较好。

至于在我身上呢，有什么差别？反正那死鬼稿子已经有了，对不对？

“嗯，就看你谈不谈得成了。”我说。

---

① 弗朗基·瓦利和四季(Frankie Vallie and the Four Seasons)，美国二十世纪六十年代红到七十年代的乐队，弗朗基·瓦利是乐队主唱。

② “老实泉”(the Old Faithful)，美国黄石国家公园(Yellow Stone National Park)里的著名间歇泉，每隔五十六分钟喷一次温泉，喷出的泉水可以高达四十到六十米。由于喷发的间隔时间很准，故得此“老实泉”称号。

“对，但我想我们这次不要光谈一本书。我想——”

“哈罗德，我现在只想吃午饭。”

“听你的口气，你好像有一点紧张，迈克。你那边——”

“一切都好。你只跟他们谈一本书就好，再替我得赶工的事争取一些甜头。就这样好吗？”

“好。”他顿了一下，他有数的最意味深长的一下，才应了一声。“但这应该不会表示你在这之后不想再签三四本书的约吧？别忘了，有花堪折直须折。这才是赢家的座右铭。”

“逢山开路，遇水搭桥，也是赢家的座右铭。”我说。那一晚，我就梦到我回“莎拉笑”去了。

那一晚在梦里——应该说是那年秋冬我做的每一场梦里——我沿着一条小路朝我们的木屋走去。小路有两英里长，蜿蜒穿过树林，两头都接到第 68 号公路。小路的两头都有路标（“42 巷”，各位若想知道的话），万一有火情要报案时可以用得上，但没有正式的路名。乔和我也从没给它取过名字，连自己闹着玩也没有。小路很窄，真要说起来，只是两条车子的辙道，中间隆起的部分长满了猫尾草和毛线稷。车子开上这条小路的时候，听得到野草刮在底盘下的声音，像低低的絮语。

不过，我在梦里不开车。从没开过。我在这些梦里，始终是徒步走路。

树丛密密地贴在小路两侧。愈来愈沉的暮色在头顶上面，像树林撕开的一条细缝。没多久，就看得到初升的星斗若隐若现。太阳早已下山，蟋蟀唧唧低吟，潜鸟在湖面悲鸣。有小动物在林子里活动，窸窣作响——可能是花栗鼠吧，偶尔也有松鼠。

这时我走到了一条泥土路边，这条路从我右手边的山坡那儿伸过来。那是我们的车道，路边竖了一个小小的路标：莎拉笑。我就站在这条泥土路的起点，但没有走上前去。泥土路再往下面去，就是我们的木屋。全是用原木盖成的，扩建了厢房，还有一道小码头从屋子后面伸出去。总共有十四个房间——这么多房间真是要命！这样的木屋看起来应该很丑，很蹩脚，事实上并非如此。“莎拉笑”有一股尊贵孀妇的气派，像高龄的贵夫人虽然髋骨有关节炎，膝盖也不灵光，却依然昂首挺胸朝她的百岁年华坚毅迈进。

木屋中间一带是最老的部分，时间可以上溯到一九〇〇年前后，其他部分则是三十、四十、六十年代分别加盖起来的。以前当过狩猎客栈用，七十年代初期还住了一小群灵魂出壳的嬉皮，但时间不长。这些都是租用的性质。这栋木屋从四十年代末到一九八四年，一直都在欣格曼家的名下，也就是戴伦和玛丽·欣格曼夫妇。一九七一年戴伦死后，房子就属玛丽一人独有。我们买下来后，唯一看得见的添加物，是中间主屋尖顶上的碟形卫星天线。这是约翰娜要的，只是她一直没有机会好好享用。

屋子再过去，是映着落日余光熠熠生辉的湖面。我看见我们的泥土车道上面，盖满了棕色的松针和散落的树枝。车道两旁的灌木四处蔓生，枝丫伸过土路，探向对面，像分隔两地的恋人急着跨过窄窄的险阻奔向对方。若真开了车来，这些枝丫一定刮得车身吱吱乱叫，刺耳得紧。我也看到下面的主屋，一根根原木都长出了青苔。三朵大大的向日葵像探照灯一般，从车道那边小小的门口台阶上面，穿过木板探出头来。这地方给人的感觉，其实不像废弃，而是荒凉。

一阵微风轻拂过来。这时，皮肤上蓦然一股寒意，才让我发觉自己正在流汗。我闻到松树的气味——新鲜里带着一点腥——也闻到湖水幽忽却又冲鼻的气味。旧怨湖是缅因州最干净、最深的几个湖之一。它其实原本还要更大一些，三十年代晚期才变小，玛丽·欣格曼跟我们说过。那是因为西缅因电力公司和拉姆福德的几家木材厂、纸厂合作，争取到了在盖萨河上面建水坝的政府许可证。玛丽还拿出几张漂亮的照片给我们看。照片里，穿白色长裙的仕女和穿马甲背心的男士，坐在独木舟上游湖。她说这些快照是第一次世界大战时拍的，还特别指出照片里的一个年轻女子要我们看。那女子的倩影永远凝固在爵士时代的边缘，手里举着的一根桨还在滴水。“这是我母亲，”玛丽说，“被她拿桨威胁的那个人，就是我父亲。”

潜鸟幽鸣，声音似是无限彷徨。我在愈来愈暗的天际看到了金星。天上星，亮晶晶，许我愿，祝我福……①我在这些梦里面，想的全是约翰娜

---

① 天上星，亮晶晶，许我愿，祝我福……（star light, star bright, wish I may, wish I might），是一首儿歌。

可以重回身边。

许了愿后,我就想朝车道走过去。怎么不可以?那是我的房子,不是吗?我不到我的房子去要到哪里去?天色愈来愈暗,林子里窸窸窣窣、鬼鬼祟祟的声音也好像愈来愈近,愈来愈让人觉得那声音带有目的。所以,我还能去哪儿呢?独自一人到那么黑的地方去很是吓人(若“莎拉笑”不喜欢被人扔下那么久不管呢?若“莎拉笑”在生气呢?),但不去又不行。若没电,我可以点上放在厨房柜子里的几盏风灯。

只是,我走不动。我的腿不听使唤。好像我的身体知道那边的房子里有东西在,但我的大脑不知道。这时,又刮来了一阵微风。寒意带起了我一身的鸡皮疙瘩,使我纳闷怎么会弄得自己满身大汗。刚才跑过吗?若是如此,我要跑去哪里?还是要从哪里跑开?

我的头发也一片汗湿,压在额头沉沉的一团,不太舒服。我抬起手把头发拨开,就看见手背上有一道浅浅的伤口,刚划伤不久,划过手背,就在指节下面。在梦里,有时这伤口是在右手,有时会换到左手。这时我就会想,*若这是在做梦的话,有这样的细节真好*。我没有一次想的不是这一句:*若这是在做梦的话,有这样的细节真好*。这是绝对的真理。这样的细节是小说家才会想得出来的细节……但在梦里,说不定人人都是小说家。谁知道呢?

现在,“莎拉笑”只剩下面的一团大大的黑影。我知道,现在的我无论如何也不想到那里去。我这种人的脑子可是训练有素,最会胡思乱想。我绝对想得出来千百万种“妖魔鬼怪”在那屋子里等我,比如坏脾气的浣熊躲在厨房里的角落里啦,几只蝙蝠窝在卧室里啦——一受惊就满室乱飞,绕着我缩成一团的脸吱声尖叫,灰扑扑的翅膀扇打着我的脸颊。连威廉·邓布洛笔下很出名的“宇宙外生物”说不定就有一只正躲在门廊底下,睁着晶亮、化脓的眼睛,虎视眈眈地看着我朝屋子走过去。

“唉,总不能待在这里过夜吧。”我说了一声,但两条腿就是不肯动。看来我不想待在这儿过夜也不行,就在我们车道和小路接头的地方;我是不待在这儿过夜不行了,这由不得我。

身后林子里的窸窣声,在我听来已经不像小动物,倒像愈来愈近的脚步声(那些小动物在这种时候,不是应该已经躲回窝里或挖洞准备过夜的吗?)。我想转过身去看,但我居然连转身也没办法……

……我多半就在这时候醒来。醒来后，第一件事就是翻身，证明我的身体又可以听我使唤，确定我回到了现实世界。有时——其实应该说是通常——我心里响起的常是这一句话：曼德雷，昨晚我又梦回曼德雷。不知怎的，这句话就是会让人毛骨悚然（我想，同样的梦一做再做，知道你的潜意识像中邪似的一直在挖掘某样东西，而且那东西赶都赶不走，没有人不会毛骨悚然的）。但我也不会骗你，我心中其实还有一点挺喜欢梦里那一片夏季无风的静谧，那片静谧把我整个人都包了起来；我还挺喜欢梦醒之后的忧伤和隐然觉得事有蹊跷的感觉。那梦有一种诡异的世外之感，是我在醒来的世界里找不到的，因为，那时从我的想象力中往外走的道路几乎都已全遭阻断。

我记得梦里我真的害怕的时候，就那么一次（这我必须先跟各位说明一下，我自己从来不会把这类的记忆全数当真，因为这么久以来，这些记忆好像根本没存在过）。那是有一晚，我又从梦里醒来，在漆黑的卧室里开口说话，还说得很清楚：“有东西躲在我后面，别让它抓我！有东西躲在林子里，求你别让它抓到我！”我怕的倒不是我说的这些话，而是我说这些话的口气。那声音惊惧至极，根本不像我自己的声音。

一九九七年的圣诞节前两天，我又开车到忠联银行跑了一趟。银行经理照样又陪着我走到被日光灯照得惨白的地下墓穴，去开我的保险箱。我们下楼梯时，他信誓旦旦地跟我表示，他太太是我的铁杆书迷（这话他起码讲了十几次），我的书她一本也不会错过，还嫌读得不过瘾。而我也总是回答（起码也有十几次），现在轮到他陷入我的魔掌了。他听了照常咯咯笑上几声。那时，我都当我们两个反复排演的这番话是“银行团契”。

昆兰先生把他的钥匙插进锁孔 A，转动一下，然后就像老鸨把客人送进私娼寮之后般功成身退。我把我的钥匙插进锁孔 B，转动一下，打开了我的保险箱。箱子现在看起来很大，仅剩的一盒稿子躲在一角，看上去几乎有一点畏缩，像是被人遗弃的小狗知道兄弟姐妹都已经被人带走，扔进毒气室去了。盒盖上潦草地写着大大的书名：《承诺》。我差一点想不起来这讨厌的稿子写的是什么故事了。

我把这八十年代留下来的时间旅人抓出来，一把关上保险箱。现在，里面空无一物，仅剩尘埃。把那给我，那一次乔在我梦里怒斥——那么多年来我第一次回想起那天的梦——*把那给我，那是我的集尘网。*

"昆兰先生，我处理好了。"我扬声喊道，声音听在我自己的耳里，有一点哑，有一点颤抖，但昆兰好像什么也没察觉……或者，他只是藏着没显露出来。毕竟，到这金融版的"林茵墓园"①来的人，会有情绪起伏的绝不止我一个。

"我真的要开始读你的书了。"他说时不经意地朝我捧在手上的盒子瞥了一眼（我想，那时我应该带公文包去，稿子就可以放进公文包里，但我去过那么多趟，居然从没想到可以带公文包）。"真的，我会把这列为我今年的新年新希望。"

"那好，"我说，"你真的可以读读看，昆兰先生。"

"马克，"他说，"请叫我马克。"这他以前也说过。

我写了两封短笺放在稿子的盒子里，才把盒子交给联邦快递。两封信都是用我的电脑打的。单开"记事本"来用的话，我的身体倒还不会挡我；只有在开 Word 6.0 的时候，才会有麻烦。我从没用过"记事本"写过小说，因为我心里知道，一旦开了"记事本"来写小说，搞不好连"记事本"也会跟着没办法用了……在电脑上玩拼词或填字游戏就更别提了。我试过两次用手写来创作，效果不怎么样。所以，这问题不在于我听人说过的"屏幕怯场症"。我自己就是明证。

一封短笺写给哈罗德，另一封给德布拉·温斯托克，两封说的意思都差不多：奉上我写的新书，《海伦的承诺》，希望你们也喜欢。若读起来有一点粗糙，那是因为我要不时加班赶工才有办法这么快就交出来。祝圣诞快乐！光明节②快乐！爱尔兰万岁！不给糖就捣蛋！祝你收到干他妈的小马作礼物。

我在人龙里站了近一个小时，跟着迟迟才赶着寄件的人潮慢慢往前磨蹭，人人满眼哀怨（圣诞节是这样一个"没有压力"又"无忧无虑"的节日——我喜欢圣诞节，以这为原因之一）。装着《海伦的承诺》的盒子夹在我的左臂下面，右手捧着尼尔森·德米尔③写的《变身学院》。等我终于

---

① "林茵墓园"（Forest Lawn），全名为 Forest Lawn Memorial Park，是加州很著名的墓园。

② "光明节"（hanukkah），犹太人十二月的重要节日。

③ 尼尔森·德米尔（Nelson DeMille，1943— ），美国著名作家，《变身学院》（*The Charm School*）是他一九九八年出版的名作，口碑、销路都很好。

把我最后一部没出版的小说交到一脸倦容的收件员手中时，已经读了近五十页的《变身学院》。我跟她说“圣诞节快乐”，她耸了一下肩，没吭一声。

4

我才一踏进家里的前门，就听见电话铃响。打电话的是弗兰克·阿伦，问我要不要跟他一起过圣诞。准确地说，应该是跟他们一起过圣诞——他那几个兄弟要携家带眷挤到他那边去过节。

我刚想开口拒绝——那时，我最不想干的事儿就是跟一堆人过疯疯癫癫的爱尔兰圣诞节，喝威士忌，听他们感伤话说乔当年，可能还要再加上二十几个挂着鼻涕的小毛头在地板上爬来爬去——但听到的却是我说我要去。

我觉得弗兰克听上去跟我一样惊讶，但又真心高兴。“太好了，”他大喊一声，“你什么时候到？”

我还站在玄关里，雨鞋的水滴在地砖上面。从我站的地方，可以穿过拱廊看到起居室里面。那里没有圣诞树——乔死后有些事我根本不想费心——看起来好不凄惨，对我一个人来说太大了……大得像滑轮溜冰场，只是装修是老派的美国调调儿。

“我刚办完事回来。”我说，“要不我随便带几件内衣，马上回车上去，趁暖气还没冷掉就直接南下，你看如何？”

“太好了，”弗兰克毫不迟疑地作了表示，“我们可以趁东莫尔登那些毛头小鬼还没到，自己先来一场光棍宴。我挂掉电话马上就去替你准备好酒。”

“那我最好马上上路。”我说。

那绝对是乔死后我过得最棒的一次节。我想，说不定还是唯一好的一次。连着四天，我是阿伦家的"荣誉家人"。我拼命喝酒，拼命举杯向约翰娜的往事致敬……心里也知道她在天上看了必也高兴。有两个小毛头儿在我身上吐过奶；有一条狗半夜爬到我的床上跟我同衾共枕；尼基·阿伦的小姨子在圣诞节后的那一晚，还睁着惺忪的醉眼朝我送秋波，那是她撞见我自己一人在厨房弄火鸡三明治时候的事。我吻了她一下，因为她看来很需要有人吻她。她还大胆（我真正想用的词是"淘气"）地伸手朝我那地方抓了一下；那地方在过去的三年半里，除了我自己以外没别的人碰过。我吓了一跳，但并非全然不快。

不过，此事并没有进一步发展——满屋子都是姓阿伦的人，而且这位苏茜·多纳休也不算正式离婚（她跟我一样，那年的圣诞节也是阿伦家的"荣誉家人"），所以自然不太可能喽。况且，那时我也觉得是我该走人的时候了……也就是说，再不走的话，我可能会在一条窄窄的街道上飙车，直朝街底的厚砖墙撞上去。我在二十七号的时候打道回府，心里很庆幸答应来这一趟。走的时候，我狠狠搂了弗兰克一下，两人在我的车边互道珍重。连着四天，我从没想起我在忠联银行的保险箱里面现在除了灰，什么也不剩了；连着四晚，我上床就一觉睡到隔天的早上八点，就算偶尔醒来也是因为泛胃酸或因为宿醉而头痛，但我就是没在半夜里忽然醒来，脑子里响着*曼德雷，昨晚我又梦回曼德雷*。我回德里的时候，整个人精神焕发，像重获新生一般。

一九九八年开年的第一天，破晓的晨光清冷，静谧，美丽。我起床，冲澡，然后站在卧室的窗边喝咖啡。这时，我忽然有一种感觉——简单明了得如同"上面"就是你的头顶之上，"下面"就是你的脚底之下——我又可以写东西了。这是新的一年，事情不再一样。现在，只要我想写，我就可以写，堵在我脑子里的大石头已经自动滚开了。

于是，我走进书房，坐在电脑前，打开电脑。这时我心跳正常，额头上没有冒冷汗，颈背也没有，两只手也都还有热度。我拉下主画面，也就是你每点一下那个"苹果"标志就会跑出来的画面，我的老朋友 Word 6.0 就登场了。我点一下 Word 6.0，出现了羊皮纸和笔的图标。就在这时，我忽然无法呼吸，感觉像是有铁环紧紧箍住了我的胸口。

我慌忙从书桌边往后退，两只手抓住身上汗衫的圆领，张口挣扎。只是，我书房椅子的轮子被一块小地毯——乔在世的最后一年淘到的宝贝——卡住，我就这样直朝后倒，整个人翻了过去。我一头撞在地板上面，刹时只见眼前一片金星乱冒。我想我那时还算幸运，没摔昏过去。但我又想，一九九八年开年的第一天早上，我最幸运的正是摔跟头的方式。我若没急着朝后退，反而继续盯着那个图标看——还有之后的一片可怕空白——就很可能一口气上不来，一命呜呼。

等我踉跄着站直了身子，终于可以呼吸时，只觉得喉头紧缩，窄得只容一根干草穿过去，每吸一口气，都有一声怪异的窸窣高音，但我终究是开始呼吸了。我蹒跚撞进浴室，对着洗脸槽大吐特吐，吐得之猛，甚至还喷到镜子上面去了，直吐得我脸色灰白，连膝盖也伸不直。而这时，我撞到的地方换成了眉骨：砰一声，我撞上了洗脸槽的边缘。所以，虽然我的后脑勺没流血（只是没到中午就鼓起了一个相当可观的大包），额头倒是流了一点。这第二次的撞击也留下一块淤青。后来，我在碰到有人问起的时候，当然撒谎说是半夜起来进浴室时一头撞在门上弄的。真是呆头鹅一只！希望可以给半夜两点起来不开灯的人一点教训。

完全清醒后（若我还真有“完全清醒”这回事的话），我发现自己正蜷伏在地板上面。我爬起来，先帮额头上的伤口消一下毒，再坐在浴缸的边缘，头低低地埋在膝盖中间。我要等到我觉得站得住脚的时候，才敢再站起来。我想我在那里坐了有十五分钟吧。在那十五分钟里，我决定了，天降神迹不论，我的写作生涯已告结束。哈罗德会痛心得大喊大叫，德布拉会不敢相信得连声哀叹，但是，他们又能怎样？找出版警察来抓我？叫“每月好书俱乐部”的盖世太保来吓我？就算这样，跟我有什么关系吗？老蚌生不出珠来，你又能怎样？除非是天降神迹让我不药而愈，我的写作生涯算是完了。

那又怎样？我问自己，往后四十年你会怎么过，迈克？拼词游戏是可以让你玩上四十年，爱填多少字谜就填多少字谜，威士忌也随便你喝！只是，这样就够了吗？往后的那四十年，你还有别的事儿干吗？

可我管不了那么多了，至少那时我不想管。往后四十年？船到桥头自然直！那时，我只要过得了一九九八年的元旦这一天，真的就余愿足矣。

等我觉得又可以控制自己的身体时，便走回书房，拖着脚，摸到电脑前，眼睛紧盯着自己的脚丫子，胡乱摸到了我要的按键，把电脑关了。没先存盘就那样子关机，是会破坏程序的，但在那种情况下，我不觉得这有什么大不了的。

那一晚，我又梦到我顶着暮色，走在42巷上面，小路直通“莎拉笑”。晚星初现的时候，我一样许了个愿，潜鸟也一样在湖面哀鸣。我还是觉得背后的林子里面有东西在一步一步朝我逼近。看来，我的圣诞假期已经结束了。

那一年的冬天很难熬，很冷，风雪又多。二月时还来了一场流行性感冒，撂倒了德里镇的一大群老人家。就像一株株老树才刚熬过冰雪暴，偏偏又碰上强风横扫而过。我倒是侥幸全身而退。那一年冬天我连鼻塞也没有过。

到了三月，我搭飞机到普罗维登斯参加“威尔·翁新英格兰填字大赛”①。我拿到第四名，奖金五十块大洋。我没把支票拿去兑现，而是裱起来，挂在起居室里面。以前我的“优胜证书”（这是乔的说法；在我看来，好的说法好像都是乔讲出来的）都挂在我书房的墙上。但在一九九八年三月，我已经不太进书房了。若要在电脑上玩拼词或填字游戏，我都用笔记本电脑，而且是坐在厨房里玩。

我记得有一天我坐在厨房里，打开笔记本电脑的主画面，往下拉到填字游戏……然后，再让光标往下掉两三级，点亮了我那老相好——Word 6.0。

刹时扫过来的不是沮丧，不是无能，不是压在心底的怒火（打从我写完《从巅峰直坠而下》后，就常有这些感觉），而是伤感和单纯的渴望。我呆呆看着屏幕上的Word 6.0图标，那感觉忽然跟我看皮夹里几张乔的照片一样。每一次我呆呆看着她那几张照片时，都会想，若要我拿自己不朽的灵魂去换回她的命，我也愿意……而那年三月的那一天，我心里也在想，若要我拿我的灵魂去换回写小说的能力，我也愿意。

那就试试看吧，我心里有声音低声唤道，说不定现在跟以前不一样了。

只是，没有不一样，我心里清楚。所以，我没去开Word 6.0，而是把

① 威尔·翁（Will Weng，1907—1993）是《纽约时报》一九六六年到一九七七年星期日字谜版的主编，也替兰登书屋编了不少字谜书。

它拉到屏幕右下角的垃圾筒，丢了进去。永别了，老相好。

那一年冬天，德布拉·温斯托克打了好几次电话来，大部分讲的都是好消息。三月初时，她跟我说，《海伦的承诺》已经获选为“文学公会”八月选书之一，另一本是斯蒂夫·马丁尼①写的司法界惊悚小说，他也是《纽约时报》畅销榜八到十五名中段班的老将。德布拉说我英国的出版社爱死了《海伦》这本小说，认为这绝对是我的“突破之作”（我的书在英国一直是卖得有气无力的）。

“《承诺》这本书对你来说真是开创了新局面，”德布拉说，“你说是不是？”

“我想是吧。”我说的是老实话，但心里其实很想知道若德布拉听说我这本开创新局面的作品，是在近十二年前就已经写好了的，不知会作何感想。

“这一本有……我不知道……有一种成熟的感觉吧。”

“谢了。”

“迈克？是不是接触不良啊？你的声音不太清楚。”

是不清楚，因为我的手正捂在嘴上，免得爆笑出声。这时，我小心地把手从嘴上拿下来，看一看手掌侧边的牙印子。“这样好一点了吗？”

“好多了。你的新书怎么样了？透露一点口风嘛。”

“你知道这问题的答案啊，亲爱的。”

德布拉笑了。“‘你读了便知，约瑟芬’，”她说，“对吧？”

“是的，宝贝儿。”

“嗯，那就请你继续惠赐大作。你在普特南的老朋友们急着要看你更上一层楼。”

我跟她道再见，挂上电话，马上狂笑不止，连笑了约有十分钟吧，笑得眼泪都掉了下来。这就是我，你看，始终在更上一层楼。

那期间，我同意接受《新闻周刊》记者的电话访问。那人正在整理一篇专题报道，《美国的新哥特文学》（管它是什么意思，只要能多卖几本杂志出

---

① 斯蒂夫·马丁尼（Steve Martini，1946— ），和格里沙姆一样以律师身份写司法界情状的畅销书作家。

去就好)。另外也同意《出版人周刊》作一次专访,全文会在《海伦的承诺》出版前登出。我之所以同意,是因为这两篇访问听起来都像“软球”,也就是你可以一边读邮件一边在电话上回答提问。德布拉很高兴,因为我一般对这类新书宣传都是敬谢不敏。我最讨厌我这工作里的这一部分:每次碰到的人连你该死的“大作”都没读过,劈头问的偏偏就是:“你写的这些疯疯癫癫的事是怎么想出来的?”尤其是电视上的谈话秀。推书的过程很像吃寿司,只是换你当寿司。这一次我没有拒绝采访,是因为我觉得总要给德布拉一点好消息去跟她的老板汇报。“对,”她终于可以说了,“他还是那个不推书的怪物,但这次终究还是让我说动了他去做两件事。”

在做这些事之余,晚上的“莎拉笑”噩梦始终没断。倒不是天天上演,但每两三天就要来上一次,所幸我在白天倒是从来不会想起这些梦来。我照样玩我的填字游戏,还买了一把钢弦吉他开始学弹吉他(不过,绝不会有人来请我跟帕蒂·洛夫莱斯或艾伦·杰克逊[①]一起巡回演出)。我每天都要看一遍《德里新闻报》上面吹捧过头的讣闻,看看有没有我认识的人。也就是说,我很像是半睡半醒在过日子。

而哈罗德·奥布洛夫斯基在德布拉打来谈读书俱乐部的电话后不出三天,就又打来一通电话,替这些画上了休止符。那时,屋外风雪交加——先是风雪后是冰雨,雪虐风饕的。那是那年冬天最后一场也是最大的一场风雪,等到了傍晚的时候,德里就会全镇停电。不过,哈罗德五点打来电话时,老天才刚开始发威。

“我刚和你出版社的编辑谈过,谈得很愉快呢。”哈罗德说,“真是一场很有新意、让人兴奋的对话。其实,我才刚挂掉她的电话。”

“哦?”

“真的。普特南那边的人都觉得,迈克,你最新一本小说对你在书市的销售地位绝对有加分的作用。这本书很强。”

“是啊,”我说,“更上一层楼。”

“啊?”

“没什么,我在胡扯!哈罗德,你继续讲。”

---

① 帕蒂·洛夫莱斯(Patty Loveless, 1957—)和艾伦·杰克逊(Alan Jackson, 1958—)都是美国著名的乡村乐手。

“哦……海伦·尼尔林是很精彩的主角，斯卡特也是你写过的最棒的坏人。”

我没吭声。

“德布拉有意再跟你签三本书，就拿《海伦的承诺》作第一本。条件很优厚。我都没有去求他们。三本啊，可是比现在出版社一般愿意签的还多一本。我开口提的数目是九百万，一本三百万，心里准备好被她笑……不过，当经纪人总得起个头嘛，而我这人向来都挑最高的地方起步。我看我的家族里，古代的时候应该有罗马军官的血统。”

埃塞俄比亚地毯商还差不多，我心里暗想，但没说出来。我那感觉就像牙医的麻醉药下得太重，害得嘴唇、舌头跟着那一颗烂牙，还有烂牙周围的牙龈，一概都麻了。若想开口讲话，可能也只能啪嗒、啪嗒地咂着嘴喷口水。至于哈罗德呢，好像陶醉得不能自已。一口气签三本书的新约，笔调全新、风格成熟的迈克·努南。好多的票子啊，宝贝儿。

但这一次，我倒不想笑。这一次，我想尖叫。哈罗德继续讲，很是兴奋，什么事也没注意到。哈罗德不知道摇钱“书”已经死了；哈罗德不知道这一位新的迈克·努南，现在每次一想要写作，就会爆发一阵呼吸急促、大吐特吐的严重病状。

“你要听她怎么回答的吗？迈克？”

“洗耳恭听。”

“她说啊，‘嗯，九百万当然太高，但这个起点也不算离谱。我们觉得这一本新书会让他有大跃进。’这真的不常见！不常见！好了，我还没回她，必须要先跟你谈一下。我想我们最少可以要到七百五十万。其实啊——”

“不行。”

他一时间没吭声。这停顿长到我觉得我抓电话的手怎么抓得那么紧，很痛。我伸展手掌，放松一下。“迈克，你听我把话说完——”

“我不想听你把话说完。我不想谈新合约的事。”

“恕我很难同意。还有比现在更好的时机吗？你想想看，天老爷！我们谈的可是高价啊！你若等到《海伦的承诺》出版后再谈，我可没办法保证还有这样的——”

“这我知道，”我说，“我也没要你保证什么。我不要什么高价，我就是不想谈合约。”

“不要那么大声嘛，迈克，我听得到。”

我大声？有吗？有吧，我想，那时我是喊得有一点大声。

“你不满意普特南他们是不是？我想德布拉知道了会很难过的。你若有什么要求，我想菲莉丝·格兰一定会竭尽所能去替你做到的。”

你该不会和德布拉有一腿吧，哈罗德？我脑中一冒出这念头，就忽然觉得这是最合理的解释了。这个矮墩墩、五十多岁、秃顶、小鼻子小眼睛的哈罗德·奥布洛夫斯基啊，一定搞上了我那一头金发、贵族气派、史密斯学院①出身的编辑。你跟她有一腿是吧？你是在跟她躺在广场大饭店的床上时一起商量我的未来的？你们两个是在算计我这一只又老又累的呆头鹅还榨得出来多少颗金蛋？用过之后就可以一把扭断脖子去做馅饼？你们两个算计的就是这个吧？

“哈罗德，我现在没办法谈这件事，我也不想谈。”

“有问题吗？你好像不太高兴的样子。我还以为你会很高兴呢。哎呀，我还以为你会乐得不知今夕何夕！”

“我没问题。只是，现在跟我谈长期合约的时机不太好。请你见谅，哈罗德。锅里有东西要烧煳了。”

“那可不可以下个星——”

“不行。”我说完就挂上了电话。我想，那应该是我长大后第一次把非推销的电话硬是给挂掉了。

当然，我锅里哪有东西烧煳了，我还烦得什么也不想下锅呢。我走进起居室，给自己倒了一杯纯威士忌，然后一屁股坐在电视前面。我在那里坐了近四个小时，什么都看，也什么都没看进去。屋外，风雪的声势愈来愈强。明天，德里一定处处都是吹倒的树，一片雪窖冰天，像冰雕世界。

九点十五分时，停电了。约三十秒后，电力恢复，然后再断掉，之后就再没回来了。那时，我当这是在提醒我不要再想哈罗德说的那没用的合约，不要再想乔听到九百万时巧笑出声的得意。我站起来，拔掉没电的电视插头，免得半夜两点来电时大鸣大放（这根本就多虑了，因为那一次德里的电一停就是两天）。我走上楼去，把脱下来的衣服扔在床脚，爬上床，

---

① 史密斯学院（Smith College），美国著名的七姊妹（Seven Sisters）贵族女校之一。

连牙都懒得刷，不到五分钟就睡着了。我不知道我是睡了多久才开始做那噩梦。

我做的那一连串噩梦，我现在把它们叫做“曼德雷噩梦集”。而我那一天做的，是这“噩梦集”里的最后一集，压轴的一集。而且，我想，那一天的噩梦还因为我被吓醒时屋里黑得伸手不见五指而更惨。

开始时，跟先前的噩梦都一样，我正沿着一条小路往前走，耳朵里都是蟋蟀和潜鸟的叫声，也抬头看了一眼头顶上面愈来愈暗的那一道窄窄的天色。等我走到了车道，就有什么地方不太一样了：有人在“莎拉笑”的招牌上面贴了一小张贴纸。我凑近过去，发现是电台的贴纸，上面印的是：WBLM，102.9，波特兰的摇滚小胖子。

我把眼睛从贴纸上面挪开，抬头去看天色。金星出来了。我照旧对着金星许下愿望，希望约翰娜能够重回身边，鼻子里也照样是湖水阴湿但呛鼻的气味。

有东西躲在林子里面，落叶窸窣作响，树枝咯吱断裂，听那声音，体积好像不小。

最好去那里吧，我脑子里有声音在说，*有人用合约吃定了你啊，迈克。三本书的合约，最惨的一种。*

我动不了，我就是动不了，我只能站在这里。我得了走路障碍。

但这也只是想想而已。我其实还能走。能走动让我很高兴。这算是有了重大的突破。那一天在梦里我想，*以后什么都会不一样了！以后什么都会不一样了！*

我顺着车道再走下去。一路上，新鲜但又有一点腥的松树味道愈来愈浓。我踩过几根掉下来的树枝，其他就随脚踢开。我举手拨开覆在额上的湿头发，看到手背上有一道刮痕，便停下脚来端详，心里不解。

没时间看了，我梦里面的声音在说，*快走下去，你有书要写。*

我没办法写了，我回它一句，*那一阶段过去了。我现在过的是后半段的四十年。*

不对，那声音说，口气里的严厉让我有一点怕，*你这是写作漫步，不是写作障碍。你也看到了，都不见啦。所以，赶快走下去，走到那里去。*

我有一点怕，我跟那声音说。

怕什么？

嗯……万一丹弗斯太太就在那里呢？

那声音没回答。它知道我怕的不是吕蓓卡·德温特家的管家，她只是一本老书里的角色，“一袋白骨”罢了。所以，我再往前走。看来也没别的选择，但我每往前走上一步，心里的恐惧就加深一分。等我走到离那一栋黑乎乎的大木屋还有一半的路时，恐惧已经渗到了我的骨子里，像火在烧。这里好像不太对劲，有事情完全不对劲。

往回跑，我心里想，从来的路跑回去，像姜饼人一样死命地跑①。就算要一路跑回德里，我也要跑。我再也不回这里来了。

只是，我听得到有呼噜噜吸口水的声音从背后的黑影里传来。黑影愈来愈大，还有啪嗒、啪嗒的脚步声。林子里的那东西现在在车道上了，就站在我身后。我若转身看到那东西，准会吓得像是挨了一记重锤，马上魂飞魄散。那东西一定有血红的眼睛，耷拉着庞大的身躯，饥火中烧。

那木屋是我保命的唯一希望。

我再朝前走。小路两旁簇拥着的灌木丛像有利爪一般，向我伸来。借着初升的月华(以前在这样的梦里，月亮从没升起过。只是，以前我也从没在梦里待得这么久)，窸窸窣窣的叶片看起来像一张张嘲讽的笑脸，看得到像有眼睛在眨，有嘴在笑。下面就是木屋黝黑的窗口。我知道我进屋后也没电可用，因为暴风雪吹断了电线。我只能按着电灯开关一下开、一下关，一下开、一下关，直到那东西伸出爪子一把抓住我的手腕，像拉心上人一般拉着我直坠入黑暗的深渊。

我走到了车道过四分之三的地方。看得到铁路枕木铺的步道一路伸到湖边，浮台就在水面上漂，在一抹月光里呈现一块幽忽的正方形；也看得到有一块长方形的东西，就躺在车道和门阶衔接的地方。以前没见过有这东西。是什么？

等我又往前走了两三步后，我就知道了。那是一具棺木，弗兰克·阿伦杀价买下来的那具棺木……他说，葬仪公司的人在敲我竹杠。那是乔的棺木侧翻了过来，棺盖敞开一半，里面是空的。

---

① 英国有一则流传久远的古老童话，讲一个淘气的姜饼人(gingerbread man)临要进烤箱时跑了，惹出一大堆风波。

我很想放声尖叫。我想,那时我真的很想马上转身往回跑——就跟我背后的那东西赌一赌吧。但我还没来得及转身,“莎拉笑”的后门就开了。一个可怕的黑影从里面倏地飞出来,朝愈来愈大的暗影直扑过去。那是人!那东西像是人形——但又不是。那是一团皱缩起来的白色东西,膨膨的手臂举得高高的。应该是脸的地方并没有脸,却发出凄厉的喉音,像潜鸟的叫声。一定是约翰娜。她逃得出棺木,但逃不出缠在身上的尸衣,整个人被缠在里面。

这东西的速度快得恐怖!不像一般人想的鬼那样晃悠悠地飘来飘去,而是跑百米似的直冲过门阶朝车道飞扑过去。它一直等在这里。我以前做这梦时,老是在车道那一头僵住没办法动。这一次既然我终于走了过来,它就要来抓我了!等它丝一般飘忽的手臂抓到我时,我准会放声尖叫!等我闻到它爬满蛆的腐肉,看见它斗大的黑眼睛穿透尸衣细密的纹理瞪着我看时,我准会放声尖叫!等我吓得魂飞魄散像得了失心疯似的,我准会放声尖叫!我准会放声尖叫……只是,那里没人听得到我尖叫。只有潜鸟。我又回到了曼德雷,只是,这一次我再也走不动了。

就在那个凄厉尖叫的东西朝我扑过来时,我醒了过来,发现自己坐在卧室的地板上面,发出沙哑、惊恐的叫声,还不停拿头去撞东西。我是过了多久才清醒地知道,自己已经醒了,已经不在“莎拉笑”了?我是过了多久才清醒地知道,我不知什么时候从床上跌了下来,在梦里爬过卧室,然后整个人缩在墙角,不停拿头去撞墙的?一直撞!一直撞!像疯人院里的疯子!

我不知道,那时没电,床头的钟也停了,所以没办法知道。我只知道,一开始,我没办法从墙角里出来,因为缩在那里比回到卧室任何地方都要安全。我也知道,即使我的人已经醒了过来,我还是陷在噩梦里好长一阵子不得脱身(我自己想,八成是因为我没办法开灯驱散噩梦)。我很怕一从墙角里出来,那个白色的东西就会从浴室里飞出来,挟着它凄厉的死亡尖叫,要把它已经起头的事做个了结。我知道我全身抖个不停,我知道我身上又冷又湿——腰部以下都是湿的,因为我真被吓得“屁滚尿流”了。

我待在墙角里大口喘气，流着冷汗，呆呆地看着房里的一片漆黑，心想，真有噩梦的景象会这么恐怖，把人吓疯吗？我那时觉得（现在也还是觉得），那一年三月的那个晚上，我差不多得到了这个问题的答案。

后来，我终于觉得可以从墙角里出来了。我在地板上爬，爬到一半时，脱掉了尿湿的睡衣裤子。就在我脱裤子时，又陷入短暂的昏乱。之后有五分钟的时间又惨又虚幻：我在原本熟得不得了的卧室地板上前前后后乱爬，一直撞上东西，伸着虚弱颤抖的手胡乱摸索，每撞上一样东西，就哀叫一声。不管我摸到了什么，刚摸到时，都觉得是那可怕的白色怪物！不管我摸到了什么，都不像我熟知的东西。没有了床头钟的绿色荧光数字给我作保证，加上方向感一时失灵，我虽然是在自家的地板上爬，人却是像在亚的斯亚贝巴①的寺庙里。

最后，我的肩膀终于碰到了床沿。我站起来，随便抓起床上的一个备用枕头，扯下枕头套，擦干胯下和两腿。然后我爬回床上，拉上床单，躺在床上一边发抖，一边听屋外的冰雪打在窗玻璃上的声音。

那一晚，在那之后，我再也睡不着了。而那一场梦也没跟平常的梦一样，在我醒来后渐渐淡化。我侧躺在床上，寒战慢慢消退，心里一直在想：她的棺木会放在车道上也不是没有道理——乔很喜欢“莎拉笑”，若她的阴魂要留在哪里闹一闹的话，不选那里选哪里呢？但她为什么要害我呢？为什么我心爱的乔会想要害我呢？这我就实在想不出理由了。

时间一分一秒流逝，到后来，我注意到伸手不见五指的黑已经泛出灰白，家具的轮廓在泛灰的黑里面影影绰绰的，像雾里的哨兵。这样一来，感觉就好一点了。这才像话！我决定这就去厨房用柴炉煮一壶很浓的咖啡。我要开始把这一切扔到脑后。

我两脚一伸，跨到床边，伸手拨开盖在额头上的汗湿头发。这时，我一眼看到自己的手背，刹时愣住。一定是我在卧室地板上摸不清方向地乱爬，在一片漆黑中想爬回床上的时候划伤的。一条浅浅的凝血伤口划过我的手背，就在关节的下方。

---

① 亚的斯亚贝巴（Addis Ababa），在非洲的埃塞俄比亚。

5

我十六岁时，碰到过一次飞机以超音速的高速低飞掠过我的头顶。那时我正走在林子里面，可能在替我要写的故事构思情节吧，要不就是在想多琳·福尼尔哪个礼拜五晚上在我们把车停在库什曼路底的时候，若肯迁就一下，让我脱下她的小裤裤，多好！

无论如何，我脑子里的心思不知跑到哪里去时，忽然一声轰隆巨响袭来，吓得我措手不及，应声扑倒在满是落叶的地上，双手盖在头上，心脏怦怦跳得飞快，以为这下子我命休矣（我竟然还是处男）！在我前四十年的生命里，只有这一件事的恐怖，比得上我“曼德雷噩梦集”的最后一场噩梦。

那时，我躺在地上，等待死亡的巨锤敲下。过了约三十秒吧，根本没有任何事情发生。我这才知道，刚才那是布伦斯威克海军航空站的喷气式飞机驾驶员在搞鬼！他等不及飞到大西洋就加速到一马赫。只是，妈呀！谁想得到声音会这么大？

等我慢慢爬起来，站在那里等心跳慢下来时，我才发觉，不是只有我被这晴天霹雳的巨响吓破了胆。我记忆里头一次，布劳茨内克我家后面的这片小树林一点声息也没有。我呆站在那里，一束灰蒙蒙的阳光洒在我身上，T恤和牛仔裤脚沾的都是皱巴巴的落叶。我大气也不敢出一声，竖着耳朵仔细听。我从没体验过这种程度的安静。要知道，即使是一月的大冷天，树林子里也是莺莺燕燕、细语不断呢。

后来，终于有一只燕雀开口唱了一声。又安静了两三秒后，一只蓝鸟回应了一声。再过个两三秒，一只乌鸦奉上它不成敬意的回响。再后来一只啄木鸟开始敲木头抓它的小虫，一只花栗鼠在我脚边的矮树丛里东突西蹿。在我站起来一分钟后，树林子又到处响起窸窸窣窣的声音。一切回归正常，我也回头去做我的事。只是，我从没忘记那一天的晴天霹雳，也没忘记事后的那一片死寂。

那场噩梦过后，我时常想起小时候的那个六月天，这没什么大不了的！感觉是会有一点不一样，或可能会不一样……但同样先是一片寂静，让我们确认自己未受伤害，而危险——若有危险的话——已经不见了。

反正，那个礼拜后来的几天，德里完全停摆。暴风雪带来的冰雪和强风造成极大的破坏，事后气温又陡降二十度，以致铲雪不易，清理的速度就更是缓慢。不只如此，三月暴风雪过后的气氛向来阴沉又低落。我们每年都要熬一下这样的天气（运气不好的话，四月说不定还要再碰上三四次），但大家始终都没办法安之若素。每一次碰上这样的风雪，没一个人的心情不受影响。

那个礼拜快过完时，天气终于开始放晴了。我马上抓住机会，出门到“莱德爱”再过去三家的那一家小餐馆，去喝一杯咖啡，吃一份上午茶的馅饼。我去的“莱德爱”就是约翰娜死前去办事的那家。就在我边喝咖啡、吃馅饼，同时填报纸上的字谜时，有人问我：“努南先生，可以坐在你旁边吗？今天这里蛮挤的。”

我抬起眼来，看见一个老人家。我认得他，但想不起来名字。

“我是拉尔夫·罗伯茨，”他说，“在红十字会里当义工，和我太太露易丝一起。”

“哦——好，请坐。”我说。我大约每隔六个礼拜就去红十字会捐一次血。那里有不少老人家在你捐完血后，会分果汁和饼干给你，叮嘱你若是头昏，千万别急着站起来或有突然的大动作；拉尔夫·罗伯茨便是其中一位。

“请坐，请。”

他就座时，看了一眼我在读的报纸。报纸正折在填字游戏那边，摊在晒进来的一方阳光里面。“你觉不觉得填《德里新闻》的字谜有一点像打棒球时把投手三振？”他问我。

我笑了起来，点一点头：“我玩这跟有些人去爬珠穆朗玛峰的理由一样，罗伯茨先生……纯粹是因为它就在那里。只是，填《德里》的字谜，没人会失败。”

“请叫我拉尔夫，谢谢。”

“好，我叫迈克。”

“好。”他咧嘴笑了一笑，露出不太整齐的一嘴黄板牙，但还全是原装货。“我喜欢光叫名不用姓，就像是可以拿下领带一般。我们这一阵的风雪很够看吧，对不对?”

“对，”我说，“但现在暖和多了。”温度计相当灵敏，朝上跳了一下三月的舞步，从前晚的二十五度跳到那一天早上的五十度。还有比气温上升更棒的好事:太阳又暖暖地晒在你的脸上了。就是因为太阳的暖意，才把我从屋子里给哄了出来。

“依我看，春天就要到了。有的年头它会有一点迷路，但总还是找得到回家的路。”他小啜一口咖啡，放下杯子，“最近都没在红十字会看到你。”

“还在间隔期。”我说，但我在说谎，两个礼拜前我就可以再捐两品脱的血了。提醒卡就贴在冰箱上面，我只是压根儿没想起来。“下个礼拜就会去，一定。”

“我只是提醒一下，因为我知道你是 A 型血，A 型血向来很好用。”

“替我留位子。”

“包在我身上。你还好吧? 我这么问，是因为你看起来很累。若是失眠，这我感同身受，没骗你。”

他倒真的看起来像是失眠，眼睛四周都塌下去了。不过，他的年纪也有七十好几了吧，我想任何人到了他那年纪大概都会失眠。只要多活个一阵子，生活就会在你的脸颊和眼睛周围打出凹陷的印子;只要多活个一阵子，你的样子就会像杰克·勒·摩塔①打了一场十五局的硬仗。

我才要开口说我每次碰到有人问我过得怎样时的制式答案，心里就想，我干吗非扯这些“万宝路牛仔”②的鬼话不可? 我这是要骗谁? 眼前这一位，可是在红十字会的护士一替我拔下针头就一定为我奉上巧克力夹心酥的人。我就算跟他明说我不好，又能怎样? 引发大地震? 大火? 洪水? 狗屁!

“不太好，”我说，“我最近其实不太好，拉尔夫。”

“流行性感冒吗? 现在传染得厉害呢。”

---

① 杰克·勒·摩塔(Jake La Motta, 1921—)，美国中量级拳王，生平故事拍成过电影名片《蛮牛》(*The Raging Bull*)。

② “万宝路牛仔”(Marlboro Man)，万宝路香烟广告当中雄赳赳、气昂昂的牛仔造型代言人。

“不是，这一次流行性感冒还真的放过了我。我睡得也还可以。”这倒是真话——“莎拉笑”的噩梦没再回来，不管是正常版还是高八度的尖叫版。“我想就是忧郁了一点吧。”

“嗯，那你应该去度个假才好。”他说完又小啜一口他的咖啡。等再抬眼看我的时候，他皱起了眉头，放下手上的杯子：“怎么了？有事吗？”

没事，我很想跟他说，只是你是第一只打破死寂的鸟儿，拉尔夫，就这样。

“没事，没事。”我说完后，把他讲的话重复了一遍，“度个假……”因为想感觉一下这几个字从我嘴里讲出来的滋味。

“是啊，”他说时带着笑，“大家都会度假的嘛。”

大家都会度假的嘛。他说的对，就算力有未逮的人，也照样去度假。累的时候，去度假；被麻烦事弄得焦头烂额，去度假；被赚钱、花钱压得喘不过气来，去度假。

我当然有钱度假，也绝对可以暂时放下手边的事——什么事啊？哈哈！——但我却需要由这一位在红十字会发饼干的人，替我指出眼前明摆的出路！亏我还大学毕业！打从我和乔一起去百慕大的那次后，我就再没度过假。那是她死前最后一年冬天的事。磨坊早打烊了，我却还紧盯着磨盘不放。

但要再到夏天，我在《德里新闻》上面看到拉尔夫·罗伯茨的讣闻（被车撞死），我才发现我欠他的有多少。我跟各位说，他的建议比我捐血后喝的橘子汁都要补。

那一天，我离开餐馆后没直接回家，而是跑去轧马路，走遍德里这鬼地方一半的地头，那份只填了一半字谜的报纸夹在腋下。我一直走到身体发冷才停下来，虽然那时气温已经回暖。我什么也没想，却又什么都想。那是很特别的“想”。我每次酝酿文思到了快要可以动笔时，都会这样子“想”。虽然我有好几年没这样子“想”了，但我还是很容易、很自然就会上手，就像我的写作从没断过似的。

我的“想”，就像有几个彪形大汉开来一辆大卡车，把一堆东西搬进你家的地下室——我最多也只能这样解释。你看不出来那些东西是什么，因为全包在棉垫里，但你也不需要去看。就是家具嘛，让家像个家，刚好的家，一切都像你要的家。

等那些彪形大汉爬上他们的卡车走了，你就走进地下室，四下看看（跟我那天早上在德里镇上四处乱走，穿着我的雨鞋上山丘、下溪谷乱走一通一样），摸一摸这边包在棉垫里的弧线，摸一摸那边包在棉垫里的棱角。这一件是沙发吗？那一件是梳妆台吗？无所谓。该有的都在这里，搬家工人什么也没漏掉。虽然得靠你自己往上搬（往往还会害你一身的老骨头腰酸背痛），但没有关系。全都搬来了才重要。

而这一次，我想——或者是希望吧——货运卡车把我往后四十年需要的东西全都送了来。往后这四十年，我可能都得住在“非写作区”。这四十年一股脑挤到了我的地下室门口，礼貌地敲了门，可是连着几个月没人来应门，最后它们只好弄来一具攻门槌来撞门。**喂，老兄，这么大声没吓着你吧，不好意思啊，弄坏了你的门。**

我不在乎门；我在乎的是家具。有家具坏掉、不见吗？我看没有。我只需要把东西弄上楼，扯掉包在外面的棉垫，放到它们该放的地方就好。

我在回家的途中经过“天幕”。这是德里一家迷人的小电影院，虽然（或者是因为）有录像带革命，但生意还是很好。那个月，他们放映的是五十年代的经典科幻名片。不过，四月时放映的全是亨弗莱·鲍嘉①的名片。他是乔一辈子的最爱。我在电影院门口的华盖下面站了好一阵子，端详他们贴的新片海报。等我回到家，马上在电话簿上随便挑了一家旅行社，跟那边的人说我要到拉戈岛。你是说西屿吧②，那人跟我说。不对，我跟他说，我是说拉戈岛，鲍嘉和白考尔演的《盖世枭雄》的拉戈岛，我要去三个礼拜。接着又转念一想，我有钱，单身一人，又退休了，这“三个礼拜”是什么意思？加到六个礼拜好了，我说。你帮我找一栋小屋什么的。会很贵哦，他说。我跟他说没关系。等我回德里后，就会是春意正浓

---

① 亨弗莱·鲍嘉（Humphrey Bogart，1899—1957），美国著名的硬汉演员，一生佳作、名作不少，其中以他和瑞典女星英格丽·褒曼（Ingrid Bergman，1915—1982）合演的《北非谍影》（*Casablanca*，1942）最为知名。

② 拉戈岛（Key Largo）是亨弗莱·鲍嘉一九四八年和劳伦·白考尔（Lauren Bacall，1924—2014）合演的名片《盖世枭雄》（*Key Largo*）的英文片名。西屿（Key West），又作“基韦斯特”，则是佛罗里达的度假胜地。

的时节了。

在这期间，我有家具要拆。

头一个月，我对拉戈岛很是着迷，可到了最后的两个星期，就无聊得要抓狂了。不过，我还是待了下去，因为无聊也是良方。忍受无聊的耐力高一点，能做的思考也多。我在那里吞了约莫千万只小虾下肚，灌了约莫千百杯玛格丽特下肚，又读了约莫二十三本约翰·麦克唐纳①的小说——真要好好算一下的话。我烤焦一层皮，脱掉一层皮，最后终于换得一身古铜色。我买了一顶运动帽，上面用鲜绿色印了“鹦鹉头”②几个字。我只在同一片海滩闲晃荡，到后来，每个人我都叫得出来名字。我也帮我的家具拆封。虽然有许多我不喜欢，但每一样都还真的正合我的屋子用。

我想乔，想我们一起走过的人生道路。我想跟她说，没人会把《二即是双》和《天使，望故乡》相提并论。“你别拿怀才不遇那一套屁话来烦我，行不行？努南!”她这样说过……我在拉戈岛那阵子，她这句话一直在我脑子里回响，每一次都是乔的声音：屁话，怀才不遇的屁话，狗屁小男生才会讲怀才不遇的屁话!

我回想乔穿着她那条红木色的长围裙朝我走来，手上的帽子里面满满都是黑色的喇叭菇。她笑得很得意，朝我大喊：“今晚没人吃得比努南家好!”我回想她给她的脚趾甲涂指甲油，上身整个弯下来压在两条大腿中间。女人家要做这件事不用这姿势还真不行。我回想她拿书扔我，因为我笑她剪的新发型。我回想她用她的五弦琴学弹乡村舞曲的神情。她没穿胸罩只套一件薄汗衫的身姿。我回想她哭的模样，笑的模样，生气的模样。我回想她骂我屁话，怀才不遇的屁话。

我也回想我做的那些噩梦，尤其最后一场算是压轴的大噩梦。这很容易，因为那一场噩梦跟别的比较平常的噩梦不一样，并没有因为时过境迁而淡化。我做过的梦中于事过多年之后依然清晰如昨的，就是那最后

---

① 约翰·麦克唐纳(John D.MacDonald，1916—1986)，美国侦探小说作家，人称“末代廉价小说王”。

② 鹦鹉头(Parrothead)，美国乡村摇滚歌星吉米·巴菲特(Jimmy Buffett，1946—)的铁杆歌迷组的俱乐部，以穿夏威夷衫、夹脚拖鞋和短裤，喝玛格丽特，提倡巴菲特标榜的“岛屿避世”(island escapism)情调为特征。

一场“莎拉笑”的噩梦，还有我生平头一遭的“咸湿梦”（一个女孩子没穿衣服躺在吊床上吃李子）。其他的梦不是糊成一团，就是忘得一干二净。

“莎拉笑”的那些梦，有很多细节我记得很清楚——潜鸟，蟋蟀，晚星，我许的愿望等——但我觉得这些大部分都似真实幻。若真要说的话，只是布景罢了，因此都可以排除在我的考虑之外。这就只剩三个主要的因素，也就是三件最大型的家具需要我来拆封了。

我坐在沙滩上，远眺落日缓缓沉落到我沾着沙的脚趾头下面。我想，各位不必当“逊客”，也想得出来这三样东西是怎么凑在一起的。

“莎拉笑”噩梦集里的主要因素，是在我背后的林子、在我下方的屋子，还有迈克·努南这个僵在半途没办法动弹的人。天色愈来愈暗，林子里潜藏危险。再往下走到屋子那边去很可怕——可能是因为那屋子空了很久吧。但我对我该朝那里去从没有过怀疑，不管怕或不怕，那是我仅有的避难所。只是，我到不了。我没办法动。我在做我的“写作漫步”。

不过，我在那最后一场噩梦里，终于有办法举步朝我的避难所走去了。但是，这“避难所”是假的。这避难所之危险，是我做过的……呃，对，我做过的最匪夷所思的怪梦都无从比拟的。我死去的妻子从屋子里冲出来，发出凄厉的尖叫，身上裹着尸衣，想要害我。即使过了五个礼拜，我离德里也大概有三千英里远，回想起那疾速冲过来、举着膨膨手臂的白色东西，我还是会禁不住发抖，忍不住要回头看看背后有没有什么东西。

但那真的是约翰娜吗？我也不敢说，对不对？那东西包得紧紧的。棺木看起来是像她下葬的那具没错，但也可能只是在误导。

写作漫步，写作障碍。

我没办法写了，我跟我梦里的声音说。那声音说我还可以写，那声音说写作障碍已经消失。这我相信，因为写作漫步消失了，我终于可以继续朝车道走下去，走到避难所去。只是，我很害怕。即使那白色东西还没出现，我也已经吓得魂飞魄散。我说我怕的是丹弗斯太太，但那只是我在梦里把“莎拉笑”和曼德雷搅和在一起。我怕的是——

“我怕的是写作，”我听见自己说得很响亮，“我连试一下都怕。”

那是我要搭机飞回缅因州前一晚的事。我整个人处在半醉未醒的当口——那一次度假到后来，我晚上多半以酒为伴。“我怕的不是写作障碍，我怕的是解开写作障碍。我是真的玩完了，各位，彻底玩完了。”

不管完还是没完，那时，我想我终于摸到了关键。我怕的是解开障碍，我怕的是重拾人生的线头继续走下去——没有乔相陪走下去。只是，在我心底深处，我相信这是我非做不可的事。躲在我身后林子里的那些险恶、窸窣的声音，要说的也就是这意思。而你信什么，可是有举足轻重的地位，可能还重得要命，尤其是你的想象力还很丰富的话。想象力丰富的人心里一起风暴，“好像”和“就是”的界线就会变得模糊起来。

林子里的怪东西，对，各位看官。我在想这些事时，手里就有。我举起手里的酒杯遥敬西方，落日映在玻璃杯身里面，一片火光灼灼。我酒喝得很凶，这在拉戈岛可能不成问题——哎呀，谁度假不喝得凶一点？这简直算是法律了呢。归期将届的时候，我喝得更凶，而且是随时可以喝到挂的喝法，会惹祸上身的喝法。

林子里有东西，可以避难的地方或许有吓人的怪物在守门。那怪物不是我太太，可能只是我关于她的记忆。这不是没有道理，因为“莎拉笑”一直是这世界上乔最钟爱的一处地方。由此，我就又想到了另一件事，而且还兴奋得从我躺的贵妃椅上一骨碌伸脚下了地，坐起身来。“莎拉笑”也一直是我那定稿仪式举行的地方……香槟，最后一句，还有最重要的那一句祝祷：哦，那就好了嘛，对不对？

我到底想不想重整旗鼓？我真的想要重整旗鼓吗？一个月或一年以前，我可能自己也说不准。但现在，我想，我的答案是肯定的。我要往前走——放掉亡妻旧爱，振作心灵，开始迈步前行。但在我往前走之前，得先倒回去一下。

我必须回那木屋去。回“莎拉笑”去。

“对，”我说出声来，全身汗毛直竖，“对，就是这样。”

有何不可？

这问题一冒出来，只让我觉得跟拉尔夫·罗伯茨提醒我该去度一次假一样，真呆！我若该回“莎拉笑”一趟，现在度假不就正要结束了吗？不就真的是有何不可了吗？头一两晚可能会有一点怕吧，因为最后一场噩梦的阴魂还没散去。但回那里去，说不定还能把那噩梦早一点赶走。

而且，搞不好我写作的问题可以因此改观（这最后一点，其实是被我压在意识的偏僻角落里的）。不太可能吧……但也不是完全不可能。天降神迹不论，元旦时我坐在浴缸的边缘用蘸湿的浴巾擦额头上的划伤时，心里不就想过这样的话吗？对，天降神迹。不是有盲人因为跌倒撞到头而忽然复明吗？不是有瘸子走到教堂台阶的最高一级就可以扔掉手里的拐杖吗？

还有八九个月的时间，哈罗德和德布拉才会真正开始拿下一本小说的事来烦我。在这期间，我决定就待在“莎拉笑”了。德里那边是要花一点时间打理一些事情，同时也要让比尔·迪安有时间帮我把湖边的木屋整理好，我才可以住。但七月四号，我就可以过去了，肯定没问题。我觉得七月四号这日子不错，不仅因为这一天是美国的国庆日，缅因州西部的蚊虫季会在那时候告终也是很重要的考虑因素。

那一天，我收拾好度假行李（约翰·麦克唐纳的平装本小说我就留在度假小屋，给下一任住客看了），刮掉一个礼拜没刮的胡子茬，带着一张黑得自己差一点都认不出来的脸，搭机飞回缅因州。我下定决心：我要回那地方去。那地方在我的下意识里是避难所，替我挡掉了愈来愈深的黑暗。虽然我心里知道，这一次回去不是没有风险，但我还是要回去。我回去时，不会奢望“莎拉笑”变成“卢尔德”①……但我至少还可以希望。而且，这次等我看到湖上有晚星初现的时候，一定要许下愿望。

我对“莎拉笑噩梦集”所作的这一番解释虽然条理分明，却还有一件事摆不平。由于我找不到说法来解读，只好故意扔着不管。只不过我到底没这个命，因为，我想，我心底还是躲着一个作家吧。作家这一种人，就是有办法要他的脑子胡思乱想。

那件事，就是我手背上的那道划伤。那道划伤在每场噩梦里都出现过，真的，没骗你……然后，划伤真的出现在现实世界里了。这可是弗洛伊德的书里找不到的鬼话。这样的事，绝对只在“精神病友”的求助热线上才听得到。

纯粹巧合罢了。飞机降落时，我心里想道。我坐的是 A-2 的座位（搭飞机坐最前面的好处是，若飞机坠毁，你会是“抵达”事故现场的第一人）。飞机飞向班戈国际机场的滑行路线时，我看着窗外的松树发呆。积雪已经全部褪去，静待来年再见。我呢，度假悠闲得要死。*只是巧合。你一辈子划破手不知有多少回！我的意思是，人的手永远摆在身体的最前面，对*

① 卢尔德（Lourdes），法国境内最大的一处天主教圣地，神迹的传闻很多。

不对？人的手老是到处乱挥，对不对？所以手会划伤跟自找的差不多嘛！

这些话说起来都没错，但又有地方不对。是没错，但是……唉……

是地下室的小伙子们。是他们不肯信。地下室的小伙子们就是不肯信。

这时，我搭的这一架七三七客机落地，抖了一下，这些思绪就全被我扔了出去。

回到家后的那个下午，我在衣橱里面乱翻，终于摸到了我装乔旧照片的鞋盒。我把照片理了理，然后细看我们在旧怨湖拍的照片。旧怨湖的照片多得吓死人，只是，热衷拍照的人是约翰娜，因此照片里有她的不多。不过，还是让我找到了一张，我记得是一九九〇年或一九九一年拍的。

有时，连摄影菜鸟也拍得出好照片——就像七百只猴子花上七百年在七百台打字机上乱敲一通，不也……这一张就真的拍得很好。照片里的乔正站在浮台上面，阳光映在她身后，红里泛着金黄。她刚从湖里爬上来，全身湿答答的。她穿的是两截式泳装，灰色，带红色的滚边。我正好抓拍到她伸手把湿漉漉的头发从额头和太阳穴拨开的模样，巧笑倩兮。她的乳头透过泳装的三角罩杯看得很清楚，就像B级片这类见不得人的爱好——海滩派对出现吃人怪兽，平静校园跑来疯狂杀手——里的女主角在电影海报里的媚影。

我忽然像狠狠挨了一拳一样欲火中烧！好想要她。我要她就在楼上，模样跟照片里一样，一绺绺湿湿的头发挂在脸颊上，湿答答的泳衣贴在身上。我要隔着上面那一截泳衣吸吮她的乳头，舔布料的味道，透过布料感觉她挺立的乳房；我要吸她泳衣布料的水分，像吸奶一样，然后扯下她的下半截泳衣，和她翻云覆雨，直到两人销魂蚀骨，极乐不知所属。

我抖着手把照片放到一旁，和其他几张我最喜欢的照片摆在一起（不过，我对其他几张的喜欢都比不上这一张）。这时，我已经兴奋起来，兴奋得像薄薄的一层皮下裹的是一块石头。兴奋到这程度，等它褪掉，你绝对也瘫了。

要解决这样的问题，身边又没女人可以帮忙，最快的方法自然是打手枪。只是那时，这念头我想都没想过。相反，我在楼上的几个房间里走过来走过去，焦躁得很，拳头一下握紧、一下松开，牛仔裤的裤裆里像装了一根管状的饰品。

生气可能是悼亡过程里的正常阶段——我在某篇文章里看到——但

我在约翰娜死后，从没生过她的气，直到我找到那张照片的一天。我走来走去，升起来的旗就是不肯降下来，心里充满愤怒。笨死了这婆娘！怎么会挑一年中最热的一天出门办事？大笨蛋，根本没把我放在心上，这死婆娘！留我一个人变成现在这样！连书也没办法写！

我坐在楼梯上，想自己该怎么办。这时候应该要喝一杯才好吧，然后再加一杯挠挠前面那杯的背。我刚要站起来，又觉得那不是个好主意。

我改到书房里去打开电脑，玩起填字游戏。那一晚我上床时，原想要再看一眼乔穿泳装的照片，但马上又觉得这跟我在又气又沮丧的时候喝上两杯同样不好。*只是，我今天晚上一定又会做那一场梦*，我关灯的时候心想，*我一定又会做那一场梦*。

但我没有。我那"莎拉笑噩梦集"好像结束了。

又想了一个礼拜后，"至少到湖边避暑吧"就变得像是愈来愈理想的主意了。所以，五月初的一个礼拜六下午，我想我那位自尊自重的缅因州房屋管理人一定会待在家里看红袜队比赛，于是我打了电话给比尔·迪安，跟他说我要在七月四日左右到湖边的木屋去……若顺利的话，说不定连秋天、冬天都在那里过。

"哦，好的，"他说，"这真是好消息。这里好多人都很想你，迈克。你太太的事，不少人想跟你致哀，你知道吧。"

他的口气是不是有一丝丝责备的味道？还是我自己的想象？我和乔在那一带确实不是没有影响。"莫顿—卡许瓦卡玛—城堡景观丘"一带唯一的小图书馆，我和乔就奉献过不少心力。乔也带头募款，相当成功，替地方弄了一辆书香专车行走四方。除此之外，她还参加仕女裁缝社(阿富汗毛毯是她的专长)，也是城堡郡工艺合作社的要员。她探访病患，协助年度消防义务捐血活动，在城堡岩的盛夏庆里替女性拿下一席摊位……林林总总，还都只是她刚开始施展手脚。而且，这些事她做起来一点也没有卖弄"大地之母"的姿态，她总是含蓄、谦逊，头压得低低的(一般都是为了要把她脸上那一抹快意的笑藏起来——我的乔可是有比耶尔斯[1]的幽

---

① 安布罗斯·比耶尔斯(Ambrose Gwinett Bierce，1842—1914)，以《魔鬼辞典》(*Devil's Dictionary*)闻名的美国记者、作家，以冷嘲热讽的尖刻笔调出名。

默呢)。所以,老天爷啊,我想老比尔要骂人也不是没有道理。

“大家都想念她。”我说。

“是啊,大家都想念她。”

“我自己依然很想她。我不回湖边小屋,大概也是因为这缘故吧。我们在那里有过太多美好时光。”

“我想也是。但你若能回来,我真的高兴极啦。我有的忙了。屋子都还不错——你今天下午要来都可以,就看你想不想——只是,房子空久了,像‘莎拉笑’这样,还是会有霉味的。”

“我知道。”

“我会叫布伦达·梅泽夫把屋子从上到下打扫一遍。就是以前替你们打扫的那位,你还记得吗?”

“布伦达年纪大了,要她一个人做全面的春季大扫除好吗?”我们说的这位女士六十五岁,身材矮壮,性情温和,粗人一个,但笑口常开。她特别爱拿巡回推销员开玩笑,说这些人到了晚上就像兔子一样从这个洞跳到那个洞。她啊,和丹弗斯太太八竿子打不着。

“布伦达·梅泽夫这样的太太吆喝大家共襄盛举,从来不嫌老。”比尔说,“她会再叫两三个女孩来负责扫灰、搬东西的。要花你三百块大洋。可以吗?”

“太便宜了。”

“水井要测一下,发电机也是,但我敢说这两样都没问题。我在乔的书房旁边看到黄蜂窝,要趁着木头干透前先用火熏掉。哦,老屋的屋顶——你知道,就是最中间的主屋——要换瓦了。去年就该跟你提了,但你一直没来住,我就随它去了。这笔开销你可以接受吗?”

“可以,万把块没问题。超过一万,就打电话给我。”

“若超过一万,我就笑嘻嘻地去跟猪玩亲亲。”

“可以在我到那里前都弄好吗?”

“可以。你需要一点隐私,这我知道……若还没好,一定先让你知道。她那么年轻就走了,我们都吓了一跳。每个人都是。又惊讶,又伤心。她真是个大好人。”“大好人”从老扬基的嘴里说出来很像“讨海人”。

“谢谢你,比尔,”我觉得热泪在眼眶里刺得微痛。伤心像喝醉酒的客人,不停回过头来做最后一次道别。“谢谢你跟我说这些。”

“替你留一份胡萝卜蛋糕哟，小老弟。”他说完笑了一下，但有一点迟疑，好像怕他这话说得不得体。

“胡萝卜蛋糕啊，多多益善。”我说，“就算做得太多，肯尼·奥斯特养的那条爱尔兰狼犬不是还在吗？”

“在，那条狗吃起胡萝卜蛋糕来不撑破肚皮就不知道停！”比尔兴致高昂地朗声说道，咯咯笑到咳了几声。我静静听他说，自己也微微笑了一下。“他叫他那条狗‘小蓝莓’，天知道怎么会取这样的名字！还真是‘空空’！”我想他指的应该是那条狗而不是狗主人吧。肯尼·奥斯特身高不到五英尺，小巧玲珑，绝对是“空空”的反面。缅因州特有的这一形容词，是笨手笨脚的意思。

这时，我忽然发现自己好想他们——比尔、布伦达、巴迪·杰利森、肯尼·奥斯特，还有其他终年住在湖边的人。我连小蓝莓也想。这条爱尔兰狼犬不论走到哪里，头永远抬得高高的，好像脑袋瓜里只有一半大脑，下巴也永远挂着长长的口水。

“我下去过，打扫冬天暴风雪留下的垃圾。”比尔听起来有一点不好意思，“今年不算坏——最后一场大风雪只是雪大而已，谢天谢地——但还是剩下不少垃圾没清完。这是我早该清掉的，你没住过来根本不是借口，要知道你的支票我都兑换了。”听这两鬓花白的老家伙捶胸顿足、呼天抢地，有一点好玩。乔还在的话，准会笑出来了。

“只要七月四号以前万事搞定，比尔，就可以了。”

“保准你乐得跟泥滩里的蛤蜊一样合不拢嘴，这我保证。”比尔自己听起来才像泥滩里的蛤蜊，我也很高兴。“又要下来在湖边写新书啊？跟以前一样？倒不是前一对夫妇人不好，我太太对前一对夫妇没意见，只是——”

“这我就不知道了。”我说，这是实话。接着，我忽然起了一个念头：“比尔，能不能先帮我做一件事，再清理车道，要布伦达·梅泽夫开始大扫除？”

“有事尽管吩咐。”他说。我就跟他说了我要他帮忙的事。

四天后，我收到一个小包裹，上面的回邮地址很简单：**迪安/邮局取件/TR-90(旧怨湖)**。我打开小包裹，晃一下，就从里面掉出了二十张照片，都是那种用后即丢的小相机拍的。

比尔拍的全都是一张张不同取景的木屋照片，大部分都给人长久没人住的荒凉感觉……即使是有人照管(套用比尔的话)的房子,过一阵子,照样会有那种荒凉感。

但这些我不太去看,前面四张才是我要的。我把照片排在厨房的桌上,屋外强烈的阳光正好可以打在照片上面。这几张照片,比尔是从车道顶上往下拍的,立可抛相机对准伸手伸脚、四仰八叉的“莎拉笑”。从照片里看得出来,不仅主屋的木头上有青苔,加盖的北厢和南厢的木头也都长了青苔。断掉的树枝落了满地,车道上也积了一层松针。比尔一定想在他睡午觉前就全打扫干净,但没动手。我跟他说得很清楚我要怎样的照片——我说要“原汁原味”——所以比尔就照吩咐给了我原汁原味。

车道两边的灌木丛,在我和乔最后一次去住之后,往外蔓生了不少;不算乱长,不过,没错,有些长一点的枝丫伸过了柏油路面,像情人般急着相会。

只是,我的目光不断回到同一个地方,无法挪开:车道底的门阶。照片里的景象和“莎拉笑噩梦集”的类似,可能只是巧合(要不就是作家活跃得出奇的想象力又在作怪),但从台阶的木板下面长出三朵向日葵,和我手背上的那道划伤一样,教我不知如何解释。

我把这张照片翻过来,背面有一行蜘蛛脚一样的字,是比尔写的:这几个家伙来得也太早了……还擅闯私人土地!

我再把照片翻正。三朵向日葵穿过台阶的木板长了出来。不是两朵,不是四朵,而是三朵向日葵,像探照灯!

和我做的梦一模一样!

6

一九九八年六月三日,我把两个行李箱和我的笔记本电脑扔进我那辆中型雪佛兰的后备厢,开始从车道倒车,但马上又停下车,再次走进屋里。屋里空荡荡的,有一点凄凉,像忠贞不渝的爱人忽然被人甩了,却百思不得其解。家具都还没盖防尘套,电也没断(我心里清楚我的“旧怨湖大实验”可能很快就宣告彻底失败），但这班顿街 14 号给人的感觉却仍然像没人住的废屋。一个个房间满是家具，应该不至于会有回音，但我走在中间，却有回音传来。到处都是游尘飘移的蒙蒙光线。

我书房里的电脑显示器蒙着防尘罩，看起来活像刽子手的脑袋。我跪在书桌前，拉开一个抽屉，里面有四令[①]纸。我拿起一令纸夹在腋下，刚起身走开，又回过头来。乔那张穿着泳衣的惊艳照片，我收在中间的大抽屉里了。我拿出照片，撕开我拿的那一令纸的包装边缘，把它像书签般夹在中间。我若真有幸能重拾写作，而且还写得下去，就可以在写到第二百五十页时，和乔重逢。

我离开屋子，锁上后门，坐进车里，开车离开德里。而且，就此一去不回。

在这之前，我有好几次真的很想回湖边一趟，看看整修的工程做得怎样——那次的整修工程，到后来比比尔·迪安原先想的要大很多。挡下我没去的理由，是我心里有一种感觉，用理性说不清楚却依然很强烈的感觉：我不应该去。我回到“莎拉笑”的时候，就应该是打开行李长住下来。

比尔雇了肯尼·奥斯特重修木屋的屋顶，也雇了肯尼的亲戚蒂米·拉里布帮木屋“刮痧”：用原木盖的屋子，有时跟马桶一样也需要好好刷一刷。比尔又叫来了水电工检查管线，征得我的同意后，换掉了一部分老旧的管线和水井泵。

比尔在电话上核对这些开销，不时会大呼小叫一下，发一发牢骚，我就随他去。一旦第五代或第六代扬基佬和花钱的事情搅和在一起，你最好是袖手旁观，随他们一吐胸中不快。要扬基佬把一张张绿油油的钞票送出去，简直有如要他们在大庭广众之下亲热一样离谱。至于我自己呢，倒是一点也不在乎这些开销。我大部分时候过得相当节省，不是为了什么勤俭持家的大道理，而是因为我的想象力在许多地方都会活蹦乱跳，唯独碰上花钱的事就不太会动了。我所谓的“摆阔”，就是到波士顿玩上三天，看一场红袜队的比赛，去淘乐音乐城逛一逛，外加到剑桥的华兹华斯书店[②]去

---

① 令是纸张的计数单位，以前为四百八十张，现在是五百或五百一十六张。

② 华兹华斯书店（Wordsworth Bookstore），一九七六年在哈佛广场（Harvard Square）开张的书店，以书种齐全、书价低廉闻名的个性书店，但于二〇〇四年不敌网络书店而停业。

一趟,就够了。这样的生活,连利息都用不了多少,遑论本金,何况我在沃特维尔的财务经理很出色。我锁上门离开德里朝 TR-90 去的那天,我的身价可是五百万美金不止。我和比尔・盖茨当然没得比,但在这一带算是大富翁了。因此,修房子的花费就算高一点,我也不至于摆脸色。

那一年的晚春和初夏对我来说相当特别。我的日子大部分都耗在等待,耗在理清我在德里的杂事,耗在回比尔・迪安打电话来报告又出了什么最新的乱子,还有,耗在想办法不去多想。接受《出版人周刊》的访问时,记者问我"丧妻过后"重拾写作有没有困难? 我板着脸,斩钉截铁回他一句"没有"。哪有? 真的。我的问题是在写完《从巅峰直坠而下》之后才开始的,在那之前,我可是像扫黑大队一样虎虎生风!

六月中旬,我在"星光咖啡屋"和弗兰克・阿伦约了一起吃午餐。这一家"星光"开在刘易斯顿,正好在他那边和我这边的中间点。我们吃甜点("星光"最有名的草莓酥饼)的时候,弗兰克问我有没有再交女朋友。我看着他,很惊讶。

"你看什么看?"他问我,脸上露出了世上九百大莫名情绪之一——"好笑"又"好气"。"我不觉得你这样是对乔不忠,到八月份她就过世四年了。"

"没有,我谁也没有。"

他瞅着我看,没吭声。我也看着他,几秒钟后,开始摇手里的汤匙,搅拌浇在酥饼上面的发泡奶油。酥饼刚出炉,还热着,奶油遇热即溶。我想起一首很好笑的老歌,讲一个人把糕饼留在雨里忘了拿走。

"你有女朋友吗?"

"这不关你的事吧。"

"唉,你这个人! 比方说去度假的时候啊,你——"

我把眼睛从化掉的发泡奶油上面抬起来。"没有,"我说,"谁也没有。"

他又沉默了一会儿,我想他是在想该怎么转入下一话题。谈什么我倒是无所谓。只是,他反而单刀直入,直接问我约翰娜死后我有没有跟谁上过床。这问题我若骗他,他就算不信也会将信就信混过去——天底下的男人哪个在谈到上床的事时不骗人的? 但我说了实话……还带着些许邪门儿的快感。

“没有。”

“一次也没有？”

“一次也没有。”

“那按摩院呢？你知道的，就是至少——”

“没。”

他坐在那里，用汤匙敲他盛甜点的小碗碗口。他一口也没吃，打量我的眼神像是在看最新发现的恶心小虫标本。我不喜欢他这样看我，但可以理解。

我是有两次机会离现在说的“发生关系”很近，但没一次是在拉戈岛，虽然那里约莫有两千位美女，身上只挂着零星的布条和一试就成的诱惑，打我眼前走过，供我随兴品头论足。其中一位女主角是红发的女侍，叫凯莉，在外延道路上的一家餐厅工作，我常去那里吃午餐。去了一阵子后，我们两个开始聊上两句，开一开小玩笑什么的。再之后，就会偶尔四目交投——各位知道我的意思，就是对望的时间有一点太久的那种。我开始瞄她的腿，瞄她转身时制服紧绷在臀部上的线条。她也知道我的眼神会跟着她跑。

另一位主角是“新生”里的一个女的。“新生”是我以前健身的地方。那里有一个身材高挑的女人，喜欢上身穿粉红色的健身胸衣，下身穿黑色的自行车短裤，挺赏心悦目的。还有，她坐上健身脚踏车，开始踩那不知要走到哪里的有氧之旅时读的东西，我还蛮中意的——不是《仕女》或《大都市》一类的杂志，而是约翰·欧文①、埃伦·吉尔克里斯特②这一级作家的作品。我喜欢正经读书的人，倒不是因为我自己也写书。读书人跟天下人都一样，开口讲的一定以天气为先；但一般而言，读书人更有办法把话题从天气往外面拉。

这位爱穿粉红运动背心加黑色短裤的金发佳丽，叫做阿德里亚·邦迪。我们两个有一次并肩踩脚踏车踩到云深不知处时，聊起了书。

---

① 约翰·欧文（John Irving，1942— ），美国作家，名作有《苹果酒屋的规则》（*The Cider House Rules*）、《第四只手》（*The Fourth Hand*）、《心尘往事》（*The World According to Garp*）、《为欧文·米尼祈祷》（*A Prayer for Owen Meany*）等多部。

② 埃伦·吉尔克里斯特（Ellen Gilchrist，1935— ），美国女作家，写诗、长短篇小说、评论。曾以《战胜日本》（*Victory over Japan*）赢得一九八四年美国国家图书奖。

后来,我在重量训练区一个礼拜要陪她做一两次重训,当她的防护员。防护这件事,会给人怪怪的亲密感。我想,举重的人平躺的姿势固然是其一(尤其举重的那人是女人的话),但也未必尽然。主要还在于彼此间有依赖关系。虽然不能说是真到了生死相许的地步,但举重时,一个人真的有一点像是把身家性命都交给了做防护的人。到了一九九六年冬天,我们四目交投的时刻开始出现。她躺在长椅上,我站在旁边,看着下方她仰卧朝上的脸庞。我们眼神的交会开始比平常要长一点了。

凯莉年约三十,阿德里亚可能比她要小一点。凯莉离了婚,阿德里亚还没结过婚。对于她们两个,我都还不算老牛吃嫩草。而且,我想,她们两个也都愿意视需要和我上床,算是某种“随性而来”的甜蜜之事。我处理凯莉的方式,是换到另一家餐厅吃午餐;基督教青年会送我健身试用券后,我也马上抓住机会办了手续,没再回“新生”去健身了。我记得,在我换健身房后约六个月吧,有次在街上偶遇阿德里亚·邦迪。我虽然跟她说了一声“嗨”,但硬是不去看一下她不解又伤心的眼神。

纯粹就生理需求而言,她们两个我都想要(说实在的,我记得我好像还做过一场春梦,梦里面我还真的两个一起上,同一时间,同一张床)。但话说回来,我又谁都不想要。有一部分原因在于我没办法写作——我的日子已经够惨了,谢谢你,其他的麻烦能免就免。另一部分原因在于要搞清楚朝你大送秋波的女人真正感兴趣的,到底是你的人,还是你相当可观的银行存款,这相当费事儿。

但我想,最主要的原因,还是在于那时乔依然占据了我绝大部分的心,我的心空不出来地方放别人进去,即使已经过了四年。这悲伤好像变成了胆固醇。各位若觉得这说法好笑或很怪,还真该感谢上苍。

“那么朋友呢?”弗兰克又问,他现在终于开始吃他的草莓酥饼了,“应该还是会和老朋友见见面的吧,有吗?”

“有啊,”我说,“还不少。”又撒谎,但我真的有很多字谜可以做,有很多书可以读,有录像机可以在晚上看很多电影。我连片尾联邦调查局关于不得盗版的警告都背得出来。但要谈到有血有肉的真人,我离开德里时打电话辞行的人,就只有我的医生和牙医。那年六月我寄出去的信,多半是寄给《哈珀》和《国家地理》等杂志,为了更改邮递地址。

“弗兰克,”我说,“你讲话怎么跟犹太老妈子一样?”

“跟你在一起时，我就是忍不住要当一下犹太老妈子。”他说，“只是，这老妈子觉得烤马铃薯的疗效比逾越节舞会要大。不过，我还是觉得这么久以来，你终于有了一点起色，终于胖了一点——”

“胖太多啦。”

“胡说！你来过圣诞节时活像伊卡博德·克莱恩①。还有，脸和手臂也晒黑了。”

“我常散步。”

“你是真的好一点了……眼睛除外。你那眼神啊，每次都看得我好担心。我想乔也会高兴有人替你担心。”

“什么眼神？”我问。

“你动不动就露出那种‘遥望千里’的恍惚眼神啊②。想听实话吗？你那样子活像不知被什么抓住了魂魄却挣脱不开。”

我三点半离开德里，先在拉姆福德停下吃晚餐，再继续上路，在缓缓沉落的落日中，在缅因州西部的起伏丘峦里驱车缓缓前行。我启程和到达的时间，事先都小心算过——就算不是故意去算，也绝不是偶然。等我开车经过莫顿，朝还没设立行政区的 TR-90 前进时，就开始觉得心脏跳得愈来愈猛烈。虽然车里有空调，但我的脸上和手臂还是冒出了冷汗。收音机里播的东西一无是处，音乐活像鬼叫，我就伸手把它关了。

我的害怕有充分的理由。就算是把梦境和现实两边诡异的异花授粉放下不论（这要我做起来还不简单？只消把我手背上的划伤和从后门门阶木板下面长出来的日向葵，当作纯属巧合或神经过敏，不去管它们就好了），我还是有理由害怕。因为，这些噩梦不是寻常的噩梦。过了这么些年后，我又决定回湖边去住，也不是寻常的决定。我才不是现代的那种千禧末日的信徒，急着做性灵的追寻，面对内心的恐惧（我很好，你很好，大

---

① 伊卡博德·克莱恩（Ichabod Crane），美国男星约翰尼·德普（Johnny Depp）在电影《断头谷》（*Sleepy Hollow*）里演的治安官，双颊瘦削。

② “遥望千里”的眼神，原文作 thousand-yard stare，出自艺术家汤姆·利（Tom Lea，1907—2001）的画作《两千码外的凝视》（*Two-Thousand Yard Stare*），画里是备受战火荼毒的年轻海军，眼神空洞虚无，像是看向二千码外。

家以威廉·阿克曼①的音乐作背景,围成圆圈一起打手枪)。我觉得自己更像《圣经·旧约》里的疯子先知,因为在梦里听见了神的召唤,于是准备深入沙漠只靠吃蝗虫、喝碱水过活②。

我这人是有麻烦没错。我过的是级数由中转强的混乱日子,没办法写作还只是其中的一部分。我虽然没有娈童癖,也不会拿着扩音器在时代广场到处宣扬阴谋论,但我还是有麻烦。我搞丢了我在人世间所处的方位,还一直找不回来。这也不稀奇,毕竟人生不是一本书。我在那年六月的大热天干的事,像是在自找电击治疗。各位起码要肯定我这一点——我对自己的状况可绝不是没有自觉。

到旧怨湖的路线是要这么走的:从德里到纽波特,走 I-95 公路;从纽波特到贝塞尔,走 2 号公路(在拉姆福德停一下,那里以前可是臭得像阴曹地府的门口,直到当地的纸浆业在里根的第二任期内叫停才告改善);从贝塞尔到沃特福德,走 5 号公路。再下来就要改走 68 号公路,也就是旧的郡道,横越城堡景观丘,再穿过莫顿(那里有一栋谷仓改装成的小店,卖录像带、啤酒、二手来复枪等等)。之后,走过"TR-90"的路标,再走过一面看板:"保育警察是急难时最好的帮手,请致电1-800-555-GAME,或手机直拨 * 72。"在这一堆字上面有人用喷漆加了一句:"干你老鸟!"

开过那看板再往前走五英里,就会看到右手边有一条窄窄的小路,路标是一块方方的锡片,上面印了"42"两个数字,已经很模糊。在"42"这两个数字上面,各又被点二二手枪打了一个洞,样子像变音的符号。

我就如自己事先预料的时间,转进这条小路——美国东部夏令时傍晚七点一十六分;我这辆雪佛兰仪表盘上的钟说的。

而我那时的感觉,像是游子归乡。

我再以里程表为准,往前开了十分之二英里,耳朵不时听到长在小路隆丘上的野草刮擦车子的底盘;也有树枝偶尔划过车顶,或像是一拳打在副驾驶的车门上面。

---

① 威廉·阿克曼(William Ackerman),美国吉他手,一九七六年创立 Windham Hill 唱片品牌,空灵的乐风赢得"新世纪音乐"(New Age)的封号。

② 《耶利米书》第十七章第六节:因他必像沙漠的杜松,不见福乐来到,却要住旷野干旱之处,无人居住的碱地。

最后，我终于停下车，关掉引擎。我从车里出来，走到车屁股后面，趴在地上，开始拔雪佛兰滚烫的排气管下面的野草。那年夏天的气候很干燥，还是小心为妙。我挑这时间跑来这里，为的是重温我做过的梦，看能不能使我对它有更深一层的体悟，或得出人生下一步的指点，引发森林大火绝对有违我的初衷。

拔完野草后，我从地上站起来，四下环顾一番。蟋蟀唧唧吟唱，跟我梦里一样。小路两旁的树木离得很近，也跟我梦里一样。抬头往上看，依然是一线愈来愈暗的蓝天。

我再度沿着右边的辙道前行。以前乔和我在这条路底有一户邻居，是位老人家，名叫拉斯·沃什伯恩。但现在，拉斯的车道长满了矮丛刺柏，还用一条生锈的铁链围起来。拴链子的两株树，左边的树上钉着告示牌："非请莫入"；右边的树上也钉着牌子，上面写的则是："未来世纪房地产"，外加这一区的电话号码。字迹都已褪去，在浓重的暮色里很难看得清楚。

我没停下脚步，也注意到自己的心脏还是跳得扑通乱响。蚊子绕着我的脸和手臂嗡嗡乱飞。蚊子荼毒的高峰期已过，但我汗流得多，而蚊子最喜欢汗味。准是这汗味让它们联想到血。

至于我朝"莎拉笑"走去时心里有多害怕呢？我现在不记得了。我想，恐惧大概跟痛苦一样，一旦过去，就会从我们的脑子里一溜烟跑得无影无踪。我倒还记得我在那之前到"莎拉笑"时有过的感觉，尤其是自己单独一人走这段小路时的感觉。那感觉，是觉得现实好单薄。现实真的很单薄，各位知道吗？单薄得跟融雪后的结冰湖面一样，而我们专爱拿声、光、动作把这单薄掩盖起来，不去面对。只是，在 42 巷这样的地方，你会发现所有的烟幕和镜子一概都被人拿走了。仅剩蟋蟀的叫声；绿叶愈来愈暗，最后变成黑影；树枝看起来像人脸；你的心脏在胸口扑通乱跳，血流在眼窝里咕嘟乱撞，头顶上的天色像是白昼的双颊骤然没了它蓝色的血流。

白昼离去之后，随之而起的感觉就很确定：在表皮之下有秘密幽藏，有谜团既黑又亮。每有声息，你都感觉得到这谜；每有阴影，你都看得到这谜；每一举步，你都以为会撞上这谜。这谜，就在这里；你掠过这谜，像滑冰选手瞬息划出一道弯弧，直朝终点奔去。

我在下车往南又走了约半英里的地方，停了一下。从那里到“莎拉笑”的车道，还要再往南半英里。小路在这里有一个急转弯，右手边是一片空旷的野地，朝湖边陡峭下滑。这里的人叫这块野地“蒂德韦尔草地”，有时也叫“旧营地”。莎拉·蒂德韦尔和她那一帮怪人以前就是在这片草地上盖小屋子住，至少依玛丽·欣格曼的说法是这样(有一次我问起比尔·迪安这件事，他也说就是这里……只是，他那时好像没兴趣多谈，我也觉得他的反应有一点怪)。

我在那里站了一下，眺望旧怨湖的北岸。湖水平滑如镜，映着落日余晖依然艳丽。湖面看不到一丝涟漪，也看不到一艘快艇。我想人们应该都回码头去了，或在沃林顿的夕阳酒吧里大口吃龙虾卷，大口喝混合酒。之后，一定又会有几个人在“冰”①和马丁尼的助阵下，就着月光在湖面上冲过来又冲过去。当时我心里还想，不知道届时我还会留在这里听他们叫闹吗？我觉得，到了那时，我很可能已经在回德里的路上了，不是被我发现的事给吓跑，就是因为我什么也没发现，失望回头。

“‘你这个小丑。’思特里克兰德骂了一句。”

我没想到我会开口说话，但这一句居然就脱口而出，究竟为何会说这一句，我自己也搞不懂。我马上想起梦到乔躲在床底的事，不禁浑身发抖。一只蚊子在我耳朵旁边乱叫，我挥手把它赶开，再举步上路。

当我终于走到车道顶端时，时间正符合预期。那种重返梦境的感觉也未免太真切了。就连绑在“莎拉笑”路标上的气球(一白一蓝，两个都用黑墨水整齐印上了“欢迎迈克归来!”几个字)，衬着背景里愈来愈暗的飘飘树影，也好像在加强我刻意营造的“似曾相识”。只是，没有两场梦会完全一样的吧，对不对？脑子里想的事和人手做出来的事，绝对不会一模一样，再怎么费力要弄成一样也绝不可能。因为，我们的每一天都不会和前一天一样，甚至这一刻都绝不会和前一刻一样。

我朝路标走去，在苍茫的暮色里，感觉到这地方深埋着谜。我捏一捏路标的木板，感受一下木板粗糙的触感，又用大拇指去划木板上的字。我不管木板裂开的碎片会扎手，像盲人读点字一样，用手指头去读路标上的字：**莎、拉、笑。**

---

① “冰”(speed)，俗名，即学名“甲基苯异丙胺”的兴奋剂。

车道上落了一地松针和被风打落的树枝，都已经扫干净了。但旧怨湖还是闪着凋零玫瑰似的幽光，跟我梦里一样。伸手伸脚的那栋大房子也是。比尔做事很周到，把后门的灯留着没关，从门阶木板下面长出来的向日葵也早就砍掉。只不过，其他全都一样。

我抬起头来，看着小路上方的那一线天色。什么也没有……我再等……还是什么也没有……我再等……有了！正在我视线焦点的所在之处！有那么一下子，是只有愈来愈暗的天色（一抹深蓝从边缘慢慢渗开，像晕散的墨水），可忽然间，金星出现在天上，又亮又稳定。常听人说"看星星出来"，我想有的人是真的看得到星星"出来"。这次应该是我有生以来第一次看到星星"出来"了。我照样跟梦里一样对着金星许愿，但这次我是在真实世界里面许愿，而且我许的愿不是要乔回我的身边来。

"帮我！"我看着天上的星星说。我原想再多说一点，但想不起来还要说什么。我自己也不知道我要它帮我什么。

好了！脑子里有声音在催我，有一点担心的口气。这样就好了！赶快回头，回车上去。

可我原先的计划不是这样。我的计划是顺着车道走下去，跟我做的最后那场梦一样；那场噩梦。我的计划是要向自己证明根本没有什么裹着尸衣的东西躲在那栋又大又老的木屋的黑影里面。这计划颇像跟着"新世纪"的箴言走：所谓"fear"（恐惧），就是"Face Everything And Recover"（勇敢面对，勇于重生）。只是，我站在那里看着门廊上的灯光（在愈来愈深的夜色里，看起来好弱），心里忽然想到：其实还有另一种说法！没那么《早安星光》①的说法。"fear"其实是："Fuck Everything And Run"（妈的我管你，闪人要紧）。我一个人站在这林子里，天光正从天际消退，取后一种说法可能才算聪明。

我再朝下看，看到自己手上拎了一个气球，不禁莞尔——我在想这些事时，竟不知不觉伸手解开了一个气球拿在手上。气球拴在我攥在手里的线头上面，轻摇慢摆。在幽暗的天色里面，气球上面印的字已经看不清楚了。

---

① 《早安星光》(*Good Morning Starshine*)，一首英语歌谣，旋律优美，意境单纯安详。

说不定这一切全都无解;说不定我会无法动弹;说不定那“作家漫步”的老毛病又会再犯,害我只能站在这里像雕像一样,一直站到有人经过时把我拉开。

但这一次,我是在真实的世界里面;在真实的世界里面,没有“作家漫步”这样的鬼话。我松开手,放掉手里的那条线,任气球飘到头顶上面,然后开始沿着车道走下去。我一步、一步往前走,跟我早在一九五九年学会这把戏后就一直在走的步伐一样。我每走一步,新鲜但微腥的松树气味就加深一分。有一次,我发觉自己居然特别加大步伐,准备跨过梦里出现的一条树上掉下来的大枝子,只是现实世界里面并没有这树枝。

我的心脏还是扑通扑通乱跳,全身也还是汗如雨下,弄得皮肤又油又湿,惹得蚊子一路跟踪。我举起一只手,拨开落在额上的头发,忽然停住,举起的这只手还五指张开插在头发里面,停在我的眼前。我马上把另一只手也举起来,放在这只手旁边。这两只手上都没伤口,连一丝受伤过后的疤痕也没有。冰雪暴那晚我在房里乱爬时划破的伤痕全不见了。

“没事,”我说,“没事。”

“你这个小丑。”思特里克兰德骂了一句。我心里有声音应道。不是我的声音,不是乔的声音。不知从哪里来的声音,我做的噩梦就是它在讲故事;我不想往前走却硬逼我往前走的同样是这声音。不知是谁的声音。

我再往前走。现在已经走到车道过半的地方,就是梦里我跟那声音说我怕万一丹弗斯太太就在那里的地方。

“我怕丹弗斯太太在那里,”我在愈来愈深的夜色里,把这一句话大声说出来,“万一那个坏蛋老管家就在那里呢?”

一只潜鸟在湖面幽鸣,但没有回应,我想是不需要吧。根本没有丹弗斯太太这个人,她只是老书里的一袋白骨。那声音也很清楚这点。

我再度开步走,走过一棵大松树,有一次乔开着我们的吉普车在车道上倒车,撞过这棵松树。当时她骂得那个凶啊,跟嘴里不干不净的大老粗差不多。我一直憋着笑,直到她连“操他奶奶的”都骂出口时,就再也忍不住了。我在我的座位上往前靠,两只手按在太阳穴上,狂笑不止,笑到眼泪都流了下来。乔则是全程用她蓝色的眼睛朝我发射火爆的怒气!

我看到这树干上约三英尺高的地方留有痕迹,在朦胧的夜色里,白色的痕迹像是浮在黝黑的树皮上面。其他“莎拉笑”的梦里一直都有的那种怪怪的感觉，就是在这里变得更加诡异。在那裹着尸衣的东西从屋子里冲出来前，我就已经觉得怪怪的了。这里什么都不对劲！我就是觉得这栋木屋不对劲。就是在这里，在经过这棵有疤的老松树时，我很想拔脚就跑，像姜饼人一样死命地逃！

现在，我却没有这种感觉。没错，我还是会怕，但没怕到惊慌失措。我背后没有怪东西呼噜噜吸口水的声音，可能是原因之一。在这样的林子里会碰上的事，最惨也只是不小心惊扰了一头大角鹿。要不就是——我猜吧，若真有这么倒霉的话——遇到发脾气的熊。

我做的那梦里，天上是有月亮的，快要满月的月亮。但那天晚上天上没有月亮。本来就不会有月亮。那天早上我看了一下《德里新闻》的天气预报，注意到当天正好是朔月。

所以，这“似曾相识”的感觉再强，也显得很脆弱。一碰到没有月亮的夜晚，它就应声而破。重返梦境的感觉一下子烟消云散，弄得我开始纳闷我这是在干什么！我这是在证明什么！你看看，现在我还得回过头去，循着来时那条漆黑的小路回去开车。

回去就回去！但我总可以从屋子里拿个手电筒用一下吧。屋子里一定还剩一个，就在——

连番噼里啪啦的爆炸声，从旧怨湖对面传了过来，最后一下，连山峦都响起了回音。我倏地停下脚步，倒抽一口气。若是几分钟以前，这突如其来的巨响准会吓得我拔脚就跑，沿着车道狂奔而去，可现在，我只是稍微吓了一跳。肯定是爆竹啊，还会是什么。那最后一下——也就是最大的一声——可能就是 M-80 吧。明天是七月四日，这只是湖对面的孩子在提早庆祝国庆；小孩子不都这样！

我再往前走。小路两旁的灌木丛还是有枝子朝路中央蔓伸过来，但都已经做过修剪，没那么吓人。我也不必担心没电。我现在已经走到离后门不太远的地方，看得到有成群的飞蛾正绕着比尔·迪安替我留的那盏灯乱飞。就算真的停电（在这一州的西半部，许多电线还没地下化，因此很容易停电），发电机也会自动启动供电。

虽然重返梦境的感觉已经走了，可我做的梦有那么多地方和现在的情况一样，还是着实教我惊异。乔的花盆还放在以前的老地方，在通往

"莎拉笑"拥有的那块海滩的步道两旁,排得好好的。我想是布伦达·梅泽夫发现花盆堆在地窖里,便叫她带来的人马把花盆搬出来重见天日吧。花盆里还不见有一茎半草长出来,但我想也快了。还有,就算没有我梦里的月亮,也还是看得出来有块黑黑的方块浮在水面上,离岸边约五十码。那就是我们的浮台。

后门倒是没有长方形的东西翻倒在地。也就是说,没有棺材。不过,那时候,我的心跳还是陡然加快。我想,若再忽然有人从湖对面的卡许瓦卡玛放爆竹的话,我准会放声尖叫。

"你这个小丑。"思特里克兰德骂了一句。

把那给我,那是我的集尘网。

万一死亡真会把人逼疯呢?万一我们熬过死亡的威胁,却因此被逼疯了呢?那会怎样?

我已经走到了噩梦里的那一幕,也就是:后门忽然砰一声打开,那个东西从里面冲出来,白白、膨膨的手举得高高的。我又往前走一步就停下脚步,耳朵里是我自己刺耳的鼻息。每从喉头吸入一口气再从口干舌燥的嘴里逼出来时,都有沉重的音效。这时,"似曾相识"的感觉虽然已经消失,但我仍然老觉得那东西会忽然不知从哪里冒出来——就出现在这现实世界里面,就出现在这真实的时空里面。我站在那里等那东西出现,手握得紧紧的,手心直冒冷汗。我再深吸一口气,而且,这一次憋在胸口没再吐出来。

湖水轻轻拍打岸边。

微风轻抚我的脸颊,拂动矮灌木丛窸窣作响。

一只潜鸟在湖面长鸣。飞蛾扑打后门上的灯。

没有裹着尸衣的东西从门里面冲出来。从后门两边的大窗子看进去,没有东西在里面活动,白的或什么的都没有。后门的门把上贴了一张小纸条,可能是比尔写的吧,除此之外,没别的了。我一下放掉憋在胸口的气,再往前迈步,走完"莎拉笑"车道未完的路。

那张小纸条真的是比尔·迪安写的。上面说布伦达替我买了一些杂货,超市的收据放在厨房的桌上,我去餐具室就能看到里面摆了很多罐头食品。她对容易坏的东西比较小心,但牛奶、奶油、稀奶油、汉堡都有,这都是标准的单身汉食材。

我下礼拜一再来看你。比尔在纸条上写道，我很想在这里等你回来，但老婆大人说这周轮到我们家周末远足，所以我们要到弗吉尼亚州她妹妹家过国庆日（真热啊！）。你若还缺什么或有麻烦……

他把他弗吉尼亚州小姨子家的电话号码写在后面，也给了我镇上布奇·威金斯家的电话。这所谓的“镇上”，当地人都直接叫做“TR”，比如“我和老妈受够了贝塞尔，所以就直接把活动房屋开到TR来了。”纸条上还有别人的电话号码——水电工的，布伦达·梅泽夫的，连哈里森那家电器公司的电话也有，那人帮我们把卫星接收器调到最高收讯了。看来，比尔一心要把事情处理得十全十美。我把纸条翻过来，想象他搞不好连背面也会加上一句：又，迈克，万一我和伊薇特还没从弗吉尼亚州回来核战争就爆发了，你——

我身后有东西在动。

我马上转身，纸条从我手上飘落到后门门阶的木板上面，看上去就像在我头上扑打灯泡的飞蛾，只是更大也更白。那一刻，我觉得身后准就是那个裹着白色尸衣的东西，那个从我妻子腐尸里跑出来的疯狂亡灵！把集尘网还我！把那还我！你还真大胆！跑到这里来搞得我不得安息！你居然敢回曼德雷！好，你人都来了，现在就看你走不走得开！我就把你抓进谜团里去吧！你这个小丑！我就把你抓进谜团里去！

什么也没有，只是又刮来一阵微风，吹得灌木丛略有一点怪声音……不过，我不觉得汗湿的皮肤有微风拂过的感觉，这一次没有。

“不是风是什么？又没东西！”我说了一声。

独自一人的时候听见自己的声音，要么自己吓自己，要么有安抚的作用。这一次是后者。我弯下腰捡起比尔的纸条，塞进裤子后面的口袋，再摸出钥匙圈。我站在后门的灯光里，灯泡旁边的扑火飞蛾围成大大一团阴影，朝我当头罩下。我一把一把地挑，终于找到了我要的那把钥匙。它的样子很特别，一副很久没用过的样子。我用大拇指摩挲钥匙的锯齿，又一次纳闷自己在乔死后这么些年来，到底是为了什么始终不肯回这里来——这期间，我只来过两次，办杂事，很快便走。她若还在世的话，一定会——

这时，我的想法忽然来了一个急转弯：这并不是在乔死后才开始的。

你很容易把这想作是从乔死后才开始的——我在拉戈岛度假的六个礼拜，一直以为是这样——但现在，我的人已经站在一堆群魔乱舞的飞蛾阴影下面（感觉很像站在迪斯科舞厅诡异的乱晃灯光下面），耳朵里真的有潜鸟在湖面长鸣，我就想起来了：虽然约翰娜是在一九九四年八月过世的，但她是死在德里镇，那天镇上热得要命……我们怎么会待在镇上，却没到这湖边来呢？我们本可以安坐在露台的凉荫里，穿着泳衣喝冰红茶，看快艇在湖面上来来去去，对着冲过眼前的滑水客一个个品头论足的啊。别的不讲，她那时候怎么会在“莱德爱”那鬼地方的停车场呢？通常我们每年八月都离那地方十万八千里远啊！

不止如此。我们一般都会在“莎拉笑”待到九月底才走——那时节是这里最安静、最美的时候，暖得跟夏天一样。但一九九三年时，我们在八月才刚过一个礼拜，就离开“莎拉笑”了。这点我可以确定，因为我记得约翰娜在八月下旬的时候，跟我去过一趟纽约，谈出版的事和一般的宣传垃圾等等。那时，曼哈顿热得要命，东村的消防栓不时喷水降温，上城的街道热得蒸汽腾腾。那一次，我们有天晚上去看了《歌剧魅影》。快演完的时候，乔朝我靠过来，低声说道：“唉！干！魅影又在唱哭腔了！”害我之后一直到散场，都得硬憋着不要爆笑出声。乔有时候也坏到家呢。

那年八月她为什么会跟我去纽约呢？乔从不喜欢纽约，连四月或十月纽约还算美的时候都不喜欢。我不知道为什么，也想不起来为什么。唯一可以确定的就是：一九九三年的八月上旬之后，乔再没有回过“莎拉笑”……而又过了没多久，我连这一件事也记不清楚了。

我把钥匙插进锁孔，转动一下。我准备进去后直接进厨房开吊柜，随便抓一只手电筒出来，再马上回车子那边去。不马上回去，只怕南面小路底的小屋那边若有人喝醉，准会飙车撞上我那辆雪佛兰的尾巴，再要我赔上千万大洋。

木屋已经做过通风，一丝霉味也没有。一股幽淡、怡人的松树清香取代了闷热。我伸手要去开门内的灯时，漆黑的屋里突然传来小孩子呜咽的哭泣。我的手刹时僵在空中，全身的血流像是凝固了一般。我倒没被那声音吓破胆，只是脑子里的理性思考一下子全跑到九霄云外去了。是哭声没错,小孩子的哭声,但我抓不准那哭声是从哪儿来的。

哭声渐渐远去。不是愈来愈小声,而是远去,像是有人抱起那孩子沿着长长的走廊朝远处走去……只是,“莎拉笑”里面没有这样的长廊。即使是穿过屋子中央把两边厢房连在一起的那条走廊,也不算长。

退……再退……几乎听不到了。

我站在一片漆黑里面,全身寒毛直竖,手还搭在电灯开关上面。我心里有一部分很想立刻使出飞毛腿功,让我这两条短腿能跑多快就跑多快,像姜饼人一样飞奔逃命!但我心里也还有另一部分——理性的一部分——已经开始巩固阵脚。

我按下开关。想逃命的那部分骂道,算了吧,灯不会亮的,你在梦里面,笨蛋,你做的梦变成真的了!但灯真的亮了。玄关的灯倏地一亮,驱散了黑暗,照出乔那一小堆陶器藏品就摆在左边,书架摆在右边。这些东西我有四年多没见,但还在这里,依然如故。书架中间的那一格,看得到有三本埃尔莫尔·伦纳德早年的小说——《赃物》《大反弹》《梅杰斯蒂克先生》①——我特地放的,准备在碰上霪雨天的时候读。在荒郊野外过日子,一定要为下雨天做一点准备。没一本好书在手,树林子里连下上两天的雨准会逼得你抓狂。

那饮泣又再微微传来细弱的一声后,就没有了声息。而在那一声饮泣里,也听得到厨房里有滴答、滴答的声音。那是炉子上的钟,乔难得品味失足的宝贝,菲利猫的造型,两只大眼睛会跟着尾巴上的钟摆一下摇向左,一下摇向右。我老觉得这样的钟也只有在乱拍一通的恐怖电影里才看得到。

“谁?”我大喝一声,朝厨房前进一步,然后停住。厨房就在玄关后面,暗沉沉、幽忽忽的。这木屋没开灯时黑得像山洞。哭声随便说是从哪里来的都可以——包括从我的想象里来的也可以。“谁在这里?”

没回应……但我觉得那声音不像是我想出来的。若真是的话,那么写作障碍在我身上还不算是最严重的麻烦。

---

① 埃尔莫尔·伦纳德(Elmore Leonard, 1925—2013),美国畅销作家。《赃物》(*Swag*)、《大反弹》(*The Big Bounce*)、《梅杰斯蒂克先生》(*Mr.Majestyk*)这三本书是他的名作,《大反弹》和《梅杰斯蒂克先生》都曾被搬上大银幕。

书架上那三本埃尔莫尔·伦纳德的左边，放了一把手电筒。这手电筒一次要装八节干电池，若有人拿它直射你的眼睛，准教你一时什么都看不见。我一把抓住手电筒，它却差一点从我手里滑下去。我这才发觉自己在冒冷汗。我慌忙捞住往下溜的手电筒，心脏怦怦乱跳，就等着那听了让人毛骨悚然的呜咽声再回来，或那个裹着尸衣的东西从漆黑的起居室里飘过来，说不出形状的手臂举得高高的。有一个老不死的下流政客从坟里爬出来，准备再放手一搏！投票给复活直达车吧，弟兄们，你们就会得救。

我抓牢了手电筒后马上按下开关。一道光束笔直射进起居室内，打在鹅卵石壁炉上方的一个大角鹿头标本上面，照得鹿头的两只玻璃眼珠像两盏灯在水里面晃漾漾地发光。我看到了那几张老藤椅、旧的长沙发和坑坑疤疤的餐桌，这张桌子有一条腿要用两个啤酒杯垫或折起来的纸牌垫一下才站得稳。但就是什么鬼影儿也没看到！所以，我看这顶多是装神弄鬼嘉年华吧。那就借科尔·波特①的不朽金曲一用，“到此为止”吧。我若一回车上就朝东开去，午夜的时候就可以回到德里，回我温暖的床上入睡。

我关掉玄关的灯，站在那里，手里的手电筒在漆黑里划出一道光束。滑稽的菲力猫钟滴答滴答走个不停，一定是比尔重上了发条。冰箱马达也发出轧轧声。听着这些声音，我才发觉，我其实一直没想过会再听见这样的声音。至于那呜咽……

真有过呜咽的声音吗？真有过吗？

有，有声音，不是呜咽就是别的。只是现在好像真的无解了。现在要紧的是，我回这里来好像不太保险，对大脑擅长胡思乱想的人而言还很愚蠢。我站在玄关，屋子内外漆黑一片，只有手上的手电筒照出一道光束，外加后门灯泡打在窗户上的光。这时，我终于知道，“我知道为真的事”和“我知道是我想出来的事”，二者的分界线已经快看不到了。

我从屋里出来，检查一下门已上锁后，就回头走向车道。手电筒的光

---

① 科尔·波特(Cole Porter，1891—1964)，美国著名作曲家，曾经为百老汇和歌舞电影写过多首名曲。《到此为止》(“Let's Call The Whole Thing Off”)最有名的版本是爵士乐名家路易斯·阿姆斯特朗(Luis Armstrong)和埃拉·菲茨杰拉德(Ella Fitzgerald)男女合唱的版本。

束像钟摆一样在车道两边划过来又划过去，跟厨房里菲利猫的尾巴一样。等我沿着小路往北走的时候，忽又想到，这下子我得找借口来跟比尔·迪安解释了。跟人家说，“喂，比尔，我到了这里听到有小孩子在我锁住的屋子里哇哇哭，吓死我了，所以我拔脚就学姜饼人逃命，跑回德里去了。我拿走的手电筒我会还回去，麻烦你把手电筒放回书架上面那几本平装书旁边好吗？”可不行。有什么好的呢？话一定会传开来，到时有人就会说：“难怪！书写得太多了啊，写那样的东西不搞坏脑子才怪。现在他连自己的影子都怕！职业伤害。”

就算我以后再也不回这地方来，我也不想要 TR 的人这样子看我。那种略带轻蔑的眼神说的准是：“看看你成天胡思乱想会变成什么德性！”许多人对于靠想象力糊口的人好像都有这样的看法。

那么我就跟比尔说我生病好了。真要说起来，这也没说错。嗯，不行……还是跟他说有人生病更好……一个朋友之类的……我在德里的朋友……那就说是女朋友吧。“比尔，我朋友，女朋友，病了，所以……”

我忽然停住脚，手电筒的光照出雪佛兰的车头。我在暗夜里走了一英里的路，居然都没注意树林子里的怪声音，就算传出比较大的声音，我也当作是有鹿在找地方过夜，没去多想。一路上，我一直没回头去看那个裹着尸衣的鬼（或者是哇哇哭的小鬼）有没有跟在我后面。我只顾着想该编什么说法，该怎么添油加醋；这一次全靠脑子想，不是写在纸上，而且走的还全是熟悉的老路数。我太专心，结果忘了害怕，心跳已经恢复正常，冷汗也开始要干了，也没有蚊子再绕着我的耳朵嗡嗡叫。我站在那里忽然有了想法。好像我的大脑一直在耐着性子等我冷静下来，好提醒我一件很简单的事。

是水管。比尔问过我旧水管全部更换的事，我同意了，于是水电工就把水管全部换新。才刚换新没多久。

“水管里的空气嘛。”我说了一声，一边拿手里的那支八节电池的手电筒照我这辆雪佛兰的护栅。“我听到的是水管里的声音。”

这时我停了一下，看心底是不是有声音跑出来骂我拿这笨到家的说法来合理化骗自己。但没有……我想是因为它也知道很可能真的是这样。有空气的水管有时是会有声音，听起来像有人在讲话，像狗在叫，或像小孩子在哭。不过，水电工说不定放过水，所以那声音可能是别的……

但他也可能没有。问题是我到底要不要就这样跳上车，开上十分之二英里回到公路，就此一路开回德里，只因为我听到了约莫十秒钟的怪声音（搞不好只有五秒），而且还是很紧张的时候听到的。

我决定这问题的答案是："不要"。若再出现怪东西——可能就像《活尸传奇》[1]里的那个叽里咕噜的妖怪吧——我是有可能转头回德里去。只是，我在玄关听到的声音还不够。就"莎拉笑"于我的意义而言，那声音还不至于就这样让我被赶得不再回头。

我这个人本来就常觉得脑子里有声音在说话，打从我有记忆以来就一直如此。我不知道这是不是当作家的必备条件。我从没问过别人，也不觉得有必要去问，因为我知道我听到的声音都是自己的声音。只是，这些声音往往也很像是其他真人的声音，而且，最像的还是乔——或者该说是我最熟悉乔的声音吧。现在，那声音又来了，有一点居心不良的样子，像在揶揄，讥诮又温婉……

准备一战吗？迈克？

"是啊，"我回答。我站在漆黑的夜里，只靠手上的手电筒挥洒一道道的黄光。"是这主意没错，心肝宝贝。"

哦，那就好了嘛，对不对？

对。这就好了。我坐进车里，发动引擎，慢慢朝小路开下去。开到了"莎拉笑"前的车道时，就拐弯转进去。

等我这次再进屋的时候，就没听到小娃娃哭的声音了。我慢慢在楼下各处穿梭，手电筒一直拿在手上，直到打开每一盏灯。那时，若还有人在湖的另一头摸黑玩快艇，"莎拉笑"这栋老屋可能就有一点像斯皮尔伯格电影里在他们头上盘旋不走的怪飞碟了。

我老觉得屋子都有它们自己的生命，在和屋主不同的时间之流里浮沉，而以屋子的时间之流比较慢。屋子的过去，尤其是老屋的过去，离现在更近。在我的生命里，约翰娜已经死了近四年，但对"莎拉笑"而言，约翰娜死的时间应该要短得多。直到我真的进到屋子里，把所有的灯都打开，手电筒也放回书架原来的地方，我才发觉我实在很怕回这里来。我真

---

[1] 《活尸传奇》(*Tales from the Crypt*)是HBO一九八九年推出的恐怖剧集。

的很怕这屋子里的点点滴滴会提醒我约翰娜猝然早逝的事实。比如沙发边的茶几上还放着一本书，有折角的记号，乔以前最爱穿着睡衣歪在那里，一边吃李子一边读书。比如装桂格燕麦的硬纸板盒子还放在餐具室的架子上，她早餐只要有桂格燕麦吃就好。比如她的绿色旧浴袍还挂在南厢房浴室门后的钩子上。比尔·迪安到现在都还叫这南厢房“新厢房”，虽然南厢房早在我们初识“莎拉笑”之前就已经盖好了。

但布伦达·梅泽夫的大扫除做得还真不错——很有人情味——她把这些点点滴滴都清得一干二净，可惜还是有漏网之鱼。乔那一套塞耶斯的精装温西探案全集①，仍然端坐在起居室书架中央的尊贵宝座上。乔以前爱叫挂在壁炉上面的那个大角鹿头标本“本特”②。有一次，我不记得是为什么，她居然挂了一个铃铛在鹿头毛茸茸的脖子上（这当然是很不“本特”的装饰）。那个铃铛现在还挂在那里，也依然绑着一条紫红色的缎带。梅泽夫太太一定搞不懂这铃铛是怎么回事，拿不定主意是该留着还是取下。她不知道每一次我和乔在起居室的长沙发上嘿咻的时候（对，我们常忍不住就在那里天雷勾动地火），都会说我们这是在“摇本特的铃铛”。布伦达·梅泽夫下的工夫没话说，只是每一桩美满的婚姻都有其秘密基地，都有社会的地图里留白不画的一块必要领域。别人不知道的，才是真正属于你的。

我在屋里四处走，摸摸这个，看看那个，像以前从没看过一样。到处好像都有乔的身影。过了一会儿，我颓然倒在电视前的一张藤椅里面。倒下去时，坐垫扑哧一声。我好像听到乔说我一句：“注意点儿，迈克！”

我把手往脸上一盖，失声痛哭，心里还想，这应该是我最后一次的悼亡仪式了，但也没有因为这样而觉得好过一点。我哭个不停，哭到最后都觉得再不停下来都要肝胆俱裂了。等到力尽声嘶哭不动时，我已经满脸是泪，抽抽噎噎，只觉得一辈子从没这么累过。全身肌肉紧绷——一部分原因应该是我那一晚走了很多路吧，我想，但最主要还是因为回到这里来的压力……还有决定留下来的压力。留下来应战的压力。至于我先前

---

① 塞耶斯（Dorothy L.Sayers，1893—1957），英国著名女作家，虽然以侦探小说最为知名，但翻译和古典文学的造诣也很深厚。温西（Peter Wimsey）是她侦探小说里的贵族侦探角色。

② “本特”（Bunter）是塞耶斯为温西爵爷安排的管家名字，聪明机智不逊其主。

进屋时听到的怪异的鬼娃娃哭声，在那时已经觉得像是很久以前的事了，因此发挥不了作用。

我在厨房的洗涤槽里洗了一把脸，拿手掌草草抹掉脸上的水，再清一清鼻涕，就拎着行李箱朝北厢的客房走去。我不想睡在南厢我和乔以前睡的主卧室里。

布伦达·梅泽夫在这件事上倒有先见之明。客房的梳妆台上摆了一瓶鲜花，还附上一张卡片："努南先生，欢迎回来。"若不是已经哭累了，那时节我看到那张卡片，看到梅泽夫太太长长尖尖、铁划银钩的笔迹，准会再哭上一场。我把脸埋在花束里面，深吸了一口气。真好闻！阳光的味道。接着，我脱下身上的衣服，随便往地板上一扔，一头钻进床上的被单里去。新的被单。新的枕套。精疲力竭的努南躺进新被单下面，把头往新枕套上放。

我躺在那里，留着床头灯没关，看着天花板上的憧憧黑影发呆，不太敢相信我居然已经回这地方来了，还就躺在这床上。当然，没有裹着尸衣的妖怪朝我冲来……只是，我总觉得它会在我入梦后才来找我。

有时候——至少在我身上是这样吧——"醒"和"睡"在转换时会稍微颠簸一下。但那一晚没有。我不知不觉就睡着了，一直睡到第二天早上阳光从窗外洒进来才醒。我连床头灯也没关。我想不起来做过梦没有，只依稀记得夜间好像醒过来一次，短短那么一下子，好像听到了铃铛在响；很轻、很远的铃铛在响。

7

那个小女孩——其实没比婴儿大多少——沿着 68 号公路的中线走过来，身上穿着一件红色的泳衣，脚上是黄色的塑料夹脚拖鞋，头上一顶波士顿红袜队的棒球帽，反戴。我刚开过"湖景杂货店"和"迪基·布鲁克斯全能修车厂"，那里的速限从五十五降到三十五。谢天谢地我那天乖乖遵守速限，否则很可能就把她撞死了。

那是我回这里后的第一天，起得很晚，一早上都在湖边的林子里乱走，看看有什么没变，又有什么变了。湖面水位看起来略有降低，快艇也比我想象中要少，尤其是在夏季最重要的节日这天。除此之外，我感觉就像从来没离开过这里似的，连骚扰我的蚊虫都好像也是同样一批。

十一点左右，我的肚子开始提醒我早餐没吃，于是我决定到“村里小店”去一趟。沃林顿的那家餐厅比较时髦，但我在那里会被人行注目礼，所以村里小店更合适——若它还开着的话。巴迪·杰利森是个坏脾气的老浑蛋没错，但他也是缅因州西部油炸功力第一流的厨师。我的肚子要的就是一份又大又油的“乡村汉堡”。

而现在跑出来这么一个小女娃，直直沿着白线走，活像是鼓号乐队的小小指挥，后面跟着隐形的游行队伍。

由于只开三十五英里的时速，我有的是时间去注意她。只是，这条路在夏天的时候，车辆可是熙熙攘攘的，没几个人会愿意走到这一截时速降低的路段乖乖照规定改作龟速爬行。而且，城堡郡毕竟只有十几辆巡逻的警车，除非接到派令，没几辆会想到要到 TR 来巡一下。

我把车停在路肩，拉下雪佛兰的停车制动杆，路上扬起来的灰都还没落定，就马上冲出车外。那天天气湿热，很闷，没一丝风，云层低得似乎伸手可及。那孩子——金发小不点儿，狮子鼻，膝盖上有疤——站在白色的中线上面，像在走钢丝，看着我朝她走过去，像小鹿般没一点害怕。

“嗨，”她冲着我喊，“我去湖边。妈妈不带我去，我气死了！”说完一跺脚，让我知道她比谁都清楚“气死了”是什么意思。三岁或四岁吧，我猜。看她那样子很会讲话，可爱得要命，但应该是没超过三或四岁。

“哦，国庆日去湖边很棒啊，”我说，“但是——”

“国庆，有烟火，”她表示同意，“有”说得带外国腔，像越南话里的词，甜到人的心坎里去。

“——但是，在大马路上走，会进医院的哦。”

我决定还是别在 68 号公路的中线上和她玩“罗杰斯先生”①。别的

---

① “罗杰斯先生”(Mister Rogers)，指的是美国著名儿童节目主持人弗雷德里克·罗杰斯(Frederick McFeely Rogers，1928—2003)，是为儿童电视开疆拓土的先驱。

不讲，这里往南五十码正好是一处弯道，很难说什么时候会有一辆车以六十英里的时速从弯道那一头冲出来。事实上，我已经听到了车子引擎的声音，好像还在加速猛冲。

我抱起这小女娃儿，走回我放着车子空转的地方。虽然她看起来乐得有人抱，也一点不怕生，但我自己伸手托住她的小屁股时，却有种自己很像“怪叔叔”①的感觉。我很清楚，坐在布鲁克斯修车厂办公室兼等候室里的人，只要朝窗外看，就一定看得到我。这是我这一代的中年人会碰上的怪现象之一：只要去碰不是自己亲生的孩子，就担心惹人怀疑……若不担心，那更表示在我们心底最污秽的深渊里面，真的有某种邪念在蠢动。只不过，我还是抱着她走到马路外面。我做的仅此而已。若有“西缅因母亲大队”要来逮我，给我好看，那就来吧。

“你带我去湖边？”小女娃儿问我，眼睛发亮，带着笑。依我看，这孩子长到十二岁就会中镖怀孕，尤其是你看看她反戴棒球帽的酷样儿！“你带泳衣了？”

“没有，我把泳衣留在家里了。真气人，是吧？宝贝儿，你妈妈呢？”

这时，我问的答案好像来了。我听到有车从弯道内侧的马路直冲过来。那是一辆越野吉普车，两边的车身都沾了不少泥巴，有的还喷得很高。车子的引擎咆哮得像是某个东西在怒气冲冲地爬树。车里探出一个女子的头，不停四下张望。这小可爱的妈一定吓得坐不住，神经病般半坐半站地开着车。她冲出来时，若有车正好从68号公路的这一截弯道拐出来，这位穿红泳衣的小朋友就很可能当场变成孤儿。

吉普车甩了一下车尾，那颗头就赶忙缩回车子里去了。车子擦地发出尖利的叫声，看来是司机换到了高挡，想把她开的这坨废铁在九秒之内从零拉到六十英里。若是光靠心慌意乱就拉得起来的话，她倒是能够办到的。

“那是玛蒂！”穿泳衣的小女孩跟我说，“我生她的气。我要去湖边四号，她气，我就找白奶奶。”

---

① “怪叔叔”原文作 Chester the Molester，这是美国漫画家廷斯利（D. Dwaine Tinsley，1945—2000）画的漫画角色：中年男子，喜欢猥亵青春期前的小女生。在此斟酌情形，试译作“怪叔叔”。

我听不懂她在说什么，只是心里闪过一个念头：这位一九九八年的“红袜小姐”可以到湖边庆祝七月四日，而我呢，在家里吃点谷物速食品就可以打发了。我边想边举起另一只空着的手，在头上来回挥动，挥得相当用力，小女娃一头纤细的金发跟着飞扬起来。

“喂！”我朝她大喊，“喂，小姐！她在这里！”

吉普车飞速冲过去，一路加速，咆哮的声势只增不减，排气管喷出一大股蓝色的浓烟，老爷版的变速箱凄厉尖叫，感觉很像“换换乐”[①]的抓狂版：“玛蒂，你已经前进到第二关了。你是要到此为止，领走你的美泰克洗衣机还是要试一试第三关的手气？”

所以，我就做我当时唯一想得到的事：退到路边，朝吉普车走过去。那辆车正急急地往前冲，汽油的味道又重又呛。我把小女娃托高，举在头顶上面，希望这位叫玛蒂的能从后视镜里看到我们俩。这时，我倒不觉得自己像“怪叔叔”了，而是像迪士尼卡通里的冷酷拍卖官，抓着世上最最可爱的小小猪，看谁出价最高就卖给谁。不过，这倒有效。吉普车沾了泥巴的尾灯亮了起来，接着一声恐怖的怒吼，耗损严重的刹车锁住了，正好停在布鲁克斯的车厂前面。若现在有老乡要来这里好好八卦一下国庆，可以议论的就多啦。我想他们讲得最欢的，会是当妈的对着我大吼：“把小孩还我！”睽违多年才重回你的度假别墅，开门见喜还真是好的开始。

吉普车的后车灯亮得刺眼，车身开始朝后转，速度绝对有二十英里。现在车子的变速器听起来不像咆哮，倒像惊呼——拜托，变速器像是在说，快停下，我要死了！吉普车的车尾摆过来又甩过去，像一条兴奋的狗在摇尾巴。我呆呆地看着车子朝我开过来，像被催眠了般——那车先是开在北上的车道，然后越过中线开到南下的车道，接着又因为修正过多，搞得左边的轮胎在路肩打起一阵灰尘。

“玛蒂开太快。”我这位新小女友说得像在跟人闲话家常，似乎觉得此事很好玩。她一只手搂着我的脖子，我俩看起来准像一对死党呢，苍天在上！

不过，这小家伙倒是一语惊醒梦中人。玛蒂太快，是啊，也未免太快

---

① 《换换乐》(*Let's Make a Deal*)，美国 NBC 电视台的一个益智节目，来宾可以在三道门里面做选择，其中一扇门后面有大奖。

了吧！照这样子横冲直撞，她撞烂我雪佛兰车屁股的几率可大着哪！还有，我若呆站在原地不动，我手上抱着的这奶声奶气的“臭奶呆”①和我准会变成两辆车中间的夹心饼干。

我顺着车身往后退，眼睛不忘紧盯着那辆吉普车，大喊：“慢下来！玛蒂！慢下来！”

唉，小可爱喜欢这一句。“慢——来！”她跟着喊，还开始咯咯笑，“慢——来，玛蒂亲爱的，慢——来！”

车子的刹车再次凄厉尖叫。吉普车扭了一下，玛蒂没踩离合器就硬要刹车，车子只好不甘不愿地朝后缩回去。她这最后一冲，冲到吉普车屁股的保险杆离我雪佛兰车屁股的保险杆只有一线之隔，拿根香烟就连得起来两边。空气里的汽油味又重又难闻，小可爱伸出一只手在小脸前面，一边挥，一边咳得很夸张。

驾驶座的门猛地一开，玛蒂·德沃尔就像马戏团里的炮弹飞人般冲出来。只是，也要看你想不想得到会有马戏团的特技演员穿很旧的花纹呢短裤和棉布套衫。我一见她，最先想到的是我手上的这个小可爱是由她的大姐姐在带的，玛蒂和妈妈不是同一个人。我知道小孩子在成长的时期，有一阶段会直呼父母的名字，但这个脸颊毫无血色的金发女孩看起来只有十二岁吧，最多不会超过十四。所以，我觉得她开吉普车的那股疯劲儿，不是因为担心这孩子（或不仅是因为担心这孩子），还因为从来没开过车。

好啦，还有别的。那时，我心里还有另一条假设。满是泥巴的四轮车，松垮的花纹呢短裤，一看就知道是在“凯玛特”②买的套衫，黄色的长发用一根红色橡皮筋扎起来，最主要还是因为她带孩子居然带到让一个三岁小娃娃自己跑出来……把这些加起来，我只能说她应该是“拖车烂货”③，没办法说别的。我知道这说法不好听，但我也不是无的放矢。此

---

① “臭奶呆”原文作 Baby Snooks（史努克斯娃娃），是美国一九三六年开始播出的广播节目，里面以声音出饰史努克斯娃娃的女艺人声音特别尖，模仿刚学讲话的小孩子口齿不清的腔调格外滑稽，一炮而红。

② 凯玛特（Kmart），美国的平价连锁大卖场。

③ “拖车烂货”（trailer trash），指住在拖车活动房屋的贫苦弱势族群，不只经济不佳，教养也差。此词有贬义。

外，我是爱尔兰人，该死的！我自己的列祖列宗在以前拖车还是那种马拉篷车的时候，就是“拖车烂货”了！

“臭臭！”小女孩说时一只手还在小脸前面拼命挥，“吉普臭臭！”

*吉普的泳衣在哪里？*我心里还在想，手上抱的小女朋友就被人一把给抢了过去。现在她离我比较近了，我先前以为她是这位泳装小美女的姐姐的想法，这时不攻自破。玛蒂就算下一个世纪再过几年，也还不会到中年，但她也不是十二或十四岁。我现在猜她应该是二十吧，可能再减个一岁。她把孩子抢过去时，我看见她左手戴了婚戒，也看得出来她眼睛周围的黑眼圈，泛灰的皮肤蒙上一层紫。她是很年轻，但我想我眼里的这位，脸上写的全是当母亲的担忧和疲累。

我以为她会打这孩子一下，因为“拖车烂货”这一级的妈妈，在又累又怕的时候都是这反应。等她出手，我就一定要想办法去挡——看是不是能转移她的注意力，改让她拿我出气，若非这样不可的话。这并非什么高尚的情操，我跟各位说，我只是想把她打小孩屁股、抓小孩的肩膀用力摇、对着小孩子大骂的戏码，略往后延罢了。这时间和地点有我在场，实在不宜。那天是我回镇上来的第一天，我不想刚回来就看到粗心大意的烂货虐待孩子。

但她没有乱摇孩子，也没有骂孩子，“你是要跑到哪里去才甘心？你这个讨债鬼！”玛蒂先是搂住孩子（孩子也兴奋地搂住她，没一点害怕的样子），然后拼命往孩子脸上亲。

“你怎么自己就跑掉了？”她大声喊道，“你在想什么啊？找不到你我都要急死了！”

玛蒂迸出了泪。一身泳衣的孩子看着她，脸上的惊愕写得好大——若在别的情况下看到一定很滑稽——接着，小脸马上皱了起来。我往后退一步，看着她们两个又哭又抱的，心里对自己先入为主的看法觉得很惭愧。

这时，一辆车经过，放慢了车速。车里一对老夫妇呆呆朝外看——凯爸、凯妈①正要去杂货店买他们庆祝国庆的加量装谷片。我两手一挥，有

---

① 凯爸和凯妈（Ma and Pa Kettle）是美国二十世纪四五十年代流行的系列电影中的滑稽角色。

一点不耐烦，像是在说你们看什么看？快走，有什么了不起，你们闪吧。他们加速把车开走。只是，我看到的车牌不是我巴望的外州车牌。这对“凯爸、凯妈”是本地货，这下子话一定很快就传开了：那个小新娘玛蒂啊，和她那个小开心果啊，在路边哭得稀里哗啦哪！（这开心果，准是她在小轿车后座或小货车的后备厢里怀上的，也一定在举行法定仪式前几个月就怀上了）旁边还站了一个外地人。不对，不算是外地人，是迈克·努南，那个从北边来的写书的家伙。

“我要去湖边，去——呜——呜——游泳！”小女孩哭着说，现在换成“游泳”听起来有外国腔了——在越南话里搞不好是“恍神”的意思。

“我说过我今天下午就带你去啊。”玛蒂还在抽噎，但已经渐渐止住了哭泣，“以后不能这样，小家伙，以后绝对不能这样，妈妈会吓死的。”

“好，”小女孩说，“我不这样。”她哭着朝大姐姐贴近，头搭在她的脖子上，头上的棒球帽跟着掉了下来。我捡起帽子，开始觉得自己真像是个不相干的外人。我把帽子朝玛蒂的手塞过去，让她拿住。

我觉得事态的发展颇教我高兴，说不定我倒真的有理由高兴呢。我把这事儿说得像是挺有趣的，从某种程度上说，它也的确挺有趣的，但这有趣是你事后才会觉得的，在当时可是会吓死人。你想想看，若那时正好有卡车从对向或弯道冲出来而且还超速？

真有一辆车从弯道里出来了，是观光客不会开的小货车。又有两个本地人一边盯着我们看，一边开车过去。

“小姐？”我说话了，“玛蒂吗？我想我该走了。幸好你女儿没事。”我刚说出口，就差一点笑出来。因为我心里的画面是我一派潇洒地在跟玛蒂讲这些话（这名字像是《不可饶恕》或是《大地惊雷》[①]这类电影里出来的），一只手的大拇指插在皮裤的裤腰里，头上的牛仔帽略朝后推，露出我英挺的额头。我还疯疯癫癫地想多加一句：“小姐，你长得很漂亮，是不是新来的女老师？”

她转过身来正对着我，我这就看到她还真的很漂亮呢，虽然有熊猫

---

① 《不可饶恕》（*The Unforgiven*）是美国演员兼导演克林特·伊斯特伍德（Clint Easwood）一九九二年赢得奥斯卡奖的西部片。《大地惊雷》（*True Grit*）是美国演员约翰·韦恩（John Wayne）一九六九年演的西部片。

眼，而且金发在头的两侧蓬蓬地冒出来两大坨。对像她这样还没到可以在酒吧里买酒喝的女孩子而言，她还算不错，至少她不打孩子。

“真是谢谢你了。”她说，“她是走在马路上吗?”她的眼神像是在乞求：拜托，说她没有吧，要不就说她走的是路肩也好。

“嗯——”

“我走的是线。”小女孩自己说了，还伸手去指，“那是斑斑，”口气说得有点义正词严，“走斑斑，才安全。”

玛蒂原本就苍白的脸颊刹时更加惨白。我不想看她这模样，也不想让她这样开车回去，尤其是还带着一个孩子。

“你住哪里？小姐是——?”

“德沃尔，”她说，“我叫玛蒂·德沃尔。”她把孩子换到另一只手抱，朝我伸出右手来，我跟她握了握手。那天早上蛮暖和的，到了下午三四点时就会很热了——沙滩型气候都这样——但我握在手里的指头却冷得跟冰一样。“我们就住在这里。”

她伸手指向她那辆吉普车刚才冲出来的路口，我就看到了——没想到啊没想到——真是一辆活动拖车屋停在松树林里面，就在那条小小的接驳道路往上再走两百英尺左右的地方。我想起来了，是黄蜂路。从68号公路往湖边走约半英里——湖边那块地方叫“中湾”。啊，对，医生，我现在都想起来了。我又驰骋在旧怨湖的大草原了，专门拯救小小孩。

不过，看见她就住在附近——离我们两人的车屁股差点撞在一起的地方，不到四分之一英里——我还是如释重负。而我再多想一下后，就知道本该如此。像泳装小美女这么小的娃娃，本来就走不远的，虽然这个小东西已经跟世人证明了她有过人的意志力。我觉得这位小妈妈会这么憔悴，跟她女儿的意志力说不定有不小的关系。我一时还挺庆幸自己年纪不小了，轮不到我当她男朋友。她一定一路从高中到大学都搞得男孩们拼命耍特技来讨好她，搞不好还要跳火圈呢。

嗯，只限高中吧。在小镇外围的拖车里长大的女孩子，一般不太上得了大学，除非住家附近正好有社区大学或职业学校。而且，就算她把那些男孩子耍得团团转，最多也只到她的真命天子(或说是“要命冤家”可能更准确)从“人生转折点”那个大弯道的另一头冲出来，把她撞个正着的时候。就算到了那时候，她很可能还搞不清楚中线和斑马线是两码子事呢。

之后，同一个生命轮回将重新开始。

苍天在上，努南啊，你算了吧。我在心里骂自己一句，她才三岁大，你就给她弄来了三个孩子，还两个长癣一个智障！

“真是太谢谢你了。”玛蒂又说了一次。

“不客气。”我说时拿手揉了揉小女娃的鼻子。虽然小女娃满脸挂泪，还是回了我一抹灿烂的笑。“你的女儿真会讲话。”

“是很会讲话，也很任性。”这下子玛蒂是真的轻轻摇了一下女儿，但女娃儿没一点害怕的样子，看不出来挨骂、挨打会是她的家常便饭。反过来，她笑得更灿烂了。她妈妈也看着她的笑脸笑。看惯了她邋遢的装扮后，就看得出来她事实上是个超尘绝俗的美人儿。替她换上城堡岩乡村俱乐部的网球装（但那地方她这辈子休想进去——当女佣或女侍除外），那就活脱脱一个豆蔻年华的格蕾丝·凯利再世。

之后她转向我，眼眶凹陷，神色凝重。

“努南先生，我不是坏妈妈。”她说。

听见她嘴里吐出我的名字，我吓了一跳，但也只是一下子而已。毕竟她年龄也不是太小，看我的书总比拿《综合医院》《仅此一生》之类的剧集耗掉一整个下午要好。总好那么一点吧。

“我们刚才吵过，说要什么时候到湖边。我要先把衣服晾好，吃过午餐，下午再去。但凯拉要——”说到这里，她忽然住口，又问，“啊？我说了什么不对的吗？”

“她叫凯娅？你——”我还没说完，就出了一件绝顶奇怪的事：我嘴里都是水。满嘴的水，一时吓得我慌乱起来，像是在海里游泳，一股大浪打来，弄得我喝了满嘴的水。只是，那时我嘴里的水不是咸的，而是清凉的淡水，还微带一点金属的味道，像血。

我把头转向一边，张嘴就吐。原以为会有一股水从我嘴里喷出来，就像溺水的人一开始做人工呼吸时会先吐出水来。但从我嘴里吐出来的，却跟大热天时一般人吐口水一样，只是一口口水。而且，那感觉跟着马上就不见了，连口水都还没落在路肩的尘土上面就不见了，只像根本没有过那么一回事。

“他吐口水。”小女娃干巴巴说了一句。

“不好意思。”我应了一声，一时不知所措。天老爷啊，到底是怎么回事？“我想我像是有一点延迟反应。”

玛蒂满脸担心，好像我是八十岁的老头儿，而不是四十岁的人。我想在她那年龄的女孩子眼里，四十岁说不定就等于八十岁。“你要不要进屋里来一下？我倒一杯水给你。”

“不必，现在没事了。”

“那好。努南先生……我只是想说我以前从没出过这样的事。我在晾被单，她在屋里看录像带《太空飞鼠》……后来，等我进屋里去准备再拿一些夹子……”她转头看自己的女儿。女娃儿脸上已经没有笑容了，她像是现在刚开始搞懂怎么回事，眼睛睁得大大的，泛起了泪光。“她就不见了。那时我差一点吓死。”

女娃儿的小嘴开始抖，眼睛也泪水满溢，抽抽噎噎哭了起来。玛蒂伸手顺一顺她的头发，轻抚她小小的脑袋，直到小女娃儿的头偎上那一件凯玛特套衫。

“没事了，凯，”她说，“这一次还好没事，但你绝对不能自己走到马路上来。很危险的。小朋友跑到马路上会被车子撞到的，你就是小朋友啊，你是全世界最宝贝的小朋友。”

小女娃儿哭得更凶了。她那哭是想睡的哭，没力气再搞什么历险记了，管它是到湖边还是哪里。

“凯娅坏坏，凯娅坏坏。”小女娃儿靠在母亲的脖子上呜咽。

“没有坏坏，没有，小宝贝儿，你只有三岁嘛。”玛蒂安慰她。那时，我心底若再有一丝怀疑，觉得她可能是失职的母亲，在那当口也全都烟消云散。也可能早在这之前就已经不见了——毕竟这个女娃儿圆嘟嘟的，漂漂亮亮的，照顾得很好，没一点伤。

这些事我都看在眼里，没错，但我也要应付刚才涌现的怪感觉，还有我以为我听到的——这件事之奇怪，不亚于先前那一件。我刚才从马路中线抱过来的小女孩儿，名字跟我们要给孩子取的名字一样——若我们生的是女儿的话。

“凯娅。”我念了一遍，惊诧不已。我就像生怕一伸手她就会坏掉一样，小心地轻轻摸了摸她的后脑勺。她的头发被太阳晒得暖暖的，很柔细。

“不是的，”玛蒂说，“她现在还只会说凯娅。其实是凯拉，不是凯娅。

希腊文，意思是端庄典雅。”她的眼神飘了一下，像是有一点不自在。“我从名字手册里挑的。我怀孕时，变得有一点像奥普拉①。但这名字好歹不俗气，我想。”

“很可爱的名字，”我说，“我也不觉得你是失职的妈妈。”

这时，我脑子里掠过弗兰克·阿伦圣诞节吃饭时讲过的一件事——彼得的事，就是阿伦家最小的兄弟。弗兰克讲的事逗得全桌的人捧腹大笑。连彼得也跟着笑，笑得眼泪都流了下来，但他一直说他根本不记得有那么一回事。

弗兰克说他们有一年过复活节，彼得那时大概五岁吧，爸妈让他们玩复活节找彩蛋的游戏。爸妈前一晚就把孩子们全赶到祖父母家，然后在屋子各处藏了超过一百颗的复活节彩蛋。那天早上，大伙儿全都过了一次老式的兴奋复活节。只是，约翰娜在天井里数她那天的战利品时，无意中抬头一看，就发出了尖叫。彼得正在屋后二楼悬突的遮雨篷上面高兴得爬来爬去，离天井的水泥地有近六英尺的高度。

阿伦全家站在下面双手合十，忧心忡忡，目不转睛地看着阿伦爸把彼得给救了下来。阿伦妈全程嘴里不住念叨“万福玛利亚”（“老妈念得那个快啊，听起来很像老歌《巫医》里花栗鼠尖着嗓子在唱歌。”弗兰克说时笑得更凶了），一直念到她老公又从卧室敞开的窗口冒出来，手里抱着彼得为止。而这时，她也一头晕死在天井的地上，撞断了鼻梁。大家要彼得解释一下时，彼得说他是要看排水管里有没有彩蛋。

我想，每户人家这类的轶事至少都有一则。世界各地的小彼得、小凯拉，都是有力的见证——总之，在诸多父母心里，绝对是见证——见证天上真有万能的主。

“我真是吓死了。”玛蒂说时，那样子就只剩十四岁了，最多十五。

“都过去了，”我说，“凯拉不会再自己走到马路上来了，对不对？凯拉？”

凯拉偎在她母亲的肩头摇一摇头，没把头抬起来。我觉得不等到被抱回她们那辆老拖车去，她应该就已经睡着了。

---

① 奥普拉·温弗里（Oprah Winfrey，1954—　），美国著名主持人，二十世纪九十年代晚期开始在节目里作书介。

“唉，你不知道这有多奇妙！”玛蒂说，“我最喜欢的作家居然从天而降，救了我的孩子！我知道你在TR有房子，大家叫‘莎拉笑’的大木屋，但我听说你在太太去世后就不再来这里了。”

“我是很久没回来了，”我说，“若不把‘莎拉笑’当房子而当婚姻看的话，你可以说我这一趟是在‘试行复合’。”

她浅浅一笑，但笑容马上就换成了凝重的表情。“有一件事想请你帮忙。拜托。”

“你尽管说。”

“请你不要跟别人提起这件事，这段时间对我和凯都不太好。”

“为什么？”

她咬了一下嘴唇，像是在考虑要怎样回答这问题——当时我若再多想一下的话，是绝不会问出口的——再摇一下头：“就是不好。刚才的事你若可以绝口不提，我会很感谢。若当根本没发生过，就更感激不尽了。”

“没问题。”

“真的？”

“真的。我不过是来避暑的，而且才刚到不久……所以，不管怎样，我要说也没人可说。”当然是有比尔·迪安啦，但我在他面前一定闭嘴。倒不是他没机会知道，若这小妇人以为地方上没人会知道她的小女儿居然想搭十一路车到海边去，她是在自欺欺人。“不过，我看已经有人在盯着我们瞧了。你瞄一下布鲁克斯的修车厂吧，偷瞄一下就好，别直接看过去。”

她听了照做，然后轻叹一口气。有两个老人家站在停车坪上，以前那里装过加油泵。其中一个很可能就是布鲁克斯本人，我觉得好像看到了他头上稀疏的红发在风中翻飞；那头发弄得他很像东北部版本的“小丑波索”①。另一个年纪就更大了，足以衬得布鲁克斯像是毛头小伙子。他拄着一根镶金头的拐杖，狡猾的样子十分诡异。

“他们我就实在没办法了，”她说得有一点沮丧，“没人有办法。我想我也该庆幸今天是节日，只有他们两个。”

“而且，”我加了一句，“他们也可能没看到什么。”这句话漏了两件事：

---

① “小丑波索”(Bozo the Clown)，是美国童书作家利文斯顿(Alan W.Livingston)一九四六年创造出来的一个角色。造型的特点是地中海发型，仅头两侧有两大团红发。

第一,光是我们站在那里的时候,就有六辆车经过,小轿车和小货车都有;第二,就算布鲁克斯和那位老人家没看到什么,他们不自己添油加醋一番是不会过瘾的。

凯拉偎在玛蒂的肩头,发出"端庄典雅"的鼾声。玛蒂瞄她一眼,脸上泛起了笑,忧伤又慈爱的笑:"不好意思在这样的情况下见面,弄得我好像很差劲,但我真的是你的忠实书迷。我在城堡岩的书店里听人说你今年夏天又有新书要出版了。"

我点了一下头:"书名叫作《海伦的承诺》。"

她微笑一下:"书名很棒。"

"谢谢。我看你还是带着孩子回家吧,免得压坏你的手臂。"

"是啊。"

这世上就是有人天赋异禀,专门有口无心问出一些教人下不了台的尴尬问题,简直像直直朝门撞过去一样。我就是这样的人。就在我陪她走向吉普车的副驾座时,心里就又冒出这类问题的绝顶佳作。不过,也别急着骂我,我到底是先看到了她手上的婚戒。

"你会跟你先生说吗?"

她脸上的笑没褪,但神色黯淡了一些,也比较僵。若是说出来的话可以收回,像写作时删掉写好的句子一样,我准会收回。

"他去年八月死了。"

"玛蒂,不好意思。我这人就是嘴巴跑在最前面。"

"你又不知道。像我这年龄的女孩子一般根本都还没结婚,对不对?若结婚了,丈夫也应该是在军队服役什么的。"

车子里有一把粉红色的婴儿座椅安在副驾座里——我想一样是在凯玛特买的吧。玛蒂想把凯拉塞进去,但看得出来不太容易。我走上前去帮忙。有那么一下,在我伸手去抓凯拉的一条小胖腿时,手背擦过她的胸部。但她不能后退,否则凯拉可能会从座椅里滑下来摔到地上。我觉得她感觉到了这一次接触。我老公死了,不会是麻烦了,所以这大作家就以为在大热天早上尽可以偷摸一把是吧?我又能怎样?毕竟这大作家把我的孩子从马路上抱走,说不定算是救了她一命呢!

不,玛蒂,我虽然年过四十,没多久就要破百,但我绝对无意偷摸一把。只是,这话我没办法说出口,说出来只会更糟。我觉得脸上微微泛红。

“你多大啊?”等小女孩儿安稳就座,我们两个又隔着安全距离时,我问她。

她看了我一眼,脸上再次现出了那种担忧和疲累的样子:“够大了,知道自己的处境。”她伸出一只手,“再一次谢谢你,努南先生。还好上帝派了你来。”

“不对。是上帝跟我说我该到村里小店去吃汉堡,”我说,“搞不好还是他的死对头干的呢。希望巴迪还在老摊子上做生意。”

她笑了,笑容又照亮了她的整张脸,我看了很高兴。“就算凯拉的孩子大到想用假身份证买啤酒喝,他还是会在的。除非有人乱跑到他那里去,问他要鲜虾意大利面,那他准会心脏病发,倒地不起。”

“是啊,那好,等我拿到新书,我送一本给你。”

她脸上的笑还在,但加上了一层谨慎:“不需要这么费心,努南先生。”

“不算费心,反正我的经纪人会帮我弄来五十本不要钱的。我发现我年纪愈大,他们给的愈多。”

说不定她从我的话里听出来我本没有的意思——有时人就会这样子吧,我想。

“好,那就期待看到大作。”

我又看了一眼那小女孩儿,她睡着的样子就是小娃娃随便哪儿都能睡的逗趣姿势——头朝一边歪,抵在肩膀上面,可爱的小嘴嘟嘟的,吹着一个泡泡。小娃娃的皮肤是我最受不了的——那么柔细,那么光滑,好像根本没有毛孔。她头上的红袜队帽子歪到了一边。玛蒂在一旁看,任我伸手替凯拉把帽子摆正,让帽舌的阴影可以盖住她合着的双眼。

“凯拉。”我说。

玛蒂点一点头:“端庄典雅。”

“凯娅是个非洲名字,”我说,“意思是‘季节之始’。”说完我就转身朝我的雪佛兰驾驶座走过去,只稍稍挥一下手道别。我感觉得到她好奇的眼神盯着我看,而我心里有很奇怪的感觉,觉得想哭。

那感觉在她们两个都已经不见人影之后很久还没褪去。直到我到了村里小店,仍然没有褪去。我把车子开进他们那杂牌加油泵左边的泥地停车场,在车里又坐了一会儿,想我的乔,想她买的二十二块五的居家验孕剂。那是她还没完全确定所以不想曝光的小秘密。一定是这样,要不然是怎样?

“凯娅,”我说出声来,“季节之始。”这一来我又开始想哭了。所以,我赶快下车,砰一声用力甩上门,好像这样就可以把忧伤关在里面。

8

巴迪·杰利森还是老样子。没错,还是那一身脏兮兮的厨师服,身前的围裙污渍斑斑,黑发压在纸质厨师帽的底下,帽子上面沾的不知是牛肉的血污还是草莓汁,就连他那一抹乱蓬蓬的八字胡,看起来也好像沾着以前就有的燕麦饼屑。他可能有五十五岁了吧,搞不好七十。但有些人的基因就是能保佑他们在这年纪看起来好像刚和中年沾上一点边儿。他很壮硕,走起路来脚步很沉——可能有六英尺四英寸高,三百磅重——而且,他那优雅、机智、人生得意须尽欢的气质,过了四年依然没变。

“你要菜单吗? 还是你都记得?”他用雄浑的低音问我,好像我昨天才来过。

“你们还有豪华乡村汉堡吗?”

“狗改得了吃屎吗?”他用淡色的眼睛看着我。没有致哀,对我正好。

“大部分改不了。我要一份全餐——乡村汉堡,不是狗吃屎——再加一份巧克力冰沙。很高兴回来看到你。”

我朝他伸出一只手,他有一点惊讶,但还是伸手和我握了一下。他的手倒和他的衣服、围裙、帽子不一样,很干净,连指甲缝都很干净。“嗯。”他应了一声,转头朝一个面色蜡黄的妇人作了吩咐,她正在烧烤架旁切洋葱。“乡村汉堡,奥黛丽,”他说,“所有配料都加。”

我平常是坐在柜台边吃的,但那天我挑了冰柜附近的雅座去坐,等巴迪出声喊点餐好了再过去拿——奥黛丽负责备餐,但她不当女侍。我有事情要想一下,巴迪这地方正好可以让我思考。小店里面有两个本地人正在吃三明治，直接就着瓶罐喝汽水，但也就这么几个人。来这里度假的人，不到快饿死没地方吃东西，绝不会进这一家村里小店，而且还得劳驾你不管他们怎么踢、怎么叫，硬把他们拽进门，他们才会进来。小店铺的是褪色的绿色油布地毯，上面有山谷迤逦起伏的图案，跟巴迪身上的衣服一样不怎么干净(那些度假的人进了这里来，可能不会去注意他的手)。店里装潢的木头面板都是油腻腻的，也发黑了。木面板再往上的灰泥墙，挂了几张挡泥杆贴纸——这就是巴迪所谓的“装饰”。

喇叭破了——小心手。

协寻逃妻暨狗——寻回狗者，备有重酬。

这里没有谁是酒鬼——大家轮流当。

我觉得幽默差不多就是化了妆的愤怒，但在小镇里，这一层妆常常很薄。天花板上有三台吊扇像老僧入定一般，在闷热的空气里一下下扑打。冷饮冰柜的左边吊了两张粘蝇纸，上面粘了很多小虫，有几只还在作无力的挣扎。你若看了还吃得下东西，那你的消化系统准没问题。

那时，我想的是哪有名字这么像的！显然——也应该——是巧合。我想的是一个妙龄的标致女子，十六七岁就当了妈，十九或二十岁就成了寡妇。我想的是我不小心碰到了她的胸部。我想的是年过四十的男人忽然发现一个年轻女人和她的小拖油瓶何其迷人，世人会有怎样的批判。但我想的最主要的还是玛蒂跟我说那小女孩儿的名字时，我身上出的怪事——我嘴里、喉咙里忽然像灌满了凉凉的、有金属味的水，仿佛潮涌上来的感觉。

我的汉堡弄好了，巴迪叫了两次我才听到。我走过去拿汉堡时，他说：“你是回来住的还是搬家?”

“干吗?”我问他，“你想我啊，巴迪?”

“不是想你，”他说，“但起码你跟我还是同一州的人。你知不知道‘马萨诸塞’在皮斯塔夸语①中代表‘浑蛋’?”

“你还是那么逗。”我说。

---

① 皮斯塔夸(Piscataqua)，划分新罕布什尔州和缅因州南疆的一条河流，名称出自缅因州的一个古印第安部落。

“是啊。我要去见莱特曼[1],跟他说为什么上帝要给海鸥翅膀。”

“为什么呢,巴迪?”

“那样才能把他奶奶的法国人给淹死在鸟粪堆里。”

我从报架上拿了一份报纸,又替我点的冰沙拿了一根吸管,然后绕到电话亭边,把报纸夹在腋下,开始翻电话簿。其实,我若把电话簿拿到别的地方去查也可以,电话簿并没有拴在电话亭里。老实说,有谁会偷城堡岩的电话簿呢?

簿子里有二十几位姓德沃尔的,这我并不意外——这个姓跟佩尔奇、鲍伊或图塞克一样,只要住在这里,动不动就会碰到姓这个姓的人。我想这种情况到处都有吧——有的人家就是生得多一点,也跑得远一点,没别的道理。

黄蜂路上是有人姓德沃尔,但不是玛蒂、玛蒂尔达、玛莎或任何类似的名字,而是兰斯。我翻到电话簿的封面一看,一九九七年的,玛蒂的先生还在世的时候印制、寄送的。好……但我就是觉得这名字好像有不知什么事情。德沃尔,德沃尔,且来礼赞德沃尔世家[2]吧;德沃尔啊德沃尔,君在何方?管这德沃尔是啥,我就是啥也想不起来!

我把汉堡吃掉,也把已经化成水的冰沙吃掉,忍着不去看粘蝇纸上的小虫。

就在我等着那面色蜡黄、闷不吭声的奥黛丽帮我找零的时候(这村里小店可以让你一连吃上一个礼拜也只要五十块大洋,就看你的血管吃不吃得消),我瞄了一眼收款机上粘的贴纸。又是巴迪·杰利森的杰作:“电脑空间好可怕,吓得我在裤子里下载”。这一句话虽然没害我笑得肚子痛,倒还真解开了我苦思不解的一个谜:德沃尔这名字为什么不仅让我觉

---

① 大卫·莱特曼(David Letterman, 1947—),美国著名脱口秀主持人。

② “且来礼赞德沃尔世家”原文为:Let us now praise famous Devores.美国作家詹姆斯·艾吉(James Agee)和摄影家沃克·伊凡斯(Walker Evans)一九四一年出版过一部报告文学作品《且来礼赞著名的伟人》(*Let Us Now Praise Famous Men*),记录二十世纪三十年代美国贫苦的无名农民的生活实况。书名出自杜埃版《圣经》中的《便西拉智训》第四十一章第一句:Let us now praise famous men, and our fathers that begat us.(现在让我们来赞扬那些著名的伟人和我们历代的祖先)

得耳熟,也好像会让我联想起一些什么来呢?

我在财务方面情况不错,在许多人眼里算是有钱人。不过,至少还有另一个和 TR 有关的人,在每个人眼里都是"大"有钱人。依常居旧怨湖区的居民的标准来看,那人算是有钱得要命。只是,现在要看这位是不是还在人世,能吃、能喝、能呼吸、能走路。

"奥黛丽,麦克斯韦尔·德沃尔还活着吗?"

她脸上浮现出一抹浅浅的笑:"哦,还活着啊,但我们这里不太见得到他。"

她这话听得我马上笑了出来,巴迪的那些贴纸加起来都没这效果。奥黛丽以前就一直面色蜡黄,现在看起来更像应该快快去做肝脏移植手术才行。她看我笑了,自己也偷偷笑了一下。巴迪从柜台另一头朝我们瞪过来,像正经八百的图书馆管理员。他正在读一张牛津平原要举行的假日纳斯卡赛车的传单。

我顺着来路再开车回去。大热天的拿汉堡当午餐实在不好,会害你瞌睡兮兮,头昏脑涨。所以,那时我只想回家,一头栽进北厢的卧室床上,在吊扇相伴之下睡上一两个小时(我回这里还不到二十四小时,就已经把湖边的木屋当作是"家"了)。

车子开过黄蜂路时,我特意把车速放慢。晾出来的衣物随意地挂在晒衣绳上,前院也散了一地玩具,就是没看到吉普车。看来玛蒂和凯拉是穿上泳衣到下面的公共沙滩去玩了。我喜欢这对母女,很喜欢。玛蒂可能因为她那短命的婚姻而被拴在麦克斯韦尔·德沃尔那边……但看看她们住的生锈拖车、泥巴车道和光秃秃的前院,再想一想玛蒂身上宽大的短裤和凯玛特买的套衫,我就不禁怀疑她和德沃尔家的关系拴得够牢吗?

麦克斯韦尔·威廉·德沃尔八十年代晚期退休,搬到了棕榈泉。他退休前可是电脑革命的一大推手。虽然电脑革命主要是年轻人的事儿,但德沃尔老当益壮,干得还真算有声有色——他知道他玩的是怎样的场子,也知道场子上的规矩。他起家的时候,电脑的记忆体还是磁带而不是芯片,独领风骚的极品还是大得像仓库的"全功能自动计算机"。COBOL 他熟得很,FORTRAN 也像是他的母语。等到这片疆土拓展到他力有未逮时,等到这片领域演进到开始要定义人类的世界时,他就花钱去外面买人才来补充他持续壮大之所需。

他的公司叫“视野”，研发出的扫描程序可以将打印或复印稿以近乎即时的速度传到软盘里去。他的公司研发出来的绘图影像程序已经成为业界的标准。他的公司研发出“像素画板”，让手提电脑也可以用鼠标来作画……到最后还可以用手指头作画，若电脑装了乔称作“阴蒂光标”的那种东西的话。这些东西没一样是德沃尔自己发明出来的，但他看得出来可以发明哪些东西，而且还知道该雇哪些人来替他把东西给发明出来。他独有的专利就有好几十种，共同拥有的专利也有好几百种。他的身价据称高达五六亿美元，视当天科技股的行情而定。

他在TR的名声是“顽固又讨厌”。这不奇怪。对拿撒勒人来说，能指望拿撒勒还能出什么好的吗？①地方上的人当然都说他那人很怪。听那些老乡说他们的当年勇（每个人都会指天画地说他们真有过这样的年头），听到的都是这些功成名就的大有钱人当年专门胡闹、打混、只穿沾了尿的内裤去参加教堂聚餐。只是，就算德沃尔真的干过这种鸟事，外加是唐老鸭的叔叔②，我还是不太相信他会任凭自己的两位近亲住在破拖车里面。

我开车回到旧怨湖上面的小路，在我木屋的车道入口停了一下，看看那里的路标：一块上了漆的长条形木板，上面烙了“莎拉笑”几个字。木板钉在一棵树上，这里的人都这样做。我看着这块路标，不禁想起我做的“曼德雷噩梦集”的最后一场梦。梦里有人在路标上贴了一张电台的贴纸，你在收费公路不找零车道的缴费箱上面常看到的那种。

我从车里下来，朝路标走去，开始检查“莎拉笑”的路标。没看见贴纸。向日葵是长在下面没错，就从门阶的木板下蹿出头来——我的行李箱里还有照片为证——但这路标上面就是没看见贴纸。这又证明了什么呢？拜托你啊，努南，别傻了吧。

---

① “能指望拿撒勒还能出什么好的吗？”《新约·约翰福音》第一章第四十五节和第四十六节中，腓力找着拿但业，对他说：“摩西在律法上所写的和众先知所记的那一位，我们遇见了，就是约瑟的儿子拿撒勒人耶稣。”拿但业对他说：“拿撒勒还能出什么好的吗？”腓力说：“你来看！”

② “唐老鸭的叔叔”原文作Scrooge McDuck，是迪士尼卡通名角唐老鸭（Donald Duck）的叔叔。Scrooge一名取自英国作家狄更斯（Charles Dickens）名著《圣诞欢歌》（*A Christmas Carol*）里的守财奴，所以，唐老鸭的这位叔叔自然也是视财如命，一毛不拔。

我才要走回车上去——车门没关，“海滩男孩”①的歌正从车子里的扩音器传出来——就改了念头，又走回那路标去。梦里的贴纸是贴在“莎拉笑”的“拉”和“笑”上面的。我用指尖摸一摸那块地方，觉得好像有一点黏黏的。大热天里，黏黏的感觉当然可能是油漆的关系。或是我在胡思乱想。

我又开车沿着小路朝下走，回到木屋前面，停好车，按下紧急刹车钮（在旧怨湖这样的坡地，一定要拉紧手刹才行，缅因州其他十几处这类的湖也一样），把《别担心，宝贝儿》听完。这首歌我一直觉得是“海滩男孩”最好的一首歌。我可不是说尽管歌词滥情还是好歌，而是说正因为歌词滥情所以是好歌。*你若知道我有多爱你*，布莱恩·威尔逊正引吭高歌，*你就会一切平安*。是啊，各位，这样不就一切足够，夫复何求？

我坐在那里一边听歌，一边呆呆看着门阶右手边的那组柜子。我们把垃圾袋放在柜子里面，免得附近的浣熊跑过来翻垃圾。浣熊若是真饿急了，寻常的有盖垃圾筒可是挡不住它们的，它们就是有办法用灵巧的小手自己掀盖子。

我知道你在打什么主意，你休想，我在心里骂自己，*我是说……你真的要吗？*

看来我是真的要——或者说我那时起码要试上一次才甘心。等“海滩男孩”的歌换成了“稀有地球”②的歌后，我从车里出来，打开柜子的门，拉出两个大塑料垃圾筒。有一个叫斯坦·普罗克斯的人每个礼拜会来替我们收两次垃圾（四年前的事了，我在心里提醒自己别忘了），他也是比尔·迪安幅员广大的打工网里的一员，领的也是账外的现金。我觉得斯坦不太可能来收过这几天积下来的垃圾，因为正逢国庆假期。我猜得没错，每个垃圾筒里面都有一大袋垃圾。我把垃圾袋拖出来（一边拖，一边骂自己笨），拉开黄色的系带。

我不觉得我那时会像中了邪般，若袋里是湿答答的臭垃圾，也硬要倒在后门的台阶上（当然，我自己也没办法确定到底会怎样做，幸好也不需

---

① “海滩男孩”（Beach Boys），二十世纪六七十年代初期红极一时的美国乐队。

② “稀有地球”（Rare Earth），二十世纪六七十年代初期很红的美国摇滚乐队，隶属摩城唱片（Motown）旗下，是摩城旗下第一支全由白人组成而大卖的乐队。

要确定)。袋里并没有湿答答的垃圾。别忘了,这屋子可是四年没人住了。屋子要有人住才会有垃圾,管它是咖啡渣还是用过的纸巾。所以,这两大袋里的垃圾,都是布伦达·梅泽夫的清洁大队扫出来的"干货"。

袋里总共有九个吸尘器的抛弃式集尘袋,里面装的是四十八个月的灰尘和死掉的小虫。还有几卷纸巾,有些闻起来有家具亮光剂的香味,有些则是"稳洁"带一点呛但还是很好闻的味道。另外有一张发霉的床垫和一件纯丝外套,上面被虫子拿去当大餐的痕迹很明显。这件外套丢了也不可惜,它是我年轻时的错误遗迹,看起来像"披头士"唱《我是海象》时的产物。咕——咕——啾,宝贝儿①。

垃圾袋里有个盒子装的都是碎玻璃……另一个装的是不知叫什么的水管装置(看来应该是不能用了)……一块方形的旧地毯,破掉了……用了太久的抹布,褪了色,烂烂的……一双旧的烹饪手套,我以前烤肉时弄汉堡和鸡肉时戴的……

那张贴纸揉成一团,塞在第二个垃圾袋最里面的地方。我知道真要找就找得到——从我在路标上摸到有黏黏的感觉时,我就知道——但还是要眼见为实。我想,我就像"不肯轻信的多马"②一样,非要亲眼看到自己指甲下的血痕才行。

我把找出来的贴纸放在一片被阳光晒暖的门阶木板上面,用手摊平。贴纸的边缘毛毛的,我想可能是比尔拿抹刀刮下来时弄的。他才不愿努南先生四年后终于愿意回湖边住时,居然看到啤酒喝多了的小鬼乱贴电台贴纸在他的车道路标上面。唉哟,不行,这样不对,小亲亲。所以,就只有请它从路标上下来,改住垃圾袋。但你看看,它现在又重见天日。我那噩梦又有一件信物出土,而且还不算太破烂。我用指尖轻轻抚过纸面。WBLM,102.9,波特兰的摇滚小胖子。

我在心里跟自己说,这没什么好怕的。这不代表什么,其他那些也都不代表什么。之后,我从柜子里拿出扫把,把垃圾全扫成一堆,再倒回垃圾袋里去。贴纸也跟着别的垃圾一起扫掉。

---

① "咕——咕——啾,宝贝儿"(goo-goo-joob, baby),《我是海象》里的歌词。

② 不肯轻信的多马(Doubting Thomas),《圣经》里除非亲眼见证否则不肯轻信耶稣复活的一位使徒,见《约翰福音》第二十章第二十四至二十九节。

我走进屋里原是要冲凉，把灰尘和汗渍都洗掉，却一眼看到了泳裤就放在打开的一个行李箱里。我当下改变主意，决定去游泳。那条泳裤蛮搞笑的，印满了喷水的鲸鱼，是我在拉戈岛买的。若是那位戴红袜队球帽的小朋友看了，应该也会说买得好。我看了一眼表，发觉那份乡村汉堡是在四十五分钟前下肚的。差不多可以运动啦，凯莫沙比①，尤其是还费了那么大的力气玩“垃圾袋寻宝记”。

我换上泳裤，沿着“莎拉笑”通往湖边的枕木步道走下去。脚上的夹脚拖鞋踩得噼里啪啦响，几只迟到的蚊子在我身旁嗡嗡叫。湖面闪着粼粼波光，在压得低低的湿热天际下面，显得沉静而魅惑。沿着湖边从南到北紧邻湖面的东侧，是一条有专属用路权的小路（这在地契里叫“共有财产”），TR 的人叫这小路“大街”。若从我的这条步道末端左转到大街，可以一路走到“旧怨湖码头”，途中经过沃林顿的那家餐馆和巴迪·杰利森邋遢的小食堂……其他四十几座度假小屋当然在内，一栋栋隐身在云杉和苍松林立的树林里。若往右转，就会走到“光环湾”。就大街野草蔓生的情况来看，你可能要走上一天才到得了。

我在小路上站了一会儿才往前跑，扑通一声跳进湖里。虽然我腾空朝湖面落下像是不费吹灰之力，但我心里还是想到上一次这样朝湖里跳时，有一只手可是紧握着妻子的手。

落水的那一刻，怎一个惨字了得。湖水冷得我好后悔，我现在可是四十岁的年纪，不是十四。有那么一下子，我的心脏在胸口几乎像要停止跳动了。旧怨湖的水面漫过我的头顶之后，我只觉得这次我可能不会活着浮出水面。到时候，就要由别人来发现我面朝下漂在浮台和我名下的那截大街之间的水面上，被油腻腻的汉堡加冰冷的湖水联手要了性命。他们一定会在我的墓碑上刻这一句：“你妈妈不是一直说起码要等一个小时的吗？”

接着，我的两只脚碰到了湖底的石头和滑滑的水草。心脏像是突然启动，我奋力往上一蹿，像在比数呈拉锯战的篮球场上要来一记定江山的大灌篮。我一蹿出水面，就马上大口喘气，还因为嘴里灌了不少水而猛咳

---

① 原文为 kemo sabe（忠心的老友），因为美国剧集《独行侠》（*Lone Ranger*）而流行起来的印第安话。

了几声。我伸出一只手拍拍胸口，给自己的心脏打气——加油，小心肝，千万别停，你办得到。

我游回岸边，站在水深及腰的湖畔，嘴里都是凉凉的味道——略带金属味的湖水，洗衣服时需要中和一下。我站在68号公路的路肩时，嘴里忽然冒出来的也正是这味道。那时玛蒂·德沃尔跟我说她女儿叫什么时，我嘴里就忽然出现了这味道。

不过是我自己作了心理上的连结，仅此而已。从名字很像连到死去的妻子再连到这湖。这——

“这味道我以前尝过一两次。”我大声说。像是为了特别强调，我还用手舀起一点水来——旧怨湖是全缅因州最干净、最清澈的湖泊之一，我和所谓的“西部湖泊协会”的其他会员，每年看的报告里都这么说。我把水喝下肚去。没有天启，也没有灵光一闪的顿悟从我脑子里掠过。只有旧怨湖的水，先是进了我的嘴，再就进了我的胃。

我转身朝浮台游去，爬上侧边的三阶梯子，一头栽在晒得热热的木板上，忽然庆幸自己回来了——尽管出了这么多事。明天起，我就要开始在这里重建生活……总之，尽力一试吧。至于现在，躺在这里，把头枕在一只臂弯上面昏昏欲睡，暂时也可以了。至少，我心里有把握这一天的历险记总算结束。

结果呢，未必。

乔和我第一次在TR避暑，就发现从俯视湖面的露台看得到城堡岩的国庆烟火。我在天色快要全黑的时候想起了这件事，便决定今年放国庆烟火的时候，我待在起居室里看录像带打发时间就好。重温往日国庆烟火的时光，回想我们两个一边喝啤酒一边在烟花四射的灿烂美景里笑闹叫好，在这时候绝对不是好事。我已经够寂寞了，这寂寞我在德里一直没注意到。这时，我又不禁自问，我到这里来到底是要干什么？除了终于要面对约翰娜生前的回忆——所有回忆——然后放下一切，让它安息之外，我还要做什么吗？是否能够重拾写作，在那晚当然是扔得老远的想法。

屋里没有啤酒——忘了买，不管是在杂货店还是村里小店都没想起来——但有汽水，承蒙布伦达·梅泽夫之助。我拿了一罐百事可乐坐下来看烟火，希望不会弄得自己太伤感。希望，我想吧，希望我不会哭。倒不是我在拿自己说笑。我到了这里泪还要更多，好吧？只是，我终究得努力熬过去。

那天晚上的第一颗烟火才刚爆——晶亮的蓝色星火满天四散，过后良久才远远传来一声“轰！”——电话就响了，吓得我跳了起来。城堡岩传来的微弱爆炸倒还没吓着我。我想这一定是比尔·迪安打长途电话来问我安顿得怎样。

乔死前的那年夏天，我们买了无绳电话，这样就可以在楼下一边晃荡一边打电话；我们两个都爱这样子打电话。我走过玻璃拉门到起居室去，按下接听键，说：“喂，我是迈克。”再走回楼上露台坐下。湖对岸的烟火在城堡景观丘上空低低的云层下面，又炸开绿色和黄色的星星点点，紧跟着再炸开几记无声的闪光。声音最终传到我这里时，听来只像微微的噪音。

电话那头有一会儿没丁点声音，之后才传来粗哑的男声——是老头儿的声音没错，但不是比尔·迪安——他说：“努南吗？努南先生吗？”

“是。”又炸开好大一朵金色的烟花，照亮了西边的夜空，替低低的云层镶上瞬息即逝的金边。看着这景象，我不禁想起电视上播的颁奖典礼，盛装的美女一个个穿得金光闪闪。

“我是德沃尔。”

“哦。”我这下子有点戒备了。

“麦克斯韦尔·德沃尔。”

奥黛丽说过，*我们这里不太见得到他*。我原以为是扬基佬在开玩笑，但看来她说的是正经话。天下事无奇不有。

好啊，然后呢？我像是黔驴技穷，一时不知该怎样接招。我原想问他怎么会有我的电话号码，我们又没登记。但问了又怎样？你若有过五亿的身价——若这位麦克斯韦尔·德沃尔真是我想的那位麦克斯韦尔·德沃尔的话——不管多早以前没登记的电话号码，应该都弄得到手。

所以，我只好应一声。

又一阵沉默。若由我先开口，对话的主控权就会落入他的手里……如果我们这样也算是对话的话。这一招不错，只是，我和哈罗德·奥布洛夫斯基那么多年的交情可不是白玩的——哈罗德那家伙是高手，有办法把满肚子的话硬压着不说，只扔给你沉默当排头吃。所以，我硬是坐着不动,把小巧玲珑的无绳话筒搭在耳朵边上,静静观赏西边的烟火。红色爆裂出蓝光,绿色再爆现成一片金黄,仿佛一个隐形的仕女穿着灿烂夺目的晚礼服走在云端之上。

“我知道你今天遇见过我儿媳妇。”他终于先开口说话了,听起来不太高兴。

“可能吧。”我说得尽量像是一点也不觉得奇怪,“德沃尔先生,能否请问您打电话来的目的?”

“我知道出过事。”

白色的光点在天际跳跃——搞不好是爆炸的太空梭!之后,就远远传来了轰然爆炸的声音。*我发现了时间旅行的秘密,*我在心里说,*时间旅行是听觉的现象。*

我把话筒抓得太紧,趁这时放松一下手。麦克斯韦尔·德沃尔。五亿身价。跟我想得不一样,没在棕榈泉,而是近在咫尺——就在 TR,若电话线特有的那股低低的嗡嗡声还靠得住的话。

“我很担心我孙女,”他的声音更粗哑了。他在生气,而且毫不掩饰——看来这人经年累月都不必去掩饰他的情绪,已经习以为常了。“我知道我那儿媳妇又神游物外去了,她常这样。”

屋外的天际同时亮起了十几种色彩的星星点点,照得夜空灿烂辉煌,像迪士尼老自然电影里面百花齐放的美景。我在心里想象城堡景观丘那边一定聚集了一大批人,个个盘腿坐在自己带去的毯子上面,一边吃甜筒、喝啤酒,一边同时一起“哇——”。我想,“杰作”的认定标准就在这里:每个人同时一起“哇——”

*你怕这个人,对吧?*乔问我,*好,你说不定真该怕他。像他这样想生气就生气的人,不管什么时候、对象是谁……这样的人,是很危险的。*

接着换成了玛蒂的声音:*努南先生,我不是坏妈妈,我以前从没出过这样的事。*

我在心里想,大部分坏妈妈在这种情况下都会说这样的话……但我那时信她的话。

还有,妈的,我的电话号码是没登记的。原来好端端地坐在这里喝我的汽水、看我的烟火,又没犯着谁,这家伙却——

“德沃尔先生,我不知道——”

“别来这一套，我无意冒犯，但别来这一套，努南先生，有人看见你跟她们说过话。”他说话时，我心里出现的画面是麦卡锡[①]正在他的委员会上教训那些被他贴上标签的倒霉鬼。

小心啊，迈克，乔说，小心麦克斯韦尔的银榔头[②]！

“我今天早上是遇见过一位太太带着一个小女孩，”我说，“我想你指的是这两位吧。”

“不对，我说的是你看到一个才会走路的幼儿自己走在马路上。”他说，“你也看见一个女人跟在后面追着她跑，就是我那儿媳妇，开着她那辆破车。那孩子很可能会被车撞上。你干吗保护那个年轻女人，努南先生？她给了你什么好处吗？你这样对那孩子一点好处也没有，我跟你说。”

是啊，她答应带我回她住的拖车，和我一起到天涯海角，我心里想这样回他，她答应只要我闭嘴不说，她的嘴就绝不会合起来——这是你要听的是吧？

是，乔说，这很可能正是他要听的，正是他要信的。但可别被他这么一激，你那二年级的刻薄性子[③]就又冒出来了，迈克——你准后悔。

只是，我干吗要保护玛蒂·德沃尔？我不知道。而且，我还根本就搞不清楚我蹚的这趟浑水是怎么回事。我只知道她看起来很累，而那孩子身上没有淤青，也没有害怕、苦恼的神情。

“是有一辆车。老吉普车。”

“这就对了。”要到了他要的，兴趣马上飙高，几乎像猴急了，“那——”

“我觉得她们像是一起从车子里出来的。”我跟他说。一发现胡诌的本领并没有弃我而去，我那时还真有一点飘飘欲仙——感觉像投手虽然久未站在众人面前献艺，但躲在自家的后院里，还是投出了一记很棒的滑球。“那小女孩子好像拿着一把雏菊。”我加描述时很小心，好像我那时并不是在木屋楼上的露台，而是在法庭上作证。哈罗德若知道一定很得意。嗯，不对，哈罗德会吓死！我居然也有本事这样跟人对阵！

---

① 麦卡锡(Joseph MacCarthy，1908—1957)，美国共和党参议员，一九四七年至一九五七年间在美国发起一阵讨伐共产党的白色恐怖歪风，引发一阵风声鹤唳，也衍生不少冤狱。

② 麦克斯韦尔的银榔头，英国著名邪人“披头士”一九六九年于专辑《艾比路》(*Abbey Road*)里的一首歌，讲一个抓狂的学生拿银榔头杀人的故事。

③ 二年级的刻薄性子(sophomore sarcasm)，大学二年级学生愤世嫉俗、讥诮讽刺的性子。

“我看她们应该是去采野花，可是这件事我记得没那么清楚。我是作家，德沃尔先生，所以，我开车时，脑子常会飘到——”

“你撒谎。”他的怒气现在表露无遗，热腾腾的、亮晃晃的，像滚烫的水。如我先前猜的，不必多少工夫就可以把这家伙的社交礼仪剥开，让他现出原形。

“德沃尔先生，电脑界的那位德沃尔先生，应该没错吧？”

“没错。”

乔其实脾气挺大的，每次她在怒气逐渐升温的时候，讲话的口气和脸上的表情反而会愈来愈冷。如今，我不可思议地发觉自己正在东施效颦。“德沃尔先生，我不太习惯晚上有不认识的男人打电话来，也不想跟当面骂我撒谎的人再多讲下去。晚安，幸会。”

“若没事，你为什么要停车？”

“我离开 TR 好一阵子了，想问一下村里小店还开着吗。哦，还有，我不知道你是从哪里弄到我的电话号码，但我知道你可以把号码扔到哪里去。晚安。”

我大拇指一按，切断电话，然后看着电话发呆，好像以前从没见过这玩意儿似的，握着话筒的手还在发抖。我的心脏跳得很快；脖子、手腕、胸口，都感觉得到心脏在怦怦乱跳。我想，若不是我自己在银行正好有几百万的子儿在哗啦啦响，我很可能会跟德沃尔说操他奶奶的。

巨头大战啊，亲爱的，乔用她冷冷的声音跟我说，*只为了一个住在拖车上的年轻女孩。她连胸部还没发育呢！*

我大声笑了出来。巨头大战？怎么算得上。世纪初有个上一辈的强盗大亨说过这话：“这年头啊，荷包里有上百万元的人就觉得自己很有钱了。”德沃尔很可能也会这样损我一句。而且，从大处来看，他损得可能没错。

西边的天际又燃起了一片五光十色，不像人间所有。这是最后的闭幕式。

“他这样搞是为了什么？”我问道。

没有回答，只有一只潜鸟幽幽地在湖面长鸣，十之八九在抗议天上怎么那么吵，它很不习惯。

我站起来进屋里去，把话筒放回话机，这才发现心底其实隐隐在等电话的铃声再次响起，在等德沃尔劈头就用电影里的台词骂我：你敢挡我的路我就……或是，我警告你小子，要是……还有，你就听听老人言吧。

电话铃没响。我把剩下的汽水都倒进喉咙，决定去睡觉。至少，刚才露台上没有人呜咽或哭号；德沃尔这通电话把我拖了出来。所以，说也奇怪，为此我还挺感谢他的。

我走进北厢的卧室，脱下衣服，朝床上躺。我想起了那小女孩儿，凯拉，想起了那可以当她姐姐的小妈妈。显然，德沃尔对玛蒂十分恼火。若连我这样的身价在他眼里都一文不值，玛蒂在他眼里又会是什么？若他一心要对付她，她能有什么依靠？这不是什么愉快的想法，但我睡着的时候，就正想到这儿。

我三小时后起来一次，纠正上床前做的不智之举：灌下那罐汽水。我站在马桶前面，微睁着一只眼小便时，又听到了呜咽的哭声。一个孩子在黑夜里走丢了，好害怕……或者，纯粹是假装走丢了，假装害怕。

“你少来！”我骂了一声。那时我全身一丝不挂，站在马桶前面，背上爬满了鸡皮疙瘩。“别搞这花样！吓死人！”

哭声跟以前一样慢慢远去，像是从隧道里朝后走远，愈来愈小，愈来愈小。我爬回床上，翻了个身，又闭上眼睛。

“是梦，”我说，“曼德雷的梦。”

但我知道未必如此，我也知道我必须要再睡着。在那当口，睡着像是很重要的事。就在我慢慢睡去的时候，我觉得像是听到有声音在说，我自己的声音：她是活的，莎拉是活的。

我也明白了另一件事：她属于我，是我把她叫回来的。吉凶不论，我真的算是回家了。

9

第二天早上九点，我拿了一个塑料软瓶，装满葡萄柚汁，就出发沿着大街准备往南好好散会儿步。阳光灿烂,已经很热。也很安静——我想是周六庆典过后才有的那种静吧,由同等分的圣洁和宿醉调和起来的安静。我看到两三个渔夫把船停在湖对面的岸边,但没看到一艘快艇在湖面呼啸,也没看到半个毛头小伙子在叫闹、玩水。我朝山坡朝下走的时候,经过了六栋小屋。虽然一年的这时节,小屋应该都住了人,但我看到的人烟迹象,就只有帕森戴尔家晾在露台栏杆上的泳衣,巴彻尔德家短短的码头上有一个漏气的荧光绿海马。

不过,帕森戴尔家的灰色小木屋,还是帕森戴尔家的吗?巴彻尔德家逗趣的圆形避暑营地,还是巴彻尔德家的吗?他们有全景电影般的观景窗,正对着湖面和远处的群山。这当然无从判断,四年可以沧海桑田。

我信步闲逛,不刻意去想——这是我以前写作时常要的招数。身动、心静,其他全交给地下室的小伙子们去处理。我走过乔和我以前灌啤酒、吃烤肉,和大伙儿玩牌的露营区,像海绵一样把周遭的静谧全吸收到体内。我喝一口果汁,伸手抹掉额上的汗珠,静静等着看有什么念头会自己冒出来。

最先跑出来的是一个怪怪的想法:从感觉上来说,那半夜啼哭的孩子居然比麦克斯韦尔·德沃尔打来的电话还要像真的。我回 TR 后才第一次整晚都待在木屋时,就真的碰上了一个坏脾气的科技大亨打电话来找我吗?上述大亨,还真的骂我撒谎?(就我跟他说的事来看,我确实撒了谎,但这不是重点。)我知道,他是真的打过电话,但那时,要我相信有"旧怨湖幽魂"还更容易一点;这"旧怨湖幽魂",在露营区的营火故事里,叫做"神秘夜啼小娃儿"。

接下来我心里冒出来的想法是——还没喝完果汁,这想法就跑出来了——我该打电话跟玛蒂说出了什么事。又转念一想,这虽然是自然反应,但不算是上策。我也老大不小了,不该去信什么"受苦少女"对抗"邪恶继父"的简单方程式……在这里应该说是"邪恶公公"。今年夏天,我可不是吃饱了没事干的,最好还是不要无端卷入电脑大亨和拖车少妇的大战里去,何况他们的大战说不定还会是场恶战。德沃尔是惹毛了我没错——大大惹毛了我——但他应该不是冲着我来的,纯粹是情势使然。嘿,有些人就是爱欺负弱小。我要为了这件事去和他对着干吗?不要,我才不要。我已经救过小红袜小姐了,也不当心摸到了小妈妈玲珑但坚挺的胸部，还知道了凯拉这名字在希腊文里的意思是“端庄典雅”。若仍不知足，那苍天在上，我就实在犯了贪得无厌之罪。

这时，我停了下来，思绪和脚步都同时停下，因为我发现这一路是朝沃林顿那边走过去的。沃林顿是一座用谷仓板盖的大型建筑，当地人有时叫它“乡村俱乐部”。它其实也多少有一点乡村俱乐部的样子——里面有一片六个洞的小型高尔夫球场，一座马厩，几条骑马小径，一家餐厅，一家酒吧，还有一幢大屋外加八九栋度假小屋，可以住上三四十人。甚至还有两条保龄球道，只是你和球友每打一球就要轮流去把球瓶再排好。沃林顿是在第一次世界大战刚开始的年头里盖起来的，因此没有“莎拉笑”那么老，不过也没小多少岁。

沃林顿有一条长码头连到另一座比较小的屋子，即“夕阳酒吧”。避暑的旅客在一日将尽之时，往往会到那里去小酌一下（有的人则是在一日之始的时候，到那里喝几杯血腥玛丽）。我朝那边看过去时，才发现我可不是没人做伴。那边有一个女人，就站在水上酒吧大门左边的屋廊里，正朝我这边看过来。

她吓得我魂都没了。那时，我的神经还没有各就各位，可能是因为这样，才会被她吓得差一点魂飞魄散……但我想她那样子我看了不管怎样都会吓死的。有一部分原因在于她站在那里动也不动，另一部分原因在于她瘦得不成人形。但最主要的原因，在她那一张脸。各位有没有看过爱德华·蒙克的《呐喊》①？嗯，你若把画里张嘴尖叫的脸换成合起嘴来，瞪着眼睛死命盯着你看，就可以清楚勾画出一个女子站在码头的尾端，伸出一只指头很长的手搭在栏杆上的模样了。只不过，我还是要老实招认，我看到她，最先想到的不是爱德华·蒙克的画，而是丹弗斯太太。

她看起来大约有七十岁了吧，穿着一件黑色的连身泳衣，外面再套一条黑色的短裤。这样的穿着看起来怪怪的，很正式，像一直都很流行的黑色小礼服的变体。她的肤色呈奶油白，只有扁平的胸部以上和瘦削的双肩除外；这些部位长满了大大的老人斑。脸是楔形的，最明显的是那两个

---

① 爱德华·蒙克（Edvard Munch，1863—1944），挪威籍的表现派（expressionist）画家，画作传达的强烈情感对二十世纪的画坛有深远的影响。《呐喊》（*The Cry*，也作 *The Scream*，最早叫作《绝望》*Despair*），是他最著名的作品，画于一八九三年。

外突的颧骨，没长一点肉，跟骷髅差不多。她有一个光亮的额头，不见一丝皱纹。她的眼睛压在鼓鼓的额头和颧骨下面，深陷在眼窝的阴影里，根本看不见。稀稀落落的白发塌在耳朵旁边，服服帖帖地搭在她方正的下颚骨的两侧。

天哪，怎么那么瘦，我心里想，根本就像一袋——

我忽然全身一阵寒战。很猛，好像有人给我来了一记电击。我不想让她注意到——什么嘛！刚来避暑，就碰到一个男人居然被自己吓得站在那里发抖，还挤眉弄眼作怪样子——所以赶忙举手朝她挥一挥，同时拼命想挤出一抹笑。嗨，水上酒吧的那位太太。嗨，你那一袋老白骨还真吓得我魂都没了，但在这时节没关系，我原谅你。你到底在搞什么花样？我觉得我挤出来的笑，在她看来可能跟我的感觉差不多——像在做鬼脸。

她没回礼。

我觉得自己真蠢——这里没有谁是笨蛋，大家轮流当——举起来的手停在半空中，像半途刹车的举手礼。我转身走回来时路，才走五步，就忍不住回头。被人盯着看的感觉好强，像有一只手正压在我的肩胛骨中间。

但码头上此时空无一人。我眯起眼睛再看，一开始以为她是退到那小“黄汤屋”的阴影里去了，但她并不在那里。还真是神出“鬼”没。

她回酒吧里去了，宝贝儿。乔说，你知道的嘛，对不对？我是说……你“应该”想得到的，对不对？

“对，对。”我咕哝一声，再度举步沿着大街朝北走回家去。“我当然知道，她不是进去了还会去哪里？”只是，我总觉得那么短的时间根本不够。我就是不觉得她若真进去了我会听不到一点声响，就算她光着脚。在那么安静的早上，不可能。

乔又说了：说不定她是蹑手蹑脚跑进去的啊。

“对。”我又咕哝一声，那年夏天，我动不动就自言自语，“对，可能是这样。可能她真的是蹑手蹑脚跑进去的。”是啊，跟丹弗斯太太一样。

我又停下脚步回头看，但这条专用道路是顺着湖边走的，有一点弧度。所以，现在我已经看不到沃林顿或夕阳酒吧了。而且，说实在的，我想这样也好。

回去的路上，我把我回“莎拉笑”之前和我回“莎拉笑”之后碰到的每一件怪事都列了出来：重复出现的怪梦、向日葵、电台贴纸、晚上的哭声。我想，遇见玛蒂和凯拉母女，加上“像素画板”先生随后追来的电话，也可以算是怪事……只是，怪得跟你晚上听到小孩子哭不一样。

还有，约翰娜死的时候，我们是在德里而不是旧怨湖这件事呢？这件事算不算呢？我不知道。我甚至想不起来怎么会这样。一九九三年的秋、冬两季，我一直在忙《红衫男子》改编成剧本的事。一九九四年的二月，我开始动笔写《从巅峰直坠而下》，注意力就此全放在那上面。此外，决定往西到 TR 来 ，往西到“莎拉笑”来……

“都是乔在决定。”我把这句话说了出来。一听到自己的声音，我马上就想起来：真的是这样。我们两个都爱这亲爱的老“莎拉”，但会说“嗨，爱尔兰人，请你动一动屁股，我们到 TR 住几天好吗？”的，一直是乔。她随时都会冒出这么一句……唯独死前的那一年，她一次也没说过。我自己也从没想到要替她说。像是不知怎么就把“莎拉笑”给扔到了脑后，连夏天来时也没想起来。跟我全神贯注在写书有没有关系呢？不太像……有没有其他的解释呢？

这样一想，就觉得事有蹊跷，但我抓不到蹊跷在哪儿。

我想起了莎拉・蒂德韦尔，还有她唱的一首歌的歌词。她没录过唱片，我知道这首歌的歌词，是靠“瞎子莱蒙・杰弗逊”①唱的版本帮忙。其中一段是这样：

> 这啥也不是，不过就是谷仓舞曲，甜心。
> 这啥也不是，不过就是转圈圈。
> 让我吻你甜蜜的双唇，甜心，
> 你是我找到的如花美眷。

我很喜欢这首歌，也一直不懂为什么不是由嗓音粗哑的民谣歌手来

---

① “瞎子莱蒙・杰弗逊”(Blind Lemon Jefferson，1893—1929)，二十世纪二十年代最红的盲人蓝调歌手，原本在街头走唱，一九二五年灌录第一张唱片，虽然早逝，但他留下的唱片给后世乐坛留下了不灭的影响。

唱,而是出自女子之口。出自莎拉·蒂德韦尔之口。我敢说她的歌声一定清甜。不止,我也敢说她一定边唱边摇,乖乖!

我又回到自己的地方了。眼下在附近看不到一个人影(虽然听得到这天的第一艘快艇已经在下面的湖面上低声轰隆)。我便脱到只剩内裤,下水游到浮台那边。我没爬上去,只用一只手抓着侧边的梯子,两条腿懒懒地踢水。这样是很舒服,但接下来这一天我是要怎么过才好?

我决定去整理二楼的工作间。等整理好了以后,不妨出去,到乔的工作室看一看。但也要看我的勇气还在不在。

我朝岸边游回来,一路踢水踢得很轻松,头在水面一上、一下,任由湖水漫过全身,像裹在凉凉的丝绸里面,觉得自己很像水獭。就在我快游到岸边时,湿漉漉的脸往上一抬,就看见有个女人站在大街上瞅着我。那女人瘦得跟我在沃林顿看到的那个一样……但这个女人是绿色的。绿色的!她站在步道上,面朝北,像古老传说里的树妖!

我倒抽一口气,结果吞下一大口水,猛咳一阵才把水咳出来。我站在及胸的水里,伸手抹掉脸上一直朝下淌的水,马上就扑哧笑了出来(虽然还是有一点狐疑)。那女人是绿的,因为她是一棵桦树,就长在我那条枕木步道和大街接口朝北一点的地方。就算我的眼睛已经抹去了水,它的树叶在象牙白、有黑条纹的树干周围生长的样子,仍然很像一张瞅着人看的脸。没有一丝风,那张脸也就纹丝不动(跟先前那位泳衣外加黑短裤的女人的脸一样,没一点表情),但若是微风徐徐的日子,那张脸就会是微笑或皱眉的了……搞不好还是大笑呢。那棵树后面还有一棵样子很邋遢的松树,一根光秃秃的枝子直朝北伸。就是这根树枝害我以为看到了一条皮包骨的手臂,用没有一丝肉的手朝北方指。

这也不是我头一回自己吓自己。以为看到怪东西,如此而已。小说写太多,难免会连地板上的影子都以为是脚印,把泥地上的每条线都当做是神秘的暗号。这样当然无助于我判断到底是“莎拉笑”这地方太诡异,还是我自己的脑袋太特别。

我四下环顾一圈。我名下的这块湖区依然独属我一人(只是为时不久了,因为先前那第一艘快艇的引擎声已经有第二艘和第三艘加入,成了多声部),于是我脱下湿透的内裤,挤掉水分,放在短裤和 T 恤上面,然后光着身子沿着枕木步道朝木屋走去,把衣服捧在胸前。我假装自己是本特，正捧着早餐和早报要给温西爵爷送去。等回到家，进了木屋，我脸上忍不住露出了傻笑。

那时节，二楼就算开着窗也还是很闷。等我走到了楼梯顶，才知道为什么会这样。乔和我共享二楼，左边归她(很小的一个房间，跟个小贮藏室差不多；她只需要这么大。我们在木屋的北边另盖了一间工作室给她用)，右边归我。走廊底看得到空调的出风口。这台空调是我们买下木屋一年后买的。我看到它，才发觉空调惯有的嗡嗡声听得我都忘了它的存在。上面有一张纸条，写的是："努南先生，机器坏了。开了后只出热风，听起来好像里面都是碎玻璃。迪安说，城堡岩的西方连锁会把要换的零件送过来，但我要真看到了才会信。梅泽夫。"

我看到最后一句不禁失笑——十足的梅泽夫太太本色。我伸手转了一下开关。机器一发现附近有带把儿的人类出没，通常都不敢造次，乔以前就常这么说。但这一次，它不给面子。我听着那机器嘎啦嘎啦叫了约五秒，就啪一下再把它关掉。"这老东西死翘翘了"。TR 的人爱说这一句。机器修好之前，我可是连填字谜都没办法在这里做。

我四下看了一圈我的书房，想知道会有什么感觉，想知道会找到什么。答案是啥也没有。我看到我写《红衫男子》时用的那张书桌。我用那本书证明自己第一次出手就成功并非侥幸。我看到了那张尼克松①的照片，他双手高举，两只手都比划着胜利的手势。下面的标题是："你会跟这人买二手车吗?"我看到了乔织的拼接地毯。那是她有一年冬天特意为我做的，过了一两年，她发现了阿富汗毛毯的神奇世界，就把钩针一股脑儿全扔掉了。

这书房不算陌生，但里面的每一样东西(尤其是空空的书桌桌面)，说的都是这里是迈克·努南前半生的工作地点。我以前看过一种说法，说男人的生命通常是由两大力量界定的：工作和婚姻。在我的生命里，婚姻已经结束，工作也像陷入了永久的空窗期。因此，这个我待过那么多时日的地方，让我用想象编织各种奇特人生的地方，现在对我来说会变得没有一点意义，其实并不奇怪。这里就像已被开除之人的办

① 尼克松(Richard Nixon，1913—1994)，一九七四年因水门事件而下台的美国总统。

公室……或猝死之人的办公室。

我刚要走，忽然想到一件事。角落的档案柜里塞满了文件——银行报表（大部分是八或十年前的）、信函（大部分都没回）、几则故事残篇——但就是没有我要找的。我又去翻壁柜——那里面的温度少说也有一百一——结果在梅泽夫太太写下“杂物”的一个纸箱里面翻到了。我要找的是一个三洋牌的录音机，德布拉·温斯托克在普特南出我第一本书时送我的。这录音机可以设定成你开口才录音，停下来思考就暂停。

我没问过德布拉她看到这东西时心里是不是在想：“哇，我敢说天下凡是懂得自尊自重的通俗小说作家，都会很喜欢有这么一样宝贝的。”或是那时她有具体的……比如说暗示？*努南，你潜意识一有句子冒出来，就要赶快口述传真*。我那时没搞清楚，现在还是没搞清楚。反正有这东西就对了，一个真正专业级的口述录音机。我车里还有至少十几卷录音带，原本是准备自己录一些东西开车时听的。我在这口述录音机里装了一卷录音带，把音量调到最大，然后设定为“口述”模式。若我已经至少听到了两次的怪声音重又出现，就会被录在录音带上，我就可以拿去放给比尔·迪安听，问他觉得这是怎么回事。

万一我今天晚上又听到小孩子哭，录音机却没录呢？

“嗯，那我就知道情况是另一种了。”我在满屋阳光、空空荡荡的书房里，大声把话说出来。那时，我正站在书房的门口，腋下夹着口述录音机，看着空无一物的书桌桌面，全身汗流浃背。“要不也至少可以怀疑是另一种情况。”

乔位于长廊另一头的小窝，衬得我的书房拥挤但安适。以前，这里从来就不会塞太多东西，现在更只剩一个四四方方的小房间。她的地毯不见了，她的照片不见了，连她的书桌也不见了。活像一件“自己动手做”的活儿在百分之九十的事都做完后，就被人扔着不管了。乔像是被人刮得一干二净，全都擦掉了。刹那间，我没来由地火冒三丈，对布伦达·梅泽夫十分恼火。我想起以前我妈要是对我做的事有意见时，常会说：“你会不会有一点太过分啊？”那时，我看着乔那块小小的地盘时感觉就是这样：什么都清光了，清到只剩四面墙。梅泽夫太太会不会有一点太过分啊？

说不定不是梅泽夫太太清掉的，那天外飞声又说了，*说不定是乔自己清掉的。你想过没有，老兄？*

“这说不通，”我说，“她为什么要这样呢？我看她不像是预感自己会不久人世。想想看，她才买了——”

我不想说那几个字，不想大声说出来，好像说出来怎样都不对。

我转身离开，这时忽然一股凉风吹来，带着一声叹息，拂过我的两边脸颊。在这么热的房间里，这风来得很是奇怪。风的抚摸不包括身体，只有脸。那感觉怪透了，像有两只手很快但很轻地拍了一下我的两颊和额头。与此同时，我耳朵里也听到了叹息……但也不太像叹息，倒更像窸窣的低语拂过我的耳际，像有人压低了嗓子要传达消息。

我赶快转身，以为会看到窗帘在动……但窗帘挂得好好的，纹丝不动。

“乔？”我大声叫道。听到自己叫出她的名字，我全身一阵猛烈的寒战，连夹在腋下的口述录音机也差一点掉下来。“乔，是你吗？”

什么也没有。没有鬼影伸手轻拍我的脸，没有窗帘飘动……若真有风吹过，窗帘一定会动。四下静悄悄的，只有一个高个子男人满脸都是汗，腋下夹着口述录音机，站在空空的房间门口……但也就是在这时候，我才第一次觉得我在“莎拉笑”不是孤单一人。

那又怎样？我问自己一声，就算真是这样，那又何妨？鬼又伤不了人。

这是我那时的想法。

等我午餐过后再到乔的工作室时（她装了空调的工作室），对布伦达·梅泽夫的感觉就好多了——她终究不算太过分。乔二楼的小房间里有几样我记得特别清楚的东西——她编的第一张阿富汗毛毯的镶框作品，那条绿色的拼接地毯，她那张缅因州向日葵的镶框海报——全都改放到这里来了。其他我还记得的东西也都在这里。看来，梅泽夫太太好像有话要跟我说——*我没办法抚平你的痛苦或减少你的悲伤，我也没办法防止你回这里来可能导致伤口再受重创，但我可以把所有可能让你心碎的东西都集中在一处地方。这样，你就不至于在不小心或没准备的情况下碰到这些东西。我能做的也只是这样。*

这里就没有空空的墙了；这里的墙满载我妻子的灵魂和创造力。这里有她编织的作品（有的很正经，很多就怪里怪气的），她做的蜡染布，从她自己说是“幼儿拼贴”的剩布料做出来的破布娃娃，用黄、黑、橘等颜色的长条丝布做出来的一幅沙漠抽象画，她的花卉摄影作品，甚至她的书架最上头还放了一个没做完的东西：“莎拉笑”的小像，是用牙签和棒棒糖棍子做的。

工作室一角放着她的织布机和一个木头柜子，上面有个牌子：“乔的编织用品！非请莫入！”就挂在柜子的圆把手上面。另一个角落放着她的五弦琴。她原本想学，后来放弃，说弹起来手指头太痛。再一个角落放的是一支爱斯基摩皮艇的划桨和一双滑轮溜冰鞋，脚尖的地方都磨损了，鞋带头有小绒球作装饰。

而我最留意也看得最久的东西，就放在房间正中央的一张老活盖书桌上面。过去这么多年，我们在这里度过不少美好的夏季、秋日，还有冬寒的周末。那时候，这张书桌上面一定乱摆着各色的线轴、一球球的棉纱、素描，可能还有一本谈西班牙内战或美国名犬的书。约翰娜有的时候真会气死人，至少会气死我，因为不管她做什么都看不出来规矩或秩序。但她也真能教人敬畏有加，有的时候甚至让人只有俯首称臣的份儿。她那脑子跑野马跑得之凶啊，不同凡响！她的书桌就反映了这一点。

但现在那些都不见了。可以认为是梅泽夫太太把书桌上乱堆的东西一股脑儿全收到别的地方去了，又把这东西弄到桌面上来。但我觉得不可能。她何必呢？没道理嘛。

那东西罩着灰色的塑料套。我伸手去摸，才差一两英寸就摸到时，又把手缩了回来，因为我做过的一场梦。

（把那给我那是我的集尘网）

那场梦忽然闪过我的脑际，跟那阵古怪的微风拂过我的脸颊一样，但马上就又消失了。我把塑料套掀开，下面是我那台绿色的旧 IBM 打字机。我有好多年没见过它了，甚至都没想到过它。我靠过去，还没看到心里就有数。它装的版球是“信使”——我以前最喜欢的字体。

老天爷！那台老打字机为什么会放在这里？

约翰娜画画（虽然画得不太好），摄影（这倒很出色），有时她拍的照片还卖得出去，她也做编织，钩针织，自己纺纱染色，她的吉他技巧可以弹八到十组基本和弦。当然，她还会写，主修文学的人大部分都能写，要不然怎么叫主修文学？但她文学创作的天分让人惊艳吗？不。她大学时写过诗，玩过一阵子之后就放弃了艺术创作的这支派别，因为她写得太烂。迈克，你就负责你、我两人份的文学创作好了，她有一次跟我说，这方面就全看你的了；至于我呢，什么都玩玩就好。拿她写的诗和她织的布、拍的照片、编织的作品来比，我看这倒是明智之举。

但我的老 IBM 打字机怎么会跑到这里来？为什么呢？

“写信，”我说，“她在地下室或哪里找到的，弄上来写信用。”

只是，乔不是这样的人。她的信多半都会拿给我看，往往还会要我在最后加几句后记，还用一句老话“鞋匠的孩子反而没鞋好穿”（“若不是贝尔①，作家的朋友还绝对没办法和他联络”，乔也爱加上这一句）来打消我的负疚感。打从婚后，我从没见我妻子打过一封她个人的信。别的不讲，我看她根本就觉得这是无聊的虚礼。她会打字，只要慢慢地，有条不紊地，就能打得出找不出一丁点儿错的商务书信，但这种时候，她一定是用我的台式电脑或她自己的笔记本电脑来处理这些琐事。

“你这是要干什么，宝贝儿？”我问一句，然后开始翻她书桌的抽屉。

看来布伦达·梅泽夫想过要整理这些抽屉，只是败给了乔的老性子。乍看像是整理过了（例如线轴是依颜色分类排好的），但没几下子就宣告投降，随乔这堆东西自己乱去。我在乔的这些抽屉里，找到了千百种乔的形迹，每一种都挟着意想不到的回忆，刺痛我的心，但就是找不到任何用我的旧 IBM 打的文件，有没有“信使”版球都一样。连一张小纸头也没有。

等找完了，我靠在椅子上（应该说是她的椅子），看着她书桌上那张相框里的照片发呆。我不记得以前看过这张照片。十之八九是乔自己冲洗，然后自己手工上色，才会是这样子（原版的照片可能是从地方上哪户人家的阁楼里翻出来的）。完工后的效果看起来很像通缉要犯被泰德·特纳加上了颜色②。

我拿起照片，用大拇指轻轻摩挲相框的玻璃，不禁莞尔。莎拉·蒂德

---

① 指发明电话的亚历山大·格雷安·贝尔（Alexander Graham Bell）。

② 美国电视巨子泰德·特纳（Ted Turner），二十世纪八九十年代初期经营“特纳电视网”（Turner Network Television，即 TNT）时，由于播放的影片以老电影为主，异想天开替黑白经典老片上色，效果极差，舆情大哗，未几无疾而终。

韦尔，十九、二十世纪之交的“蓝调喊手”①，她人生最后的停靠地，大家知道的就是这里，TR-90。她和她那一帮人——有些是朋友，大部分都有亲戚关系——离开 TR 后，转进城堡岩住了一阵子……然后就不知所踪，像夏日清晨地平线上的云层或雾霭般消失无踪。

她在照片里，脸上只带着浅浅的笑。她眼睛半闭，一边的肩膀上面看得到有吉他的绳子挂在那里——不是背带，而是绳子。背景里看得出来有一个黑人男子，头上歪戴着一顶德贝帽（关于音乐家有件事要讲一下：音乐家都知道怎么戴帽子才帅！），站在看起来像是洗衣盆贝司的乐器旁边②。

乔把莎拉的肤色染成牛奶咖啡的颜色，可能是从她别的照片看来的吧（这一带有她几张传世的照片，大部分拍的都是莎拉头朝后仰，长发直垂到腰际，正发出她最出名的奔放笑声）。那些照片肯定没一张是彩色的，因为十九、二十世纪之交没有彩色照片。莎拉·蒂德韦尔也从来没在她的老照片上留过任何记号。我记得迪基·布鲁克斯，就是“全能修车厂”的老板，有一次跟我说，他父亲生前说他在城堡郡的市集射飞镖时，赢过一只泰迪熊，就把泰迪熊送给了莎拉·蒂德韦尔。迪基说，莎拉的回报是颊上的一吻。依迪基的说法，他老爸从没忘记这一吻，说这是他一辈子最棒的吻……不过，我看他这话不太可能会当着他太太的面说。

而她在这张照片里，只是笑。莎拉·蒂德韦尔，人称“莎拉笑”，从没录过唱片，但她的歌还是流传了下来。其中一首，《宝贝陪我走》，和“史密斯飞船”的《这边走》③听起来很像。这位女士在现在要叫做“非裔美国人”才行。一九八四年，约翰娜和我因为刚买下这栋木屋而开始对她有兴趣时，普遍的用语还是“黑人”。再往前推到她生前的那年代，她就很可能

---

① “蓝调喊手”（blue shouter），这类蓝调歌手在麦克风还没发明前，必须以天然的嗓音力抗爵士乐队的琴瑟合鸣外加鼓阵，因此唱腔略带嘶吼，故有“喊手”之称。这种唱腔也为日后的摇滚乐诞生播下了种子。

② 德贝帽（derby），圆顶窄边礼帽。洗衣盆贝司（washtub bass），美国的一种民间乐器，用铁制洗衣盆当共鸣器，琴弦一般以一根为多，但也有多达四根或更多者。

③ “史密斯飞船”（Aerosmith），一九七〇年成立的美国重金属摇滚乐队，《这边走》（“Walk This Way”）是该乐队一九七五年的专辑《阁楼里的玩具》（*Toys in the Attic*）里最有名的一首，曲风舒徐，有灵魂乐的气质。

被叫做“黑女人”或“黑仔”，搞不好还被叫做“黑白混血”①呢。当然，还有“黑鬼”。一定有很多人会放肆地用最后一种用语。所以，你说她会在城堡郡一半人的面前，给迪基·布鲁克斯的老爸——一个白人——一吻，我会信吗？不信，我才不信。不过，谁能打包票呢？没人能打包票。过去的事，就是这点会整得人七荤八素。

“这啥也不是，不过就是谷仓舞曲，甜心。”我轻轻哼了一句，把照片放回书桌。“这啥也不是，不过就是转圈圈。”

我刚拿起打字机的塑料套子，便又转念，决定还是不要套回去。我的目光飘回了莎拉的照片，看着她半闭着眼睛站在那里，拿来当吉他背带的那根绳子挂在一侧的肩头。她的脸庞和笑靥怎么看都让我觉得眼熟。这时，我突然想到，奇怪，她那样子居然很像罗伯特·约翰逊②。出自他手笔的原始装饰乐句，后来在“齐柏林飞船”和“摇滚鸟园”③录过的每一首歌的和弦里几乎都找得到影子。这位罗伯特·约翰逊，传说走到十字路口把灵魂卖给了撒旦，换得七年狂飙、醇酒、流莺乱来一通的糜烂人生，当然也换到了廉价酒店点唱机里的不朽。罗伯特·约翰逊啊，据说后来因为女人被人下毒害死。

那天近傍晚时，我出门到杂货店去，在冷冻柜里看到一条卖相很不错的比目鱼，看来可以当我的晚餐，我便加买一瓶白葡萄酒来配鱼。就在我排队等着要到收银台结账时，一个老人家颤巍巍的声音从我背后传了过来：“看来你昨天交上了新朋友，啊？”他那扬基口音很重，差一点要让我觉得他是故意讲成这样来搞笑……口音还在其次，最主要的还是在他那吆喝叫卖似的腔调——道地的缅因人讲话都像拍卖官在喊价。

我转过身去，看到这个怪老头正是前一天站在修车厂停车坪和迪

---

① “黑白混血”(octoroon)，更精确的意思是指黑人血统占八分之一的黑白混血。

② 罗伯特·约翰逊(Robert Johnson，1911—1938)，生前虽是爵士乐的吉他圣手，死后却被称为美国摇滚乐的先驱。

③ 齐柏林飞船(Led Zeppelin)是一九六八年成立的英国摇滚乐队，是为硬式摇滚(hard rock)和重金属(heavy metal)等乐派开疆拓土的乐队。摇滚鸟园(Yardbirds)则是比齐柏林飞船还要早的英国摇滚乐队，齐柏林飞船的重金属乐风便是靠摇滚鸟园打基础才得以出现的。

基·布鲁克斯一起全程见证我和凯拉、玛蒂、吉普车邂逅的人。他手上还是拿着那根镶金头的拐杖。现在我知道了，五十年代有一阵子，《波士顿邮报》捐了一批镶金头拐杖给新英格兰每一州的每一郡，送给郡里年纪最大的老人，之后就由前一代的老不死传给下一代的老不死。最好笑的是，《波士顿邮报》多年前自己就先两脚一伸走了。

“真要说起来是两个。”我回了一句，同时拼命在脑子里挖掘他的名字，但就是挖不出来。不过我记得，乔还在的时候，我就知道有他这号人物，老是霸在迪基车厂等候室里那张肥厚绵软的椅子里不走，一下讲天气再讲政治，再一下还是讲天气再讲政治，随身边的锤子乒乒乱敲、空压机轧轧乱叫都无所谓。他是那里的常驻访客，所以68号公路一有任何风吹草动，准有他这千里眼杵在那里虎视眈眈。

“我听人说啊，玛蒂·德沃尔还真是个可人儿呢。”他对我说——听“银”，德“花”，“柯”人儿——把一只眼睛皱褶肥厚的眼睑往下盖了一下。猥亵的眼神我这辈子见得多了，但还从没见过有从拄着金头拐杖的老头儿眼睛上这么厚的一块皮上来的。我一时很想一拳把他蜡黄的鹰钩鼻打下来。他那鼻子从脸上飞出去时，准会像枯死的树枝被膝头喀嚓一声压断。

“哦，你听到的事情很多吧，老乡？”我问他。

“是啊！”他说，嘴唇咧开一条缝，挤出笑来。他嘴唇的颜色黑得像猪肝，牙龈都是白点，上排还留着几颗黄板牙，下排也有两颗。“还有她那小东西——很机灵，对吧！”

“机灵得像只溜房檐的猫。”我附和一声。

他又朝我眨一下眼睛，有点惊讶这样的老话居然也会从我这种“黄口小儿”的嘴里说出来。紧接着，他脸上挤出来的笑更深了。“但她没看好她，”他说，“小娃娃从家里跑出来了，这你知道吧。”

这时，我发现——虽然有一点迟，但总比没发现要好——至少有五六个人朝我们这边看过来，听我们在说什么。“我的感觉好像不是这样，”我说的时候故意把声音抬高一点，“不是这样，我觉得不是这样。”

他只是一个劲儿地咧着嘴，挤出来的笑像是在说，嗯，是啊，小子，买一送一呵。

我离开杂货店时，心里很替玛蒂·德沃尔担心。依眼下的情形来看，想管她闲事的人还真多。

我回到家后,把买的酒拿进厨房——这酒可以先冰一下,等我把烧烤架拿到露台上放好。我才伸手要开冰箱,就僵在那里不动了。原本那冰箱门上乱贴了起码四五十个小磁铁——蔬菜花样的、水果花样的、塑料字母的、塑料数字的,还有一堆“加州葡萄干”——只是,现在这些小磁铁不是原先乱摆的模样,而是在冰箱门上排成了一个圆圈。有人来过这里!有人进来过,然后……

把冰箱门上的小磁铁排成这样?果真如此的话,就有小偷需要好好矫正一下心理问题了。我伸手朝一个小磁铁摸了一下,想碰又不敢碰,只用指尖稍微点一下。我突然又急怒攻心,伸手把冰箱门上的磁铁全都弄乱,很用力,一两个磁铁因此掉到了地板上。我没去捡。

当晚,我在上床前,把那台口述录音机放在大角鹿头标本本特下面的桌子上,开关转到“口述”。我又拿了一卷以前录歌用的卡式录音带放进录音机里,把定时器转到零,然后爬上床去,很快入睡。一晚都没做梦,也没惊醒。一连睡了八小时。

第二天是星期一,早上那天色正是游客来缅因州最大的理由——空气温暖又清爽,湖对面的群山好像都放大了一些。华盛顿山,新英格兰最高的山,就飘浮在极远的天边。

我先煮咖啡,然后吹着口哨走回起居室。过去这几天的胡思乱想,今天早上再看,显得很愚蠢。突然,我忘了吹口哨:口述录音机的定时器在我上床时是归零的,现在跑到了十二。

我先倒带,手指头停在“播放”键上,一时颇为犹疑。心里暗骂自己一声别傻了(乔的声音)后,我按下按键。

“哦,迈克。”一声悄声的轻唤——可以说是耳语——从录音带上传了出来。我倏地伸出一只手,用手腕抵在嘴上,免得自己失声尖叫。我在乔二楼的小房间时,微风拂过我的脸所带的那声叹息,就是这一声——只是,现在那声音的速度比较慢,所以我听得清楚它在说什么。“哦,迈克。”那声音又再唤道。接着是轻轻的一声喀啦,录音机暂停了一段时间。之后,在我回北厢的卧室入睡后,声音又来了,在起居室里轻唤:“哦,迈克。”

然后就没有了。

10

约九点的时候，一辆小货车开进我的车道，停在我那辆雪佛兰的后面。车是新的“道奇公羊”，很干净，闪闪发亮，好像临时车牌当天早上才刚从车身上弄下来似的。不过，车的颜色跟以前那辆一样，也是米白色，驾驶座门上的招牌也还是我记得的以前那些字：**威廉（比尔）·迪安家户营地全面照顾维修**，再加上他的电话号码。我走到后门的门阶去迎接他，手上还端着一杯咖啡。

“迈克！”比尔一边喊我，一边从车上的驾驶座下来。扬基佬不时兴拥抱这一套——这道理你可以和硬汉不跳舞、大男人不吃蛋奶饼放在一起——但比尔握住我的手使劲儿地摇，差点儿就把我另一只手上还剩四分之三杯的咖啡给摇了出来，同时兴奋地在我背上拍了一记。他笑得大大的嘴里露出一大排惹眼的假牙——那种假牙以前叫做“乐百客[①]”，因为是看目录邮购的。我脑子里忽然像灵光一闪：在湖景杂货店跟我谈话的老家伙，装的很可能就是这种假牙。不管怎样，应该都可以替那位老掉牙的包打听改善用膳品质吧。“迈克，难得，难得。”

“我也很高兴再见到你。”我笑着回答。这笑发自内心。在雷声隆隆、风雨欲来的午夜会把人吓得屁滚尿流的东西，被夏日早晨的明亮阳光一照，就都变得很好笑了。“你气色真好，老兄。”

这是真话。比尔又老了四岁，两鬓又花白了一点，但其他全都一如往昔。六十五？还是七十？无所谓。看不出有病苦的蜡黄脸色，皮肤也还没有一路往下垮，尤其是眼睛四周和脸颊；我把这两处地方往下垮当做是人老力衰的指针。

“你也是啊。”他回答一句，放掉我的手，“我们都替乔难过，迈克，镇上的人都很看重她。我们知道了都很震惊，她还那么年轻。我老婆要我特

---

① “乐百客”(Roebuckers)，出自美国老牌邮购百货公司“施乐百”(Sears & Roebuck)之名。

别向你致哀。那年她得肺炎时,乔织了一张阿富汗毯送她。伊薇特始终没忘记。"

"谢谢你,"我的声音有那么一两下子听起来怪怪的。我妻子在TR好像根本没死。"也谢谢伊薇特。"

"好。屋子都好吧?我是说空调除外。混账东西!西方连锁的人答应过我上礼拜就会有零件可换,现在居然又说可能要等到八月一号。"

"没关系,我带了笔记本电脑来。要用的时候,把厨房的桌子当书桌也可以。"我会用得到的——字谜那么多,时间那么少。

"有热水了吧?"

"一切都很好,只有一件事。"

说到这里我顿了一下。要怎么跟帮你看房子的人说你觉得你这房子闹鬼呢?可能怎么说都不对,说不定打开天窗说亮话才是上策。我有问题要问,而且不想绕着边缘打转、装害羞。别的不讲,比尔一定感觉得到。他这人是会看邮购目录买假牙没错,但不等于他很笨。

"你要说什么,迈克?你就说吧。"

"我不知道你会怎么想,但是——"

他笑了起来,举起一只手,像是忽然对我要说的事了然于胸:"我想你要说的事我知道。"

"你知道?"我觉得心头像是卸下了一块大石头,等不及要听他说他在"莎拉笑"碰到的事,可能是来查看不亮的灯泡或看屋顶是不是顶得住积雪时碰到的。"你听到了什么?"

"大部分都是从罗伊斯·梅里尔和迪基·布鲁克斯那里听来的,"他对我说,"其他我就不太清楚了。我和老婆到弗吉尼亚去了一趟,你还记得吧?昨晚八点才回到家呢。那件事现在是杂货店里的热门话题了。"

一开始我的心思只放在"莎拉笑"的怪事上面,一时根本听不懂他到底在说什么,只是心里一个劲儿想,镇上的人都在说我屋子里的怪声音。罗伊斯·梅里尔的名字敲醒了我,其他的事也跟着明朗起来。梅里尔就是那个拿金头拐杖,还朝我使了一记猥亵眼色的死老头儿。那个"四齿"!这替我看房子的人说的不是闹鬼的声音,他说的是玛蒂·德沃尔。

"替你倒一杯咖啡好吗?"我说,"还要劳你跟我把我惹上的麻烦说个清楚呢。"

我们在露台上就座后，我喝的是刚煮好的咖啡，比尔喝的是茶（“我如今喝咖啡感觉两头烧啊。”他说）。我先要他告诉我罗伊斯·梅里尔和迪基·布鲁克斯是怎么说我遇见玛蒂和凯拉母女这件事的。

结果比我想得要好。两个老头儿都看到我站在路边，手上抱着一个小女孩儿，也注意到我的雪佛兰有一半停在路边的沟上，驾驶座的门是开的。所幸，两人似乎都没看到凯拉拿 68 号公路的白色中线当钢丝在走。仿佛是为了弥补这点不足，罗伊斯居然指证玛蒂给了我一个迎接英雄般的大拥抱，还在我嘴上亲了一下。

“那他有没有说我还一把捏住她的屁股，给她一个舌吻？”我问。

比尔咧嘴笑笑：“罗伊斯的想象力在他五十岁后就跑不了多远了，而那还是四十年前或更早以前的事。”

“我从头到尾都没碰她。”唔……是有那么一下子，我的手背从她胸前的曲线滑过，但那不是故意的，不管那位年轻女士自己是怎么想的。

“哎呀！这些不必你来跟我说，”他说，“但是……”

他这一声“但是……”跟我妈的口气一样，拖着不讲下去，让尾音自然往下掉，像不祥的风筝尾巴。

“但是什么？”

“你最好还是离她远点儿，”他说，“她人是很好——差不多可以说是镇上的女孩儿，你知道吧——但她是个麻烦。”他顿了一下，“不对，这样说对她不公平。应该说她有麻烦。”

“那老头儿要抢她女儿的监护权，对吗？”

比尔把他的茶杯在露台的栏杆上面摆好，正色看我，眉梢上扬。湖面的倒影在他的脸颊映上一波波的涟漪，弄得他的样子很诡异。“你怎么知道？”

“猜的，但也有点儿根据。她公公礼拜六晚上打电话找我，就在放烟火的时候。虽然他没有直接表明打电话的目的，但我看麦克斯韦尔·德沃尔回缅因州西部的 TR-90 来，应该不是为了向他儿媳妇要回吉普和拖车才对。好了，到底是怎么回事，比尔？”

有好一阵子，他只是盯着我看，没说话。那表情就像是知道你得了重病，但不知道该跟你说到什么地步。被人这样盯着看，我很不自在，也让我觉得我好像让比尔·迪安很为难。毕竟,德沃尔在这里是有根的;反之,就算比尔很喜欢我,我也是在这里没有根的人。我和乔都是外地来的。虽然还不算太糟——若是麻省或纽约州来的就糟了——但是,德里就算还在缅因州内,在他们看来也是很远。

"比尔,要不要我提示你一下,你看起来——"

"你千万别惹他,"他脸上轻松的笑容不见了,"那人疯了。"

一开始我以为比尔的意思只是德沃尔被我气疯了,但我再看一下他的脸色就明白了。不,他的意思不是生气,他说"疯了"纯粹是字面上的意思。

"怎么个疯法?"我问他,"像查尔斯·曼森,还是汉尼拔·莱克特①?怎样的问题?"

"就说像霍华德·休斯②好了,"他说,"你听说过他的事吧?他那人一旦想要什么,就不择手段一定要弄到手,听过吧?管他是洛杉矶才有的卖的特制热狗,还是洛克希德或迈克多纳尔-道格拉斯的飞机设计人才,他要的东西没到手就誓不罢休。德沃尔也是这样的人,一直都这样。他从小的时候意志就特别坚定,你从镇上听到的事可以知道。

"我爹就知道一件事,他以前说过。他说麦克斯韦尔·德沃尔小的时候,有一年冬天硬是闯进斯坎特·拉里布家堆杂物的铁皮屋,因为他要把斯坎特送他儿子斯库特作圣诞礼物的那副'飞轮牌'雪橇弄到手。应该是一九二三年的事吧。我爹说德沃尔打破玻璃时划伤了手,但还是拿到了雪橇。镇上的人半夜找到他时,他正坐着雪橇从枫糖山上往下滑,两只手握在胸前,手套和雪衣染的都是血。麦克斯韦尔·德沃尔小时候的事还多着呢,只要开口问,准会听到五十件,有的可能还是真的。但我爹说的雪橇这事千真万确,我拿我所有的家当跟你打赌。我爹绝不撒谎,撒谎违反他的信仰。"

"浸信会吗?"

"不是,先生,几代的扬基佬。"

---

① 查尔斯·曼森(Charles Manson, 1934—),真实存在的美国杀人狂。汉尼拔·莱克特(Hannibal Lector)是电影《沉默的羔羊》里的杀人魔。

② 霍华德·休斯(Howard Hughes, 1904—1976),以性格乖僻、喜好冒险出名的美国富豪。爱开飞机和赛车,旗下的企业有飞机公司。

“一九二三年到现在可是不知多少个年岁了，比尔。有时人是会变的。”

“对，可大部分不会。德沃尔搬回沃林顿后，我还没见过他，所以也没办法说一定就怎么样。但我还是听到了一些事，让我觉得就算他真的变了，也只是往坏的方向去变。他不会横跨大半个美国就为了来这里度假。他要那孩子。那孩子在他眼里，不过就跟当年斯库特·拉里布的飞轮雪橇一样。所以，我诚心劝你，别挡在他和他儿媳妇中间当玻璃窗。”

我小啜一口咖啡，朝湖面看过去。比尔也给我时间去想一下，在旁边自顾自地用他脚上的靴子去刮露台地板上的一坨鸟粪。乌鸦粪吧，看那样子是。只有乌鸦粪才会这么大一坨，还溅得那么远。

有一件事倒是绝对错不了：玛蒂·德沃尔这下子真的是一人落难在恶水深处，叫天天不应、叫地地不灵。我已经不像二十岁时那么尖刻——到了我这年纪，谁会啊？——但我也不会那么天真或理想主义，以为法律会保护拖车女对抗电脑翁……若电脑翁一心要玩阴的，就不可能。他小的时候就会不顾一切硬是偷到了雪橇，自己一人半夜里坐雪橇玩，满手是血也不在乎。这样的人长大后呢？何况过去四十年里，这老家伙还不管什么雪橇都弄得到手！

“那玛蒂究竟是怎么回事？比尔，跟我说说吧。”

玛蒂的故事没花他多少时间。乡下人的故事大都不会复杂，但不代表一定乏味。

玛蒂·德沃尔原名玛蒂·斯坦切菲尔德，不算 TR 本地人，而是莫顿那边来的。她爸爸是伐木工人，妈妈在家里开家庭美容院(以乡下人的婚姻标准看，还真是天作之合的绝配)。他们生了三个孩子。有一天，戴夫·斯坦切菲尔德在洛威尔的一处弯道，开着满载纸浆的大卡车不慎冲进了凯瓦汀潭。身后留下的孀妻据说因此得了“失心疯”，没多久就跟着共赴黄泉去了。除了必须为伐木工和卡车投保的强制险外，斯坦切菲尔德没有其他任何保险。

这像格林童话里的故事，对吧？只消去掉屋子后院的费雪牌玩具，地下室美容院里的两台立式头发烘干机，车道上那辆生锈的丰田车，是差不多：很久很久以前，有一个贫困的寡妇带着三个子女清苦度日。

玛蒂便是这故事里的公主——贫困但美丽(她真的很漂亮,这一点我可以亲自作证)。接着,王子驾到。在这故事里面,王子是一个高高瘦瘦但有点口吃的红发小生,叫做兰斯·德沃尔。他是麦克斯韦尔·德沃尔垂暮之年才生下的小儿子。兰斯遇见玛蒂的时候年方二十一,她也才刚满十七。两人初识是在沃林顿,玛蒂暑假在那里打工当女侍。

兰斯·德沃尔那时住在湖对面的上湾。每逢礼拜二,沃林顿都有杂牌军垒球比赛,由镇上的居民自组一队和度假旅客这边凑合出来的一队对打。兰斯常常划独木舟到湖的这边来打球。垒球对兰斯·德沃尔来说是天赐的至宝。站上本垒板,一棒在手,谁会管你太高、太瘦?更没人管你是不是口吃!

"他把沃林顿那边的人都搞糊涂了,"比尔说,"搞不清楚他到底该算哪一队的——不知是该放在主队还是放在客队里。兰斯自己倒不在乎,他打哪一队都好。而不管哪一队,也都喜欢有他在队里,因为他既是重炮手,守内外野也很厉害。他们常要他守一垒,因为他个子高,但他守一垒实在是浪费。守二垒或当游击手的话……唉呀呀!那跳起来转身之漂亮啊,跟努里耶加一样!"

"你是说努列耶夫①是吧?"我说。

他耸一下肩:"重点是真好看!大家都很喜欢他。他跟大家都能打成一片。下场打球的以年轻人居多,你也知道。年轻人看的只是你打得怎样,而不是你的身份。此外,他们有许多人根本就搞不清楚麦克斯韦尔·德沃尔是哪根葱。"

"除非读《华尔街日报》和电脑杂志的人。"我说,"在这些报纸杂志上面,动不动就会看到德沃尔的名字,跟你在《圣经》上动不动看到'上帝'一样。"

"不是说着玩的?"

"嗯,我想电脑杂志里面,'上帝'这两个字写成'盖茨'的机会更多,但你明白我的意思。"

"我想我明白。不管怎样,打从麦克斯韦尔·德沃尔上一次在TR长居到现在,已经隔了六十五年的时间了。你知道他离开这里之后发生的

---

① 努列耶夫(Ruldof Nureyev, 1938—1993),著名的苏联舞蹈家,一九六一年投奔西方国家。

事，对不对？”

“不知道。我怎么会知道？”

他看我的眼神露出一丝惊讶，接着又罩上了一层薄雾，但他眨了一下眼睛，雾就散了。“那就改天再跟你说——也不是什么秘密——但我得在十一点的时候赶到哈里曼家，替他们检查油槽泵。我可不想被他们打入冷宫。总之，我要说的是这一句：兰斯·德沃尔在这里是人见人爱的小伙子，垒球只要打得准，一打出去就有三百五十英尺那么远，直直打进树林子里去。这里没人的年纪够老，会拿他老爸来排挤他——礼拜二晚上在沃林顿，绝没有人会这样——也没有人会拿他家里还有一点银两的事来给他脸色看。哎呀，这里夏天的时候，有钱人多着呢，你也知道。虽然没一个像麦克斯韦尔·德沃尔那么有钱，但也只是大有钱人和小有钱人的差别而已。”

他说得不对，我自己就因为还有一点钱，所以知道不对。财富跟李氏地震分级一样——只要过了某一点，每往上跳一级，就不是二倍或三倍的差别，而是吓死人、很恐怖的好多倍，想都不敢想！菲茨杰拉德①的话就一语中的，虽然我觉得他并不真的相信自己看出来的道理：大有钱人跟你我都不一样。我想跟比尔说这一句，但还是闭嘴没说。他有油槽泵要修。

凯拉的父母相识，是靠一小桶啤酒卡在泥地的洞里作媒的。那时，玛蒂正用手推车把礼拜二晚上要送到垒球场去的啤酒，从大屋这边推过去。她从餐厅出发后，一路走得都还顺利。只是，那礼拜先前下过一阵豪雨，导致手推车后来卡在一摊软泥里出不来。兰斯那一队当时正好是打击的一方，兰斯坐在长椅的末端，等着轮到他上场击球。他看见一个年轻女孩穿着白色短裤和蓝色的沃林顿马球衫制服，正死命要把手推车从烂泥里推出来，便走过去帮忙。三个礼拜后，两人已经形影不离，玛蒂也怀了孕；再过十个礼拜，两人结为连理；三十七个月后，兰斯·德沃尔却已经躺在棺材里，夏日傍晚的垒球赛和冰啤酒就此永别，他的林中放歌就此永别，他的父职就此永别，他和他挚爱的美丽公主就此永别。这是另一个提早退场的例子，终结了“以后一直过着幸福日子”的童话。

---

① 菲茨杰拉德(Frances Scott Fitzgerald，1896—1940)，爱尔兰裔的美国爵士年代作家，名作有《了不起的盖茨比》(*The Great Gatsby*，1925)。

比尔·迪安没把他们认识的过程讲得多详细。他只说:“他们是在球场上认识的——女的推着啤酒出来,手推车卡在泥地里面,男的帮她把手推车弄出来。”

玛蒂自己对这件事也未多谈,所以我知道得不多。只是,我猜也猜得出来,虽然小细节可能有误。但我敢跟你打赌,一赔百,大部分的细节我都没说错。我在那年夏天,专门知道我根本没必要知道的事。

别的先不提,天气一定很热——一九九四年是十年来最热的一年,七月又是那一年最热的月份。克林顿总统被纽特和共和党抢尽风头①,大家都在说“滑头威利”②可能不打算竞选连任。鲍里斯·叶利钦据说不是死于心脏病就是会死在戒酒中心③。红袜队的战绩好得说不过去。在德里镇,约翰娜·阿伦·努南早上起来可能有一点不太舒服。果真如此的话,她一直没跟自己的老公说。

我好像看得到玛蒂穿着那身蓝色的马球衫,名字用白线绣在左边的胸口上,白色短裤和她晒成褐色的腿形成养眼的反差。我也好像看得到她头上戴着蓝色的广告帽,有红色的沃林顿的“沃”字印在长长的帽檐上面。一头金黄带褐的秀发绑起来,穿过帽子后面的开口,垂在衬衫的领子上。我好像看得到她使劲要把手推车从烂泥巴里拉出来,又怕打翻桶里的啤酒。她的头垂得低低的,帽檐的阴影遮掉一整张脸,只露出嘴和小小的下巴。

“我——我——我来——帮你。”兰斯对她说。她抬起头来,帽檐的阴影移开了。他看见她那双蓝色的大眼睛——她会遗传给他们女儿的大眼睛。只消看一眼这双清澄的眼睛,不费一兵一卒,就可以化干戈为玉帛。他对她一见钟情,一如天下所有坠入爱河的男孩。

其他的呢,就跟这里的人说的一样,就是献殷勤和求爱了。

兰斯的老爸有三个孩子,但兰斯是他唯一放在心上的孩子。(“他那女儿比阴沟里的老鼠还要疯,”比尔下了一句评语,口气不痛不痒的,“听

---

① 纽特(Newt),指的是美国共和党人纽特·金里奇(Newt Gingrich, 1943—),率共和党在一九九四年的大选里获胜,进而在一九九五年登上众议院议长宝座。

② “滑头威利”(Slick Willie),克林顿的绰号。

③ 鲍里斯·叶利钦(Boris Yeltsin, 1931—2007),苏联解体后的首任俄罗斯总统(1991—1999),有众所皆知的酗酒问题。

说关在加州的一家疯人院里。我好像听人说也得了癌症。”)虽然兰斯对电脑和软件没一点兴趣,但这反倒好像让他老爸更加开心,反正他已经有一个儿子帮他把事业经营得很出色了。不过,兰斯·德沃尔同父异母的长兄有一件事不行:他不可能生出个一儿半女。

“喜欢走旱路,”比尔说,“我知道加州那边很多。”

TR应该也不会少吧,我心里想,但也知道现在可不是我替这位帮我看房子的人上性教育课的时候。

兰斯·德沃尔在俄勒冈州的里德学院念林业系。读这种系的人,都爱穿绿色法兰绒裤加红吊带,等在破晓时分,遥望秃鹰翱翔天际。但若抛开专业术语不谈,其实就跟格林童话里的伐木工人差不多。在他三年级要升四年级的那年暑假,他父亲把他叫回棕榈泉的家族庄园,拿了一个四方形的律师公文包给他,里面塞满了地图、航拍照和法律文件。兰斯看不出这些图表文件有什么组织的章法没有,但我看他也不会在乎。你想想看,有人拿了一箱子《唐老鸭》漫画珍本给专爱收藏老漫画的人,那会怎样?你想想看,专门收藏经典老片的影迷拿到一卷从没发行过的亨弗莱·鲍嘉和玛丽莲·梦露演的电影毛片,那会怎样?再想想这热爱山林的年轻人,发现他父亲在缅因州西部尚未划归行政区的大片林地里拥有的不是几亩或几平方英里的地,而是全部,那会怎样?

虽然麦克斯韦尔·德沃尔在一九三三年就离开TR了,但他对他长大的这一带始终很关注。他订阅了地方报纸,也常弄《东北角》和《缅因时报》之类的报纸杂志来看。八十年代早期,他开始在缅因和新罕布什尔两州交界的地方买地。天知道那里可以卖的地有多少!那里的地大部分属纸浆公司所有,但造纸业当时正处于衰退的谷底,有许多公司都觉得他们在新英格兰的土地和业务是撙节开支的首选。因此,这边的地,最早从印第安人手里偷来,之后在二十、三十年代毫不留情地砍得一棵树都不剩,到最后就这样落入了麦克斯威尔·德沃尔的手中。他买这些地,很可能纯粹是因为有地可买又物美价廉,那就买,买下后再好好利用。他买这些地,也很可能是要向自己证明他熬过了童年的不幸,甚至应该说是他战胜了童年的不幸。

但他也很可能只是买来给心爱的小儿子当玩具。德沃尔开始在缅因州西部大手笔买地的时候,兰斯还只是个孩子,但也大得让他眼光锐利的父亲看得出来他的兴趣是往哪个方向走。

德沃尔要兰斯在一九九四年的夏天好好视察他买下的地，那些地绝大部分当时已经买下有十年之久了。他要儿子整理一下文件，不只如此，他还要兰斯找一找那些地的感觉。他要的并不是那些地该怎么利用的建议，但我想，若兰斯真提出建议的话，他应该还是会听。那么，兰斯会愿意把暑假全都耗在缅因州西部，去找他对那地方的感觉吗？一个月领二三千美元的薪水？

我想，兰斯的回答应该是巴迪·杰利森那一句“狗改得了吃屎吗？”的文雅版。

那孩子在一九九四年六月到了这一带，就在旧怨湖对面的帐篷里开张做事了。他应该在八月底就回里德学院去，却决定休学一年。他父亲对此不太高兴，因为他嗅到了所谓的“女孩儿的麻烦”。

“而且他嗅得还真远，从加州一嗅就嗅到了缅因州来。”比尔·迪安说。他整个人都靠在他驾驶座的车门上，晒得红彤彤的两只手臂交叠在胸前。“有人在帮他嗅，地点比棕榈泉要近得多。”

“你是说——”

“通风报信啊。有人没钱也愿意做，但若有钱拿的话，大部分的人都会肯的。”

“比如罗伊斯·梅里尔？”

“罗伊斯可能是一个，”他没反驳，“但不会是唯一的一个。这里的年头不是好、坏两边在循环。你若是本地人，就会知道这里大部分时候是在坏和更坏两边打转。所以，若有像麦克斯韦尔·德沃尔这样的人派人拿着五十元或百元大钞当散财童子，要……”

“那个人是本地人吗？律师吗？”

不是律师，而是一个做房地产中介的，叫理查德·奥斯古德（“滑头的家伙。”比尔·迪安对他的评语是这么一句），事务所设在莫顿，生意也都在莫顿。后来，奥斯古德还真的雇了一个城堡岩的律师。至于这“滑头的家伙”一开始的任务，也就是一九九四年暑假结束兰斯·德沃尔没有离开TR回学校的时候，是要弄清楚到底出了什么事，还要想办法让事情叫停。

“然后呢？”我问。

比尔瞄一眼他的表，再抬头看一下天色，就转回眼睛直视着我。他做了一个滑稽的耸肩动作，好像在说：我们都是见过世面的人，所以不必把话讲破呀——这种笨问题你就别问了吧。

“然后兰斯·德沃尔就和玛蒂·斯坦切菲尔德在浸信会的怀恩堂结婚了，就是68号公路那边的教堂。据说奥斯古德要过手段要挡下他们结婚——我甚至听说他还贿赂古奇牧师不要替他们证婚，但我想这样很笨，他们大可以到别的地方去结。唉，这些事我自己都没办法说百分之百准确，拿来跟你说没什么意思。”

比尔松开交叠的手臂，开始抠他粗糙右手的指甲缝。

“他们是在一九九四年的九月中旬结婚的，这我倒是真的说得准。”他把大拇指往外一伸，“大家都很想看新郎的父亲是不是会出席，但他没有。”食指再往外一伸，和大拇指合起来成了手枪的手势，“玛蒂在一九九五年四月生下了孩子，孩子早产了一点，但没多大关系。我在杂货店见过那孩子，不到一个礼拜大，但体型还算正常。”中指再往外伸，“我不知道兰斯·德沃尔的老子是不是真的不肯出钱帮他们，我只知道他们住在迪基·布鲁克斯修车厂旁边的那辆大拖车里面。所以，我想他们是过得不太顺利。”

“德沃尔给他们加了紧箍咒，”我说，“为达目的不择手段的人是会这样……但若他真像你想的那么爱他儿子，他可能终究会回心转意。”

“可能会，也可能不会吧。”他再瞄一眼他的表，“我快快讲完，然后就该闪人凉快去了……你该再听一件事，因为，由这件事你就可以把事情摸个大概了。

“去年七月，他死前没一个月，兰斯·德沃尔到湖景杂货店的邮递柜台去了一趟，拿着一个牛皮纸袋要寄，但得先把里面的东西给卡拉·德辛斯看过才准寄。她说他头发乱蓬蓬的，做爸爸的在孩子还小的时候都是这模样。”

我点了点头，听见瘦骨嶙峋又口吃的兰斯·德沃尔满头乱发，觉得真好玩。而且，他那模样也真的出现在我心里，很温馨的画面。

“那是一张照相馆拍的照片，在城堡岩拍的。拍那孩子……她叫什么来着？科拉？”

“凯拉。”

“啊，现在的人给孩子取名字什么花样都有，对不对？拍的是凯拉坐在一张大皮椅上，小鼻子上架了一副搞笑的玩具眼镜，眼睛盯着 TR-100 或 TR-110 上空拍的一张航拍照片看——应该就是老头儿给的照片里的一张吧。卡拉说那女娃儿脸上的表情很惊讶，好像不敢相信世界上怎么会有地方有那么多树。她说那孩子真是机灵得要命！”

“机灵得跟溜房檐的猫一样。”我低声咕哝一句。

“那个牛皮纸袋——挂号，限时——寄给麦克斯韦尔·德沃尔，加州棕榈泉。”

“所以，你就想，要么是那老头子已经软化，跟他们要一张独生孙女的照片，要么就是兰斯·德沃尔自己觉得寄照片过去可以让他软化。”

比尔点点头，表情像当老爸的看到自己的孩子解出一道很难的算术题，得意得很。“不知道有没有效果。”他说，“不管是哪一种状况，都没机会知道了。那时兰斯买了一套小的碟形卫星天线，跟你这里装的一样。他装天线的那天，恰逢暴风雨——下冰雹、刮大风，一路从湖边吹来，还一直打闪电。近傍晚的时候开始的。兰斯下午就已经把天线装好了，自己一个人装的，没出事。只是，等暴风雨开始时，他想起来把扳手留在拖车顶上没拿下来。于是他爬上车顶去拿，免得淋湿了生锈——”

“结果被雷电打中？天啊，比尔！”

“是有闪电，但只打在附近。经过黄蜂路和 68 号公路交界那地方，就能看见被闪电打中的树桩。闪电打下来时，兰斯已经拿到扳手，然后爬梯子准备下来。你若从没碰到过闪电从头上打过去，是不会知道那光景有多恐怖的——像遇上醉鬼开车直朝你的车道冲过来，眼看就要一头撞上你了，才突然拐回到他的车道里去。附近有闪电打下来，绝对让你怒发冲冠，站得直直的——那一根也是。足足可以把你的铁质档案柜变成无线电收音机，轰得你耳朵嗡嗡乱叫，连空气闻起来也像烧烤过的。兰斯是从梯子上摔下来的。若他摔到地上前还有时间想事情的话，我看他一定认为自己被雷电击中了。可怜的孩子。他爱 TR 这地方，但这地方不是他的福地。”

“摔断了脖子？”

“对啊。雷声那么响，玛蒂没听到他摔下来或喊叫。她是开始下冰雹后一两分钟，发现他还没进屋，才出去找人的。找到他时，他仰面朝天躺在地上，眼睛睁得大大的，瞪着冷死人的冰雹。”

比尔又看了一次他的表，打开车门：“那老头子没来参加他们的婚礼，倒是来参加了儿子的丧礼，而且来了以后就不走了。他不想跟那小妈妈有任何关系——”

“但他要那个孩子。”我接口说道。这我已经知道，但说出来时还是觉得胸口像被堵住一样沉重。请你不要跟别人提起这件事，玛蒂在七月四日那天早上跟我说过，这时候对我和凯都不太好。“这件事他进行到什么地步了？”

“要我说的话，应该是已经跑到三垒，正要朝本垒冲。城堡郡的高等法院就要开庭，可能就在这个月下旬，要不就是下个月。到时候，法官要么裁定她把孩子交出来，要么就延到秋天再判。我不觉得这有什么差别，因为苍天在上，判决无论如何都不会对那当妈妈的有利。不管怎么判，小女孩准要在加州长大了。”

听他那样说，我不由得头皮一阵发麻，浑身不舒服。

比尔坐进他卡车的驾驶座。“你可别管这事儿，迈克，”他说，“离玛蒂和她女儿远一点。若因为礼拜六看到她们两个而接到法院传票要你出庭作证，你就多笑一点，少说一点。”

“麦克斯韦尔·德沃尔要告她不适合抚养小孩。”

“对。”

“比尔，我见过那孩子，养得很好啊。”

他又朝我咧了一下嘴，但这一次没有笑意：“我想也是，但这不是重点。你别管他们的事，小老弟。我有责任叮咛你一下，乔走了，我想现在能照顾你的就剩我一个了。”他一把关上道奇公羊的车门，发动引擎，伸手去拉排挡杆，但马上又把头从车里伸出来，好像突然想到了什么，“你若有时间就把猫头鹰找出来吧。”

“什么猫头鹰？”

“你屋里有两只塑料猫头鹰，可能在地下室或外面乔的工作室吧。她死前那一年秋天用邮购寄来的。”

“一九九三年的秋天？”

“对。”

“不对啊。”我们一九九三年秋天没来“莎拉笑”住过。

“不会错。乔来的时候，我正好在装防风板。我们聊了一下，接着联合包裹的快递车就来了。我把盒子拖进大门，还喝了一杯咖啡——那时我还喝咖啡——乔还把猫头鹰从纸箱里拿出来给我看。天哪，看起来跟真的一样！之后不到十分钟，她就走了，好像专程来办这一件小事似的。但怎么会有人从德里一路开车过来，就为了收两只塑料猫头鹰？这我就不懂了。”

“秋天的什么时候，比尔？你还记得吗？”

“十一月的第二个礼拜。”他答得很快，“我和我老婆那天下午到刘易斯顿去了一趟，到伊薇特姐姐家去，那一天她过生日。回来时，我们还在城堡岩的艾格威①停了一下，让伊薇特买感恩节火鸡。”他看着我，眼神带着问号，“你真的不知道那两只猫头鹰？”

“不知道。”

“这就有一点奇怪了，你不觉得吗？”

“说不定她跟我说过但我忘了。”我说，“不管怎样，我想都没什么关系。”但这似乎并非无关紧要。小事一桩，可就是有关系。“乔干吗要弄两只塑料猫头鹰来？”

“赶乌鸦用的，免得乌鸦老是在木板上大便，你们露台上就常看得到。乌鸦看见塑料猫头鹰就会飞走。”

我虽然有一肚子问号，但还是忍不住笑了出来……搞不好就是因为一肚子问号才笑。“啊？真的有效吗？”

“有效啊。你要常常替它们换位置，免得乌鸦起疑心。乌鸦可以说是鸟类里最聪明的，你知道吧。你把那两只猫头鹰找出来，准会省掉你很多麻烦。”

“我会找的。”我跟他说。拿塑料猫头鹰吓乌鸦正是乔会听信的小偏方（她自己就跟乌鸦差不多，有什么好玩的小偏方刚好引起她的兴趣，都一概捡回家），而且也会跟着照做，都懒得跟我说一下。忽然间，我又觉得没有她好孤单。我想她想得要命！

“那好。改天等我比较闲，我们一起四处走走。要是你愿意，也可以

---

① 艾格威（Agway），美国的大型农产运销合作社连锁店，市场以美国东北部为主，二十世纪八十年代是极盛期，但于二〇〇二年申请破产保护，打散成多家企业另谋出路。

去树林里，我觉得你会喜欢那里的。”

“我会的。德沃尔住在哪里？”

他的两道浓眉扬了起来：“沃林顿，和你算是邻居。我还以为你知道。”

我想起了我看到的那女人——黑色的泳衣，黑色的短裤，合起来像穿着异国风的小礼服——便点了点头：“我见过他太太。”

比尔大笑，笑到要去找手帕。他从仪表板下面拉出一条(蓝色的螺旋图案，有足球三角旗那么大)，拿手帕擦眼睛。

“什么那么好笑？”我问他。

“那个皮包骨的女人？白头发，脸长得有一点像小孩子玩的万圣节鬼面具？”

这下子轮到我笑了：“没错，是她。”

“她不是他太太，而是他……怎么说的来着？个人助理？她叫罗杰特·惠特莫尔。”他把“杰”念得很重，像“给”。“德沃尔的太太全都死了。最后一个二十年前就死了。”

“‘罗杰特’是哪里的名字？法国？”

“加州吧。”他说时还耸了一下肩，好像“加州”两个字就可以说明一切。“镇上有人很怕她。”

“真的？”

“嗯。”比尔犹豫了一下，然后露出一抹笑；想要别人明白我们也知道自己讲的是蠢话时就会这样笑。“布伦达·梅泽夫说她是老巫婆。”

“他们两个在沃林顿待了近一年？”

“对。惠特莫尔那女人来来去去，但大部分时候都在。镇上的人说，他们应该会待到监护权的官司打完，再坐德沃尔的私人飞机回加州去吧。留奥斯古德把沃林顿卖掉，然后——”

“卖掉？你说卖掉？什么意思？”

“我以为你知道，”比尔说着把排挡杆打入起步挡，“休·爱默生对德沃尔说他们要在感恩节过后关门，德沃尔说他不想搬。说他住在那里很舒服，没打算要动。”

“于是他就买下那地方了？”我接着问。过去这二十分钟的谈话中，我有惊讶，有好笑，有生气，但还没愣住过。现在，我愣住了：“他买下沃林顿,这样他就不必搬到景观丘的观景岩旅馆去住,也不必租房子。”

“对啊,所以就买下了。九栋建筑物,连大屋和夕阳酒吧在内;十二亩林地,一个六洞高尔夫球场,大街旁的五百英尺沿岸陆地,外加一个有两条球道的小保龄球场和一座垒球场。四百二十五万。他朋友奥斯古德办的手续,德沃尔用他的支票付款,也不知道那么多零怎么写得进去。再见,迈克。”

他说完就从车道上倒车,留我站在门阶上面,张着嘴送他离去。

塑料猫头鹰。

比尔在他连番看表的空当,简要地跟我说了十几二十件很有意思的事,但这一大堆事中首要的那一件(我觉得这件事是真的,因为他说得十分笃定,由不得我不信),是乔曾经自己跑到这里来签收她买的那两只该死的塑料猫头鹰。

她跟我说过吗?

可能吧。我不记得她说过,我觉得她若说过我应该会记得。只是,乔以前也说过,我一专心写起东西来,跟我说什么都没用,一概左耳进右耳出。有时,她会拿别针把小纸条别在我的衬衫上面——比如该办的杂事,该打的电话等等——当我是刚上小学的一年级学生。但她若真的跟我说过:“我要去‘莎拉笑’一趟,宝贝儿,联合包裹要寄东西过去,我要亲自签收。想不想护驾啊?”我会不记得吗?我能不去护驾吗?有借口可以去“莎拉笑”一趟,我向来是乐意的。那时我可能正忙着改编剧本的事……可能还有一点赶……所以,我衬衫上又出现了别针别的小纸条……你若写完了要出门,牛奶和橙汁都没有了……

我呆呆看着乔的菜圃,那里只剩零星一点点东西还在长。七月的艳阳晒在我的颈背上面,我心里想着猫头鹰的事,两只该死的塑料猫头鹰。万一乔真的跟我说过她要到“莎拉笑”去呢?万一我那时因为正专心写作,充耳不闻,而没跟着她来呢?即使这些都成立,还是有问题:她干吗非得要自己跑一趟来收东西?她大可以打一通电话找个人帮她留意快递车就好了啊。肯尼·奥斯特会很乐意帮忙的,梅泽夫太太或比尔·迪安也是。比尔·迪安帮我们看房子,他就在这里的啊。由此,又衍生出另一个问题——她为什么不让联合包裹把东西送到德里去?想到最后,我知道若不亲眼看到那两只塑料猫头鹰，我就活不下去。我进屋时还想，把雪佛兰停在车道上时，搞不好真可以放一只在车顶上面，预防车子再遭鸟粪空袭。

我在门口停了一下，忽然想到一个主意，便打电话给沃德·汉金斯。他在沃特维尔，帮我处理税务和跟写作无关的零星事情。

“迈克，”他听上去很高兴，“湖那边好吗？”

“湖水清凉，天气很热，我们最喜欢这时节。”我说，“沃德，我们给你的资料你都会保存五年，以备国税局找你麻烦，对吧？”

“一般是五年，”他说，“但你们的是七年——在查税的那帮人眼里，你是大肥鹅！”

当大肥鹅总比当塑料猫头鹰好！我心里咕哝一句，但没说出来。我说的反而是：“日程表也包括在内，对吧？我和乔的——乔死前的？”

“那还用说。因为你们两个都不写日记，日程表就是交叉比对收据和呈报支出最好的——”

“你可不可以帮我找出乔一九九三年的日程表，看看她在十一月的第二个礼拜做了什么？”

“乐意之至。你要找什么？”

霎时，我好像看见自己在丧妻的第一天晚上，独自呆坐在厨房的桌边，手里拿着一个小盒子，上面印着“诺可居家验孕剂”。真的，我到底在找什么？都过了这么久了。想想看，我这么爱这位女士，她又下葬近四年了，我现在到底在找什么？自找麻烦，对吧？

“我在找两只塑料猫头鹰。”我说，沃德可能以为我是在跟他说话，但我自己可说不准。“我知道这听起来很怪，但我要找的就是两只塑料猫头鹰。你可以找一找，然后回我电话吗？”

“一小时内一定回。”

现在再回到猫头鹰身上。这么两件有趣的艺术品要收藏起来，哪里最有可能呢？

我的眼睛朝地下室的门飘过去。很简单嘛，我亲爱的华生医生①。

---

① 这句话是《福尔摩斯探案集》里福尔摩斯的经典台词。

地下室的楼梯很暗，略有一点潮。我站在楼梯口，伸手去找电灯开关，身后的门却砰一声猛然关上，力道之大，吓得我叫了出来。当时并没有风，屋里也没有气流，空气完全是静止的，门却自己关上了。或是被吸过去关上的。

我站在漆黑的楼梯顶上，伸手乱摸，要找电灯开关，鼻子里都是泥腥味。盖得再好的钢筋水泥地基一阵子通风不良，也照样会有这样的气味。里面很冷，比门外边还要冷得多。而且，不止我一个人在这里，我心里清楚。我很害怕；说不怕绝对骗人……但我也好像被迷住了。除了我还有别的东西在。除了我还有别的东西在这里。

我把手从电灯开关所在的墙面上垂下来，站住不动，两条手臂垂在身体两侧。时间一分一秒过去，过去多久我不知道。我的心脏在胸口扑通扑通跳得厉害，连太阳穴都像跟着一起跳。里面很冷。“有人在吗？”我开口问道。

没有回答。听得到很微弱、不规则的水往下滴的声音，是从下面的水管里传来的。我自己的鼻息听得也很清楚。我也好像听到了一声很小的、得意的乌鸦叫声——从很远的地方传来，从太阳晒不进去的地方传来。说不定这乌鸦刚在我雪佛兰的车顶上留下一坨大便！我还真该找到猫头鹰，我心想，说真的，找不到猫头鹰我还真不知道该怎么办！

“有人在吗？”我再问一声，“可以讲话吗？”

没回应。

我舔一舔嘴唇。站在漆黑的楼梯上对着鬼大喊大叫，我该觉得自己很蠢才对。但我没有，一点也没有。地下室潮湿的气味已经被一股寒意取代，我感觉得到。我也感觉得到，这里不止我一人。哦，好吧。“那你能不能敲敲什么？你有办法把门关上，应该就有办法敲东西。”

我站在那里，听着水管里传来的很轻的、断断续续的滴水声。此外，什么也没有。我才要伸手再去按墙上的电灯开关，就听到一声很轻的“咚”，从我下面不远的地方传来。“莎拉笑”的地下室楼面很高，水泥墙最上方宽约三英尺的壁面——接的是地面的霜冻带——加装了镀银的绝缘面板。我听到的声音，我敢说，应该就是拿拳头打面板弄出来的。

不过是一拳打在一块绝缘板上，但我的五脏六腑，全身上下的每一块肌肉，好像都朝反方向扭开来。寒毛直竖。眼窝像要爆掉，眼珠子却朝内缩，整个头像是要收缩成骷髅骨头。全身的肌肤都冒出大片、大片的鸡皮疙瘩。除了我，这里还有别的东西。很可能还是死掉的东西。这时，就算我再想去按开关也没办法了。我连举手的力气都没有。

我想张嘴讲话，几番努力后终于发出很小、很沙哑的声音，说出来的话连我自己也听不清楚："你真的在这里？"

咚。

"你是谁？"我的声音还是很小、很沙哑，像临终之人在卧榻上对家人交代后事。这一次，声音不是从下面来的。

我死命动脑筋，但打结的思绪只挤得出托尼·柯蒂斯在一部老片里演胡迪尼。片子里的那个胡迪尼，是灵应牌圈子里的"第欧根尼"①，闲暇时间都在找他"诚实不欺的灵媒"。有一次他参加降灵会，亡灵要和人沟通就是用——

"敲一下代表肯定，敲两下代表否定，"我说，"这样可以吗？"

咚。

就在我下面的楼梯上……不是很下面。往下五阶吧，最多六七阶。但也没近到让我碰得着，若我还敢往前伸手在地下室的一片漆黑里乱挥的话……这种事想想就好，真要去做就匪夷所思了。

"请问你……"话还没讲完我的声音就没了。身体完全无力。寒意堵在胸口，像沉沉地压了一个熨斗。我鼓起余勇，再试一次："是乔吗？"

咚。软软的拳头又在绝缘面板上敲了一下。然后，停了一下，又再：咚咚！

是，又不是。

好——我也不知道自己怎么会发神经问出这个问题："那两只猫头鹰在这里吗？"

咚咚。

"你知道放在哪里吗？"

咚。

---

① 美国男星托尼·柯蒂斯（Tony Curtis，1925—2010），一九五三年演过一部魔术师胡迪尼（Harry Houdini，1874—1926）的传记电影：《胡迪尼传奇》（*Houdini*）。胡迪尼在母亲死后热衷降灵术，希望能与死去的母亲联络。灵应牌（Ouija board）就是用来和灵界联络的条形木板。"第欧根尼"（Diogenes）是公元五世纪的古希腊哲学家。

“我该去把猫头鹰找出来吗?”

咚!很用力。

她要猫头鹰做什么?我是可以问这问题,但下面楼梯上的那东西可没办法——

温热的手指头在摸我的眼睛。我差一点失声尖叫,才发现是自己的汗珠。我在漆黑里抬起两只手,抹一把脸,从下往上抹到发际,感觉滑得像是全脸上了油。不管有没有寒意,我可是全身都泡在自己的汗水里面。

“你是兰斯·德沃尔吗?”

咚咚,马上就响。

“我留在‘莎拉笑’安全吗?我会不会有危险?”

咚。顿一下。我知道它这样不算结束,只是顿一下,下面楼梯上的那东西还没完。果真如此,紧接着就又来了:咚咚。肯定,我在这里安全;否定,我在这里不安全。

到了这时候,我的手臂已经开始恢复些许的活动力。我便伸出手去,顺着墙摸,摸到了电灯开关。我把手指头搭在开关上面。现在,我脸上的汗像要结成冰了。

“半夜里哭的人是你吗?”我问道。

咚咚两声从下面传来,我也在这声音传来之际,赶忙按下开关。地下室的玻璃台灯亮了起来。吊在楼梯顶上的灯泡也亮得刺眼——起码一百二十五瓦。这么短的时间,没人能躲得起来,更别提要跑得不见人影了。看不出有人的迹象。还有,梅泽夫太太——那么多事都做得让人击节叹赏——居然就忘了扫地下室的楼梯。我沿着楼梯朝下走,走到我觉得响声可能的出处,脚步在梯阶的一层薄灰上面留下了印子。但也只有我的印子。

我吹了一口气出去,发现看得到白蒙蒙的雾气。这里先前是很冷的,现在也还是很冷……只是,气温正在快速升高。我再呼出一口气,此时就只看得到隐约的雾影。等我再吹第三口气,就什么也没有了。

我用掌心在一块绝缘面板上四处摸一下。很平滑。我又伸出一根手指头抵在面板上面,没怎么用力,却还是在镀银的面板上面留下一个凹下去的印子。轻松写意。刚才真要有人拿拳头敲在上面,这面板一定会被敲得坑坑洼洼的,薄薄一层镀银说不定还会破掉,露出里面的粉红色衬里。但墙上的面板每一块都好好的。

“你还在吗?”我问道。

没回应,但我就是觉得那位不速之客还在。不知在哪里就是了。

“但愿开灯没惹你生气。”我又说了一声。我开始觉得自己这样子真怪:站在地下室的楼梯顶上大声讲话,像是冲着几只蜘蛛在布道。“我可不可以见见你呢?”我也不知道这话是真心还是假意。

突然——这突然快得我差一点失去平衡,直接从楼梯上跌下去——我来了一个大转身,因为我觉得那个裹着尸衣的东西就在我背后!那咚咚响就是它敲的!就是那东西!不是詹姆斯鬼故事①里彬彬有礼的鬼,而是在宇宙边缘游走的恐怖妖魔。

什么也没看到。

我转过身来,深吸两三口气,定下心,又沿着楼梯往下走。地下室的楼梯底下有一艘功能完好的独木舟,连划桨也都还在。一边的角落里放了一个瓦斯炉,是我们买下这屋子时换新的。乔要拿来种植物的那个很旧的爪脚浴缸(不管我怎么反对),也在。我还找到了一个衣箱,里面塞着我不太记得的桌布和一箱发霉的卡式录音带(像德尔福尼克斯、疯克德里克、特制点三八这些乐队的专辑)②。另外还有几个硬纸盒,里面装的是盘子。这里虽然有生命的痕迹,却怎么都看不出来趣味。而且,和我在乔工作室里感受到的生命力不同,这里的生命力没有横遭截断,还在继续生长,像蜕下来的废皮。这没什么不对;真要说起来,这好像才是自然之道。

地下室里有一个架子,上面摆的都是小饰品,还有一本相簿。我把相簿拿下来,心里既期待又不安。这一次没遇上伤心风暴。里面几乎都是我们刚买下“莎拉笑”时拍的风景照片。不过,我还是看到一张乔穿着喇

---

① 詹姆斯(Montague Rhodes James, 1862—1936),英国著名的中古学者,当过英国剑桥大学国王学院(King's College)和伊顿公学(Eton)的教务长,也写过不少鬼故事,是英语文学中鬼故事的经典。

② 德尔福尼克斯(Delfonics)是走红于二十世纪六七十年代的费城灵魂乐队。疯克德里克(Funkadelic)是走红于二十世纪七十年代的美国乡土爵士乐队。特制点三八(.38 Special)是美国的摇滚乐队,走红于二十世纪八十年代,名字取自点三八手枪。三支乐队一般都以英文通行,没有通用中文译名。

叭裤的照片(她那时头发中分,嘴上涂的是白色的唇膏)。还有一张迈克·努南穿着大花图案的衬衫,留着一脸羊排络腮胡,我自己看了都头皮发麻(照片里的这位单身汉迈克,是贝瑞·怀特①一号的人物,我想装作不认识他,却做不到)。

我找到了乔坏掉的跑步机。找到一把耙子,秋天到时我若还没闪人,就用得上。找到一台除雪机,同样,冬天来时我若还没闪人,就更用得上了。还找到几罐油漆。但怎么都没找到塑料猫头鹰。我那一位敲绝缘面板的朋友没说错。

楼上的电话响了起来。

我赶忙上楼去接电话。我冲过地下室的门,又将手伸回门内关电灯。做这件事时,连我自己都不禁失笑,但又觉得这没什么不对……跟我小时候觉得在人行道上走路时要留意不要踩到人行道的缝一样正常。况且,就算不正常,又怎么样?我才回"莎拉笑"三天,就已经归纳出"努南怪事第一定律":自己一个人的时候,做出再怪的事也绝不嫌怪。

我一把抓起无绳电话机:"喂?"

"嗨,迈克,我是沃德。"

"好快啊你。"

"档案室就在走廊那一头,几步路就到,"他说,"小事一桩。乔一九九三年十一月第二个礼拜的日程表上,只有一件事。写的是'缅因爱厨,自由,早上十一点'。礼拜二,十六号。这有用吗?"

"有,"我说,"谢谢你,沃德,很有用。"

我挂掉电话,把话筒放回话机。是的,有用。"缅因爱厨"是指"缅因州爱心厨房"。乔从一九九二年起就在那里当理事,直到过世。"自由"是"自由港"。一定是那里要开会,可能是要讨论感恩节为流浪汉办餐会的事吧……开完会后,乔才又南下开了七十英里左右的路,到 TR 亲自签收两只塑料猫头鹰。虽然没办法解决所有的疑问,但爱人死后,不都有一连串疑问会冒出来吗?而且,问号什么时候会冒出来,也没订限制条款啊。

---

① 贝瑞·怀特(Berry White,1944—2003),美国节奏蓝调黑人歌手,喜欢穿花色艳丽的舞台装,也留了一脸络腮胡。

只是，那“天外来声”又说话了。既然你都已经在电话旁边了，那声音说，何不打电话给邦妮·艾蒙森？打一下招呼，问她好不好？

乔九十年代起在四家机构里面当理事，全都是慈善机构。她会进“爱心厨房”当理事，就是她这朋友邦妮在一席理事出缺时力邀所致。两人一起出席过多场会议。但也可能一九九三年十一月的那次会议，邦妮根本没去；而且，邦妮也可能不太记得有那次会议，毕竟是五年前的事了……但若她把以前的会议记录都留下来呢？……

我到底在想什么啊？打电话给邦妮，嘘寒问暖一番，然后请她查一下她一九九三年十一月的会议记录，问她会议记录里面是不是记了那次会议我妻子缺席没去？问她乔在她在世的最后一年是不是怪怪的？邦妮若问我为什么要问这些，我该怎么回答她？

把那给我！在我梦到她时，乔曾向我吼道。那场梦里，她的样子根本不像是她，像换了个人，有一点像《箴言书》里那个怪异的女子，唇如蜜，但心如苦艾①。怪异的女子，手指冰得像霜后的树枝。把那给我，那是我的集尘网。

我又走向地下室的门，把手搭在门把上面，转动……却又放手。我不想再看下面那一片漆黑，我不想再要那东西去敲墙壁。这扇门还是不要动更好。我现在只想喝一杯冰饮料。我朝厨房走去，刚要伸手开冰箱的门，就僵在那里。冰箱门上的小磁铁又排成了一个圆，但这一次有四个字母和一个数字被移到圆圈的中央，排成一列，拼出一个词：

hel1o②

这里不只我一个人在。即使回到楼上，回到亮晃晃的白昼天光，我一样确信不疑。我在下面问过，我留在这里安全吗？得到的是模棱两可的答案……但无所谓了。我就算离开“莎拉笑”，也没别的地方可去。德里的房子我是有钥匙，但要解决的问题都在这里。我心里清楚。

---

① 《旧约·箴言书》第五章第三、四节：因为淫妇的嘴滴下蜂蜜，她的口比油更滑，至终却苦似茵陈，快如两刃的刀。

② 英文中“你好”。

“你好，”我一边说，一边开冰箱的门拿汽水，“你好——不管你是谁，你在哪里。”

11

第二天我起得很早，醒来时，心里很肯定我睡的这北厢的卧室有人和我相伴。我坐起来靠在枕头上面，揉一下眼睛，看见一个只有肩颈轮廓的黑影，站在我和窗户之间。

“谁啊？”我问的时候，心里还想它是不会出声回答我的。它只会敲墙壁，一下表示肯定，两下表示否定——你在想什么鬼？胡迪尼？但那黑影就定在窗边，没有一点回应。我伸出手乱摸，摸到了床头灯的开关拉绳，用力往下一拉。霎时，我只能撇嘴扮一下鬼脸，肚皮绷得紧紧的，子弹打过去可能都会被我顶回来。

“妈的！”我啐了一句，“还真是吓死人不偿命！”

那是我把我的旧麂皮外套用衣架挂在窗帘架上。先前我开行李箱时，随手把外套挂在那里，之后就忘了再收进衣橱里。我本来想笑，却笑不出来。凌晨三点出这种事，可没那么好笑。

我关上灯，再躺回去，眼睛睁得大大的，等着听本特的铃声或小孩子的呜咽再传过来，等到后来睡着了。

过了约莫七小时吧，我准备到乔的工作室，去看看那两只塑料猫头鹰是不是放在那边，前一天我没去那儿看过。就在这时，一辆新款的福特汽车开进了我的车道，停在雪佛兰前面，车头正对着车头。我本来已经走到木屋通往工作室的那截小路上了，赶忙折返回来。那天很热，很闷，我上身打赤膊，只穿了一条剪短的牛仔裤和塑料夹脚拖鞋。

乔以前老是说“克里夫兰装”会再自动分成两支小派别：“克里夫兰全

副武装”和“克里夫兰随便穿”①。我那礼拜二上午的访客穿的算是“克里夫兰随便穿”——夏威夷衫，有风梨和猴子印花；“香蕉共和国”的褐色休闲长裤，加上一双白色懒人鞋。袜子可穿可不穿，但脚上一定要有白色的东西，这是克里夫兰休闲装的必要条件。身上也至少要挂一件惹眼的黄金饰品。这家伙在最后一项要求上完全合格：他一只手腕上戴的是劳力士金表，脖子上也挂了一条金链子。衬衫没塞进裤腰，背后鼓起可疑的一块。不是枪就是呼叫器，但若真是呼叫器，也未免太大了一点。我又瞄了一眼他开的车。“黑墙”轮胎。仪表板上——哦，你瞧，盖住的蓝色警灯！要抓你就要神不知、鬼不觉！

“迈克·努南吗？”他长得还不赖，有的女人会对这样的人特别专情——比如附近有人的声音大一点就变得畏缩的女人、家里出事绝不报警的女人，因为在某个隐秘的内心深处，她们就觉得自己家里活该出事。出了事，留下乌青的眼圈、脱臼的手肘，有时连胸口也会有香烟烫的焦疤。这样的女人，还喜欢称丈夫或情人爹地，娇声问道：“要我替你拿啤酒来吗？爹地？”“今天工作顺利吗？爹地。”

“我是迈克·努南。有何贵干？”

这位“爹地”转身，弯腰，伸手到摆在副驾驶座上的一堆文件里面拿东西。仪表板下面的双向无线电又嘎嘎响了一下，一下而已，马上就没有了。等他转过身来时，伸手递了一份浅黄色的长条形公文封给我。他把公文封推到我面前：“给你的。”

我没有马上接，他便往前跨一步，想把公文封塞进我的掌心。这时，一般人的条件反射应该是合起掌来接下。但我不是，我把两只手举到肩膀的高度，好像他刚才喝令我举起手来，混账小子！

他很有耐心地瞅着我看，那张脸有阿伦家兄弟的爱尔兰人味道，但没有他们的和善、开朗、好奇。他有的反而是要你好看的调调儿，教人看了就觉得讨厌，好像天底下的龌龊事儿他全都做尽了，大部分还不止一次。他有一边的眉毛被划成两半，看来是多年前的旧伤。脸颊红扑扑的，像长

---

① “克里夫兰全副武装”(full Cleveland)，二十世纪七十年代美国流行的男性装束，重点在白色的名牌腰带搭配白鞋。不限克里夫兰一地，但最常见于美国退伍军人协会的舞会，也就是以老人家为主的舞会。又，此处“全副武装”四字，乃译者斟酌乔其人个性，略加一点戏谑。

年风吹日晒的结果。这要么表示他这人十分勇健，要么表示他对酒精产品有很浓的兴趣。他看起来无赖得像是可以一拳把你打进阴沟，再骑在你身上压得你爬不起来。我很乖！爹地啊！下来，别打我！

“别找麻烦。你一定会收到的，你知、我知。别找麻烦。”

“我要看证件。”

他叹了口气，还朝我转了一下眼珠子，才伸手到他的衬衫口袋里，拿出一个皮夹，翻开。里面是警徽和相片。我这位新朋友叫乔治·富特曼，城堡郡的副警长。相片的色调很淡，没有阴影，像警局里拿给受害人辨认嫌犯用的大头照。

“可以了吧？”他问道。

他再次把那份公文封朝我伸过来。这一次，我接了下来。他站在那里，看着我快速浏览那份公文封，浑身都是给你好看的气味，浓得化不开。公文封里是一张传票，传我在一九九八年七月十日早上到城堡岩执业律师埃尔默·德金的办公室一趟——也就是礼拜五。这位埃尔默·德金奉命担任未成年子女凯拉·伊丽莎白·德沃尔的诉讼监护人。他要就凯拉·伊丽莎白·德沃尔的福祉，代城堡岩高等法院暨诺布尔·朗古法官，听取我的证词。届时，会有速记员在场。传票里面保证此番采证纯属法院采证，和原告、被告两方皆无关系。

富特曼说：“我有责任提醒你，若无故缺席，会被——”

“谢啦，就当你已经都说明过了，好吧？我会到的。”我朝他的车那边比了一下“请回”的手势，心里只觉得厌恶，也觉得被人横加指使。我以前从没收过传票，也不喜欢收到传票。

他走回他的车边，刚要进车里去，又伸出一只满是毛的手臂，搭在还没关的车门上面，手腕上的劳力士金表在白花花的阳光里闪闪发光。

“劝你一句，”他开口跟我说。光从这几个字，我就摸得到这家伙是怎样的人了。“别跟德沃尔先生捣蛋。”

“要不然他准会像踩蟑螂一样一脚把我踩死。”我说。

“啊？”

“你要说的是：劝你一句，别跟德沃尔先生捣蛋，要不然他准会像踩蟑螂一样一脚把你踩死。”

从他脸上的表情——先是不解，马上转成愤怒——看得出来他要说的跟这一句差不了多少。看来,我们两个看的电影都差不多,罗伯特·德尼罗[1]演疯子的那几部全都在内。之后,他脸上的怒气褪去。

“当然了,你是作家。”他说。

“是啊,有这说法。”

“你是作家,那就随便你说啦。”

“我们毕竟是自由国家,对不对?”

“你这张嘴还真利!”

“你替麦克斯韦尔·德沃尔当差有多久了,副手?警长那边知道你打工的事吗?”

“大家都知道。这根本不是问题。有问题的人是你!净耍嘴皮的大作家!”

讲到这里,我想是该叫停的时候了。再讲下去,说不定就要你来我往地爆粗口了。

“请把我的车道还给我,副手。”

他又看了我一眼,像是在想有什么句子打回来可以正中要害,却想不出来。他还真该找一个只会耍嘴皮的大作家来帮忙。“我礼拜五会去看你。”他说。

“你该不会是要请我吃午饭吧?别担心,我这人很好养。”

他发红的脸颊瞬时暗了几分,看得出来他活到六十岁时脸颊会变成什么样子——若他没戒掉穿肠毒药的话。他缩回他的福特里去,在我的车道上回转,开得很猛,磨得轮胎吱吱叫。我站在原来的地方没动,目送他开车离开。等他开到了42巷朝公路开去时,我才进屋。这时,我想到这位富特曼副警长的课外活动一定报酬优渥,不然买不起劳力士金表。不过话说回来,那表也可能是假货。

你要稳住,迈克,乔的声音在劝我,那个讨厌鬼已经走了,现在没人惹你,所以别——

我把她的声音关掉。我才不想稳住,我要发火!居然有人跑来管我的事!

---

① 罗伯特·德尼罗(Robert De Niro, 1943—),美国著名影星,演过不少神经质的角色,例如奠定地位的名作《恐怖角》(*Cape Fear*, 1991)。

我朝走廊放的那张书桌走去。乔和我习惯把有待处理的文件放在那里(现在回想一下,我们的日程表也是放在那里),把那张传票连同浅黄色的公文封用图钉钉住一角,钉在留言板上。等弄好了,我举手握拳,摆在眼前,盯着手指上的戒指看了好一会儿,然后用力一拳打在书架旁的墙壁上。用力之猛,一整排平装本全都跟着往上跳。我想到玛蒂·德沃尔穿的宽松短裤和凯玛特的套衫;想到她的公公为了买下沃林顿,一出手就是四百五十万美元,签的还是该死的私人支票。最后,我想到比尔·迪安说不管怎么判,那小女孩准要在加州长大。

我在屋里走来走去,怒气未消,后来走到了冰箱前面。冰箱门上的那一圈小磁铁没有变化,但里面的字母不一样了。原本排的是:

hel1o

现在变成了:

help r

“帮忙?”我问了一声。刚说出口,我就懂了。冰箱门上的字母只有一组(不对,我看是连一组都不到;g 和 x 不知道丢到哪里去了),我得去多弄一些磁铁回来。若我这台肯莫尔冰箱要当灵应牌用的话,字母就一定要够用,尤其是元音。我一边想,一边把 h 和 e 移到 r 前面。现在冰箱门上的留言变成了:

lp her①

我伸手把排成一圈的水果、蔬菜磁铁弄散,也把字母弄散,回去踱我的方步。我先前虽然已经决定不插手管德沃尔和他儿媳妇的事,到头来却还是搅和了进去。一个穿“克里夫兰装”的警察开车跑到我的车道上,把本来就不是平静无波的日子变得更麻烦……而且,也不是没吓着我呢。

---

① “帮帮她”,字母够的话,应拼为 help her。

但至少，这件事的可怕我看得到，也能理解。忽然间，我决定这年夏天不要全耗在被鬼闹、听小孩哭、想我那亡妻四五年前到底在搞什么花样……若她真的在搞花样的话。我是没办法再写书了，但这不等于我就得去揭往日的旧疮疤。

帮她！

我决定至少一试。

“哈罗德·奥布洛夫斯基文学经纪公司。”

“跟我去伯利兹吧，诺拉，”我说，“我需要你。我们可以在半夜好好缠绵，看天上的满月把沙滩染成一片银白。”

“你好，努南先生。”她说。诺拉没一点幽默感，还一点也不浪漫。但也就是因为这样，她跟奥布洛夫斯基文学经纪公司简直是天作之合。“你要找哈罗德是不是？”

“若他在的话。”

“他在，请稍待。”

身为畅销作家的一大好处——就算写的书一般只在列出前十五名的排行榜上才看得到——就是你的经纪人通常不会不在。另一大好处是，他若正好不在，比如跑到楠塔基特[1]度假，也一定会在那里“在”给你看。第三个好处就是你等的时间一般都很短。

“迈克，”他大声说道，“湖那边怎么样啊？我想你想了一个礼拜。”

是啊，我在心里想，那猪都会吹口哨了[2]。

“大致不错，但碰上一件鸟事，哈罗德，我得找律师谈一谈才行。我原本想找沃德·汉金斯，听听他有什么建议人选没有，但后来又觉得我找的人要比沃德认识的人更厉害才行。青面獠牙、吃肉不吐骨头的人最好。”

这下子，哈罗德可不想再跟我玩他爱玩的不吭声把戏了：“什么事，迈克？你有麻烦吗？”

敲一下表示肯定，敲两下表示否定，我心里回的是这一句，而且，有那么一下子我还真想敲给他听。我想起我读完克里斯蒂·布朗的回忆录

---

① 楠塔基特(Nantucket)，美国马萨诸塞州鳕鱼角(Cape Cod)外海的度假小岛。

② 猪都会吹口哨了(pig will whistle)，类似“太阳打西边出来”。

《回想往日时光》[1]的时候，不禁纳闷，光靠左脚的两根脚趾头夹笔要怎样才能写出一整本书来？现在，我也在纳闷光靠在地下室敲墙壁而没别的办法和人沟通，要怎样才能熬过永生？还只有特定的某些人才听得到你敲的声音，听得懂你敲的声音……更有甚者，这些特定的人还不是随时随地都办得到。

乔，是你吗？若是你，你为什么给我肯定又否定的答案呢？

“迈克？你在听吗？”

“哦。事实上也不算是我的麻烦，哈罗德，你别急。不过，我确实有个问题要处理一下。你那边的律师是戈尔达克，对吗？”

“对，我马上打给他——”

“他擅长的是合同法规。”我把心里想的话直接说了出来，然后顿住，但哈罗德没有搭腔。有时，他这人还算过得去。真的，大部分时候都还过得去。“但还是帮我打一通电话好吗？跟他说我得找一个对儿童监护权案件很有经验的律师。麻烦他帮我找一个马上可以接案子的顶尖律师。可以的话，礼拜五就跟我一起出庭。”

“是亲子确认的官司吗？”他问道，口气既敬畏又担心。

“不是，监护权的官司。”我原想要让他从我未来的律师那里探听到详情，但又想到，不该这样对待哈罗德……反正，他迟早都会让我把事情跟他说一遍的，不管我那位准律师怎么说。于是，我把七月四日那天早上和后来出的事都跟他说了。只限德沃尔的事，其他什么怪声音、小孩儿哭或漆黑里传来的咚咚声，只字未提。我讲述的整个过程里，哈罗德只打断过我一次，就是在他发现这件事里面的坏人是谁的时候。

“你这是在自找麻烦，”他说，“你知道吧，啊？”

“反正麻烦都已经来了，”我说，“我已经决定要跟他打一打，就这样。”

“你会不得安宁的，作家要写出好作品需要安静的环境。”哈罗德说得一本正经，正经到有点好笑。我很好奇，我若回他说没关系，反正我在乔死后，除了购物清单以外什么也没写过，不知道他会怎样。说不定他的反

---

[1] 克里斯蒂·布朗（Christy Brown，1932—1981），爱尔兰作家、画家，因小儿麻痹而终生行动不便，以自传《我的左脚》（*My Left Foot*，1954）成名，此书后改编成电影。后来，他又将这本自传增录改写成《回想往日时光》（*Down All the Days*，1970）。

应能刺激我一下呢。但我没说出来。千万别让外人看出你在流汗，这是努南家的家训。看来我们家的墓园大门上真该刻上这几个字：别担心，我很好。

接下来，我想到了 help r。

“那年轻女子需要朋友帮助，”我说，“乔若还在世，也会希望我去帮她。乔看到有人欺负弱小，一定会拔刀相助。”

“你真这么想？”

“对。”

“那好，我看看找得到谁。还有，迈克……你礼拜五的采证会，要不要我过去陪你一趟？”

“不用了。”只是，我没必要地回得太绝，听得哈罗德一阵子沉默。这一次倒不像是在耍心机，而是真的伤心了。“是这样子的，哈罗德，帮我看房子的人说这桩监护权案没多久就要开庭了。等开庭时，你若还想过来，我就打电话给你。你的道义支持一直是我的依靠，你知道的。”

“这种情况应该叫做非道义支持，”他回答，但听起来精神又回来了。

我们道了再会。我又走回冰箱门前，看着磁铁发呆。那堆磁铁还是乱七八糟的，看了让人心头松了一口气。看来鬼也要休息。

我拿起无绳电话走到屋外的露台，一屁股坐进七月四号晚上德沃尔打电话来时我坐的那同一张椅子。即使“爹地”都已经来过了，我还是不太相信我真的接过德沃尔的电话。德沃尔骂我撒谎。我反唇相讥，要他操他奶奶的。我们这两个邻居还真是有个“好”开始。

我把椅子拉得离露台的边缘再近一点。露台下面是一片陡坡，夹在“莎拉笑”和旧怨湖之间，约有四十英尺高，看得人头昏。我朝远处看，想找到那天游泳时看到的绿色女妖，又在心里骂自己别笨了——那样的错觉只能从某个特定的角度才看得到，朝一边再偏个十英尺就什么也不是了。但这棵树似乎是“例外反证规律”的例子，看得我既惊奇，又有一点不安。大街上那棵看起来像女妖的桦树，从陆地上的这一角度，跟从湖面的那一角度看，效果都一样。部分是因为它后面还有一棵松树——它有一根光秃秃的树枝朝北边伸出去，像一只皮包骨的手在朝北方指——但也不全是因为如此。从陆地上的露台这边看过去，桦树的白色树枝和细长的叶片组合起来仍然像一个女人的身影，有风吹过，轻轻摇动桦树的下半截的时候，一片绿中带银轻摇慢舞，就很像长裙。

之前，我赶在哈罗德有机会把他的好意表达清楚之前，就断然回绝了他。现在，看着真的有一点鬼模鬼样的“树妖”，我忽然明白了自己为什么急着回绝哈罗德：哈罗德是大嘴巴，哈罗德粗枝大叶，哈罗德会怕——不管这里到底是怎么回事，都会吓着他。我不想吓着他。我自己也怕，没错——站在漆黑的地下室楼梯上面，听咚咚的声音从脚底下传过来，我自己也吓得要死——但这也是我这几年来，终于觉得自己像是又活过来了。我在“莎拉笑”碰到的事，完全超乎我以前的经验，这一点让我着迷。

无绳电话在我膝头响了起来，吓了我一跳。我抓起话筒，心想应该是麦克斯韦尔·德沃尔打来的，也可能是富特曼，德沃尔养的那只穿金戴银的走狗。结果，居然是一个叫约翰·斯托罗的律师。听他讲话，感觉像是刚从法学院毕业的新人——大概就上个礼拜吧。不过，他是“埃弗里-麦克莱恩-伯恩斯坦事务所”的律师，事务所在公园大道，而公园大道在律师界可是很显赫的地址，就算他还有几颗乳牙没换也无妨。若亨利·戈尔达克说斯托罗行，那他可能真的就行。他的专长，正是监护权。

“跟我说一说事情的经过吧，”他在开场的介绍说完，背景也勾勒出大概之后，开门见山地说了一句。

我尽力而为，一路讲事情，一路觉得精神开始变好。在按时计价的钟开始滴答滴答响后，跟律师讲话反而有一种怪怪的安全感，因为这就意味着已经有一个律师变成你的律师了。你的律师让你觉得贴心，你的律师让你觉得他懂你的事，你的律师会在黄色的记事簿上做笔记，该点头的时候会点头。你的律师问的问题，大部分都是你答得出来的问题；就算你答不出来，你的律师也会想办法帮你找答案，这是他的天职。你的律师永远站在你这边，你的敌人就是他的敌人。你绝对不会是他的浑蛋，你永远都是他的宝贝蛋①。

等我说完了，约翰·斯托罗说：“哇哦！真没想到报纸居然没逮到这一条新闻。”

---

① “你绝对不会是他的浑蛋，你永远都是他的宝贝蛋”，原文是 To him you are never shit but always Shinola。这句话用的是美国的一句骂人笨的俗语，can’t tell shit from Shinola。Shinola 是美国的鞋油品牌，以前在美国军队里相当流行。在此译者斟酌情况，略改作如此。

“这点我倒没想到。”但我明白他的意思。德沃尔的家族传奇不会是《纽约时报》或《波士顿全球报》看得上眼的新闻，搞不好连《德里新闻》都看不上眼。但对于超市卖的周刊画报，如《国家询问报》或《内幕报道》，应该就像天作之合——只是，这一回大猩猩金刚要抢的不是大美女，而是大美女天真无邪的小女儿，它要抢了小女儿爬到帝国大厦的楼顶。喂，把小宝宝给我，畜生！不会上封面故事，没有血腥场面或名流的棺材照片，但放在名人轶事里抢风头倒很合适。我还在心里替报道拟了一则标题，就放在沃林顿的豪华度假别墅和玛蒂的生锈拖车并置的照片旁边：*电脑大亨穷奢极侈之余，力图抢走美丽少妇唯一的孩子*。可能太长了，我觉得。虽然已经不写书了，但还是需要编辑。真停下来好好想一想，还挺悲惨的。

“说不定过一阵子就会看见他们真抓到了这条新闻。”斯托罗说，好像在想事情。我忽然发现这家伙是我可以亲近的人，至少依我目前愤怒的情绪可以。他的口气马上变得轻快起来：“那我要代表谁呢？努南先生？你，还是那位年轻太太？我投年轻太太一票。”

“那位年轻太太还根本不知道我跟你通电话。她说不定会觉得我太擅自作主了，搞不好还会骂我一顿。”

“为什么？”

“因为她是扬基佬——缅因州的扬基佬，最糟糕的那种。日子对了，连爱尔兰人跟他们一比都变得很讲逻辑。”

“也许吧，但她这扬基佬也是被人在衬衫上面画了靶心的人啊。我想你最好打电话跟她沟通一下。”

我说我一定会。做这承诺也不难，我一收到富特曼送来的传票，就知道我不跟她联络不行了。“那谁会跟迈克·努南在礼拜五早上一起去作证？”

斯托罗干笑了一声，说：“我帮你在那边找个律师，由他跟你一起到德金的办公室，带着他的公文包坐在一旁静静听你说。那时候，我说不定也已经到了那边——这要等到我和德沃尔太太谈过才知道——但我不会跟你进德金的办公室。不过，等监护权官司开庭后，你就会看到我上场了。”

“那好，就这样。找到律师就打电话给我；我那另一位新律师。”

“呵呵！你也要趁这时候打电话给那位年轻太太，帮我弄到差事啊。”

“全力以赴。”

“你跟她在一起的时候尽量让人看到。”他说，“若给坏人出贱招的机会，他们一定会出贱招。不过，你们两个没什么吧，对不对？没什么不可告人的事吧？不好意思直接问，但我非问不可。”

“什么都没有，”我说，“我已经很久没跟谁有不可告人之事了。”

“我是很想同情你一下啦，努南先生，但在目前的情况下——”

“迈克，请叫我迈克。”

“好，我也喜欢这样子叫。我叫约翰。总之，你插手管这件事，大家都会开始说闲话。这你心里也有数，对吧？”

“当然。他们知道我请得起你，他们会讲的是她怎么请得起我。漂亮的年轻寡妇，中年的鳏夫，天雷勾动地火是最可能的解释。”

“你很客观。”

“我自己倒不觉得，但我还分得清楚锤子和锯子[①]。”

“你最好分得清楚，因为你趟的这一趟浑水可很脏。我们要对付的是一个非常有钱的富豪！”但他的口气听不出来一丝畏惧，反而有一点……急切。那口气听起来很像我看到冰箱门上的磁铁又重新排成圆圈时的感觉。

“我知道。”

“这在法庭上不会有多大的作用，因为另一边也不是没有钱。还有，法官还会发现这老家伙是个火药桶，这一点很有用。”

“我们现有的最大优势是什么？”我问他时，心里浮现了小凯拉玫瑰红、粉嫩嫩的小脸蛋，看见她母亲时毫无惧色。我问时，以为约翰会说我们的优势在于对方的指控完全没有根据，但我想错了。

“最大的优势？德沃尔的年纪。他老得连老天爷都比不上。”

“依我周末打听到的情况来看，他起码有八十五岁。不管怎样，老天爷还是比他要老一点。”

“对，但凭他这年纪还要当孩子的爹，那托尼·兰德尔[②]都算是未成年了。”约翰说，现在他的口气真有种幸灾乐祸的感觉，“你想想看，迈

① “分得清楚锤子和锯子”，原文是 know a hawk from a handsaw，出自莎翁名剧《哈姆雷特》(II, ii, 361)，哈姆雷特自述他有时脑子还算清楚，分得清楚锤子和锯子。

② 托尼·兰德尔(Tony Randall, 1920—2004)，美国老牌谐星，丧妻后于一九九五年再娶年轻妻子，于一九九七年和一九九八年生下两个孩子。

克——那孩子高中毕业时,她的祖父正好满一百岁! 还有,那老头儿也可能自不量力。你知道诉讼监护人是什么意思吗?”

“不知道。”

“简单来说,就是法庭指派一个律师来保护孩子的利益,费用由法院支付,但那不过是杯水车薪。大部分愿意当诉讼监护人的律师,都是愿意无私奉献……当然,也不是人人如此。诉讼监护人对案子会有自己的看法。法官未必会采纳监护人的建议,但一般都还是会考虑。否决自己选派的人会让法官显得很蠢,而这是法官最讨厌的。”

“德沃尔会有自己的律师吗?”

约翰笑了起来:“官司真的开庭时,搞不好会一口气给你摆出来六个大律师,你看如何?”

“真的?”

“那家伙都八十五了,玩法拉利跑车太老,到西藏玩蹦极太老,连召妓都太老——除非他老当益壮。现在,还有什么事可以让他花钱好好玩一玩的?”

“律师。”我回了一句,开始泄气。

“对。”

“那玛蒂·德沃尔呢? 她有什么优势?”

“拜你之赐,她有我,”约翰·斯托罗说,“跟约翰·格里沙姆的小说一样,对不对? 百分百纯金。还有,我对德金这位诉讼监护人很感兴趣。若德沃尔认为这件事很麻烦,搞不好会笨到拿好处去诱惑德金,德金也可能会笨到乖乖听话。嗨,那你想会被我们挖出什么来?”

只是我这人有时不太灵光。“她有你,”我说,“拜我之赐。但若没我这个人跑出来多管闲事,她能有什么?”

“巴布克斯[1]。意第绪语,意思是——”

“我知道它的意思,”我说,“怎么会这样!”

“没错,美国法律就是这样! 你知道那个手拿天平的女神吧? 美国大多数城市的法院门口几乎都有的雕像?”

“嗯哼。”

---

① 巴布克斯(Bubkes),意第绪语,原意是“几粒小豆子”,形容微乎其微、极少。

“她可不止是被蒙着眼睛。她连手腕都上了手铐，嘴也贴了胶布，被人硬拖到野地好好强暴了一番！你喜欢那景象吗？我不喜欢，但一旦监护权官司的原告很有钱、被告很穷，我们的法律大概就会是这情况。而且，两性平等的主张还帮了大倒忙。因为，母亲这一方到现在还是比较穷，却因为男女平等，不会跟以前一样可以自动取得监护权。”

“所以，看来玛蒂·德沃尔没你真的不行，对吧？”

“对，”约翰答得很干脆，“明天打电话给我，给我好消息。”

“只希望我做得到。”

“我也是。哦，对，还有一件事。”

“什么事？”

“你在电话上骗了德沃尔是吧？”

“瞎说！”

“不，不，我不喜欢反驳我姐姐最喜欢的作家，但你真的骗了他，你心里也清楚。你跟德沃尔说她们母女两个一起出门，孩子摘了一把野花，没什么事情不对劲的。你什么都说了，就差没把斑比和兔子[1]给加进去。”

我在露台的椅子上坐直身子，觉得像是挨了一记闷棍，也觉得对方未免低估了我的智商。“嗨，不对，你想，我从没斩钉截铁地说过我知道，我跟他说的是好像，这个词我用了不止一次。我记得很清楚。”

“嗯哼，若他把你们的对话录了下来，你倒真的可以数一下自己到底说了几次。”

我没马上搭腔，而是开始回想我和德沃尔的对话，回想电话线里的嗡嗡声。以前来“莎拉笑”避暑时，我们的电话线一直都有嗡嗡声。而那个礼拜六的晚上，电话线里低低的、规律的嗡嗡声，有没有偏大呢？

“我看可能真的有录音。”我终于不情愿地回答。

“嗯哼，若德沃尔的律师把录音带拿去给诉讼监护人听，你想他会觉得你的口气像什么？”

“很小心，”我说，“也许像在藏着什么。”

“或像在编故事。这件事你就很在行了，对不对？毕竟，你是靠这本

---

① 斑比和兔子，童话故事《小鹿斑比》(*Bambi*)孤身落难在森林里面，交上了一个兔子朋友叫“打手”(Thumper)。

领吃饭的。监护权官司开庭的时候，德沃尔的律师一定会把这点拿出来好好发挥。若他再找到玛蒂出现后开车经过你们身边的一个人……由那个人作证说那年轻太太看起来很慌乱，很狼狈……你想，你在电话里的口气就会像什么？”

“像撒谎，”我说，马上再接，“哦，该死！”

“别慌，迈克，别泄气。”

“这下子我该怎么办？”

“趁他们还没来得及开火前先堵住他们的枪口。你就把那天的事一五一十地全都告诉德金，记在采证的记录里面，强调那小女孩以为她那样子走是安全的。一定要提她自己说的‘斑斑’那件事。我最爱这一段。”

“但若德沃尔他们放录音带，一比对，我不就成了乱编故事的大笨蛋？”

“我想不会。你跟德沃尔通电话时又不是宣誓作证的证人，对不对？你想，你那天是坐在自家的露台上面，做你自己的事，看烟火，忽然天外飞来一通电话，一个坏脾气的糟老头儿打电话找你，还骂你。你根本没给过他你的号码，对不对？”

“没给过。”

“那还是你根本就没登记的号码。”

“对，没登记。”

“而且，他说他是麦克斯韦尔·德沃尔，但他也可能是别人，对不对？”

“对。”

“搞不好他是伊朗国王。”

“伊朗国王已经死了。”

“那不要管伊朗国王。但他也可能是包打听的邻居……或来恶作剧的人。”

“对。”

“所以，你可以说你那时心里就是担心这些。而现在，既然开始正式开庭的程序，你说的就句句属实，没有其他。”

“你放心。”先前，我对这位大律师的信任感是跑掉过一下子，但现在又一股脑儿全回来了。

“说实话才是上上策，迈克。”他说得很严肃，“或许有些案子会例外，但你这件案子不算。你清楚了吗?”

“清楚。”

“那好,先到此为止。明天早上十一点左右希望可以接到你或玛蒂·德沃尔的电话。最好是她。”

“我会尽力而为。”

“她若犹豫不决,你知道该怎么办,对不对?”

“应该知道。谢谢你了,约翰。”

“不管怎样,我们很快会再联络。”他说完就挂掉了电话。

我坐在原位好一阵子没动,其间一度按下无绳电话的通话钮,但又关掉。是必须跟玛蒂谈一下,但我还没完全准备好。所以,我决定先去散步。

她若犹豫不决,你知道该怎么办,对不对?

当然知道。提醒她,她现在没本钱讲什么自尊,她现在没本钱摆扬基佬的身段去回绝迈克·努南的善意帮忙。人家可是大作家,《二就是双》《红衫男子》和即将出版的《海伦的承诺》的作者。提醒她,她是要维持自尊还是保住女儿?鱼与熊掌,不可兼得。

所以,嗨,玛蒂,你总得挑一样。

快走到小路底时,我在蒂德韦尔那帮人以前扎营的草地上停了一下。那片草地的风景很棒,往下看得到一整洼的旧怨湖,往远处看得到怀特山脉。湖水在朦胧的天光下悠然入梦,一下是灰的——看你的头朝哪边歪;一下又是蓝的——再往另一边歪的话。神秘离奇的感觉在我身边如影随形,像曼德雷。

约四十多名黑人在十九、二十世纪之交的时候在这里待过——不管怎样,他们是在这里落脚过一阵子。这是听玛丽·欣格曼说的(《城堡郡暨城堡岩的历史》也是这么写的,这是一九七七年出版的一本砖头书,城堡郡二百年建城史的纪念册)。很特别的一群黑人:大部分都有亲戚关系,大部分都才华横溢,大部分都是一支乐队的成员,一开始叫做“红顶小子”①,后来改成“莎拉·蒂德韦尔和红顶小子”。他们从一个叫道格拉

① “红顶小子”,原文为 Red Top Boys,这里的“红顶”很可能是戴红帽子。

斯·戴伊的人手里买下这片草地和湖边相当大的一块岸区。出面谈生意的桑尼·蒂德韦尔说,他们存了约十年的钱(桑尼·蒂德韦尔也是“红顶”的一员,弹的乐器那时叫做“鸡爪吉他”)。

这桩买卖在镇上引起轩然大波,镇民甚至还为此开过会,抗议“这些黑仔到此游牧”。争议后来平息,结果也还不错。人说“船到桥头自然直”,这句话十之八九都成立。镇上居民原以为这块“戴伊丘”上会冒出一片铁皮屋贫民窟,结果并没有(一九〇〇年桑尼·蒂德韦尔出面替大伙儿买下“蒂德韦尔草地”时,这地方还叫戴伊丘)。他们盖起来的反而是几栋素雅的白色小屋,簇拥着中间的一栋大屋。这大屋可能是要拿来当大家的聚会场所或排练场地,说不定也有时候是当表演厅在用。

莎拉和红顶小子(他们叫“小子”的乐队里面,其实有时会有一个红顶女子。乐队的成员流动性很大,每场演出的人都不会一样)在缅因州西部巡回演出一年多,可能快要两年吧。“西线”一带的几座小镇——法明顿、斯考希根、布里奇顿、盖茨瀑布、城堡岩、莫顿、弗赖堡——到现在都还看得到他们在谷仓市集和杂货市场演出的旧海报。“莎拉和红顶小子”在当时是很热门的巡回演出乐队。而他们回 TR 的家住的时候,和大家也都混得不错——这我一点也不觉得奇怪。罗伯特·弗罗斯特——这个往往不讨人喜欢的功利派诗人——终究没有说错,东北角三州的人都相信“修好篱笆得好邻居”①。有时,我们就算抗议,也还是勉强相安无事,只是眼睛会睁得斗大,嘴角也往下撇。“他们的账单从不拖欠。”有此一说。“他们的狗也不会来招惹我们。”再有一说。“他们自顾自过自个儿的日子。”又再一说,好像孤立在外是一种美德。而且,他们最大的美德,当然就是:“他们都懂得自食其力。”

这期间,莎拉·蒂德韦尔成了“莎拉笑”。

不过,看来 TR-90 到后来终究不是他们要的地方,因为他们在一九〇一年夏天快要过去时,在郡里演过一两场后,就整批人都不见了。留下来的素雅小屋,让戴伊家出租作避暑别墅,坐收租金,直到一九三三年的夏季毁于森林大火为止。那年的大火把旧怨湖的东边和北边都烧成了焦

① 罗伯特·弗罗斯特(Robert Frost, 1874—1963),美国诗人。“修好篱笆得好邻居”(good fences make good neighbors)出自他写的一首诗《修墙》(“Mending Wall”, 1914)。

土，他们的故事到此为止。

但她的歌除外。她的歌流传了下来。

我从我坐的大石头上站起来，伸一下懒腰，再朝小路走回来，一路轻唱莎拉的歌。

12

我在沿着小路走回木屋的途中，尽力让脑子放空。第一个跟我合作的编辑跟我说过，小说家的脑子里在转的事情，有百分之八十五都不关他的事。这说法我从来就不觉得只能用在小说家身上。所谓的“高级思维”大体都被高估过甚。遇上麻烦，必须有所行动的时候，我倒觉得让自己退到一旁，让地下室的小子们去处理就好。地下室的小子们是蓝领苦工，没工会保护，浑身横肉和刺青。直觉反应是它们的特长，只有山穷水尽疑无路时，才会把麻烦往楼上送，交给大脑里的思维去处理。

就在我正要打电话给玛蒂·德沃尔的时候，出了一件很奇怪的事——和妖魔鬼怪没一点关系，至少我感觉如此。就在我按下无绳电话的通话钮时，我听到的不是等待拨号的嗡嗡声，而是什么声音也没有。我才在想是不是北厢卧室里的那支话筒没放好，就发现电话线不是完全没有声音。好像有无线电讯从很远的地方传来兴高采烈的歌声，是动画片里呱呱叫的鸭子配音，男声，有很重的布鲁克林口音，正在唱：“有一天他跟着她一起去上学，一起去上学，一起去上学。跟着她一起去上学，这是不行的……”①

我刚要开口问是谁，就听到一个女人的声音在说“喂？”口气听起来困惑、不解。

① 美国童谣《玛丽有一只小绵羊》（“Mary Had a Little Lamb”）里的歌词。

“玛蒂吗?”我也正诧异,居然没想到该用更正式的称呼叫她,像德沃尔女士或德沃尔太太之类的。至于我居然单凭一个字就听出来对方是谁,我当时并不觉得有什么好奇怪的,虽然我们先前只讲过一次话,时间还不长。说不定还真是地下室的小子们听出了远处的背景音乐,就联想到了小凯拉。

“努南先生吗?”她听起来更加困惑,“电话铃一声也没响啊!”

“可能是我刚拿起电话,你的电话就打进来了,”我说,“有时候是会这样。”但有多少次你一拿起电话要打,就正好碰到你打电话要找的那个人也打电话进来让你接个正着?说不定不少。心灵感应?纯属巧合?实况转播还是“美瑞思”①?不管怎样,感觉真的很神奇!我的视线穿过长长的、低矮的起居室,落在大角鹿本特的玻璃珠眼睛上面,心里想:是啊,这里说不定真是神奇的处所!

“大概吧,”她的口气不太肯定,“不好意思,我要先跟你道歉,打电话给你——这样子很冒昧,我知道你的号码没有登记。”

哦,这你别放在心上,我压在心里没说出来,现在谁没有我这个用了很久的电话号码呢!其实,我已经在想是不是干脆放进电话黄页里去算了。

“我是从你在图书馆留的资料弄到号码的,”她听起来很不好意思,“我就在图书馆工作。”背景里的《玛丽有一只小绵羊》已经换成了《戴尔的农夫》。

“没关系,”我说,“而且我拿起电话正是要打给你。”

“打给我?有事吗?”

“女士优先。”

她轻轻笑了一声,有一点紧张:“我想哪天请你过来吃一顿便饭。嗯,凯和我要请你吃一顿便饭。早该请的,你那天帮了我们那么大的忙。可以吗?”

“可以,”我马上接口,“谢谢你,反正我们也有事情要谈一下。”

---

① 实况转播还是“美瑞思”,原文为 Live or Memorex,这是美国生产录音、录像设备的美瑞思(Memorex)公司于二十世纪七十年代刚成立时打响公司名号的著名广告词:Is it live or Memorex?

电话那头顿了一下。背景里有老鼠正在偷吃乳酪。我小时候一度以为这些事情都是在一栋很大的灰色工厂里面发生的事,而那工厂就叫做“嗨——喔——牛奶厂喔”①。

“玛蒂,你在听吗?”

“他要把你拖下水,对不对? 那个可怕的老头!”现在她的口气不再紧张,而是死气沉沉。

“嗯,是,也不是。你可以说是命运把我拖下水的,或是巧合,要么是上帝。我那天早上会在那时候经过,不是因为麦克斯韦尔·德沃尔,我是在追那个油滑的乡村汉堡。”

她没笑,但声音开心了一点,我很高兴。讲话的声音死气沉沉、没有情绪的人,一般都是害怕的人,有时甚至是备受惊恐折磨的人。“我还是很抱歉,拖累了你。”我想,等她听到我说要把约翰·斯托罗这个律师硬塞给她用的时候,不知她会觉得到底是谁在拖谁下水。一时间,我只庆幸我不必在电话里跟她谈这件事。

“无论如何,我很高兴你要请我吃饭。时间是什么时候呢?”

“今天晚上会不会太赶?”

“一点也不会。”

“那太好了。不过,我们得早一点开饭,免得我的小姑娘吃到甜点就睡着了。六点可以吗?”

“可以。”

“凯会很高兴,我们一直没什么客人来。”

“她没再自己跑出去了吧?”

我原以为她听了会不高兴,但她反而笑了:“哦,没有。礼拜六那次吓坏她了。现在啊,她连要从侧边院子里的秋千换到后院的沙坑去玩,都要跑来跟我报告一下。她还一直讲你,说你是‘那个抱抱的人’。我想她有一点担心你会生她的气。”

“跟她说我没生气。”我说,“不,你不要讲,我自己跟她说。我带一点小东西过去好吗?”

---

① “嗨——喔——牛奶厂喔”,原文为 Hi-Ho-Dairy-O,是童谣《戴尔的农夫》(“The Farmer in the Dell”)里的歌词。

“一瓶酒可以吗?”她问得有一点迟疑,“啊,这样太夸张了——我只是要用烧烤架弄汉堡,再做一点马铃薯沙拉而已。”

“那我就带一瓶不夸张的酒。”

“谢谢你,”她说,“真兴奋。我们从没请过客。”

事实上我也很兴奋,因为这是我四年来第一次跟人约会。这句话差点脱口而出,自己都吓了一跳。“谢谢你想到要请我吃饭。”

我挂上电话时,想起约翰·斯托罗叮嘱过我,要想办法让人看到我们两个在一起,别再给镇上的八卦阵里加料。她若要用烧烤架,那就一定在户外,这样别人就看得到我和她在一起,衣衫整齐……至少一个晚上大部分时候都是。不过,到后来她很可能会请我进屋里去,免得失礼。而我到时候也就会进去,同样是为了不失礼。可以称赞一下她挂在墙上的猫王天鹅绒画像①,或是她那批富兰克林牌的纪念盘,管她在活动拖车屋里会摆什么摆设,先统统夸赞一番就对了。我会跟着小凯拉去参观她的卧房,赞叹她的填充玩偶和娃娃有多漂亮——只要有需要,当然要来一下。人生的事,轻重缓急的次序有很多种组合。有些你的律师会懂,但我觉得也有不少是你的律师不会懂的。

“我这样子对吧?本特?”我问墙上的大角鹿头标本,“肯定就叫一声,否定就叫两声。”

我那时正沿着走廊往北厢房走去,想要冲个冷水澡。就在走到走廊过半的地方,身后果真传来一声很轻、很短的铃声,挂在本特脖子上的铃铛的铃声。我站住脚,回头朝后望,一只手上拎着刚脱下来的衬衫,等着第二声铃声响起。但没有。过了一分钟,我继续往前走,回到北厢的卧室,扭开水龙头冲澡。

湖景杂货店卖的酒都很不错,全堆在一角——但是当地人买的可能不多,主要的主顾应该是来度假的观光客——我挑了一瓶“蒙岱维”红酒。可能比玛蒂心里想的要贵一点,但我可以把价格标签撕掉,也祈祷她喝不出来。结账柜台前面排了一排人,大部分都随便套了件T恤在泳装外面,弄得T恤都湿了,腿上还沾着沙子。他们准是从公共沙滩来的。我

---

① 天鹅绒画(velvet painting),以天鹅绒为画布的油彩画。

站在人龙里面等着结账时，眼光随意落在一堆即兴商品上面，这类商品向来都堆在柜台附近。其中有几个塑料袋，上面标示的品牌叫“磁铁王”。每个袋子上面都印着一台冰箱，冰箱的门上有“速回”的字样。依商品说明，每袋“磁铁王”里面有两组辅音字母，附赠额外的元音字母。我抓了两袋……马上又加一袋，心想玛蒂的那位小姑娘可能正是玩这类玩具的年龄。

凯拉一看到我把车开进她们野草丛生的前院，马上就从拖车屋旁的破旧秋千上跳下来，朝她母亲跑过去，躲在她身后。玛蒂把日式木炭火盆放在空心砖铺的前门台阶旁边。我朝火盆走过去时，那个礼拜六跟我讲话一点也不怕生的小女孩儿，却只肯露出一双蓝色的眼睛偷偷瞄我，一截胖胖的小手紧抓着她母亲背心裙屁股下面的地方。

不过，两小时之后，一切改观。暮色深垂之后，我和小凯拉坐在拖车屋的起居室里，凯拉坐在我腿上，专心听我念魅力万古不灭的《仙履奇缘》——可能也愈听愈想睡吧。我们坐的沙发差不多是黑褐色的，而且还高低不平，依法应该只限折扣商店才可以卖。只是，我对自己先前对这里会有怎样的摆设随便就有了先入为主的成见，觉得很是惭愧。我们两个背后的墙上挂的是爱德华·霍普画作的海报——深夜寂寥的餐台即景①。我们对面角落里的厨房，就在小小的富美家贴面的桌子上方，挂的是梵高的名作《向日葵》的复制画。而且，梵高的这一幅向日葵比霍普的餐台即景还更适合玛蒂·德沃尔住的拖车屋。我也不知道为什么会这样，但的确如此。

“玻璃鞋会割破脚。”凯迷迷糊糊地说。

“不会的，”我说，“那玻璃鞋是在魔法王国特别订做的，很光滑，不会破，只要你穿着它时别唱高音C就不会破。”

“我可不可以要一双？”

“不行，凯，”我说，“现在已经没人会做玻璃鞋了。这是失传的手艺，

---

① 爱德华·霍普（Edward Hopper，1882—1967），美国画家，擅以光线和背景铺陈现代人孤寂的生活。这里说的作品，可能是霍普的名作《夜鹰》（*Nighthawks*，1942），现藏于芝加哥艺术学院（Art Institute of Chicago）。

跟托莱多宝剑①一样。”拖车屋里很热，她偎在我的胸口也很热，她的上半身就靠在我身上，但我不想动。有一个孩子坐在我腿上，那感觉真好。她母亲在外面一边哼歌一边从扑克牌桌收拾盘子。我们是在牌桌上露天用餐的。听她轻声哼歌，感觉也真好。

“接下来呢，接下来呢？”凯拉指着灰姑娘跪在地上擦地板的插图催我快讲。那个紧张得躲在妈妈屁股后面偷偷看人的小女孩儿不见了。那个礼拜六早上气嘟嘟地说气死了我要去海边的小女孩儿不见了。偎在我怀里的是一个瞌睡兮兮的小家伙，漂亮，聪明，不怕生。“不讲会不行了。”

“你要去嘘嘘啊？”

“不是，”她瞅着我看的眼神有一点不屑，“那个叫上——厕所。须须是男人脸上长的毛②，玛蒂说的。我已经上过厕所了。快点讲，我要睡觉了。”

“故事里面有魔法，不能赶着讲，凯。”

“你快讲嘛。”

“好吧，好吧。”我再翻一页。灰姑娘强打起精神，朝她那两个浑蛋姐姐挥手道别，送她们去参加舞会，而这两个穿得还真像迪斯科舞厅里混不出名堂的小明星。“灰姑娘才刚跟塔米菲和凡娜——”

“这是她两个姐姐的名字吗？”

“我自己替她们取的。可以吗？”

“好。”她在我怀里略动一下，把姿势调整得更舒服一点，头又靠上了我的胸口。“灰姑娘刚跟塔米菲和凡娜道别，就有一道很亮的白光出现在厨房的一个角落里。从白光里面出来了一位美丽的女士，身上穿的是金色的长袍，头发上的珠宝像天上的星星一闪一闪的。”

“那是仙女教母。”凯拉笃定地说。

“对。”

这时玛蒂走了进来，手上拿着剩下半瓶的蒙岱维红酒和烧黑的烧烤

---

① 托莱多宝剑（Toledo Steel），罗马时代西班牙古城铸造的名剑，以钢材绝佳知名。

② 须须是男人脸上长的毛：原文的“嘘嘘”，用的是 pee-pee；“须须是男生脸上长的毛”这一句，原文是 peas are what you eat with meatloaf（豆豆是跟肉卷一起吃的东西）。由于在中文里找不到一兼二顾、两全齐美的作法，故选择其一，以小儿用语“嘘嘘”为主，而将 peas are what you eat with meatloaf 改成须须是男人脸上长的毛。

架。她身上的背心裙是鲜红色的,脚上穿的是低帮运动鞋,颜色白得在暮色里像会发亮;头发全扎在脑后。尽管还没有变成我先前为她勾勒过的乡村俱乐部美女造型,但依然美丽非凡。她进来后看了看小凯拉,又看看我,双眉一扬,朝我摆出抱走凯拉的姿势。我摇摇头,用眼神告诉她,我们两个都还没尽兴。

我再回头讲故事,玛蒂改去洗她仅有的几个炊具,嘴里哼哼唱唱始终没停。等她洗完了铲子,凯的小身子也已经瘫在我怀里,一看就知道她已经睡着,睡得很沉。我合起这本《童话故事金典》,放回茶几,和另外两本叠放的书摆在一起——我想应该都是玛蒂正在读的书。我抬起眼来,就看到她在厨房里也朝我看来。我向她比了个V的胜利手势,跟她说:“努南,第八回合击倒获胜。”

玛蒂拿起一条抹布擦干手,走了过来:“我抱吧。”

我没有照做,而是自己抱着凯拉站起来:“我来抱,卧室在哪里?”

她指了一下:“左边。”

我抱着小女孩儿沿着过道走过去,过道很窄,我必须很小心,免得凯拉的脚或头撞到墙面。过道底是浴室,干净得一塌糊涂。右边有一扇门,关着,我想应该是玛蒂的卧室,一度有兰斯相伴的小窝,现在一人孤枕而眠。若她有男友偶尔来过夜的话,那玛蒂还真厉害,整辆拖车屋里丝毫不见男人留下的形迹。

我小心挤过左边的那道门,看见一张小床,床上铺着有蕾丝花边的蔷薇花被单,旁边的桌上摆着一个娃娃屋,一面墙上挂着“翡翠城”①的图片,另一面墙上(用亮亮的贴纸)贴了一排字:“凯拉的家”。那个德沃尔居然要把她从这里抢走!这里有什么不好的——恰恰相反,这里找不到一丝缺点。拿这“凯拉的家”当小女孩的闺房,长大的过程一定顺遂。

“你把她放在床上,再去倒一杯红酒吧。”玛蒂跟我说,“我帮她换好睡衣,就回前面去。我知道我们有事情要好好谈一下。”

“好。”我把凯拉放到床上,接着又再弯下去一点,想吻吻她的小鼻子。虽然我一时有点想打退堂鼓,但后来还是亲了。我从房间走出去时,看见

---

① “翡翠城”(Emerald City),美国的西雅图虽然有“翡翠城”的美誉,但这里指的应该是童话故事《绿野仙踪》里晶莹璀璨的翡翠城。

玛蒂脸上带着笑，所以，我想，这样应该不算造次。

我替自己斟了一点红酒，端着酒杯回到小小的起居室，看一下摆在凯童话书旁边的那两本书。我一直很好奇别人在读什么。摸清别人底细还有唯一一条更好的门路，就是去看他们的药罐子。然而，翻主人家的药罐子看，教养好一点的人是会皱眉头的。

那两本书南辕北辙，摆在一起看很像精神分裂。一本书里放了一张扑克牌当书签，夹在约四分之三的地方，是理查德·诺斯·帕特森的小说平装本，《沉默的证人》①。这就要为她的鉴赏力鼓一下掌了。帕特森和德米尔可能是当代畅销小说作家里的翘楚。另一本就是分量很重的砖头书了，《梅尔维尔短篇作品集》。梅尔维尔的路线和帕特森可是相差十万八千里啊。从盖在书侧页缘的褪色紫色印章来看，这本砖头书是"四湖社区图书馆"的馆藏。那座图书馆是一栋小巧的石砌建筑，在旧怨湖往南约五英里的地方，68号公路穿过TR要进入莫顿的交界处。看来就是玛蒂工作的那家图书馆。我翻到她夹书签的地方，用的还是扑克牌，看到她在读《巴特比》那一章。

"我看不懂那一章。"她就站在我身后，吓了我一跳，手上的书差点掉下去。"我挺喜欢那一章的——很棒的故事——但就是搞不清楚它在讲什么。另一本，我现在已经猜到是谁干的了。"

"这两本书放在一起看有点怪。"我把书放回去时说。

"帕特森是读来消遣的。"玛蒂说完，走进厨房，看一眼那瓶红酒（我想她应该是有一点想喝吧），然后打开冰箱的门，拿出一壶"果乐"。冰箱的门上面已经有她女儿用"磁铁王"拼出来的几个字：凯，玛蒂，呵呵呵（我想是指圣诞老公公吧）。"嗯，我想两本都应该算是读来消遣的吧。我参加了一个小团体，正要讨论《巴特比》。我们每个礼拜四晚上在图书馆聚会一次。我还有十页要读。"

"读书会。"

---

① 理查德·诺斯·帕特森（Richard North Patterson），和约翰·格里沙姆一样律师出身的美国畅销书作家，以法律题材创作小说。《沉默的证人》（*Silent Witness*）是他一九九六年出版的小说。

“嗯哼。布里格斯太太牵头，我还没出生就有了，她发起的。她是四湖图书馆的馆长，你知道吧。”

“我知道。林迪·布里格斯是帮我看房子的那个人的亲戚。”

玛蒂笑了一下：“这世界真小，对不对？”

“不对，这世界很大，是这个镇很小。”

她往后靠在料理台上，手上还端着她那杯果乐。她想了想，说：“我们到外面坐一坐，好不好？这样那些经过的人就看得到我们两个都还穿着衣服，也没有哪一件穿反了。”

我看着她，相当惊讶。她也回望我，眼神带着一抹讥消的幽默。只是，这样的眼神出现在她脸上不怎么协调。

“我只有二十一岁，但我不笨。”她说，“他在监视我，这我知道，你可能也知道。换作别的时候，我可能会骂一句管那么多！管他开不开得起玩笑！但外面真的更凉快；木炭火盆的烟，再凶的蚊子也赶得走。我没吓着你吧？若有，我先道歉。”

“没有。”其实，有一点点。“不用道歉。”

我们就各自端着手上的杯子，沿着不太稳的空心砖台阶走出去，在两张凉椅上并肩坐下。我们左边火盆里的木炭，在愈来愈深的夜色里闪着玫瑰红的柔光。玛蒂往后靠，先拿玻璃杯冰凉的弧形杯身贴在额头上面，再一口喝掉杯子里大半的果乐，冰块打在她的牙齿上面，发出铿锵的声音。蟋蟀在拖车屋后面和公路对面的树林子里叫。顺着68号公路再往上，看得到湖景杂货店加油区上方的白色荧光灯。我坐的椅垫有一点垮，杂色的系带磨得有一点破，而且这老家伙还朝左歪得很厉害，但我还是觉得没有别的地方可以跟这把椅子交换。那一晚对我来说，像是有小小的奇迹降临……至少到目前为止是这样吧。我们还有约翰·斯托罗要谈。

“我很高兴你在礼拜二来，”她说，“礼拜二晚上对我来说比较难熬。我一直会想起沃林顿那边的球赛。他们这时候应该已经收起球具——球棒、垒包、捕手面罩什么的——放回本垒板后面的贮藏柜。喝最后一杯啤酒，抽最后一根烟。我就是在那里认识我丈夫的，你也知道。我相信你一定已经听说了。”

我看不清楚她的脸，但听得出来她讲话的口气罩上了一层薄薄的酸楚，我猜她脸上应该也带着一抹幽怨。这种表情对她来说太老了，但我觉得她足够坦白。只是,她若不注意,这表情很可能会就此生根,常驻不去。

“对,我是从比尔——就是林迪的妹婿那里听到过一些。”

“是啊——我们的事到处都在卖呢。杂货店里听得到,村里小店里听得到,大嘴巴的修车厂……那是我公公从西方储蓄银行手里救下来的,顺便跟你说一下。他赶在银行取消赎回权前插手管了一下。现在迪基·布鲁克斯和他那一帮死党都把麦克斯韦尔·德沃尔当耶稣再世。只希望你从迪安先生那里听到的会比杂货店里说的好听一点。应该是吧,否则你不会冒险来跟荡妇吃汉堡。”

可以的话,我想离这种情绪远点儿。她的怨气可以理解,但没有用处。当然,我比她要容易看清楚这一点,毕竟被人拿来玩拔河的不是我自己的孩子。“现在沃林顿还有球赛吗?德沃尔买下那地方后还有吗?”

“还有。他每个礼拜二晚上都坐电动轮椅到球场去看球。他回来后做了不少事,但我觉得似乎都是为了收买镇上的民心。不过,我想他对垒球倒是真心热爱。那个叫惠特莫尔的女人也会去,还会多带一个氧气筒,放在红色的小手推车上,前面有一个白圈的轮胎。她的手推车上还会放一个手套,万一有界外球飞到他坐的挡球网后时可以用。听说避暑季刚开始的时候她接到过一个,看得球员和观众都站起来哇了一声。”

“我想,他去看球可能是觉得可以因此让他和儿子有一点联系,你认为呢?”

玛蒂冷冷一笑:“我不觉得他有多想兰斯,至少在球场上不会想。沃林顿那边的球可是拼得很凶的呢——他们会整个人扑在地上朝本垒滑,撞进刺人的矮树丛去接高飞球,有失误一定破口大骂,等等等等——这才是麦克斯韦尔·德沃尔喜欢的;就是因为这样,每个礼拜二晚上的球赛他从不缺席。他喜欢看他们拼滑垒弄得都是血啊什么的。”

“兰斯也是这样子打球的吗?”

她专心想了一下:“他打球是很卖力,但不会发神经。他打球纯粹是为了好玩,我们都是。我是说我们几个女人——唉呀,其实只是些女孩儿。巴尼·塞里奥特他老婆,辛迪,才十六岁——我们都站在一垒那边的挡球网后面,抽抽烟啊,挥挥东西赶蚊子啊,打得好就替他们大声加油,打不好就笑他们。几个女孩儿汽水换来换去地喝,或一起分一罐啤酒。我爱逗海伦·吉尔里的双胞胎玩,她爱亲凯的下巴,逗凯笑。有时球赛过后，我们全都挤到村里小店去，让巴迪帮我们做比萨，输的一方付钱。比赛之后还是朋友，你知道。大伙儿坐在店里又笑又叫，乱吹吸管包装纸；有的男孩会喝得半醉，但没有人胡搞乱来。那时候大家就算要乱来，也都是发泄在球场上的。你知道吗？后来他们没一个来看过我。连海伦·吉尔里也没有，她是我最要好的朋友。里奇·拉特摩尔也是，他是兰斯最要好的朋友——他们两个聊起石头、小鸟、湖对面的树林什么的，一聊就是好几个钟头。他们来参加过丧礼，之后，有一阵子还会来，但再后来就……你知道那像什么吗？小时候，我们家的井干掉了，一开始，你打开水龙头还有一点点水流出来，但到后来就只剩空气。只剩空气。”先前她口气里的怨气已经消失，现在只剩伤心，“我在圣诞节的时候碰见过海伦，说好要一起替双胞胎过生日，但后来没有。我想她是不敢靠近我了吧。”

“因为那个老头子的关系？”

“还会有谁？但我不在乎，日子照样要过。”她坐起来，喝掉杯子里剩下的果乐，把杯子摆到一边去。“你呢，迈克？你回来是要写书吗？还是要帮 TR 取名字？”这是这里最流行的俏皮话，我记得。忽然间好怀念从前，心头刺痛了一下。当地人若看起来像有什么大事要做，其他人就会说他是要帮 TR 取名字。

“不是，”接着我说出来的话连自己都吓了一跳，“我已经不写书了。”

我想那时我原以为她会吓得一骨碌弹起来，弄翻屁股下面的椅子，发出一声尖叫，不敢相信我居然说出这样的话。我想，她的叫声里会充满了对我的评价，而且不怎么好听。

“你退休了？”她问我，口气很平静，居然没一点惊呀，“还是有写作障碍？”

“嗯，我想不管怎样都不算是自愿退休吧。”我知道，我们的对话居然一个拐弯，转到有趣的方向去了。我原本是要跟她推销约翰·斯托罗这个人的——若有必要，我会强逼着她把斯托罗给吞下去肚里——现在却第一次开始跟人谈我没办法写作的事。不管对方是谁，都是破天荒第一次。

“那么说是写作障碍了。”

“我原先以为是，但现在没那么确定了。我想小说家肚子里的故事都是有定数的——像是内建在他的软体里面，讲完了就没了。”

“我不信，”她说，“说不定你到了这里后就又能写了。说不定这就是你回来的原因。”

“也许你说得对。”

“你怕吗？”

“有时候怕。主要还是怕我后半辈子不知道要干什么。我这人手不巧，玩不好手工艺，而我家里的绿拇指又是我太太。”

“我也怕，”她说，“很怕。现在好像是任何时候都在怕。”

“怕他会打赢监护权的官司？玛蒂，我就是——”

“官司只是其中的一部分。”她说，“我光是待在这里就觉得怕，我是说待在 TR。这感觉是今年刚到夏天的时候开始的，那时我已经知道德沃尔在动脑筋要把凯从我这里弄走很久了。之后，愈来愈糟。很像眼睁睁地看着乌云从新罕布什尔州那边愈积愈多，愈积愈多，然后，就一大片从湖对岸整个移过来了。我不知道怎样才能说得清楚，只是……”她动了一下身体，把腿交叠起来，又朝前探身，把裙子往下拉平，盖住小腿，好像觉得很冷，“只是，我最近有好几次会夜里忽然醒过来，觉得卧室里不止我一个人。有一次，我还真的很确定床上不是只有我一个人。有时候，就只是一种感觉——就像头疼，神经里的疼。有时候，我觉得好像听到有人在小声说话，或是在哭。一天晚上，我做了一个蛋糕——大约两个礼拜前吧——忘了把面粉收好。第二天早上，罐子打翻了，面粉都撒在料理台上。有人在面粉堆里写了 hello。一开始我以为是凯，但她说她没有，而且那字也不像是她写的。她现在写字的笔画还零零落落地兜不起来。我也不知道，她真能写出来 hello 吗？唉！可能吧，但是……迈克，你想会不会是他找人跑来这里吓我，你说？这想法很蠢，对吧？”

“我不知道。”我想起了那天我站在地下室的楼梯顶时，有东西敲绝缘面板。我也想起冰箱门上用小磁铁排出来的 hello，还有黑夜里的小孩哭声。我只觉得全身不仅发凉，还僵住了。像神经里的头疼。这说法很妙；有东西从真实世界的墙后面伸出手来摸你的后颈背时，就是这种感觉。

“说不定是鬼。”她说时笑了一下，脸上表情忐忑，害怕要大于玩笑。

我刚想张嘴跟她讲“莎拉笑”的事，马上就又闭上。现在要做的选择很明显：要么，两个人岔出去讲那些有的没的鬼话；要么，回到可见的世界，言归正传。在这个世界里，有一个麦克斯韦尔·德沃尔想偷一个孩子回家。

“是啊，”我说，“那些鬼有话要说。”

“可惜看不清楚你的脸。刚才你脸上有一种表情，是什么啊？”

“不知道，”我说，“但现在还是谈一下凯拉的事比较好。可以吗？”

“可以。”借着炭火微弱的光，我看到她在椅子里调整了一下坐姿，好像准备接招。

“我收到传票，要我礼拜五到城堡岩接受采证。去埃尔默·德金那里，他是凯拉的诉讼监护——”

“那个装模作样的癞蛤蟆当凯拉的什么监护人！”她开口就骂，“他根本就是我公公屁股口袋的囊中物，跟迪克·奥斯古德[①]一样，那个麦克斯韦尔老头儿的房地产跟屁虫！迪克和埃尔默·德金常在柔虎酒吧一起喝酒，至少在把事情敲定前常在一起喝酒。可能是有人跟他们说这样怕不好看，所以后来就不这么干了。”

“传票是一个副警长送来的，叫乔治·富特曼。”

“又一个心里有鬼的老面孔，”玛蒂的声音变得尖细，“那个迪克·奥斯古德心如蛇蝎，这个乔治·富特曼就是垃圾堆里的流浪狗，被停职过两次。再来一次，他就可以全天候伺候麦克斯韦尔·德沃尔去啦。”

“嗯，他倒是弄得我有一点怕。我没表现出来，但确实有点怕。而不管是谁吓唬我，我心里都有气，所以我马上打电话到纽约的经纪人那里请了位律师，精通儿童监护权案件的律师。”

我想看她有何反应，却看不出，虽然我们坐得相当近。她脸上还是那副固定表情：挺起胸膛准备接下重击的小妇人。也许对玛蒂来说，先前就已经接过招了。

我便放慢速度，尽量慢慢讲，把我和约翰·斯托罗谈的事情和盘托出。我强调斯托罗说的两性平等——在她的案子里反而会扯她的后腿，让朗古法官更容易把凯拉判给麦克斯韦尔·德沃尔。我也特别强调麦克斯韦尔·德沃尔不论哪一个律师都请得起——站在他那边的证人就更别提了，他可是有理查德·奥斯古德在 TR 替他四处奔走，扮演散财童子。而且，法院也没有责任请她吃甜筒。最后，我跟她说，约翰希望在明天早上十一点的时候，我跟她两个人里面，有一个可以回他电话，而那个人最

---

① 迪克·奥斯古德，就是理查德·奥斯古德，迪克是理查德的小名。

好是她。说完后，我静待她回应。沉默的时间拉得很长，其间只有蟋蟀的叫声，和远处不知哪个小鬼没装消音器的卡车。68号公路的日光灯关了，湖景杂货店夏季又一天的营业日已告结束。我不喜欢玛蒂一声不吭，感觉像大爆发前的序曲。扬基佬的大爆发。我力持镇静，等她开口问我凭什么自以为有权插手管她的事。

她终于开口讲话，声音很低，很沮丧。看她这样，我心里有些难过，但跟先前看到她脸上的冷笑一样，我倒不惊讶，也只有硬着头皮努力撑下去。嘿，玛蒂，世道艰辛，一如往常，你就挑一条路走吧。

“你这是干吗呢？”她问我，“你干吗要替我请一个纽约的高档律师？你说的就是这意思，对不对？不这样还能是怎样？我自己是绝对请不起的。兰斯死的时候，我拿到了三万块的保险理赔，还是走运才拿到的。那是兰斯向他沃林顿的一个朋友买的保险，有一点像是闹着玩。若没那笔钱，我这拖车屋去年冬天就保不住了。西方储蓄银行的人会喜欢迪基·布鲁克斯，但绝不会理会玛蒂·斯坦切菲尔德·德沃尔。我在图书馆的工作，扣税后每个礼拜拿一百块钱。所以，这律师还得靠你来付钱，对不对？”

“对。”

“但为什么呢？你甚至都不认识我们。”

“因为……”我一时语塞。我大致记得那时我很希望乔可以在场帮忙，靠我的大脑把声音借给她，这样我就可以开口把话说给玛蒂听。但乔没来。这下子我只能单打独斗。

“因为，我在这时候找不到有什么事可以让我发挥一点用处。”我终于挤出这一句，同样吓了我自己一跳，“而且，我是认识你们的啊。我吃过你为我做的晚餐，我念故事书给凯听，她躺在我腿上睡着了……那天我把她从马路中间抱走的时候，也许还救了她一命。谁知道呢？说不定还真是救了她一命。你知道中国人管这叫什么？”

我其实没要她回答的意思，这问题只是应修辞需要而来，不是真要问她，但她又吓了我一跳，还不是最后一次：“救人一命，就要负责。”

“对。这问题也关乎什么是好的、对的事情，但我想最主要还是因为我想做一点有用的事。回想我太太死后这四年我过的日子，什么也没有，连一本害羞的打字员玛乔丽邂逅陌生帅哥的小说也没有。”

她坐在那里想了一会儿，呆呆看着一辆满载的大卡车从公路上呼啸而过，头灯亮得刺眼，车斗上的原木在车头后面左右摇摆，像大胖子妇人的臀部。“你少当我们的拉拉队，”她终于开口说了，声音很低，没想到口气还很凶，“你少跟他一样，像帮垒球场上每周都变的自己的球队加油那样，也当我们母女的拉拉队。我知道我是很需要帮忙，但你的好意我只能心领，不能接受。这不是球赛，凯和我不是在比赛。你懂吗？”

“懂。”

“你该知道镇上的人会怎么说，对不对？”

“知道。”

“我还挺幸运的，你不觉得吗？先是嫁了一个有钱得要命的人的儿子，等他死后，又由另一个很有钱的人出面保护。搞不好接下来我要搬去跟唐纳德·特朗普①住。”

“别这样。”

“话说回来，搞不好连我自己都会相信有这种美事。可惜，不知有没有人注意到我这幸运儿玛蒂，到现在还住在活动拖车屋里，连健康保险也付不起，孩子的预防针多半要靠低收入户的补助到卫生局去打。我父母在我十五岁时就死了。有一个哥哥、一个姐姐，但都比我大很多，也都搬到别的州去住了。我父母两人都是酒鬼——虽说不会打人，但虐待还有很多种别的方法。我就好像住在……住在蟑螂宾馆②里面长大一样。我爸是伐木工人，我妈是个老派美容师，最大的志向就是拥有一辆玫琳凯的粉红凯迪拉克③。我爸淹死在凯瓦汀潭。我妈六个月后也因为酒醉呕吐，把自己给噎死了。听到这里，觉得还精彩吧？”

“不好意思，我不太喜欢。”

“我妈下葬后，我哥休伊说他可以带我回罗德岛去跟他住，但我看得出来他太太还没发疯，不会甘心乐意把一个十五岁的女孩带回家养；我也不会怪她。何况，我才刚加入拉拉队校队第二队。现在看起来挺无聊的，但那时对我可是大事。”

当然是大事，尤其是对一个父母都是酒鬼的孩子更是如此。家里仅

---

① 唐纳德·特朗普（Donald Trump，1946），美国房地产大亨，电视剧集《飞黄腾达》（*The Apprentice*）的制作人。

② 蟑螂宾馆（roach hotel），原本是美国捕蟑器的品牌，也用来比喻进去容易出来难。

③ 玫琳凯（Mary Kay）的粉红凯迪拉克，玫琳凯公司奖给业绩突出的直销商的奖品。

剩的一个孩子，还要眼睁睁看着恶习一点一滴侵蚀自己的家，那绝对是全天下最孤单的感觉。酒店关门之后①，最后一个走的人请关灯。

“最后，我搬去和姑妈弗洛伦斯一起住。沿着公路往下再走两英里就是她家。我们花了三个礼拜，终于搞清楚我们两个人谁也不喜欢谁，但还是硬撑了两年。后来，就在我高二升高三的那年暑假，我在沃林顿打工，遇见了兰斯。他跟我求婚的时候，弗洛伦斯姑妈不肯答应。等我跟她说我怀孕了，她就把我赶了出来，这也就免了要她答应。”

“你接着就休学了？”

她咧嘴笑了笑，点一下头：“我不想让人连着六个月看我像吹气球一样一直膨胀。兰斯也支持我，他说我可以考同等学力测验。我去年就考过了，不难考。现在凯和我两人自力更生。就算我那姑妈愿意帮忙，她又帮得上什么忙呢？她在城堡岩的戈尔特斯工厂里工作，一年才赚一万六。”

我再点一下头，想起我上次收到的法国那边的版税，差不多也是这个数目。我上一季度的版税。接着，我又想起我遇见凯那天，凯跟我说的话。

“我那天把凯从马路上抱走的时候，她说过要是你生气，她就到白奶奶那里去。你父母都死了，这白奶奶——”其实，我根本就不必问，只需做一下简单的联想，不就知道了么。“罗杰特·惠特莫尔就是白奶奶吧？德沃尔的那个助理？但那不就是表示——”

“凯跟他们住过。对，没错。我先前让她去看爷爷，直到上个月下旬才停，那个罗杰特当然就跟着一起。已经相当多次了，一个礼拜总有个一两次吧，有时还在那边过夜。她很喜欢‘白爷爷’——至少刚开始时很喜欢——而对那个鬼见愁的老女人更是绝对喜欢。”我觉得玛蒂在夜色里好像打了一个寒战，虽然当时并不怎么冷。

“那时德沃尔打电话说他要到东部来一趟，参加兰斯的葬礼，也问他到时候可不可以看看孙女。客气得跟加了一大堆糖精似的，他那时啊，好像一开始兰斯跟他说要娶我时，他想拿钱把我打发掉的事根本就没发生

---

① 布洛克（Lawrence Block，1938— ）有一部小说叫作《酒店关门之后》（*When the Sacred Ginmill Closes*）。

过一样。”

“他做过那种事？”

“嗯哼。一开始提的金额是十万。那是一九九四年八月的事，在兰斯打电话跟他说我们要在九月中旬结婚之后。我没告诉兰斯。一个礼拜后，价钱就往上拉到二十万了。”

“他到底要怎么样？”

“要我松开我狐狸精的爪子，消失得不见人影，不留地址。但那一次我就把事情跟兰斯说了，他气炸了，打电话给他老子说不管他的意思怎样，我们就是要结婚，还跟他说若他要想见孙子的话，就别再耍花样，安分一点。”

若换作另一位父亲，我想，这可能是兰斯·德沃尔最合理的反应。对这，我倒要表示一下敬佩。但唯一的问题是，他面对的不是一个会跟人讲理的人，他面对的是一个小时候偷过斯库特·拉里布新雪橇的人。

“这些都是德沃尔亲自提出来的，在电话上提的。那两次兰斯都不在。后来，在婚礼前十天左右吧，一个叫迪克·奥斯古德的人来找我，要我打个电话，特拉华州的电话。等我打过去时……”玛蒂摇摇头，“说了你也不会信。跟你写的小说一样。”

“我可以猜吗？”

“你要猜就猜。”

“他要出钱换孩子，他要用钱把凯拉买走。”

她的眼睛睁得斗大。天边细细一弯月牙已经升了上来，她脸上的表情看得相当清楚。

“他开出什么样的价码？”我问道，“我只是好奇。他要出多少让你生下孩子，留下德沃尔家的孙子给兰斯然后闪人？”

“两百万，”她声音很低，“会存进我指定的银行账户，只要银行在密西西比河以西的地方就没问题。只要我签下契约，离凯——当然还有兰斯——远远的，直到二〇一六年四月二十日，就可以了。”

“就是凯满二十一岁那年。”

“对。”

“奥斯古德不知道这件事的细节，这样，德沃尔的声誉在镇上就还算清白。”

“嗯哼。两百万还只是个开始呢。凯五岁、十岁、十五岁、二十岁生日时，都会再追加一百万给我。”她再一摇头，不敢相信居然有这样的事，“你看看，我厨房里的油毡东一个泡、西一个泡，浴室里的莲蓬头老是会掉下来，整辆车这几天还朝东边歪，但我原本可是有六百万的身价呢！”

这样的提议你难道就没心动过吗，玛蒂？我在心里问她……但绝不能说出口，这是很不妥当的问题，不该有答案。

“你都跟兰斯说了？”

“尽量压着不讲。他已经够气了，我不想火上浇油。我不想让我们的婚姻带着恨开始，不管恨得多么有道理……我也不想要兰斯……后来再把恨转到我头上……你也知道……”她抬起两只手来，又放回大腿上面，看起来很颓丧，但又惹人怜爱。

“你不想要兰斯十年后怪到你头上，说‘都是你这个贱人挡在我们父子中间搞鬼。’”

“差不多吧，但后来，我想藏也藏不住了。我到底是个乡下孩子，十一岁才有第一双连裤袜，十三岁前头发只会编辫子或是扎马尾，以为纽约州就是纽约市……而这个人……这个幽灵一样的老爸……说要给我六百万！吓死我了。我梦见过他，梦见他在夜里像鬼怪一样，跑来把我的宝宝从摇篮里偷走。他像蛇一样扭动着从窗口钻进来……”

“屁股后面一定还拖着他的氧气筒。”

她笑了一下：“我那时还不知道氧气筒的事，也不知道罗杰特·惠特莫尔的存在。我只是想说，那时我才十七岁，不太懂得怎么保守秘密。”这下子轮到我要憋着不敢笑了，因为她讲这句话的样子就好像当年那个天真、害怕的少女和眼前拿邮递文凭的成熟少妇之间，隔了好几十年的时间。

“兰斯很生气。”

“气得写电子邮件给他父亲，而不是打电话。他口吃，你知道。他愈气，口吃就愈严重，根本没办法讲电话。”

讲到现在，我想我终于抓到了大概。兰斯·德沃尔写了一封信给他父亲。他父亲做梦也想不到会有这么一封信——他会想不到，正是因为他是麦克斯韦尔·德沃尔。信里说兰斯不想再和他父亲联络，玛蒂也不想。他最好别到他们住的拖车屋来,他们不欢迎他(他们的拖车屋虽然不像格林童话里伐木工人住的小木屋,但也相去不远)。就连小宝宝出生后也最好别来探望。就算他要送孩子礼物,不管是那时还是以后,一定一并退回。你就离我远一点吧,老爸。这一次你真的太过分了。

孩子跟你赌气,一定有委婉的、聪明的或灵活的方法可以处理……但你不妨问一下:若这个当老子的当真知道要用外交手腕来处理事情,他又怎么会把事情弄到这地步?任谁只要对人性有一点了解,又怎么会想得出来用钱来向儿子的未婚妻买她生的第一个孩子(金额还那么大,搞不好人家根本搞不清楚这到底是多少钱)?而他这笔交易交涉的对象,居然是一个年仅十七岁的小妇人,这年纪对生活的浪漫憧憬正处于高峰。别的不讲,德沃尔应该再等一等,才提出最后的条件。当然,你可以说这是因为他也不知道他还有多少时间能让他再等一等,但说服力并不大。我想玛蒂说得没错——在麦克斯韦尔·德沃尔皱巴巴如李子干的心里面,他准是觉得自己长生不老。

后来,他按捺不住了。他要的那副雪橇,他一定要弄到的雪橇不就在窗户里吗?只要打破玻璃就拿得到了。他这辈子一直在干这样的事。所以,他接到儿子的电邮后反应就不太灵活了,依他年岁和能力本不应该这样。他的反应是气疯了,当年那孩子硬是打不破放雪橇的仓库窗玻璃时,一定也是这副德性。兰斯要他闪远一点?那好!那兰斯就带着他的乡下小姑娘去住帐篷、拖车屋或什么狗屁牛棚好了。那一桩轻松的测量差事,他也就别做了,自己去找活儿干吧。看看另一个世界的人是怎么过日子的也好!

换言之,没有你不要我的道理,小鬼。该滚的是你!

"我们两个在葬礼上并没有拥抱或什么的,"玛蒂说,"你别想歪了。他对我还算客气——这我倒没想到——我也尽量对他客气。他提议要给我一份生活津贴,但我没接受。我怕会有法律问题。"

"我倒不觉得,但小心一点总是好的。他看到凯拉的时候反应怎样?玛蒂,你记得吗?"

"我哪忘得了。"她伸手到连身裙的口袋里,摸出一包皱皱的烟,摇出一根后就盯着烟看,眼神中渴望夹着厌恶。"我戒烟是因为兰斯说我们抽不起烟了。我知道他说得没错,但积习难改。我一个礼拜只抽一包,我也知道就连一包也嫌多，但有的时候，我需要烟来安慰自己。你要一根吗？”

我摇摇头。她点起烟，火柴的火光一闪，照出她的脸庞美得要命。那老头子把她当成什么了啊？

“他在儿子的棺木旁第一次见到自己的孙女。”玛蒂说，“我们是在莫顿的戴金葬仪社办的葬礼。在‘瞻仰’的时候，你知道这意思吗？”

“知道。”我想起了乔。

“棺木是盖起来的，但他们还是说瞻仰，真怪。我出去抽一根烟。我要凯坐在葬仪社会客室的台阶上，免得吸到烟。我自己沿着走廊往外走得远一点。这时，一辆很大的灰色轿车开了过来。我从没见过那样的车，除了在电视上。但我马上知道是谁的车了。我把烟放回包里，要凯到我身边来。她摇摇晃晃地从走廊走到我身边，牵住我的手。大轿车的门开了，罗杰特·惠特莫尔从里面走出来。她手里拿着一个氧气罩，但他没戴上。至少他那时还用不着。他跟在她后面从车里面出来。他长得很高——没有你高，迈克，但还是很高——穿的是灰色西装，黑色的鞋子亮得跟镜子一样。”

她顿了一下，若有所思。手上的烟放在嘴边停了一下，马上就又拿下来，搭在椅子的扶手上面，在淡淡的月光里像红色的萤火虫。

“一开始他什么话也没说。开始爬走廊前的那三四级台阶时，那女的想搀他，但他甩开她的手，自己走到我们站的地方。听得到他胸口传来很重、很浊的呼吸，像机器需要上油。我不知道他现在能走多远，但应该不远。光是那几级台阶他就走得很吃力了，而且还是一年前的事。他盯着我看了一两秒，然后弯下身子，把两只都是骨头的大手搭在膝盖上面，盯着凯拉看，凯拉也盯着他看。”

嗯，仿佛历历在目……只是没有颜色，也不像照片；像木刻版画，像格林童话里的一张刺眼插图。小女孩睁着一双大眼，抬头看着她眼前的富豪老头儿——这老头儿小时候有一次偷了别人的雪橇从山坡上面滑下来，如同大胜凯旋。如今，他也走到了人生的另一头，一样不过是一袋白骨。我想象小凯穿着一身连着兜帽的红外套，而戴着德沃尔爷爷面具的大灰狼面具戴得还有一点歪，露出里面的一撮狼毛。你的眼睛好大啊，爷爷；你的鼻子好大啊，爷爷；你的牙齿好大啊，爷爷。

“他把凯抱起来。我不知道他哪来的力气，反正他就是抱起来了。凯从没见过他，而且小娃娃看见老人家通常会怕，但她居然随便让他抱。‘你知道我是谁吗?’他问凯。凯摇头，但她看他的那眼神……好像，好像她有一点猜到的样子。你想这可能吗?”

“可能。”

“然后他说：‘我是你爷爷。’我差一点就要伸手把孩子抢回来，迈克，因为我脑子里忽然出现很奇怪的感觉……我不知道……”

“好像他会把她给吃下肚去?”

她手上的烟在唇边顿了一下，双眼圆睁：“你怎么知道? 你是怎么做到的?”

“因为我觉得自己好像在看童话故事。小红帽和大灰狼。他后来怎样了?”

“他用眼睛把凯给吞下肚去。后来，他教她下跳棋，玩糖果乐园①、点点连线。她才三岁，但他已经在教她加减法。她在沃林顿有自己的房间，有自己的小电脑。唉，天知道他用电脑教她什么……但那天他第一次见她，只是定定地看着她。那眼神里的渴望，我长这么大还没见过那么强烈的。

“凯也盯着他看。时间应该没有超过十或二十秒吧，但感觉好像一辈子。接着，他想把凯递给我，但那时他已经没力气了，若不是我正好在旁边接个正着，我看他很可能会把凯直接摔在水泥地上。

“他晃了几下，罗杰特·惠特莫尔赶忙伸手扶住他的腰。他这时候才从她手里接下氧气罩。氧气罩上有一条塑料管子，连到氧气筒去。他把氧气罩罩在嘴巴和鼻子上面，吸几口气后，看起来就好多了。他把氧气罩还给罗杰特，这才第一次正眼看我。他说：‘我先前太笨了，对不对?’我说：‘对，先生，我看是这样。’我说这句话时，他直盯着我看，眼神很阴沉。我想他若再年轻个五岁，听到我说这句话准会出手打我。”

“但他没年轻五岁，没办法打你。”

“是啊。他说：‘我要进去，你扶我一下好吗?’我说好。我们就一起进了葬仪社，罗杰特在他的一边，我在他另一边，凯拉跟在我们后面。那时，我只觉得自己好像后宫的嫔妃，总之是种不太好的感觉。等走到了前厅，

---

① 糖果乐园(Candyland)，美国学龄前儿童常玩的桌面游戏，全以图示，不需要认字。

他坐下来喘一口气，再吸几口氧气。罗杰特转向凯拉。我觉得那女人的脸长得很吓人，像一幅画还是什么——”

“《呐喊》？蒙克画的那张？”

“应该是吧。”她把烟屁股往地上一丢——她一直抽到只剩滤嘴才停——踩一踩，把烟屁股踩进光秃秃、满是石子的地上。“但凯一点也不怕她。那时候不怕，后来也不怕。她弯腰对凯说：‘什么字和女士押韵啊？’凯拉马上接口：‘故事！’虽然才两岁，但她已经很喜欢念儿歌了。罗杰特伸手到她的皮包里拿出一颗好时巧克力。凯朝我看过来，看我准不准。我说：‘没关系，但只能吃一颗。还有，不可以吃到衣服上面。’凯把巧克力塞进嘴里，冲着罗杰特笑，好像两人是几辈子的好朋友。

“那时德沃尔已经调整好呼吸，只是看起来很累——我从没见过有人可以累成那样子的。看他那样子，我想起了《圣经》里说过的事，说我们老的时候会觉得人生无趣。那时我有一点为他难过，他很可能看出来了，因为他伸出一只手来握我的手。他说：‘别把我挡在外面。’我在他脸上看到了兰斯的脸，忍不住就哭了，我说：‘我不会，除非你逼我。’”

我好像看到他们几个人在葬仪社的前厅里，老德沃尔坐在椅子上，她站在他旁边，小女孩睁着一双大眼睛呆呆地看着他们，搞不清楚是怎么回事，嘴里还含着巧克力糖。背景里是管风琴奏出的哀乐。可怜这老麦克斯韦尔·德沃尔在儿子的葬礼上终于知道不灵活变通不行了，我心里想。别把我挡在外面，的确如此！

我先前想用钱来收买你，行不通，就加码跟你买孩子。还是行不通，我就跟亲生儿子讲，让他带着孩子去自讨苦吃吧。说起来，儿子会躺在地上摔断脖子，我也难辞其咎，但别因为这样就把我挡在外面，玛蒂，我只是一个可怜的糟老头儿，别把我挡在外面啊。

“我很笨，对不对？”

“你只是没想到他这么坏罢了。若这样就算笨，玛蒂，那这世界还真需要多一点你这种笨蛋。”

“我也不是真的放心，”她说，“所以我才会坚决不拿他一毛钱。到了去年十月，他就不再提钱的事了。我还是让他见凯。我是想，是的，我是想过，这样说不定以后可以为凯争取到一点什么吧。但说真的，主要还是因为他是凯和她父亲唯一的血缘联系。我希望凯跟别的孩子一样，也享有祖父的关爱。我不要凯被兰斯死前那一大堆乱七八糟的事情污染。

“一开始看起来都还顺利，慢慢地，情况就有变化了。别的不说，我渐渐发觉凯未必真的那么喜欢她的‘白爷爷’。她对罗杰特的感觉没有变化，但是麦克斯韦尔·德沃尔却开始让她紧张。为什么紧张我不知道，她自己也说不清楚。有一次我问过她，爷爷有没有摸到她什么地方让她觉得怪怪的。我还指那些地方给她看，但她说没有。我相信她，但……他一定说了什么或做了什么。我敢打赌一定有。”

“会不会是他呼吸的声音愈来愈可怕？”我说，“光听那声音就可能吓着孩子。或者是她在那边时他有过什么状况。你怎么想，玛蒂？”

“嗯……二月的时候有一天，林迪·布里格斯跟我说乔治·富特曼去图书馆检查灭火器和烟雾探测器。他问过林迪，那一阵有没有在垃圾桶里面发现过啤酒罐或酒瓶之类的东西；或者烟蒂，自己手卷的。”

“那个鼠辈。”

“嗯哼。我听说迪克·奥斯古德也去找过我的老朋友。聊一聊，挖点有用的东西。”

“有可以挖的吗？”

“没多少，谢天谢地。”

但愿她说的是真的，也但愿她若真有事情瞒着我不讲，约翰·斯托罗也可以事先挖出来。

“但这一路过来，你还是让凯去看他？”

“不让她去看又有什么好处？不管他心里在打什么鬼主意，让他们两个见面，至少可以绊住他不要太早动手。”

关于这一点，我想她可能就找不到知音了。

“后来，春天时，我心里开始有一种很毛、很恐怖的感觉，不时会跑出来。”

“怎么个发毛、恐怖法？”

“我不知道。”她又拿出那包烟，看了看，再塞回口袋里，“我怕的不只是我公公在挑我毛病，也因为凯。凯去看他时，我的一颗心就一直悬在那里放不下来……应该说是去看他们吧。罗杰特会坐宝马车来，他们买的或租的吧。凯会坐在前门的台阶上面等她。若当天晚上就回来，她就只带一包玩具；若要过夜，就加带她的一个粉红色米妮小手提箱。而她每一次回来，一定比去的时候再多出一件行李来；我公公那人是送礼的信徒。每一次罗杰特带她进车里去前，都会冲着我冷冷地笑，说：‘那就七点，吃过晚饭才回来。’或者是：‘那就八点，吃过热腾腾的早餐就送她回来。’我会说好，然后，罗杰特一定伸手到她的手提袋里去拿好时巧克力，跟一般人拿饼干去逗小狗要它握手一样。她会随口念一个字，凯跟着押韵，罗杰特就把她的糖递给凯——每一次我都会想到她那样子好像在说‘汪！汪！狗狗乖！’——然后把凯带走。晚上七点或早上八点，那辆宝马就会开到你的车停的地方。你可以拿那女人来的时间和你家的钟对时间。反正，我就是愈来愈担心。”

“他们会不会根本不理会法律程序，直接就把凯抢走？”我觉得这是很合理的担忧——太合理了，搞得我不太懂玛蒂当初怎么会答应让凯去看那老头子。在监护权的官司里——生命里其他的事也差不多——法律判决有百分之九十都由“拥有权”决定。若玛蒂说的有关她过去和目前的事都是真的，那么这场官司就会打得连德沃尔这样的大富翁也精疲力竭。届时，抢了就走倒可能更有效率。

“未必，”她说，“我想这是合理的考虑没错，但我怕的真的不是这一点。反正我就是怕，也说不清到底怕的是什么。到了六点四十五分，我心里就开始担心，会想：‘这一次白发老魔女不会把她送回来了。这一次她准会……’”

我等她再讲下去，但她没有，我便再问：“准会怎样？”

“我说过了，我不知道，”她说，“但我打从春天起就一直在担心凯。等到了六月，我受不了了，就不再让凯去他们那边玩。之后，凯不时会跟我闹一下脾气。我敢说，七月四日那天她会自己跑出门，主要也应该是这缘故。她不太讲她爷爷的事，但动不动就会冒出来一句：‘白奶奶现在在干什么啊，玛蒂？’或者‘白奶奶会喜欢我这件新衣服吗？’有时候还会忽然跑到我跟前，大声说：‘唱，响，王，想①。’然后跟我要奖品。”

“德沃尔那边的反应呢？”

“气疯啦！一直打电话来，一开始是问出了什么事吗？后来就开始威

---

① 都是押尾韵的单词。

胁我。”

“人身威胁?”

“监护权威胁。他说要把凯带走,等他收拾完了我,全世界的人都会知道我是一个不称职的母亲。我一点机会也没有,所以,我唯一的指望就是让步。让我看我孙女,该死的!”

我点点头:“‘别把我挡在外面’那一句,听起来真的不像那天我看烟火时打电话找我的那个人。但这一句就像。”

“我也接过迪克·奥斯古德打来的电话,镇上还有几个人也打过,”她说,“连兰斯的老朋友里奇·拉特摩尔也打过。里奇说我这样子对不起兰斯。”

“乔治·富特曼呢?”

“他有时会巡逻路过这里,让我知道他在盯着我。他没打过电话也没停下。说起人身威胁——光是看到富特曼的巡逻车开过我家,对我来说就等于是人身威胁了。他那样子我好怕。但话说回来,这一阵子什么事都会弄得我心惊肉跳的。”

“就算凯拉已经不去看他们了?”

“对。那感觉像是……山雨欲来,好像有事情快要爆发,而且这感觉每天都在增强。”

“约翰·斯托罗的电话号码,”我说,“你要吗?”

她坐着没讲话,看着自己的膝头,然后抬起头来,点了一下头:“给我吧。谢谢你,衷心感谢。”

我先前已经把电话号码写在一张粉红色的便签纸上,塞在上衣的口袋里面。她抓住那张纸条,但没马上收下。我们的手指头碰了一下。她看着我,定定的眼神看得我有一点不自在,好像被她看穿了埋在我心底深处连我自己都不知道的动机。

“我要怎么报答你?”她问我这一句;终于来了。

“把刚才你跟我说的全都跟斯托罗说清楚,”我放开手里的粉红色纸条,站起来,“这样就够了。现在,我该走了。你会打电话来跟我说你和他谈得怎样吗?”

“会。”

我们一起朝我的车子走过去。走到时,我转身看她。有那么一下子,我以为她会张开双臂搂住我，这种道谢的动作，依我们两个当时的情愫会再引发怎样的后续反应，谁也不知道——我们两个心里都波涛汹涌，简直有点像滥俗剧里面的情节了。话说回来，本来就是很煽情的滥俗剧情节啊，像童话故事，有好人，有坏人，还有汹涌的性压抑深藏在底层。

这时，一辆车的车头灯从杂货店的山头上面冒出来，紧接着扫过修车厂。那头灯直冲着我们两个而来，照得我们四周一片明亮。玛蒂朝后退了一步，把双手背在身后，像是等着挨骂的小孩。那辆车开过去后，又把我们两个留在漆黑里面……而那波涛汹涌的一刻也跟着过去了——若真有那么一刻的话。

“谢谢你的晚餐，”我说，“很棒。”

“谢谢你帮我请律师，我相信他一定也很棒。”她一说完，我们两个便都笑了。空中像是爆出火花。“他提起过你一次，你知道吧，我是说德沃尔。”

我看她一眼，很惊讶：“我没想到他居然还知道有我这号人物，我是说在出这些事之前。”

“他知道的。他讲起你的时候，我还觉得他对你好像不是没一点感情的呢。”

“开玩笑，你准是在取笑我。”

“我没有。他说你的曾祖父和他的曾祖父以前在同一处林场里面做事，没在森林里伐木的时候，还是同一处街坊的邻居——我想他说的地方，应该就离现在的波伊德码头不远。‘是在同一个茅坑里面拉屎的哥儿们啊’，这是他的说法。很逗吧？他说他觉得 TR 的伐木工人里面有两个人居然生得出来百万富翁，那这里的风水应该算是不错。但他也说：‘只是花了三代的时间才做到。’那时，我把他这些话当作是在指桑骂槐，骂兰斯。”

“真可笑，不管他是什么意思。”我说，“我们家在海边，布劳茨内克，这一州的另一头。我爸是打鱼的，我爷爷也是打鱼的。我曾祖父一样是打鱼的。他们做的都是撒网、捕龙虾，从来不懂得砍树。”我说的都是真话，但就在我说这些话的时候，我的脑子却钉在另一件事上。有些以前的事，好像跟她说的连得起来。说不定我再多想一想，就会想起来。

“他说的会不会是你太太那边的人？”

“不会的。缅因州的确是有姓阿伦的人家——他们是很大的家族，但大部分还都在麻省。现在是各行各业都有，但回到一八八〇那年头，他们大部分应该都是住在莫尔登-林恩那边的采石场工人或石匠。德沃尔在逗你玩呢，玛蒂。”但那时我想，我在心底应该隐隐觉得他不是在逗着她玩。他说的事可能有地方不对——再聪明的人活到八十五岁，记忆力也没有以前灵光——但麦克斯韦尔·德沃尔不太像是会逗着人玩的。我心里出现了一条条看不见的缆线，在TR的地底下朝四面八方伸出去，看不见，却很牢固。

那时我的一只手正搭在车门上面，她伸出手来轻轻碰了它一下：“你走以前，我可以再问你一个问题吗？很笨的问题，我先警告你。”

“问吧。回答笨问题是我的专长。”

“你知不知道《巴特比》这个故事到底在讲什么？”

我差一点笑了出来，但月光让我把她脸上一本正经的表情看得很清楚，我若真笑出来，一定让她脸上挂不住。她是林迪·布里格斯读书会的一员（八十年代晚期我还到他们那里演讲过一次），可能还是年纪最小的一个，小了大家起码二十岁。看来她很怕自己让人觉得笨。

“下一次要由我先讲，”她说，“但我不想只讲一讲故事的大概，我想多讲一点，让她们知道我是真的读进去了。我想得头痛，可就是搞不懂。我在猜这故事是不是要读到最后几页才豁然开朗，但我就是觉得似乎什么都摆在我面前，我应该能看得懂才对。”

听她这话，我又想起了那些缆线。它们朝四面八方伸出去，像地底的网络，连接起人和地方。你看不见这些缆线，但感觉得到它们，尤其是你想要逃的时候。但玛蒂还在等我回答，看着我的眼神既期待又紧张。

“没问题，听好了，开讲喽。”我说。

“我在听，真的。”

“大部分批评家都说《哈克贝利·费恩历险记》是美国第一本现代小说，这说得没错，但若《巴特比》再多写个一百页，那我想押宝该押在哪里就很清楚了。你知道代笔人是做什么的吗？”

“像秘书那样？”

“那还太伟大了。他们是抄书的。有一点像《圣诞欢歌》里的鲍勃·克拉奇，只是狄更斯给鲍勃安上了过往的人生和家庭，梅尔维尔什么也没给巴特比。他是美国小说里面最早的一个存在主义的角色，一个没有关联……和，你知道……”

有两个生得出来百万富翁；是在同一个茅坑里拉屎的哥儿们。

“迈克？”

“啊？”

“你还好吧？”

“没事，”我尽量集中注意力，“巴特比和生活的唯一联系，就是他的工作。在这上面，他是二十世纪的美国人，和斯隆·威尔逊的《一袭灰衣万缕情》①的男主角没什么差别；或——用黑暗一点的角色来作比喻的话——跟《教父》里的迈克·柯里昂没什么差别。但后来巴特比对他的工作都开始有了质疑，而工作是美国中产阶级男性敬奉的神。”

她现在有一点兴奋了。我觉得她没念完高中最后一年真可惜，对她的老师也是损失。“就是因为这样，他才会开始说‘我才不要’？”

“对。你可以把巴特比想作是……是热气球，只靠一根绳子把他拴在地球上面，而那根绳子就是他代笔的工作。我们可以从巴特比说他‘才不要’做的事情愈来愈多，来量他这最后一根绳子烂到哪里了。到最后，绳子终于断了，巴特比也飘走了。这故事读起来真的让人很难过，对不对？”

“有一天晚上我梦到过他，”她说，“我打开拖车屋的门就看到了他，坐在台阶上面，穿着他那身旧旧的黑西装，很瘦，没多少头发。我说：‘麻烦您让一让好吗？我要出去晾衣服。’他说：‘我才不要。’对，我想你说得对，那感觉是很难过。”

“看来这故事时至今日还能打动人，”我说完就坐进车里，“打电话给我，跟我说你跟约翰·斯托罗谈得怎样。”

“一定。若有什么我可以替你做的，你尽管开口。”

尽管开口。这是要多年轻的人，多稚嫩得可爱的人，才会开这样的空白支票？

我车子的窗户正开着。我把手伸出去，捏一下她的手。她也回捏一下我的手，很用力。

---

① 斯隆·威尔逊（Sloan Wilson，1920～2003），美国作家，书中提到的作品英文名为 *Man in the Gray Flannel Suit*。

“你很想你太太，对吧？”她说。

“看得出来？”

“有的时候。”她已经没再捏着我的手，但手也还没放开，“你念故事书给凯听的时候，让人觉得又快乐又哀伤。我只见过她一次，我是说你太太，但我觉得她好美。”

我原本还在想着我们两个正两手交握，这下子全都忘了：“你什么时候见过她？在哪里见的？你还记得吗？”

她笑了起来，好像这些问题很蠢：“我当然记得啊。在球场的时候，就是认识我丈夫那一天的事。”

我慢慢把手从她的手里抽回来。在我的记忆里面，乔和我在一九九四年的夏天从没来过 TR-90 这一带……但我记得显然有误。乔在那年七月初的一个礼拜二来过这里，还去看垒球比赛！

“你确定那人真的是乔？”我再问她。

玛蒂的眼神改朝公路飘了过去。她在想的不是我太太，我敢拿我的房子和地来跟你赌——好吧，房子或地。她想的是兰斯。或许这样更好。她想的若真是兰斯，可能就不会来注意我了。我可不觉得那时我控制得了自己脸上的表情，她很可能会从我脸上看出我不想让人知道的事。

“确定，”她说，“我和珍娜·麦考伊、海伦·吉尔里站在一起——那是在兰斯已经帮我把卡在烂泥巴里的啤酒桶弄出来，还问我要不要跟大伙儿在比赛过后一起去吃比萨之后的事——珍娜说：‘嗨，看那边，努南太太。’海伦说：‘她就是那位作家的太太，玛蒂，她那件上衣酷吧，你说？’那件上衣印的是蓝色的玫瑰花。”

这我就记得很清楚了。乔很喜欢那件上衣，因为很好笑——世上哪有蓝色的玫瑰？自然生成或人工培育出来的都没有。有一次，她穿着那件上衣，张开双臂紧紧搂住我的脖子，摆出风情万种的表情，臀部朝我压过来，大声说她就是我的蓝玫瑰，我一定要揉得她变成粉红色的玫瑰才可以。一想起这件事我还会心痛，很痛。

“她站在三垒那边，铁丝网的后面，”她说，“跟一个男人在一起。那男人穿着一件很旧的褐色外套，手肘有补丁装饰。两个人都在笑，不知什么事，然后她的头稍微转了过来，看向我这边。”她顿了一下子没声音了，站在我车子的旁边，身穿那条红色连身裙。她伸手捞起垂在颈背上的头发，握一下，再放开。“她看的人就是我。真的，她看的是我。她脸上有一种表情……她先前还在笑，但她看我的表情却很哀伤。不知是为了什么，好像她认得我似的。接着，那男人伸手揽住她的腰，两人便一起走开了。”

一阵静默，只有蟋蟀的叫声和远处传来的卡车引擎声。玛蒂站在那里没动，好像睁着眼睛在做梦。之后，她仿佛忽然心有所感，转头看我。

“有什么不对吗？”

“没有。只是你说的这个揽着我太太腰的男人是谁？”

她没把握地轻笑了一下：“嗯，我是不太相信那个男人会是她的男朋友。那个男人比她要老很多呢，五十有了吧，至少。”*那又怎样？我在心里想。我自己就有四十岁啊*，这可不等于我对玛蒂的身躯在她那条连身裙里面轻摇慢摆的姿态，或伸手捞起颈背上头发的动作，没有一点心动。“我是说……你是闹着玩儿的，是吧？”

“我也不知道。这一阵子好像忽然出现好多事情都是我不知道的。但不管怎样，这位女士已经死了，再追究又有什么意义？”

玛蒂那样子有一点苦恼了：“我若不小心误触地雷，迈克，我道歉。”

“那个男人是谁？你知道吗？”

她摇一摇头：“我以为他是来避暑的人——他那感觉很像，可能是因为他在夏天的傍晚居然还穿着外套吧。但他若真是来避暑的，那他也没住在沃林顿。住在那里的人大部分我都知道。”

“他们是一起走的？”

“对。”口气有一点犹豫了。

“朝停车场走过去的？”

“对。”这时更犹豫了。这一次她没说实话。说也奇怪，我心里就是知道，而且还不是凭直觉。很像读心术。

我把手伸出车窗外面，再握住她的手：“你刚才说，若有什么可以帮我做的，要我尽管开口，对吧？那就跟我讲实话，玛蒂。”

她咬一下嘴唇，低头看着我搭在她手上的手，然后抬起头来直视着我：“他长得很魁梧。他穿的那件旧休闲外套，让他看起来有一点像大学教授，但依我看，他也很可能是伐木工人。黑头发，晒得很黑。他们一起大笑，笑得很凶，然后她转头看我，脸上的笑就没有了。之后，那男人伸手揽住她的腰，两人便一起走开。”她顿了一下，“但不是朝停车场，而是朝大街走过去的。”

大街。他们从大街可以一路沿着湖边往北走到“莎拉笑”。然后呢？谁知道！

“她从没跟我说过那年夏天她来过这里的事。”我说。

玛蒂好像在心里琢磨该怎么回答我，只是想了几个说法都不中意。我放掉她的手。现在，我是真的该走了。其实，我已经开始觉得五分钟前走了更好。

“迈克，我相信——”

“没关系，”我说，“你不相信，我也不相信。但我很爱她，所以，我决定努力放这件事过去。可能根本就没什么事，而且——我又能怎样呢？谢谢你请我吃晚餐。”

“不客气。”玛蒂那表情几乎像要哭出来了。我再握住她的手，拉到嘴边轻轻吻在她的手背上面。“我真是笨蛋。”

“你不是笨蛋。”我说。

我再吻她的手一次，就开车离开。这便是我那一次约会的始末，我四年来第一次约会的始末。

我在开车回家的时候，想起以前听过一句老话，说这世上没有谁有办法完全了解另一个人。这句话说起来不痛不痒，但真要发现它说中了你人生的真实状况时，还是深受震撼——震撼之强烈、意外，像搭飞机一路都很顺畅却突然遇到猛烈的气流。我不住地回想我们去看过一次妇产科医生，那是在我们想要孩子却连试了两年都没结果之后的事。那位医生跟我们说我的精子数太少了，虽然还不算少到无可救药，却是乔一直无法受孕的原因。

“你们若要生小孩，还是有机会可以自然受孕的，不必用特殊方法来帮忙。”那医生说，“几率和时间都还是站在你们这一边的。说不定你们明天就中奖了，但也可能要四年以后。你们会生一屋子小孩吗？不太可能，但生两个的机会还是很大，而且只要你们一直不放弃，一个绝对跑不掉。”她咧嘴笑了一下，“请记住，过程才是乐趣所在。”

是有很多乐趣没错，本特的铃铛响了不知多少次，但就是没娃娃来报到。后来，约翰娜在大热天跑过停车场时倒地不起，她手提袋里有诺可居家验孕剂，却从没跟我讲过她要买这样的东西。她也没跟我讲过她买过两只塑料猫头鹰，要用来吓阻乌鸦在我们湖边的露台拉屎。

她还有什么事没跟我说呢？

“够了，”我咕哝一声，“拜托你别再想这些事了。”

但就是没办法。

等我回到“莎拉笑”的时候，冰箱门上的蔬果小磁铁又排成了一个圆圈。三个字母围在中间：

d　o

g

我把 o 拉到我觉得该放的地方，组成了 god（上帝），或者是比较短的 good（好）。到底是哪一个呢？“可以猜，但我不想猜。”我在没别人的屋子里说，再看一眼大角鹿本特，希望挂在它有虫咬的脖子上的铃铛这时会响。铃铛没响。我打开新买的两袋“磁铁王”，把字母小磁铁吸在冰箱门上，故意乱放一气。之后，我回北厢，脱衣，刷牙。

我正对着镜子龇牙咧嘴、满嘴泡泡的时候，想到第二天早上应该再给沃德·汉金斯打一通电话。我要跟他报告一下，我要找的那两只神出鬼没的塑料猫头鹰，时间要从一九九三年十一月推进到一九九四年七月。乔那个月的日程表是怎么写的？她离开德里的理由是什么？等沃德那边处理好后，就轮到乔的朋友邦妮·艾蒙森了。我要问她乔在世的最后那年夏天有过什么事。

*你就让她安息吧，你干吗呢？*那天外飞声又来了，*你搞这些有什么好处吗？说不定她那次开完理事会后跑到 TR 来，只是一时突发奇想，来看一个老朋友，再带他回别墅吃一顿晚饭。晚饭而已。*

*却从没跟我提过？*我反问那天外飞声一句，吐出一口牙膏泡泡，然后漱一漱口。*一个字也没提？*

*你怎么知道她没提？*那声音顶我一句，听得我一愣，要把牙刷放回漱洗架上的手倏地停在半空。它不是乱说的。一九九四年七月正是我写《从巅峰直坠而下》写得如火如荼的时候。搞不好乔还真跑过来跟我说过

她看到朗·钱尼在拍《伦敦狼人》的时候和女王一起跳舞①，我也居然一边校对一边回她："嗯哼，甜心，真好。"

"鬼扯，"我对心里的声音说，"根本就是鬼扯。"

但这不是鬼扯。我这人一旦全神贯注在书上面，多少就有一点脱离现实，每天除了快速浏览体育版，准会连看报也省了。所以，对，乔是有可能跟我讲过她在刘易斯顿或自由港开完理事会后来过TR一趟；乔是有可能跟我提过她遇见了一个老朋友——说不定是她一九九一年在贝茨学院参加摄影研讨会的同学；乔是有可能跟我说过他们两个一起在我们别墅的露台上吃过晚餐，主菜里有她亲手在夕阳里摘的黑色喇叭菇。这些事乔是有可能都跟我说过，只是，她说的话我全部没有听到。

而我就算去问了邦妮·艾蒙森，真的打听得出实情吗？她是乔的朋友，不是我的朋友，邦妮可能会觉得我妻子跟她说的一切秘密，都还没过追诉时效。

所以，说来说去，事情就这么简单，也这么残酷：乔已经死了四年，我还是好好爱她就好，其他磨人的问题就放手吧。我又就着水龙头含了一口水在嘴里，漱一漱，吐掉。

等我回到厨房要把咖啡机设定在早上七点的时候，看到小磁铁排出了一圈新的字：

blue rose liar ha ha（蓝玫瑰骗子哈哈）

我站在那里看着那圈字有一两秒钟，想不通是谁排的，又为什么要排这样的字。

这一切都是真的吗？

我伸手一把将小磁铁弄乱，让磁铁在冰箱的门上散得开开的，就上床去睡了。

① 朗·钱尼（Lon Chaney Junior，1906—1973）是美国著名的恐怖片演员，《伦敦狼人》（"Werewolves of London"）不是电影，而是歌名。

13

我八岁时得过麻疹，病得很重。“我以为你活不了了。”我父亲跟我说过，他那人讲话从不夸大。他跟我说，有一天晚上，他和我妈放了满满一浴缸的冷水，把我往里面放。两个人心里虽然都觉得这样可能会冷得我心脏麻痹，但又都觉得不想一点办法的话，两人可能就得眼睁睁看着我活活发烧至死。那时我已经开始大喊大叫，胡言乱语，说我在房间里看到了亮亮的人影。准是来带走我的天使！我那吓坏了的妈觉得是这样。在他们把我朝冷水里扔之前，父亲最后一次为我量体温。照他的说法，家里那根强生牌肛温计的水银柱笔直往上冲到了华氏一百零六度！他说，在那之后，他就没胆子再帮我量体温了。

我自己倒不记得有什么亮亮的人影，只记得有一阵子觉得很怪，好像到了一处游乐园的大厅，大厅的墙上同时在播好几部电影。而且，那地方好像会伸缩，不该膨胀的地方都鼓起来了，应该很坚实的地方全都凹凸不平。那里面的人——有一大部分都高得很不正常——在我的房间里飞进来又飞出去，长长的两只脚活像卡通里的剪刀脚。一开口讲话，都是轰隆轰隆的声音，且带着回音。还曾经有人拿着一双婴儿鞋在我面前晃。我记得我哥哥锡德，他好像曾把一只手伸进自己的衬衫里面，玩了好几次胳肢窝放屁①的把戏。什么事情都是断断续续的，什么都只是片段，像怪怪的德国小香肠绑在有毒的绳子上。

从那以后，到我回到“莎拉笑”的那些年间，我偶尔也会生病或感染到什么，但始终没再出现过八岁那年发高烧的插曲。我也从不觉得会再出现——我想，是因为我以为那种高烧只有小孩子或染上疟疾或是精神崩溃的人才会有。但七月七日晚上到七月八日早上，我却又出现了小时候

---

① 胳肢窝放屁（arm fart 或 pit fart、armpit fart），美国小孩爱玩的把戏。把手塞到腋下用力抽出，制造出类似放屁的声音。

有过的那种谵妄。做梦、醒来、走动——全都搅和在一起。我会想办法跟各位讲清楚，但不管我怎么说，都无法将当时的怪诞传达于万一。那感觉好像是不小心在真实世界的墙后面发现了一条秘密通道，就沿着通道爬了进去。

一开始是音乐。不是迪克西兰爵士乐，因为没有小号，但很像迪克西兰爵士乐。原始的，听得人头晕目眩的咆哮乐。三或四把木吉他，一支口琴，一把低音大提琴（也可能是两把）。背景里衬着很重、很兴奋的鼓声，但听起来不像是真的鼓打出来的，而像是一个打击乐天才在一堆盒子上面跳来跳去弄出来的。之后，就有女声加入——女低音，不像男声唱到高音会有一点破。听起来好像在笑，好像很激昂，又有一点险恶；全部都有。我一听，就知道这是莎拉·蒂德韦尔在唱歌，虽然她生前从没录过唱片。我听的是“莎拉笑”的歌声，而且啊，各位，她正在摇[①]哪！

“你知道我们要回曼德雷，
我们要舞动在桑德雷，
我要高声唱和班德雷，
我们全都要好好干一场坎德雷——
你就上吧，宝贝儿，耶！”

那两把低音大提琴——对，是两把没错——琤琤琮琮如雨点急落，碎成一曲谷仓舞，像猫王唱的《宝贝我们去看戏》里面的即兴独奏。接着是一段吉他独奏，是桑尼·蒂德韦尔在要他那把鸡爪吉他之类的乐器。

漆黑里有光幽幽闪烁。我想起五十年代有一首歌——克劳丁·克拉克的《派对灯光》[②]。我往那幽光看过去，由别墅往湖边去的枕木步道旁边的树上，挂着几盏日本灯笼。派对灯光在暗夜里洒下神秘的光圈，有

---

① 此处的“摇”（rock）就是摇滚乐（rock music）的原始曲风，西洋的摇滚乐是从美国的黑人音乐来的。

② 克劳丁·克拉克（Claudine Clark，1941—　）的《派对灯光》（*Party Lights*）是她一九六二年发布的畅销自创歌曲，应该不属于五十年代。这首曲子是克拉克生平唯一的一首金曲。

红,有蓝,有绿。

而莎拉就在我身后高唱她曼德雷歌的桥段——妈妈就爱来狠的,妈妈就爱来猛的,妈妈就爱玩通宵——只是声音愈来愈远。莎拉和红顶小子当年在湖湾旁边的车道上面搭过舞台,也就是乔治·富特曼那天来帮麦克斯韦尔·德沃尔发传票给我时停车的地方。我穿过一环又一环的光圈,朝湖边走下去。一团团派对灯光四周,绕着轻翻翅膀的飞蛾。有一只钻进了灯笼,在竹签架起来的纸面上投下蝙蝠状的可怕鬼影。排在步道两侧的乔的花盆,满是夜间开花的玫瑰盛放,衬着日本灯笼的幽光,真的像是蓝色的玫瑰。

乐队的演奏现在减弱成低低的耳语,但我还是听到了莎拉奔放的高歌。她笑声不断,好像听到了生平最好笑的事,什么曼德雷桑德雷坎德雷的劳什子,只是我已经听不清楚歌词。反而是湖水拍打步道底部岩石的声音听得比较清楚,还有浮台下面的铁罐传来阵阵铿锵。一只潜鸟划破黑暗,幽幽长鸣。有人站在大街我右手边的地方,就在湖边。看不清楚那人的脸,但看得出来他外面穿的是褐色的休闲外套,里面穿的是 T 恤。外套的翻领上面划出了几个字,好像是:

ORMA
ER
OUN

这我猜得出来——人在梦里无事不知,对吧?——NORMAL SPERM COUNT(正常精子数),村里小店的恶心特餐——若他们要做的话。

我是在北厢的卧室里梦到这些的。醒过来时,我心里很清楚自己是在做梦……只是,我虽醒来,却像是又进入了另一场梦境,因为那时本特的铃铛正在乱响,也有人正站在走廊里面。“正常精子数”先生?不是,不像是他。映在门上的阴影不太像是人。瘫软的一团,手臂的地方模糊不清。我从床上坐起来,耳朵里是银质铃铛的清脆叮当。我顺手抓起松松的一坨床单,盖在赤裸的腰间。一定是那个裹着尸衣的妖怪——那个尸衣妖怪从坟里跑出来抓我了!

“别抓我，”我用干涩、发抖的声音说了一句，“求你别抓我，拜托。”

门上的那一团影子举起手臂。“这啥也不是，不过就是谷仓舞曲，甜心！”莎拉·蒂德韦尔带着笑的激昂嗓音高唱，“这啥也不是，不过就是转圈圈！”

我躺回床上，拉起床单盖住脸，学小孩子眼不见为净……这时，却突然又到了我们别墅拥有的那一小块湖边岸区，身上只穿着内裤。我两只脚踩在水里，水深及踝。湖水暖暖的，这是仲夏的湖水温度。我自己淡淡的影子分成两道，一道是天上的弯月照出来的，它正低低悬垂在湖面上方；另一道是日本灯笼照出来的，有只飞蛾在里面的那盏照出来的。站在步道上的男人已经不见了，但留下了一只塑料猫头鹰，标出他站的地方。塑料猫头鹰带着一圈金黄的呆滞眼睛正瞪着我看。

“嗨，爱尔兰老乡！”

我朝浮台看过去，乔就站在那里。她一定刚从湖里爬上来，因为她身上还在滴水，头发也贴在脸颊上面。她穿的泳衣就是我在照片里看到的那一件，灰色底带红色的滚边。

“过了好久啊，爱尔兰老乡——你说是吧？”

“什么是吧？”我朝她喊回去，明知故问。

“这个啊！”她伸手搭在乳房上面挤了一下。水顺着她的指缝往下流，顺着她的指节往下滴。

“来嘛，爱尔兰老乡，”她这时的声音像是从我身侧的上方传来的，“来嘛，小坏蛋，来嘛。”我在床单下面摸到她泳衣的系带，睡意朦胧的手指头虽然迟钝，但还是轻松地扯掉了系带。我闭上眼睛，但她伸手抓住我的手搭在她的腿间。等我摸到了她嫩滑的开口，开始摩挲的时候，她也用手指抚上我的颈背。

“你不是乔，”我说，“你是谁？”

没人回答我。我站在林子里。很黑。湖面上有潜鸟幽鸣。我走在小路上，要到乔的工作室去。那不是梦。感觉得到凉凉的微风拂过我的皮肤，不时有小石头刺在我光着的脚掌或脚跟上面。有一只蚊子绕着我的耳朵嗡嗡叫，我挥手把蚊子赶开。我身上穿的是平脚内裤，每走一步路就会卡到我勃起胀大颤抖的那话儿。

“搞什么鬼？”看到乔谷仓板盖的小小工作室在黑暗中显现，我脱口问了一声。我朝后看，“莎拉笑”伫立在山丘上面，我不是说那女人，而是说那别墅。一栋长长的屋子，在夜色里朝湖边延伸过去。“这是怎么回事？”

“没事，迈克。”乔跟我说。她正站在浮台上面，看着我游向她。她把两只手搭在颈背上面，摆出月历女郎的姿势，双峰在湿湿的背心里挺得更高，而且也跟照片里一样，乳头从布料里凸了出来。我穿着内裤游泳，勃起未消。

“没事，迈克。”换成玛蒂在北厢的卧室里跟我说话。我马上睁开眼睛。她就坐在床上我的身边，映着黯淡的夜灯，一身光洁，未着寸缕。她把头发放了下来，垂在肩上。乳房小小的，茶杯大小而已，但乳头很大，外扩。我的手停在她腿间，她腿间有一丛粉扑一样的金色软毛，柔滑得像细细的绒毛。她的身躯罩在像飞蛾翅膀又像玫瑰花瓣的阴影里面。她坐在那儿的模样，有一种让人痴狂的美——那样子像是你在游乐园的射击场或套圈游戏里面看到的那个你知道自己绝得不到手的大奖，专门放在最上面的那一个。她伸手到被单里面，握住我短裤里伸得长长的把儿。

没事，不过就是转圈圈。我一步步朝我妻子的工作室走过去时，天外飞声又来了。我弯下腰，伸手到踏脚垫的底下摸出钥匙。

我爬上楼梯到了浮台上面，湿嗒嗒地一直滴水，走在最前面的还是我那一根大大的把儿——我想，这世上最无意要搞笑但又最笑死人的，就属正在搭帐篷的男人了。乔站在浮台上面，还是一身湿嗒嗒的泳衣。我一把将玛蒂拉到床上。我打开乔工作室的门。全都同时进行，缠起来又绕出去，像几股怪异的绳子或腰带。和乔在一起的感觉最像在做梦。在工作室里面的感觉——走过地板、低头看我那台绿色的旧 IBM 打字机——最不像在做梦。玛蒂和我在北厢的卧室里，则介于二者之间。

乔在浮台上说：“你要怎样都可以。”玛蒂在北厢的卧室里说：“你要怎样都可以。”在工作室里，不需要有谁跟我说什么，我很清楚自己要怎样。

我在浮台上面低下头，将嘴唇凑上乔的胸口，轻轻吸吮乔罩在泳衣里的乳头。嘴里是湿布料和阴凉的湖水味。我往前挺进时，她朝我伸手过来要摸，但我把她的手打掉。若让她摸下去，我马上就冲到高潮了。我吸着她的乳头，把她棉质泳衣往下滴的湖水吸进嘴里。两只手慢慢摸索，先是轻抚她的臀部，再把她泳衣的下半截朝下拉。我把泳衣从她身上扯下来，她也任随泳衣耷拉在膝头上面。我跟着也把自己贴在身上的湿内裤往下拉，扔在她的比基尼泳裤上面。我们两个就这样面对面站着，我全裸，她差不多全裸。

“跟你一起看球赛的那个男的是谁?”我喘着气问她，“他是谁，乔?”

“那个啊，谁也不是，爱尔兰老乡，一袋白骨罢了。”

她笑了起来，往后仰去，臀部着地，瞅着我看。她的肚脐像一个小小的黑色杯子。她那姿势给人怪怪的感觉，像蛇一般妖娆。“那里只有死亡。”她说时伸出两只手，用冷冷的掌心和枯枝般的惨白手指捧住我的脸颊。她把我的脸转向一旁，往下压，让我的视线正朝向湖心。湖心的水下有一具具腐尸流过，被湖底的水流拖着走，还瞪着一双双斗大湿润的眼睛。被鱼咬掉的鼻子只剩一个大缺口，舌头从张开的唇间露出来，像水草的卷须。有些死尸拖着一球球、鼓鼓的水母般的内脏，像虚软的气球，有些只剩骨架。但是，就算拿这一大批阴森的浮尸大队来吓我，也没办法阻挡我去做我想做的事。我把头一甩，甩掉她的手，把她压在浮台的木板上面。她映着月光的银色眼眸定定地看着我，眼神穿过我的身体，我注意到她一边眼睛的瞳孔比另一边大。我到德里镇的停尸间看电视屏幕认尸时，她的眼睛就是这样。她死了。我的妻子已经死了，而我在和她的尸体欢爱。好，就算真是这样，我也停不下来。“他是谁?”我大声问她，压住她躺在湿木板上的冰冷尸身。“他是谁? 乔! 告诉我他是谁!”

我在北厢的卧室里一把将玛蒂拉到我身上，感受她小小的乳房抵在我胸口，她的两条长腿缠住我的身体。接着，我一翻身，把她压在大床的另一头。我注意她的手朝我摸过来，马上一把打掉——若让她摸下去，我马上就冲到高潮了。“腿张开，快。”我跟她说，她听了照做。我闭上眼睛，把全身的感官都关掉，独享这一刻。我朝前挺进，但又停住，略作一下调整，伸手推一下我胀大的那话儿，然后身体一挺，插进去，像手指头戴着丝绒手套般滑顺。她抬眼看我，眼睛睁得大大的，接着伸手捧住我的脸，把我的脸转个方向:“那里只有死亡。”说的口气像是明知故问，多此一举。而我在窗里看到的是五十街到六十街这一段的第五街——新潮的精品店，毕扬、巴利、蒂芙尼、波道夫・古德曼、斯图本玻璃①。你看哈罗德・

---

① 毕扬(Bi jan)，伊朗籍的著名男装和香水设计师毕扬・帕克萨德(Bi jan Pakzad，1944—)。巴利(Bally)，著名瑞士精品名牌。波道夫・古德曼(Bergdorf Goodman)，顶级精品百货公司。斯图本玻璃(Steuben Glass)，世界三大玻璃工艺品牌之一。

奥布洛夫斯基在那里,朝北走,手上甩着他的猪皮公事包(乔死前的那一年圣诞节,乔和我送他的圣诞礼物)。他身边还有一个人,提着巴诺书店的购物袋,那是慷慨、美丽的诺拉,哈罗德的秘书。只是,她那一身丰华全都已经不见,只剩龇牙咧嘴露出一大排黄板牙的骷髅,套在唐娜·卡伦的套装和鳄鱼皮淑女鞋里面;抓着购物袋把手的是一把枯骨,一根根都套着戒指。哈罗德的牙从他那经纪人的招牌笑里伸了出来,现在更显猥琐。他最爱的那套西装,保罗·斯图亚特①深灰色双排扣,套在他身上不住拍打,像迎着海上微风前行的船帆。他们两人四周,街道的两旁,走的都是活死人——有木乃伊妈妈牵着骷髅小娃娃,或放在豪华婴儿车里面推着走;有僵尸门房;有死而复生的滑板少年。那边有一个高高的黑人男子,脸上挂着几条仅剩的肉串,像盐腌的鹿皮,牵着他只剩骨头的德国牧羊犬在散步。出租车司机听着印度拉格音乐,腐烂得差不多了。街上开过去的巴士,车窗里朝外看的人脸,都是骷髅头,每一个都戴着哈罗德的招牌假笑——*嗨,你好,你老婆好吗?孩子呢?最近又有大作要问世了吗?*卖花生的小贩身上还流着腐烂的尸水。但他们没一个浇得熄我身上的欲火。我欲火贲张。我的手还是滑向她的臀部,把她抬起来,张嘴咬住床单(床单的花样我一点也不意外,蓝色玫瑰),把床单从床垫上拉起来,免得我会想去咬她的脖子、肩膀、胸部,不管哪里,只要我的嘴够得着!"你跟我说他是谁!"我对着她喊,"你知道,我知道你知道!"我的嘴里塞的都是床单,所以声音出不来,我也觉得除了自己,应该没有谁知道我在说什么。"你快说,贱女人!"

我站在乔的工作室到别墅的小路上面,四周一片漆黑,腋下夹着我的打字机,贯串不同梦境的勃起在金属打字机下面不断颤动——万事俱备,只欠东风。也许是夜晚的微风。紧接着,我觉得那里好像不止我一个人。那个裹着尸衣的东西就跟在我后面,叫得像绕着宴会灯光飞舞的一大群蛾子。它在笑——烟嗓的放肆大笑,只有一个女子会这样子笑。我看不到从我背后绕过臀部来抓我的那只手——被打字机挡住了——但不用看,我也知道那只手一定是棕褐色的。一开始是轻捏,后来才慢慢加大力道,手指头不停扭动。

---

① 保罗·斯图亚特(Paul Stuart),著名高级服装品牌。

“你要知道什么呢，甜心？”她从我身后问我，笑还没停，揶揄的口气也还在，“你真的要知道吗？你是要知道还是要去感觉？”

“你别折磨我！”我大喊一声。打字机——三十磅重的 IBM ——夹在腋下晃来晃去。我只觉得全身的筋脉都像吉他的琴弦一般，被人拨得琤琮乱颤。

“你要知道他是谁吗，甜心？那个可恶的家伙？”

“少废话，贱人！”我再大喊，她又笑了起来——粗嘎的笑声跟咳嗽差不多——再朝最刺激的部位捏下去。

“你忍着点，好吗？”她说，“你忍着点，帅哥，要不然你会把我吓跑，那可会连带把你这根……”其他的话我就没注意了，因为又深又强烈的高潮一股脑儿袭来，一时教我觉得好像整个人就要劈成两半。我的头朝后一甩，像绞刑架上的犯人，望着天上的繁星射精。我张口尖叫——不叫不行——湖面上传来两只潜鸟以长鸣相和。

但同一时间，我又是在浮台上面。乔已经不见了，但还是隐约听得到乐队的演奏——莎拉、桑尼、红顶小子们正扯着嗓子在唱《黑山》。我坐起来，昏乱、无力，整个人像被掏空了。看不清楚往别墅去的小路，但看得到日本灯笼连出一条之字形的路径。我的内裤扔在身边，纠成湿湿的一团。因为不想拎着内裤游泳回岸上，我把它捡起来穿上，但才拉到膝盖就僵在那里，呆呆看着自己的手指头。上面挂着腐尸的烂肉，有几根手指头的指甲里面还粘着几撮扯下来的毛发，那是腐尸的毛发。

“天哪！”我发出一声哀号，顿时全身乏力，一头栽进水渍里去。但我又回到北厢的卧室里。栽下去的地方热热的，一开始还以为是精液，但在夜灯黯淡的光线下看来，那颜色还要再深一点。玛蒂已经不见了，床上染的都是血。有东西躺在那摊血泊中间，乍看以为是一块血肉或人体的器官，再看一眼，就发现是一个绒毛玩具动物，黑色的毛上面染满了红色的血。我侧转过来，瞪着那东西看，很想从床上咻一下跳下去，逃到房间外面，但就是没有办法动弹，全身的肌肉都不听使唤。刚才我在这床上的对象到底是谁？我把她怎样了？天啊！这到底是怎么回事？

“我不信，都不是真的。”我听见自己说。这句话就像咒语，一说出来我整个人就回了神、还了阳。倒也不是真的这样，但不管那时的情况是怎样，我只想得出来这样的说法来形容一二。我一个人分成了三份——一个在浮台上面，一个在北厢的卧室，一个在小路上面——这三个我，同样都有猛然往后扑倒的感觉，好像吹过来的一阵风长着铁拳。黑暗从四面八方疾速涌来，本特脖子上的铃铛在疾涌的黑暗里一声响过一声，节奏很稳定。接着，声音慢慢退去，我也跟着退去。有一阵子，我不知退到了哪里。

等我醒来，耳朵里是夏季假期惯有的啁啾鸟鸣，眼睛里是阳光照在紧闭的眼睑上才会有的黑里泛红。我觉得脖子好僵硬；我的头朝一边歪，扭成很怪的角度；两条腿是交叠的，压在身体下面，姿势很难受；而且，我全身发烫。

我皱着脸抬起头，就算眼睛还没完全睁开，我也知道自己既不在床上，也不在浮台上，同样不在别墅往工作室的小路上。我身底下躺着的是地板，坚硬、牢固。

阳光很刺眼。我再眯起眼睛，闭了起来，呻吟一声，像宿醉的酒鬼。我先伸手挡在眼睛前面，再慢慢睁开眼睛，等眼睛适应了光线后，才小心地放下手来，从床上坐起，四下看了一下。我是在楼上的长廊里面，就在坏掉的空调下面。梅泽夫太太的字条还挂在上面。我那台绿色的 IBM 打字机正摆在书房的门口，上面还卷着一张纸。我看看自己的脚，脚很脏，几根松针刺进了脚跟，有一根脚指头也有刮伤。我站起来，颠了一下（因为右腿麻了），赶忙伸手扶住墙，稳住身体。我低头一看，看见自己还穿着前一晚穿上床的那条平脚内裤，而且看不出来有任何异状。我扯开腰带，朝里面看。我那一根看起来跟平常没两样，小小的、软软的、卷起来，窝在一撮毛里睡得正香。若努南的坏家伙前一晚真的跑出去找刺激，那还真没留下一丝痕迹。

“那感觉真像是刺激的大冒险，”我哑着嗓子咕哝一声，伸手拂掉额头上的汗。这里闷得不得了。“只是不像在《哈代兄弟》①里读的。”

接着，我想起了北厢卧室里的染血床单，还有放在血泊里的那个绒毛动物玩具。但想起这件事，并没有宽心的感觉，没有做过很惨的噩梦之后

① 《哈代兄弟》（*The Hardy Boys*），少年侦探冒险小说集，历史悠久，从一九二七年开始出版至今。

心里会有的“谢天谢地这只是噩梦”的感觉。那感觉跟我小时候出麻疹发高烧时的谵妄呓语一样真实……而且，那时的场景的确是真的，只是被我发高烧的脑子给扭曲了。

我摇摇晃晃朝楼梯走过去，一瘸一拐地走下了楼梯，一路紧抓着栏杆，生怕我发麻的腿一软会栽下去。走到底后，我呆呆看了一遍起居室，好像这辈子第一次见到这地方，然后又一瘸一拐朝北厢的走廊走过去。

北厢卧室的门半开半掩，一时间，我不太敢伸手把门推开走进去。我已经吓得魂飞魄散，脑子里不停转着老片《希区柯克剧场》①里面演过的情节：一个男的喝得烂醉之后掐死了自己的妻子，酒醒后花了半小时找妻子，结果在餐具室里面找到了双目圆睁、已经肿胀的尸体。我最近认识的人里面，就只有凯拉·德沃尔是玩绒毛动物玩具的年龄，但我离开她母亲回家时，她已经躺在她蔷薇花朵的被单里睡得很沉了。所以——我知道这很笨——但我若真的开车回黄蜂路去，而且还只穿了一条平脚内裤——

怎么？强暴了那个女人？还把人家的小女孩带回来？在梦里？

我不就拿到了那台打字机吗？那打字机现在不就放在该死的楼上长廊里吗？

在林子里走上三十码和再沿着小路走上五英里还是有很大不同的。

我不要站在这里听我脑子里的人吵架。我就算还没疯——我还不觉得我疯了——但听这些浑蛋斗嘴吵架，到头来不进疯人院才怪，而且还会很快。我伸手把卧室的门推开。

一时间，我真的以为我看到了床单上有八爪章鱼状的血渍印在那里，可见那时我心里的恐惧有多深。我倏地闭上眼睛，过了一下才睁开，再仔细看一眼。床单乱七八糟的，最下面的那条还几乎全扯了下来，露出底下床垫的拼花缎面。有一个枕头扔在床尾的边缘，另一个枕头掉在床脚，皱成一团。那张小地毯——乔的作品——歪了，我的水杯翻倒在床头柜上。这间卧室看起来像是有过一场大战或是狂欢，但就是不像出过命案。没

① 《希区柯克剧场》(*Alfred Hitchcock Presents*)，恐怖片大师希区柯克一九五五年推出的电视悬疑剧集。

有血，没有小小的黑色绒毛玩具动物。

我跪在地板上，伸头朝床底看去。什么也没有，连灰尘也没有，多亏了布伦达·梅泽夫。我再检查一下床单，伸手摸一摸乱七八糟的皱褶，然后把床单拉平，把四个角的松紧带套好。真棒的发明，我是说这样的床单。“自由奖章”若改由女性颁发，而不是那一小撮一辈子不铺床、不洗衣服的白人政客，想出这种床单的人现在胸口一定别着这块铁，也一定要在白宫的玫瑰园里颁奖。

我把床单拉平后，又检查了一下。没有血，一滴也没有。也没有凝固的精液留在上面。前者，说穿了我也不真觉得会有（或者说那时我是那样告诉自己的）。但后者呢？不管怎样，我毕竟做过了世上最新奇的春梦——还是一场三联剧，让我同时和两个女人交好，再由第三个女人帮我打手枪，三幕同时演出。当时我觉得有那种“劫后余生”的感觉，也就是前一晚在床上玩得太猛，害你早上起来头痛欲裂。只是，若前一晚真的有激情的火花四射，那么过后的火药痕迹在哪里呢？

“乔的工作室！十之八九是那里。”我对着洒满阳光、空无一人的卧室说，“要不就是从这里到那里的小路上。还真该谢天谢地，不是留在玛蒂·德沃尔身上，猪头！搞上才刚成年的小寡妇，你是活得不耐烦了吧！”

我心里有声音表示同意，但也有声音表示不同意，说就是因为我活得不耐烦了才需要玛蒂·德沃尔！但我前一晚绝没搞上她，也没和我死去的妻子在浮台上面欢爱，莎拉·蒂德韦尔更没帮我打手枪！既然已经确定我没弄死那个可爱的小女孩，我的心思便又回到了打字机上面。我拿打字机是要做什么？干吗啊！

老兄，多愚蠢的问题。我妻子可以有秘密没告诉我，甚至搞外遇；屋子里也好像在闹鬼；往南走半英里还有一个很有钱的老头儿可能要让我死无葬身之地；哦，我那小小的阁楼里面说不定还躲着几个玩具。只是，我站在屋外洒进来的亮晃晃的阳光里，看着自己映在墙面上的影子，心里只有一个念头对我有意义：我是真的跑到妻子的工作室，去把我的旧打字机给拿了过来。而我做这件事的理由还会有别的吗？

我走进浴室，想先洗掉身上的汗渍和脚上的杂草、泥巴，再去打理别的。我才伸手要拿莲蓬头，就愣住了。浴缸里面满满的都是水。不是我在梦游的时候装了水……就是别的东西装的。我伸手要去拔排水孔的软塞，又一次愣住了。因为，我想起了那天我在68号公路的路肩上面时，一度觉得嘴里涨满了冷水。这时我忽然懂了，我这是在等那情况重演。但等了一会儿，什么也没有，我便伸手拔掉软塞，放掉浴缸里面的水，开始冲澡。

我大可以把那台老IBM打字机搬上楼，甚至把电线拉到外面的露台去，屋外正有微风徐徐从湖面吹来；但我没有。我反而是把打字机搬到书房的门口。书房是我写作的地方……若我还写得出来的话。我偏要在书房里面写，就算闷在屋顶下的室温可以高达华氏一百二……下午三点很可能正是这样的高温。

卷在打字机里的纸，是一张粉红色的旧收据复本，“一拍即合”那家店的。我们住在这里时，乔都是从城堡岩的那家摄影店买耗材。我把纸卷进去时，还把没有印字的那一面对着“信使”版球。我已经在纸面上打下了我那一小组后宫佳丽的芳名，活像我还在大做春梦的时候，就已经在想办法要写报告了：

乔 莎拉 玛蒂 乔 莎拉 玛蒂 玛蒂
玛蒂 莎拉 莎拉
乔 约翰娜 莎拉 乔 玛蒂莎拉乔

下面一行是小写字：

正常精子数精子正常万事顺利

我推开书房的门，把打字机拿进去，放在以前我放打字机的老地方：尼克松海报的正下方。我把那张红色的收据抽出来，揉成一团扔进字纸篓。接着，我拎起打字机的插头，插进基线板的插座。这时，我的心跳又猛又急，跟我十三岁时沿着梯子朝泳池边的跳水高台爬上去的感觉一样。我十二岁时爬过那道梯子三次，全又偷偷地溜了下来，但十三岁时，我再也没有理由临阵脱逃——这一次，我非做不可。

我记得好像看到过有台电扇窝在壁橱的一角，就在那个写着“杂物”

的箱子后面。我正要朝那边走过去，马上就又转回身来，不禁哑然失笑。我先前有一阵子还挺自信的，对吧？对，但紧接着紧箍咒就又来了，一把钳住我的胸口。这次若把电扇拿出来却发现自己在这书房里啥也做不成，岂不白痴？

“放轻松，”我安慰自己，“放轻松。”但我就是没办法做到。跟当年那个身形细瘦的少年穿着滑稽的紫色泳裤，朝跳水板尾端走过去时一样，我放松不下来，只觉得脚下的池水一片碧绿，而池里面朝上看的少男少女全都变得好小，好小。

我朝书桌右边的抽屉弯下腰去，用力一拉，抽屉掉了出来。我在抽屉砸下来前及时把光脚丫子挪开，跟着爆发出一阵一点也不自然的大笑声。抽屉里放着半刀稿纸，边缘略有一点风化，放太久没用的纸都这样。我一见这纸，就想起自己是带了纸来的——比这半刀稿纸要新得多的纸。我留着这半刀稿纸在抽屉里没动，再直接把抽屉放回去，试了几次才放进抽屉的滑槽，手一直在抖。

最后，我终于坐进了书桌前的椅子。椅子被我身体的重量一压，跟以前一样吱吱嘎嘎。我把椅子往前挪，椅脚的滑轮也照样一阵骨碌碌地滑动。我把膝盖塞进书桌下的空处，坐定在那里，瞪着键盘看，满身大汗，脑子里还在想泳池的高台跳板，想我走过跳板时光脚丫踩得跳板一下、一下轻轻地上下震动，想我脚底下的嘈杂人声四处回荡，想泳池里氯的味道，想那空气交换系统运转时很低、很有规律的声音：轰——轰——轰——轰，好像泳池的水有自己的神秘心跳。我站在跳板的前端，心想，入水的姿势若不对的话，可能就此全身瘫痪（还不是第一次想！）。其实也未必，但光是怕就可以把人吓死。《全球大惊奇》①报道过这样的例子；这个节目是我八岁到十四岁期间的科学教科书。

动手吧！乔发出一声吆喝。她的声音在我脑子里一般都很平静、很沉着，这一次却是厉声的尖叫，别再怕了，你动手就是！

我伸手去按 IBM 的按键开关，想起了那天我把计算机里的 Word 6.0

---

① 《全球大惊奇》（*Ripley's Believe it or Not*），从一九一八年的漫画专栏演进为一九三〇年的广播节目，再演进成一九四九年的电视节目，收录了古往今来的奇闻异事，囊括了世界的神话、搜奇、历史大事和自然奇观等。

丢进电脑的回收站时，还在心里说了一句：永别了，老朋友。

“这次一定要成，”我说，“拜托！”

我把伸出来的手放低，按下开关。打字机启动了，“信使”版球发出一阵咕噜，做好准备，像芭蕾舞者站在边厢准备上台。我拿起一张稿纸，手上的汗在纸上留下印子，但我没管。我把稿纸卷进打字机，放在正中央，然后打下

第一章

接着，坐在那里等风暴来袭。

14

电话的铃声——或者应该说是我听到铃声的方式——跟书桌椅子的吱吱嘎嘎或老IBM打字机的嗡嗡嗡一样熟悉。一开始像是从很远的地方传来，之后才像火车开到路口发出一阵阵汽笛声。

我的书房或乔的书房都没有分机，楼上的电话是旧式的转盘式，装在连通我们两人书房的长廊里的一张桌子上——乔爱说这长廊是“无人地带”。长廊里的气温起码高达华氏九十，但出了书房走进那里，还是觉得一股清凉拂上肌肤。我全身都是汗，滑不溜秋的，活像以前在健身房里偶尔会遇见的那种肌肉男，只不过我是个有小号鲔鱼肚的版本。

“喂？”

“迈克吗？吵到你了吗？你在睡觉啊？”是玛蒂，但不是昨天晚上的那个玛蒂。现在的这个玛蒂不再害怕，也不畏缩；现在的这个玛蒂好开心，话里都带着笑。当初让兰斯·德沃尔着迷的那个玛蒂绝对就是这样子。

“我没在睡觉，”我说，“在写东西。”

“骗人！我还以为你退休了。”

“是啊，我原来也这么想的，”我说，“但可能早了点吧。什么事？听起来你好像飞上了青天！”

“我刚跟约翰·斯托罗通过电话——”

真的？我刚刚在二楼待了多久？我看一下手腕，没东西，只有一圈白色。现在是斑点半，皮点钟①，我小时候爱这么说。我的表在楼下的北厢卧室，可能就躺在水杯打翻流出来的那摊水里面吧。

“——他的年纪；他也可以传他另一个儿子作证！”

“哇！”我说，“我没跟上。倒带，讲慢一点。”

她听了照做。真正的消息讲起来不需要多久（向来如此）：斯托罗明天就要过来一趟。他会搭飞机到城堡郡的机场，然后住在景观丘的城堡岩旅馆里面。他们两个这礼拜五大部分时间都要用来讨论案情。“哦，还有，他帮你找了一个律师，”她说，“陪你一起出庭采证。我想是刘易斯顿那边的人。”

听起来都是好消息，但比这些消息更重要的是：玛蒂已经重燃斗志。今早之前（若那时候还算是早上的话；从窗口坏掉的空调上方洒进来的阳光看起来，应该还是早上没错，但也快要过去了），我一直没发现那位身穿红色连身裙、脚踏干净白色运动鞋的年轻女子心情有多低落，她觉得自己会失去孩子的忧惧有多深重。

“真好，我很高兴，玛蒂。”

“都是因为有你。你若此刻就在我身边，我一定马上给你一个大大的吻，你这辈子最大的吻。”

“他跟你说你会赢，对吧？”

“对。”

“你也相信他的话。”

“对！”但这时她的声音略往下沉，“不过，我跟他说起我昨天晚上请你吃饭的事，他就有一点不满意了。”

“是啊，”我说，“我想也是。”

“我跟他说我们是在院子里吃的，他说我们只要在屋子里待上六十秒，就会有流言。”

---

① 斑点半，皮点钟，原文为 half-past freckles and skin o'clock。

“那我也只能说,他对扬基佬的做爱能力未免太小看了点,不过也难怪,他是纽约人。”

她笑得挺开心的,我这小笑话似乎还不至于好笑到这地步。我心里想,这是因为她身边终于有了两个人可以保护她吗?是因为她终于放下了压在胸口的大石头,所以才笑得花枝乱颤吗?还是因为性这话题在这当口正好触动她的心绪?别乱猜!

“他没太拿这件事来烦我,但他也说得很清楚,若我们再来一次,他就要啰嗦了。不过,等这些事都过去以后,我一定要好好请你吃一次饭,真的请你一次。你爱什么我就弄什么,你爱怎样我就弄成怎样。”

*你爱什么我就弄什么,你爱怎样我就弄成怎样。*唉,天上圣母耶稣基督,她一点也没想到她说的这句话是可以作另一番解读的——我跟你赌。我把眼睛闭起一下子,泛起了笑。干吗不笑?她说的每个字听起来都好悦耳,尤其是在迈克·努南的脏脑袋里。听起来我们两个真有可能走到童话般的美满结局呢,只要我们有勇气一路走下去。只要我忍得住不去看别的年龄可以当我女儿的俏妞儿一眼……做梦除外,当然。若不行,那我也只能有什么就吃什么。但凯拉不行。她在这一切里,像是劳斯莱斯车头的那尊女神,车子往哪里去,她只能跟着往哪里去。所以,我若有何非分之想,最好要记牢这一点。

“若法官要德沃尔两手空空回家去,那我就带你去波特兰的雷诺夜总会,买九道法国大餐请你吃。”我说,“斯托罗也去,连我礼拜五有约的那个讼棍我也一并请。你看,还有谁比得上我,啊?”

“没人比得上,我知道。”她说的口气很认真,“我一定会还你这个人情的,迈克,我现在情况不好,但我不会一直都这样的。就算要用上下半辈子才还得清,我也一定要还。”

“玛蒂,你不用——”

“我一定要,”她说得沉稳但激动,“我一定要。还有,我今天一定要再做一件事。”

“什么事?”我真的很喜欢听她用今天早上这样的口气讲话——开心、自由,像刚被赦免的囚犯从牢里放了出来——只是,我的眼睛已经开始往书房的门飘过去了;我急着想回去。我今天已经没办法写多少,再回去写,准会变成烤苹果,但我真的很想再写一点点,至少再写个一两页。你要怎样都可以，她们两个在我梦里都说过这一句。你要怎样都可以。

“我要去给凯拉买一个很大的泰迪熊，城堡岩的沃尔玛有卖的。”她说，“我会跟她说这是因为她很乖才买给她的，但其实是因为她那天走在马路中线，让你从对向车道看个正着，只是我可不能跟她实话实说。”

“只要不是黑色的就好。”我跟她说。这句话就这样脱口而出，我自己甚至都还没意识到脑子里有这一句。

“啊？”她听起来既惊讶又不解。

“我说也帮我带一只回来。”我说。这句跟前一句一样，我自己还没注意到就已经讲出口，从电话线里传了出去。

“说不定哟。”这时她的口气就开心多了，但紧接着又严肃起来。“昨天晚上我若说了什么话让你不开心，就算只有一下下，我也要道歉。我从来没有过——”

“别担心，”我说，“我没有不高兴。有一点困惑，仅此而已。其实，乔的这位神秘男友我差不多都已经忘了。”骗人的，但在这时候我觉得我有充分的理由骗人。

“可能这样最好。我不耽搁你了，你再回去写吧。你很想再写一点，对不对？”

轮到我惊讶了：“你怎么知道？”

“我也不知道，我只是……”她没再讲下去，但我忽然就懂了两件事：我知道她要说什么，也知道她不会说出来。*我昨天晚上梦到你。梦到我们两个在一起。正要做爱，我们两个里面有一个说：“你要怎样都可以”。但也可能，我不知道，也可能我们两个都说了这一句吧。*

说不定有的时候是真有鬼魂的——心灵和欲望脱离了身体，冲动挣脱了束缚，到处飘移，不露形迹。从“本我”里面跑出来的鬼，从幽冥深处跑出来的幽灵。

“玛蒂？你在听吗？”

“在啊，当然在啊。你要我把后续的进展都跟你说吗？还是你从约翰·斯托罗那里就会知道了？”

“你若不跟我说，我会很生气的。气到爆。”

她笑了：“那我一定跟你说，但会避开你写作的时间。再见，迈克。再感谢你一次，真的很感谢。”

我也跟她道了再见。她挂掉电话后，我又在原地站了一会儿，看着那台老式的人工树脂电话机发呆。她会打电话来，跟我报告最新状况，但会避开我的写作时间。可她怎么知道我什么时候在写作？反正她就是会知道。我昨天晚上听她说乔和那个穿补丁休闲外套的男人朝停车场走去时，不也知道她没说实话吗？一样的。玛蒂打电话来的时候，穿的一定是白色短裤加吊带背心，今天她不用穿连衣裙或淑女短裙，因为今天是礼拜三，礼拜三图书馆不开放。

你哪知道这些，都是你自己心里的想象。

不是的。若这都是我自己心里的想象，那我十之八九会把她放在更撩人的情境里面，说不定像是身上只有“维多利亚的秘密”的风流寡妇[①]。

想到这里就又联想到另一件事。*你要怎样都可以*，她们两个都说过这一句。两个都是。*你要怎样都可以*。这句话我以前听过。我在拉戈岛度假的时候，在《大西洋月刊》上面读过一位女权人士谈色情作品的文章。忘了是谁，只知道一定不是娜奥米·沃尔夫或卡米尔·帕利亚[②]。那女人是站在保守派那边的，她在文章里就用过这说法。莎莉·蒂斯戴尔[③]吗？可能吧。还是我的脑袋瓜儿在搞回波失真，把莎拉·蒂德韦尔听成莎莉·蒂斯戴尔？不管是谁，反正她认为“我要怎样都可以”是女性爱欲的基础，“你要怎样都可以”则是色情作品吸引男性的基础。性爱的时候，女性在心里想的是前面那句，男性在心里想的则是女性跟他们说后面那句。还有，那作者也说，真实世界里一旦性爱变调——像是变得暴力、虚假，或是有的时候单纯女性那边觉得不满足——色情作品便往往是漏网的共犯。这时，男性常会把气出在女性头上，大骂：“是你要的！你少否认！是你要我这样的！”

那位作者说每个男人在床上都希望听到这一句：你要怎样都可以。你咬也好，从后面来也好，舔我的脚指头也好，从我的肚脐眼喝酒也好，要

① 维多利亚的秘密(Victoria's Secret)，著名内衣品牌，以性感闻名。《风流寡妇》(*Merry Widow*)，著名轻歌剧，也曾改编成电影和芭蕾舞剧。

② 娜奥米·沃尔夫(Naomi Wolf，1962—)，美国女权作家，有名著《美貌的神话》(*The Beauty Myth*，1991)。卡米尔·帕利亚(Camille Paglia，1947—)，美国费城艺术大学(University of Arts)教授，著名社会评论家、女权思想家。

③ 莎莉·蒂斯戴尔(Sally Tisdale)，美国女作家，著有《对我讲脏话》(*Talk Dirty to Me*)。

我拿梳子打你屁股也好，都没关系。你要怎样都可以。反正门关得紧紧的，这里只有我们两个。但其实，这里只有你一个，我这人只是你的想象里面一厢情愿的附件；真在这房间里的，就只有你一个。我自己是没有欲求的，没有需要的，没有禁忌的。我是影子，我是想象，我像幽灵，你要怎样都可以。

我觉得这位作者写的文章，起码有一半讲的都是屁话。她认为男性唯有把女性变成自慰的配件，才能享有鱼水之欢。这在我看是观战的人才会有的想法，正在亲身实战的人绝不会这么想。这位女士笔下的术语真多，也挺机智的，但追究到深处，她不过是在说毛姆，也就是乔的最爱。毛姆在短篇小说《雨》里面借莎蒂·汤普森的嘴说的：男人啊，都是猪，丑陋、肮脏的猪，没一个例外。但我们不是猪，我们在一般的情况下都不算是畜生，至少没被逼到绝境前不会是畜生。只是，真被逼急的时候，其实也多半跟性没什么关系，通常是地盘的问题。我听过女权论者说性和地盘在男人身上是可以替换的，这说得可离真相差远了。

我走回书房，才打开门，身后就又传来了电话铃声。刹时，一股熟悉的感觉猛地爆发，过了四年后，重又附身回来了：一听电话铃响，我马上气冲牛斗，很想一把把电话从墙上拽下来扔出去。这些人是怎么回事？专门挑我写作的时候打电话来！难道就不能……嗯……让我好好做我要做的事？

我轻笑一声，转身回到电话旁。我接听上一通电话时的汗湿手印子还留在上面没褪。

“喂？”

“我不是说过你跟她在一起的时候要让人看到吗？”

“您早啊，斯托罗大律师。”

“嘿，你那边大概是在另一个时区吧，老兄，我们纽约这边现在是一点十五分。”

“我跟她一起吃晚饭，”我说，“在外面吃的。还有啊，我念故事给小家伙听，帮玛蒂送她上床，只是——”

“我想现在镇上一定有半数人以为你们两个正天雷勾动地火、如痴如狂呢！另一半人看到我出庭替她辩护时也会跟着这么想。”但他的口气并不像真的在生气，我还觉得他那口气带着笑！

“他们会让你透露是谁聘你的吗?”我问他,“我是说监护权官司开庭的时候?”

“不会。”

“礼拜五我的采证庭呢?”

“也不会。德金若真朝这方向去推,他那诉讼监护人的身份就会信用破产。还有,他们也有理由不去碰性的问题。他们会把焦点放在玛蒂没把孩子照顾好,甚至会虐待孩子这方面。证明那个妈不是修女,这在《克莱默夫妇》①上演的年头就已经不管用了。而且,他们在这问题上的麻烦还不止这一桩。”他此刻的口气绝对可以说是开心。

“你说吧。”

“麦克斯韦尔·德沃尔已经八十五岁了,还离了婚。其实是离过两次婚。法庭要把监护权判给这种情况的人之前,都会先考虑次要监护权。这点其实是指控母亲这一方有虐待、疏忽的嫌疑之外,最重要的一点。”

“他们到底要指控什么,你知道吗?”

“我不知道。玛蒂自己也不知道,因为他们的指控都是捏造的。而且,她人很好——”

“对,是的。”

“——我看她在证人席上会有很出色的表现。我等不及要见她本人。哦,别岔出去了。我们讲到次要监护权,对不对?”

“对。”

“德沃尔有一个女儿,正式宣告为精神失常,现在住在加州的一家精神病院里面。那是哪里呢——莫德斯托吧,我想。要争监护权这可不是好筹码。”

“看起来不会。”

“他那儿子,罗杰,年纪……”传来一阵翻笔记本的窸窣声,“五十四岁。所以,他也不算幼齿。还有,虽然现在有许多人到他这年纪照样生小孩子当奶爸,如今是美丽新世界嘛,但我们的这位罗杰是同志!”

我想起比尔·迪安说的:走旱路。我知道加州那边很多。

---

① 《克莱默夫妇》(*Kramer vs. Kramer*),一九七九年的名片,一九八〇年的奥斯卡最佳影片,描述一对失和夫妻争夺孩子监护权的故事。

“我记得你说过性不是问题。”

“可能应该说，异性恋不是问题。美国是有一些州——比如加州——同性恋也不是问题……或说问题没那么大吧。但这个案子不是在加州审的，而是在缅因州。这里的老乡可没那么开化，会觉得两个结过婚的大男人——我是说两人结为连理的大男人——可以把小女娃带得有多好。”

“罗杰·德沃尔已婚？”好吧，我承认，我现在的心情是有一点幸灾乐祸，不好意思——罗杰·德沃尔只是在过自己的日子，和他老爸目前在搞的勾当可能没一点关系——但管他呢，都一样。

“他跟一个软件工程师，叫莫里斯·瑞丁的，一九九六年缔结婚约。”约翰说，“我第一次上网搜索时便找到了。若这件事真搬上了法庭，我一定拿它大大发挥一场。我还不知道可以用到什么地步——目前还没办法预测——但若有机会，我会好好跟大家形容一下，一个眼睛又大又亮的快乐小女孩由两个中年同志养大会是什么模样。这两个中年同志说不定大部分时间都耗在网络聊天室里面，猜军官寝室熄灯后科特船长和斯波克先生①要做什么……嗯，只要有机会我一定好好发挥。”

“听起来有一点小人。”我的口气有一点像是希望有人来反驳我，或甚至好好笑话我，但什么也没有发生。

“这当然是小人，跟开车冲上人行道撞死两个无辜的路人一样。罗杰·德沃尔和莫里斯·瑞丁既不贩毒，也不拐卖小男孩，更没去抢劫老太婆。但这是监护权大战，而监护权大战比离婚更能把大好人变成人面兽心。这桩案子不会有多坏，但也够了，因为它太赤裸裸了。麦克斯韦尔·德沃尔突然跑回他出生的小镇，为的是一个理由，而且只为这一个理由：买个孩子。我实在接受不了。”

我咧一下嘴，在心里想象有一个律师，长得很像兔宝宝卡通里那个专门抓兔子的猎人，拿着一柄猎枪站在兔子洞外，兔子洞口写着“德沃尔”。

“我要让德沃尔知道的事其实很简单：买这孩子的价钱现在往上飙了，可能还高到他付不起。”

“若真的要上法庭——这你说过一两次了——你想德沃尔可能会放

---

① 科特舰长（Captain Kirt）和斯波克先生（Mr. Spock）是美国热门科幻剧集《星际迷航》（*Star Trek*）里的主角。

弃吗?”

“很有可能,真的。若不是他年纪大了,又习惯我行我素,我会说是大有可能。另外还有一个问题,就是现在他的脑筋是不是还够清楚,看得出来怎样对他最有利。我到你们那里去的时候,会想办法和他,还有他的律师,见上一面,但到现目前为止,我连他秘书那一关都还过不了。”

“罗杰特·惠特莫尔?”

“不是,我想她的级别应该还要再高一级。我还没跟她说过话,不过,终究会说上话的。”

“你试试看理查德·奥斯古德或乔治·富特曼那边吧,”我说,“他们两个应该都可以帮你和德沃尔或德沃尔的首席律师联络上。”

“反正我怎么都需要和那个叫惠特莫尔的女人谈一谈。像德沃尔这种人,年纪愈大,对身边的贴身顾问就愈是依赖。要他放手,可能就得以她为关键。这位可能是头痛人物哟,搞不好还会劝他打官司,要么因为她真的觉得德沃尔打得赢,要么因为她就爱看别人捉对厮杀。还有,搞不好她还会嫁给他。”

“嫁给他?”

“有什么不可以?他可以要她签婚前契约——他的律师敢去查谁替玛蒂请律师,我就在法庭上提这件事——他们结婚可以提高他打赢官司的几率。”

“约翰,那女人我见过,她一定也有七十岁了。”

“但她在小女娃的监护权官司里面,是可以下的一着女性的棋。她也可以在德沃尔那老头子和那对结婚的同志中间当缓冲。反正这件事不能不留意。”

“好。”我的眼光又朝书房的门口飘过去,但已经没那么急了。一天里总有那么一个时间,不管你想还是不想,过了那时间,你就没办法再写什么了。我想,现在应该已经过了那时间,说不定晚上……

“我替你找的那位律师叫罗密欧·比索内特。”他顿了一下,“真有人叫这名字的啊?”

“他是刘易斯顿人吗?”

“对,你怎么知道?”

“因为在缅因州,尤其是刘易斯顿那一带,就很可能真的有人叫罗密欧。我该见他一下吗?”我不想去见他。到刘易斯顿去要走两线道的公路,开上五十英里,如今这时候一定塞满了露营车和活动拖车屋。我只想去游泳,然后好好睡它一个午觉。长长的、不做梦的午觉。

“不用。打电话给他,稍微聊一下就好。他其实只是来当保护伞的,若对方问的问题岔到七月四号那天早上之外,就由他出来反对。那天的事,你就一切照实说,一五一十,全都老实说,但别的就一个字也别提。知道吗?”

“知道。”

“先跟他谈一下,然后再在礼拜五的时候,和他在……嗯……哦,这里……”又传来翻笔记本的声音,“在120号公路餐厅和他见面,九点十五分。喝喝咖啡,谈一谈,彼此认识一下,说不定也核对一下信息。到时我会在玛蒂那边,尽量挖资料。我们可能要再找一个私家侦探①。”

“我喜欢听你讲狠话。”

“嗯哼,我会让他们把账单寄给你的人戈尔达克,由他把账单转给你的经纪人,你的经纪人就——”

“不,”我说,“麻烦你叫戈尔达克把账单直接寄到我这里来,哈罗德那人跟唠叨的老妈子一样。大概要花多少钱?”

“七万五,最少。”他马上接口,没一点迟疑,也没一丝歉意。

“别跟玛蒂说。”

“没问题。你有没有觉得好玩啊,迈克?”

“嗯,有一点。”我回他这一句时,心里不无感触。

“花七万五还不好玩,就太冤了。”之后我们道了再见,约翰挂掉电话。

我把话筒放回去时,忽然想到过去这五天事情之多,远超过过去四年的总和。

这一次电话没再响起来,我顺利回到书房,但我心里清楚,今天是没办法再写什么了。我坐在IBM打字机前,按几下换行键,开始在被电话打断的那一页的最下面打下后续的大纲。电话这没用的讨厌玩意儿,接到好消息的机会又不多!但今天算是例外,我想我是可以带着笑签退了。

---

① 原文为private dick,dick有不雅之意。

毕竟，我开始做事了——做事。我居然坐在这里，还呼吸顺畅、心跳稳定，在我个人的小“事界①”里面，连一丝焦虑来袭的阴影也没有，对此，我心里依然不无惊奇。我在稿纸上打下：

〔接下来：德雷克到雷福德去。在一家蔬果摊停了一下，跟老板闲聊，以前用过的，名字要炫、要活。草帽。迪士尼乐园T恤。聊沙克尔福德。〕

我把打字机的滚筒往下拉，让IBM把稿纸吐出来，然后把这张稿纸放在写好的稿子上面，再拿笔在上面写下给我自己看的注意事项：“打电话给泰德·罗森克里夫，问雷福德的事。”罗森克里夫是从海军退役的，就住在德里。我雇他帮我做过几本书的研究助理：一本是要替我查纸是怎么做出来的，另一本帮我查几种常见候鸟的迁徙习性，再一本替我查一些金字塔墓室的建筑结构。我每次都只要“大概”，从来不要“全部”。我的写作座右铭向来是：别拿鸡零狗碎的正确事实来烦我。阿瑟·黑利②写小说的那种路数，我搞不来——我连读都读不下去，遑论还要去写。我只要知道个大概，让我可以掰得很精彩，就可以了。老罗很清楚我这一点，因此我们一直合作愉快。

这一次，我要知道的是佛罗里达雷福德监狱的大概，还有里面的死刑室长什么样子就好。另外也要知道一点连环杀手的心理状态。我想，老罗接到我的电话应该会很高兴……跟我终于有东西可以打电话去找他时自己心里的那份高兴差不多吧。

我拿起已经写好的八张双倍行距稿纸，翻了一下，心里的惊喜未减：我居然写出这么几页稿子了。这台老IBM和“信使”版球原来就是解药喽？照这情况来看，是这样没错。

而我写出来的东西同样教我惊喜。过去四年的休眠期，我的点子始终没断过；写作障碍并没影响到灵感。有一条真是出色，若我先前一直都能写的话，现在早就已经出书了。其他近十条，依我的标准可以放进“很不错”这一栏，也就是硬要写也还过得去的意思……或者说是有

---

① 原文为event horizon。

② 阿瑟·黑利(Arthur Hailey，1920—2004)，美国著名畅销书作家，作品除了情节精彩之外，也以细节考证翔实知名。代表作《大饭店》《钱商》《航空港》等。

可能跟杰克的魔豆一样，一夜之间就莫名其妙长到天上去。但其他大部分就是一闪而过的灵光罢了，短短的“要是——”，在我开车、走路或晚上躺在床上准备睡觉的时候，像夜空的流星一般，从我脑子里面飞掠而过。

《红衫男子》就是从“要是——”长出来的。有一天，我在德里看到一个男人穿了一件鲜红色的衬衫在洗彭尼百货公司①的展示橱窗——就在彭尼百货公司搬到购物中心前不久的时候。一对年轻男女从他站的梯子下面走过去……依古老的迷信，这是会倒大霉的。但这两位根本没注意到自己到底走到了什么地方——他们正手牵着手互望，深情款款，浑然忘我，反正是开天辟地以来二十郎当的男女深陷爱河一概会有的模样就是了。那男的长得很高，我看到他们时，他的头顶离洗窗工人的脚只有几根发丝的距离。若真是碰到了，梯子可能会整个翻过来。

这整件事从头到尾不过五秒钟的时间，但我写《红衫男子》却花了五个月。只是话说从头，整本书真的只在“要是——”的那五秒里面，就写成了。我把事情想象成梯子碰到了头，而不是千钧一发没碰到。故事就从这里开始发展。把故事写下来，不过是秘书一类的活儿。

至于我现在正在推演的这个点子，不算“迈克最最高妙的点子”（乔的声音刻意把这几个字念得铿锵有力），但也不算“要是——”那一类。放不进我以前的悬疑志异奇谭；带把儿的安德鲁斯这一次连个影儿也没有。但它感觉很扎实，像真人真事。今天早上，我的写作就如呼吸的吞吐般一气呵成。

安迪·德雷克在拉戈岛当私家侦探。四十岁，离婚了，有一个三岁的小女儿。开场时，他正在西屿一个叫雷吉娜·怀廷的女子家中。怀廷太太也有一个小女儿，五岁。她嫁的是一个有钱得要命的房地产大亨。而安迪·德雷克知道这位房地产大亨不知道的事：雷吉娜·泰勒·怀廷在一九九二年前，叫做蒂芙尼·泰勒，是迈阿密的高级应召女郎。

电话铃响的时候，我正写到这里。之后的情节已经想好，接下来的几个礼拜，我的秘书工作就是要把这些想法都写好，但也要我天降神迹般恢复的写作能力不再跑掉才行。后续如下：

---

① 彭尼百货公司（JCPenny），美国的大型连锁百货公司。

凯伦·怀廷三岁的时候，有一天，她和妈妈正在露台泡按摩浴，电话铃响了。雷吉娜原想叫园丁去接，但又转念自己去接——正职的那位园丁因为流感请病假，她觉得叫不认识的人帮忙不太妥当。雷吉娜叮咛女儿不要乱跑后，就一骨碌起身去接电话。凯伦在妈妈从浴缸爬出去时，举起一只手去挡溅起来的水，不小心把她带来一起洗澡的娃娃掉进水中。她弯腰去捡，头发却被按摩浴缸强大的水流给吸住了（我两三年前在报上看到过这样的命案，就是这条新闻在我脑子里推展出这故事）。

那个园丁，没名没姓的，穿着卡其衬衫，是人力派遣公司派来的临时工。他看到出事了，马上冲过草地，一头钻进浴缸把孩子从里面抓出来，还扯下了一撮头发和蛮大一块头皮。他帮孩子做人工呼吸，直到孩子重又开始呼吸（这一段会是很精彩、扣人心弦的场景，我等不及要写了）。惊魂甫定、歇斯底里的母亲提出的任何谢礼他都没接受，但拗不过，还是留下了地址，让她的先生可以再和他联络。只是，他留下的地址和名字，约翰·桑博恩，后来发现都是假的。

两年过后，这位从良后养尊处优的名妓，看到当年救过她孩子一命的恩人出现在迈阿密报纸的头版。报纸上，他叫做约翰·沙克尔福德，因为奸杀一个九岁女孩而被捕。报上说他还涉嫌超过四十起命案，死者有许多都是儿童。“你们抓到的是‘棒球帽之狼’吗?”警方的记者会上，有一个记者大喊这一句，“约翰·沙克尔福德是‘棒球帽之狼’吗?”

“嗯，”我一边往楼下走一边说，“他们当然以为他是。”

听得出来今天下午湖上的快艇太多了，裸泳不太行得通。我套上泳裤，把毛巾往肩头一搭，朝步道走过去——就是那天在我梦里两旁挂满日本纸灯笼的那条步道——准备洗掉晚上连番做噩梦加上今早写了不少东西所积下的汗渍。

从“莎拉笑”到湖边的步道，总共铺了二十三根铁轨枕木。我在走到第四或第五根时，才蓦然惊觉这件事意义有多重大。我的嘴唇开始颤抖，眼睛里泛出泪珠，树影和天光的颜色全都糊成一团。一个声音从我体内涌了出来——那是闷在体内的呜咽。顿时，我只觉得两条腿的力气都被抽光了，一屁股跌坐在枕木步道上面。有那么一下子，我以为那阵激动过去了。原本不过就是虚惊吧。但紧接着，我哭了起来。哭得最凶的时候，我把毛巾的一角塞在嘴里，生怕湖面快艇上的人会听到我的哭声，以为这里出了命案。

我伤心痛哭，哭过去这几年行尸走肉的日子，哭我没乔、没朋友、没工作的这几年日子。我也感激痛哭，哭我无法写作的状态看来已经结束。现在要下定论还嫌太早——孤燕未足以言夏，才八页的稿子不足以断定我的写作事业已经回春——但我想应该是八九不离十了吧。另外也因为害怕而痛哭，像遭逢大难、劫后余生或千钧一发、逃过噩运一般。我哭，因为我忽然懂了我在乔死后的这几年，一直是走在白线上的，一直是走在马路正中央的白线上的。但冥冥中自有助力，有神奇的大手把我一把抱走，毫发无伤。我不知道这只大手是谁的，但无所谓——这问题不急着现在就要找到答案，来日方长。

我哭到精疲力竭，全都发泄出来。之后，我才朝湖边走去，踩进水里。发烫的身体泡在清凉的湖水里面，那感觉真是无可言喻，像是重新活了过来。

15

“请说姓名，以便记录。”

“迈克·努南。”

“住址?”

“永久住址是在德里，班顿街 14 号。但我在旧怨湖 TR-90 也有住所，邮递住址是 832 号信箱。房子的确切所在地是在 68 号公路旁边的42 巷。”

埃尔默·德金，凯拉·德沃尔的诉讼监护人，举起一只肥嘟嘟的手，在自己面前挥了一下，不知是在赶讨厌的小虫还是在跟我说这样就够了。我也觉得够了。我只觉得自己像《小城风光》①里的那个小女孩，把自己

① 《小城风光》(*Our Town*)，美国作家桑顿·怀尔德(Thornton Wilder，1897—1975)的著名代表剧作，背景设在新罕布什尔州虚构的小镇格罗弗角(Grover's Corners)。

的住址写成："神旨，银河，太阳系，世界，北半球，美国，新罕布什尔州，格罗弗角"。最主要还是因为我紧张。虽已年届不惑，出庭却还是"大姑娘坐花轿"——头一遭。虽然地点是在城堡岩大桥街的"德金/彼得斯/贾勒特联合律师事务所"的会议室里面，但依旧算是出庭。这些劳什子里有一桩怪事特别值得一提。速记员用的并不是那种柱子上面连着一块键盘、样子像计算器的东西，而是面罩式速记机，戴在脸部的下半截。我以前见过这东西，但是在很老的警匪黑白片里面看到的。丹·杜莱耶或约翰·佩恩①开着两边都有舷窗装饰的别克轿车，满脸阴沉，抽骆驼牌香烟的那种警匪片。你若眼光无意间朝房间的角落飘过去，看到有个人的样子活像是全世界最老的战机驾驶员，本就已经够怪了；若再听到你说出来的每一字、每一句，马上会由别人用压得低低的声音干巴巴地重复一遍，更是怪上加怪。

"谢谢你，努南先生。你每一本小说我太太都读过，她说你是她最喜欢的作家。我要法庭记录特别记下这一点。"德金咯咯笑了几声，笑声浑厚。本来就是啊，他长得很"浑厚"嘛。大部分胖子我都还蛮喜欢的——所谓心宽体胖，他们的胸襟和肚围是成正比的。但胖子这一群人里面，还是有一支族群，我就觉得是"脑满肠肥真小人"②了。这些人就是你避之唯恐不及的。只要你给他们半点借口加上对分再对分的机会，他们准会好好烧杀掳掠一番，下手无情。"小人们"没几个高过五英尺二英寸（依我看就是德金的身高），矮于五英尺的还多得多，都很爱笑，但是属于皮笑肉不笑的那一种。他们看什么都不顺眼，最恨的还是眼睛一垂就看得到自己脚丫子的人。我就是看得到的这一族——尽管只是勉强看到。

"请代我向尊夫人致谢，德金先生，我想她应该知道跟您推荐哪一本小说来入门。"

德金又咯咯笑了起来。坐在德金右手边的女助理也跟着笑了几声——这女助理长得很标致，但好像刚从法学院毕业才十七分钟。坐在

---

① 丹·杜莱耶（Dan Duryea，1907—1968），美国男星，在电视剧和电影里面多饰反面配角。约翰·佩恩（John Payne，1912—1989），美国影歌双栖男星，晚年饰演的角色以黑色电影或西部片里的硬汉为多。

② "脑满肠肥真小人"，原文作 Evil Little Fat Folks，字头合起来就成了"elfs"，elf 指的是专爱调皮捣蛋的精灵。

我左手边的罗密欧·比索内特一样笑了几声。角落里的那个全球最老的F-111战机驾驶员则丝毫不为所动，径自对着他的面罩式速记机喃喃自语。

“我等着看改编的电影就好了。”他说，看着我的两只眼睛还闪过一丝邪气，好像知道我的小说是绝对不会改编成大片在电影院里上映的——我只有《二就是双》改编成电视电影，收视率约和《全国沙发整修锦标赛》战成平手。我只希望这个小矮人耍的幽默快快叫停。

“我是凯拉·德沃尔的诉讼监护人。”他说，“你知道这头衔的意思吗，努南先生？”

“应该知道吧。”

“这表示，”德金继续说，“万一法院要裁定监护权，朗古法官会指定由我来决定——若我有办法做决定的话——怎样才符合凯拉·德沃尔的最佳利益。在这样的案子里，朗古法官未必需要依我的结论来裁定，但许多时候都会这样。”

他直视着我，两只手交叠放在空白的记事簿上。那位标致的女助理倒是在她的笔记本上奋笔疾书，可能不太放心战机驾驶员吧。德金看起来像是在等如雷的掌声。

“这是问句吗，德金先生？”我反问他一句。这时罗密欧·比索内特在我脚踝上轻轻戳了一下，很老练的一下。我不必看他就知道他不是不小心来这么一下的。

德金的嘴唇光滑柔润，看起来像涂了一层护唇膏。油光雪亮的头皮上面，约莫二十几绺发丝梳得服服帖帖，一绺绺呈柔顺的弯弧状。他耐着性子打量我，但眼神后面都是“脑满肠肥真小人”一肚子冥顽不灵的坏油水。好，看来幽默要完了，我可以确定。

“不是，努南先生，这不是问句。我只是想让你知道为什么我们要在这样一个风和日丽的早上，硬把你从美丽的湖边请到这里来。也说不定我搞错了。现在，若——”

门上传来敲门声，重重的，不太客气。接着进来了我的老朋友，也是他的老朋友，乔治·富特曼。今天他的“克里夫兰随便穿”换成了卡其布的副警长制服，武装腰带和枪也都一并戴上。一进门，他就自动朝标致女助理衬着蓝色丝衬衫的胸前风光看过去，欣赏过后，才把一个文件夹和一卷录音带交给她。临走前，还斜眼瞥了我一下，像是在用眼神说，我记得你，老兄。什么臭狗屁作家，连约会都寒酸。

罗密欧·比索内特朝我歪了一下头，伸起手挡在嘴边，凑近我的耳朵。“德沃尔的录音带。”他说。

我点一下头，表示懂了，然后再转向德金。

“努南先生，你见过凯拉·德沃尔和她母亲玛丽·德沃尔，对不对？”

我心想自己怎么会把玛丽弄成玛蒂……紧接着就懂了，跟先前在脑中看到白色短裤和细肩带背心一样。凯刚开始学讲话时，把玛丽说成玛蒂。

“努南先生，你还跟得上状况吗？”

“你不需要这么尖酸吧。”比索内特说，口气很温和，但德金看他的眼神像是在说，等到哪一天“脑满肠肥真小人”称王的时候，比索内特绝对是他们关进囚车送到古拉格①去的首选。

“不好意思，”我没等德金开口回答就先说了，“我只是走神了一两秒钟。”

“想到新的小说点子了吗？”德金问这一句时，脸上又出现了假笑。西装革履的癞蛤蟆！他转头看向那个战机驾驶员，吩咐他把最后一句删掉，然后又问一次刚才他问的关于凯拉和玛蒂的问题。

对，我说，我见过她们。

“一次还是不止一次？”

“不止一次。”

“那是几次？”

“两次。”

“你和玛丽·德沃尔也通过电话，是吧？”

这些问题的走向已经弄得我有一点不快。

“对。”

“几次？”

“三次。”第三次就是前天，她打电话来问我要不要跟她和约翰·斯托

---

① 古拉格（Kulag），斯蒂芬·金写错字，应该作 Gulag，苏联时代的劳改营，因诺贝尔文学奖得主索尔仁尼琴名著而流传在外。

罗采证完毕后到镇上的广场一起吃露天午餐。公然在上帝和众人眼前跑到小镇的中心吃午餐……不过，有纽约来的律师护驾，何害之有？

“你也和凯拉·德沃尔讲过电话吗？”

什么怪问题！也从来没人提醒过我会问到这上面去！我想可能就是因为这样，他才会问的吧。

“努南先生？”

“对，我和她讲过一次电话。”

“能跟我们说说那次通话的情况吗？”

“嗯……”我朝比索内特看过去，有一点不知如何是好，但得不到一点协助，看来他一样不知所措。“玛蒂——”

“啊，不好意思，”德金听了马上朝我这边大幅靠了过来，裹在他肥厚的粉红色眼袋里的眼睛神色专注，“玛蒂？”

“玛蒂·德沃尔。玛丽·德沃尔。”

“你叫她玛蒂？”

“对，”我回答时突然有一股冲动，很想加一句：在床上叫她玛蒂！我在床上都这样叫她！“哦，玛蒂，别停！别停！”喊得很大声！“我刚认识她时，她跟我说她叫这名字。我认识她是——”

“这我们稍后再谈，现在我只想知道你和凯拉·德沃尔通电话的事。那是什么时候的事？”

“昨天。”

“一九九八年七月九日。”

“对。”

“电话是谁打的？”

“玛……玛丽·德沃尔。”接下来他就要问她为什么要打电话给我了，我心里想，那我就跟他说玛蒂想要再来一次床上马拉松，前戏包括一边看畸形侏儒的照片一边喂彼此吃巧克力草莓。

“那凯拉·德沃尔为什么会跟你讲话？”

“她自己要讲的。我听到她问她妈妈是不是可以跟我讲一件事。”

“她有什么事要跟你讲？”

“她第一次洗泡泡澡。”

“她有没有说她咳嗽？”

我没出声，静静地看着他。那时我突然明白了为什么大家都讨厌律师，尤其是碰上一个精明的律师搞得你灰头土脸时，更是会恨得咬牙切齿。

“努南先生，需要我把问题再讲一遍吗？”

“不用。”我回答他，不懂他是从哪里弄到这些信息的。这些浑蛋窃听玛蒂的电话吗？还是我的？要么两个都有？我可能这才生平头一遭真的深切了解到口袋里有五亿美元是啥滋味。有那么多银两在手，你爱窃听多少电话都没问题。“她说她妈妈把泡泡喷到她脸上，她就咳嗽了。但她——”

“谢谢你，努南先生，现在我们再来——”

“让他讲完。”比索内特说。顿时，我觉得他在采证中所扮演的角色好像变得比他原先以为的要大，但他看来无所谓。他那人老是瞌睡兮兮的，有警犬那一种哀伤又可靠的神情。“这里不是法庭，你不可以对他进行交互诘问。”

“我得替一个小女孩的权益着想。”德金说，口气倨傲又谦和，加起来的感觉像是奶油玉米淋上巧克力酱，“我很看重我这份责任。若我讲话有一点像在逼你，努南先生，我在此先行致歉。”

我才没那闲工夫去接受他的歉意，要不然我们两个就都太虚伪了：“我只想说凯在说这件事的时候笑得很开心，说她和妈妈打泡泡战。她妈妈把电话接过去时也在笑。”

这时，德金已经翻开富特曼交给他的文件夹，在我讲话时快速浏览里面的内容，好像没把我的话听进去：“她妈妈……玛蒂，这是你叫的名字。”

“对，我是叫她玛蒂。但我要先问一下，你们怎么会知道我们私下的通话？”

“这不关你的事，努南先生。”他从文件夹里拿出一张纸，合上文件夹。他把那张纸稍微举起来一下，像医生看 X 光片一样。看得出来，纸上打的都是单行间距的一排排字。“我们再来谈你和玛丽·德沃尔、凯拉·德沃尔第一次见面的事。那天是七月四日，对不对？”

“对。”

德金点一下头：“国庆日早上。你是先遇见凯拉·德沃尔的，是不是？”

“对。”

“你会先遇见她，是因为她妈妈当时并没跟她在一起，对不对？”

“这样的句子不太对，德金先生，但答案是对的。”

“真荣幸有畅销大作家帮我改正语法。”德金说时一脸挂笑。那笑的意思是他准备把我跟罗密欧·比索内特凑在同一辆囚车往古拉格送。

“请你说明一下你们见面的情况，先说凯拉·德沃尔，再是玛丽·德沃尔。或是玛蒂吧，看来你比较喜欢叫她玛蒂。”

我把经过说了一遍。说完后，德金把录音机放到他面前。他肥嘟嘟的手指头上的指甲跟他的嘴唇一样油亮。

“努南先生，那时你很可能撞到凯拉，这样说对吧？”

“绝对不会。我的时速只有三十五英里——那一带的速限就是三十五英里。我早就看到她了，有充分的时间刹车。”

“但万一你开的是另一条车道——比如北上，而不是南下——那你还会早早就看到她吗？”

老实说，这问题比他问的其他问题都要好。若那时有人从对向车道开过来，是会来不及反应。不过……

“对。”我说。

德金的眉毛往上一抬：“你确定？”

“对，德金先生。若是那样，我紧急刹车就没那么容易了，但是——”

“以三十五英里的时速。”

“对，以三十五英里的时速。我跟你说过，那是那一带的速限——”

“——在68号公路的那段路上。对，你跟我说过，没错。那么，依你的经验，大部分人开车到那路段时，都会乖乖照速限开吗？”

“我在一九九三年后就不常到TR来了，所以没办法——”

“拜托，努南先生，这又不是你写的小说里的场景。你回答我的问题就好，要不然我们会在这里耗上一上午的。”

“我正在尽力而为，德金先生。”

他叹了一口气，像是受不了了：“你那旧怨湖的房子是八十年代就买下来的，对不对？湖景杂货店，邮局，布鲁克斯修车厂那边——也就是大家说的北村——那边的速限从那时到现在就一直没变过，对不对？”

“是没变过。”

“那再回到我一开始问的——依你看，大部分人开到那路段时真会遵守三十五英里的速限吗？”

“我不敢说大部分人会，因为我没做过交通调查，但我想很多人应该不会吧。”

“那你要不要听一听城堡郡副警长富特曼说 TR-90 开的超速罚单以哪里最多，努南先生？”

“不用了。”我实话实说。

“就在你跟凯拉·德沃尔讲话，然后再跟玛丽·德沃尔讲话的时候，有别的车辆从你们身边开过去吗？”

“有。”

“多少辆？”

“我不确定。两辆有吧。”

“会不会是三辆？”

“有可能。”

“五辆呢？”

“不会，没那么多。”

“但你没办法确定，对不对？”

“对。”

“因为凯拉·德沃尔在闹脾气。”

“说实在的，对一个三岁的小孩来说，她的情绪还不错——”

“她当着你的面哭过吗？”

“嗯……哭过。”

“是她妈妈弄哭的吗？”

“这样说不对。”

“那依你看，放一个三岁的小孩在假日的早上自己一个人走在车流繁忙的马路正中央，这样子对吗？这应该同样不太对吧？”

“够了，你别回答。”比索内特先生加入，口气很温和，警犬一样的脸上有了不快。

“我撤回这问题。”德金说。

“你撤回哪一个？”我反问他。

他看着我，一脸厌烦，好像在说他碰到的尽是像我这样的浑蛋，他已经习惯我们这样的人要贱招了。“从你把那孩子抱到安全地带到你和德沃尔母女分手,这期间有多少辆车子从你们身边开过去?”

我不喜欢他说“抱到安全地带”这几个字,但我在想该怎么回答比较好时,那个老家伙已经对着他戴的速记机咕咕哝哝将问题录了下来。而且,我是真的把她抱到安全地带,这点没办法回避。

“我跟你说过,我不确定。”

“推估一下也可以。”

推估。我生平最不喜欢的字之一。保罗·哈维①用字。“可能有三辆吧。”

“包括玛丽·德沃尔自己的车?她开的是——”他在从文件夹里抽出来的那张纸上找了一下,“——一九八二年的越野吉普车?”

我想起了凯拉说的玛蒂开太快!就懂了德金到底在搞什么。对这,我一样无能为力。

“对,是她的车,越野吉普车,年份我就不知道了。”

“她的速度是在速限以下,还是正好是速限,或是超过速限?我是说她开过你身旁,凯拉还抱在你怀里的时候?”

她那速度绝对不在五十以下,但我跟德金说我不确定。他要我再想一想——我知道你对吊颈结不熟,努南先生,但只要你用心一点,绝对打得出来的——但我回绝了,很客气。

他又把那张纸拿起来:“努南先生,你会不会奇怪有两个证人——小理查德·布鲁克斯(迪基·布鲁克斯),布鲁克斯修车厂的老板,还有罗伊斯·梅里尔,退休的木匠——两个人都说德沃尔太太开过你们那地点时,车速超过三十五英里很多?”

“我不清楚,”我说,“那时我的注意力都在小女孩身上。”

“那你会不会奇怪罗伊斯·梅里尔说他估计她的车速高达六十?”

“这就离谱了。若这么快,她踩刹车时一定会朝侧边滑过去,翻进路旁的沟里。”

“从富特曼副警长量的刹车痕来看,她的时速起码有五十。”德金说。这一句不是问句,但他还是直直朝我看过来,眼神有恶棍的凶气,好像要

---

① 保罗·哈维(Paul Harvey, 1918—2009),美国广播界的名嘴。

我在这卑鄙的陷阱里面多挣扎几下，陷得再深一点才好。我什么也没说。德金把他那两只肥嘟嘟的手交叠起来，握在胸前，朝我凑过来，脸上的恶棍凶气已经收起来了。

“努南先生，要不是你及时把凯拉·德沃尔抱到路边——若不是你及时救下了她——她会不会正好被自己的妈妈开车撞个正着？”

这一句问话真是剧力万钧，我该怎么答呢？比索内特这时当然也发不出任何有用的信号，反而好像要跟那个标致的女助理送秋波。我想起了玛蒂拿来和《巴特比》一起读的那本小说——《沉默的证人》，理查德·诺斯·帕特森写的那一本。帕特森笔下的律师和格里沙姆的品牌不同，他的律师好像都很抓得住自己到底在做什么，几乎没有例外。*抗议，法官大人，这是要证人猜测。*

我耸一下肩：“对不起，律师，这我说不上来——水晶球没带在身边。”

这时，我又看到德金的眼里露出了一抹凶光：“努南先生，我可以跟你保证，这问题就算你在这里不肯回答，到时候不管你是到马里布、火岛①还是哪里去写你的下一本巨著，还是会被叫回来回答这问题的。”

我再耸一下肩：“我跟你说过了，我在注意那小女孩。她妈妈开得有多快，罗伊斯·梅里尔的视力有多好，甚至副警长富特曼真的去量过刹车痕还量对了吗，我都没办法说。但我跟你说，那里的擦痕多的是。好，那就假设她真的开到了五十，甚至五十五好了，就说她开到了五十五，德金，她才二十一岁。一般人在二十一岁的时候是开车技术最好的时候。她可能一拐就从孩子旁边绕过了，这对她可能是很简单的。”

“我想这问题就到此为止吧。”

“为什么？因为你已经要到了你想要的？”比索内特的鞋又再碰到了我的脚踝，但我没理他，“你若真的为凯拉着想，为什么开口闭口都像在替她祖父说话？”

德金的嘴角微微一扬，露出恶毒的笑，像在说*是啊，算你聪明，还要玩吗？*他把录音机朝他那边拉过去一点，“既然你提起了凯拉的祖父，棕榈泉的麦克斯韦尔·德沃尔先生，我们也就谈一下他吧，可以吗？”

---

① 马里布（Malibu），美国加州的海滩度假胜地。火岛（Fire Island），位于纽约长岛（Long Island）南岸，没有公路，所以不能开车，是著名的世外桃源式度假景点。

“反正也是你的戏。”

“你跟麦克斯韦尔·德沃尔讲过话吗？”

“讲过。”

“当面讲还是通过电话？”

“电话。”我才想要加一句，说他不知用什么手段弄到了我没登记的电话号码，就想起玛蒂一样也弄到了我的电话号码，于是决定打住，闭嘴不提。

“什么时候的事？”

“上礼拜六，国庆日晚上。他打来的时候，我正在看烟火。”

“你们谈的主题是不是当天早上的那场小小的奇遇？”德金问，伸手到口袋里拿出一卷录音带。他这动作很有点装模作样的感觉，活像是到府服务的魔术师掏出一条丝手帕，把两面都翻给你看。他在唬我。不能确定……算了，我想是真的。德沃尔是把我们的对话录了下来，没错——电话线里的嗡嗡声是大了一点，而且，我想就在我跟他讲电话的时候，我心里其实也隐约感觉到了——我想德金现在放进录音机里的那卷录音带应该是录下了我们的对话……但他这是在虚张声势。

“我不记得了。”

德金正要把放录音带的透明闸口关起来，听了我的回答，顿时住手。他抬眼看我，眼神明白写着不敢相信……外加一些别的吧。我想应该是意外之下的恼羞成怒。

“你不记得了？拜托，努南先生，作家的本事不就在于特别有办法记住对话吗？不过是一个礼拜前讲过的话。请你跟我说你们谈话的内容。”

“我没办法说。”我的回答听不出来喜怒哀乐。

德金看起来好像慌了一下，但马上又平静下来。一根指甲擦得亮亮的手指头，在录音机的“播放”、“倒带”、“录音”、“快进”等按键上面逡巡。“德沃尔先生打给你的时候，一开始是怎么说的？”他问我。

“他说‘喂？’”我轻轻回他一句，后面的速记机那边好像有压得低低的声音，很短的一声。可能是那老先生在清喉咙，也可能是憋着气在偷笑。

德金的脸颊开始冒出一块块红晕：“‘喂’之后呢？后来他说了什么？”

“不记得了。”

“他问过你那天早上的事吗？”

“不记得了。”

“你是不是跟他说玛丽·德沃尔和她女儿在一起，努南先生？你说她们两个一起摘野花？这位担心的老祖父问你那天出的事时，你是不是跟他这样回答？七月四日那件事全镇的人都知道，都在说。”

“哦，得了吧你。”比索内特说着，抬起搭在桌上的一只手，用指头抵在另一只手的掌心上面，比出裁判的暂停手势。“暂停。”

德金看着他，脸颊上的红晕更明显了，嘴也瘪了下去，露出牙冠整整齐齐的小牙尖。“你要怎样？”他这句几乎像是咆哮，好像比索内特是突然跑进来跟他传摩门教或者玫瑰十字会的福音。

“我要你别再诱导他了，我也要把采野花那段从记录里全都删掉。”比索内特说。

“为什么？”德金顶回去。

“因为你是在把这位证人没说的话硬弄进记录里去。要不然我们就暂停一下，先去和朗古法官开一下会，听听他的意见——”

“我撤回这问题。”德金说时朝我看了过来，眼神写着无奈和阴沉，怒不可遏。“努南先生，你想不想帮我做我该做的事？”

“我想尽力帮助凯拉·德沃尔。”我说。

“那好，”他点一下头，好像这没差别，“那就麻烦你跟我说明一下你和麦克斯韦尔·德沃尔讲了些什么。”

“我不记得了。”这一次我直视他的眼睛，没让他的眼神溜开，“说不定，”我说，“你还可以帮我回想起什么呢。”

一时间没有声音，跟扑克牌大奖赛最后的注已经投下，就等着选手亮牌的时刻一样，大家屏息以待，死寂一片。就连那个老战机驾驶员也没吭声，从面罩上缘露出来的两只眼睛，定定地眨也不眨。接着，德金用手腕把录音机推开（从他嘴部的表情可以知道他对录音机的感觉跟我平常对电话的感觉差不多），又把问题转回七月四日早上。他一直没问我和玛蒂、凯礼拜二晚上一起吃饭的事，也没再重提我和德沃尔通电话的事——那次通话中，我说过不少蹩脚而轻易会引起非议的话。

我接着回答他的问题，直到十一点半。但真要说起来，这一次采证庭在德金用手腕把录音机推开的那一刻，就已经结束了。我心里清楚，我敢说他心里同样也清楚。

“迈克！迈克！这里！”

玛蒂在野餐区的一张桌子旁边朝我挥手，野餐区在镇上广场的舞台后面。她看起来容光焕发，很快乐。我也向她挥手，然后朝她那方向走过去。一路要迂回绕过在玩官兵抓强盗的几个孩子；避开一对十几岁的小情侣，两人正在草地上卿卿我我；还要躲一个飞盘，让那条跳得老高的德国牧羊犬可以接个正着。

她身边还有一个很高、很瘦的红发男子，但我没什么时间去注意他。我刚走到碎石子路那边，玛蒂就已经迎了过来，伸出双手将我环抱搂住——还绝不是怯生生、撅屁股、不敢贴得太近的那种——然后在我唇上重重一吻，压得我的嘴唇贴在牙齿上面。她松口时，还有一声清脆的“啵”！她朝后退一步，看着我，眼睛里的兴奋光彩一览无遗：“还有谁给过你这么大的一个吻吗？”

“是我这四年来最大的一吻，”我说，“这样你满意了吧？”若她再等个几秒才从我身上挪开，她准会看到我满意得要命的实质证据。

“我看是不满意也不行，”她转头朝那个红头发的男人看过去，娇俏地向他示威，“这样可以吧？”

“不算及格，”他说，“但至少你们两个现在没在修车厂那几个怪伯伯的视线之内。迈克，我是约翰·斯托罗。很高兴终于一见你的庐山真面目。”

我马上就觉得和他一见如故，可能是因为我和他见面时，他虽然顶着一头乱蓬蓬、到处伸的红色鬈发，但脖子以下可是三件头的纽约客正式西装，野餐桌上的纸盘子也摆得很整齐。他的肤色很白，长满雀斑，属于怎么晒都晒不黑，反而一晒就发红、大片大片脱皮的那种。我们握手时，他的手好像只有骨节没有肉。他应该至少有三十岁了，但那样子好像跟玛蒂同年。依我猜，他五年前应该是不拿身份证还没人肯卖酒给他。

“坐下吧，”他说，“承蒙城堡岩总汇餐厅鼎力相助，我们有五道菜可以吃——烤乳酪三明治，在这里不知为什么居然叫意大利三明治……莫塞瑞拉干酪条……洋葱卷……星奇蛋糕。”

“只有四道啊。”我说。

“我忘了饮料。”他说完，就从一个褐色的袋子里抓出三瓶长颈瓶的桦木啤酒,“吃吧,玛蒂礼拜五和礼拜六在图书馆的班是两点到八点,这时候要她翘班可不太好。”

“昨天晚上的读书会怎样啊?”我问她,“林迪·布里格斯没生吞了你嘛,我看。”

她笑了,两手合掌一拍,高举过头,摇了一摇:“好轰动啊!我爆红啦!我不敢告诉她们我说的看法里面最棒的都是你的——”

“大恩不言谢。”斯托罗插嘴。他正在把他的三明治从牛皮纸包加绳子的束缚里解放出来,拆得很小心,不是很利落、干脆,全靠指尖。

“——我说我看了几本书,在里面找到了可以用的东西。真棒,觉得自己很像大学生。”

“好极了。”

“比索内特呢?”约翰·斯托罗问,“他到哪里去了?我从没见过有人叫罗密欧的。”

“他说他得直接回刘易斯顿去,不好意思。”

“其实我们人少一点反而好,至少一开始要这样。”他张嘴朝三明治咬下去——夹在长长的潜水艇面包里面——然后看我一眼,眼神有一点惊讶,“不赖嘛。”

“吃过三次之后,你就终生上瘾。”玛蒂说完,张口就朝自己的三明治狠狠咬下去,很高兴。

“跟我们讲一下采证庭的经过吧。”约翰跟我说。我就在他们吃东西时,将情形讲了一遍。讲完后,我拿起我那份三明治,开始赶我落后的进度。我都忘了意大利三明治有多好吃——甜甜的,酸酸的,还一路油得要命。当然,那么好吃的东西绝对不会有益健康,这是铁律。我想中年男子被年轻美眉来个紧紧的大熊抱,在法律上应该也是同样的道理。

“真有意思,”约翰说,“真有意思,真的。”他从油腻腻的纸袋里抽出一根莫塞瑞拉干酪条,从中间折断,细细端详里面黏糊糊的白色奶油,脸上一副惊吓又不解的表情,“这里的人真的吃这样的东西啊?”他问道。

“纽约那边的人还吃鱼膘呢,”我说,“生吃。”

“说得好。”他拿手里的干酪条放进意大利面酱的小塑料杯里蘸了一下(意大利面酱这时候在缅因州西部就要叫做干酪蘸酱),一口吃下。

“怎么样?”我问他。

“不错，但再热一点更好。”

对，他说得没错。冷掉的莫塞瑞拉干酪吃起来会有一点像在吃凉凉的鼻涕，但这看法在如此美丽的仲夏礼拜五，还是不要说出来比较好。

“若德金确实有录音带，他为什么不放?”玛蒂问，“这我就不懂了。”

约翰先把两条手臂往外一伸，再喀喀弯一下指节，摆出和颜悦色的神情，看着玛蒂：“这答案可能会石沉大海，永远没人参透得了。”他说。

他觉得德沃尔应该会放弃这起官司——从他身体语言的每一道线条，从他字句的高低起伏，都透露得很明显。情势大好，但是玛蒂最好不要过于乐观。约翰·斯托罗没他的外表那么年轻，也可能没他的外表那么天真无邪(大概是我自己衷心的期盼吧)，但他还是很年轻。不管是他还是玛蒂，都不知道麦克斯韦尔·德沃尔和斯库特·拉里布的雪橇的那段往事，也没站在比尔·迪安的面前听他说。

“要听一听可能的发展吗?”

“当然。”我说。

约翰放下手上的三明治，擦干净手指，开始替我们列举重点：“第一，电话是他打给你的。在这样的情况下，他的通话录音有什么价值就很难说了。第二，他那样子也不像是袋鼠队长①，对不对?”

“不像。”

“第三，你编的话会打着你自己，迈克，但不会太重，而且绝对不会打着玛蒂。还有，玛蒂把泡泡喷在凯拉脸上的说法，我喜欢。若他们的绝招就是这样，我会劝他们现在就收手。最后——我觉得这才可能是让他们打退堂鼓的真正理由——我想德沃尔得了尼克松氏症②。”

“尼克松氏症?”玛蒂问他。

“德金的那卷录音带并不是唯一的一卷；不可能。你公公就怕一旦他把在沃林顿录的录音带拿一卷出来用，我们就会要求法官让他交出所有录音带。这我当然不会放过。”

她看起来没听懂：“他会录到什么呀？若这样子不好，他为什么不干

---

① 《袋鼠队长》(*Captain Kangaroo*)，一九五五至一九八四年于美国CBS播出的晨间儿童节目。

② 尼克松氏症(Nixon's disease)，尼克松(Richard Nixon，1913—1994)即美国因水门事件丑闻而下台的撤谎总统。

脆销毁?”

“可能没办法吧,”我说,“可能他在别的地方还需要。”

“这没什么关系,”约翰说,“德金只是在唬人,这才是重点。”他用手腕轻轻敲了一下野餐桌,“我看他会撤掉案子。我敢说。”

“现在这样想还嫌太早。”我马上接口,但从玛蒂的表情看来——比先前更亮了——她早已被这过度的乐观所感染。

“其他的你都跟他说了吧,”玛蒂跟约翰说,“我还要赶去图书馆上班。”

“你上班时把凯拉放在哪里?”

“卡勒姆太太那边,她住在黄蜂路往上两英里的地方。七月的时候,十点到三点还有假圣班可以上,就是假期圣经班的夏令营。凯很喜欢去上课,她最爱唱歌,也爱法兰绒板看图说故事中诺亚和摩西的故事。放学后校车会送她到阿琳家去,我下班后九点十五分左右会到那里去接她回家。”她脸上泛起一抹感伤的笑,“她那时候通常都已经在沙发上睡得很熟了。”

约翰接口讲了约莫有十分钟之久。他才接这案子没多长时间,但已经发出了不少球。加州那边已经有人在搜集罗杰·德沃尔和莫里斯·瑞丁的资料(“搜集资料”比“打探”要好听多了)。约翰特别有兴趣的是罗杰和他父亲的关系,还有罗杰是不是明确表示过他也关心缅因州的这个小侄女。约翰也拟好了作战图,要尽量挖掘麦克斯韦尔·德沃尔在回到TR-90后的一举一动,挖得愈多愈好。因此,他又雇了一个私家侦探,是我那临时租来的律师罗密欧·比索内特推荐的。

他从外套的内袋里拿出一个小笔记本,一边快速翻动,一边跟我讲这些事。我听着,听着,就想起来他和我在电话里面讲过的司法女神的事:她可不止是被蒙着眼睛。她连手腕都上了手铐,嘴也贴上了胶布,被人硬拖到野地里好好强暴了一番!这样的说法用在我们目前的事上可能偏激了一点,但我想我们目前多少也算是有一点在摆弄她吧。我心里浮现出那可怜的罗杰·德沃尔飞了三千英里过来,硬被拖上证人席,就为了被人揭他性倾向的疮疤。但我还是时时提醒自己,这是他老爸,不是我或玛蒂或约翰·斯托罗,害他遇上这样的事。

“你快要和德沃尔还有他的法律顾问碰面了吗?”我问他。

“很难说。钓鱼线已经扔进了水里，提议已经摆上了桌面，冰球已经放在了冰上，喜欢哪一种说法随便你挑，要混起来、合起来也都可以。”

“生铁已经落炉了。”玛蒂说。

“棋盘已经端上来了。”我加一句。

我和她相视而笑。约翰却瞅着我们看，好不无奈，叹一口气，拿起他的三明治又吃了起来。

“你真的必须献殷勤，才能见到德沃尔和他的律师吗？”我问他。

“你是要打赢之后才发现德沃尔可以拿玛丽·德沃尔的律师有违反伦理的行为而重启战端吗？”约翰反问我这一句。

“少开玩笑。”玛蒂大喊一声。

“我这不是在开玩笑。”约翰说，“球是在他的律师手上，没错。我想这次来是不太可能见到他了。话说我连那怪老头长什么样子都还没见过。我跟你说，我想见他还真是想得要死。”

“若见他一面可以救你一命的话，那就下礼拜二傍晚到垒球场的挡球网后面站一站好了。”玛蒂说，“他老人家会坐着他的神奇轮椅去看球，看得眉开眼笑，不住鼓掌，每隔十五分钟还要吸一次救命的氧气。”

“这主意不错。”约翰说，“我周末要回纽约——把奥斯古德扔到脑后——但礼拜二或许可以来一趟，说不定连手套也一起带来。”他开始清桌子上的东西，看得我又开始觉得他真是拘谨得可爱，像穿围裙的劳雷尔①。玛蒂伸手请他一边凉快，自己接过手。

“星奇蛋糕没人吃。”她说得有一点伤心。

“你带回去给女儿吧。”约翰说。

“不行，我从来不让她吃这样的东西。你以为我是怎么当妈的？”

她看见我们两个的表情，就再把这句重复一遍，说完自己就笑了出来。我们跟着一起笑开了。

玛蒂的老越野吉普车停在大战纪念碑后面的一块斜坡上。城堡岩这

---

① 劳雷尔(Stan Laurel，1890—1965)，英籍著名喜剧演员，以瘦子的外形和胖子哈代(Olivier Hardy，1892—1957)搭档演出的黑白短片闻名，从默片时代红到第二次世界大战后。

里的大战纪念碑，是一座第一次世界大战战士的塑像，外加一顶馅饼盘形状的头盔，上面满是小鸟进贡的鸟粪。她的车旁停了一辆全新的福特金牛座，检验贴纸上面有赫兹租车的贴花标志。约翰把他的公文包扔进车子后座——他这公文包不厚，也不惹眼，看了让人放心。

“若礼拜二晚上可以来，我就打电话给你。”他对玛蒂说，“若有办法通过那个奥斯古德和你公公约上时间，我也会打电话跟你说。”

“我会替你把意大利三明治先买好。”玛蒂说。

他笑了起来，伸手抓住玛蒂的一条手臂，另一只抓住我的，样子很像新上任的牧师准备替他的第一对新人证婚。

“你们要在电话上聊事情，没问题，”他说，“但绝对要记住，你们的电话有一部，或两部都是，可能被窃听了。有机会的话，在市场上见见面吧。迈克你呢，偶尔也要到图书馆去查查书。”

“你的卡要续约。”玛蒂说时很严肃地瞄我一眼。

“但你不要再去玛蒂的拖车屋了，懂吗？”

我说懂，她说懂，但约翰·斯托罗的表情好像不太放心。我不禁想，他是不是在我们脸上或身上看到了不该有的端倪。

“他们的攻击路线可能无效，”他说，“但我们也不应该冒险让他们及时更换路线。我是说他们影射你们两个的关系，还有迈克和凯拉的关系。”

玛蒂吃惊的表情让她马上又回到了十二岁：“迈克和凯拉！你在说什么？”

“指控迈克猥亵儿童！他们一急起来什么贱招都使得出来。”

“荒唐，”她说，“若我公公要用这种抹黑的——”

约翰一点头，说：“对，我们就马上打回去。到时候全美的大报都会登，搞不好连‘电视法庭’[①]也会出马。老天保佑！不要走到这地步最好。这对大人都不好，何况是小孩子，不管现在还是未来。”

他低下头，吻一下玛蒂的脸颊。

“对不起，搞这些，”他说得口气听起来是真心觉得抱歉，“打监护权官司就是这样。”

---

① 电视法庭(Court TV)，美国电视的法律频道，最红的节目是法庭直播节目。

“我知道你先前就警告过我了。只是……有人会捏造这样的话，就因为没别的方法可以打赢官司……”

“那我就再警告你一次，”他说时脸色一沉，只是他那年轻、斯文的长相再往下沉也沉不到哪里去，“我们的这个对手是非常有钱但案子不牢靠的人。两项条件加起来，很可能就像老式炸弹了。”

我转头看玛蒂：“你还是很担心凯，是吧？你还是觉得她可能会出事？”

我看见她犹豫了一下，不想直接回答问题——很可能纯粹是扬基佬的含蓄在作祟吧——最后还是决定不要回避。可能是觉得回避问题是她目前没本钱享用的奢侈品吧。

“对。也只是一种感觉，你知道。”

约翰皱起了眉。我想，他应该也已经想到了德沃尔可能会不循法律途径硬干。“你尽量多盯着她一点，”他说，“我相信直觉。你的直觉可有事实根据？”

“没有，”玛蒂回答他时，朝我飞快瞄过一眼，暗示我闭嘴，“不怎么具体。”她打开老吉普车的门，把她的褐色手提袋扔进去，星奇蛋糕就装在里面——她终究决定留着不扔。之后，她转过身来看着我和约翰，脸上的表情近乎愤怒：“我不知道我要怎样多盯着她一点。我一个礼拜要上五天班，八月的时候要做微缩资料更新，那就要六天了。凯现在是在假圣班里吃午餐，在阿琳·卡勒姆家吃晚餐。我只有早上可以陪她，其他的时间……”她没说出来我就知道她要说什么了，她要说的还是那一句，“……她可是在 TR 啊。”

“我可以帮你找保姆。”我跟她说，心里知道这比请约翰·斯托罗要便宜太多了。

“不行。”他们两个异口同声，讲得那么一致，两人不禁对望一眼，哑然失笑。但即使脸上有笑，玛蒂的表情还是很紧张，很苦恼。

“我们不能留一大堆文件让德金或是德沃尔的律师团去挖。”约翰说，“谁付钱给我是一回事，谁付钱给玛蒂的保姆是另一回事。”

“还有，你帮我的地方太多了，”玛蒂说，“已经让我晚上睡不安稳了。我绝对不要因为自己瞎担心而陷得更深。”她爬上吉普车，关上车门。

我两只手搭在她敞开的车窗上。现在我们两个是齐头的高度，双眼对视，那感觉好强烈，一时颇教我不太自在。“玛蒂，我也没别的可以让我花钱啊，真的。”

“约翰的律师费我可以接受，因为约翰的律师费是为了凯。”她伸出一只手搭在我的手上，轻轻捏了一下，“其他就是因为我。好吗？”

“好。那你一定要跟卡勒姆太太还有假圣班那边的人说清楚，你现在有监护权的官司要打，可能会打得很凶。除非你亲口说可以，否则绝不能让凯拉跟着别人走，连他们认识的人也不行。”

她微微一笑：“我已经说了，约翰要我说的。保持联络，迈克。”她拉起我一只手，亲热地咂了一下，就开车走了。

“你觉得呢？”我们目送玛蒂的吉普车喷着废气朝新盖的普罗蒂桥驶去时，我问约翰。这座桥跨过城堡河，通往 68 号公路的联外通道。

“我觉得她有有钱的朋友和精明的律师在帮她，真好。”约翰说完，顿了一下，又加上一句，“但我还是要跟你说一件事，不知怎么，我就是觉得她好像罩在不幸里面。有一种感觉……我不知道……”

“好像她身上罩了一层乌云，让人看不透。”

“大概吧，大概是这样吧，”他伸手梳一梳头上那团红色乱发，“我就是觉得那感觉很忧伤。”

我知道他的意思……只是我想得还要更多。我想跟她上床，忧伤与否，对错不计。我要感受她的手碰到我的感觉，轻推、轻压、轻拍、轻抚。我要闻她的体香，嗅她的发香。我要她用双唇抵在我的耳际，呼出来的气息拂动我耳内的纤毛。我要听她跟我说你要怎样都可以，你要怎样都可以。

*　　*　　*

我在快两点的时候回到“莎拉笑”，进门时一心念着我的书房和有“信使”版球的 IBM。我又开始写作了——写作，我还是不太敢相信。我要工作到六点左右（被炒鱿鱼四年后重新开始写作，感觉不像工作），然后去游泳，再到村里小店大吃巴迪拿手的胆固醇过量特餐。

我才走过门口，本特的铃铛就一阵大鸣大放。我在玄关停住脚，手搭在门把上。屋里很热、很亮，没一丝阴影，但我手臂上出现的鸡皮疙瘩像是到了三更半夜。

“谁？”我大喊一声。

铃铛不响了。屋里顿时一片死寂，接着，传来一声女人的尖叫。那尖叫从四面八方涌来，从满室阳光、微尘的空气里面涌现，像汗珠从热气蒸腾的皮肤上面冒出来。那一声尖叫里面有痛恨，有怒气，有悲伤……但我想，还是以恐惧为多。我跟着放声尖叫，克制不住。那天站在漆黑的地下室楼梯顶上，听到有看不见的手在敲绝缘面板，我也怕过，但这一次比那次还惨。

它一直没停，我是说那尖叫。它是慢慢远去的，跟那小孩子的哭声慢慢远去一样。好像发出尖叫的那个人被人沿着一道长长的走廊拖走，拖得很快。

但终究还是听不见了。

我靠在书架上，一只手掌压在穿着T恤的胸口上，心脏跳得砰砰作响。我张大口喘气，全身的肌肉都是那种极度惊吓过后即将爆掉的古怪感觉。

过了一分钟，我的心跳渐渐慢下来，呼吸也跟着变得平缓。我站直身体，蹒跚踏出一步，等确定两条腿站得住后，才又往前踏出两步。我在厨房门口站住脚，朝起居室看过去。火炉上方的大角鹿本特瞪着玻璃眼珠子静静看着我。它脖子上的铃铛挂得好端端的，没在动，也没声音。铃铛的侧缘有太阳的反光在发亮。屋子里唯一的声音，就是那只滑稽的菲利猫在厨房里的滴答响。

就算是这样，我最苦恼的依然是觉得那个尖叫的女人就是我的乔，缠着“莎拉笑”不走的鬼魂就是我的亡妻，而且，她正身陷痛苦。不管她是死了还是怎样，她正痛苦不堪。

“乔吗？”我问了一声，问得很平静，“乔，你——”

那呜咽啜泣又开始了——惊恐无助的小孩的哭声。一听到这声音，我的嘴和鼻子马上就又觉得涨满了湖水的铁锈味。我伸手抓住喉咙，不停作呕，十分害怕，靠在料理台的水槽上面拼命呕。结果跟上次一样——我没吐出一大股水来，只吐出一小口口水。溺水的感觉也马上跟着不见了，好像从没有过。

我站在原地没动，抓着料理台的边缘，低着头靠在水槽上面。那样子可能很像醉鬼，刚从宴会回来，正把送进肚里去的黄汤全吐出来。我可不只是样子像，连感觉也像——呆头呆脑，两眼朦胧，昏昏沉沉地不清楚到底是怎么回事。

等我终于能挺直身子，便拿了挂在洗碗机把手上的毛巾擦一下脸。冰箱里有茶，我真的需要喝上一大杯冰冰的茶。我刚伸手要去抓冰箱的门把，手就僵住了。冰箱门上的蔬果小磁铁又排成了一个圆圈，圆圈里面排了一行字：

help im drown（救命！我要淹死了）

好，够了，我心里想，我要离开这里。现在就走。今天就走。

但一个小时过后，我还坐在楼上闷死人的书房里面，书桌上有一大杯冰红茶放在我手边（茶杯里的冰块早就溶化了）。我身上只穿着泳裤，已经神游到我笔下的世界——那里有一个叫安迪·德雷克的私家侦探，正想证明约翰·沙克尔福德并不是大家说的“棒球帽之狼”连环杀手。

我们是这样过活的：一次只过一天，一次只吃一餐，一次只痛一次，一次只呼吸一下。牙医不也是一次只做一个根管治疗么？造船的人不也是一次只造一艘船么？所以，写书这件事，也是一次只写一页。我们知道的、我们害怕的一概避开。我们研究邮购目录，看足球赛，选斯普林特不选电话电报公司①。我们数天上飞过的鸟，就算听到身后有脚步声从长廊传来，也不转身去看。我们就这样说定了吧，我同意天上的云朵常常看起来像是什么东西——鱼啊，独角兽啊，骑马的男子啊——但天上的云朵到底只是天上的云朵。就算云层里面有闪电打过，我们还是说那只是云朵，说完后，回头继续再管我们的下一餐，再管我们的下一场痛，再管我们的下一次呼吸，再管我们的下一页稿子。我们就这样子过吧。

16

这一本很厚，好吧？这一本是重量级的。

---

① 斯普林特（Sprint），美国第三大无线电信商；美国电话电报公司（AT&T），美国老牌电信商。

我不敢换房间，更不敢拎起打字机和薄薄一沓刚开始写的稿子跑回德里去。这跟带着小婴儿在刮暴风的时候硬要出门是一样的道理。所以，我待着没动，虽然始终保留随时逃走的权力（老烟枪不老是说等咳得厉害时再戒不迟吗？）。一个礼拜就这样过去了。那个礼拜并非全然无事，但直到我在下一个礼拜五在大街上遇到麦克斯韦尔·德沃尔前——七月十七日吧，那天的日期——最重要的事，便是我一直在写这本小说。小说写完后，书名要叫做《我的童年伙伴》。我们可能都觉得失去的才是最美好的……或应该才是最美好的。我自己倒不确定。我只知道那个礼拜，我在现实世界里面多半都和安迪·德雷克、约翰·沙克尔福德一干人等厮混，外加一个藏在背景暗处的鬼影。雷蒙德·加拉蒂，约翰·沙克尔福德小时候的玩伴，这人有时会戴棒球帽。

那个礼拜，屋子里还是不时会有异状，但强度比较低，没有吓得人魂飞魄散的尖叫。有时本特的铃铛会响起来，有时冰箱门上的蔬果小磁铁又会排成圆圈……但圆圈中央没再出现过字，至少那个礼拜没有。有一天早上，我起来的时候，糖罐翻倒了，让我想起玛蒂面粉罐翻倒的事。但撒出来的糖上面没写字，只有乱画的一条线。

——像是想写但没写成。若是如此，我感同身受。我知道那是什么滋味。

我到那位让人望而生畏的埃尔默·德金那边出席采证庭，是十号礼拜五的事。下一个礼拜二，我沿着大街朝沃林顿的垒球场走去，希望自己也能瞧上麦克斯韦尔·德沃尔一眼。等听到球场上的吆喝、欢呼和球打出去的声音时，已经约莫是下午六点了。一条小路旁有个粗犷的路标（花体的 W，烙在一支栎木做的箭头上），顺着这条小路再走过一栋废弃的船屋、两栋棚屋、一栋半埋在乱爬的黑莓藤里的凉亭，最后终于走到了中外野后面的那一带。从地上散落的薯条纸袋、糖果纸和啤酒罐看来，应该有人也站在这个地点看过球。我不禁想起了乔和她那位神秘的男性友人，穿旧旧的褐色休闲外套的那一位，身材魁梧，伸手揽着乔的腰，把她从球场上带走，朝大街走去。那个礼拜，有两次，我差一点就要打电话给邦妮·艾蒙森，看是不是能查出那家伙是谁，找出他的名字，但两次我都临阵退却。你就别自寻烦恼了吧，两次我都跟自己说这一句，你就别自寻烦恼了吧，迈克。

那天傍晚，中外野后面的那块地成了我的专属看台。离本垒的距离也刚好，因为那个坐轮椅的老家伙通常就在本垒后面。他前几天居然骂我撒谎，我则反唇相讥，要他把我的电话号码收到不见天日的地方。

我还真是瞎操心了。德沃尔根本没来，可爱的罗杰特也没来。

我倒是看到了玛蒂坐在一垒后面随便乱搭的铁丝网后面。约翰·斯托罗坐在她身边，穿的是牛仔裤加马球衫，红色乱发关在一顶“大都会”的球帽里面。他们站着看球，不时闲聊，像老朋友似的，打过了两局才看到我——时间之长，我都羡慕起约翰来了，兼有一点吃醋。

后来有人打了一记高飞球朝中外野飞来；这里是由树林当围墙的。中外野手朝后退，但球飞得很高，一路飞向我，朝我的右手边过去。我想也没想，就朝那方向跑过去，抬高脚踩进矮树丛，生怕会碰到毒葛；这堆矮树丛就挡在中外野的草地和树林当中。我用伸出去的左手捞到那颗球，对着欢呼的观众露出微笑。中外野手用右手拍一拍他左手戴的手套掌心，为我鼓掌。打击手这时也已经优哉地跑过了四块垒包，知道自己打出了一记界外全垒打。

我把球扔回给中外野手，刚要转身回到原先站的糖果纸和啤酒罐的垃圾堆去时，回头看了一眼，就发现玛蒂和约翰看到了我。

我们人类说起来还真的只是“动物”大家族里的一支，若真有什么不同，也只是脑容量大一点，对我们自己在万事万物里有何重要地位，看得比别的动物要大很多就是了。证据呢？莫过于我们在别无他法的时候，一样可以用肢体来表达意思。玛蒂先把两只手叠在胸口，再把头往左一歪，眉毛上扬——偶像！偶像！我把两只手抬到肩膀的高度，掌心朝上一翻——呸！小姐啊，这不算什么！约翰低下他的头，伸出手指头搭在眉毛上面，好像那里痛——你这小子只是运气好罢了。

等这些意见交流完毕，我再朝挡球网指一下，耸耸肩发出问题。玛蒂和约翰两人同时响应。再过了一局，来了一个小不点，活像一个超大号雀斑朝我的方向倏地蹦了过来。他身上套的乔丹运动衫太大了，在他的小腿肚上晃来晃去，像穿了条裙子。

“那边的人给我五毛钱，要我跟你说，等一下打电话到他城堡岩的旅馆去找他。”他指着约翰跟我说，“他说你若说好，就给我五毛钱。”

“那就跟他说我会在九点半的时候打电话给他。”我回答他，“我身上没有硬币，一块钱可以吗？”

“可以啊，阔佬。”他一把把钱拿走，转身要走，马上就又转了回来，咧着嘴朝我笑，露出一嘴夹在第一幕和第二幕中间的牙。衬着背景里的垒球选手，他那样子活像是诺曼·洛克威尔①画笔下的经典人物。“那人还要我跟你说那个球接得很烂。”

“你跟他说大家也都这么说威利·梅斯②。”

“威利什么？”

唉，小鬼头。唉，古风不再。“你跟他说就是啦，小子，他知道的。”

我又待在那里看了一局球赛，但那时球赛已经打昏了头，德沃尔又一直没来，我便循原路折返要回别墅。回程看到一个渔夫站在一块大石头上，也看到两个年轻人沿着大街闲逛，朝沃林顿走去，两人双手紧握。他们跟我说了一声“嗨”，我也“嗨”回去。我一路上只觉得孤单，但又没有什么不满。我相信这种感觉是很罕见的幸福。

有的人进家门第一件事便是去看答录机。那年夏天，我进门的第一件事却是去看厨房冰箱的门。伊呢米呢奇哩哔呢③，跟波波鹿爱说的一样，有精灵要跟我们讲话。那天晚上没精灵来跟我说话，不过，那些蔬果小磁铁还是排出了一条曲线，像蛇，也有可能是S躺平了睡午觉。

再过一会儿，我打电话给约翰，问他德沃尔死到哪里去了。他的回答跟他先前给过的答案一样；先前答得还更经济，用的是手势。“这是打从他回这里来第一次没来看球，”他说，“玛蒂想找几个人问他是不是怎么了，大伙儿的答案很一致，好像没问题……至少大家没听说有问题。”

“你说她想找几个人问是什么意思？”

“我是说有的人连话也不肯跟她说。依我父母那代人的说法，就是‘当她是个死人’。”小心啊，老弟，我没说出来，他们的时代离我也只有半

---

① 诺曼·洛克威尔(Norman Rockwell, 1894—1978)，美国著名画家，以美国寻常人物入画，宣扬坚毅的精神，在第二次世界大战和经济大萧条时期是美国人精神的依靠。

② 威利·梅斯(Willie Mays, 1931—)，美国著名棒球选手，打击优异，守备更是一绝，共拿下十三次金手套奖。

③ 伊呢米呢奇哩哔呢(eenie-meenie-shili-beanie)，美国卡通人物波波鹿(Bullwinkle Moose)说的话，类似“天灵灵！地灵灵！”的意思。

步距离。“她以前的一个老朋友后来还是跟她聊了一下，但看一般人对她的那样子，他们像是联合起来排挤玛蒂·德沃尔。那个叫奥斯古德的，虽然是个狗屁推销员，但他当德沃尔的白手套倒是干得不错，还真让镇上其他人都对玛蒂避之唯恐不及。这里算是镇吗，迈克？我到现在还抓不准。”

“这里还只叫做TR，”我说得漫不经心，“一时也没办法说清楚。你真的觉得德沃尔已经花钱把每个人都收买了吗？这和华兹华斯歌颂的田园的真、善、美兜不起来，对不对？”

“他的确是在撒钱，而且还用那个奥斯古德——说不定富特曼也有份——在散布谣言。这镇上的人啊，清廉的程度是政客那一级的。”

“那些被收买的人？”

“是啊。哦，我看到了那个可能会帮德沃尔小娃娃逃家案当明星证人的人了。罗伊斯·梅里尔。他在储藏室那边，和他的几个同伙在一起。你有没有看到他？”

我说没看到。

“那老家伙铁定有一百三十岁，”约翰说，“手上拿的那根拐杖还有镶金的头，有大象屁眼那么大。”

“那是《波士顿邮报》的拐杖。这一带年纪最大的人才可以拿。”

“我想他是用正当手法拿到的。德沃尔的律师若要让他上证人席，我一定做了他。”约翰说的口气很兴奋，很笃定，听得我脊梁有一点发凉。

“我想也是。”我说，“玛蒂对于连老朋友也跟着排挤她有什么反应吗？”我想起她说过她最讨厌礼拜二晚上，不敢去想那天晚上球场上一定在打垒球，而她就是在礼拜二晚上的垒球比赛上遇见她丈夫的。

“她还好，”约翰说，“我想反正她对他们已经死了心，无能为力了。”我自己对这倒没那么有把握——我大致没忘记人在二十一岁的时候，死心是很稀罕的事——但我什么也没说。“她硬就是挺了下去。很孤单，很害怕。我想她在心底先前搞不好已经做好准备了，想她总有一天会失去凯拉。但她现在应该已经重拾信心，这大部分要归功于你。我们谈了一番你那运气好得不得了的一手球。”

嗯，大概算好运气吧。我脑中闪过乔的哥哥弗兰克有一次跟我说过，他从不觉得有好运气这种事，一切都是命运的安排和灵机一动的选择。

接着我脑子里又出现了一个画面：TR缠着纵横交错的无数条看不见的缆线，一条条隐形的纽带，强韧如钢索。

“约翰，我那天，就是采证庭那天，一直忘了问你最重要的问题。我们都这么关心的这桩监护权官司……安排好开庭日期了吗？”

“是该问了。我已经到处打听过了，还有比索内特也是。除非德沃尔和他的人要了很滑头的一招，比如到另一区去提起诉讼，我想日期应该还没定。”

“他们可以这样吗？我是说到别的地区去提请诉讼？”

“可能。但我们应该不会不知道。”

“这表示什么？”

“表示德沃尔正在放弃的边缘，”约翰马上接口，“目前我找不到别的解释。我明天一早就要回纽约去了，但会跟你保持联络。你这边有什么事，也要马上跟我说。”

我说一定，就上床去睡了。这次，没一个女人入我梦来，我反而觉得轻松。

礼拜三早上蛮晚的时候，我下楼要再倒一杯冰红茶喝，看到布伦达·梅泽夫已经在后门台阶那边竖起了晒衣架，正在晾我的衣服。她的做法一定是她的母亲大人教的：长裤和衬衫晾在外面那一层，内衣晾在里面那一层。这样晾衣服，任哪一个爱管闲事的人，也看不出来你的贴身衣物是什么样。

“到了下午四点左右，你就可以拿进屋里去了。”梅泽夫太太要走的时候跟我交代一句。她的眼神，晶亮里闪着打趣的光芒，一辈子在有钱人家“帮忙”的妇人都会有这么一种眼神。“可别忘了，别晾在外面一整夜——沾了露水的衣服要等下水重洗过才会觉得干爽。”

我用恭顺的口气跟她说，我一定会记得把衣服拿进屋里来，接着再问她觉得这屋子有没有问题。我觉得自己好像间谍在大使馆酒会里刺探消息。

“什么叫有没有问题？”她反问我，扬起一道蓬乱的浓眉。

“嗯，我会听到怪声音，有一两次了。晚上的时候。”

她哼了一声：“这屋子是长条形的嘛，对不对？分好几次盖起来的，所以会靠在一起，一边的厢房朝另一边厢房挤。你听到的就是这声音，八九不离十。”

“不是闹鬼啊？”我说得好像很失望。

“我自己是没见过的，”她的口气不痛不痒，好像会计师在报数字，“但我妈说过这里的鬼很多，她说这一整片湖都有鬼。像住在这里的米马克印第安人啊，他们在被温恩将军赶走前一直都住在这里；像那些打内战、死在战场的人啊——光是我们这地方出去的人就超过六百个，努南先生，但回来的不到一百五十个……尸体回来的也算。我妈说过，旧怨湖一带也有死在这里的黑人小孩的鬼魂，可怜的小鬼头。他是红顶小子他们的人，你知道吧？”

“哦，我不知道——我知道莎拉·蒂德韦尔和红顶小子的事，但不知道有这孩子。”我顿了一下，再问，“他是淹死的吗？”

“不是，他踩到捕兽夹，一直喊救命，卡在那里快一天才被人找到。他们救下了他的脚，但说起来还不如不救，弄得他染上败血症，最后还是死了。一九〇一年夏天的事吧，我记得。他们就是这样才走的，我猜——没办法留在这块伤心地了。但我妈以前老说那小家伙并没跟着走，她老是说他还在 TR 这里。”

我心里想，我若跟梅泽夫太太说那小家伙在我从德里回 TR 的第一天，很可能就已经等在这里欢迎我了，后来又来过几次，不知她会说什么。

“后来还有肯尼·奥斯特的爸爸，诺尔摩，”她说，“你知道那件事，对不对？哦，那件事真惨。”但她看起来挺兴奋的，不知是因为这件惨事她知之甚详，还是因为她有机会细说从前。

“我不知道，”我说，“但肯尼我认识。他有一条狼犬，小蓝莓。”

“对。他帮人做木工，也帮人看房子，跟他爹一样。这里有许多房子以前都是他爹在照看的，你知道吧。第二次世界大战刚完的时候，诺尔摩·奥斯特把肯尼的小弟淹死在后院里啦。那时他们还住在黄蜂路那一头，就在路的岔口那边，一条往船栈去、一条往码头去的那个岔口。但他不是把小家伙扔进水里，他是把孩子放在地上的水泵下面一直冲水，一直冲到孩子喝了满肚子水死掉。”

我站在那里瞪着她看，晾在我们身后的衣物在晒衣架上劈啪作响。我想起嘴里、鼻子、喉咙里灌满铁锈味的冷水的感觉，真的可以是湖水，也可以是井水，从这里地底的含水层里抽出来的地下水。我想起冰箱门上排出来的字：help im drown（救命啊，我要淹死了）。

“他让孩子躺在泵下面。那时他新买了一辆雪佛兰，他就开着新车到42巷去，还带了一把猎枪。”

“你是说肯尼·奥斯特他爹是在我屋子里自杀的，梅泽夫太太？”

她一摇头：“不是。他是在布里克家的湖边露台上自杀的。这个杀婴的浑蛋坐在他们家门廊的长吊椅上，拿枪轰掉了自己的脑袋。”

“布里克家？我没——”

“你不可能听说过。从六十年代起，布里克家就没再来过这里了。他们是特拉华那边的人，很高尚的人家。你把那里想成跟沃什伯恩家一样也差不多。但沃什伯恩他们现在也走了，屋子空着没人管。那个天字第一号大笨蛋奥斯古德隔三差五会带人来看一下，但依他订的那价钱，是绝对卖不出去的。你就看我说得对不对。”

沃什伯恩家我认得，以前还跟他们打过一两次桥牌。是挺好的人没错，但也不太像梅泽夫太太用她乡下人的奇怪势利眼看得那么“高尚”。他们的屋子可能从我的别墅沿大街往北走个八分之一英里就到了。过了他们的房子再往北，就没什么好看的了——那些往湖面去的山坡还要更陡，树林子也乱蓬蓬长的都是次生林和黑莓灌木丛，一大堆、一大堆地纠结在一起。大街到了北端，就连到了旧怨湖最北边的光环湾，但过了42巷朝高速公路弯过去的那地方，大街除了夏天让人散步采野莓、秋天让人沿路打猎之外，就别无大用了。

诺尔摩，我心里想，亏他取了这样的名字，居然把自己出生没多久的儿子给淹死在后院的水泵下面①。

“他留下字条什么的吗？有解释吗？”

“没！但你一定会听到别人都说他的鬼魂也留在湖边没走。小镇最容易闹鬼了，但我自己没办法说对、错，还是可能。我不是容易见鬼的那种人。至于你住的这地方，努南先生，我只知道屋子里真的很潮，不管我怎么通风都没用。我想是木头的关系吧。木头房子盖在湖边不太好，水汽会渗到木头里去。”

---

① 诺尔摩，normal，“正常”之意。

她讲话时，手提袋一直放在脚上那双锐步运动鞋中间。讲到这里，她弯下腰，拿起了手提袋。乡下妇人的手提袋，黑色的，谈不上款式（提带上的金色扣眼除外），讲的是实用。里面要装一堆厨房器具其实是可以的，就看她要不要了。

“哎呀，我不是不想跟你聊，但我不能老站在这里跟你瞎扯一整天。我还要再去一户人家，今天才能收工。夏天的收获季在我们这地方就是这样，你也知道。好啦，千万别忘了天黑前把衣服收进去啊，努南先生，沾上露水弄潮了就不好了。”

“我会记得的。”我是真的记得。只是，等我出去收衣服时——身上只穿了一条泳裤，在我写作的蒸笼里烤得满身大汗（我一定要把空调修好，一定要修好）——却发现梅泽夫太太晾的衣服排序换了位。牛仔裤和衬衫现在挂在晒衣架里面的那一层，而内衣和袜子，在梅泽夫太太开着她的老福特从车道离开的时候，原是好好地藏在里面的，现在却跑到外面来了。好像我那看不见的不速之客——我那看不见的不速之客里的一个——在跟我说：哈——哈——哈！

第二天，我到图书馆去了一趟；替我的借书证办续约是待办事项里的第一件。林迪·布里格斯亲自收下四块钱，把我的名字输入计算机。她先是跟我说她听到乔的死讯有多难过，然后，同比尔跟我说时一样，口气变得好像带着一点责备，好像害她失礼，害她拖了这么久才有办法跟我致哀，全应该怪我。我想也是吧。

“林迪，你们有没有地方志这类的书？”等我们把有关我太太该尽的礼数都尽完了后，我问她。

“我们有两部呢。”她说完，就隔着办公桌朝我靠过来。这是一位个头很小的妇人，穿了一件大花的无袖连身裙，一头蓬松的灰发顶在头上像个绒毛球，晶亮的眼睛在老花近视两用眼镜后面飘来飘去。她靠过来用神秘兮兮的口气跟我说：“两部都不怎么好。”

“哪一本稍微好一点？”我反问她时也学她用神秘兮兮的口气。

“可能还是爱德华·奥斯廷写的吧。他在五十年代中期以前，每年夏天都到我们这里来避暑，退休后就定居下来了。一九六五还是一九六六年的时候，他写了《旧怨湖纪事》。自己出钱出版，因为找不到商业出版社愿意帮他出书,连这一区的小出版社也不肯。”她叹了一口气,“镇上的人是会买,但加起来也没多少本,对不对?”

“我想也是。”我说。

“他那人写作的功夫不怎么样,拍照的功夫也不怎么样——他拍的那些小小的黑白快照,看得我眼睛都痛。不过,他倒是记下了一些挺好的故事。像米马克印第安人被赶跑的事、温恩将军的表演马、一八八〇年代的龙卷风、一九三〇年代的几场大火……”

“他写过莎拉和红顶小子的事吗?”

她点点头,微微一笑:“终于想知道你住的地方的历史了,是吧?听你问,真高兴。他是找到了一张他们的老照片,就收在书里。他认为那张照片是一九〇〇年在弗赖堡展览会上拍的。爱德华以前还常说若听得到他们那群人录的唱片,要他花大钱也愿意。”

“我也是,但他们没录过唱片。”这时,希腊诗人乔治·塞弗里斯[①]写过的一首俳句忽然掠过我的心头:*这是我们故友的声音/还是留声机?*“奥斯廷先生后来怎样了?我不记得有这个人。”

“他在你和乔买下你们湖边别墅的前一两年就死了,”她说,“癌症。”

“你说地方志有两本是吧?”

“另一本你可能已经知道了——《城堡郡暨城堡岩的历史》。替城堡郡开埠百年纪念写的,味如嚼蜡。爱德华·奥斯廷的书虽然写得也不好,但不至于太枯燥,这是该给他的肯定。这两本你在那边都找得到。”她手一指,指向一个书架,上面挂着标示牌,写着“缅因州史料”,“这些是不可以外借的。”但她的眼睛马上一亮,“你若看了喜欢,也可以喂硬币给我们的复印机,我们会很感谢的。”

玛蒂那时正坐在远处的角落里,身边是一个十几岁的男孩子,头上反戴着一顶棒球帽;她正在教他怎么用微缩资料阅读机。她抬头看我一眼,笑了一下,张嘴用唇语跟我说接得好。我想是指那天我在沃林顿接的那一球吧。我微微耸了个肩作为回应,就朝“缅因州史料”的架子走过去。她说得没错——管它是不是运气好,那一球还真的是接得好。

---

① 乔治·塞弗里斯(George Seferis, 1900—1971),希腊诗人,一九六三年诺贝尔文学奖得主。

“你在找什么?”

我正在专心地读那两本地方志,玛蒂的声音吓得我差点跳了起来。我转头看她,不由露出了微笑。我有两个发现:一是她那一天身上有怡人的淡香;二是林迪·布里格斯在大柜台那边正看着我们,先前挂在脸上的那抹热忱欢迎的笑已经不见。

“在查我住的那地方以前的资料,”我说,“过去的事。我被女管家说得很有兴趣。”接着我再压低声音,“老师在看我们,别回头。”

玛蒂的表情变得有一点惊慌——嗯,我想是有一点担心吧。后来,我也知道她的担心不是没有道理。她马上压低一点声音,但至少还传得到大柜台那边,问我是不是要帮我把书归架。我把两本书都交给了她,她拿起那两本书时,再用低得像坏人传密语的声音说:“上礼拜五陪你出庭的律师替约翰找了一个私家侦探。他说他好像找到了很有用的东西,跟那个诉讼监护人有关的东西。”

我跟她一起走向“缅因州史料”的架子,一边希望不会给她惹麻烦,一边问她知不知道那很有用的东西是什么。她摇摇头,回我一抹图书馆员的职业化微笑,我就顺势离开了。

我开车回别墅时,试着回想刚才读过的东西,但想起来的不多。奥斯廷那人写作手法很烂,拍照技术很烂,虽然讲的事都挺有趣的,但感觉很单薄。他是提过莎拉和红顶小子没错,但把他们说成是“迪克西兰八人爵士乐队”,这连我都知道讲错了。红顶小子是有可能演奏过迪克西兰爵士乐,但他们还是以蓝调(礼拜五和礼拜六)和福音(礼拜天早上)音乐为主。在TR的活动史略中,奥斯廷写了两页的红顶小子,但是光这两页,就看得出来他根本没看过其他有关莎拉歌曲的报道。

他倒是证实了确实有一个小孩因为误踏捕兽夹而死于败血症,跟布伦达·梅泽夫说的差不多……但怎么不会差不多?说不定奥斯廷就是从梅泽夫太太的父亲或祖父那里听来的呢。他也说那孩子是桑尼·蒂德韦尔唯一的孩子;这个弹吉他的桑尼,真名叫雷金纳德。蒂德韦尔那帮人可能是从新奥尔良的红灯区——就是新奥尔良传说娼寮、夜总会林立的那几条街,十九、二十世纪之交叫做“轶闻村”——朝北流浪到这一带来的。

莎拉和红顶小子的事,在城堡郡的正式郡史里面就没看到了。至于肯尼·奥斯特淹死的小弟弟,则是两本书里都没看到。玛蒂跑来跟我讲话时,我突然有了个奇怪的念头:桑尼·蒂德韦尔和莎拉·蒂德韦尔两人说不定是夫妻,那个小男孩(奥斯廷没说他的名字)则是他们的儿子。我找到了林迪说的那张照片,仔细看了一下。照片里至少有十二个黑人,站得直直的,像是在牛展里。背景里有一具老派的重力式摩天轮。很可能就是在弗赖堡展览会里拍的,虽然照片很老,褪色褪得很严重,但还是有一股简单、纯粹的动人力量,奥斯廷所有的照片加起来都比不上的力量。你在西部或经济大萧条时代的黑帮人物照片里,才看得到这种怪诞的真实感——严肃的脸孔架在紧紧的领带和领口上面,眼睛虽然压在老古董的帽檐下面,但精神未失。

莎拉站在前排的正中央,身上穿的是一条黑色连身裙,还挂着她的吉他。在这张照片里面,她脸上并没有笑,眼睛里却有一丝笑意。我觉得她那双眼睛很像有些画作里的人像,不管你走到哪里,他们的眼神始终都紧跟着你转。我端详着这张照片,想起了她在我梦里像是带着怨气的声音:*你要知道什么呢,甜心?*我想知道她的事,知道他们那帮人的事——他们到底是怎样的人?他们不唱歌、跳舞的时候,彼此的关系到底是什么?他们为什么离开?又去了哪里?

她的两只手在照片里都拍得相当清楚,一只搭在吉他的弦上,一只搭在指板上面。她在一九〇〇年十月的一场礼拜五市集上,就在这指板上面按出了G和弦。她的手指修长,艺术家的手,没有戴戒指。当然,这不一定代表她和桑尼·蒂德韦尔没有婚姻关系,就算他们两个真的没有婚约,那个卡在捕兽夹里的小男孩也可能是他们畸恋所生的孩子。那一抹魅影幽魂般的笑意也出现在桑尼·蒂德韦尔的眼睛里,他们两人长得也真的很像。这时,我心头又闪过一个念头:他们两个搞不好是兄妹,而不是夫妻。

我在回程的路上,脑子里一直转着这类问题,也想起缠着这地方的那些看不到但感觉得到的缆线……但我想得最多的还是林迪·布里格斯——她对我笑的样子,还有,后来她看着手下那位只有高中文凭的养眼年轻馆员,脸上没一丝笑。这表情让我很担心。

等我回到了别墅,满腹的心思就只放在我正在写的故事和里面的角色上了——那里的一袋袋白骨正逐步添上血肉。

迈克·努南，麦克斯韦尔·德沃尔和罗杰特·惠特莫尔，三人在礼拜五晚上演出了一场惨不忍睹的小小闹剧。但在那之前，还有两件事值得我写上一笔。

第一件事是礼拜四晚上，约翰·斯托罗打电话来。我正坐在电视机前面，眼前是棒球赛的无声转播(大部分电视遥控器都会有“静音”键，算得上是二十世纪最好的发明)，但心里想的是莎拉·蒂德韦尔、桑尼·蒂德韦尔，还有桑尼·蒂德韦尔的小男孩。我想到了轶闻村，这名字只要是爬格子的人就没有不喜欢的。但在我心里深处，我想的是我的妻子，我带着身孕死去的亡妻。

“喂?”我对着话筒说。

“迈克，有消息跟你说。”约翰说。他听起来兴奋得像要掀开屋顶了，“罗密欧·比索内特这名字怪是怪，但他替我找的私家侦探可一点也不怪。私家侦探名叫乔治·肯尼迪，跟那个演员一样。他很行，手脚又快，他真该到纽约来工作。”

“若这是你想得出来的最大的恭维，那你还真是该少待在纽约一点。”

他继续往下说，好像没听到我这一句：“肯尼迪的正职是在保安公司里当差，其他的事全都算兼职。真可惜，我说真的。他可以说是光靠电话就弄到了这些呢，不可思议。”

“到底是什么让你觉得不可思议?”

“钱啊，兄弟。”又是那种让我有一点讨厌但又放心的口气，“埃尔默·德金从五月起办成了下述事项：付清车贷，付清房贷，兰奇利湖区的度假小屋，还清先前拖欠孩子的赡养费，他要扛九十年的赡养费——”

“哪有人要扛九十年的孩子赡养费!”我回他一句，但只是脱口而出、随便说说罢了……事实上，我自己也愈来愈兴奋，“不可能，得了吧你。”

“那就看你是不是连生了七个啊。”约翰说完，爆出一连串笑声，轰天价响。

刹时，我心里浮现出那张志得意满、圆滚滚的脸，像丘比特之弓的嘴，还有看起来像涂了指甲油、有一点娘的手指甲。“不会吧。”我说。

“会啊。”约翰说的时候，还止不住笑，听起来根本就像有神经病——躁郁症的躁那一边，郁不见了，“真的啊！年龄从十……四岁到三……岁！

他那一根还真是好……好……忙啊！好有……威……力啊！”依旧笑得停不下来，搞得我跟他一起爆笑如雷，像被他传染一样。“肯尼迪会把他的全……家福……传……真给我！”我们两个完全失控，隔着那么远的距离一起大笑。我心里浮现约翰·斯托罗一个人坐在他纽约公园大道的办公室里面，高声狂笑，跟疯子一样，吓死帮他打扫的保洁员！

“这还不是重点。”等他终于可以再把句子讲完整的时候，他跟我说，“你应该知道重点在哪里，对吧？”

“我知道，”我说，“他怎么会笨到这个地步？”我指的是德金，不是德沃尔。但我想约翰当然清楚，我们指的其实是他们两个。

“埃尔默·德金不过是缅因州西部森林区里小镇上的小律师，他哪想得到守护天使送给他的大礼也可能害他原形毕露！还有，他也买了船呢。两个星期以前，舱外双引擎的，很大。好啦，迈克，主队在九局下半连轰进九分，锦标现在是我们的啦。”

“你说是就是啦。”我的手这时却另有所图，松松握拳，打在茶几平滑、坚硬的木头台面上。

“喂，还有，那天的垒球比赛也不是一无所获。”约翰这时讲话还是忍不住会咯咯笑上几声，像不时有气球破掉。

“嗯？”

“我迷上她了。”

“她？”

“玛蒂，”他慢慢地说，“玛蒂·德沃尔。”顿一下，再说，“迈克，你在听吗？”

“在听。”我回答他，“话筒没抓稳，不好意思。”其实话筒往下溜还不到一英寸，但听声音很像。就算不像，那又怎样？讲到玛蒂，我这个人——至少在约翰的心里——应该是最不可能的人选，像阿加莎·克里斯蒂小说里最没有嫌疑的庄园员工。他才二十八岁，要不就三十吧。他可能想都没想过，会有另一个年纪比他大十二岁的男人也迷上了玛蒂……就算想到了，也顶多想个一两秒，就会自己用荒唐、可笑打发掉了，跟玛蒂看到乔和那个穿褐色休闲外套的男人时的反应一样。

“我还在当她的委任律师的时候，是不可以展开追求攻势的，”他说，“违反伦理，也不保险。但之后呢……世事难料。”

“是这样没错。”我的回答听在自己耳里，跟有时你遇上偷袭的反应一样，像是从别人嘴里出来的。像收音机或录音机吧。这是我们故友的声音，还是留声机？我想起了他的手，修长的手指头，没戴戒指。跟莎拉在那张老照片里的手一样。“是啊，世事难料。”

我们说了再见，我便枯坐在椅子里，呆呆看着没声音的棒球赛转播。我想过站起来去拿一罐啤酒，但要走到冰箱那边好像太远了——远得像是场游猎。我一片浑噩，心里隐隐作痛，之后却又觉得这样反而好。伤心却又放心，大概可以这么说吧。他配她会不会大了一点？不会，我想不会。他们配起来年龄正好。白马王子二号，这一次还是穿三件套西装的。玛蒂的异性缘这一次可能终于转运了。若真是这样，我也应该替她庆幸。我应该替她庆幸，也觉得放心。我可是有书要写的，所以就别再把白色运动鞋在薄暮里衬着红色细肩带连身裙的莹白光彩放在心上了，她手上那根烟在夜色里面舞动的星火也是。

不过，我还是忍不住觉得孤单。从我那天在68号公路上看到凯拉穿着小泳衣和夹脚拖鞋沿着白色的中线大踏步往前走到现在，第一次有孤单的暗影袭上心头。

“‘你这小丑。’思特里克兰德骂了一句。”我在空无一人的房间里说。这句话一脱口而出，电视上的频道马上就跟着换，从棒球转播换到《全家福》再换到重播的《莱恩和史丁比》①。我低头看一眼遥控器，遥控器还放在我先前搁着的茶几上面没动。这时，电视频道又换了，它要我看的是亨弗莱·鲍嘉和英格丽·褒曼。背景里有一架飞机，我不用拿遥控器去掉静音就知道，亨弗莱在跟英格丽说那架飞机在等着她上去。这是我妻子生平最爱的电影，每一次看到结尾必哭无疑。

“乔，”我说，“你在这里吗？”

本特的铃铛响了一声。很轻、很轻。屋里的鬼有好几个，我敢说……但今天晚上，我头一次敢确定现在和我在一起的是乔。

“他是谁啊，甜心？”我问道，“我是说垒球场上的那个男人，他是谁？”

本特脖子上的铃铛挂着没动，一声不响。但是，她是真的在这房间里

---

① 《全家福》(*All in the Family*)，美国CBS一九七一至一九七九年播出的热门情景喜剧。《莱恩和史丁比》(*Ren and Stimpy*)，以一猫一狗为主角的卡通。

面。我感觉得到，像屏住的一口气。

我想起那天我和玛蒂、凯共进晚餐回来后，在冰箱门上看到的那句讨厌的嘲笑短句：blue rose liar ha ha（蓝玫瑰骗子哈哈）。

“他是谁？”我的声音已经在发抖，听起来泫然欲泣，“你和那个男人到这里来干什么？你们是不是……”但我没办法问她是不是真有事情瞒着我？是不是背着我有外遇？虽然她在这里可能只是我自己想象出来的，但我还是问不出口。

电视频道从《北非谍影》换到所有人都爱的大律师，佩里·梅森，“夜间时光”。梅森的死对头汉密尔顿·伯格①正在盘问一个模样慌乱的女子，这时电视的声音忽然大声响起，吓得我跳了起来。

“我没说谎！”那位很早以前的电视女星大喊一声，还转过头来朝我看了那么一下子，看得我目瞪口呆，因为我在她五十年代黑白片的脸上，看到了乔的一双眼睛。“我从不说谎。伯格先生，我从不说谎！”

“我就是觉得你在说谎！”伯格回她，朝她走近一步，恶狠狠盯着她看，像吸血鬼，“我就是觉得你在——”

这时，电视忽然关了。本特的铃铛跟着发出一声清脆的叮铃，然后一切回到原状。我心里却好过了一点。我没说谎……我从不说谎，我从不说谎！

就看我要不要相信。

就看我的决定。

我上床入睡，一夜无梦。

那时，我已经习惯一大清早就开始工作，赶在书房热得像蒸笼前先写一会儿东西。我会先喝一点果汁，随便吞几片面包，再坐到IBM打字机前面，一直写到中午。“信使”版球在我眼前舞动、旋转，一页页稿纸从打字机里浮上来，上面印满了字。老戏法，这么怪异，这么奇妙！我从来就不觉得这是工作，虽然我说这是“工作”。我只觉得像是在跳一种很怪的

---

① 佩里·梅森（Perry Mason），剧集《梅森探案》的主角，改编自加德纳（Erle Stanley Gardner，1889—1970）的著名推理小说。剧集里的汉密尔顿·伯格（Hamilton Burger）老是抓错人。“夜间时光”（Nick at Nite），美国有线频道商。

脑力弹簧床，那些弹簧把人世的重量全都暂时从我身上拿开。

写到中午时，我会休息一下，开车到巴迪·杰利森的“油脂大会堂”，好好吃一顿不健康的大餐，回来再写个一小时左右。之后，我去游泳，再在北厢的卧室里好好睡个长长、无梦的午觉。至于别墅南端的主卧室，我连头都不太伸进去；就算梅泽夫太太觉得这很奇怪，她也从没表示过什么。

礼拜五，十七号的时候，我吃过午餐回别墅的途中，在杂货店停了一下，想替我的雪佛兰加油。全能修车厂也有加油泵，汽油还便宜个一两分，但我不喜欢那里的感觉。就在我站在杂货店门口的自助加油机前远眺着群山发愣的时候，比尔·迪安的道奇公羊也开到了安全岛的另一边停住。他从车上下来，朝我一笑：“近来好吗，迈克？”

“不错啊。”

“布伦达说你写得很带劲啊。”

“是啊。”我说。我刚想问二楼坏掉的空调修得怎么样了，话到舌尖又刹住了车。我对自己刚重拾的写作能力还相当担心，不敢贸然改变写作的环境。笨吧？或许。但有的时候，你相信怎样事情就会怎样，这跟信仰里说心诚则灵是一样的意思。

“很高兴听你这么说，真的。”我觉得他说的是真心话，但听起来就是不太像比尔。反正不像先前那个欢迎我回来的比尔。

“我在找一些我那边湖区的老资料。”我跟他说。

“你是说莎拉和红顶小子？我记得你一直对他们的事很有兴趣。”

“没错，是他们，但也不只是他们，其他很多历史也在内。我跟梅泽夫太太聊过，她跟我说起诺尔摩·奥斯特的事，就是肯尼的父亲。”

比尔脸上的笑刹时僵住，正在转开油箱盖口的手虽然只顿了一下，但我还是有一种感觉，很清楚的感觉，他心里其实整个纠成一团。“你不至于去写这样的事吧，迈克？这里有很多人忌讳这件事，不喜欢有人提起。我也跟乔说过。”

“乔？”我很想一脚从两台油泵中间跨过去，站到安全岛的那边，一把抓住他的手臂，“乔跟这事有什么关系？”

他盯着我看，带着戒心，看了好一会儿，问：“她没跟你说过吗？”

“你指什么？”

"她想写莎拉和红顶小子的事,替地方上的报纸写。"比尔说得很慢,字斟句酌。这我记得很清楚,连那时太阳有多毒地打在我的颈背上,我们两个的影子映在柏油路面上的轮廓有多鲜明,也都记得一清二楚。他开始替他的车子加油,加油泵的马达声音也很响亮。"我记得她好像还提过《扬基》杂志。我也可能会记错,但我觉得没错。"

我说不出话来。她为什么一直没提过她想写一点地方掌故的事?是不是因为她觉得可能会踩到我的地盘?但这很荒谬啊,她还不懂我这个人吗……难道她真的不懂?

"你们是什么时候讲到这件事的,比尔?你记得吗?"

"当然记得,"他说,"就是她过来拿她订的两只猫头鹰的那天。只是,是我先提起这件事的,因为地方上有人跟我说她在四处打听这件事。"

"私下打探吗?"

"我没这么说,"他回得很生硬,"是你说的。"

没错,但我想他就是这意思:"你接着说。"

"没什么好接着说了。我跟她说在 TR 这边,随便在这里、那里都可能找得到伤疤;任何地方都是这样的。我请她尽量不要去揭别人的伤疤。她说她了解。可能她真的了解吧,也可能不了解。我只知道她还是到处问人问题。净听一些有时间、没大脑的老古董讲过去的事。"

"那是什么时候的事?"

"一九九三年秋冬到一九九四年春。她在镇上到处跑——甚至还跑到莫顿、哈洛去问——拿着笔记本和录音机。反正,我知道的就这么多。"

这时,我却惊觉比尔在撒谎。那天以前你若问我,我一定会笑着跟你说比尔·迪安绝对不会撒谎,而且这人准没说过几次谎,因为他撒谎的功力实在不好。

我想讲破,但何必呢?我需要想一想,可在这当口没办法思考——脑子里闹哄哄乱成一团。给点时间,等这闹哄哄静下来后,可能就看得出来其实也没什么,根本就没什么大不了的,但那时我就是需要这点时间。你若在挚爱的人死后几年才开始发现以前想都想不到的事,那震撼是很大的。这话由我来说,绝对假不了。

刚才比尔讲话时飘到别处的眼神,现在又飘回来了。从他那眼神看得出来他是很认真的,而且——我可以对天发誓——他有一点怕。

“她在打听小克里·奥斯特那孩子的事，由这就可以证明我为什么说她在揭别人的伤疤。这不是你可以拿来写文章给报纸或杂志的。诺尔摩就是疯了嘛，没人知道怎么会这样。很惨的事啊，讲不出来道理，到现在都还是镇上一些人心里的痛。在这样的小镇里，不管什么事情在表面下都是有关联的——”

对，像你看不见的一条条缆线。

“——而且，过去的事过去得也比较慢。莎拉和那帮人有一点不一样。他们只是从外地来的……四处走唱的人。乔只要紧盯着他们那帮人，就绝对天下太平。话说回来——至少以我知道的来看吧，她也真的是这样。因为，我一直没看到她写过这件事一个字——若她真写了的话。”

我觉得，关于这点他讲的倒是实话，但我也知道这里面另有文章。很确定，确定得跟我知道玛蒂那天放假打电话给我时是穿着白色的短裤一样。*莎拉和那帮人只是从外地来的四处走唱的人*，比尔说这句话时顿了一下，看来是拿*四处走唱的人*换掉他心里最先自然浮现的字。*黑鬼*应该就是他压下来没说的那几个字，*莎拉和那帮人只是从外地来的黑鬼*。

忽然间我想起了雷·布莱伯利[①]写过的老故事，《火星天堂》。第一批登上火星的地球人发现那里就是伊利诺伊州的绿镇，而且自己钟爱的亲朋好友全在那里。只不过，他们这些亲朋好友其实都是外星的妖怪假扮的，趁着半夜地球人一个个以为自己躺在死去亲友家中的床上安睡，以为这地方一定是天堂的时候，把地球人全都杀光。

“比尔，你确定她在度假季节过后还来过这里几次?”

“对。而且不是几次，可能超过十次还不止。当天来回，你知道吧。”

“你看过有人跟着她来吗? 一个很魁梧的男人，黑发。”

他想了想。我尽量装作平静。他终于摇了摇头：“我看见她的那几次，她都是一个人。但也不是她来我就会遇见她。有的时候我是在她走后才听说她来过 TR 一趟。我在一九九四年的六月见过她一次，当时她开着她的小车要到光环湾。她跟我挥手打招呼，我也跟她挥手打招呼。后来我到别墅去看她有没有什么需要，但她已经走了。后来就没再见过

---

① 雷·布莱伯利(Ray Bradbury，1920—2012)，美国科幻小说大师。

她了。那年夏天她去世时,我和伊薇特都很震惊。”

不管她在打听什么,她绝对一个字也没写。若有的话,我怎么会没看到稿子。

只是,真的是这样的吗?她一个人到这里来过这么多次,而且看来并没有遮遮掩掩的,其中一次甚至还有人看到有个陌生男子陪着她,可我居然是机缘凑巧才知道她一个人来过这里的事。

“这不是个轻松的话题,”比尔说,“不过,既然那么难我们都已经起了头,那就还是把话讲清楚好了。住在TR这地方,很像我们以前一月份大冷天时四五个人挤在一张床上睡觉。只要每个人都睡得很安稳,那就没事;但若有一个人睡不安稳,一直翻身,那就没一个人睡得着了。现在,你就像那个睡不安稳的人。大家都这么觉得。”

他暂停,等着我接腔。过了近二十秒,我仍一声不吭(哈罗德·奥布洛夫斯基一定会以我为荣),他只好挪了挪脚,再接着说。

“镇上有些人对你喜欢玛蒂·德沃尔不太高兴。我不是说你和她之间有什么——虽然有的人说有——但你若想在TR长住下来,这样只会自找麻烦。”

“为什么?”

“还是回到一个半礼拜前我跟你说过的话:她是个麻烦。”

“我记得你不是这样说的,比尔;你是说她有麻烦。而且,她是真有麻烦。我只是想帮她的忙。我们两个除了这件事,没别的。”

“我也好像跟你说过,麦克斯韦尔·德沃尔是个疯子,”他说,“你把他逼急了,可是会害我们全镇的人都遭殃。”加油泵传来咔嗒一声,加满了。他把加油嘴放回去,叹了一口气,抬起两只手再放下:“你以为我跟你说这些很轻松啊?”

“你以为我听你说这些很轻松啊?”

“好啦,唉,我们还不是同在一条船上的吗?但TR不是只有玛蒂·德沃尔一个人的日子存不下余粮,你知道吗?别人也都有他们的苦处。这你会不懂吗?”

可能他也知道我不是不懂,而是懂得太多也太深,因为他说时肩膀整个垮了下来。

“你若要我袖手旁观,随便德沃尔把玛蒂的孩子抢走,这不可能。”我说，“而且，我也希望你不会这么去想，因为我没办法要这样的人再帮我工作了。”

“我现在并没要你袖手旁观啊。”他说时口音加重，感觉有一点鄙夷，“已经晚了，对不对？”紧接着，让我有一点意外，他的口气马上又软了下来，“天哪，老弟，我这是在担心你啊。其他的你就别管了吧，好不好？随它挂着，乌鸦自会收拾。”他又撒谎了，但我不在乎，因为，我想这一次他要骗的人是他自己。“但你真的要多小心一点。我说德沃尔那人是疯子，不是在打比方。你想，法院若没办法替他弄到他要的东西，他会管你法院不法院的吗？一九三三年夏天的那几场大火烧死了不少人，都是好人哪，有一个还是我亲戚。那几场火烧掉了半个郡啊！麦克斯韦尔·德沃尔放的火。他离开 TR 时送大家的大礼。永远没办法证明，但一定就是他做的。那时，他很年轻，一穷二白，没满二十，没把法律放在眼里。所以，你想现在他会再做出什么事来？”

他仔细端详着我。我什么也没说。

比尔点一下头，就当我说了：“你再想想看吧。还有，你要记着，迈克，若不是关心你，才不会有人这么直接跟你挑明了说。”

“有多直接，比尔？”我感觉得到有一个观光客从他的沃尔沃上下来，朝杂货店走去，正在打量我们。后来，我回想起那一幕，才意识到我们两个当时的样子一定很像快要打起来了。我想起那时我很想大喊，把伤心、困惑，还有解释不清的一种被人背弃的感觉，全都喊出来。我也记得那时我很气这个高高瘦瘦的老头儿——一身莹白的干净汗衫，满嘴假牙的老头儿。是的，我们两个怒目相视的样子是像快要打起来了，只是我自己不知道罢了。

“我能多直接就多直接。”他说完就转身走进店里，准备掏钱付账。

“我那屋子闹鬼。”我说。

他刹时停住了脚，没转过来，肩头却整个耸起，好像挨了一拳。接着，他才慢慢转过身来：“‘莎拉笑’一直有鬼，迈克，但现在是你在惹它们。说不定你该考虑搬回德里去住，让它们可以再安静下来。依我看这样最好。”他顿了一下，好像在心里把最后这句重播一遍，看看自己是不是同意。然后，他很慢地点一下头，又转过身去：“是啊，从各方面看可能都是这样最好。”

*　*　*

我回到“莎拉笑”之后，就打电话给沃德·汉金斯。后来我还打了电话给邦妮·艾蒙森，虽然我在心里拜托她最好不在她跟人合开的、位于奥古斯塔的旅行社里面，但是她在。才跟她讲到一半，我的传真机就已经传来了乔日程表的影印本。沃德在第一页上潦草地写了几个字：“希望有用。”

我事前没在心里预习该怎么跟邦妮说，生怕这样只会愈搞愈糟。我跟她说乔生前在写东西——可能是一篇文章，可能是一系列文章——写我们避暑别墅所在的小镇上的事，而镇上好像有人对她的好奇有所不满，到现在都还没消气。那么，她有没有跟邦妮提过这件事呢？是不是拿过稿子给她看呢？

“没有，呵呵。”邦妮讲话的口气是真的很意外，“她以前是会拿她拍的照片给我看，也爱拿花花草草给我看，我不想看还不行，但她从没拿过她写的东西给我看。事实上，我记得她有次还说写作的事留给你，她自己——”

“——什么都玩玩就好，对吧？”

“对。”

我想这次通话在这里打住最好，只是，地下室的那些家伙好像另有主张：“她在外面有人吗，邦妮？”

电话的另一头没有声音。我用手臂下面似乎远在至少四英里外的手，从传真机的收件匣拿起那沓纸。十页——一九九三年十一月到一九九四年八月。到处都是乔整齐的笔迹。她死前我们就有传真机吗？我想不起来。有好多事我都想不起来了。

“邦妮？你若知道什么，请你一定告诉我。乔已经死了，但我没有。该原谅的我会原谅，但我不知道的我没办法——”

“不好意思，”邦妮紧张得轻笑一声，“我只是一下子没搞懂你的意思。‘在外面有人’实在……实在不像乔……我认识的乔……搞不清楚你的意思，一开始我还以为你是在说逊客之类的，但不是，对不对？你说在外面有人指的是男人，男朋友什么的。”

“我就是这意思。”我已经在翻传真过来的那一张张日程表。我的手还没倒回到正常的距离，但是愈来愈近了。邦妮听起来像是真的很困惑，我觉得放心不少，但不像我原先巴望的那么放心。因为，我事先就知道了。我甚至不需要《梅森探案》里的那女子来贡献她的代言，真的未必需要。我们讲的到底是乔啊。乔。

“迈克，”邦妮跟我说，口气很轻柔，好像怕我得了失心疯，“她爱你，她爱你啊。”

“是吧，我想是吧。”由那几页日程表看得出来我的妻子生前有多忙，多有成效。缅因州爱厨……爱心厨房。妇援站，缅因州各郡受虐妇女的庇护站网络。护幼站。缅图之友。她一个月至少有两次或三次的会要开——有的时候一个礼拜就要开两三次会——而我居然都没注意。我也未免太关心我笔下那些身陷危难的女子了。“我也爱她，邦妮，但她死前十个月不知道在做什么。你和她开车一起去开爱心厨房的会，或是缅因州图书馆之友的会的时候，她难道都没跟你提过什么吗？”

另一头又没声音了。

“邦妮？”

我把话筒从耳边拿下来，看看电池不足的红灯有没有在闪，电话里却传来我的名字。我马上把话筒放回耳边。

“邦妮，什么事？”

“她死前九到十个月我们都没再一起开车出去过了，只是在电话里面聊一聊。我记得还有一次一起在沃特维尔吃午餐，但仅此而已，没再一起开车跑过长途。她辞了。”

我再去翻那沓传真纸。乔工整的字迹到处写着开会的事，缅因州爱心厨房也在里面。

“我不懂。她辞掉了爱心厨房理事的工作？”

又一阵子沉默。然后，邦妮小心地一字一句说道：“不止，迈克，她全都辞了。一九九三年的年底，她就把妇女庇护站和少年庇护站的工作都辞了——那时，她的任期也到了。另两个地方，爱心厨房和缅因州图书馆之友……她是在一九九三年的十月还是十一月的时候辞掉的。”

沃德给我的传真纸上，写的都是开会的事。几十次。一九九三年开的会，一九九四年开的会。她不再当理事的理事会的会。她是到这里来的。她在那些说是出门开会的时候，跑到 TR 来了。要是说错了，我把头给你。

但为什么呢?

17

德沃尔是疯子,好吧,跟疯狗一样。只是,我居然还是在最惨、最脆弱、最害怕的时候,被他逮个正着。我想,从那一刻起的每一件事,差不多都已经算是命中注定。从那一刻起,到后来的那场暴风雨,现在这地方的人还在讲的那场暴风雨,一路都像泥石流般直泻而下。

那个礼拜五,后来我的感觉还不错——我和邦妮的谈话虽然留下许多疑团未解,但还是不无小补。我自己炒了一盘青菜(弥补我又到村里小店吃了一顿油炸大餐),边吃边看夜间新闻。夕阳已在旧怨湖的另一头缓缓朝群山沉落,在我的起居室里洒了满满的金黄。等汤姆·布洛考[①]收工后,我要沿着大街朝北走,散一下步。能走多远就走多远吧,只要入夜前回得来就好。我正好可以趁散步的时候,好好想一下比尔·迪安和邦妮·艾蒙森说过的事。就在我偶尔会走的那段路上,好好想一想吧;正在写的故事情节有什么卡到的地方,也顺便想一下。

我沿着步道上的枕木走出去时,心情依然很不错(有些困惑,但没什么大问题)。我沿着大街往前走,其间停了一下,看了看那株"绿色贵妇"。即使夕阳的余晖洒了它满身,也还是很难只把它看成是原有的样子——一棵桦树,后面搭着一棵半枯的松树,松树有一根枝子伸出来,像是在指方向的手。这绿色贵妇好像在说朝北走吧,小子,朝北走。哼,我叫小子是太老啦,但我还是可以朝北走,没问题。起码走一阵子吧。

---

① 汤姆·布洛考(Tom Brokaw, 1940—),曾是美国NBC电视台著名的夜间新闻主播,于二○○五年卸下主播一职。

只是，我在那里又站了一会儿，略带着不安，端详枝叶间的脸。轻拂的微风吹动枝叶，弄得那张脸像撇着嘴，露出一抹冷笑，看得我不太舒服。我想，可能我的心情就是在那时候开始变坏的吧，只是我看得太专心，自己没发觉。我朝北走，心里纳闷乔到底写了些什么没有……那时，我其实已经开始觉得乔应该真的写了些什么，要不然，我怎么会在她的工作室里看到那台旧打字机呢？我在心里做了决定，一定要好好搜一下。我要好好搜一下那地方，然后……

help im drown（救命！我要淹死了）

声音从树林中传来，从水里传来，从我身上传来。刹时，我只觉得一阵昏眩，脑子里的思绪一股脑儿全被打散，像随风扬起的树叶四下乱飞。我停下脚，只觉得突然间心情很坏，一辈子从没这么坏过，感觉像是大难临头。我的胸口绷得紧紧的，胃部绞成一团，像扭紧的冷毛巾。我的眼睛涨满冷冷的水，而且一点也不像泪。我知道这是怎么回事，很想大喊不要，但喊不出来。

我喊不出来，反而觉得嘴里满满都是湖水冷冷的味道，满是黑金属的味道。这时，那棵树忽然在我眼前摇晃起来，影影绰绰的，好像我是隔着一层清澈的液体在看它。我胸口的压力跟着缩小到固定的一小块地方，那一小块的形状很恐怖，像是两只手。这两只手正在把我朝下压。

“它就不能停下吗？”有人在问——差不多像是在喊。大街上除了我，没别的人，但这声音我却听得很清楚。“它到底会不会停啊？”

接下来就不是外人的声音，而是我自己脑子里别人的思绪，像飞蛾陷在电灯泡里面……或日式灯笼里面，拼命扑打我脑壳的内壁。

救命啊，我要淹死了

救命啊，我要淹死了

戴蓝帽子的男人说抓住我

戴蓝帽子的男人说不让我乱跑

救命啊，我要淹死了

弄丢了我的野莓他们在小路上

他抓住了我

他的脸亮忽闪忽闪很坏

让我起来让我起来亲爱的耶稣让我起来

乱跑的牛你们跑吧拜托

乱跑的牛你跑吧停下乱跑的牛

她大叫我的名字

她叫得好**大声**

我吓得弯下腰来，张开嘴，张得大大的，拼命呕，想吐出冷冷的……

但是什么也没有。

那股惊惧像是过去了，但又像没有。我还是反胃得厉害，好像吃了不知什么东西下肚，惹得身体极力反抗。像吃了蚂蚁粉吧，或者是剧毒的野蕈，乔的蕈类指南里面红框图片里的那些。我朝前踉跄走了三四步，不住干呕，喉咙里还是觉得都是水。朝湖面伸下去的斜坡上面，有另一棵桦树，下弯的树干线条优雅，悬垂在水面上，好像映着夜色阿谀的光，在端详自己的倒影。我像醉鬼抓住路灯灯柱一般，一把抓住那棵树。

我胸口的重压已经开始减轻，但还是觉得痛，千真万确的痛。我靠在树上，心脏怦怦乱跳，忽然觉得闻到了很臭的味道——混合多种异味的恶臭，比一摊死水被整季夏日的烈阳晒得发臭还要难闻。在这同时，我也开始觉得这股恶臭是从某个很可怕的东西那边来的，某个应该已经死去却还没死透的东西。

停下，你们这一群乱跑的牛，我怎样都会把你们挡住，我想开口说话，却还是什么声音也发不出来。接着，就什么都没有了。我怎么闻，也只闻到湖水的味道，树林的味道……但我倒是看到了一样东西：湖上有一个小男孩，一个小小的、淹死的、黑黑的小男孩，仰躺在湖面上。他的脸颊鼓鼓的，嘴巴微张，合不起来，两只眼睛白得跟石膏一样。

我的嘴马上又涨满了难受的湖水铁锈味。救命！我要起来！救命！我要淹死了！我朝前倾，在脑子里大喊，对着湖面上那一张死人的脸大喊。我忽然懂了，我看见的正是我自己，我正透过夕阳映在水上的玫瑰色光影，看着一个白人男子穿着蓝色牛仔裤和黄色马球衫，紧抓着一棵不住摇晃的桦树，拼命想叫，液体状的脸一直在动，两只眼睛因为有一条小河鲈追着一只美味小虫而一时涣散开来。我既是湖面上那个黑黑的小男孩，也是这个白人男子，一个淹死在水里，一个淹死在空气里——是这样对吗？现在这情形就是这样，对吗？对的话就敲一下，不对敲两下。

我再怎么干呕，也只吐出一口口水。还真是不可思议，居然有一条鱼从水里蹦起来去抓。这些鱼在傍晚的时候几乎是见什么都要抓一下，准是落日余晖里有什么东西害它们发狂。那条鱼摔回湖面，离岸边约七英尺远，打出一汪圆圆的银色涟漪。不见了——我嘴里的怪味，那可怕的恶臭，黑人孩子晃晃悠悠的溺死的脸——是“黑人”没错，他应该是叫自己黑人——而他十之八九，就姓蒂德韦尔。

我朝右手边看过去，看到一块灰色的岩石从护根覆盖下露出了头。我心里想，那里，就是那里。这时，那股恐怖的腐臭又朝我喷了过来，像是从地底冒出来附和我的想法。

我闭上眼睛，手里紧抓着桦树当救命的浮木，觉得全身虚软，恶心想吐，很不舒服。这时，麦克斯韦尔·德沃尔，那个疯癫老头儿，忽然从我身后发话：“喂，大嫖客，你那婊子哪儿去啦？”

我一转头就看到了他，还有陪在他身边的罗杰特·惠特莫尔。我只和他见过这一次面，但这么一次就够了。没骗你，仅此一次还嫌多。

他的轮椅看起来根本不像轮椅，反而像是摩托车外挂的边车加月球登陆艇的混种。两边各有六个合金铁轮，另外四个比较大的轮子——我想是四个吧——装在后面排成一排。这些轮子没一个和另一个是齐平的，大概每个轮子都加装了悬浮底座。这样，就算比大街更崎岖的路，德沃尔的轮椅走起来也应该都还平顺。密闭的引擎箱装在那几个后轮上面。德沃尔的两条腿藏在一具玻璃纤维做的舱盖下面，舱盖是黑色的底，有细红条纹。这样的舱盖装在赛车上也不离谱。舱盖中央有一个样子很像我那碟形卫星天线的仪器……应该是电子防撞系统吧，我猜，搞不好还是自动驾驶仪呢。两边的扶手很宽，上面都是控制钮。这台怪机器的左边还有一个绿色的氧气筒，四英尺长。一根软管连着一条透明的塑料伸缩浪管，浪管再连着一具氧气面罩，面罩就放在德沃尔的大腿上面。这场面让我不禁想起采证庭上那个老头子戴的面罩式速记机。一回头就看到这么一幕，害我差一点就以为这种汤姆·克兰西才想得出来的代步工具是我的幻觉。只不过，舱盖上还有一张贴纸，就贴在碟形卫星天线的下面：我的血是道奇蓝①。

这天傍晚，我之前在沃林顿的夕阳酒吧外看到的那个妇人，改穿了白色的长袖上衣和黑色裤子，裤脚收得很窄，搞得她的腿像收在剑鞘里的长剑。细长的马脸和凹陷的脸颊，现在看起来还要更像爱德华·蒙克画的那个尖叫的女人。头上的白发披在脸旁，像戴着松垮的兜帽；嘴上涂的鲜红色唇膏亮得像染血。

她很老，很丑，但比起玛蒂的这位公公，还算顺眼多了。玛蒂的公公骨瘦如柴，唇色泛青，眼周和嘴角的皮肤肿胀，黑里带紫。那样子啊，根本就是考古学家在金字塔的墓室里面才会找到的活死人，身旁还要围着一批做成标本的妻妾和宠物，浑身披挂俗气的珠宝。他恶心的头皮只剩几撮白发还连在上面；奇大无比的耳朵里面，冒出来的白毛比头发还要再多一点，而且那耳朵像是蜡做的，已经被太阳晒得要融化了。他穿的是白色的棉质长裤和鼓鼓的蓝色衬衫。若在他头上再加一顶贝雷帽，那就很像十九世纪那种活得很久、行将就木的老画家了。

他的膝头上面横放着一根拐杖，不知是用哪一种黑色木头做的。拐杖头装的是鲜红色的自行车把手。他抓着拐杖的手看起来还算有力，但颜色泛黑，跟他那根拐杖差不多。他的循环系统看来是不行了，所以，他那双脚和下肢会是什么模样，我想都不敢想。

“你那婊子跑了，不要你了，对吧？”

我想回嘴，但一张口，只发出嘶哑的声音，说不出话来。我手里还抓着桦树。我放开手，想挺起身子，只是两条腿仍然虚软无力，只好再回去抓树干。

德沃尔拨一下扶手上的一个银色开关，轮椅就朝我靠过来约十英尺，我们两个之间的距离马上少了一半。轮椅移动的声音像丝绸窸窣的低语，看着那轮椅只觉得像在看邪恶的魔毯。轮椅上有那么多轮子，一个个上上下下各自独立，在夕阳的返照里闪着光芒；这一层光，现在已经开始蒙上一抹殷红。他靠近之后，我就感觉到他给人的压迫感。虽然这老头子的躯壳已经从里面开始烂了，但他身上的那股慑人力量还是不容你否

---

① 我的血是道奇蓝（I Bleed Dodger Blue），一九七六至一九九六年任道奇队总教练的汤米·拉索达（Tommy Lasorda，1927— ）的名句。道奇队的球衣是蓝色的。

认，还是很吓人，仿佛浑身都在放电。那女人在他身边慢慢跟着走，盯着我看的眼神沉静里带着揶揄。她的眼睛带着粉红色。我起初以为是因为她的眼睛是灰色的，染上了夕阳洒下来的光才这样。但现在，我觉得这是因为她是白化病人。

“我向来喜欢婊子，”他说时还特别拉长了音，强调婊——子。“你说是不是啊？罗杰特？”

“是，先生，”她说，“在她们的地方就喜欢。”

“有时候啊，她们的地方还骑在我脸上哪！”他说得很大声，有一股不正常的得意，好像她把话给说反了，“她跑哪儿去啦，小子？真不知道她现在是骑在谁身上？你替她找的那个鬼灵精律师？哦，他的事我全知道，连他三年级不守规矩的事我都知道。我可是以知道天下事为己任的人哪。我成功的秘诀也就在这里。”

我奋力一挣扎，挺直身子：“你在这里干什么？”

“散步健身，跟你一样，并没有法律禁止，对不对？这街道谁要走都可以。你虽然没在这里住多久，但我说你这兔崽子嫖客总该也知道这一点吧？这里就是我们说的镇上公有地，乖的狗跟疯的狗都可以来的地方。”

他把他空着的手举起来，拿起他的氧气面罩深吸一口气，又放回腿上，朝我咧一下嘴——老奸巨猾的冷笑，恶心透顶，紫黑色的牙龈都露了出来。

“她的滋味很棒吧，你那小婊——子？一定棒啊，要不然我那儿子怎么会变成她住的那辆破烂拖车的俘虏。结果，我儿子的眼珠子还没烂光，你就跟着上了。她那地方会吸人吧？”

“闭嘴。”

罗杰特·惠特莫尔头朝后一仰，笑了起来，像被猫头鹰的爪子一把抓住的兔子发出尖叫，听得我全身起了鸡皮疙瘩。我觉得她跟德沃尔一样不正常。谢天谢地，这两个人都很老了。“你打到他的要害啦，麦克斯韦尔。”她说。

“你要干吗？”我深吸一口气……但又闻到了那股恶臭，马上就干呕了一下。我不想，但忍不住。

德沃尔在他的轮椅上挺直上半身，也深吸一口气，好像在取笑我。一时，他那样子很像《现代启示录》里面的罗伯特·杜瓦尔①，在沙滩上大步前行，跟世人说他有多爱清晨里的汽油弹味道。德沃尔脸上的笑更深了："很棒的地方，对吧？很安详的地方，可以让人驻足思考，你说是吧？"他四下看了一圈，"就是在这里，没错。是啊。"

"那个小男孩淹死的地方。"

我觉得惠特莫尔脸上的笑好像闪过一丝不安，但德沃尔没有。他又伸手去拿氧气罩，老头子的鸡爪手，手指头张得很大，说是去拿，倒像是摸索。我看到有小小的一点、一点的黏液沾在他的氧气罩里面。他再深吸一口，然后放下。

"这湖里淹死过三十几个人，还只是大家知道的。"他说，"多一个或少一个小男孩又怎样？"

"我不懂。你是说蒂德韦尔家有两个小男孩死在这里？一个败血症，一个是淹死——"

"你在乎你的灵魂吗，努南先生？你不朽的灵魂？你那上帝赐的蝴蝶困在血肉的蛹里面，没多久就会和我的一样臭。"

我没说话。他来之前的那种奇怪的感觉已经不见，取而代之的是他身上不可思议的磁吸张力。我长那么大，还从没感受到有人的身上可以有那么原始生猛的力量。不过，那跟超自然没关系，我想，真要说的话，就是原始生猛这几个字吧。我很想拔腿就跑，在别的情况下，我敢说我一定跑。我没跑当然不是因为勇敢，而是因为我的两条腿还软绵绵的，只怕一拔腿就会一屁股坐下去。

"我要给你一次机会，让你拯救自己的灵魂。"德沃尔说着伸出一根手指头，强调他说的"一次"。"你走吧，高贵的大嫖客，现在就走，穿着你这身衣服马上就走吧。行李也别管了，炉火关了没有也别去看了。走吧，离开那婊子，离那婊子生的小婊子远远的。"

"全留给你是吧？"

"没错，全留给我。该我打点的全都会打点好。灵魂这档子事是留给

---

① 《现代启示录》(*Apocalypse Now*)是美国名导演科波拉(Francis Ford Coppola, 1939—)一九七九年的名片，以越战为主题，罗伯特·杜瓦尔(Robert Duvall)在片中讲的这一句，堪称电影史上的经典名句。

读文科的人去管的,努南,我学的是工程。"

"去你妈的。"

罗杰特·惠特莫尔再次发出兔子叫般的笑声。

那老头子坐在他的轮椅上面,头略往下沉,脸上的冷笑更大,好像要把我吞下肚去,阴森得像阴曹地府里跑出来的东西:"你真的要当那个倒霉鬼吗,努南?她可不在乎,你知道吧——不管是你还是我,她都不在乎。"

"我不知道你在胡扯什么。"我又深吸一口气,但这次吸进来的空气没一点异味。我从桦树边朝外跨一步,两条腿也没一点异状:"我也不在乎。你得不到凯拉,在你龌龊的余生里永远得不到她,我绝不会让你把她抢走。"

"老弟啊,那就有的瞧喽。"德沃尔说时又冷笑一下,再跟我秀了一下他的紫黑色牙龈。"不必等七月过完,绝对让你看个够。到时候,你只会恨你没在六月时把自己的眼珠子挖出来。"

"我要回去了,借光。"

"你请回吧,我怎么挡得了你?"他反问我,"大街上人人都可以走的。"他再一把把氧气罩从腿上抓起来,深吸一口活命之泉,然后手一松,任氧气罩掉在腿上,再把左手搭在勃克·罗杰斯①轮椅的扶手上面。

我朝他走过去。说时迟那时快,我还没意会过来,他就忽然坐着轮椅朝我冲过来。他这一冲很可能把我撞个正着,而且会撞得很狠——搞不好撞断我一条腿或是两条,这我相信——但他却及时刹车。我猛地朝后一跳躲过去,但这也是蒙他恩赐。我知道惠特莫尔又在笑了。

"什么事啊,努南?"

"你别挡路,我警告你!"

"那个婊子害你神经紧张,是吧?"

我朝左手边跨出一步,想绕过他,但他马上把轮椅转了一个方向,朝前再冲一下,又挡住了我的去路。

"滚出 TR,努南,我这可是忠言逆——"

我改朝右冲,这次是靠着湖边去的,原本可以顺利拐过去,不料飞来

① 勃克·罗杰斯(Buck Rogers),美国漫画、小说、电视、电影里的著名太空探险的主角。

了一记拳头，很小但很重，正中我的左脸。那个白发魔女手上有戒指，戒指上的宝石刮破了我的耳朵。我只觉得一阵刺痛，跟着是血流下来的温热感。我一个转身，伸出两只手朝她一推。她一屁股摔在落满松针的路面，叫了一声，意外又生气。再下一刻，我就觉得有东西敲在我的后脑勺上，眼前刹时金星直冒。我两手乱挥，踉跄着朝后退，样子应该很像慢动作。这时，德沃尔就又映入了我的眼帘。他坐在轮椅上转了一个圈，恶心的秃头朝前倾，手上拿来打我的那根拐杖还高举过头，没放下来。他若年轻个十岁，我敢说他绝对打得我头破血流，而不只是眼冒金星。

我赶忙往前几步，去依靠老朋友桦树。我伸手摸摸耳朵，看见了手指上的血，只觉得难以置信。他刚才给我的那一记也还在痛。

惠特莫尔手脚并用地从地上爬起来，把裤子上的松针拍掉，气冲冲地朝着我冷笑，两颊染上薄薄的一层红，鲜亮红唇咧开，露出一排小小的牙。衬着落日的光影，她的眼睛爆燃着怒火。

“少挡路。”只是，这一次我说得很小声，又无力。

“休想。”德沃尔说完，顺手把手上那根黑色的拐杖放在轮椅前半部的舱盖上面。现在，我在他身上看到当年那个不管手上的割伤有多严重都要偷到雪橇的小男孩了，看得很清楚。“你休想，只知道搞妓女的娘娘腔，我不让你过去！”

他再拨一下轮椅的开关，轮椅便又悄然朝我冲了过来。我若没朝一旁让开，他绝对会拿手上的拐杖一把刺穿我的胸膛，让我跟大仲马笔下的坏公爵被人一剑穿心一样。他虽然也可能这么一撞顺便把自己脆弱的右手骨给撞碎或是整只手臂脱臼，但这老家伙才不会把这种事放在心上。计算后果这件事，在他看来是兔崽子的勾当。我也敢说，我若再犹豫一下，不管是因为吃惊还是迟疑，准会死在他的手下。幸亏我还是赶忙朝左一闪，只觉得脚上的运动鞋在满布松针的边坡上滑了一下，然后就什么都碰不到了；我正腾空朝下摔落。

我是以很难看的姿势摔进水里的，摔下去的地方离岸边不远。摔下去时，左脚撞到一根泡在水里的树根，扭了一下，痛得要命，还听到雷劈般啪的一声。我刚张开嘴想喊，湖水就灌进了嘴里——冷冷的、有金属味的、黑暗的味道，而且这一次是真的。我把水从喉咙里咳出来，从鼻子里喷出来，手忙脚乱地离开落水的地方，心里不住地想，那个小男孩，万一那个在这里淹死的小男孩伸手抓住我怎么办？

我翻身仰在水面，依然全身无力，不住地咳。我清楚牛仔裤正紧紧贴着两条腿和胯下，却荒唐得只在心里面担心皮夹——我不是担心信用卡或是驾照，我是担心皮夹里那两张乔的照片，拍得很好的照片，这下子可能就要毁了。

我看见德沃尔已经快要冲过斜坡，一时以为他也会落水。轮椅的前半部已经悬在我落水处的上方（我看到我的运动鞋被桦树半露在外的左边树根划出一道短短的擦痕）。虽然轮椅的几个前轮还搭在坡地上面，但已经有干干的土块开始从轮子下面往下掉，啪啪嗒嗒打在水面上，打出一圈圈涟漪。惠特莫尔紧抓住轮椅的后半部，死命朝后拉，但轮椅太重，她拉不动。看来，德沃尔若要保命，只能靠他自己。我站在及腰的湖水里，衣服浮在水面上，对着他们吆喝，要他来啊！

德沃尔鹰爪般的紫黑色左手，在挣扎了几次之后，终于碰到了轮椅扶手上的银色按钮。他用手指头拨动开关，轮椅就从斜坡朝后退去，激得又一阵石块和泥土如雨落下。惠特莫尔慌忙朝一边让，免得自己的脚被轮椅辗过。

德沃尔再在按钮上东摸西摸一阵，把轮椅转过来正对着我。我站在水里，离悬垂到水面的那棵桦树有七英尺的距离。他把轮椅再往前挪一点，移到大街的边缘，但离斜坡有一段安全距离。惠特莫尔没朝我们这边看，她正弯腰蹲在地上，屁股对着我。那时，我若有心思去注意她的话——虽然回想起来我应该不会——肯定会以为她正在喘大气。

德沃尔看起来像是我们三个里面最勇健的一个，连拿腿上的氧气罩来吸一口都不用。落日的余晖打在他的脸上，照得他像烂掉一半的南瓜灯，被人淋上汽油还点了火。

“游泳舒服吧？”他问过后就笑了起来。

我四下看了一下，看是不是有散步的情侣经过，或有渔夫想找地方趁天黑前再下一次网……只是，我心里又巴望最好谁也看不到。我很气，很痛，也很怕，但最主要还是觉得丢脸，居然被一个八十五岁的老头子给扔进水里……而且，这老头子看来还不准备走，还要再捉弄我一番。

我在水里开始朝右手边走过去，也就是朝南的方向，回我别墅的方向。水深约到我的腰部，冷冷的，习惯之后，还略有一点提神醒脑的效果。我的运动鞋踩过水底的石头和树枝。扭到的脚踝还在痛，但还撑得住。至于上岸后这只脚踝是不是撑得住，那就另当别论了。

德沃尔又在他的按钮上摸了摸，轮椅就朝后一转，开始慢慢沿着大街往前走，和我齐头并进，优哉得很。

“我还没跟你正式介绍过罗杰特，对吧？”他说，“她以前念大学时是运动健将，垒球和曲棍球是她的专长，到现在她有些技巧都还没丢。罗杰特，露一手给我们这位年轻人开开眼界吧。”

惠特莫尔从左边绕过慢慢前行的轮椅，一时被挡住了过不来。但等我再次看到她时，就发现她手上拿着一堆东西。原来她先前蹲在地上并不是在喘大气。

她脸上带着笑，大踏步走向斜坡的边缘，左手环抱在肚子前面，臂弯里有几颗石头，是她刚才从路边捡的。她捡起一颗石头，约有垒球那么大，高举起来，伸手过头，一把朝我扔过来。很用力。石头从我左边的太阳穴飞过去，砸进我身后的水里。

“嘿！”我大喊一声，吃惊甚于害怕。虽然先前出了那么一连串事，但事情发展到这一步，我还是不敢相信。

“你是哪根筋不对，罗杰特？”德沃尔骂她，“你什么时候投球跟小姑娘一样？你要对准他扔啊！”

飞过来第二颗石头，从我头顶上面两英寸的地方掠过。第三颗就差点要打落我的牙齿了。我挥手挡掉，又气、又怕，大喊一声，当时没注意到，但事后发现那一记把我的手掌都打青了。那时，我只注意到她写满恨意又带着笑容的脸——有这样一张脸的女人，会在游乐园里花两块钱玩射飞镖，一心一意要射中那只最大的泰迪熊抱回家，就算要她射上一整夜也在所不惜。

而且，她扔得还真快！一颗颗石头飞过来落在我四周，有的砸在我左边或右边泛红的水里，溅起一股股小喷泉。我开始朝后退，不敢转身游泳离开，就怕我一个转身，她就会趁势扔过来一颗超大的石头。不过，我还是要想办法脱离她的射程才行。德沃尔在这节骨眼儿上笑得乐不可支，虽然是老年人那种上气不接下气的笑，但他照笑不误，可恨的老脸皱成一团，像恶毒的苹果娃娃①。

她扔的石头还是有一颗打中了我，重重打在我的锁骨上面再反弹到空中，很痛。我大叫一声，她也大喊一声“嗨!”像空手道高手使出一记漂亮的飞踢。

好，我依序撤退的计划到此为止。我立刻转身，朝湖水比较深的地方游过去，但那个烂货随即就打中了我的头。我开始游开的时候，她扔的头两颗石头像是在测距离。停了一下，我刚在想是啊，这就对了，我要游出她的……紧接着就有东西砸在我的后脑上面。砸下来时，我还听到一声咣！跟你在《蝙蝠侠》漫画里看到的一样。

湖面的颜色从鲜亮的橘色变成鲜亮的红色，再变成暗暗的紫红。我在一片模糊里，听到德沃尔大声叫好，也听到惠特莫尔尖声怪笑。我一张口，又灌了一大口铁锈味的湖水。我在一片昏沉茫然里，赶忙提醒自己要把水吐出来，不可以吞下去。我的两条腿重得跟铅块一样，划不动；脚上那双运动鞋更是讨厌，好像足有一吨重。我把脚往下压，想踩到地，却找不到湖底——我已经游到水深可以灭顶的地方了。我朝岸边看过去。真是壮丽！湖岸在夕照里灿烂辉煌，像用鲜橘和艳红的滤光板打光照出来的舞台布景。那时，我可能离岸边有二十英尺远。德沃尔和惠特莫尔站在大街的边缘，远远看着我，两人的样子很像格兰特·伍德②画里的老夫和老妻。德沃尔又罩上了氧气罩，但看得出来他在面罩里面冷笑。惠特莫尔跟他一样，也在冷笑。

水又灌进了我的喉咙，大部分我都及时吐出，但还是有一部分不小心吞下肚去，呛得我又是咳，又是呕。我的身体跟着往水下沉。我赶忙往上爬，不是用游泳的姿势，而是慌乱得伸手踢脚，耗掉的力气比漂在水上还要再多几倍。惊慌就在此时第一次涌现在我心头，像老鼠小小的尖牙，一口口咬穿我的昏沉和慌张。这时，我才发觉耳朵里有尖细的

① 苹果娃娃(apple doll)，英国艺术家尤里·乌列(Yurie Urie)以日本恐怖漫画为本设计出来的怪诞娃娃，身着精致繁复的服饰，手拿插满钢针的小苹果，借以抒发内心的恐惧和痛苦。

② 格兰特·伍德(Grant Wood, 1891—1942)，美国画家，以刻画美国中西部乡间的平凡农民知名，现藏美国芝加哥美术馆的一九三〇年名作《美国哥特式》(*American Gothic*)是其代表作。

嗡嗡声在响。可怜我的脑袋瓜儿是挨了几记打？惠特莫尔的拳头一次……德沃尔的拐杖一次……石头一次……还是两次？妈啊，我记不起来。

你千万要挺下去，拜托！你不会就随他这样修理你吧？你要像那个淹死的小男孩吗？

休想！我才不会让那老家伙称心如意。

我一边踩水，一边伸出左手顺着后脑摸下去，在快到颈背的地方摸到一个大肿块，而且还愈肿愈大。稍微压一下那个肿块，就痛得我很想吐，几乎要昏过去，眼睛刹时泛出几颗泪，滑下脸颊。我收回手，只在手指头上看到一点点血丝，但人在水里的时候，很难判断伤口的大小。

“你看起来活像旱獭遇上大水！喂，努南！”现在，他的声音听起来像是朝我滚过来的，像是从很远的地方轰隆滚过来的。

“你去死！”我大喊回去，“我一定告到你进监狱！”

他看一眼惠特莫尔，惠特莫尔也用同样的眼神回看他一眼，两人相视而笑。我手上若有乌兹冲锋枪，一定马上把他们两个打成烂蜂窝，还要换一排弹匣，再朝尸体扫射一遍。

只是，没有乌兹冲锋枪在手，我也只能继续用狗刨式在水里朝南游，赶快回别墅去。他们两个在岸上的大街跟着我往南走，德沃尔坐在他低声絮语的轮椅上面，惠特莫尔走在他身边，神情肃穆一如修女，但不时停下脚来捡几个可以用的石头。

我在水里没游多久，应该还不累，却觉得精疲力竭。我想，主要是因为惊吓的缘故吧。到最后，我终于挑错时间换气，吃下一肚子的水，整个人就慌了。我换个方向，改朝岸边游过去，想找个地方能让我站住脚就好。罗杰特·惠特莫尔见状，马上开始朝我丢石头。第一轮用的是她搭在左手臂和肚子上的那一堆，用完后，就轮到她放在德沃尔腿上的那一堆。经过先前的热身运动，她现在丢起石头来一点也不像小姑娘了，准头都是要人命的。刹时，一颗颗石头在我四周落下。我伸手挡下一颗——很大的一颗，若正中我的脑门儿，绝对打得我脑袋开花——但接下来的那一颗，就打中了我的二头肌，划出一道长长的伤口。够了！我翻过身来，又朝外游去，想游到她打不到的地方。我大口喘气，虽然颈背愈来愈痛，但还是奋力抬头，露在水面上。

等脱离中弹的危险后，我一边踩水，一边回头看他们。惠特莫尔已经走到了斜坡的边缘，站在她能靠得最近的地方。妈的，真是一步也不放过。德沃尔坐着轮椅停在她身后，两人脸上还是挂着冷笑，映着夕照，红得跟阴曹地府的小鬼一样。晚来天边红，水手露笑容。[①]再过二十来分钟，天色就要全黑了。我有办法再撑个二十分钟，一直抬着头在水面上吗？应该可以，只要别再慌了手脚就成。但若再久一点，可就没多少把握了。我心想自己很可能就此在黑暗中淹死，下沉前还能再看金星最后一眼。惊惧的老鼠牙咬穿了我的整个身体。惊惧的老鼠牙，比罗杰特和她扔的石头还要厉害，厉害得多！

但可能比不上德沃尔吧。

我朝湖滨的两边看了看，看看没被树林盖住的大街，不管是只露出十几英尺还是十几码，我都察看一下。我现在倒不在乎丢不丢脸，但偏就是没看到一个人影。苍天在上，你把人都弄到哪里去了？到弗赖堡的山景餐厅去吃比萨吗？还是到村里小店去喝奶昔？

“你要怎样？”我朝德沃尔大喊，“你是要我说我不管你的鸟事？好啊，我不管，可以了吧！”

他笑了起来。

好吧，我本来就不觉这一招有用。就算我是说真的，他也不会信。

“我们只是要看你能游多远。”惠特莫尔说着又扔过来一颗石头——这一次跑的路线很长，很平，落在离我约五英尺的地方。

他们是想要我的命，我心里想，他们真的想要我的命。

没错，还不止，他们搞不好还可以装作没事拍拍屁股走人。我脑子里冒出很奇怪的想法，说不可能却又可能的想法。我想到罗杰特·惠特莫尔搞不好事先就跑到湖景杂货店，在店的社区布告栏上贴了一张告示。

> TR-90 火星人诸君，大家好！
>
> 麦克斯韦尔·德沃尔先生，本地人人拥戴的火星人，希望大家能在七月十七日星期五晚间七时至九时避开大街不用。若蒙各位倾力

---

① 晚来天边红，水手露笑容（red sky at night, sailor's delight），西方有关天气的谚语，晚来天边红，表示会有好天气。

合作，麦克斯韦尔·德沃尔先生愿以每人一百美元相赠，以示感谢。至于我们的“避暑客”，麻烦也让一让。还有，善良的火星人都是很乖的猴子，谨守非礼勿视，非礼勿听，非礼勿言。

我当然不信真会有这样的事，就算现在都已经这样了，也还是不信……但我差一点就信了。不管怎样，他都应该算是贼星高照吧！

我累瘫了。运动鞋重得跟绑了铅块一样，我想踢掉一只，却又喝进一大口湖水。他们在大街上站住脚，盯着我看。德沃尔几次拿起放在腿上的氧气罩，吸几口氧气提神醒脑。

我不可能这样熬到天黑。夕阳在缅因州西部这一带向来都急着下山——我想，全世界的山区应该都是这样吧——但残霞余晖倒是会逗留很久才走。只是，等到西边的天色真的全黑，你以为别人看不到你的时候，东边的月亮却又已经悄然升起。

那时我心里想的，是我在《纽约时报》上的讣闻，标题写的是通俗浪漫悬疑小说作家溺毙缅因州。德布拉·温斯托克会拿我新出的《海伦的承诺》里的作者照片给他们用。哈罗德·奥布洛夫斯基会说尽该说的好话，也不会忘记在《出版人周刊》发布一则不大（但也不小）的作家死讯。费用他和普特南对分，然后——

我往下一沉，又喝了好几口水，赶忙吐掉。我开始在湖里挥手舞脚，又强迫自己停下。岸上那边，听得到罗杰特·惠特莫尔清脆刺耳的怪笑。好，你这个烂货，我在心里面开骂，你这个鬼见愁的烂——

迈克，乔轻声喊我。

在我的脑子里，但不是我在心里想象和她对话时的声音，或太想念她而需要和她说说话时的声音。好像有人要跟我强调这一点似的，我右手边的湖面啪了一声，像有人在打水，很用力。我朝那边看过去，没看到鱼，连一丝涟漪也没有。但我看到了我们的浮台，映着洒满霞光的湖水，就在离我约一百码外的水面上。

“我游不了那么远的，宝贝。”我哑着嗓子说了一句。

“你说什么，努南？”德沃尔在岸上朝我大喊，还伸出一只手，遮在他一只蜡做的大耳朵上面嘲弄我，“听不清楚！你已经上气不接下气了！”惠特莫尔依然发出一阵清脆刺耳的怪笑。他是约翰尼·卡森，她是艾德·迈克马洪①。

你游得到的,我会帮你。

浮台,我明白了,浮台可能是我脱身的唯一机会——这一带的岸边就我们这一座浮台,离惠特莫尔目前最远的乱石射程还有十码。我用狗刨式朝那方向游过去,两条手臂重得跟先前的腿一样。只要一觉得我的头重得要沉到水里去,我就暂停一下,踩一踩水,在心里叮咛自己放轻松:我情况还不错,表现也还可以,只要不惊慌,就可以转危为安。岸上的老太婆母夜叉和怪老头大浑蛋看我动也马上跟着动。只是,两人一看到我游过去的方向,笑声就停了,叫骂也停了。

有好一阵子,浮台与我之间的距离好像怎么也无法缩短。我在心里给自己打气,说这只是因为光线愈来愈暗。湖水已经从艳红转为紫红再变得几近墨黑,跟德沃尔的牙龈差不多。随着我气愈来愈短、手臂愈来愈重,我给自己打气的信心也就跟着愈来愈低。

我游到离浮台大约还有三十码的地方时,左腿忽然一阵抽筋。我略朝侧边翻一下,像帆船搁浅的姿势,伸手去抓腿上纠成一团的肌肉,却又吃进大口的水。水一股脑儿全涌进喉咙,我想咳出来,干呕几下就整个人朝水里沉,只有肚子还朝上,使劲要吐出水,还有一只手往后伸,去摸膝头上方抽筋的部位。

这下子真要淹死了。我心里虽然这么想,却异常平静,反正事已至此。就这样了,就这样。

这时,我却觉得有一只手抓住了我的颈背。头发被人一拉,那种痛瞬间把我拉回到现实,比打肾上腺素还有效。接着,我又觉得有另一只手抓住了我的左腿,有短短那么一下但很舒服的热热的感觉。抽筋不见了。我猛一下从水里钻出来,开始游泳——现在是真的在游泳,不是狗刨式。好像不出几秒,我就已经游到了浮台侧边的梯子,喘得又重又急,不知自己是真会没事,还是心脏会像手榴弹一样爆开。等到我的肺终于解决了缺氧的问题,一切就平静了下来。我在那里又等了一分钟才爬出水面,迎

---

① 约翰尼·卡森(Johnny Carson, 1925—2005),美国电视界的著名主持人,以长红节目《今夜》(*The Tonight Show*)知名。艾德·迈克马洪(Ed McMahon)则是《今夜》节目开始时介绍约翰尼·卡森出场的报幕人。

向仅剩的幽幽薄光。我在浮台上面站一下，面朝西，弯着腰，双手搭在膝盖上面，身上的水一直朝下滴，落在浮台的木板上。之后，我转过身来，想给他们比个神奇的双鹰手势，不是只抓了一只小鸟①。但没人可以让我示威，大街上不见一个人影。德沃尔和罗杰特·惠特莫尔已经不见了。

可能走了吧，但我不能忘记大街上有许多路段是我看不到的。

我盘腿坐在浮台上面，等月亮升起，凝神注意周遭的动静。过了大约半个小时，也可能是四十五分钟。我看过表，但没什么用；表进了水，停在七点半。德沃尔欠我的东西现在又要加上一只天美时的夜光表——二十九块九毛五！你这大浑蛋，给我吐出来！

后来，我终于从梯子上爬下来，钻入水里，开始划水朝岸边游过去，尽量压低划水的声音。我休息过了，头不痛了（虽然颈背上的那个包还是一直在抽痛），也不再歪歪倒倒或疑神疑鬼。真要说起来，最惨的其实是这一件——我不仅要应付溺亡小男孩的鬼影，躲避砸过来的石头，在湖水里面挣扎，脑子里还不停质疑这些是不是真的。那个很有钱、老不死的软件大亨绝对不会因为正好看到我这个作家就临时起意要把我淹死吧？

今天晚上的历险记，会不会仅仅是因为不小心被德沃尔撞见的缘故？纯粹巧合，如此而已？还是他真找了人一直在监视我？从七月四日那天就开始监视我了？……搞不好就在湖的对面，真有人准备了高倍望远镜在监视我？你神经兮兮讲什么鬼话！我准会啐这么一句……至少在他们两个出手害我差点像小孩子折的纸船沉到泥塘里般淹死在旧怨湖里之前，我是会啐这么一句。

但我还是下定决心，管他有谁在湖的对岸监视我！管那两个老家伙是不是还躲在大街的哪一段树丛后面！我偏就是硬着头皮往前游，一直游到好像有水草在搔我的脚，看到归我所有的那一弯湖滨。我在水里站定了脚，冷得瑟缩了一下；现在的晚风刮在身上还真有一点冷。我一瘸一拐上了岸，一只手举起来护住头，生怕又有一轮石头炮弹飞来。没有石

---

① 双鹰（double eagle）、小鸟（birdie，或音译“博弟”），都是高尔夫球术语，但在俚语中，一只小鸟指的是对人“比中指”，骂人的手势；双鹰是比 V 字，胜利的手势。

头。我在大街上略站了一会儿,牛仔裤和马球衫一直在滴水。我先察看这一边,再察看另一边。看来,世界的这一处小角落只有我一个人。最后,再看看湖面,一道幽幽的月光从湖滨一路洒到浮台。

“谢谢你,乔。”我轻轻说了一声,就转身沿着枕木步道往别墅走去。才走到过半的地方,我就忍不住停下脚来,往步道上一坐。我这辈子从没这么累过。

18

我没绕到前门去,而是沿着梯子爬上水边的露台。我的动作还是很慢,也惊叹自己的两条腿居然有平常的两倍重。我踏进起居室,睁大眼睛四下看了看,像久别十年的人重回故居。墙上有大角鹿本特,长沙发上有《波士顿地球报》,茶几上有一本字谜书《头痛时间》,连我那盘吃剩的炒青菜也还放在餐台上面。看着这些东西,我才真的像从梦游里完全醒了过来——我刚才是出门散步了,搁着这些平常的杂事不管,却差一点命丧黄泉。我差一点被人害死。

我开始发抖。我走进北厢的浴室,脱下湿透的衣服丢进浴缸——啪!才转身呆呆看着洗脸台镜子里的自己,浑身还是不住发抖。我那样子像是刚从酒吧里的混战惨败而归。一边的二头肌划出一道长长的伤口,血水已经结痂。左边的锁骨上有一块紫黑色的淤伤,怵目惊心,好像是一对黑影般的翅膀印子。脖子到耳后也有一道结了血块的大伤口,那是“美人儿”罗杰特手上戒指的宝石留下的杰作。

我拿刮胡镜检查后脑的伤势。“这些话就是塞不进你的硬脑袋瓜里去,是不是?”小的时候我妈常这样骂我和哥哥锡德。如今,我却要感谢老天爷,我的脑袋瓜儿的硬度系数还真被我妈说对了。被德沃尔用拐杖打中的地方肿得像刚爆发过的火山口,被惠特莫尔丢个正着的靶心留下了鲜红的伤口,若不想留疤还真需要缝上几针才行。伤口还在渗血,铁锈色稀稀的一层,染红了发线周围的颈背。天知道这个看起来有一点恶心的红色伤口,先前流出了多少血被湖水冲走了。

我圈起掌心,倒了一些双氧水,硬起头皮,猛地一把盖住颈背的伤口,就当作在搽须后水。真是痛彻心扉!我咬紧牙关,免得痛叫出声。等锥心的刺痛消退一点之后,我又拿起棉花球蘸双氧水,清洗身上的其他伤口。

伤口清洗完毕后,我冲了澡,套上一件T恤和牛仔裤,到长廊去打电话找警长。这倒不需要翻电话簿。城堡郡的警察局和警长的电话,都写在一张"紧急联络电话"的字条上面,用大头钉钉在我的告示板上。字条上还有消防队和救护单位的电话号码,外加一支900开头的电话,花一块五就可以从电话里问出当天《纽约时报》字谜的三题解答。

前三个数字我拨得很快,之后愈拨愈慢,等到拨完955-960就整个停了下来。我站在长廊里,话筒搭在耳边,心里浮现出一则斗大的新闻标题,这次不是登在斯斯文文的《纽约时报》上面,而是粗鲁的《纽约邮报》。小说家控诉耄耋电脑大亨:超级大恶霸!还附上我们俩的照片,并排放在一起。我的,看起来就是我这年纪;德沃尔的,看起来肯定有一百零六岁。《邮报》也一定会得意洋洋地跟读者报告,说这德沃尔(伙同身边的女随扈,一个老太太,就算全身泡得湿透也没有九十磅重)把岁数小他一半的作家海扁了一顿——而这个倒霉鬼,依照片来看,起码还算是健壮的啊。

电话里的那一具原始大脑终于受不了七个数字的号码只拨了六个,喀嗒两声,就断了我的线。我把话筒从耳边拿开,看了看,再轻轻放回话机上面。

倒不是我胆子小,怕自己经不起媒体时而刁钻、时而可恨的关爱眼神。我是真的不想身陷坏脾气的哺乳类毛皮动物的重围里面。美国这国家把奉承媒体的人都变成了畸形的高级妓女。有"名人"胆敢抱怨媒体,准遭媒体一阵冷嘲热讽。"闭嘴,你这贱人!"报纸和电视八卦节目十之八九回呛你这一句(得意里还夹着愤慨)。"你以为老子在你身上花大把钱,只是要你唱唱歌或是挥一下路易斯维尔球棒[1]就好?你错啦,他妈的!

---

① 路易斯维尔球棒(Louisville Slugger),路易维尔(Louisville)是美国生产棒球打击棒的第一品牌。

老子花钱就是要看你好看——管你那‘好看’是啥——或看别人给你好看。老实告诉你吧，你只是我们的‘货’罢了。你这‘货’一旦没看头了，就只有送你上西天或生吞活剥下肚！”

他们当然不能真的把你生吞活剥，但他们能弄一张你打赤膊的照片上报，说你这家伙的鲔鱼肚也未免太大了吧；写你酒喝得有多凶，药嗑得有多猛，或说你哪天晚上在膳朵①拖了一个混不出头的小明星坐在腿上，硬要演一出舔耳记。不管怎样，他们就是没办法真吃了你，所以我放下话筒，倒不是因为怕《邮报》封我为爱哭鬼，或怕我上了杰·李诺②的开场变成笑柄。我放下话筒，是因为想到了我其实没任何证据在手上。谁也没看见我们有过这一段。而且，我也想到了，麦克斯韦尔·德沃尔要替他自己还有他那位私人助理弄到不在场证明，绝对易如反掌。

不止，还有最关键的一桩——你想想看，万一警长派乔治·富特曼，也就是那位“爹地”，来听我哭诉天杀的老贼是怎么把我这个小可怜打进湖里去，那可怎么办？事后准笑掉他们三个的满嘴大牙。

所以，我改打给约翰·斯托罗，想听他说一句：这才是正确的决定，依目前的状况，这才是唯一合理的做法。我想听他跟我说，只有走投无路的人才会用这种狗急跳墙的招数（我是不会去想德沃尔那二老乐不可支的样子啦，搞不好他们生平从没这么痛快过；至少目前不会去想）。我希望他告诉我，凯·德沃尔绝对不会有麻烦的——她爷爷的监护权争夺战目前还趴在泥塘里不见天日呢。

接我电话的是约翰家里的答录机，我留下话，只说请他回电给迈克·努南，不急，时间晚了也无妨。接着，我再打去他的办公室。我没忘记约翰·格里沙姆说过的金句：年轻律师不拼到倒下不轻易言退。我依他们事务所的总机指示，按下斯托罗的代码：STO，即约翰的姓“斯托罗”的前三个字母。

我先是听到“咯”一声，就传来了他的声音——还是语音答录机，真不凑巧。“嗨，我是约翰·斯托罗，这个周末我要到费城看我爸妈，下礼拜一

---

① 膳朵（Spago），奥地利名厨开的意大利餐厅。“膳朵”之中文译名，乃沿用上海 Spago 的中文名称。

② 杰·李诺（Jay Leno，1950—　），美国著名谐星，以长期主持 NBC 的《今夜》（*The Tonight Show*）脱口秀最为知名。

会进办公室，但下礼拜其他时间都要出差。礼拜二到礼拜五要找我，最好是打……”

他给的号码以207-955作开头，这是城堡岩的区域号码。我猜应该是他先前住过的同一家旅馆，城堡景观丘上很不错的那一家。“嗨，我是迈克·努南，”我说，“你若有空请回电给我，我在你公寓的答录机上也留了言。”

我走进厨房想拿一罐啤酒，却失神般站在冰箱门前玩起小磁铁来。嫖客！他叫我嫖客，喂，大嫖客，你的婊子哪儿去啦？但一分钟过后，他又说要给我机会拯救我的灵魂。很好笑，真的，就像酒鬼居然说要帮你看着酒柜防小偷。他讲起你的时候，我还觉得他对你好像不是没一点感情的呢。玛蒂先前说过，你的曾祖父和他的曾祖父是在同一个茅坑里面拉屎的哥儿们。

我从冰箱门前走开，留着里面的啤酒一罐都没碰，回到电话旁边，打电话给玛蒂。

“嗨，”又是一听就知道是答录机的回话，我还真是一路顺风！“是我。我不是出门了，就是一时没办法过来接电话。请留言，好吗？”顿一下，有麦克风的窸窣声，然后是远远的低语，接着是凯拉，声音大得要震破我的耳膜：“请留下开心的留言！”再来是一阵笑声，母女两人的笑声，随后切换成哔哔声。

“嗨，玛蒂，是我迈克·努南，”我说，“我只是——”

我一时语塞，不知道怎样才能把句子讲完。但不需要我伤脑筋，一声“喀嗒”，玛蒂自己接了电话：“喂，迈克。”好颓丧、好灰心的声音，和先前录音带上的欢乐简直是天壤之别，听得我一时说不出话来。我愣了一会儿，才开口问她出了什么事。

“没事儿。”她说完就哭了出来，“什么都不对了。我失业了，林迪炒了我鱿鱼。”

林迪当然不会直接说是炒鱿鱼。她说这是“组织瘦身”，但这就是炒鱿鱼，好吧。我心里也清楚，若真去查四湖图书馆的财源，绝对查得出来这些年来四湖图书馆最慷慨的赞助人中，有一个就叫麦克斯韦尔·德沃尔。而且，他到现在都还是图书馆最大的金主之一……只要林迪·布里格斯乖乖听他的话。

“我们那天不该讲话让她看到的。”我说，但心里知道就算我离图书馆十万八千里远，玛蒂的工作还是保不住，“我们先前就应该想到会出这种事。”

“约翰·斯托罗想到了。”她还在哭，但正尽力克制，“他说麦克斯韦尔·德沃尔可能会来阴的，在监护权官司开庭前把我逼到墙角困住。他说德沃尔应该会想办法让法官问我在哪里工作时，我只能回答：‘我现在失业，法官大人。’我还跟约翰说布里格斯太太绝不会做这么下流的事，尤其是我刚在她的读书会上讲梅尔维尔的《巴特比》讲得那么精彩！你知道他怎么跟我说的吗？”

“不知道。”

“他说：‘你年纪还轻。’那时，我还以为他在装老成，但你看他说对了，是不是？”

“玛蒂——”

“我现在该怎么办，迈克？我现在该怎么办？”看来那只惊惧的老鼠已经从我这里跑到黄蜂路去了。

我听到自己的声音在心里冷冷地说道：你当我的情妇不就成了？用“研究助理”的名义如何？这样的职称国税局那边绝对过得去。我会给你漂亮衣服，给你信用卡，给你房子——你就可以跟黄蜂路的那辆破老爷拖车说拜拜了——再去逍遥两个礼拜怎样？二月，去毛里好吗？至于凯的教育，那还用说，你也根本不用发愁。每逢年底还会有一大笔现金津贴。我一定会很体贴的。很体贴，很小心。每个礼拜一或两次就好，而且一定会等你的小宝宝睡沉后才到。你只需要说一声好，再给我一把钥匙就可以了。你只需要在我上床时往旁边靠，让出一块地方给我就好。你只需要随便我怎样就好——在漆黑里，在夜色里，整晚随我的手要往哪儿去就往哪儿去，要干什么就干什么，绝不说不，绝不喊停。

我闭上眼睛。

“迈克，你在吗？”

“在。”我应了一声，伸手去摸后脑勺上那一块还在抽痛的伤口，缩了一下，“你不会有事的，玛蒂。你——”

“我拖车的贷款还没付清啊！”她快要号啕大哭了，“还有两张电话费的账单已经过期,他们说要断我的线!吉普车的变速器有问题,后轴也是!凯上个礼拜的假圣班我还付得出来,我想是吧——布里格斯太太给了我三个礼拜的遣散费。但她的鞋子呢?她长得好快,不管什么,很快就穿不下了……她的短裤有洞,她的内……内……衣也都……"

她又开始泣不成声。

"我会照顾你们直到你自己撑得起来为止。"我说。

"不行,我不能——"

"你行。为了凯拉,你不行也要行。以后,你若想还,再还我就好。你若需要,我们也可以把每一毛钱都写清楚,但我一定要照顾你们。"你也绝对不必为我宽衣解带,我跟你保证;我也一定会奉行我的保证。

"迈克,你不必这样做。"

"是,但也不是。反正我就是要这样就对了。你要挡,那就试试看。"我打电话找她原本是要跟她说我这边出了什么事——当然是幽默版——但现在看来反而是不说更好,"你这桩监护权官司一眨眼就会过去,你在这里若真找不到人有胆子给你工作的话,那我就到德里去帮你找。此外,你说说看嘛,你难道不觉得现在正是你该换一下环境的时候吗?"

她勉强挤出一声干笑给我:"我想应该是吧。"

"今天接到过约翰的电话吗?"

"嗯。他到费城去看他父母,但给了我他费城那边的电话号码。我打过电话给他。"

他说过他爱上她了。说不定她也爱上他了。一时,我觉得心头像是扎了一根小小的刺,但我还是在心里跟自己说,这全是我想出来的。反正,想办法这样劝自己吧。"你丢了工作的事,他怎么说呢?"

"跟你一样。但听他说话,我不觉得安心;听你说话,我觉得安心,也不知为什么。"我知道。因为我年纪比较大,年纪比较大的人对年轻女子的吸引力就在这里:可以让人觉得安心。"他礼拜二早上会再过来一趟。我说要和他一起吃午餐。"

我接口说:"那我说不定可以过去凑一脚。"我说的口气很平稳,没一丝颤抖或是迟疑。

玛蒂听我说出这一句,精神马上就来了。她忙不迭一口答应,反而害得我有罪恶感。"那好!我打电话给他,跟他说你们两个一起来我这里,好吗？我可以再办一次户外烤肉。说不定那天凯就不要去上假圣班了，留下来我们四个一起吧。她一直要你再讲故事给她听。她很喜欢听你讲故事。”

“这样很好啊！”我回答一句，心里真的觉得很好。让凯拉也加入进来，会更自然一点，我就不那么像不速之客了，他们两个也不那么像情人幽会。这样也不会有人指责约翰对他的客户存有非分之想。到头来，他可能还要谢谢我呢。“我想凯应该可以听《韩赛尔和葛蕾特》①了。你还好吧，玛蒂？没事吧？”

“比你打电话来之前要好很多了。”

“那就好。一切都会顺利解决的。”

“你保证。”

“我刚才应该已经保证过了。”

略顿一下没声音，然后她开口问：“那你好吗？迈克？你听起来有一点……我不知道……有一点怪。”

“我没事。”我回答她。我真的没事，一个小时前差点以为自己死期到了，现在倒真的没事了：“我可不可以再问你一个问题？因为这问题逼得我快疯了。”

“当然可以。”

“那天我们一起吃晚餐时，你说德沃尔跟你说过他的曾祖父认识我曾祖父。还是深交，依他的说法。”

“他说是在同一个茅坑里拉屎的哥儿们。说得还真文雅。”

“他还说过别的吗？你想一想。”

她想了一想，但没想出来。我跟她说她若再想起他们那一次还说了什么，一定要打电话给我；若她觉得孤单、害怕或担心什么的，也一定要告诉我。我不想跟她多说什么，只是下定决心刚才那一幕历险记，一定要跟约翰一五一十地说。说不定还要刘易斯顿的那个私家侦探——叫乔治·肯尼迪的，跟那个演员同名同姓②——找一两个人到 TR 来看着玛蒂和

---

① 《韩赛尔和葛蕾特》（*Hansel and Gretel*），格林童话里的故事，中文多半译作《糖果屋》。

② 乔治·肯尼迪（George Kennedy，1925— ），美国老牌男星，曾获一九六八年奥斯卡最佳男配角奖。

凯拉，才更加稳当。麦克斯韦尔·德沃尔真的是疯了，跟帮我看房子的管理人说的一样。我那时没听懂，现在懂了。我若再有一丝怀疑，摸一摸后脑勺就行了。

我回到冰箱门前，但还是忘了去开冰箱的门，反而伸手玩起冰箱门上的小磁铁。我把小磁铁摆来摆去，呆呆看着排出来的字，看着它们打碎、散开、重排。算是某种奇异的写作吧……但确实就是写作。我自己都感觉得出来我开始神游了。

这种半催眠状态可以练到随心所欲，要开就开，要关就关……至少顺利的话是如此。开始写作的时候，你脑子里管直觉的那一部分就会开始脱钩，往上飘升到约六英尺的高空（日子好的话可以飘到十英尺）。飘上去之后，它就会盘旋在那里不下来，兀自对你发送黑魔法的信息和明亮的光影。其他时间，为了平衡的缘故，这一部分就锁死在大脑机器里面，你不太会去注意……除非它偶尔自己挣脱开来，这时，你就会莫名其妙神游，大脑自动飘到理性思考之外，浮想联翩，不时闪现一幕幕不请自来的影像。这可以说是创作过程里最怪异的一部分吧。缪思一如幽灵，常是不速之客。

我那屋子闹鬼。

“莎拉笑”一直有鬼……是你在惹它们。

stirred（惹）。我在冰箱门上拼出这一个字，但看起来不太对。于是，我又用蔬果小磁铁在这个字的周围围出一个圆圈，这样就更像了，像很多。我在那里站了一会儿，双手环抱住胸，跟我坐在书桌前面因为用词卡住而搜索枯肠一样。接着，我把“惹”这个字，改成 haunted（闹鬼）。

“圆圈里闹鬼。”我说了一声，似乎听到本特的铃铛轻轻叮当了一下，像是在附和。

我再把字母打散，心里忽然觉得我居然请了一个叫罗密欧的律师真的很怪——

（罗密欧就在圆圈里面排了出来）

——外加一个叫乔治·肯尼迪的私家侦探。

（乔治就出现在冰箱的门上）

我还想这一位乔治·肯尼迪不知对我写安迪·德雷克这角色帮得上

忙吗——

(德雷克这个字就出现在冰箱门上)

——说不定能给我一点灵感呢。我以前从没写过私家侦探。细节是——

(德雷克不见了,换成了细节)

——写得是好还是坏的关键就在这里。我拿一个 3,让它躺平,下面加上一个 I,摆出一个像干草叉的图案。

细节处见精神。

我的思绪就从这里飘走了。飘到哪里?其实我自己也不知道,反正神游物外去了就是。我大脑里管直觉的那部分,已经不知飘到哪里去了,发动海陆空大搜索应该也找不到。我就站在我的冰箱前面,恍恍惚惚地玩着冰箱门上的小磁铁,随意排出脑子里浮现的思绪,想都没想。各位或许不信有这样的事,但每个作家都知道,就是这样。

而把我从失神状态拉回来的,是玄关窗外闪过的一道光。我抬起眼,看到一辆车开了过来,停在我那辆雪佛兰后面。霎时,我觉得肚子像是绞成一团。有那么一时片刻,我真的很想拿我现有的一切来换一把上了膛的枪。因为,来人准是富特曼那家伙。要不然会是谁?德沃尔和惠特莫尔两人回沃林顿后一定打电话给他,跟他说那个努南不肯乖乖当规矩的火星人,所以,他最好过去一趟,好好教训他一下。

等驾驶座的门打开,乘客座那边的车顶灯也亮了后,我才松了一口气,但也是有限度地松口气。我不知道来者何人,但好歹不是那个"爹地"。而且,来人那样子看起来好像连卷起报纸打蚊子也不太灵光……只不过,我想有许多人看到杰弗瑞·达默①,应该也有这样的误会。

冰箱顶上堆了几个喷雾罐,都很旧,可能也都有害臭氧层。我不懂梅泽夫太太怎么会漏掉它们,但很高兴她漏掉了。我随手抓了一罐——"黑旗"②,还真会挑——用大拇指翻掉盖子,把罐子塞进牛仔裤左边的前口袋。接着,我转向水槽右边的抽屉。最上面那一格装的是银餐具,第二格

---

① 杰弗瑞·达默(Jeffrey Dahmer, 1960—1994),美国当代著名杀人魔,一九七八至一九九一年间至少杀害十七名男性。长相斯文,戴着一副大眼镜。

② "黑旗"(black flag),海盗船的旗,交叉的白骨上放着一个骷髅头。

装的是乔说的“下厨杂碎”——什么都有，管它是烹饪温度计，还是塞在玉米芯里面免得你连手指头一并下锅去煮的小玩意，都找得到。第三格塞的都是配不成套的牛排刀。我抓了一把出来，塞进牛仔裤右边的前口袋，才朝门口走去。

我打开门廊的灯，站在门阶上的男人吓了一跳，眨巴着眼睛从门外向我张望，像只眼睛高度近视的兔子。他约五英尺四英寸高，瘦巴巴的，很苍白，头上的头发剪得像我小时候说的“空空头”。棕色的眼珠子，一副牛角框眼镜围在四周当防护，镜片油腻腻的。小小的两只手垂在身体的两侧，一只手里抓着一个扁扁的皮质手提公事包，另一只手里抓的是白白的长方形东西。我想我应该没那个命会死在一个拿着名片的人手里吧，便开了门。

男人冲着我摆出笑脸，是伍迪·艾伦电影里都看得到的那种紧张兮兮的笑。我还发现他连身上的衣服也是伍迪·艾伦式——褪色的格子呢衬衫，袖口短了一点，棉质长裤在胯下的部分却宽了点。一定有人跟他说过这种相像，那时我心里咕哝，要不然哪会像到这地步。

“努南先生？”

“我是。”

他把名片朝我递来。名片上的凸体金字印的是“未来世纪房地产”。下面一行字就比较含蓄了，用黑色的字体印着来人的名衔。

“我叫理查德·奥斯古德。”他报上名来，当我不认得字似的，再朝我伸出一只手。美国男人一见有人伸手，准会赶忙伸手相迎，这是长在骨髓里面的。但那一晚，我硬就是不理。他伸出来的那只小小的粉红色爪子僵在空中一会儿，悻悻地放下来，紧张得在长裤上抹一抹：“我是替你带信来的。德沃尔先生的信。”

我静观其变。

“可以进屋里谈么？”

“不行。”我说。

他朝后退一步，又把手往长裤上抹，最后像是鼓足了勇气似的：“我想没必要这么没礼貌吧，努南先生。”

哪能呢。我若真要没礼貌，准会喷他一脸除蟑剂！“麦克斯韦尔·德沃尔和他身边的那个看护今天傍晚害我差一点淹死在湖里。你若觉得我失礼，可能就是这缘故吧。”

我觉得奥斯古德的惊讶表情不像装出来的。“可能是你写作太辛苦了吧，努南先生。麦克斯韦尔·德沃尔就要满八十六了——那还要看他活不活得到那时候。照目前这情况，看来未必。可怜的老人家连自己从轮椅上下来爬上床都没办法。至于罗杰特嘛——”

“我知道你的意思，”我说，“但我二十分钟前才见过他们，不劳你操心。我自己也不太相信，可我就在现场。你就直说你要带的口信吧。”

“好，”他说得像小媳妇般委屈，“好，你要这样就这样吧。”他拉开公事包前面大口袋的拉链，拿出一个白色信封，标准的公事信封，密封的。我伸手去接的时候，其实心里有点担心奥斯古德发现我心跳得有多快。德沃尔虽然戴着氧气筒，手脚却还真快。现在的问题是，他这一次动的是什么手脚？

“谢谢。”我说完就想关门，“我是该打赏你，请你去喝一杯的，但我把钱包放在了梳妆台上。”

“等一下！你要看完后马上给我答复。”

我眉毛一扬：“我不知道德沃尔是哪根筋不对，以为他可以随便指挥我，但我可没意愿随便听他指挥，你滚吧。”

他嘴角往下一撇，两颊各挤出了一个深深的涡。忽然间，他那样子就一点也不像伍迪·艾伦了，反倒真像五十岁的房地产中介把灵魂卖给了魔鬼，见不得有人扯他老板的扫把星狐狸尾巴。“忠言逆耳啊，努南先生，你真该放在心里的。麦克斯韦尔·德沃尔不是你惹得起的。”

“那我还算走运！我哪里敢惹他啊。”

我关上门，但在玄关多站了一会儿，手上拿着信封，眼睛一直盯着门外那个“未来世纪”的房地产中介。对方看起来很生气，不知如何是好——我想他最近从没吃过旁人的闭门羹吧。我这样一来，说不定还帮了他一点忙。帮他看清楚生命的真相，提醒他不管有没有麦克斯韦尔·德沃尔帮他撑腰，他啊，理查德·奥斯古德，站直了也没五英尺七英寸高！这还是没把牛仔靴拿掉的高度呢。

“德沃尔先生要求立刻答复！”他隔着紧闭的门朝我喊。

“我会打电话给他！”我喊回去，然后慢慢朝他伸出中指，先前我要秀给麦克斯韦尔·德沃尔和罗杰特看,但没秀成的双鹰里的中指。“还有,你倒是可以先传这一句回去。”

我还想他很可能会拿下眼镜揉一揉眼睛,但他没有。他走向他的车,把公事包扔进去,自己跟着钻了进去。我一直站在那里看着他倒车回到小路。确定他走了以后,我才转身回起居室,撕开信封。里面只有一张纸,微微飘香,是小时候我妈身上常有的那种香味。这牌子应该是叫“香肩”,我想。信纸最上面一排印了一行字——雅致、温婉,略有浮雕效果的字体:

罗杰特·惠特莫尔

再下面几行字是女性的手写笔迹,微微发颤:

晚上 8:30

努南先生你好:

麦克斯要我代他转达今日有幸和你见面很是高兴!我个人也深有同感。你这人真是逗趣,好笑得紧哪!你要的那些宝看得我们大乐。言归正传。麦克斯准备跟你做一笔很简单的交易:你若答应不再拿法律耍花招,也就是说,你若答应让他安静休息——德沃尔先生就答应不再争取孙女的监护权。你若答应,直接跟奥斯古德先生说一声“我同意”即可。他会把口信带到。麦克斯想尽快搭乘他的飞机回加州去,尽管他待在这里很愉快,尤其是你,更让他觉得有趣,但他另有要事,无法拖延。他要我提醒你,监护权等于责任,希望你千万不要忘了他说过的这些话。

罗杰特

附记:他还要我跟你说你一直没回答他的问题——她的滋味怎样啊?麦克斯很想知道。

R.

我再读一遍，然后再读一遍。刚想往桌上放，又拿起来再读，好像看不懂似的，同时还要克制自己不要一头冲到电话旁去跟玛蒂说。结束了，玛蒂，我好想跟她说。抢走你的饭碗，把我扔进湖里，不过是他这场大战的最后两枪。他投降了。

不行，没等到我百分之百确定，不可以躁进。

所以，我改打电话到沃林顿，但又是语音答录机，是我那一晚的第四次。德沃尔和惠特莫尔才懒得跟你来温言软语那一套，我只听见冷冰冰的声音，汽车旅馆制冰机那一种，要我在哔声后留言。

“我是努南，”我刚报上名字，还没来得及说别的，就听到一声喀嗒，有人拿起了电话。

“你游泳游得痛快吧？”罗杰特·惠特莫尔问我，声音沙哑，带着揶揄。若不是见过她本人，听这声音还真会让人觉得有一个芭芭拉·斯坦威克[①]在电话的另一头，以极其冷艳的丰姿，蜷缩在红丝绒的长沙发上，身上是桃红色的锦缎晚宴服，一只手拿着话筒，一只手拿着象牙白的长烟嘴。

“只要你落在我手上，惠特莫尔女士，我一定以牙还牙。”

“哦，”她说，“我的大腿开始发抖了。”

“拜托别跟我提你的大腿。”

“狠话哪伤得了人，努南先生，”她说，“我们有何荣幸让您亲自打电话过来？”

“我没给回复就要奥斯古德先生走人了。”

“麦克斯也觉得你会这样。他说：‘我们那个年轻嫖客啊，绝不会让人带口信的。你光看他那副长相就知道了。’”

“他那个人真是输不起，一输就出贱招，是不是？”

“德沃尔先生才没有输！”她的声音陡然降了至少五个八度，口气里的揶揄、轻松跟着不见，“他会换目标，但绝不会输。你才是今天晚上那个输的人，努南先生，在水里噼里啪啦打水、大呼小叫的。你真吓死了，对吧？”

“对，吓得很惨。”

---

① 芭芭拉·斯坦威克(Barbara Stanwyck，1907—1990)，美国二十世纪四十年代红极一时的女星。

“不怕才怪。只是我不知道你明不明白自己有多幸运?”

“可以跟你讲一件事吗?”

“当然可以,迈克——我可以叫你迈克吗?”

“你还是叫我努南先生比较好。呃——你在听吗?”

“屏气凝神哪!”

“你那老板很老了,心理又不正常,依我看,他连骰子的点数都记不住,打监护权官司就更别提了。他一个礼拜前就已经被修理得很惨了。”

“你有重点吗?”

“说真格的,我还真有。所以,你给我听好:你们两个再敢做一丁点那样的事,我一定找老疯子算账,把他戴的那个满是鼻涕的氧气罩塞进他的屁眼,以后他就用屁股呼吸好了。还有,我若看你到大街上去,惠特莫尔女士,准拿你当铅球扔!你听懂了吗?”

说到这里我暂时住口,呼吸的鼻息很沉重,对自己既惊讶又有一点厌恶。若先前有人跟我说我能说出这样的话来,我绝对嗤之以鼻。

好一阵子没声音后,我再开口:“惠特莫尔女士,你还在吗?”

“在啊。”她说。我来这么一招是要气她,但她的口气居然还有一点开心,“现在到底是谁在出贱招啊,努南先生?”

“我,”我说,“所以你别忘啦,只会扔石头的母夜叉!”

“你要给德沃尔先生的答复是什么?”

“我们是可以谈交换条件。我闭嘴,律师闭嘴,但他必须就此离玛蒂和凯拉远远的。若他还是——”

“我知道,我知道,你就要他万箭穿心。真不知道这个礼拜过后你会怎么想。你也不过是个傲慢又愚蠢的货色!”

我还没来得及回答——我刚要回嘴,骂她再怎样丢石头也还是像个小姑娘——她就挂断了电话。

我站在那里,手里还拿着话筒,几秒后才跟着挂上电话。这有鬼吗?感觉像有鬼,但又不像。得让约翰知道一下才行。他没在答录机里留下他父母家的电话,但玛蒂有。但若打电话跟玛蒂要,就必须跟她说出了什么事。看来等到明天再打电话比较好,睡一晚再说。

我把手插进口袋,可恶,差一点就被我自己藏在口袋里的牛排刀刺中。牛排刀的事我忘得一干二净。我把牛排刀拿出来,带进厨房,放回原来的抽屉。接着我再把喷雾罐从口袋里拿出来，准备放回冰箱顶上，让它和那堆难兄难弟作伴，但马上停住了手。冰箱门上那堆蔬果小磁铁排出来的圆圈里面，出现了字：

d go w 19n

是我排的吗？我真的神游到外层空间，那么恍惚，自己在冰箱门上排出这样的小字谜，却一点也不记得？若真是这样，那这是什么意思？

说不定是别人排的，我心里想，我那几个看不见的室友里的一个排的。

“往下19。”我嘴里念了一句，伸手去摸冰箱门上的字。指南针的方位？还是往下走19？那就又是字谜了。有时，你玩字谜的时候会得出“去找对面19”或是“去看下面19”之类的提示。若真是这样，那我要看的字谜在哪里？

“帮一帮忙吧。”我说，但没有回应——空气没给我回应，我自己的大脑也没有。最后，我从冰箱里拿出一罐先前一直想拿的啤酒，回沙发坐下。我拿起我那本字谜书《头痛时间》，看看正在解的字谜。这一题叫做：“更容易醉酒的”，里面都是很笨的双关语，只有字谜狂才看得出来其中的趣味。醉醺醺的演员？马龙·白兰地。醉醺醺的南方小说？《杀死一只知更鸟》。开车载检察官去喝酒？举证责任①。纵19往下的解释是东方人保姆，这个全天下的十字谜玩家都知道就是阿嬷。“更容易醉酒的”里面找不到和我目前的状况连得起来的东西，至少我想不出来。

我再翻一下书里其他的字谜，专门找纵19。大理石工人的工具(凿子)。大家最喜欢的CNN大嗓门？两个词(沃尔夫·布里泽)。乙醇和二甲醚，举例(异构体)。我把书往旁边一扔，很烦。谁说一定是在这本字

---

① 醉醺醺的演员(Tipsy actor)，马龙·白兰地(Marlon Brandy)，就是老牌影星马龙·白兰度(Marlon Brando，1924—2004)。醉醺醺的南方小说(Tipsy southern novel)，原文作Tequila Mockingbird，哈珀·李的名著《杀死一只知更鸟》(*To Kill a Mockingbird*)，念快了很像Tequila Mockingbird(龙舌兰知更鸟)。不过，二〇〇五年美国真有一本书的书名就叫《龙舌兰知更鸟》(*Tequila Mockingbird*)。开车载检察官去喝酒，原文是Bourbon of proof，Bourbon即波旁威士忌，和举证责任(Burden of proof)谐音。

谜书里？对不对？我这屋里说不定还翻得出来五十本，光是我那罐啤酒站的那个茶几的抽屉里应该就有四五本。我坐在沙发上往后一靠，闭上眼睛。

我向来喜欢婊子……有时候啊，她们那地方还骑在我脸上哪！

这里是乖的狗跟疯的狗都可以来的地方。

这里没有谁是酒鬼——大家轮流当。

就是在这里，对啊。

后来我就睡着了，三个小时后醒来，睡得脖子僵硬，后脑勺那个肿块痛得不行。雷声隆隆，连番从远处的怀特山脉传来；屋里感觉好热。我从沙发上爬起来时，大腿后面的皮像是从沙发的布面上撕下来一般。我拖着脚走到北厢房，像很老、很老的老头儿。我看看身上汗湿的衣服，心想要扔进洗衣篮才好，但又一转念，觉得要我把腰弯那么低，脑袋瓜准会爆炸。

“那就交给你们这几个鬼去办好了，”我咕哝一句，“你们既然连晒衣架上的长裤、内裤都可以帮我换位子，帮我把脏衣服扔进洗衣篮会有困难吗？”

我拿了三颗泰诺止痛药吃下，上床去睡。不知什么时候，朦胧间，我好像又醒过来一次，听到了似有若无的小孩子哭声。

“别哭了，”我说，“凯，别哭了，没人会把你带走，你没事啦。”之后又沉沉睡去。

19

电话铃直响。我从沉在水中无法呼吸的梦里挣扎出来，朝铃声爬过去。清晨的阳光把我叫醒，我伸出双脚从床上甩下地时，后脑勺那个肿块痛得我龇牙咧嘴。不等我摸到那里，电话铃声肯定就会停了。每一次不都这样？只又害得我摔回床上时，脑子里拼命想是谁打电话来，却想不出来。等花个十分钟伤完脑筋后，我才会真正再下得床来。

铃……铃……铃……

有十声了吗？还是十二声？数丢了。看来这位老兄还真是意志坚定。但愿是福不是祸，只是，依我的经验，若真是福不是祸，一般人是不会这么坚决的。我小心地伸手朝后脑勺轻摸一下，很痛，但原先从脑袋深处涌出来、让人头昏恶心的痛，已经没有了。我收回来的手指头上面也没看到血。

我走过长廊，拿起话筒。

“喂？”

“哦，你不用担心要替那个孩子的监护权官司出庭作证了。好不容易！”

“比尔？”

“对。”

“你怎么知道……”我歪着身子朝转角靠过去，伸长脖子去看那台尾巴摆来摆去、很讨厌的菲利猫时钟。七点二十分，但已经热得像蒸笼了。比刚出炉的汉堡还烫！我们 TR 这里的火星人最爱用的说法。“你怎么知道他决定——”

“我才不知道他什么决定不决定。”比尔有一点发火，“他不会来问我的意见，我也绝对不会去给他意见。”

“什么事？出了什么事？”

“你还没开电视啊？”

“我连咖啡都还没喝。”

比尔没有要道歉的意思；他这家伙觉得早上六点还没起床，挨骂活该！不过，我现在倒是全醒了，也大概猜到了什么。

“德沃尔昨天晚上自杀了，迈克。他坐进一浴缸热水里面，拿塑料袋套在头上。一定没拖很久，以他的肺部状况。”

对，我心里想，可能没拖很久。尽管酷暑的潮湿热气已经漫了全屋子，我还是不禁起了一阵寒战。

“谁发现的？那女人？”

“是啊，不是她是谁？”

“什么时候？”

"'近午夜的时候',第六频道的新闻说的。"

正巧就是我从沙发上醒来,像僵尸一样爬上床的那时候。

"和她有关系吗?"

"你是说她有没有当自杀医生,对吗?我看的新闻里没提这件事。湖景杂货店那边的八卦网,现在应该已经炒得火热,但我还没过去,没分一杯羹。若她真的帮了忙,我想她应该也不会有事,你说是吧?他八十五了,身体又不好。"

"他会埋在TR吗?"

"他会回加州。那女人说礼拜二会在棕榈泉举办告别仪式。"

一股奇怪得要命的感觉袭上心头。我想到礼拜二那时候,这位给玛蒂带来诸多麻烦的人躺在教堂里面,棺木上盖满鲜花;而我们这几个凯拉·德沃尔之友社的人,却要在户外野餐,还要玩飞盘。准是一场庆祝!好奇地寻思,他们在棕榈泉的"微芯礼拜堂"什么反应我不知道,但在黄蜂路上,我倒是知道我们一定是手舞足蹈,仰头大喊:耶!感谢主。

在这以前,我不管听到谁的死讯都从没高兴过,可这次德沃尔的死讯却让我很高兴。对此我很抱歉,但我真的很高兴。那个老浑蛋害我摔进湖里……没想到,那一晚还没过去,淹死的人居然是他自己。坐在一缸热水里面,淹死在塑料袋里。

"你知道电视新闻怎么那么快就抓到消息的吗?"不算超快,从发现尸体到七点报新闻隔了七小时,也没多快。只不过,电视新闻的记者一般都很懒的。

"惠特莫尔打电话通知他们的。半夜两点的时候在沃林顿的大厅开记者会,坐在豪华的栗色大沙发上面回答记者的问题。乔以前老爱说那具沙发该放在沙龙油画里面,上面再躺一个裸女,你记得吧?"

"记得。"

"我还看到两个郡警察局里的警察在背景里走来走去。还有一个人我也认得,是莫顿那边贾卡德葬仪社的人。"

"感觉很怪。"

"是啊,遗体还放在楼上——我看十之八九是这样——惠特莫尔就已经在大讲特讲……但她说自己只是依老板的交代在办事。她说他留了一卷录音带,交代说他选择在礼拜五晚上自杀,是为了不想影响他公司的股价，也要罗杰特在事发后马上打电话给媒体，跟大家保证他的公司没事，他的儿子和董事会一定会把公司打理得妥妥帖帖的。接着她又说了一点棕榈泉那边的告别仪式的事。”

“他自杀，然后由代理人在半夜两点的时候开记者会，安抚股东？”

“是啊。他这人不是专门干这种事的么？”

我们两个在线上一时都没了声音。我想集中注意力思考一下，但没成功。我只想回到楼上再开始写东西，管它头痛不头痛。我只想回安迪·德雷克、约翰·沙克尔福德，还有沙克尔福德的童年玩伴，那个坏胚子雷蒙德·加拉蒂的世界里去。我写的故事里面都有疯子，但至少疯得我还熟悉一点。

“比尔，”最后我终于开口了，“我们交情还在吧？”

“妈的，当然在，”他接得很快，“但若镇上的人给你白眼看，你也该知道原因，你说呢？”

我当然知道。一定会有许多人把那老头子的死怪在我头上。这不是很离谱吗？你看看他的健康状况就好了嘛。大部分的人应该不会这样想，但未必人人如此，至少，短期之内，这说法还是会有人买账——这我说得绝对准。那个约翰·沙克尔福德的童年玩伴的秘密我说得有多准，这件事我就说得有多准。

各位小朋友，很久很久以前有一只鹅，飞回它以前还是毛茸茸的小鹅时住过的没名没姓的小镇。它回去后，开始下金蛋，一颗颗很漂亮的金蛋，镇上的居民全都围过来看金蛋，啧啧称奇，也都分到金蛋拿回家。但现在，那只下金蛋的鹅被人抓去下锅煮了，这下子就有人要上刀山、下油锅了。我当然跑不掉，但玛蒂的厨房绝对比我这边还要再热上几度。她好大的胆子，不仅没乖乖把孩子交出来，还为了保住孩子而和人开战！

“接下来这几个礼拜你就避避风头吧，”比尔说，“若要我说的话。其实，你若有什么事需要到外地去办的，那就赶快离开 TR 去办吧，等尘埃落定后再回来，这样可能最好。”

“我懂你的意思，但我不行。我正在写书，若现在收拾东西走人的话，这本书准就这样无疾而终。这情况以前就有过，我不要再来一次。”

“写得正顺，是吧？”

“不赖，但重点不在这里。是……呃……就说这一本对我很重要好了，只是另有原因。”

“就算只到德里也不行么？”

“你是想赶我走，是吧，威廉？”

“只是替你留一点神罢了——我做的差事就是帮人看家的嘛，你也知道。可别说我没提醒你：你捅的马蜂窝要开始热闹起来了。镇上的人都在说你两件事，迈克。一件是你泡上了玛蒂·德沃尔。一件是你回镇上来是要拿 TR 的事来扒粪的，把以前的丑事全挖出来写。”

“也就是说，乔没写成的由我来写完。是谁在散布这样的谣言，比尔？”

比尔没有搭腔。我们又回到了地震带，而且这一次比以前更容易爆发。

“我正在写的这本书是长篇小说，”我说，“背景设在佛罗里达。”

“哦！真的？”想不到这么简单几个字讲出来，像是卸下了他心上那一块天大的石头。

“你可以帮我把话传出去吗？”

“应该可以吧，我想。”他说，“你若也跟布伦达·梅泽夫说一声，话传得会更快、更远。”

“那好，我会跟她说。至于玛蒂那边——”

“迈克，你不必——”

“我没泡上她。这件事从一开始就不是这样的。这件事从一开始就只是，你在街上走着走着，刚转过街口，就看到一个壮汉在打一个小个子。”我顿了一下，“她和她的律师计划礼拜二中午在她院子里烤肉，我也想过去。你想镇上的人会不会觉得我们是在幸灾乐祸？”

“有些人应该会。罗伊斯·梅里尔一定会。迪基·布鲁克斯也会。这几个是穿长裤的三姑六婆，伊薇特说的。”

“哼！管他们去死！”我说，“每个都是。”

“我知道你心里的感觉，但你跟她说一声，在这节骨眼儿上就别再当着大家的面招摇。”他的口气近乎哀求，“你起码做一下这件事吧，迈克，把烤肉架拉到拖车后面去又不会死，对不对？这样不管是从杂货店还是修车厂看过去，也只看得到烟而已。”

“我会把话传到。那天我若去的话，我会自己动手把烤肉架拖到后面。”

“你最好离那女人和她女儿远一点。”比尔说，“你是可以回我一句干我屁事，但我这可是苦口婆心，是为了你好才讲的。”

但这时，我脑子里闪过我先前做过的梦。我滑进她体内时，温润、柔滑、紧致。小小的乳房，坚挺的乳头。她在漆黑里的声音，跟我说随便我怎样都好。我的身体马上有了反应。“我知道。”我回答他。

“那就好，”他说的口气像是听到我没骂他的意思——依他的说法，就是“要他学着点”——让他大为放心，“那我就挂电话让你吃早餐喽。”

“谢谢你打电话给我。”

“不用客气。其实是伊薇特要我打的，她说：‘你帮忙看房子的人家里面，迈克和乔一直是你最喜欢的。现在人家都回来了，你不要跟人家搞坏了关系。’”

“那就麻烦你转达谢意。”我说。

我挂掉电话后，还呆呆盯着电话看了一会儿，颇有感触。我们看来像是重拾旧好……但也不真算是朋友吧，至少不会跟以前一样了。那天我一发觉比尔有些事没跟我说实话，有些事瞒着我，我们的关系就变了。在我知道他差一点把他心里用在莎拉和红顶小子身上的那个用语说出来时，就不一样了。

搞不好那只是你自己想象、无中生有的，你怎么可以拿这来责怪别人？

是这样没错，我也不想……但我就是心里清楚。

我走进起居室，打开电视，马上就又关掉。我的碟形卫星天线收得到五六十个频道，但没一个是地方频道。厨房里还有一台手提电视，若把那电视兔耳朵一样的天线朝旧怨湖多伸出去一点的话，倒是可以收得到WMTW，这是“美国广播公司”(ABC)在缅因州西部的子台。

我抓起罗杰特写的短简，走进厨房，把跟电咖啡壶一起塞在柜子里的小索尼电视开关扭开。正在播《早安美国》①，但很快就要到地方新闻了。我趁着这时候再看一遍罗杰特写的短简，这一次特别注意她的遣辞用字

① 《早安美国》(*Good Morning America*)，美国ABC的晨间新闻节目，于纽约制播。

而不是内容。前一晚我光注意她写的内容了。

想尽快搭乘私人飞机回加州去，先是这样一句。

他另有要事，无法拖延，再来是这样一句。

你若答应让他安静休息，又有这样一句。

该死！这是自杀前的遗书嘛！

“你先前就知道，”我边说边用大拇指摩挲她印在信纸上的凸体姓名，“你写这封信时就知道了，搞不好你拿石头丢我时就已经知道了。可是，为什么呢？”

监护权等于责任，她也有这样一句，不要忘了他说过这些话。

但监护权之争已经结束，对吧？法官就算受贿也没办法把监护权判给死掉的人吧？《早安美国》终于把时段让给地方新闻，麦克斯韦尔·德沃尔自杀身亡的死讯正是头条。电视画面白茫茫的，但还看得出来比尔说的那具栗色大沙发。罗杰特·惠特莫尔坐在沙发上面，双手交叠在腿上，神色沉着镇静。我觉得背景里的警察有一个应该就是乔治·富特曼，只是白花花看不清楚，我不敢确定。

惠特莫尔说德沃尔先生过去八个月不时提起要自己了断残生。他病得很重。前一天傍晚，他要她陪他出去走走，她就知道他只是要再看夕阳最后一眼。前一天傍晚的夕阳辉煌灿烂，惠特莫尔加上这一句。这我可以作证。前一天傍晚的夕阳，我也记得很清楚。我可是差一点就死在夕阳的霞光里。

罗杰特宣读德沃尔的遗言时，我的电话铃响了。是玛蒂打来的，哭得上气不接下气。

“新闻，”她说，“迈克，你有没有……你……知道……”

一开始，她只勉强讲得清楚这几个字。我跟她说我已经知道，比尔·迪安打电话来跟我说了，我也在地方新闻上看到了一些报道。她想回话，但哭得说不清楚。内疚、放心、惊骇，甚至大乐，在她的哭声里都听得出来。我问她凯在哪里。我能够体会玛蒂的感觉——在她今天早上打开电视之前，她可是一直以为麦克斯韦尔·德沃尔是最恨她的敌人——但要一个三岁的小娃儿看着自己的妈妈哭得稀里哗啦，并不太妙。

“在后面，”她挤出这一句，“她刚吃过早餐，在跟她的娃……娃过……娃娃……过……”

“过家家，那好。你就哭吧，全哭出来，全都发泄出来。”

她哭了起码有两分钟，搞不好更久。我站在那里，手中拿着话筒贴在耳边，在七月的暑热里满身大汗，耐着性子等她哭完。

我要给你一次机会，拯救你的灵魂，德沃尔跟我说过这么一句，但今天早上，他已经死了，他的灵魂也不知哪里去了。他死了，玛蒂自由了，我也重拾写作。我应该觉得人生何其美好才对，却没有这种感觉。

最后，她终于止住了哭：“不好意思，我从没这样哭过——真正好好大哭一场——兰斯死后都没这样哭过。”

“可以理解，你也应该哭。”

“你过来吃午餐吧，”她说，“你过来吃午餐好吗？拜托，迈克。凯下午要到朋友家去玩，她在假圣班认识的朋友。我们可以聊一聊，我需要跟人谈……天哪！我的头好晕。拜托你来吧。”

“我很想过去，但这样不好，尤其是凯还不在。”

我把我跟比尔·迪安对话的修订版跟她作了说明。她听得很仔细。我原以为等我讲完她会大发脾气，但我忘了一个简单的事实：玛蒂·斯坦切菲尔德·德沃尔从小到大可是一直住在TR的，她对这里的人情世故是很清楚的。

“我知道只要我垂下眼、闭上嘴、夹紧腿，事情就会更快过去，”她说，“我也愿意尽力配合，但外交手腕最多也只到此为止。是那老头子要抢走我女儿！可恶，杂货店里的那些人难道都不知道吗？”

“我知道啊。”

“我知道你知道，所以才想找你谈。”

“我们改在城堡岩的公园早一点吃晚餐如何？礼拜五的同一地点？五点左右好吗？”

“那我就必须带凯——”

“可以，”我说，“带她来吧。跟她说我不用看书就可以讲《韩赛尔和葛蕾特》的故事，很想讲给她听。你可以打电话给费城的约翰吗？跟他把事情讲清楚。”

“好。再等个一小时就打。天哪，我真要乐疯了！我知道这样不对，但我就是乐得像要爆了！”

“我也是！”电话那头有一阵子没声音，只听到有人深深吸了一口气，稀里呼噜夹着水。“玛蒂你还好吧？”

“好，只是，你要怎么跟三岁的孩子说她爷爷死了？”

就说那老家伙滑了一跤，倒栽葱跌进极乐袋①里去了，我想到这儿，赶忙用手背捂住嘴，免得自己怪笑出声。

“我也不知道，不过你最好等她一进屋子就跟她说。”

“啊，为什么？”

“因为她会看到你，她会看到你哭肿的脸。”

我在楼上的书房里待了两个小时，就被热气赶了出来——门廊上的温度计在上午十点已经爬到九十五度。至于二楼，我想温度应该再往上多加五度。

我在心底暗自祈祷自己没做错事，然后拔下 IBM 打字机的插头，搬到楼下来。我在楼上写作时都是打赤膊的，走过起居室时，抵在我光肚子上的打字机被汗一滑，差一点掉下去砸在我的脚指头上。这让我想起了我的脚踝，我跌进湖里扭到的那一只。于是我先把打字机搁在一旁，查看一下那只受伤的脚踝。还真是多彩多姿，一片又黑、又紫、又红的，倒没肿得多大。我想是因为冷冷的湖水正好减轻了些许肿胀。

我把打字机搬到水边露台的桌上，再翻出一条延长线，插在本特虎视眈眈的两只眼珠子下面的插座里，然后正对着氤氲的蓝灰色湖面就座。我坐下后没动，等待先前发作过的一波波焦虑袭来——比如胃部绞成一团，眼睛抽痛，最惨的是看不见的铁掌一把揪住胸口，揪得我没办法呼吸。但是，什么也没有。我在这里跟在楼上一样文思泉涌。打赤膊的上身也爱死了湖面不时吹拂过来的阵阵微风。麦克斯韦尔·德沃尔？忘了。玛蒂·德沃尔？忘了。凯拉·德沃尔？忘了。乔·努南和莎拉·蒂德韦尔，也全都忘了。我连我自己也忘了。连着两小时，我的魂魄回到了佛罗里达，离处决约翰·沙克尔福德的日子愈来愈近。安迪·德雷克正在和时间赛跑。

把我拉回来的是电话铃声。这一次被人打断，我居然没生气，因为若

① 极乐袋(Glad Bag)，原本指的是布料的大手提袋，拼花图案以花花绿绿、缤纷多彩为多，在此谑称“尸袋”。

没人来打断的话，我准会一直写、一直写，写到我整个人化成露台上一摊黏黏的汗渍为止。

是我哥打来的。我们聊了一下老妈的事。照锡德看，我那老妈现在少的不只是几根筋，而是整个脑壳都要坏掉了。姨母弗朗辛呢，六月时摔坏了骨盆。锡德打来是想问问我好吗，我跟他说我一切都好，先前要动手写新书是有一点麻烦，但现在看来一切重回了轨道（在我家，唯一可以讨论麻烦事的时候，就是麻烦已经过去的时候）。锡德你好吗？活跳跳的，他说。我想这意思应该是还好吧——锡德有个十二岁的孩子，因此俚语很跟得上时代。他新开的会计师事务所虽然先前让他很是担心了一阵子，但也开始站稳脚跟了（这我当然也是头一次听到）。我去年十一月借他周转的那笔钱，他甚为感谢。我回答说这是我该做的事。这绝对是铁打的事实，尤其想到他花在老妈身上的时间比我要多那么多——不管是本人到场还是经由电话。

"嗨，该放你走了。"锡德又和我说笑一阵之后说。他这人从不说再见，在电话上从不说再见，每次都说"嗨，该放你走了"，好像你是他的人质。"你在那里要注意别热过头啊，迈克，气象台说新英格兰这个礼拜的天气会比油锅还热。"

"热到受不了时，湖就在旁边啊。喂，锡德啊？"

"喂什么喂？"他这喂什么喂跟该放你走了一样，历史悠久，可以倒溯到我们童年的时候。有一点亲切，但也有一点让人心头发毛。

"我们家是从布劳茨内克来的对吧？我是说老爸那边。"我妈妈的出身就是另一个世界了——她那边的男人穿的都是法国名牌"鳄鱼"的马球衫，女人在裙装里一定要穿连身长衬裙，不论是谁都背得出来《迪基西》[①]的第二段。她是到波特兰参加大学拉拉队比赛时认识我爸的。你母亲可是有孟菲斯气派的，孩子，而且她从来不让你忘记。

"我想是吧，"他说，"是的。家族树的事你就别问我了，迈克，我连侄子外甥、堂表兄弟都分不清楚。我跟乔也是这么说的。"

"你跟乔说过？"我只觉得全身的血液都冻住了……其实也没多惊讶，

① 《迪基西》(*Dixie*)，《但愿身在迪基西》(*I Wish I Was in Dixie*)这首歌的简称，美国内战时期是南部邦联非正式的国歌。

至少那时没有。

“嗯哼,你才知道啊。”

“她想知道什么?”

“我知道什么她就想知道什么。不多。我本可以把老妈曾曾祖父被印第安人杀死的事跟她说,但乔好像不太在乎老妈那一边的亲戚。”

“这是什么时候的事?”

“重要吗?”

“可能。”

“好,那我想一想。我想是帕特里克割盲肠时的事吧。对,是那时候。一九九四年二月,也可能是三月,不,我想是二月没错。”

莱德爱药店停车场出事前六个月的事。那时乔已经像一脚踩进遮雨篷的阴影一般,踩进了死亡的阴影中。不过,她应该没怀孕,还没。乔常到TR来,当日来回。乔到处问问题,有些问题还惹得地方上的人很不高兴,比尔·迪安说的……但她还是照问不误。要不然怎样?乔这个人一旦盯上什么,就会像猎犬咬住破布一样死不松口。所以,那天她会不会是在问那个穿褐色休闲外套的男人问题呢?那个男人到底是谁呢?

“帕特里克那时在住院,阿尔珀特医生说他的情况不错,但电话铃响的时候,还是吓得我心惊胆战——我好怕是阿尔珀特医生打电话来说帕特里克又恶化了什么的。”

“妈的锡德你哪来这种大难临头的预感?”

“我也不知道,老弟,但就是这样。反正啊,打电话的不是阿尔珀特,是约翰娜。她想问我们这边是不是有先人——往回推个三代还是四代的时候——住过你们现在住的那地方或附近的镇上。我跟她说我不知道,你倒可能知道。但她说她不想问你,因为要给你惊喜。这算惊喜吗?”

“很大的惊喜,”我说,“老爸是捕龙虾的——”

“嘿,你讲话小心,他是艺术家,‘海边土著艺术家’,老妈到现在还是这样子说他。”锡德说时可没笑。

“见鬼,他只是风湿痛犯起来不想出海下网的时候,卖一点龙虾笼茶儿和麻布海雀给游客罢了。”

“我知道,但老妈把她的婚姻改编得像电视上演的老电影。”

还用说啊，我们家的布兰琪·杜布瓦①。“老爸是布劳茨内克捕龙虾的渔夫，他——”

锡德打断我的话，唱起了《我那滚石老爸》②的第一段。这位男高音五音不全，唱得甚是恐怖。

“好了，我是说真的。他的第一艘龙虾船是从爷爷手里继承来的，对不对？”

“是这么说的，”锡德也觉得是，“杰克·努南的‘懒惰贝蒂’，原先的船主是保罗·努南，也是布劳茨内克人氏。那艘船惨遭飓风唐娜毒手，挨了一顿好打，一九六〇年的事。我想是叫唐娜吧。”

我出生后两年的事。“所以老爸在一九六三年时把船卖了。”

“对。我不知道它后来怎么样了，但船是从保罗爷爷那里来的没错。你还记得我们小时候吃的龙虾煲吗，迈克？”

“海滨肉丸子。”我想都没想就应了一声。跟缅因州海边长大的大多数孩子一样，我想不起来自己哪一次上餐馆点过龙虾的——那是内地人吃的。我的思绪停在保罗爷爷身上，他生在十九世纪九十年代。保罗·努南生了杰克·努南，杰克生了迈克·努南和锡德·努南，我知道的也只有这些。这几个努南长大的地方，全都离现在害我热得脑浆都要流出来的鬼地方很远。

在同一个茅坑里拉屎。

德沃尔准弄错了，就是这样——我们这几个努南不穿马球衫，摆不出孟菲斯气派的时候，都是在布劳茨内克的。德沃尔的曾祖父和我曾祖父不管怎样，都八竿子打不着。而且，那个怪老子年纪有我两倍大，中间的世代根本就对不起来。

但若他根本就没弄对，那么乔在查的到底是什么？

“迈克？”锡德问我，“你在听吗？”

“在。”

---

① 布兰琪·杜布瓦（Blanche Du Bois），田纳西·威廉斯（Tennessee Williams，1911—1983）赢得普利策奖的名剧《欲望号街车》（*A Streetcar Named Desire*）里的女主角，家道中落的南方大户人家美女。

② 《我那滚石老爸》（“Papa Was a Rollin' Stone”），美国黑人乐队“诱惑”（The Temptations）一九七二年推出的招牌名曲。

“你还好吧？你听起来不太对劲，说真的。”

“太热啦，”我说，“还有你搞什么大难临头的预感。谢谢你打电话来，锡德。”

“也谢谢你接我电话，老弟。”

“活跳跳的。”我说。

我走进厨房想倒一杯冰水喝。倒水的时候，听到冰箱门上的小磁铁开始滑来滑去。我猛一转身，杯子里的水泼了出来，洒在我没穿鞋的脚上，但我没去管它。我那一刻的样子应该很像小孩子以为自己在圣诞老公公刷一下从烟囱跑掉前居然活逮到了他。

我一转身，正好看到九个塑料字母从四面八方往圆圈里面集中，排出了 CARLADEAN（卡拉·迪安）……只是一秒而已。有东西，很大但看不见，从我身边飞快蹿过。我的头发纹丝不动，但就是有一种很强烈的感觉，觉得像是有什么东西从身边扫过去，像高速列车疾驶而过，而你正站在月台的黄线附近。我惊呼出声，赶忙把手里的玻璃杯放回餐台，水泼了出来。我现在不再想喝冰水了，因为“莎拉笑”厨房的温度已经降到不知哪里去了。

我呼出一口气，看见一股白雾，跟一月的大冷天一样。一团吧，也可能两团，马上又不见了，但真的有过雾气，没骗你，而且可能只有五秒的时间，我身上的那层汗水就已经觉得像是结成了一层薄薄的冰。

这时，CARLADEAN 朝四面八方飞溅出去——很像卡通里原子被捣碎的画面。一个个字母、水果、蔬菜造型的小磁铁从冰箱门上朝外飞溅，在厨房里散得到处都是。一时间，那股爆发四散的怒气几乎像是闻得到，类似火药。

爆发前隐约还有声音，带着轻叹，无奈的低低沉吟，我听过的沉吟：“哦，迈克啊，迈克！”是我用口述录音机录下来的声音。那时我不太敢确定，但我现在敢说，真的是乔的声音。

别的声音是谁的呢？打散字母的又是谁呢？

卡拉·迪安应该不会是比尔的老婆，他老婆叫伊薇特。那么是他妈妈吗？还是祖母？

我慢慢在厨房里面四处走，捡起地上的小磁铁，像捡破烂的找到了宝,集满一把就放回冰箱门上。没东西来抢我手里的磁铁,没东西弄得我颈背上的汗又结成冰,本特的铃铛也一声没响。只是,我心里清楚,厨房里不是只有我一个人。

CARLADEAN,乔要我知道这名字。

但有东西不想要我知道这名字。有东西从我身边飞蹿过去,快得跟沃巴什加农炮①一样,要赶在我看清楚前把字母打散。

这里有乔,也有夜哭的小男孩。

还有别的吗?

还有谁跟我一起待在这屋子里?

20

我一开始没看见他们,这没什么好奇怪的。感觉好像城堡岩有一半的人在这礼拜六近傍晚的时候,都跑到镇上的广场上来了。白茫茫的仲夏阳光一片明亮,成群的小孩子罩在明亮的阳光里面,挤在广场的游乐设施旁边。有几个老年人身上穿着鲜红色的背心——我想是哪个俱乐部的人吧——聚在一起下棋。一群年轻人躺在草地上,听一个绑头巾的十几岁少年抱着吉他自弹自唱,歌曲我认得,伊恩和西尔维娅②唱片里的歌,轻快的曲调,歌词是:

“埃拉·斯皮德正沉浸于爱的欢快,约翰·马丁就用柯特四十一杀了埃拉……”

---

① 《沃巴什加农炮》(“Wabash Cannonball”),美国西部乡村老歌,从十九世纪末起传唱不休,曲名描写一列神秘的火车。

② 伊恩和西尔维娅二重唱(Ian and Sylvia),走红于二十世纪六七十年代的加拿大夫妻档二重唱组合。下文的歌曲曲名叫做《比尔·马丁和埃拉·斯皮德》,血腥、恐怖。斯蒂芬·金书中的歌词和原曲略有不同。

看不到有人在慢跑，看不到小狗追飞盘。热得要死。

我转过身朝露天音乐台看过去。台上有一支叫“城堡摇滚”的八人小爵士乐队正在做演出前的准备（我马上想到他们准备要热闹一下的曲子，搞不好就是《意兴遄飞》①）。这时一个小东西从后面撞上了我，两只小手抓住我膝头的上方，差一点把我撞倒在草地上面。

“抓到了！”那小东西大喊，兴奋得很。

“凯拉·德沃尔！”玛蒂喊她，像是生气但又高兴，“你要把他撞倒啦！”

我转过身，随手把手上拿的那袋油腻腻的麦当劳纸袋松开，抱起了那小东西。这反应很自然，而且感觉很美妙。你若没抱过，就不会知道一个活蹦乱跳的小孩子抱起来有多重，也无法充分体会他们体内流窜的生命力根本就像发亮的灯丝。我并没激动得哽咽（“少在我面前滥情，迈克！”小时候在电影院看到感伤的剧情红了眼眶时，锡德就会损我一句），但是，我想起了乔，真的，还有她倒在那可恶的停车场时肚子里怀的孩子。没错，我也想起了那个孩子。

凯又叫又笑，两只手臂张得大大的，头发垂下来绑成两个小鬏鬏，各自系着乡村娃娃安和安迪②的发夹。

“不要擒抱自家的四分卫！”我大喊一句，咧开嘴跟她做鬼脸。她居然跟着我喊：“不要紧抱自瞎的四分会！不要紧抱自瞎的四分会！”听了好不有趣。

我放她下地，两个人相视而笑。凯朝后退一步却绊了一跤，一屁股跌坐在草地上，这下子笑得更凶了。那时我心里闪过一丝念头；坏念头，一闪而过但很明确：那个老妖怪若看到他失去的这一切，不知有多好。我们对他过世还真是哀痛逾恒。

玛蒂朝我们走过来。这天傍晚，她的模样正是我初见她时心底模糊想象的模样——乡村俱乐部上流人家的美丽女儿，要么跟朋友打混，要么一本正经和父母坐在餐桌旁边。她身上穿了一条白色的无袖连身裙，脚上是低跟鞋，长发放了下来，垂在肩上，双唇略施口红，两眼神彩焕发，前

---

① 《意兴遄飞》（*In the Mood*），美国爵士乐大师葛伦·米勒（Glenn Miller，1904—1944）一九四〇年推出的大乐队时代名曲。

② 乡村娃娃安和安迪（Raggedy Ann and Andy），美国传统布做的乡村造型娃娃，一男一女。

所未见。她搂住我时，闻得到她身上淡淡的幽香，小而坚挺的乳房压在我身上。

我吻在她的颊上，她的回吻印在我下巴颏，轻轻地咂一声，传进我的耳里却声震脊梁。“跟我说一切都会苦尽甘来。”她在我耳边低语，没松开搂着我的手。

“一定会苦尽甘来。”我应声回答。她又搂我一下，这次搂得更紧。之后，她往后退一步：“你最好带了一大堆吃的来，大哥，我们两个女孩可是饿坏了。对吧，凯拉？”

“我紧抱自瞎的四分会。”凯一边说，一边半躺在草地上，手肘撑地，对着白茫茫的明亮天空笑得乐不可支。

“来吧。”我一把抱住她的腰，抓着她朝最近的一张野餐桌走过去，凯踢腿蹬脚地笑不可遏。我把她往长椅上一放，她一骨碌就从长椅上溜下来，钻进桌子底下，滑溜得泥鳅一样，嘴里的笑语始终不断。

“好啦，凯拉·伊丽莎白，”玛蒂说，“坐好，换个样子来。”

“乖宝宝，乖宝乖，”她一边说一边爬到我身边，“换个样子就是乖宝乖，迈克。”

“真是乖宝宝。”我跟她说。我拿的纸袋里面有大汉堡和薯条，给玛蒂和我。给凯的则是一个花花绿绿的纸盒，上面印着麦当劳叔叔带着他那一帮子“未起诉共谋犯”手舞足蹈的图案。

“玛蒂，我有欢乐餐哦！迈克给我欢乐餐！里面有玩具！”

“赶快看你拿到了什么！”

凯拉马上打开盒子，探头朝里面看，立刻笑逐颜开，整张小脸都亮了起来。她从里面拿出一样东西，乍看之下，我还以为是一个特大号的集尘球，刹时毛骨悚然，像是回到那一天的梦里，乔躺在床底下，脸上盖着书。*把那给我，那是我的集尘网*，那天在梦里她骂过我这一句，*那是我的集尘网*。还夹杂着别的——别的联想，可能是从其他梦里来的吧，但我抓不到。

“迈克？”玛蒂问我，口气里透着奇怪，近乎担心。

“小狗狗哎！”凯说，“我的欢乐餐送的是小狗狗！”

是啊，是狗没错。一条小小的绒毛狗，而且是灰的，不是黑的……至于我为什么这么在乎这条狗是灰是白，连我自己也搞不懂。

“这个奖真棒。”我一边说一边把狗拿过来。摸起来很软，很舒服，更棒的是它是灰的。灰的就没事了，管它为什么。怪吧？但就是这样。我把小狗还给凯，对她笑笑。

“它叫什么？”凯问我，拿着小狗在她欢乐餐的盒子上面来来回回跳，“狗狗要叫什么啊，迈克？”

我不假思索地说：“思特里克兰德。”

我还以为她会听不懂，但她听懂了，而且很高兴。“思特里克男！”她大喊一声，小狗在餐盒上来来回回跳得更高，“思特里克男！思特里克男！我的狗狗叫做思特里克男！”

“这个思特里克兰德是谁啊？”玛蒂忍俊不禁地问我。她已经开始拆她的汉堡了。

“以前读过的书里的角色，”我回答她，眼睛落在拿着小绒毛玩具狗玩得不亦乐乎的凯，“不是真人。”

“我爷爷死了。”五分钟后她冒出来这么一句。

我们那时还在野餐桌边，食物大部分都已经下肚，毛茸茸的思特里克兰德也已经改放在吃剩的薯条旁边当卫兵。我一直在注意身边熙来攘往的人群，看看附近有没有 TR 的人在盯我们的梢，急着回去向大家报告。我没看到有谁是我认得的。只是，我认识的人其实也不多，想想有多久没回来就知道了。

玛蒂放下手上的汉堡，看向凯，有一点担心。但我想这小丫头应该没事——她说这句话时，纯粹像在播报新闻，不像在说她有多伤心。

“我知道他死了。”我说。

“爷爷很老很老了。”凯说时，用两只小小的胖指头捏起两根薯条送到嘴边，骨碌一下就不见了，“他去找耶稣，我们在假圣班讲了耶稣的事。”

是啊，凯，我心里想，你爷爷现在搞不好正在教耶稣怎么用像素画板，顺便问一问附近哪里可以招妓女。

“耶稣会在水上行走，也会把清水变成通心面。”

“对，大概是这样，”我跟她说，“有人死掉不好，对不对？”

“玛蒂死掉会不好，你死掉会不好，可是爷爷很老很老。”她说的口气像是觉得我没听懂她先前的意思，“他到了天堂就好了。”

“这样想很好，小乖乖。”我说。

玛蒂把凯松掉的发夹调整好，动作很仔细，无限慈爱但若有所思。她在夏日的丽阳里显得好亮丽，肌肤柔滑，被她身上的白色连身裙衬得泛出一层健康的浅褐色，那条连身裙可能是平价商店买的。看着她，我知道我真的爱上了她。说不定这样也没什么不好吧。

“可是我想白奶奶，”凯又说，这一次她脸上真的有伤心的表情了。她抱起那条绒毛狗，拿一根薯条喂它，再把它放下来。她漂亮的小脸蛋浮现一层幽幽的思念，这时就看得出来她爷爷的影子了。虽然只是依稀仿佛，但就是有。感觉得出来，又一抹幽魂魅影。“妈妈说白奶奶带着爷爷的遗害回加州去了。”

“遗骸，凯宝贝儿，”玛蒂说，“遗骸是指他的身体。”

“白奶奶会回来看我吗，迈克？”

“我不知道。”

“我们一起玩游戏呢，都要押韵。”现在她脸上幽幽的思念更深了。

“你妈妈跟我说过你们玩的游戏。”我说。

“她不会回来了。”凯自问自答，一颗晶亮的大泪珠滑下右边的脸颊。她拿起“思特里克男”，把它摆成靠后脚站的姿势，才一下，就又放回薯条旁边当卫兵。玛蒂伸出一只手臂搂住她，但凯似乎没注意到：“白奶奶不喜欢我，她只是假装喜欢我。她的工作就是要假装喜欢我。”

我和玛蒂交换了一下眼色。

“你为什么会有这感觉？”我问她。

“不知道。”凯说。那个玩吉他的小鬼再过去的地方，有个涂着一脸白粉的杂耍艺人开始扔起六个彩球。凯拉的小脸跟着略微一亮：“超级棒妈妈，我可以去看那个好好笑的白色的人吗？”

“你吃完了没有？”

“吃完了，我饱了。”

“那就谢谢迈克。”

“不要紧抱自瞎的四分会，”凯说时还笑着作势要拉我的腿，“谢谢，迈克。”

“小事一桩，”我说完忽然觉得这说法有点老套，就再加一句，“活跳跳啦。”

“你只能到那棵树，不可以再过去，”玛蒂说，“你知道为什么吗？”

“这样你才看得到我。好啦。”

凯一把抓起思特里克兰德跑开，没跑几步又停下，转头看我：“我想是批箱的人，”她才说完，马上改正，很仔细、很正经地说，“冰——箱的人。”听得我心脏在胸口猛跳一下。

“冰箱的人怎样，凯？”我问她。

“冰箱的人说白奶奶不喜欢我。”她说完，一转头就朝杂耍艺人跑过去，也不管日头有多热。

玛蒂目送女儿跑过去之后，转向我说：“我一直没跟人提起凯说的冰箱人的事。她也没有，直到刚才。倒不是真有这样的人，只是，冰箱门上的字母磁铁好像自己会跑，像灵应牌似的。”

“会拼字吗？”

她有一阵子没出声，然后点一点头：“不是每次都会，但有时候会。”又再顿了一下，“大部分时候会，其实。凯说那是住在冰箱里的人寄来的信。”她莞尔一笑，但眼神里有一丝害怕，“那些磁铁很怪，对吧？还是有捣蛋鬼在湖区这边捣乱？”

“我不知道。若有麻烦的话，那对不起，我不该送那些磁铁给你们。”

“别傻了。你送那些磁铁给她以后，她把你看得很重，老是动不动就你啊你的。她为了今天的野餐还特意自己去挑漂亮衣服穿，她爷爷的死她都没这么放在心上。她还说我也应该穿得漂亮一点。她平常不会这样子对人的——人在，她会把人放在心上，但人不在了，她也就不管了。小孩子这样子长大也没什么不好，我有时候觉得。”

“你们两个都穿得很漂亮，”我说，“这我绝对可以肯定。”

“谢谢。”她回头去看凯，满脸爱怜。凯正站在树边看杂耍，那人已经把皮球搁到一旁，改耍球瓶。接着，她再回头看我：“吃完了吗？”

我点点头，玛蒂便开始收拾桌面，把垃圾塞进外带的纸袋里面。我也帮着她收拾，两人的手指头碰在一起的时候，她趁势抓住我的手，捏了一下。“谢谢你，”她说，“谢谢你为我们做的一切。真的谢谢你。”

我也捏一下她的手，然后放掉。

“你知道吗，”她说，“我还想过可能是凯在玩那些字母。用念力。”

“心灵传动？”

“我想术语是这样的吧。只是凯会拼的字最多也就只是‘狗’和‘猫’。”

“冰箱门上拼的是什么?”

“大部分是人的名字。有一次是你的,还有一次是你太太的。”

“乔?”

“全名——约翰娜。还有奶奶,我想就是罗杰特吧。贾里德也出现过几次,还有布里奇特。有一次拼的是基托。她一个字母、一个字母地拼给我听。”

“基托?”我说的时候想了一下,凯拉,凯娅,基托,这里面有什么含义吗?“男孩的名字,你看是吗?”

“嗯,是男孩的名字。斯瓦希里语①,意思是心肝宝贝。我在我的取名书里查过。”我们正朝最近的一个垃圾筒走去,她转头看一眼自己的心肝宝贝。

“还有别的你记得的么?”

她想了一下:“瑞格出现过一两次。有一次是卡拉。凯根本就不认得这些字,还要问我这些字是什么意思。”

“你有没有想过这些字是凯拉从书里或杂志里面抄下来的?她只是在用冰箱门上的磁铁来学写字,不用纸笔?”

“也有这可能……”只是她那表情看起来不太信。没什么好奇怪的,我自己也不信。

“我是说你也没真的见过那些字母自己在冰箱门上动来动去,对不对?”我问这问题时,还在心底祈祷我问的口气不要听起来心里有鬼才好。

她笑了,有一点不太好意思:“天啊,没有!”

“除了名字还有别的吗?”

“有的时候冰箱人留的字是嗨、再见、乖宝宝。昨天有一个字我还写下来准备给你看。凯拉要我问的。真的很怪。”

“什么字?”

“我拿给你看更好,但我放在车子的置物匣里没拿过来。走时提醒我一下。”

① 斯瓦希里语(Swahili),非洲下撒哈拉(sub-Sahara)一带原住民通行的语言。

会。一定。

“真不知道是什么吓死人的鸟事，先生①，”她说，“跟那次面粉上的鬼画符一样。”

我想开口跟她说我那里也有冰箱人，但没说出来。她要担心的事已经够多了，别再给她添一件了……至少我在心里这么劝自己。

我们肩并肩站在草地上面，看着凯观看杂耍。“你打电话给约翰了吗？”我问她。

“打了。”

“他有什么反应？”

她转过头来看我，眼睛含笑：“他唱了一段《叮咚，女巫死了》②给我听。”

“性别不正确，反应正确。”

她点点头，目光回到凯拉身上。我又一次觉得她真美，纤瘦的身子套在白色的连身裙里面，五官明亮光洁，轮廓完美。

“他有没有气我自告奋勇来跟你们野餐？”我问她。

“没！他觉得开派对这主意挺好的。”

派对。他觉得挺好的。我开始觉得自己之前有点小人之心。

“他还建议我们把上个礼拜五陪你作证的那个律师也一起请过来。比索内特先生是吧？还有比索内特先生推荐的那位私家侦探也可以。你觉得好吗？”

“当然好。你呢，玛蒂？你也没问题吧？”

“嗯，”她应了一声，转头看我，“我今天的电话倒比平常多呢。好像忽然在这里很吃得开。”

“嗯哼。”

“大部分都不出声就挂掉了。不过，有位先生倒是多花了一点时间骂我一句贱货，还有一个扬基口音很重的太太，说：‘喂，骚货！害死他你就高兴了是吧？’也没等我回她一句‘是的！谢谢你关心！’她就挂了。”只是

---

① 原文是法语 señor。

② 《叮咚，女巫死了》(“Ding Dong, the Witch Is Dead”)，电影《绿野仙踪》(*The Wizard of Oz*)的插曲。

玛蒂没一丝高兴的样子，反而丧气又内疚，好像她真的巴不得他早死早超生。

“你别难过。”

“没关系，真的。凯拉和我无依无靠这么久，我害怕的时候居多。但你看，现在我还是交到了几个朋友。假如几通匿名电话是我必须付出的代价，我愿意。”

她站得离我很近，仰起脸来看我，看得我心旌摇荡、不能自已。这全要怪夏季的暑热、她的香水，还有四年不近女色的闭关生活。先后顺序？如拟。我揽住她的腰，到现在还记得我的手搭在她的衣裙上面，布料在我手底下的感觉。她背后藏在袖子下面的拉链略往内凹的皱褶，也历历如昨。我到现在都还记得她身上的衣裙在她光洁的肌肤上面滑动的感觉。我低头吻了她一下，很轻，很郑重——要做就要做好——她也回应我的吻，同样郑重。小嘴在探索，但不退缩。两片唇柔软又温润，带着微微的甜香。桃子吧，我想。

我们两个同时停下，各往后退一步。她的两只手还搭在我的肩上。我的两只手也还搭在她的腰上，就在她臀部上面的地方。她的表情虽然还算沉静，眼神却比平常还亮，双颊也抹上几许红晕，从锁骨直往上蹿。

“哈！”她说，“我想好久了。从凯扑向你、你抱起她时起，我就想吻你了。”

“约翰应该不太想看到我们公然亲吻。”我说话的声音不怎么平静，心头怦怦乱跳。七秒吧，吻那么一下，就搞得我全身上下热血沸腾。“其实约翰才不想看我们亲吻呢。他迷上了你，你知道吧？”

“我知道，但我迷上的是你。”她再转头去看凯，凯还站在树边看那个玩杂耍的，很听话。有谁在注意我们吗？有谁大热天趁傍晚从 TR 到这里的弗兰克冰品店来买冰淇淋吃，顺便欣赏广场上的音乐表演和社交活动？有谁到湖景杂货店去买生鲜蔬果和最近的八卦？全能修车厂的老主顾？神经病！不管你怎样，神经病就是神经病。我松开搭在她腰上的手。

“玛蒂，他们会把我们的照片放在词典‘妨碍风化’的条目旁边。”

她把搭在我肩上的手拿下来，往后退一步，但灼灼的眼神始终望着我的眼睛：“我知道，我虽然年轻，但没那么笨。”

“我不是说——”

她举起一只手挡下我要说的话:“凯都是在约九点的时候上床——天没全黑她好像就睡不着。我会再晚一点才睡,你要过来就过来吧。你可以把车子停在后面。”她浅浅一笑,很甜,风情万种,“月亮下山后,我们那边就闲人少进了。”

“玛蒂,你的年龄可以当我女儿。”

“或许吧,但我不是你女儿。有的时候,有些人会为了保护自己而变得束手束脚。”

我的身体知道它要什么,喊得很用力。那时,我们若是在她的拖车里,我绝对不会有一点抗辩。其实,不在那里我也不太抗辩得起来。但我忽然想起了一件事情,我先前在想德沃尔和我家先人的事时想到的:世代对不起来。这放在我们两个身上,也对吗?我这人可不觉得你要什么就有权利要到,不管你有多想。不是你渴了就该喝水的,有的事偏就是不该做——我想这就是我要说的吧。只是,那时我抓不准这件事算不算。我是很想要她,好吧?很想,很想!我把手搭在她腰上时她身上衣裙轻轻滑动,她罩在衣裙下的肌肤有多温润——真的都一直在我脑子里转个不停。而且,她也真的不是我女儿。

“你只需要说谢谢,”我说话的声音很干,“这样就可以了,真的。”

“你以为我这是在报恩?”她的声音低低的,紧张地轻笑一声,“你是四十岁,迈克,不是八十。你算不上哈里森·福特①,但长得还是很帅,而且有才气,又风趣。主要是我真的很喜欢你。我只想跟你在一起。要我拜托你吗?好啊,拜托你跟我在一起。”

没错,这绝对不是报恩——我想,那时我虽然用上了这个词,但我自己心里早就有数。我重拾写作的那一天她打电话来时,我就知道她穿的是白色短裤和细肩带上衣。她知道我那一天穿了什么吗?她梦到过和我上床吗?我们两个顶着舞会灯光不停闪烁,还有莎拉·蒂德韦尔唱的自创版白奶奶押韵歌,就是那什么曼德雷、桑德雷、坎德雷的,翻云覆雨到都要脑充血——她梦到过吗?玛蒂梦到过她跟我说我要怎样都可以吗?

还有那冰箱人。这就是我们另一种共享的东西了,只不过是恐怖版。

---

① 哈里森·福特(Harrison Ford,1942—),美国著名男演员,演过《星球大战》(*Star Wars*)、《法柜奇兵》(*Raider of the Lost Ark*)、《空军一号》(*Air Force One*)等名片。

我还没勇气把我这边的事跟玛蒂说，但她搞不好已经知道了。在她心底深处她已经知道。在她心底深处，在地下室小子们游走的地带。她那边的蓝领和我这边的蓝领属于同一个怪异的工会。搞不好我和她之间根本就没有什么道德问题。只是，这里面——我们当中——就是有事情让人觉得怪危险的。

危险，又让人不可自拔。

“给我一点时间想想吧。”我说。

“这不是你想不想的问题。这是你对我有什么感觉的问题。”

“就是太有感觉了我才害怕。”

我来不及再说下去，耳朵里就听到一连串熟悉的和弦变换。我转头朝那个玩吉他的小鬼看过去。他先前弹的是迪伦[①]早期的歌曲，现在转入另一种嘎嚓嘎嚓、快节奏的曲风，听得你会脸上浮现笑意，跟着打拍子。

> “你是不是要钓鱼啊
> 到我的鱼洞里钓鱼？
> 甜心说你要不要吧，
> 到我的鱼洞里钓鱼？
> 你若要到我池子里钓鱼，宝贝啊
> 钓竿最好要大只。”

《钓鱼蓝调》，莎拉·蒂德韦尔写的曲子，莎拉和红顶小子原唱，之后从蕾妮大妈一路到“一满匙的爱”[②]无不翻唱。淫词秽语是她的招牌，猥亵的双关语薄得一戳就破，透明得可以让你看过去读报纸……只是，从她写的词看来，阅读不是莎拉的兴趣所在。

那小鬼还没唱到下一段，唱的大约就是你要摇就要会抖，才能钓到鱼洞里的鱼，“城堡摇滚”就用一阵贝司的即兴颤音要“大家闭嘴，我们来

---

① 鲍勃·迪伦（Bob Dylan, 1941— ），美国著名的民谣歌手。

② 蕾妮大妈（Ma Rainey, 1882—1939），有“蓝调之母”封号的美国早期黑人职业蓝调歌手，本名为格特鲁德·布里奇特·蕾妮（Gertrude Bridget Rainey），对后世蓝调的发展有很大的影响。“一满匙的爱”（Lovin' Spoonful），美国走红于二十世纪六十年代的流行摇滚乐队。

也!”那个小鬼马上停下吉他，玩杂耍的也把球瓶一一收好，轻巧地丢在草地上排成一排。“城堡摇滚”开始大鸣大放，演奏的是恐怖到极点的苏沙①进行曲，绝对可以逼你犯下连环杀人案。凯拉一听，马上朝我们跑了回来。

“杂耍没有了，你给我讲故事好不好，迈克？韩赛尔和葛赛尔的故事?”

“是韩赛尔和葛蕾特，”我跟她说，“当然好。我们去安静点儿的地方好不好？那支乐队吵得我头痛。”

“音乐会害你头痛啊?”

“有一点。”

“那我们去玛蒂的车那边。”

“好。”

凯拉一马当先朝广场边缘跑去，想去先占一张长椅。玛蒂看了我好一会儿，眼神暖暖的好温柔，然后朝我伸出手。我们两个十指相扣，自然得像是已经握了好多年。我心里想，我会慢慢来，我们两个几乎都不动。总之，一开始是这样。我会准备我最棒、最长的钓竿吗？我看你就别再猜了。在那之后，我们会聊一聊，可能就聊到东方乍白，看得到屋里家具的时候吧。你跟心爱的人同在床上的时候，尤其是第一次，清晨五点差不多像是最圣洁的时刻。

“你需要扔下脑袋里的东西放一下假，”玛蒂说，“我看作家多半常常这样。”

“差不多。”

“但愿这时我们是在家里，”她说这话的时候，我分不清她口气里的强烈情愫是真的还是装的，“我就可以一直吻你，吻到我们谈的这些全都不重要。你若还是要想，至少也是在我的床上想。”

我把脸转向西边艳红的落日：“不管是那里、这里，这时间凯都还没睡啊。”

“没错，”她说，口气沉了下去，不太像她，“没错。”

凯拉跑到一张长椅前边，长椅附近竖了一根路标：公共停车场。凯拉

---

① 苏沙(John Philip Sousa，1854—1932)，人称“进行曲之王”的美国音乐家。

爬上长椅，一只手里抓着麦当劳送的绒毛小狗。快走到她那边时，我想把手从玛蒂的手里抽回来，玛蒂却抓得更紧：“没问题，迈克，她在假圣班不管去哪里都是跟朋友手牵手的。是大人把牵手这件事弄复杂的。”

她停下脚看着我。

“我要你知道一件事。可能你并不在乎，但我在乎。我在认识兰斯以前从没交过男朋友，以后也没有过。你若真来找我，那么你将是我生命里的第二个男人。我以后不会再提起这件事。要我用拜托两个字还可以，但我是绝不会求人的。”

“我不是——”

“拖车门阶旁边有一盆番茄，我会在番茄的盆子下面留一把钥匙。不要多想，人来就好。”

“今晚不行，玛蒂，我没办法。”

“你可以。”她说。

“快一点啦，你们两个慢吞吞！”凯拉一边朝我们喊，一边在长椅上面跳上跳下。

“他才慢吞吞！”玛蒂喊回去，用手戳了我肋骨一下，再把声音压得更低，“你是真的慢吞吞！”她松开握住我的手，朝她女儿跑过去，两条棕色的长腿在白色的裙摆下面像快剪般交叉向前。

我讲的《韩赛尔和葛蕾特》里的女巫叫作“坏娅娅”。我讲到坏娅娅要韩赛尔伸出手指头让她检查他胖了多少的时候，凯拉眼睛瞪得大大的，紧盯着我看。

“会不会太可怕？”

凯用力摇了一下小脑袋。我看玛蒂一眼，确认一下。她点点头，挥手要我继续讲下去。我便把故事讲完。坏娅娅摔进大锅里去，葛蕾特也找到了坏娅娅偷偷藏起来的中奖彩券，两个孩子买了一辆水上摩托车，以后就在旧怨湖的东边过着快乐幸福的日子。这时，“城堡摇滚”那一帮子人正在屠杀格什温①，夕阳也近西下。我把凯拉抱进吉普车里面，放进儿童座椅。这时，我想起了先前第一次帮忙把这小丫头放进车里时，手不小心

① 格什温（George Gershwin，1898—1937），美国著名爵士乐作曲家。

碰到了玛蒂的胸部。

“但愿你听了故事晚上不会做噩梦。”我跟她说。直到我听到这句话从自己的嘴里说出来，我才想到我说的故事有多可怕。

“我不会做噩梦，”凯拉平铺直述回我一句，“批箱里的人会把它赶走。”接着又再小心地提醒自己一次，“冰——箱里的人。”她又转向玛蒂，“跟他讲猜字字啦，超级棒妈妈！”

“猜字谜。谢谢你，我差一点忘记。”玛蒂掀开置物匣，拿出一张折起来的纸，“今天早上出现在冰箱门上的。我照着抄下来，凯说你一定看得懂这是在写什么。她说你爱玩猜字谜。嗯，她是说猜字字，但我知道她说的是什么。”

我跟凯拉说过我爱玩字谜游戏吗？我敢说百分之百没有。那她知道我玩字谜游戏我会觉得奇怪吗？百分之百不会。我接下那张纸，翻开，看一眼上面写的字：

d

go

w

ninety2①

“这是字谜吗，迈克？”凯拉问我。

“我想是——很简单的字谜。但若这里面真有含义，我也不知道它是什么。我可以留着吗？”

“可以。”玛蒂说。

我陪她走到吉普车驾驶座那一边，并肩而行的时候又伸手去拉她的手：“再给我一点时间好吗？我知道这多半是女孩说的台词，但我——”

“你慢慢来，”她说，“就是不要太久。”

我其实没想要多久，这才是问题的所在。我们两人的鱼水之欢绝对很棒，这我知道，但之后呢？

很可能会有之后。我知道，她也知道。和玛蒂在一起，“之后”是真实

---

① “去第九十二”的意思。

的可能性，这就有一点令人害怕，也有一点太过美好。

我在她嘴角亲了一下。她笑笑，抓一下我的耳垂。“你的能耐不止这样，”她说完看了一眼凯，她正坐在座椅里盯着我们看，眼神很是好奇，“但这一次我就饶过你。”

“凯要亲一个！”凯拉大喊一声，朝我伸出双手。我便绕过去，亲了凯一下。我开车回家时，戴着脸上那副挡下炫目夕阳的墨镜，忽然想到我可能会当凯拉·德沃尔的爸爸啊。这念头较之于和凯拉的妈妈上床一样教我无法自拔。由此可以看出我陷得有多深，可能还会更深。

更深。

先前有玛蒂在我怀里，此刻，“莎拉笑”就显得异常空荡，像无梦的、沉睡的脑袋瓜。我看了一眼冰箱门上的字母，啥也没有，字母零零散散，没有任何异状。我拿了一罐啤酒，走到露台上，就着啤酒远眺最后一抹夕阳的余晖，同时思索冰箱人在两台冰箱门上留下的字谜：42 巷的这台写着“往下走十九”，黄蜂路上那台写着“去第九十二”。从陆地往湖边去的不同路线吗？大街上的不同地点？妈的，谁知道？

我也想到约翰·斯托罗若发现居然有——借用“莎拉笑”的话来说吧，这一句原是她拈出来的，比约翰·梅伦坎普①要早得多——另一头驴在玛蒂·德沃尔的畜栏里活蹦乱跳，不知会有多难过。不过，我想得最多的还是第一次将她搂在怀里，第一次吻她。人类的本能里面，以性欲被完全撩拨起来的力量最为强大，而且唤醒性欲的意象就像是情感上的刺青，永远磨灭不去。这意象在我，就是轻抚她衣裙下柔软的肌肤。布料的触感柔滑……

我倏地转身进屋，朝北厢冲过去，差不多是边跑边剥掉身上的衣物。我扭开水龙头，站在冷水下面足足冲了五分钟，浑身不住颤抖。等冲过这一遍冷水，才觉得自己比较有个人样儿，而不再是一撮不住颤动的神经末梢。我擦干身体时，脑子里忽然又冒出一件事。我先前模模糊糊地好像想起过乔的大哥，弗兰克：除了我之外，在“莎拉笑”最有可能感觉得到乔

---

① 约翰·梅伦坎普(John Mellencamp，1951—)，二十世纪八十年代红遍全美的摇滚乐手。

的人就属他了。我最近一直没机会请他到“莎拉笑”来做客,如今更不知道要不要请他过来一趟。这里出的事,我一直有一种很奇怪的占有欲,几乎到了嫉妒的地步。只是,乔若真的偷偷在写些什么,弗兰克倒是有可能知道。当然,她没跟弗兰克透露她怀孕的事,但——

我看一下腕上的表。九点十五分。停在黄蜂路和 68 号公路交叉口附近的那辆拖车里面,凯拉应该已经睡了……而她母亲也可能已经把备份的钥匙放在门阶旁边的花盆下面。我想起她穿的那一身白色衣裙,臀部在我搭在她腰上的手下丰隆鼓起,她身上的一缕幽香……但又马上把这些全都推开。我可不能整晚都冲冷水吧!不过,九点十五分打电话给弗兰克·阿伦倒不会嫌晚。

他在第二声铃响时就拿起了电话,听起来很高兴接到我的电话,但也像是比我还多喝了三四罐啤酒。我们先你来我往说了几句闲话——我这边几乎全是瞎扯,讲得自己都很泄气;他也提到我这边有一个很有名的邻居两脚一伸,翘辫子了,这是他从新闻里听来的。我见过他吗?见过,我说时心里浮现麦克斯韦尔·德沃尔坐在轮椅上面朝我冲过来的景象。没错,我见过他。弗兰克问我他长什么样子?这就很难说了,我回答他。可怜那老家伙困在轮椅上,有严重的肺气肿。

“身体很虚弱,啊?”弗兰克问得挺有同情心的。

“是啊。”我说,“是这样的,弗兰克,我打电话来是要问你一件乔的事。先前我在她的工作室看了一下,发现我的老打字机在那里。那时我就觉得她应该自己也在写些什么。一开始可能是写我们这房子的短文吧,后来才又延伸出去。我们这房子的名称是从莎拉·蒂德韦尔来的,你也知道,就是那个蓝调女歌手。”

好一阵子没声音,之后弗兰克才说:“我知道。”口气很沉。

“你还知道别的吗,弗兰克?”

“她很害怕,我想是因为她发现了一些事情。我会这么想主要是——”

这时我才突然领悟。先前从玛蒂的描述我就应该想得到的,可惜那时我被愤怒蒙蔽了心智。“你跟她来过这里,对不对?一九九四年七月的时候?你们还一起去看垒球赛,然后顺着大街走回房子这边来。”

“你怎么知道?”他猛然一问,很大声。

“有人见过你们。我的一个朋友。”我说的时候想尽量克制情绪,不要发火，但做不到。我是很火，但是放下压在心上大石的那种火，就像你找不到孩子正要报警的时候，就看到孩子拖着脚、挂着一脸讪讪的笑回家来时，心头冒起的那股无名火。

“她要下葬的前一两天，我差一点就要跟你说了。就是我们一起在那家小酒馆的时候，你记得吧？”

杰克酒吧，就在弗兰克为了乔的棺木硬是跟葬仪社的人杀价之后。我怎么会不记得。我连我跟他说乔死时怀有身孕时他脸上的表情都记得。

他一定也感觉到沉默拖得有一点久，因为他再开口时，口气有一点着急：“迈克，你可不要——”

“不要怎样？想歪了？我还以为她有外遇呢，这样子想歪了好吧？你要说我这样想很丢脸也可以，但我有我的理由。她没跟我说的事可多着呢。她都跟你说了些什么？”

“没说什么。”

“你知道她把她那些理事会和委员会的工作全都辞了吗？全都辞了，但从头到尾没跟我说一声。”

“不知道。”我想他没说谎。他干吗说谎？都过了这么久了。“天哪！迈克，我若早知道——”

“你跟我说一说你到这里来的那天的事。”

“那时我正在桑福德的印刷厂里，乔打电话来，从……我不记得她是从哪里打的，我想是收费站的休息区吧。”

“德里和 TR 中间？”

“对。她正要去‘莎拉笑’，要我到那里找她。她说我若先到的话，就把车停在车道上等她，不要自己进屋里去……我自己进得去的，我知道你们把备份钥匙放在哪里。”

他当然知道，钥匙就藏在露台下的一个喉糖铁罐里面，我自己指给他看过。

“她说过为什么不让你自己先进屋吗？”

“她的说法有点疯狂。”

“我不会觉得疯狂，你放心。”

“她说屋里有危险。”

一时间，这几个字像悬在空中不动。片刻后我才问："你自己先进屋了吗？"

"没。"

"你在外面等？"

"对。"

"你看到或是感觉到什么危险了吗？"

顿了好长一会儿。最后他终于说："那时，湖面上有好多人——有开快艇的，滑水的，你也知道那情况——只是，那些引擎和笑声好像……一到了你们屋子附近就走不过来了一样。你有没有注意过你们那房子就算在很吵的时候，感觉也很安静？"

我当然注意过。"莎拉笑"像是矗立在它自有的无声地带里面。"你觉得这屋子危险吗？"

"不，"他说得有一点犹疑，"反正我没觉得。只是，那屋子感觉好像不是没人在的样子。我就是觉得……见鬼，我就是觉得有人在盯着我看。我坐在枕木步道上等小妹。她终于到了。她把车停在我的车子后面，搂了我一下……但是，她的眼睛从头到尾都紧盯着房子看。我问她什么事，她说不能跟我说，而且我也不能跟你说我们两个到过这里。她说了一些话，大致像是：'若他自己发现了，那就是天意，我迟早还是要告诉他的。现在不能说，因为我说的时候，一定要等他可以全心全意处理这件事。他现在正忙着写书，没办法。'"

顿时，一阵红潮爬上了我的脸："她是这样说的啊？真的？"

"对啊。接着，她又说她得进屋去办一点事，要我等在外面就好。还说若听到她喊，我就要马上冲进去。要不然，就待在我等她的地方不要动。"

"她是要在她有危险时有个人守在外面？"

"对，但这个人得要不会多事，净问一些她不想回答的问题。我想这人就是我了，也只能是我。"

"后来呢？"

"后来她就进屋子里去了。我坐在车头的引擎盖上吸烟，那时我还没戒烟。接着，你知道吧，我开始觉得怪怪的，像是有事情不太对劲。那感觉好像是屋子里有人在等她，而且还是不喜欢她的人，说不定是要害她的人。也有可能是我自己因为乔的关系跟着神经过敏吧——她那时全身神经紧绷,就连在屋外搂着我打招呼的时候,眼睛都还一直盯着我身后的屋子看——但又不像。像是有……我也不知道……”

“感应。”

“对!”他几乎喊起来,“像有力量在动,但感觉很不好,跟‘海滩男孩’唱的一样,是不好的感应。”

“接下来出了什么事?”

“我坐在那里等。只抽了两根烟,所以,我想应该不会超过二十分钟或半小时,但感觉好像很长。我一直感觉湖面热闹的声音最多传到山丘那边就……停了。而且,屋子四周好像也没一只鸟,只有再过去的远处才有。

“后来她出来了。我先是听到露台的门砰一声,就听到她的脚步踩在那边的阶梯上面。我喊她,问她还好吗,她说还好。她要我待在原地不要动。她听起来有一点喘,似乎抱着什么东西,或是先前做过什么事。”

“她去过她的工作室或湖边吗?”

“我不知道。她又过了约十五分钟——够我再抽一根烟——才从前门出来。她检查一下门确实锁好了,再朝我走过来。她出来后的表情就好多了,像是放心了。一般人终于处理好拖了很久不愿去做的事时,就是那种表情。她接着提议我们两个沿着那条小路,她叫做大街,散步到下面那边的度假村去——”

“沃林顿。”

“对,对。她说要请我喝啤酒、吃三明治。她就在长条形船坞末端的那一家,请我喝啤酒、吃三明治。”

夕阳酒吧,我第一次瞥见罗杰特的地方。

“后来,你们两个就去看垒球比赛。”

“是乔要看的。啤酒我喝了一罐,她倒是喝了三罐。她一定要喝。还说有人会打出一记高飞全垒打,打到树林子里去。她就是知道。”

到了这里,我就知道玛蒂跟我说她看到的到底是怎么回事了。不管乔在屋里办了什么事,办完后,她心情大为轻松。她敢冒险进屋子里去,是一件;她还敢面对屋里的鬼魂去做她要做的事,事后安然脱身,所以她灌了三罐啤酒以示庆祝，谨慎之心也随之丢弃……而且，她先前到 TR 来的事，做得也没有多隐蔽。弗兰克记得她说过，若我自己发现了，那就是天意。她若真的偷偷搞外遇，绝不会这样。我如今意识到，她会那样，只是想暂时压着事情别外泄。等我写完那本无聊的小说，她就会跟我说的——那时她若还活着的话。

“你们看了一会儿球赛后，又沿着大街回屋子这边来。”

“对。”他说。

“你们进屋了吗？”

“没。我们到了时，她的醉意已经消了，我相信她可以开车。我们在球场看球时她还有说有笑的，但等我们走回屋子时，她脸上的笑就全没了。她看了看房子，说：‘我跟她的事情已经了结，我再也不会走进那扇门，弗兰克。’”

我先是觉得一阵发凉，接着全身都起满鸡皮疙瘩。

“我问她出了什么事，她发现了什么。我知道她在写东西，她也只跟我说到这里——”

“她跟谁都说了，就是没跟我说。”我说，但心头已经没有多少怨气。我知道了那个穿褐色休闲外套的男人是谁，无论心里还有什么怨或气——我气乔，气我自己——在放下心上的大石头后，也开始消了。而且，直到那时，我才知道那个男人的事在我心上压得有多沉。

“她一定有她的理由，”弗兰克说，“你应该也知道的，对不对？”

“但她没跟你说是什么事？”

“我只知道那件事情是从她开始为她要写的文章搜集资料来的，但我不知道她写的是什么文章。肯定是闹着玩儿的，像在扮演南希·德鲁①。我知道她一开始瞒着你，绝对是要给你惊喜。她读了很多东西，但主要还是到处找人访谈——听人说以前的老故事，逗人家去把早期的信……日记……给翻出来，我想这是她最在行的了。在行透顶。你真的全都不知道？”

“不知道。”我回他一句，心头十分沉重。乔是没有外遇，但若她真想

---

① 南希·德鲁(Nancy Drew)，美国畅销侦探小说里的少女神探，一九三〇年问世，出版历史长达七十五年。

有的话，还真没问题。她可以搞上汤姆·塞莱克①，然后被《内幕报道》曝料，我却还在笔记本电脑上面敲敲打打，天塌下来了都不知道。

“不管她挖出了什么东西，”弗兰克说，“我想也是不小心撞上的。”

“你对我一声不吭。四年了，你什么也没跟我讲。”

“那是我最后一次见她。”弗兰克说，他的口气里面既没有歉意也没有愧疚，“她生前要求我的最后一件事，就是不要跟你说我们两个去过湖边别墅。她说等她准备好了，会一五一十跟你说，但没多久，她就死了。之后，我就觉得这件事无关紧要了。迈克，她是我的小妹。她是我的小妹，而我答应过她的。”

“好，我了解。”我真的了解——只是了解得不够多。乔到底挖到了什么？诺尔摩·奥斯特把亲生的幼子放在手动泵下面活活溺死？或再往回推到二十世纪初的时候，曾经有人故意放了一具捕兽夹让一个黑人小男孩经过时踩上去？另外，这个小男孩可能就是桑尼和莎拉·蒂德韦尔乱伦生下来的儿子，被他母亲掼进湖里淹死？他母亲把他压在水底的时候，还张狂得用她的烟嗓疯狂大笑？你要摇就要会抖，小亲亲啊，才能钓到鱼洞里的鱼。

“你若要我跟你道歉，迈克，那就当我已经道歉。”

“我没有要你道歉，弗兰克。你还记不记得她那晚说过的别的话？什么都行。”

“她说她知道你是怎么找到那栋房子的。”

“她说什么？”

“她说那房子要你过去，就把你叫了过去。”

一开始，我什么话也说不出来，因为弗兰克·阿伦这句话，把我对自己婚姻生活一直秉持的看法一举摧毁了——很重要、很基本的看法，你根本不会去质疑。像重力会把你往下拉，有光线才看得见东西，指南针的针头指的是北方，诸如此类。

我说的这看法，是当年我的写作生涯终于第一次滚进大钱的时候，说要买下“莎拉笑”的人是乔。因为，乔是我们婚姻里面“买房子的人”，而我

---

① 汤姆·塞莱克(Tom Selleck，1945—)，美国著名男星，最有名的角色是《夏威夷之虎》(*Magnum P.I.*)里的神探玛格农。

是“买车子的人”。我们只买得起公寓的时候，是乔在挑。家里的画要挂哪里，是乔的事。书架要放哪里，我也听乔指挥。对我们在德里的大宅子一见钟情的人，是乔；最后磨得我不管它有多大、多杂、多破，也还是答应买下的人，是乔。乔是筑巢的人。

她说那房子要你过去，就把你叫了过去。

这可能没说错。不，我能做到的可不止承认这点，就看我愿不愿意撇下懒得多想的思考模式和选择性记忆。当然是这样。先提起要在缅因州西部买房子的人，是我。搜集一大沓房地产广告拖回家的人，也是我。开始买地区性杂志，比如《东北角》，而且每一次都从封底看起的人，还是我，因为房地产的广告就登在封底。在一本印刷精美的《缅因度假胜地》手册上，我看到了“莎拉笑”的照片，打电话给广告上印的中介，然后再从房地产公司那边套出玛丽·欣格曼的名字直接找上人家。

约翰娜也被“莎拉笑”迷住了——我想任谁在秋阳里看到“莎拉笑”衬着周围如火爆燃的群木秋叶，缤纷的树影闪烁倒映在大街上时，不被它迷住才怪——但积极找屋觅屋而发现这块至宝的人，是我。

不过，这还是我的惰性思维和选择性记忆。难道不是吗？因为，真正在找的是“莎拉笑”，是它找到了我。

只是，我怎么会到现在才想到呢？我又怎么会在这样啥也不知、啥也不晓的情况下，就兴冲冲被拉到这里来了？

这两个问题是同样的答案。这答案也正可以解释乔何以在发现这屋子、旧怨湖，甚至TR这整块地方有事情让她烦心后，却自己处理而不想跟我说。因为我又神游去了，如此而已。我的七魂六魄又不知跑到哪儿去了，恍惚迷离，一心只顾着写我那无聊的小书。我被我自己脑袋瓜里的离奇故事给催眠了，而人一旦被催眠，就很容易被别人拉着走。

“迈克，你在听吗？”

“在听，弗兰克。但愿我知道她到底在怕什么就好了。”

“我记得她跟我提起过一个名字：罗伊斯·梅里尔。她说他是记得最清楚的那个人，因为他的年纪够大。她还说：‘我可不想让迈克跟他说话，免得那老头儿说溜了嘴让他知道太多。’你想得出来她这是在说什么吗？”

“唔……有人说我们家有一支跟这里有点关系，但我妈妈的家族是孟菲斯人。努南这边倒是缅因州人，但不是在这一带。”说到这里，我自己都觉得不太可靠了。

“迈克，你听起来好像不太对。”

“我还好。比先前要好，真的。”

“你现在了解为什么我之前没跟你说了吗？我是说我先前若知道你会往那方面想……我若抓到个大概的话……”

“我现在了解了。其实我也没硬把着这想法不放，只是这乱七八糟的东西一进了脑袋就……”

“当晚回到桑福德后，我想这一切不过又是乔在搞‘妈啊，月亮里有黑影，从现在起谁也不准出门直到天亮’。她向来很迷信的，你也知道——敲木头啊，打翻盐罐就赶快抓一把盐朝背后洒啊，身上会戴幸运草耳环之类的①……”

“还有，若一不注意把套头毛衣穿反了，就不再穿了。”我说，“她说那样会害你一整天的运气都背。”

“啊，不会吗？”弗兰克回答的口气听得出来有一丝笑意。

忽然间，乔在我心里整个活了过来，我什么都想起来了，小到她左眼那几粒小小的金色雀斑也想起来了。忽然间，我谁也不要，只想要她。谁也没有办法取代她。

“她觉得那屋子里有不好的东西，”弗兰克说，“这我倒可以确定。”

我伸手拉过来纸笔，在上面写下凯娅。“没错，而且那时她可能已经觉得自己怀孕了，所以，她可能怕……怕受到影响。”这屋里的确有东西在作祟，“你想她会这样是不是因为罗伊斯·梅里尔？”

“不，她只是提过这名字。她可能找过十几、二十个人谈过。你知道有谁叫克劳斯特或格洛斯特吗？总之是类似这样发音的人名。”

“奥斯特，”我跟他说，这时我的手正拿着笔在纸上的“凯娅”下面乱画，一圈圈饱满的圆圈，可能是草写的l或是绑头发的发带，“肯尼·奥斯特，对不对？”

“听起来像是这名字。不管了，你也知道她做起事来的那股劲儿。”

---

① 敲木头（knock on wood）、打翻盐罐就赶快抓一把盐朝背后洒、幸运草（four-leaf-clover），都是西方避凶的习俗。

对，像咬着破布不放的猎犬。

“迈克，我过去一趟好吗？”

不好。现在我可以确定，哈罗德·奥布洛夫斯基不可以，弗兰克也不可以。“莎拉笑”这里有事情，很敏感的事情，跟在热房间里发酵面团一样是有生命的。弗兰克过来可能会打断它……或因之受伤。

“不用麻烦了，我只是想弄清楚一些事情罢了。而且，我正在写书。我写东西的时候，有人在身边绕来绕去会写不出来的。”

“需要我帮忙的时候你会打电话给我吧？”

“还用说啊。”我说。

我挂掉电话后，开始翻电话簿，发现有一个姓梅里尔的登记在内湾路的住址上面。我按照号码打过去，听见铃声响了十几次才挂掉；这个罗伊斯没用新潮的答录机。我在心里胡乱猜想他会死到哪里去。去哈里森的“乡下谷仓”跳舞？以他那年纪百分之九十五不可能，尤其是现在已经快到半夜了。

我再看一看写了凯娅的纸条，然后在那一行圆圆胖胖的l形圆圈下面写下凯拉，也想起了第一次听到凯说她叫什么的时候，还以为听到的是凯娅。我又在凯拉下一行写下基托，迟疑了一下，再写下卡拉。我把这几个名字圈在框里，在框外写下约翰娜、布里奇特和贾里德。“批箱”里的人。要我往下十九、往下九十二的人。

“去吧，摩西，你就往应许之地去吧。”我对着没人的屋子说。我四下看看。只有我、本特，还有那只摇来摇去的钟……但又不全是。

那房子要你过去，就把你叫了过去。

我起身再去拿一罐啤酒。冰箱门上的蔬果小磁铁又排成了一个圆圈，圆圈中央拼出来的字是：

lye stille（安息）

跟古代的墓碑上刻的一样：愿主让她安息①。我盯着这几个字母看了好久，之后想起来，我的IBM打字机还放在露台上面。我把打字机拿

---

① God grant she lye stille。

进屋里，往餐厅的桌子上一放，便又开始写我那无聊小书。十五分钟过后，我就又神游去了，只隐约感觉到湖面不知哪里好像有打雷的声音，隐约感觉到本特的铃铛好像响了又响。等过了约莫一个小时，我再去冰箱拿啤酒时，看到冰箱门上圆圈里面的字改成了

ony lye stille

我没去管它。写作正酣时，我不会去管它们是乖乖躺着不动，还是在银色的月光下大跳贴身热舞。约翰·沙克尔福德已经开始想起他的过去，想起只有他这么一个朋友的儿时玩伴小时候是怎样的人了。那个没人关心的小雷蒙德·加拉蒂。

我一直写到午夜才停。那时，湖面的雷声已经远去，但热气没散，像沉沉的毯子压在身上。我关掉 IBM，上床去，脑袋里什么也没想，至少我现在记得的是这样——连玛蒂也没想，她正躺在她自己的床上，离我这边没几英里远。写作这件事已经用尽了我在真实世界里的思绪，至少暂时如此。我想，写作说到底为的就是这个吧。不管好坏，写作是可以打发时间的。

21

我在大街上往北走。两侧挂着一盏盏日本灯笼，但全都是暗的，因为那时候还是白天——亮晃晃的大白天。已经没有七月中旬的闷热、不洁，天空一片浓郁的蓝宝石光泽，是十月专属的蓝。映在天色下的湖面是深得不能再深的靛青，闪着粼粼的波光。树林的秋色刚过了极盛，一株株灼灼如炽热的火把。一阵阵微风从南方徐徐吹来，带起落叶拂过我的身侧和腿际，飒飒作响，飘着幽香。日本灯笼跟着点头，像是在说秋光莅临，此其时矣。前方传来飘飘渺渺的乐音，是莎拉和红顶小子。莎拉正引吭高

歌，不时在歌词里加入张狂的笑，一如以往……只是，怎么会有人的笑听起来这么像咆哮？

“你这个白种兔崽子，我才不会手刃亲生孩子。你居然想得出来！”

我猛一转身，以为她就在我身后，但我身后空无一人……

“绿色贵妇”倒是在我身后，她那一身绿衣已经配合时令换成了秋叶，这下子该叫做“黄衣贵妇”。它后面那根光秃秃的松枝依然在替人指路：往北，年轻人，往北。沿着小路再走没多远就有另一株桦树。上次，溺水的感觉再次卷向我时，我紧紧抓住的就是那一株。

我站在那里等溺水的感觉袭来——等着嘴里、喉咙再度涌现湖水的铁锈味——但什么也没有。我回头去看“黄衣贵妇”，之后再看向它后面的“莎拉笑”。房子仍在，但看起来像是缩了水：没有北厢，没有南厢，没有二楼，旁边加盖的乔的工作室同样看不到。这些都还没加盖起来。桦树贵妇跟着我从一九九八年往回走了好多年，俯伏在湖面上的那株也是。要不然这是——

“我是在哪里？”我问那黄衣贵妇和一盏盏点头如捣蒜的日本灯笼，但又马上想到，我该问的其实是，“我是在什么年代？”没有回应，“这是在做梦，对不对？我正躺在床上做梦。”

从波光粼粼、灿烂夺目的湖面，远远地传来一声潜鸟的幽鸣。两次。叫一声表示肯定，两声表示否定。我心里想，*这不是在做梦，迈克。虽然没办法确定到底是怎么回事——可能是灵魂在时间旅行吧——但这绝对不是梦。*

“这是真的吗？”我对着白昼提问。树林的后面后来会有一条泥巴小路叫做 42 巷，可以通到另一条比较大的泥巴路，后来叫做 68 号公路。就从这树林的后面，传来了乌鸦的叫声。只有一声。

我走到俯伏在湖面的桦树旁边，伸出一只手揽住树干朝水里看（这动作勾起了记忆，我想起双手拥住玛蒂的纤腰，她的衣裙在光滑的肌肤上面滑动的感觉），虽说是想看那溺死的小男孩，但又很怕真看到了他。水底没有他的踪影，他原先躺着的地方倒是有别的东西在石块、树根、水草当中。我眯起眼睛朝下看。这时风势略微减缓，水面闪烁的粼光跟着沉静下来。那是一根拐杖，镶金头的拐杖，《波士顿邮报》送的。拐杖好像还缠着两条丝带，一圈圈往上绕，松脱的末梢在水底缓缓漂动——白色的底，鲜红色的边。看见罗伊斯的拐杖缠成这样,我顿时想起高中的毕业典礼上,年级代表手里就拿着这类礼杖,领着身穿毕业袍的毕业班学生依序就座。现在,我知道那老妖怪为什么没接电话了:罗伊斯·梅里尔该接的电话都已经接完。我也知道,我回去的年代是罗伊斯根本还没出生的年代。莎拉·蒂德韦尔就在这里,我听得到她在唱歌。罗伊斯生于一九〇三年,那时莎拉和她那一帮红顶小子已经走了两年。

"去吧,摩西,"我对着水底那根缠着丝带的拐杖说,"你就朝应许之地去吧。"

我再往前走,朝乐音的来处走去,沐浴在清冷的空气和阵阵的微风里,精神顿时抖擞起来。走着走着,连人声也听得到了:杂沓的人声,有讲话的,有喊叫的,有笑的。还有一个人的声音特别高亢,中气十足,不住吆喝,用嘶哑的嗓门招揽大伙儿去看杂耍:"来哟来哟!各位乡亲,快哟!快哟!快哟!全都在里面,要看就要快,下一场再十分钟就开始!来看蛇女安吉丽娜,看她扭、看她摇,绝对教你看得眼珠子掉下来,魂都跟着飞了。千万别靠得太近,她一口咬下去全都是毒哪!来看狗脸小男孩韩都,南太平洋来的妖怪!来看人的骷髅!来看人面毒蜥蜴,上帝忘了的古老遗迹!来看长男人胡须的女人!来看火星杀人魔!都在里面,没错啊,各位看官,快哟!快哟!快哟!"

我听到蒸汽风笛奏出乐音,那是旋转木马。也听到木柱子顶上的铃铛哐当一声,看来是有伐木工人赢了一个填充玩具可以送给他的心上人。一群女性开心地高声欢呼,他一定投得很用力,打得玩具直接从木柱子顶上掉下来。有点二二手枪的啪啪响,从射击场来的;有低低的几声"哞——",看来是有人赢到了一头母牛……一阵阵香味飘来,都是我童年记忆里乡下游园会的香味:香甜的炸面饼、烤洋葱、烤甜椒、棉花糖、粪肥、干草。等听到吉他的琤琮乱响和低音提琴的重拍愈来愈大声,我赶忙加快脚步,心跳跟着往上拉一挡。我可以看到他们表演,亲眼看到莎拉和红顶小子在舞台上演出。绝对不会是什么先前梦到的那种乱七八糟的三幕火热秀。这可是身临其境的现在式,所以,快哟,快哟,快哟。

沃什伯恩家(那房子梅泽夫太太一提起来准说是"布里克家")不见了。沃什伯恩家后来盖的那地方的后面,沿着大街东侧的陡峭坡地往下,有一条宽木板砌出来的阶梯小路，看了让人想起从游乐园通往老果园海滩①的那条木板阶梯路。小路沿边亮着两排日本灯笼，尽管时间还是亮晃晃的大白天。这里的乐声也震天响，是莎拉在唱《吉米开玉米》②。

我沿着阶梯往上走，迎向连番的笑声、吆喝、红顶小子和蒸汽风笛的乐音、油炸的香气和乡下家畜的味道。阶梯顶上立了一道木头搭的拱门牌楼，下面有

欢迎来到弗赖堡游园会
欢迎来到二十世纪

是漆上去的。我还没看完，就遇到一个穿短裤的小男孩和一个妇人，她穿着宽肩束腰的绣花衬衫和及膝的亚麻裙，两人穿过拱门牌楼朝我走来。两人全身闪着微光，影影绰绰的，一时间，我像是看得到他们的骨骸，看得到他们藏在笑脸下面咧着嘴的骨头。但没一下子，他们就不见了。

紧接着是两个农夫——一个戴着一顶草帽，一个拿着一柄玉米芯烟斗在比划，动作很大——出现在拱门过去的游园会，情况也是一样。这样一来我就懂了，大街和游园会两边是有一道关卡的。只是，我不觉得这道关卡会影响到我。我是例外。

“这样对吧？”我问，“我可以进去吗？”

那根“你有多大力”的木柱顶上的铃铛哐当一声，好大、好响亮。一下等于肯定，两下等于否定。我便再沿着阶梯往上走。

接下来我就看到一具重力式摩天轮衬着亮丽的天色在转动。奥斯廷的那本《旧怨湖纪事》里收录的乐队照片，背景里就有这具摩天轮。骨架是金属做的，漆得很鲜艳的乘客座却是木头做的。通往摩天轮的大路很像祭坛前的走道，很宽，铺的是锯木屑。他们铺锯木屑不是没道理的，我看到的人，只要是男的，好像都在嚼烟草。

我在阶梯顶上站了几秒钟，没往前走，人也还在牌楼靠湖的这一边。我有点怕自己一旦从拱门下面走过去，不知会出什么事，也有点怕我就这

---

① 老果园海滩(Old Orchard Beach)，缅因州临大西洋的小镇，是度假胜地。

② 《吉米开玉米》(“Jimmy Crack Corn”)，十九世纪四十年代由黑人奴隶传唱开来的歌谣。

样死了或是不见了，但我最怕的是再也无法重回走过的这条路，从此被判待在十九、二十世纪之交的弗赖堡游园会里当个过客，永远无法脱身。现在回想起来，还有一点像雷·布莱伯利写的小说。

最后，我还是抬起脚，走到另一头的世界里去。我是被莎拉·蒂德韦尔拉进去的。我真的非亲眼看到她不可，非亲耳听她歌唱不可。不得不去。

我举步从牌楼下面走过去，略有一点毛骨悚然的感觉，耳朵里也听到叹息，千百万人的叹息，从很远的地方传来。这叹息的是放心还是担心？我分不出来。我唯一确定的只是走到另一边时，感觉很不一样——像是原本隔着玻璃窗看，现在身临其境；原本是远观，现在是近察。

五颜六色忽然蹦现在我眼前，像伏兵从藏身的地方发动奇袭。原本在牌楼靠湖那一边闻起来香甜、诱人、怀旧的气味，忽然变得呛鼻、撩人，蓦地从诗变成了散文。我闻到了香肠和煎牛肉，背景里还飘着巧克力沸腾的味道，无处不在。两个孩子从我身边走过，合吃包在纸卷里的棉花糖。两个人手里都抓着尾端打结的手帕，里面塞着一小撮零钱。“喂！你们两个！”一个穿着暗蓝色衬衫的男人朝他们吆喝。这男人手臂上套着袖套，笑开的嘴角露出一颗很亮的金牙：“打得到牛奶瓶就有大奖！总不能一整天来的全都吃瘪！”

再往前走，红顶小子的曲子已经唱到了《钓鱼蓝调》。我原本觉得城堡岩广场的那小子唱得已经很不错了，但红顶小子的原唱衬得那小子的歌沉闷、缓慢、笨拙。他们唱得不算俏皮，那调调不像古画里的仕女把裙角撩到膝头跳起端庄版的《黑底舞》①，露出裙子里的灯笼裤下缘；也不像艾伦·洛玛克斯②搜集的那一类民歌，不是夹在玻璃盒里、沾满灰的美国蝴蝶标本。他们的歌脏得还够亮，正好可以让他们那一帮九个人不会进大牢。莎拉·蒂德韦尔正在唱一曲火辣的“不羁”③舞曲。依我猜，站在

---

① 《黑底舞》(Black Bottom)，Black Bottom 原指美国南方位居社会底层的黑人聚居区，《黑底舞》便是从黑人区传扬开来的黑人舞蹈，二十世纪二十年代开始红极一时。

② 艾伦·洛玛克斯(Alan Lomax，1915—2002)，美国二十世纪首屈一指的民歌学者，终身致力搜集民歌，在世界各地录下了许多重要的民歌史料。

③ “不羁”(boogie)，一般音译作“布基”或“布吉”，这类黑人舞曲节奏强烈、情绪炽热，舞蹈动作狂放，故在此试译作“不羁”。

台前的每一个穿着连身工作裤、头戴草帽、嘴嚼烟草、满手老茧、脚上一双不合脚大鞋的乡下大老粗啊，全都在脑子里幻想和她做那档子事，不做到汗流浃背、血灌脑门、眼冒金星誓不罢休。

我开始朝那方向走过去，耳朵里有牛、有羊一下哞、一下咩的。声音是从展示场那边来的——我小时候“嗨—喔—牛奶场—喔”的乡下市集版。我走过射击场、投环游戏场和投币游戏场；我走过一处舞台，“安吉丽娜的女仆们”正双手合掌，用很慢的动作像蛇一般扭动身躯跳舞，另有一个头缠穆斯林头巾、脸上用鞋油涂得黑黑的男子在吹笛子为她们伴奏。从帆布架上画的图来看，安吉丽娜的本尊绝对衬得这两位小巫见大巫——入内一窥究竟只需看官您一毛钱啊，老乡。我走进“怪物展”，走过烤玉米摊和“鬼屋”等地方。“鬼屋”前面也竖了几个帆布架，画着幽魂野鬼从破掉的窗户、垮掉的烟囱里面钻出来。这里什么都是死的，我在心里说了一句……但里面听得到有小孩子的声音又是笑，又是叫，看来是在漆黑里不知撞上了什么，年龄大一点的搞不好还趁黑偷偷亲一下。我也走过“你有多大力”的柱子。往柱子顶的黄铜铃攀上去的一格格板子上面写着：“回家找奶瓶去吧”，“娘儿们，再试一下”，“男子汉”，“超人”。到了铃铛正下面，则是红色的大字“赫拉克勒斯”。柱子前已经聚了一小群人，正中央站着一个红头发的小伙子，正要脱掉上衣露出精壮的上半身肌肉。小摊的老板嘴里叼着香烟，拿出一根槌头递给那小伙子。我走过一处拼布摊，一个有不少人坐在一条条长椅上面玩宾果游戏的篷子，也走过一块投球游戏场。我从一个场地走到一个场地，全没漏掉，也全没认真去看。我正在太虚神游物外。“麻烦你把他叫回来，”乔以前碰到哈罗德打电话来，有时会跟他说，“迈克又搬到他想象的奇幻世界去住了。”只是这一次，这里的东西没一样感觉像是想象出来的，而我唯一想看的便是摩天轮下的舞台。舞台上面有八个黑人男子，搞不好是十个。那群男子前面站着一个女子，身上挂着吉他，一边唱一边猛刮琴弦，这女子便是莎拉·蒂德韦尔。活生生的人，正当盛年。她头朝后仰，冲着十月的天际狂放大笑。

这时，从身后传来呼喊，把我从恍惚里唤醒：“等我！迈克！等我！”

我一转身，就看到凯拉朝我跑来，两条胖胖的小腿啪嗒、啪嗒打在地上，穿过或是闲闲乱晃，或是下场玩乐，或是四处张望的人群朝我跑来。她身上穿的是白色的水手装，有红条纹的滚边，头上戴了一顶草帽，草帽上有海军蓝的缎带；一只手里抓着思特里克兰德。她跑到我跟前，就撒开腿扑向我，很笃定，知道我一定会一把抱住她往上提。我也真的一把抱住她往上提。她头上的帽子往下掉去，我伸手捞住，戴回她的头上。

“我紧抱自瞎的四分会！”她大喊一声，笑了起来，“又紧抱一次。”

“真棒！”我说，“你是标准的恶汉乔·格林①！”我身上穿的是连身工作裤（一条洗得褪色的花色手帕从胸前口袋里露出一角），脚上是一双工作靴，沾着粪肥。我看一下凯拉穿的白袜子，发现是自家手工做的。若把她头上的草帽拿下来朝里面看，也绝对找不到藏在隐蔽处的“墨西哥制造”或“中国制造”小标签。这顶帽子十之八九来自莫顿，是某个农妇用她冻得红红的手和不时作痛的关节亲手做的。

“凯，玛蒂在哪里啊？”

“家里吧，我看。她没办法来。”

“那你是怎么来的？”

“爬楼梯来的啊。好多楼梯哟，你怎么不等我？你可以抱我啊，跟以前一样。我要听音乐。”

“我也要听音乐。你知道那是谁吗，凯拉？”

“知道，”她说，“基托的妈妈。快一点呀，慢吞吞！”

我朝舞台走过去，原以为只有站在人群后面的份儿，但我们一往前走，人们就往两旁站，为我们空出一条路来。我把凯拉抱在手上——她的体重是多甜蜜、多美好的负荷啊，这个穿水手装、戴缎带草帽的吉布森女郎②——她的两只手臂搂住我的脖子。人群朝两边分开，像红海分开，辟路给摩西。

但这群人看也没看我们一眼。他们一个个随着音乐鼓掌、跺脚、叫好，浑然忘我。他们朝两边分开全属无意识的动作，像是有什么磁力作祟，要他们往两边靠——我和凯拉是正极，他们是负极。人群里有几个女

---

① 恶汉乔·格林（Mean Joe Greene），本名为 Charles Edward Greene（1946—　），美式足球著名的防守截锋（defensive tackle），也是可口可乐的广告明星。

② 吉布森女郎（Gibson Girl），美国插画家查尔斯·吉布森（Charles Dana Gibson，1867—1944）在十九世纪九十年代画出的女性角色，以丰胸、细腰、优雅的体态和独立、自信的神情，于十五年的历史里，传达出十九、二十世纪之交西方女性美的典范。这位吉布森女郎头上常常戴着一顶海军帽。

人，脸上一片绯红，但显然同样乐在其中。有一个甚至笑出了眼泪，沿着脸颊滑落。她看起来顶多二十二或二十三岁吧。凯拉小手朝她一指，平平静静地说了一句："你知道玛蒂在图书馆的老板吧？这就是她的奶奶。"

林迪·布里格斯的祖母！青春正盛如雏菊初绽！我在心里惊叹一声，天老爷啊！

红顶小子排成一排站在舞台上面，头上垂着一条条红的、蓝的、白的彩旗，像时光旅行回到这年代的摇滚乐队。他们我都认得出来，是从爱德华·奥斯廷的书里看来的。男的穿白衬衫、黑背心、黑长裤，戴袖套。桑尼·蒂德韦尔站在舞台最靠边的地方，头上戴着照片里的那顶圆顶窄边礼帽。不过，莎拉……

"那个小姐为什么穿着玛蒂的衣服？"凯拉问我，开始发抖。

"我不知道，小心肝，我不知道。"我没办法说什么，因为莎拉身上穿的正是玛蒂在广场野餐时穿的那条白色无袖连身裙。

乐队在舞台上正演奏到器乐间奏，热闹得都要冒烟了。雷金纳德·桑尼·蒂德韦尔迈着晃悠悠的脚步，走到莎拉跟前，快弹的两只手在吉他的琴弦上面糊成褐色的一团。莎拉转头正对着他。两人额头抵着额头，她笑开了嘴，他一脸严肃。两人对望凝视，都想靠眼神要对方就范。观众看得又是叫好又是鼓掌。看着他们这副模样，我忽然确信我想得没错，他们真的是兄妹。那么像，要不注意或弄错也难。但我注意的主要还是她的腰和臀在白色连身裙里轻摇款摆的模样。凯拉和我的穿着应该就是十九、二十世纪之交的乡下人的衣服，莎拉却是十足摩登的蜜莉版①。没有灯笼裤，没有衬裙，没有棉织长袜。好像没人注意到她穿的连身裙盖不住膝盖——依那年头的标准，她这可以说跟啥也没穿没两样。而且，她在玛蒂这件裙装下面穿的还是那年头的人从没见过的：莱卡材质的胸罩、超低腰的尼龙内裤。我若把手搭在她的腰上，肯定能感觉到那件滑溜的裙装下面不是扎手的束腹，而是柔嫩光滑的肌肤。褐色的肌肤，不是白的。你要什么？甜心？

---

① 十足摩登的蜜莉（thoroughly modern Millie），出自奥斯卡影后茱莉·安德鲁斯（Julie Andrews）一九六七年主演的歌舞片《蜜莉姑娘》（*Thoroughly Modern Millie*），讲述乡下女孩到了纽约大都会，改头换面成了摩登女郎的奇异历险故事。

莎拉从桑尼身边往后退一步，轻摇她没有束腹裹着、没有腰垫托住的翘臀，脸上盈盈地笑。乐队开始奏出“接续段”①，桑尼跟着退回他的原位。莎拉转向观众，开口唱出下一段歌曲，眼睛却盯着我看。

“还没开始钓鱼/最好先检查钓线。
甜心啊，都说还没开始钓鱼/最好先检查钓线。
我先替你拉吧，亲爱的/你也最好替我拉拉看。”

观众听得大声叫好，我怀里的凯拉却颤抖得更加厉害。“我好怕，迈克，”她说，“我不喜欢这个小姐，她是可怕的小姐，她偷穿玛蒂的衣服。我要回家。”

虽然舞台上的音乐如排山倒海的狂风巨浪，莎拉却像是听到了凯拉的话。她猛把头朝后一甩，嘴一张，仰天大笑起来。从她张开的嘴里露出来的牙又大又黄，看起来像是饥火中烧的野兽利齿，看得我不得不同意凯拉的话：她是可怕的小姐。

“好，小乖乖，”我凑在凯拉的耳边悄声跟她说，“我们离开这里。”

但我还没来得及动，那女人就用她魂魄的力量——我不知道还有什么别的说法可用——一把抓住我，让我没办法动。这下子我知道那天在厨房里从我身边蹿过去，打乱“卡拉·迪安”那几个字的是什么了；那股寒气也一模一样。这跟听人的脚步声就知道来者何人差不多。

她再带着乐队回到接续段，然后转入下一段歌词。但在这首歌现今能看到的各式版本里面，你绝对找不到有这样的歌词：

“我不会伤害她的，甜心/用全世界的宝物来换也不会。
我说我不会伤害她的，宝贝/拿钻石或珍珠来换都不会。
只有黑心肝的杂种浑蛋/才敢去碰你那小女娃儿。”

观众又大声叫好，好像听的是前所未闻的妙事，凯拉却哭了起来。莎拉见状，往前一挺胸——她的可比玛蒂的要壮观得多——朝凯拉摇了摇，

① 接续段(turnaround)，爵士乐或蓝调里放在乐段最后要转到下一乐段的部分。

祭出她的招牌:张嘴恣意狂笑。这嘲弄的姿态带着冷冷的寒意……还有空洞。悲伤。我却对她没有一丝同情。好像她的心已经被掏空,仅存的悲伤不过是另一缕幽魂,爱的记忆攀附在恨的骨骸上面,弥留不去。

她大笑时露出来的牙啊,好邪恶!

莎拉将两只手臂高举过头,又把它们往下一压,好像看透了我的心思,嘲笑我有这样的心思。活像是盘子上的果冻①,那年头有这么一首老歌有这样的歌词。她的影子在背景的帆布架上晃动,帆布上画着弗赖堡的景色。我看着帆布架,忽然意识到我的曼德雷噩梦里的那个影子是什么了。是莎拉。莎拉就是那个影子,一直都是莎拉。

不对,迈克,很近了,但不对。

管它是对是错,我都受够了。我转过身,一只手搭在凯的后脑勺,要她把脸埋在我的胸口。她两只手臂搂着我的脖子,搂得很紧,很惊慌。

我原以为要靠"杀出重围"才能从人群里出去——他们很愿意让我们进来,但可能不会乖乖让我们出去。你们少跟我乱来,你们这些人,我在心里发狠,免得到时候后悔。

他们也真的没有乱来。桑尼·蒂德韦尔在舞台上带着乐队从E和弦换到G和弦,有人打起了小手鼓,莎拉马上从《钓鱼蓝调》换到《放狗追猫》②,连气也没换。舞台下方,围观的人群又自动往两旁让开,放我和我抱的小女娃过去,同样正眼也没瞧我们一眼,跟着音乐鼓掌的粗糙老手一拍也没漏。有个小伙子,一边的脸颊上有一大块鲜红的酒色斑,张开嘴——才二十岁就有一半的牙掉光了——吆喝了一声:"咿——啊!"嘴里还含着一大块糊糊的烟草。我发觉他就是村里小店的巴迪·杰利森……巴迪·杰利森像有魔法似的,从六十八岁倒回二十岁了。紧接着,我发现他头发的颜色不对——是浅褐色的,不是黑的(虽然巴迪已年近七十,整个人都变形了,但他头上的发丝可没一根白的)。他应该是巴迪的祖父,搞不好还是他的曾祖父。但管他是谁,我只要离开这里就好。

"不好意思。"我边说边从他身边挤过去。

---

① 盘子上的果冻(jelly on a plate),一首儿歌的歌词"jelly on a plate, wobble, wobble, wibble, wibble"(盘子上的果冻,摇啊摇,晃啊晃)。

② 《放狗追猫》("Dog My Cats"),可能是欧·亨利(O.Henry)发明的用语,马克·吐温也用过。有"见鬼,他妈的,要死了"的意思。这里用直译。

“你兔崽子少管闲事，这里没有谁是酒鬼，”他说了一句，只是眼睛从没看我一眼，手上正在打的拍子也没少一拍，“全都是大家轮流当。”

只是在做梦，我心里想，只是在做梦，你看这不就是证明？

但他嘴里烟草的味道可不像是梦，人群的味道可不像是梦，我手里抱的这个惊慌的小女娃的重量也不像是梦。她的小脸压在我的衬衫上面，热热的、湿湿的。她在哭。

“嘿！你这爱尔兰佬！”莎拉从舞台上喊我，嗓音跟乔好像，我差一点就失声惊叫。她要我回过头去——感觉得到她的意愿像两只手一样，搭在我两边的脸颊上——但我不从。

我闪过三个农夫，他们正在传一个瓷罐子。闪过他们三个，我们就到了人群外面。木屑路就在我眼前，宽得像第五大道，路的尽头就是那个拱门牌楼，牌楼再过去是阶梯。然后是大街、旧怨湖、家。只要到了大街，我们就安全了。我心里很笃定。

“差不多了，爱尔兰佬！”莎拉在我身后大喊，口气听起来很生气，但没气到笑不出来。“你会得到你想要的，甜心，你要怎样痛快都可以，但你要先让我处理好这边的事。你听见没有，臭小子？别挡路，你给我听好！”

我赶忙加快脚步朝来时路走去，一只手不停轻抚凯的后脑勺，把她的脸压在我的胸口上。她的草帽掉了下去，我伸手去捞，却只捞到从帽檐上脱落的缎带。没关系，离开这里要紧。

我们的左手边是投球游戏场，里面有小男孩在喊：“威利把球扔过墙啦！妈！威利把球扔过墙啦！”一字字喊得又单调、又规律，听得人头昏脑涨。走过宾果游乐场时，里面有女人在狂呼她赢了火鸡，天哪！每个数字都盖着纽扣，而她赢到了火鸡。头顶上的太阳此时躲进一块云层，天色转而变得阴沉，我们的影子跟着不见。木屑路尽头的拱门牌楼好像愈来愈难走近，逼得人要发疯。

“到家了吗？”凯问我，几乎要哭出来了，“我要回家，迈克，你带我回家找妈妈。”

“好，”我说，“你不会有事的。”

我们走过“你有多大力”的柱子，那个红头发的小伙子正在把衬衫穿回去。他看到我，眼神沉沉的，很不高兴——那种不信任，可能是当地人看到不请自来的外地人都会有的本能反应吧——我忽然觉得我也知道他是谁。他会有一个孙子叫迪基，迪基会在这场游园会所礼赞的这个世纪末，在68号公路上开一家“全能修车厂”。

这时，从拼布摊子里面走出一个妇人，伸手朝我一指，龇牙咧嘴地，像恶犬发怒。我觉得这妇人我也认得。在哪里认得的呢？大概是镇上吧。但不重要，就算真是镇上的人，我也不想知道。

“我们不该来的。”凯呜咽着说道。

“我知道，”我说，“但我想我们没得选择，小宝贝儿，我们——”

这时，他们从怪物展的场地里走了出来，就在我们前头二十码左右的地方。我看到他们，停下了脚。总共是七个人，一个个昂首阔步，穿的都是伐木工人的衣服。不过，这里面有四个人可以不必去管，因为他们看起来很模糊，很苍白，像鬼影。似乎都有病，搞不好已经是死人，不比银版照相更危险。另外三个就是活着的真人了。反正，这鬼地方有多真，他们就有多真。领头的是个老家伙，戴着一顶褪色的蓝色北军帽子。他盯着我看的眼睛我认得。那双眼睛曾经透过氧气罩的上缘打量过我。

“迈克，为什么停下来？”

“没事，凯，头别抬起来。只是做梦而已。明天早上醒过来时，你就会在自己的床上。”

“好。”

这几个大汉在木屑路上一字排开，肩抵着肩，靴抵着靴，挡住了我们往拱门和大街去的路。戴旧蓝帽子的那个站在正中间，他两旁的两个人年纪轻得多，可能少上五十岁吧。模模糊糊的那几个，也就是不太存在的那几个，有两个并肩站在最老的那个右边。我在心里盘算，不知道冲不冲得过他们的防线。他们就算真有血肉，依我看，也顶多跟我别墅里敲地下室绝缘面板的那东西差不多吧……只是，万一我错了，又该怎么办？

“把她交出来，小子！”最老的那个跟我说，嗓音尖细、坚决，还朝我伸出两只手。麦克斯韦尔·德沃尔。他回来了，连死后也要抢监护权。但这又不是他，我知道不是他。这一位的脸型略有不同，两颊更瘦，眼睛更蓝。

“我是在哪里？”我朝他大喊，特别加重第一个字。安吉丽娜摊子前面戴头巾的男子（假的印度人，可能是从俄亥俄州桑达斯基叫来的）放下手中的笛子朝我们看过来。跳蛇舞的女子也停下动作看向我们，两人依然双手环抱在一起，互作倚靠。“我是在哪里，德沃尔？我们两人的曾祖父若真的同在一个茅坑里拉屎，那我这是在哪里？”

“我不是来帮你解答问题的。把她给我。”

“我去抱她，贾里德。”年轻的几个里有一个说了——看起来像真人里的一个。他看着德沃尔的眼神既奉承又殷切，让我觉得恶心。我知道他是谁——比尔·迪安的父亲，他后来虽然是城堡郡备受敬重的耆宿，却一样在拍德沃尔的马屁。

别把他想得太坏，乔在我心里低声叹道，别把他们每一个都想得太坏。他们那时都太年轻。

“你啥也不用管。”德沃尔回他一句，尖细的嗓音带着怒气，弗雷德·迪安脸都红了，“我要他自己把孩子交出来。他若不肯，我们就一起上。”

我看一眼最左边的那个男人，看起来像是真有其人、真在其地的第三个人。这是我吗？看起来不像。他长得有一点面熟，可是——

“把她交出来，爱尔兰佬！”德沃尔说，“最后一次机会。”

“我不给。”

德沃尔点点头，像是我的回答如他所料：“那我们就动手喽，总得做个了结。上吧，小子们！”

他们开始朝我走过来，这时我就知道最旁边的那个人让我想起谁来了。他穿的是防水伐木靴和法兰绒的伐木长裤。他是肯尼·奥斯特，养了一条狼犬，大笨狗吃起蛋糕来不吃到肚子破掉不懂得停。而这位肯尼·奥斯特还有一个小弟弟，被自己的老爸放在抽水泵下面活活淹死。

我转头朝身后看了一眼，红顶小子还在演奏，莎拉也还在笑，双手高举在头顶不住摇动臀部，群众依然挤在木屑路东边的那一头。往那边去，绝对不妙。若真朝那边去，到头来准会落得我卡在二十世纪初，独自养一个小女娃儿，只能净写一些庸俗、廉价的恐怖和言情小说勉强糊口。说不定不会这么惨……但怎么说都会有一个寂寞的少妇远在千里、百年之外，想念这小女娃儿。搞不好是想念我们两个。

我再回头，那群大汉已经走到眼前了。他们有几个感觉更真实，更像活人，但其实他们一个个全都是死人，全都背上了诅咒。我朝那个淡黄色头发的人看过去，他的后代很可能就是肯尼·奥斯特。我问他：“你做了什么好事？你们几个到底做了什么好事？”

他伸出两只手:“把她给我,爱尔兰佬,你只需要这样就好。你和那女人可以拥有很多东西,比你们要的多得多。她还年轻,孩子尽可以随她生。”

这时,我像被催眠了,他们很可能就这样把我们两个带走,幸亏有凯拉。“什么事?”她紧靠在我胸口大喊,“好臭!什么东西好臭好臭!迈克,把臭味弄走啊!”

我这才发觉我也闻得到那味道。腐坏的血肉和沼气!破烂的组织,咕嘟冒泡的内脏。德沃尔是里面力量最强大的一个,浑身散发着生猛但强大的磁力,和我在他曾孙身上感受到的一样。但他和其他人一样,也是死人。他一靠近,我就看得到在他鼻孔里面钻进钻出的小虫和眼角腐烂的红色血肉。*这里什么都是死的,我心里面想,我老婆不跟我说过了吗?*

他们伸出阴间的手,先是摸了一下凯,然后就要抱走她。我朝后退一步,看一下右手边,就看到了更多鬼魂——有的从破掉的窗口爬出来,有的从红砖烟囱飘过来。我紧抱住凯拉,朝“鬼屋”跑过去。

“抓住他!”贾里德·德沃尔大喊,很是吃惊,“抓住他,小子们!抓住那个废物!他妈的!”

我朝木头阶梯飞奔,边跑边觉得好像有软软的东西轻抚我的脸颊——凯的小玩具狗,她紧紧抓在一只手里。我想看他们是不是追得很近了,却不敢回头,怕万一绊一跤——

“嘿!”售票口的女人大叫一声。她顶着一头姜黄色的乱发,脸上的妆像是用园艺铲子抹上去的,幸好不像是我认识的人。她只是游乐场的人罢了,不巧路过这黑暗的处所。算她命好。“嘿,先生,要买票啊!”

没时间啦,小姐,没时间。

“挡下他,”德沃尔大喊,“该死,他是骗子、小偷!那个孩子不是他的,他还硬抢!挡下他!”没人听他的,我连忙抱着凯一头冲进“鬼屋”。

“鬼屋”入口进去是一条走道,很窄,我得侧着身体才进得去。幽暗里,有一双双磷光荧荧的眼睛盯着我们。头顶上还有木头滚得轰隆轰隆,愈来愈响,底下夹着铁链铿铿锵锵。身后听得到咚咚咚的沉重脚步声,是防水伐木靴踩在外面的楼梯赶着往上跑。现在,轮到姜黄色乱发的售票小姐朝他们吼了,她在喊他们若撞破里面的东西,准要他们拿货来抵。

“你们听到了吗？该死，你们这些土包子！”她大喊，“这地方是给孩子玩的，哪是你们这些人玩的！”

轰隆轰隆声跑到了我们前头。方向转了。一开始，我还搞不清楚那声音是什么。

“放我下来，迈克！”凯拉说得很兴奋，“我要自己走。”

我放她下地，紧张得回头看。他们全都抢着进来，遮住了入口的亮光。

“净是没用的大笨蛋！”德沃尔大骂，“不要一次全挤进来！”一声啪，有人喊了一声。我转过头来，就看到凯拉猛地朝乱滚的大桶冲过去，两只手臂张得大大地维持平衡。不敢相信！她在笑。

我跟上去，才到半路就重重摔在地上。

“噢！”凯拉在另一头喊了一声，咯咯笑了起来，看着我七手八脚要爬起来，却又摔下去。这一次，我一路连滚带翻地往前滑。手帕从我胸前的口袋掉出来，一袋苦薄荷糖从另一个口袋掉出来。我想回头看他们是不是排好队形要挤进来，但刚一回头，大桶就趁我不注意时推着我又翻了一个大筋斗。现在我知道衣服在烘衣机里翻来滚去是什么滋味了。

我终于爬到了大桶尾端，站起来，牵住凯的手，由她带路往鬼屋里去。我们走了约莫十步，前方出现一团白光，圈住她整个人，像盛开的百合。凯放声尖叫。有动物——听起来像是一只特大号的猫——发出沉沉几声“嘶——嘶——”。肾上腺素倏地打进我的血管，我才要伸手把凯再次拽进怀里，“嘶——嘶——”声重又开始。我觉得脚踝上有热气，凯的裙摆也在腿边鼓得像一只钟。但这一次，她笑了起来，没有大叫。

“快走啊，凯，”我压低声音跟她说，“快走！”

我们再往前走，把那个呼热气的东西扔在身后。再过去是一条镜廊，照得我们两个先是像矮墩墩的侏儒，又变成细细长长的瘦竹竿，脸上的五官全都拉得长长的，像惨白的吸血鬼。在这里，我得催凯快一点走，因为她只想对着镜子扮鬼脸。我已经听到那几个伐木工人满嘴脏话地在对付大桶，也听到德沃尔不住开骂。只是，这时他再骂起来好像……嗨，好像没那么趾高气昂。

我们顺着一条滑竿滑到一块很大的帆布软垫上面，摔上去时，压得大软垫“噗——”一声，放了好大一个屁，逗得凯笑得眼泪沿着两颊流下来，整个人躺在地上乱滚乱翻、两脚乱踢，乐得要命。我伸手从她腋下一抱，把她拉了起来。

“不要紧抱自瞎的四分会。”她跟我说了这一句就又笑了起来，先前的恐惧似乎跑得无影无踪。

我们再往前走进一条窄窄的长廊，闻起来有松木的香气，看来长廊就是松木盖的。一边的墙后面有两个“鬼”正在敲铁链，一下一下很有规律，像鞋厂装配线上的工人边干活边聊晚上要带妞儿到哪里去玩，该由谁负责带“红眼引擎”——管它那“红眼引擎”是啥。至于身后倒是没听到声音了。凯拉在前面带路，信心满满的样子，一只小手拉着我的大拇指，牵着我向前走。我们走到一扇门前，门上画着熊熊的火焰，还写着“幽冥地府由此进”，她一把推开门，没有一点犹豫。进了里面，火红的云母贴在走道顶上，像染色的天光，映得一片玫瑰红，我觉得用在幽冥地府也未免太赏心悦目了。

我们往前走，像是走了好长一段时间，我才忽然发觉蒸汽风笛的乐音、“你有多大力”柱头那一声“砰——”，还有莎拉和红顶小子等等全都听不到了。对这，我也没有多惊讶。我们少说也走了四分之一英里的路。只是，这乡下游园会的“鬼屋”怎么会这么大？

接下来，我们走到了三扇门前，一扇在左，一扇在右，另一扇开在走廊的尽头。一扇门上画着一辆小小的红色三轮脚踏车。正对着它的另一扇门上画着我那台绿色的 IBM 打字机。走廊尽头的那扇门，画的图看起来就比较旧了，有一点褪色，有一点破，画的是小孩子的雪橇。*斯库特·拉里布的雪橇，我在心里想，德沃尔偷的那副。*我的手臂和背上顿时爬满大片的鸡皮疙瘩。

“哦，”凯拉说得兴奋，“玩具在这里。”还把思特里克兰德拉高一点，让它看一眼那辆红色的三轮脚踏车。

“对，”我说，“我想也是。”

“谢谢你带我走，”她说，“他们好可怕啊，鬼屋就很好玩。晚安，思特里克男也在说晚安哟。”还是奶声奶气得有一点外国腔——“在”说成了“赛”——越南话的“极乐”。

我还没来得及搭腔，她就自己推开有三轮脚踏车的那扇门，走了进去，门砰的一声在她身后关了起来。门关上时，我看到了从她帽子上滑落的缎带。缎带从我连身工作裤的前胸口袋里露出一截来。我呆呆看了缎带一会儿，才伸手去转她走进去的那扇门的门把。转不动。我用手拍门，但那木头门拍起来却像硬而密实的金属。我朝后退一步，转头朝我们走来的方向看过去。什么也没有。鸦雀无声。

时间过渡，我在心里想道，人家说的“穿过缝隙”就是这意思，他们穿过的地方就是像这样。

你最好也赶快走，乔告诉我，如果你不想永远被困在这里，就赶快走。

我再去开画有打字机的那扇门。门一下就开了。门后是另一道窄窄的走廊，依然是木头搭的，也一样有松木的清香。我不想进这条走廊，觉得里面活像是很长的棺木，但不进去又不行，没别的地方可去。于是我跨步走进去，砰一声，门在我身上马上关了起来。

妈啊，我在心里嘀咕，伸手不见五指，我被关在一片黑暗里……这下子迈克·努南要演出他举世知名的恐慌秀了。

幸好，我的胸口没被绳子紧紧勒住，心跳是比较快，肌肉也灌进大股大股的肾上腺素，但我没有失控。而且，我发现这里不算全黑。虽然只隐约看得见一点，但也看得出来墙壁和木地板。我把凯帽子上的深蓝色缎带缠在手腕上，一头塞紧，免得松开掉了，然后开始朝前走去。

我走了好长一段时间。走廊一下转这边，一下拐那边，九弯十八拐地乱转一通，我只觉得自己好像细菌在肠道里面溜滑梯。最后，我终于走到了两扇木头拱门前。我站在两扇门前，不知道该选哪一扇。忽然间，像是听到本特的铃铛在我左手边的那扇门后微微作响，我便走了进去。愈往里走，铃铛的声音就愈响。走着走着，铃铛的声音开始夹着微微的雷声。秋日的凉爽已经不见，又换成了夏季的暑热——好闷。我朝下一看，发现身上的连身工作裤和乡下大老粗的鞋子变成了卫生衣和痒痒袜①。

接下来，还有两次需要选择，每一次我都选听得到本特铃铛的那个入口。第二次，我站在两个入口前面的时候，还听到黑暗里有人在说话，声音很清晰：“不对，总统夫人没被射中，她袜子上的血是总统的。”

我继续往前走，发觉脚板和脚踝不再发痒、大腿也没包在卫生裤里面拼命流汗的时候，便停下脚步。这时，我已经改穿平常睡觉时穿的平脚内

---

① 痒痒袜(itchy socks)，穿了会咬脚、发痒的棉毛袜。

裤。我抬起眼来，发现我正站在自家的起居室里，摸黑在家具中间小心穿梭，拼命注意不要绊到东西，撞伤脚指头。很快，我可以看得清楚一点了，有很淡的乳白色光线从窗外穿透进来。我摸到隔在起居室和厨房中间的餐台，探身去看菲利猫钟。五点零五分。

我走向水槽，打开水龙头。正要伸手拿玻璃杯时，我看到凯草帽上的那条缎带还缠在手腕上。我解下缎带，放在餐台的咖啡机和小电视中间。接着，我倒了一杯冷水，喝光，再就着浴室夜灯暗暗的黄光，沿着北厢的走廊走进浴室。我先尿尿（小——便，好像听到凯在纠正我），然后走进卧室。床上的被单很乱，但不是我和莎拉、玛蒂、乔的春梦过后那种狂野的乱法。怎么会呢？我只是下床梦游了一会儿。清楚得过分的梦罢了，到弗赖堡游园会玩了一趟。

只是啊，这些都是废话！不仅是因为我身上有凯草帽上的蓝色缎带，也因为我没有一丝做梦过后醒来的感觉。梦里面很合理的忽然变得很荒谬，所有的颜色——不管是明亮还是惨淡的——瞬间都消退不见的感觉，我全都没有。我举起手靠近脸，盖在鼻尖上，深吸一口气。松香。我再仔细看，我有一根小指头上面甚至还沾上了一小块树脂。

我坐在床沿，想把刚才经过的事录在我的口述录音机上，却一头栽进枕头。我好累。雷声隆隆。我闭上眼睛，刚要任心绪飘走，就听到一声尖叫划破屋子。尖厉的叫声，锐利如打破的瓶口。我从床上坐起来，失声惊叫，手压住胸口。

是乔。她生前我从没听到她这样子叫过，但我知道这是她在尖叫，我就是知道。“不要伤害她！”我在黑暗里大喊，“不管你是谁，不要伤害她！”

她又尖叫一声，好像有一把尖刀、螺丝钳或灼热的火钳硬是要违抗我的意思，还恶毒得引以为乐。这一次好像隔着一段距离。等到她尖叫第三次，和前两次一样痛苦，声音就离得更远了。跟小男孩的哭声慢慢远去的情形一样。

乔的第四声尖叫，是在漆黑里幽幽飘来。之后，“莎拉笑”就陷入死寂。“莎拉笑”屏息在我四周呼吸。在热气里像是活的，在黎明隐隐的雷声里精神警醒。

22

等我终于酝酿好开始神游后，却什么也写不出来。我在手边放了一本速记簿，让我可以随手做笔记——角色一览表、相关页码、时间顺序什么的。我也在速记簿上留了一些鬼画符，但卷在IBM里的白纸还是空无一字。没有怦怦作响的心跳，没有胀痛的眼睛，没有呼吸困难的问题——换言之，没有恐慌症发作——但也没故事可以写。安迪·德雷克、约翰·沙克尔福德、雷蒙德·加拉蒂、美丽的雷吉娜·怀廷……一个个全都转过身去，不肯讲话不肯动。稿纸放在老位子，打字机的左边，厚厚一沓压在一块相当大的石英下面，石英是我在小路上找到的。但是，我脑袋空空，什么也写不出来。

我发现了很讽刺的事，搞不好还有道德寓意呢。这么多年来，我对真实世界里的问题只知逃避，一味逃进我想象出来的各个纳尼亚王国①里去。如今，真实世界真的到处都是混乱的草莽丛林，里面的怪物嘴里有尖利的牙齿，而且，魔法衣橱还把我关在外面。

凯拉，我写了这两个字，放在像是扇贝的图案里面；这像扇贝的东西，其实应该是蔷薇。在这下面，我又画了一块面包，面包烤得焦焦的皮上戴了一顶贝雷帽，歪歪的，很潇洒。努南想出来的法国吐司。L.B.两个字周围绕了一圈花卷纹。一件T恤衫，上面寥寥几笔画了一只简笔鸭子。衬衫旁边写了呱呱呱几个字。呱呱呱下面写的是：该远走高飞了，一路顺风。

这张稿纸的另一块地方，我写了：迪安、奥斯特、德沃尔。他们是那帮人里看起来最像活人的，也最危险。是因为他们有后代？可是，这七个人应该全都有后代吧，难道不是吗？那年头大部分人家都生得很多。还有，

① 纳尼亚王国（Narnia），英国著名作家刘易斯（C.S.Lewis，1898—1963）写的儿童奇幻名著里的王国。

我到底是去了哪里？我问过，但德沃尔不肯说。

这在闷热阴沉的礼拜天早上九点半，实在不太像是梦。可若不是做梦的话，又到底是什么呢？灵异现象？时间旅行？若这一趟时间旅行是有目的的，那么目的又是什么？是要传达什么信息？又是谁要传达的？我记得很清楚，那天我在梦里到乔的工作室拿回我的打字机时，我说过：*我才不信，都是假的*。我现在还是不信。除非亲眼看到一点真相，否则还是什么都不信更保险。

我信手涂鸦的稿纸最上面有两个描过一遍又一遍的大字：*危险*！还圈了起来。我从圆圈里画了一支箭头指向凯拉的名字，又从凯拉的名字画了另一支箭头指向“该远走高飞了，一路顺风”，还加了玛蒂两个字。

我在戴贝雷帽的面包下面画了一个小小的电话，电话上面画了一个卡通气球，上面有“铃——铃——铃！”才刚画完，无绳电话就真的响了。电话放在露台的栏杆上面。我用笔把玛蒂两个字圈起来，过去拿起电话。

“迈克吗？”她的口气兴奋、开心、轻松。

“是我。”我说，“你好吗？”

“好啊。”她说。我用笔把 L.B.圈起来。

“林迪·布里格斯[1]十分钟前打电话来，我刚跟她通完电话。迈克，她要我回去工作。棒吧，你说？”

当然。可以把她留在镇上当然棒喽。我用笔划掉“该远走高飞了，一路顺风”，我知道玛蒂绝对不会走了，至少现在不会。而且，我又怎么能要她走呢？我又想起那一句：*我若多知道一点就好了*……

“迈克？你是不——”

“真的很棒。”我说。我仿佛看到她站在厨房，一圈圈电话线绕在手指头上，修长的双腿在牛仔短裤下面轻盈挪动。我好像也看到她穿的上衣，白 T 恤的前胸上有黄色的鸭子在水里游。“只希望林迪有一点风度，知道自己错了。”我再把我画的 T 恤圈起来。

“她有。她还相当坦白，坦白得让我无法生气。她说是惠特莫尔上礼拜初找她谈过。林迪说她讲话很坦白，很直接。我一定要马上走人，只要我走了，钱啊、电脑啊、软件啊，德沃尔一直提供给图书馆的资源就不会

---

① 林迪·布里格斯(Lindy Briggs)，字首为 L.B.。

断。若没有的话，资源和钱马上就停。她说虽然这样子不对，但她到底得拿整个社区的福利和这件不对的事来比一比……她说这是她做过的最艰难的决定。”

“嗯哼，”我的手在速记簿上自动写出拜托我可不可以拜托，像灵应板上的三角乩板。“可能也不是撒谎，只是，玛蒂……你想林迪她的薪水是多少？”

“我不知道。”

“我敢说一定比缅因州三个小镇图书馆长加起来都要多。”

我听到背景里有凯的声音：“我可以讲吗，玛蒂？我可以跟迈克讲话吗？拜托我可不可以拜托？”

“一分钟就好，宝贝儿。”玛蒂又对我说，“可能吧。但我只知道，只要可以回去工作，我愿意什么都不计较。”

我在纸上画了一本书，接着再画出一条串起来的圆，从书连到鸭子图案的T恤。

“凯要跟你讲话，”玛蒂笑着跟我说，“她说你们两个昨天晚上一起去弗赖堡的游园会玩了一趟。”

“哇——你是说我和那位小姑娘有约会却整晚都在睡大觉？”

“看来是这样哦。准备好要跟她讲话了吗？”

“准备好了。”

“好，话匣子来也。”

话筒换手，传来一阵窸窣，凯接着上场了：“我紧抱着你，游园会那里，迈克！我紧抱自瞎的四分会！”

“真的？”我说，“好棒的梦啊，对不对，凯？”

电话那头一时没了声音。我想玛蒂一定在奇怪她们家的话匣子出了什么岔子。最后，凯终于开口，用很迟疑的口气说：“你也在啊。”你也“赛”啊！“我们看那个跳蛇舞的小姐……柱子上面有钟会叫……我们到鬼屋去玩……你跌倒在大桶上面！不是梦啊……对不对？”我原想跟她说真的是梦，但又觉得这样不好，说它是梦反而危险，所以我改说：“你戴了很漂亮的帽子，穿了很漂亮的衣服。”

“对！”凯听了像是大为放心，“那你穿——”

“凯拉，乖，你听我说。”

她马上住口。

“这个梦最好不要讲太多，我觉得。跟你妈妈或是别人都不要说，除了我。”

“除了你。”

“对。冰箱里的人也是，好不好？”

“好，迈克，有一个小姐穿玛蒂的衣服。”

“我知道。”我说，她随便讲什么都没关系，这我很肯定，但我还是问了一句，“玛蒂在哪里？”

“浇花。我们有好多、好多花，上亿朵哦。我要收拾桌子，这是家务。但我没关系，我喜欢做家务。我们吃法国吐司，我们礼拜天都吃法国吐司。好吃，有草莓糖浆很好吃。”

“我知道，”我说的时候顺手在纸上戴贝雷帽的面包上面画了一支箭头，“法国吐司最好吃了。凯，你跟妈妈说过那个小姐穿她的衣服吗？”

“没有，我觉得她会害怕。”她的声音一沉，“她来啦！”

“没关系……但我们要保密，对不对？”

“对。”

“那我现在可不可以再跟玛蒂讲一下话？”

“好。”她的声音离话筒远了一点，“超级棒妈妈，迈克要跟你讲话。”接着声音又凑回来了，“你今天会不会来汗(看)我啊？我们可以再去野餐。”

“今天不行，凯，我有事要做。”

“玛蒂礼拜天都不用工作啊。”

“是这样，我在写书的时候，每天都要工作。不写不行，要不然会把故事忘掉。不过，礼拜二我们可以一起野餐，在你们家一起烤肉。”

“到礼拜二还很久吗？”

“不会太久。明天的后一天。”

“写书要很久吗？”

“还好。”

我听到玛蒂在说话，就要凯把话筒给她。

“好啦，再一秒嘛。迈克？”

“我在，凯。”

“我爱你。”

我听得既感动又害怕。有那么一下子，我觉得我的喉咙就像以前想写作时胸口被勒住那样，被锁死了，但马上就又松开。我说："我也爱你，凯。"

"那换玛蒂。"

再一阵话筒换手的窸窸窣窣，就听到玛蒂说："这下子你和我女儿约会的事，你该都想起来了吧，先生？"

"嗯，"我说，"倒是她想得一清二楚。"我和玛蒂之间是有灵犀，但还没拉到这件事上——这我敢说。

玛蒂咯咯笑了起来。我好喜欢她那天早上的心情，不想坏了她的兴致……只是，我也不想害她误把马路中间的白线当做是斑马线。

"玛蒂，你还是要小心一点，好吗？虽然林迪·布里格斯要你回去工作，但不等于镇上的人一个个都要和你当朋友。"

"我懂。"她说。我又想跟她说是不是考虑带着凯到德里去住一阵子。她们可以住在我的房子里面，就算等这里尘埃落定要花上一整个夏天，她们也可以一直待在那里。只是，她不会答应的。我替她请纽约的高档法律人才，她答应是因为别无选择。至于这一件，她有选择，或她觉得有吧。我有办法改变她的心意吗？我可拿不出来合乎逻辑的事实，我拿得出来的只是模糊、幽暗的鬼影，还埋在害人雪盲的九英寸深厚冰层下面。

"有两个人你要特别当心，"我说，"一个是比尔·迪安，另一个是肯尼·奥斯特，他那人——"

"养了一条大狼犬，狼犬的脖子上围着一条领巾。他——"

"它是小南莓！"凯在一旁没多远的地方大喊，"小南莓会亲我的脸！"

"你出去玩吧，宝贝儿。"玛蒂说。

"我要收拾桌子啊。"

"等一下再收也可以，你现在就出去玩吧。"玛蒂顿了一下，目送凯抱着思特里克兰德走出门口。虽然凯已经到了拖车外面，玛蒂还是压低了声音讲话，不想要人听到她在讲什么："你别吓我啊！"

"我不是要吓你，"我说的时候，手不停地在纸上的"危险"两个字周围画圆圈，"但你真的要小心一点。比尔和肯尼说不定都是德沃尔那边的人，跟富特曼、奥斯古德一伙。你先别问我为什么会这样子想，因为目前我也没有充分的解释，只是一种感觉。不过，从我这次回 TR 以来，我的感觉一直就很不一样。”

“你的意思是——?”

“比如你现在身上穿的是一件T恤,上面有鸭子的图案。”

“你怎么知道的?凯跟你说的?”

“她刚才出去是不是抱着麦当劳欢乐餐送的玩具狗?”

玛蒂顿了好一阵子,最后终于说了一声:“天哪!”声音低得几乎听不到。然后,她再说:“你怎——”

“我也不知道我是怎么知道的。我连你现在的处境是不是真的……会好转,还有为什么是这样,也说不清楚,但我就是有这样的感觉。我对你们两个都是。”我要说的不止这些,但我怕说出来她会以为我这人精神错乱。

“他已经死了啊!”玛蒂脱口而出,说得很大声,“那老家伙已经死了!他怎么还不放过我们?”

“说不定他放了,说不定是我自己想歪了,但小心一点总没有坏处,对不对?”

“对,”她说,“一般来说是这样。”

“一般来说?”

“你要不要来我这边,迈克?说不定我们两个可以一起去集市?”

“今年秋天的时候可能可以,我们三个一起。”

“我很想去。”

“还有,我也在想钥匙的事。”

“你的问题有一半就是想太多了,迈克。”她说,又笑了起来。有一点哀怨吧,我想。我懂得她在说什么,只是她好像不懂感觉是我问题的另外一半。感觉像是秋千,我想我们大部分人到最后都是被它晃死的。

我又写了一阵稿子后,便把IBM抱回屋里,一沓稿子放在打字机上面。到此为止,至少目前如此。我不会再想办法回魔法衣橱里了,也不会再去管安迪·德雷克和约翰·沙克尔福德。在这件事了结之前,不会再管。就在我套上长裤、扣好衬衫扣子的时候——感觉好像这是我连着好几个礼拜头一次穿上长裤和衬衫——我忽然想到:说不定是有什么,比如说某种力量,在利用我写的这部小说来镇定我的心神,是它让我重拾写作的能力。这不是没有道理，写作一直是我上选的药方，比黄汤或我在浴室医药柜里放的美力廉①都要有效。也有可能，写作只是冲印系统，只是定影剂，梦就藏在那里面。说不定，真正有效的药方是神游物外。神游物外，就是“感觉来了”，你有时会听到篮球选手说这样的话。我是真的神游物外，真的有感觉了。

我抓起雪佛兰的车钥匙走过餐台，照例又朝冰箱看一眼。冰箱门上的小磁铁又排成了圆圈。中间排的字是我以前见过的，这次一看就懂，多亏有“磁铁王”多出来的字母可以用：

help her（帮助她）

“我不是正在尽力吗?”我边说边朝外走。

68 号公路朝北走上三英里——走到这里就已经到了以前叫做城堡岩公路的路段——有一家温室，前面设有店面，叫“翠苗圃”。乔以前常在那里耗上大半天的时间买一些园艺用品，或什么也不买，光是和小店的两个女老板瞎搅和。其中一人是海伦·奥斯特，肯尼的太太。

我在礼拜天上午约十点的时候，开车到了那里（小店当然是开着的；旅游季的时候，缅因州的小店每一家都暂时改当异教徒），把车停在一辆纽约车牌的宝马旁边。我在车里多待了一会儿，听完收音机播报的气象预报——还是又湿又热的天气，至少要再延续四十八小时——才从车里出来。一个女人从店里走出来，穿着泳衣加短裤裙，头戴一顶特大号的黄色遮阳帽，两只手捧着一大袋泥炭苔。她朝我浅浅一笑，我赶忙以百分之十八的热忱回礼。她是从纽约来的，这表示她不是火星人。

店里比外面午前的大太阳更热更湿。莉拉·普罗克斯正在打电话，她是两个老板之一。收款机前面放了一台小型电风扇，她站在电扇前面，身上的无袖短衫被吹得啪啪响。她一看我进门就朝我举手打招呼，手指头像弹钢琴一样动了动。我也依样回礼，觉得自己不像自己。不管我有没有在写稿，我还是神游的状态，还是在感觉里面。

---

① 美力廉（Mellari），抗精神病的镇定剂。

我在店里四下走了走，随便挑了几件小东西，但眼角的余光始终停在莉拉身上，就等她打完电话。这期间，我脑子里的专属超光速推进器还在不停地嗡嗡转动。她终于挂上了电话，我朝柜台走去。

“迈克·努南！你教我等得望眼欲穿啊！”她边说边敲起了收银机，替我买的东西算钱，“听到约翰娜的事我好难过，见到你一定要先提这件事。乔是万人迷哪。”

“谢谢你，莉拉。”

“不客气。虽然多说无益，但像这样的事最好还是先说在前头。我一直是这么想的，往后也会这么想。说在前头。你也要搞一点园艺啊？”

“就看天气什么时候凉快一点。”

“啊！是真邪门儿，对吧？”她伸手拉一拉身上的短衫，跟我证明真的有多邪门儿，然后指着我买的一样东西，“这一样要不要特别装起来？安全至上，才不后悔，这是我的格言。”

我点点头，看一眼斜靠在柜台上的小黑板。新鲜蓝莓！粉笔写的，生鲜进货！

“我还要一品脱蓝莓，”我说，“但不要礼拜五的，礼拜五以后的都可以。”

她用力点一下头，好像在说她哪会不知道再贵我也付得起：“这一批昨天还在枝子上呢。这样够新鲜吧，你觉得？”

“好，”我说，“肯尼的狗也叫蓝莓，对吧？”

“它真好玩，对吧？天哪，我最爱大狗了，乖的话就好。”她转过身来，手上已经有一品脱从小冰箱里拿出来的蓝莓，放进另一个袋子里面给我。

“海伦呢？”我问她，“她今天休假？”

“她哪会休假，”莉拉说，“她若在镇上，你要用大棍子打才能把她弄出这里。她和肯尼带孩子去‘马的州’①了。他们和海伦哥哥一家人合起来在海边租一栋小房子度假，每年夏天在那里过两个礼拜。全家出动。可怜那老狗小蓝莓，准会追海鸥追到昏倒。”她开心地大笑起来。她的笑声让我想起莎拉·蒂德韦尔。要不就是莉拉笑时盯着我看的神

---

① “马的州”（Taxachusetts），Taxachusetts是麻省（Masachusetts）的贬称，在此循“麻省”的习惯译法试作“马的州”。

情。她的眼睛没一丝笑意。那双眼睛小小的，盯着我，冷冷地朝我端详。

拜托你别瞎想了好吗？我在心里暗骂自己一句，总不会全镇的人没一个没插一脚的吧，迈克！

真的吗？是真有“地方意识”这东西的——谁不信，准没参加过新英格兰小镇的镇民大会。既然有“意识”，不就很可能也会有“下意识”吗？还有，凯拉和我既然都在做原始的“心灵交融”，TR-90 其他的人难道就不可能吗？搞不好连他们自己也没发觉。我们住的是同一块地，呼吸的是同样的空气，共有同一片湖区，共用同一片地下水层，这片地下水层就埋在这一切的下面，里面蓄含的水喝起来有岩石和矿物的味道。对了，我们也共用同一条大街，乖的狗跟疯的狗可以肩并肩一起行走。

我拎着布做的手提袋要带着我买的东西走开时，莉拉说：“那罗伊斯·梅里尔好可怜。你听说了吧？”

“没有。”我说。

“昨天晚上从他家地下室的楼梯摔下去了。都那一把年纪了还爬这么陡的楼梯干吗？真搞不懂。但我想人只要到了他那年纪，做什么都有他的道理吧。”

*他死啦？*我才要开口问，马上就知道应该改口；在 TR，这种事不可以这样说，“他往生了？”

“还没。莫顿急救队送他到城堡郡立医院去了，还在昏迷。”她说的是“分”迷，“他们说他可能醒不过来了，可怜。他这一走，有一段历史就会跟着他入土了。”

“我想也是。”但我心里想的是早死早超生，“他有儿女么？”

“没有。梅里尔家在 TR 有两百年的历史了，有一个就死在墓园岭上。不过，这里的老家族都快死光了。祝你今天愉快啊，迈克。”她微微一笑，但眼睛还是没有表情地打量着我。

我钻进我的雪佛兰，把买的那袋东西放在乘客座上，呆呆地坐在驾驶座上没动，任空调不停往我的脸上、脖子喷冷气。肯尼·奥斯特到“马的州”去了。很好。往正确方向去的一步。

但还有替我看家的那一位。

“比尔不在。”伊薇特站在门边，想把门口堵得严严的（只是，你若身高只有五英尺三英寸，体重约莫一百磅，再怎么堵也只那么多）。她盯着我看的锐利眼神，活像俱乐部的魁梧保镖在挡下醉鬼，而且还是个先前已经被拎着耳朵扔出去一次的醉鬼。

我正站在一栋“鳕鱼角”式独栋住宅的门廊上面。我从没见过这么雅致的“鳕鱼角”房子，它位于皮博迪山的山顶，将新罕布什尔州的美景尽收眼底，还可以一路眺望佛蒙特州的后院。比尔放工具的一排仓库就盖在房子的左侧，全都漆成同一式的灰色，每一间都有标识：“迪安管理一”或二、三。他那辆道奇公羊停在二号仓库前面。我看一下车子，再回头看伊薇特。她的嘴抿得更紧了。再抿紧一点，我看她的嘴就会整个塌下去不见。

“他跟布奇·威金斯到北康韦去了，”她说，“他们开布奇的卡车去的，去——”

“不用替我撒谎啦，老婆。”从她身后传来了比尔的声音。

那时离正午还有一个多小时，而且还是礼拜天，我听到的声音却累得要命，我从没听过这么累的声音。他拖着脚沉沉地走过走廊，等他从阴影里走出来，走到了光线里面——太阳终于从阴翳里露脸了——就发现比尔那天的模样就真的看得出来年纪了。一年不差，搞不好还多出十岁。他穿的还是平常穿的卡其裤和衬衫——比尔·迪安到死都是“迪奇”①人——但肩膀垮了下来，甚至好像有一点往前缩，活像整个礼拜都在拖他拖不动的大水桶。他的脸也终于开始往下垮，弄得他不知怎么的眼睛变得太大，下巴变得太凸，嘴角也往下耷拉。他那样子是真的老了。而且，他也没有孩子可以接手家里的事。这里的老家族都快死光了，莉拉·普罗克斯说过。说不定这样也好。

“比尔——”她刚开口，比尔就举起一只大手要她别讲。结着老茧的手指头略有一点抖。

“你进厨房去忙你的吧，”他跟他老婆说，“我要跟这位兄弟谈一下，不会太久。”

伊薇特看着他，又转头看我一眼，脸上紧抿的嘴唇真的已经看不到

① “迪奇”(Dickie)，美国著名的老牌卡其工作服厂商。

了，只剩黑黑的一条线，像铅笔画出来的。我心里很痛也很清楚：她恨我。

“你别害他太累。”她跟我说，“天太热，他一直没睡。”她转身走进门厅，背脊挺直，抬头挺胸，消失在厅中可能很清凉的阴影里。老人住的房子好像都很凉，你们有没有注意到？

比尔走出门口，站在门廊上，两只大手插在长裤的口袋里，没有要跟我握手的意思：“我跟你没啥好说的了，我跟你就此一刀两断。”

“为什么，比尔？为什么要一刀两断？”

他朝西看过去，没说话。西边的山岭一山高过一山，还没来得及有层峦叠嶂的气势，就没入火烤一样的氤氲暑气里去了。

“我只是想帮那女孩一点忙。”

他用眼角瞥我一下，但意思已经很清楚：“是啊，帮忙帮到她裤子里去。我看多了纽约、新泽西来的男人带着小妞。夏天来过周末，冬天来滑雪过周末，我无所谓。玩那年纪的小妞的啊，长得都是一个样儿的，嘴巴闭起来舌头都还缩不回去。现在你活脱脱跟他们一个样儿。”

我既生气又尴尬，但压下心里想要骂他的冲动。骂他，正中他的下怀。

“到底出了什么事？”我问他，“你父亲、你祖父、你曾祖父，他们到底把莎拉·蒂德韦尔和她的家人怎样了？你们不只是把他们赶走，对不对？”

“不用赶，”比尔说时眼神穿过我，落在我身后的山丘上面。他的两只眼睛湿湿的，像有眼泪要夺眶而出，但下巴颏咬得紧紧的：“他们是自己走人的。黑鬼没一个脚底不抹油的，我爹以前说过。”

“是谁弄了陷阱害死桑尼·蒂德韦尔的儿子？你父亲吗，比尔？是弗雷德吗？”

他的眼神飘了一下，但下巴颏始终动也没动：“我听不懂你在说什么。”

“我听到他在我的房子里哭，你知道听到一个死掉的孩子在你房子里哭是什么滋味吗？有浑蛋用陷阱像抓黄鼠狼一样把他困在里面，我听到他在我那他妈的房子里哭！”

“你另外找人帮你打理房子吧，”比尔说，“我没办法帮你做事了。不想做了。我只要你现在就从我的门廊上消失。”

“到底出了什么事？帮帮我，拜托！”

“你若不肯自己闪人，我一定用我鞋子里的脚指头帮你一下。”

我再看他一会儿，看着他湿湿的眼睛和硬挺挺的下巴，分裂的情绪在他脸上写得很清楚。

“我失去了我的妻子，你这个老浑蛋，”我说，“你还说你喜欢她。”

他的下巴终于动了一下。他看着我，既惊讶又伤心：“她又不是在这里出的事，”他说，“她那件事和这里没一点关系。她不再来 TR 可能是因为……唔，她不再回 TR 来可能有她的理由……但她是中风啊，哪里都有可能中风，到处都会有的啊。”

“我才不信。我想你也不信。有东西跟着她回德里去了，可能是因为她怀孕……”

比尔的眼睛睁得斗大。我等了等，给他机会说，但他没开口。

“……或者是知道得太多。”

“她是中风。”比尔的口气有一点抖，“我自己读过讣闻。她是中风。”

“她发现了什么？告诉我，比尔，拜托。”

好长一阵子没声音。等他终于开口时，我还一厢情愿地以为自己终于可以从他嘴里要到一点东西了。

“我只剩一件事要跟你说，迈克——你就往旁边让吧。为你不朽的灵魂想一下，往旁边让一让，随事情自己发展吧。反正不管你让不让，事情该怎么走照样会怎么走。百川一定汇入大海，才不管有没有你们这些找死的人。让到一边去吧，若你心里还有上帝的话。”

你在乎你的灵魂吗，努南先生？你不朽的灵魂？你那上帝赐的蝴蝶困在血肉的蛹里面，没多久就会和我的一样臭。

比尔转身走进门内，工作靴的后跟在上漆的木地板上敲得当当响。

“你们离玛蒂和凯远一点，”我说，“你们若敢靠近她们的拖车一步——”

他转过身来，白茫茫的阳光洒在他眼睛下面的凹陷处，闪着光。他从屁股口袋里掏出一条大手帕，擦一下脸：“我不会没事闲的从这里跑去招惹什么。我原先去度假的时候求过上帝别让我回来，但我还是回来了——而且，主要是为了你，迈克。黄蜂路上的那两位根本不必怕我。不，她们要怕的不是我。”

他走进屋里，关上门。我呆呆地站着，看着他的屋门，觉得这一切都不太像真的——这么要命的对话怎么会出现在我和比尔·迪安之间？这位比尔还骂过我在乔死后不肯让镇上的人分担——或者说是抚慰——我的悲伤；我回这里来后，这位比尔还那么热忱地欢迎过我！

接着，我听到喀嗒一声。他这辈子可能从没有过人在家里却还要把门上锁的，但他现在居然就把自己锁在里面。那一声喀嗒，在七月无声无息的空气里十分响亮，道尽了我和比尔·迪安多年的友谊当中我该了解的一切。我转过身，朝我的车子走过去，头垂得低低的。听到身后有窗户拉开的声音，我也没回头。

“你别再给我回来！王八蛋！”伊薇特·迪安大喊，声音穿过热气蒸腾的前院，“你伤透了他的心！你别再给我回来！你给我试试看！你永远别再过来！”

“拜托，”梅泽夫太太说，“别再问我问题了，迈克。我不能被比尔·迪安列入黑名单，就像我妈当年不能上诺尔摩·奥斯特或弗雷德·迪安的黑名单一样。”

我把话筒换到另一只耳朵：“我只想知道——”

“在我们这样的地方，戏要怎么唱几乎全抓在做房地产管理的人手里。他们跟度假的人说该请这一个木匠、该请那一个水电工什么的，度假的人一定照办。要不就说这一个看起来不可靠该炒鱿鱼，那他就会被炒鱿鱼。都一样。因为水电工、园丁、电气工该怎么着，管家就该多注意一倍。你若要有人推荐——以后有人推荐下去——你就要待在弗雷德和比尔·迪安，或是诺尔摩和肯尼·奥斯特这样的人喜欢的一边。这样说你懂了吧？”她就差没有跪下来求我，“比尔发现我跟你说诺尔摩·奥斯特怎么弄死克里的时候，喔——他真是气疯了。”

“肯尼·奥斯特的弟弟——诺尔摩放在泵下面淹死的——名字叫克里？”

“是啊。镇上我认识好多人都给孩子取类似的名字，觉得这样很可爱。唉，以前我念书的时候，还有一对姓塞利奥特的兄妹，一个叫罗兰，一个叫罗兰德。我想罗兰现在是在曼彻斯特吧，罗兰德嫁了那个从——”

“布伦达，只要再回答一个问题就好。我绝不说出去，拜托你。”

我等她回答，大气也不敢出，等她喀嗒一声把话筒放回话机。结果，她用很轻、几近幽怨的声音,说了三个字:“什么事?”

“谁是卡拉·迪安?”

我又等了好一阵子她都没声音,我只能把凯那顶二十世纪初年的草帽上的缎带绕在手指上玩。

“你绝对不能对别人说是我跟你说的。”她终于开口。

“我绝不会说。”

“卡拉是比尔的孪生妹妹。她六十五年前就死了,死在大火里。”比尔说那几场大火是凯的祖父点起来的,作为他离开 TR 的临别赠礼。“我也不清楚是怎么回事,比尔从来不提。你若对他说我跟你讲这件事,我在 TR 就永远别想再替人家整理床铺了。他会盯着这件事的。”接着,她的口气更绝望了,“到头来他一定还是会知道的。”

依我过去的经验和推论,我想这件事她说得可能不会错。好,若是她说对了,那她以后每个月会收到我的支票一直到死。但我不想在电话上跟她透露我有这意思——这会很伤她扬基佬的自尊的。所以,我向她道谢,跟她保证我一定会小心,然后挂掉电话。

我在桌边又坐了一会儿,瞪着本特发呆,之后才问:“谁在这里?”

没有回应。

“别这样,”我说,“躲什么躲!往下走十九还是九十二吧。不要的话,谈一谈也好。”

还是没有回应。大角鹿标本脖子上挂的铃铛一声也没响。我眼神一转,瞥见我跟乔的哥哥讲话时乱画的笔记本,便把本子拉过来。本子上已经有我写的凯娅、凯拉、基托、卡拉,都在框框里。我把框框的下缘画掉,把“克里”加进去。镇上我认识好多人都给孩子取类似的名字,梅泽夫太太刚才说过,觉得这样很可爱。

我看不出可爱在哪里,反而觉得头皮发麻。

因为,我忽然想到这几个发音类似的名字里面,起码有两个是淹死的——克里·奥斯特淹死在水泵下面,凯娅·努南淹死在她母亲垂死的躯体里面,那时她的个头还没一粒葵花籽大。我还见过第三个的鬼魂,那个淹死在湖里的小男孩。是基托吗?那个小男孩叫基托吗?还是死于败血症的那个小男孩才叫基托?

镇上我认识好多人都给孩子取类似的名字,觉得这样很可爱。

这里到底有多少孩子取的是这样的名字？还有多少尚在人世？那时，我觉得第一个问题的答案无关紧要，至于第二个问题的答案，我已经知道了。百川一定汇入大海，比尔说过这一句。

卡拉、克里、基托、凯娅……全都不在了。唯独凯拉·德沃尔还在人世。

我倏地站了起来，动作又快又猛，椅子都被我撞翻了。死寂里哐当一下，吓得我跟着叫了一声。我要离开这里，现在就走。不再打电话，不再扮演安迪·德雷克，不再扮演私家侦探，不再管那采证庭或是对着窈窕淑女搞半调子调情。我早该跟着直觉走，头一晚就跟着那辆道奇一起滚蛋才对。唉，我现在就走，赶快钻进我的雪佛兰夹着尾巴回德里——

本特的铃铛叮——铃——铃——摇得一塌糊涂。我转过身，看见铃铛在它脖子上面跳上跳下，好像有一只我看不见的手在把它打过来又打过去。开往露台的拉门也跟着一下拉开，一下又关上，像被绑上了滑轮。我放在茶几上的字谜书《头痛时间》和电视节目指南，都被吹得纸面一页页乱翻乱飞。连番急促的啪啪声打在地板上面，好像有很大的东西在地板上朝我爬过来，脚步很快，边爬边用力敲爪子。

一阵风从我身边扫过，不冷，反而暖暖的，像夏夜里地铁飞快开过带起来的暖流。风里似乎夹着怪怪的声音在说拜——拜，拜——拜，拜——拜，像在祝我回家一路顺风。但我听了听，马上就想到，这声音说的其实是凯——凯，凯——凯，凯——凯。刚想到这点，我就觉得像被什么打了一下，猛往前摔，感觉像是很大、很软的拳头。我扑倒在桌子上，伸手紧抓桌沿以保持平衡，不想打翻了放盐罐和胡椒罐的调味盘、纸巾架和梅泽夫太太拿来插雏菊的小花瓶。花瓶掉到桌下，摔得粉碎。小电视忽然大鸣大放，出现一个政治人物在谈通货膨胀的飙风又要再起。CD唱机也响了起来，声势压过那位政治人物，放的是“滚石”翻唱莎拉·蒂德韦尔的《我对不起你，宝贝》。再来是楼上的一个烟雾探测器叫了起来，紧接着又一个，再一个。我那辆雪佛兰的警报器也开始颤声尖叫，加入三个警报器的阵仗。一下子，上上下下全吵得不可开交。

这时，有东西热热的，像枕头，抓住我的一只手腕。我这只手就像活塞一样飞射出去，一把盖在速记簿上。我瞪着眼睛看着它胡乱翻到一面空白页上，然后就近抓起一支铅笔，像抓匕首一样。接着，那东西就用我的手开始写字，不是带着我的手在写，而是霸王硬上弓般逼我的手去写。我这只手一开始动得很慢，而且是盲动，之后开始加快速度，到后来振笔如飞，笔尖都要戳破纸张：

帮她别走帮她
别走帮她帮
不要不要心肝宝贝拜托不要
走帮她帮她
帮她

就在快写到纸页的最下面时，寒气又压了下来。外在的寒气像一月的冰雹，迅速冷却我的肌肤，连鼻子里的鼻涕都冻得结冰，嘴里呼出的气是两团颤巍巍的白雾。我那只手紧紧一握，手里的铅笔随之断成两截。本特在我身后又惊天动地摇了一阵之后，就不再出声。从我身后传来的声音换成很特别的“啪！啪！”两声，像扭开香槟塞。然后是一片死寂。不管那东西是什么，或那东西有多少，都已经结束了，又只剩我孤单一人。

我关掉音响时，米克和基斯正在唱白人版的“嚎狼”①。我接着跑上楼，替三个烟雾探测器按下“重新设定”的按钮。我在楼上时，还进了大客房，从窗口探身出去拿钥匙圈对准雪佛兰按下按钮，关掉了车上的警报器。

最吵的噪音都停了后，我就听得到厨房里的电视还在聒噪。我走下楼，关掉电视，眼神飘到乔那个很讨厌的摇尾巴猫钟时，手停在“关”的按钮上却一时动不了。菲利猫的尾巴终于不再摇了，两只大大的塑料眼睛掉在地板上面。

我走下楼，到村里小店吃晚餐，坐下前，先去报架拿了一份上礼拜天的《电讯报》(头版头条：计算机大亨德沃尔于缅因州家乡小镇过世)。报上附的相片是照相馆拍的，看起来约三十岁，脸上带着笑。笑在大部分人

① 米克(Mick)和基斯(Keith)，二十世纪六十年代初期崛起于英国的著名摇滚乐队“滚石唱”的主唱米克·贾格尔(Mick Jagger)和基斯·理查德兹(Keith Richards)。“嚎狼”(Howling Wolf，1910—1976)，本名为切斯特·阿瑟·伯内特(Chester Arthur Burnett)，著名黑人蓝调乐手。

脸上是本能反应，但在德沃尔的脸上像是苦练出来的技巧。

我点了豆子，这是巴迪·杰利森礼拜六晚上办户外烤豆子大餐剩下来的。我爹生前讲话不太来格言那一套——在我家，替生活点缀睿智小语是我妈的责任——但他每次礼拜天下午把前一晚吃剩的黄眼石斑鱼放进锅里重新加热时，固定会说豆子炖牛肉放到第二天才最好吃。我爹给的家传宝训我记得的另一则，就是在车站上过大号后一定要洗手。

我在读报上的德沃尔新闻时，奥黛丽走过来跟我说罗伊斯·梅里尔死了。他一直没醒。她说葬礼定在礼拜二下午在浸信会怀恩堂举行。镇上的人大部分都会去参加，许多都是要去看伊拉·梅泽夫接下《波士顿邮报》那根拐杖的。我有意也去参加吗？没有，我说，不太想。我那时只是因为小心，才没多嘴，说大家聚在路底为罗伊斯·梅里尔举行葬礼的时候，我可能会到玛蒂·德沃尔家里去开胜利派对。

平常的礼拜天下午，我吃东西的时候都是顾客来来去去的，有人点汉堡，有人点豆子，有人点鸡肉沙拉三明治，有人买半打啤酒。有的是 TR 本地人，有的是外地人。许多人我都没去注意，也没一个人来跟我讲话。我不知道是谁把那条餐巾放在我报纸上的，只是，在我放下 A 版准备翻页去找运动版时，就看到了。我拿起餐巾，原本是要摆到一旁，却看到餐巾背后有粗黑的大写字，写的是：**滚出 TR**。

我到现在还是不知道是谁放的那条餐巾。我想，谁都可能吧。

23

阴翳又回来了，把礼拜天入夜的余晖全罩在一层衰败的美里面。夕阳朝群山背后滑落，愈来愈红，迷蒙的暑气跟着染上了红晕，弄得西边的天际像流了一大摊鼻血。我坐在露台上，远眺夕阳，苦思一则字谜，却怎么都想不出来。电话响时，我把《头痛时间》往写好的稿子上一放，起身去接电话。每次走过去都会看到我写的小说的书名，真烦。

“喂？”

“你那里怎么样了啊？”约翰·斯托罗下达回复令，连“嗨”一声的客套也省了。不过，他听上去没有生气，反而兴致高昂：“这憋死人的肥皂剧我想得好苦啊！”

“我决定当不速之客，自动参加礼拜二的午餐派对，”我说，“您老别介意啊。”

“才不会，这样好啊，人愈多愈精彩。”说的口气像有十二万分的诚意，“这夏天真绝，是吧？真绝！最近几天又有什么大事吗？地震？火山爆发？集体自杀？”

“没有集体自杀，但有老家伙翘辫子。”我说。

“妈的，全世界都知道麦克斯韦尔·德沃尔两脚一伸走了。”他说，“说点新鲜的，迈克！吓吓我嘛！要吓得我大呼小叫才好！”

“不是他，是另一个老家伙，罗伊斯·梅里尔。”

“你说的这一位我想不起来——哦，等一下，那个拿金头拐杖，长得像《侏罗纪公园》里面跑出来的标本的那一位？”

“是他没错。”

“唉哟！除此之外？”

“除此之外，一切都在掌握当中。”我刚说完，就想起菲利猫弹出来的两颗眼珠子，差一点笑了出来。教我紧急刹车的是我心里忽然意识到，这位欢乐大师摆出来的好心情是装的——约翰打电话来，其实是要打探有什么状况：我和玛蒂是不是有状况。我要怎么回答才好呢？还没有搞头？只一吻，就搞得我飞弹上身一直射不出去，有些事永恒不变即使时间荏苒①？

只不过，非也，约翰打电话来另有目的：“你听好，迈克，我打电话来是有事情要跟你说。你听了准会既高兴又惊讶。”

“我迫不及待，”我说，“你就从实招来吧。”

---

① 有些事永恒不变即使时光荏苒(the fundamental things apply as time goes by)，亨弗莱·鲍嘉和英格丽·褒曼主演的《北非谍影》(*Casablanca*)的名曲《时光荏苒》(“As Time Goes By”)的歌词。

“罗杰特·惠特莫尔打电话给我，然后……你该不会给了她我父母家的电话吧？有没有？我现在已经回纽约了，但她是打电话到费城找我的。”

“我没有你父母家的电话号码，你的答录机没一台留有你父母家的电话号码。”

“哦，对。”连对不起也不说，他好像兴奋得把这些平常的小事都抛到脑后，弄得我也跟着兴奋起来，而我还根本搞不清楚他那边到底出了啥状况呢。“我把号码给过玛蒂。你想惠特莫尔那女人是不是打电话向玛蒂问的呢？是不是玛蒂给的呢？”

“很难说。玛蒂若碰到罗杰特在大马路上发火，很可能当场浇她一头尿帮她熄火。”

“你还真粗啊，迈克，真粗俗，”但他说的时候带着笑，“说不定你这样对德沃尔的时候，惠特莫尔也依样画葫芦回敬给你。”

“可能吧。”我说，“我也不知道接下来的几个月形势会怎样，但目前，我敢说德沃尔专属的控制仪她应该还摸得到。现在若有谁还知道那些按钮该怎么用，大概就是她了。她是从棕榈泉打给你的吗？”

“嗯哼，她说她刚和德沃尔的律师开完会，就老头子的遗嘱做初步的讨论。依她的说法，老爷爷可是留给玛蒂·德沃尔八千万哪。”

我听了一时讲不出话来。说我觉得高兴，还没，但我倒真是惊讶。

“吓着你了，对吧？”约翰说得很开心。

“你是说留给凯拉对吧，”我终于说得出话来，“以信托方式留给凯拉的？”

“不是，他没用信托来做。我连问了惠特莫尔三次，问到第三次我就懂了。他那人疯归疯，还是有心机的。没多深，但不是没有。你看，这是有条件的。他若把钱留给未成年的儿童而不是母亲，他开的条件就一点用处也没有了。还真好玩，想想看玛蒂自己成年也没多久。”

“是很好玩。”我附和一句，回味起玛蒂的衣裙在我的手掌和她光洁柔嫩的腰间轻轻滑动。我也想起比尔·迪安说过：玩那年纪的小妞的啊，长得都是一个样儿的，嘴巴闭起来舌头都还缩不回去。

“他绑在那笔钱上的约束是什么？”

“玛蒂要在德沃尔死后一年之内待在 TR 不离开——一直待到一九

九九年七月十七日。她还是可以到外地去,但限当日来回,也就是说,她每天晚上九点前一定要好好窝在她 TR-90 的床上就对了,否则遗产就要没收。你这辈子有没有听过这种狗屁事？乔治·桑德斯[①]的电影例外。”

“是啊。”我说的时候,想起了我和凯拉一起去弗赖堡游园会的事,我在心里骂过:连死后也要抢监护权。现在的情况当然就是这样。他要把她们困在这里,就算是死了他也要把她们拴在 TR。

“有用吗?”

“当然没用。那个老疯子倒不如规定她用上一年的蓝色卫生棉才拿得到八千万呢。她一定会拿到八千万的,我有这决心。我已经跟我们这边三个搞遗产的人谈过,说……你想我礼拜二要不要顺便带一个过去,啊？威尔·史蒂文森会当我们处理遗产的尖兵,只要玛蒂同意的话。”他这一路都在自说自话。他应该没喝酒,我拿身家性命作担保,但他真的兴奋得像在腾云驾雾,各种美好的可能性在脑子里转得飞快。我们已经走到了童话故事里的“以后一直过着幸福美满的生活”。在他那边是这样:灰姑娘从舞会回家,天上降下了大把钞票,像倾盆大雨。

“……威尔是有一点老,”约翰还在说,“三百左右吧,所以那人参加派对疯不到哪里去,不过……”

“就先不要劳动他的大驾吧,你说呢?”我说,“反正以后要处理德沃尔的遗嘱时间多的是。目前这阵子,依我看,玛蒂要遵守德沃尔这狗屁条款也不是难事。她刚要回了差事,你记得吧?”

“对,白水牛[②]一倒毙,乌合之众就一哄而散!”约翰大喊,“你看看他们夹着尾巴全溜啦！我们的新科千万富翁则要回图书馆把书归架,邮寄借书过期催缴单！好啦,礼拜二我们就开派对!”

“对。”

“不喝到吐绝不停止。”

“嗯……可能老的这几个喝到有一点恶心就够了,这样说好吧?”

---

① 乔治·桑德斯(George Sanders, 1906—1972),英籍男演员,以饰演反派角色知名,因在《彗星美人》(*All About Eve*)里面饰演尖酸刻薄、冷酷无情的剧评家而获得奥斯卡最佳男配角奖,也是电视剧集《乔治·桑德斯推理剧场》的主持人。

② 白水牛(white buffalo),美国印第安部落奉为神圣的象征,但应该是患了白化症的水牛。

“没问题。我已经打电话通知罗密欧·比索内特,他会带乔治·肯尼迪一起过去,就是挖出德金一屁股笑死人臭事的那个私家侦探。比索内特说肯尼迪那人只要一两杯黄汤下肚就会耍宝。我想要从彼得·卢格①带几块牛排过去,这我跟你说过了吗?”

“好像没有。”

“全世界最棒的牛排!迈克,你意识到我们那小妇人遇上什么事了吗?八千万!”

“这下子她可以把那辆老车换掉了。”

“啊?”

“没什么。你是明天晚上就到还是礼拜二才到?”

“礼拜二上午十点左右,城堡郡机场降落,新英格兰航空。迈克,你还好吧?听起来怪怪的。”

“我没事。我是该怎样就怎样吧,我想。”

“什么该怎样就怎样?”

我已经信步走到了外面的露台,远处传来隆隆雷声。空气感觉比下油锅还热,空气沉得一丝风也飘不动。落日只剩一缕凄惨的残霞,西方的天际看起来像是布满血丝的眼白。

“我也说不上来,”我说,“就是觉得船到桥头自然直吧。我会到机场去接你。”

“好,”他说完,又把声音压得低低的,用无限敬畏的口气加了一句,“他妈的八千万美金!”

“堆起来有山高啊这些钞票。”我也觉得真多,之后就跟他道了晚安。

第二天早上,我在厨房一边喝黑咖啡、吃吐司,一边看电视上的气象先生表演。这位紧跟现在的流行,造型有一点疯癫,好像那些都普勒雷达气象图逼得他快要失常似的。我给他那样子封了一个名号:千禧电玩小子。

“你看这里又有一个云团要跟我们耗三十六小时才会过去,到时候就

---

① 彼得·卢格(Peter Luger),卢格牛排(Peter Luger's Steak House)是纽约市有上百年历史的老店,有纽约第一牛排名店之称。

会有很大的变化了。”他说的时候手指向一团黑黑、灰灰的脏东西，就窝在中西部那边。动画做出来的几个小小的闪电在上面跳啊跳的，像坏掉的火星塞。从那团乌烟瘴气加闪电再过去，美国就一路晴朗直到沙漠国度，那边报出来的温度也要凉快十五度。“我们今天的温度会在九十五度上下，就算入夜或是到明天早上都可能凉快不下来。不过，到了明天下午，这些锋面风暴就会移到缅因州西部，我想大家最好多多留意最新的气象报告。在礼拜三回复到凉快、晴朗的天气之前，可能会先有猛烈的雷暴和很大的降雨，不过，缅因州西部和中部地区有些小镇的人可能明天就会碰到。交还给你了，厄尔。”

厄尔，就是报晨间新闻的家伙，长得一副清纯、结实的模样，像刚从奇本戴尔[1]退下来的，念起读稿机的样子也像刚从奇本戴尔退下来。“哇哦，”他说，“这样的天气，文斯，可能会有龙卷风。”

“哇哦，”我说，“厄尔你就再哇哦一次吧，我没听够。”

“哇哦！”厄尔马上回了这一句，好像要给我好看。这时电话铃响了。我走去接电话，经过菲利猫旁边时特别瞪了它一眼。昨天晚上很平静——没人哭，没人叫，没人夜游——只有这只猫扰人清梦，滴答滴答，老毛病。这猫挂在墙上，没眼珠子，一副死样子，像写满了噩耗。

“喂？”

“努南先生吗？”

这声音我听过，但一时想不出来是谁，因为她叫我努南先生。布伦达·梅泽夫叫我迈克都快十五年了。

“梅泽夫太太吗？布伦达吗？什——”

“我没办法帮你工作了，”她说得很急，“不好意思没有事先通知——我从来不会不先讲一下就辞掉工作的，连对那老醉鬼克罗伊登先生我也没这样——但我没办法，请你谅解。”

“是比尔发现我打电话给你吗？我发誓，布伦达，我一个字也没说过——”

“不是这样。我没找他，他也没找我。我只是不能再去‘莎拉笑’那里了。我昨天晚上做噩梦，很可怕的噩梦，梦到……好像不知什么很生我的

---

① 奇本戴尔（Chippendales），创立于二十世纪八十年代的欧洲著名脱衣舞男团体。

气。我若再到你那里去，一定会出事。起码看起来像意外吧，但是……不会是意外。”

别傻了，梅泽夫太太，我想跟她说，你早就不是相信什么鬼故事的年龄了。

但我什么也没说出来。我这别墅里出的事绝不是鬼故事，我心里清楚，而她知道我心里清楚。

“布伦达，我若给你惹来什么麻烦，真的很对不起。”

“你走吧，努南先生……迈克，回德里去住一阵子。这样对你最好。”

我听到冰箱门上的磁铁字母滑来滑去、东转西转。这次我亲眼看到一个个小小的蔬菜、水果排出一个圆圈，但最上面开一个口，好等四个字母滑进去，之后再由一个小小的塑料柠檬把开口盖起来，围好圆圈。

yats

里面排出来的字母先是这样，然后换位子，变成了

stay（留下）

圆圈和四个字母紧接着马上散掉。

“迈克，拜托你”，梅泽夫太太哭了出来，“罗伊斯的葬礼在明天，TR每一个有关系的人——老一辈的人——都会去。”

是啊，他们当然都会去。那些老家伙，一袋袋白骨，知道一些事情但不跟外人透露。只是，里面还是有几个跟我太太谈过，比如罗伊斯就跟我太太谈过。现在他死了。我太太也是。

“你最好走。你可以带那年轻小姐跟你一起走，可能吧。她和她的小女儿。”

真的可以吗？不知怎么，我就是觉得好像不行。我老觉得我们三个不等到这整件事了结，是没办法离开 TR 的……我也开始猜到这了结会是什么时候了。有暴风雨要来。夏季的暴风雨。搞不好还会有龙卷风。

“布伦达，谢谢你打电话给我。还有，我不准你辞职，就说是请假，好吗？”

“好……随便你怎么想。但你至少考虑一下我说的事好吗?”

“好。哦,还有,我不会跟人说你打过电话给我。”

“千万不要说!”她听上去很害怕,“但他们一定会知道的。比尔和伊薇特……修车厂的迪基·布鲁克斯……安东尼·韦兰、巴迪·杰利森,还有其他老人……他们还是会知道的。再见了,努南先生。我很难过。为你,还有你太太。你太太好可怜,我很难过。”说完她就挂掉了电话。

我握着话筒好一阵子,之后才像做梦一样,放下话筒,走过房间,把没有眼珠子的菲利猫从墙上拿下来。我把猫钟扔进垃圾筒,出门到湖里去游泳,脑子里浮现哈维[①]写的短篇小说《八月暑热》,这篇的最后一句是:“光是这热就可以把人逼疯。”

只要没人拿石头扔我,我的泳技其实还不赖。但我从岸边到浮台再到岸边的第一趟,游得实在束手束脚,节奏很乱,也很丑,因为我老觉得有东西会从水底下钻出来抓我。那个溺水的小男孩吧,我想。第二趟就好一点了,等到了第三趟时,我已经开始能够享受心跳加速、湖水漫过全身像丝绒般柔滑的快感了。第四趟游完前半圈的时候,我沿着浮梯爬上浮台,瘫在浮台的木板上面,感觉十分舒畅,比我上礼拜五傍晚遇到麦克斯韦尔·德沃尔和罗杰特·惠特莫尔时要好多了。我还没脱离神游的状态,不止如此,我体内还拼命分泌内啡肽,多得很。在那种状态中,连我听梅泽夫太太跟我说她要辞职时的沮丧也都消退了。等这些事过去后,她就会回来了,她怎么会不回来?而且,这期间她躲远一点可能还更好。

好像不知为什么很生我的气。我一定会出事。

是啊。她可能会割到手,她可能从地下室的楼梯一头栽下去,就连跑过一处闷热的停车场,她也可能中风。

我从浮台上面坐起来,远望伫立在小丘顶上的“莎拉笑”。突出的露台架在陡坡上面,铁路枕木铺的步道一路往下降。我才出水不过几分钟,白昼湿黏的暑热便重又笼罩我的全身,抵消我的内啡肽。湖水平滑如镜,

---

① 哈维(W.F.Harvey,1885—1937),英国推理、恐怖小说名家,出身富家,虽然学医但因为健康状况不佳改以写作打发时间。名作有《八月暑热》(*August Heat*)和《五指怪兽》(*The Beast with Five Fingers*)。

看得到“莎拉笑”在湖面的倒影，而“莎拉笑”的窗口在倒影里，像是睁得大大地、在监视我的眼睛。

我觉得这些怪事的辐辏点——就说是震中吧——很可能就在大街上，从“莎拉笑”到湖里的溺水人影之间。就是在这里出事的，德沃尔说过。那些老人呢？我知道的，他们大部分应该也都知道吧：罗伊斯·梅里尔是被害死的。而且，有没有可能——会不会是——那害死他的就正在他们那帮人中间？尽管他们一个个都坐在长椅上，或者围在他的墓旁。那东西很可能从他们身上偷走力量——比如罪恶感、记忆、TR的地方意识之类的——来帮它完成它要做的事。

我很高兴明天约翰就会在拖车里了，还有罗密欧·比索内特和乔治·肯尼迪，后面这位两杯黄汤下肚就会耍宝。很高兴镇上的老人去送罗伊斯·梅里尔最后一程的时候，不是只有我跟玛蒂和凯在一起。我已经不太想管莎拉和红顶小子的事了，连屋子里闹的是什么鬼也不太放在心上。我只想安然度过明天，我只愿玛蒂和凯安然度过明天。我们会在大雨来前吃喝完毕，然后看预报里的暴风雨来袭。我想，只要我们有办法熬过这场暴风雨，我们的生活和未来就会跟着雨过天晴。

“这样对吧？”我问了一声。我并没要人来回答——打从我回这里来以后，就有了自言自语的毛病——房子东边的林子里却有一只猫头鹰“呜”了一声。只有一声，好像在说“对，没错”，熬过明天一切就雨过天晴。但这一声“呜”在我心里勾起了什么，不知和什么连在一起，只是太飘忽了，我抓不到。我试了一两次，但只想出来一本很棒的旧小说的书名——《我听到猫头鹰呼唤我的名字》①。

我从浮台一骨碌翻进水里，双手抱膝抵在胸口，像小孩子玩“炸弹开花”。入水后，我在水中待了一会儿，直到肺脏像是灌满了热热的液体才浮上来。我打水游了约三十码，呼吸恢复正常后，我看着“绿色贵妇”，以她为标杆游向岸边。

我上岸后，先是朝枕木步道走了几步，然后停下脚，回头朝大街走过

---

① 《我听到猫头鹰呼唤我的名字》(*I Heard the Owl Call My Name*)，美国女作家玛格丽特·克雷文(Margaret Craven，1901—1980)一九六七年以加拿大原住民文化为背景写的小说，在该原住民文化里，猫头鹰一呼唤某人的名字，就表示那人即将告别人世。

去。我在大街上站了一下子，鼓足了勇气，朝桦树优雅弯腰俯伏湖面的地点走过去。我像礼拜五傍晚一样，用一只手抓住桦树横弯的那一弧白色树身，朝水里看。我以为我一定会看到那个男孩，而他也会睁着他肿胀的褐色脸上那双没有生命的眼睛，朝上瞪着我看。到时，我的嘴和喉咙就会又涨满湖水的味道：救命！我要淹死了，我要起来，天哪我要起来。可是，什么也没有。没有死掉的小男孩，没有缠着丝带的《波士顿邮报》拐杖，我的嘴里也没有湖水的味道。

我转过身，瞄一眼从护根下面露出半个头的灰色大石块，心里想，是那里，就是那里。但这只是我心里故意弄出来的想法，大脑硬说出来的记忆。腐败的臭味和让人认定那里不知有过什么惨事的感觉，就这样不见了。

等我回到屋里，走到冰箱去拿汽水喝时，发现冰箱的门上空空如也，一干二净。每一个字母，每一个蔬菜、水果，全都不见了。我始终没找到那些小磁铁。若给我多一点时间的话，可能找得到吧，应该可以找得到吧。只是，礼拜一那天早上的时间来不及。

我穿好衣服，打电话给玛蒂。我们聊了一下即将举行的派对，凯很兴奋，玛蒂礼拜五就要回图书馆去工作又很紧张——她很怕镇上的人会对她很凶。很奇怪，大概只有女人会这样子吧，她更怕的是镇上的人会不理她、排挤她。我们聊了一下钱的事情，我很快就确定她根本就不相信这是真的。“兰斯以前说过，他父亲会拿一块肉给饿慌了的狗闻一闻，然后自己一口吃掉。”她说，“可是，只要我可以回去工作，我就不会挨饿，凯也不会挨饿。”

“但若真有那笔巨款……”

“哦，给我给我给我①。”玛蒂笑了起来，“你以为我是什么人啊？疯子吗？”

“没有啦。对了，凯的冰箱人怎么样了？有没有写什么新字？”

“这就真是怪事了，”她说，“通通不见了。”

“冰箱人不见了？”

“冰箱人什么的我不知道，但是你送给凯的字母小磁铁是真的都不见

---

① 《给我给我给我》(*Gimme-Gimme-Gimme*)，著名的瑞典乐队ABBA的一首金曲歌名。

了。我问凯把磁铁弄到哪里去了,她居然就哭了,说被阿拉麻古撒郎拿走了。她说是阿拉麻古撒郎晚上半夜的时候,趁大家都在睡觉,把小磁铁吃下肚当点心了。”

“阿拉——麻——什么——撒郎?”

“阿拉麻古撒郎,”玛蒂说,虽然忍俊不禁但掩不住担心,“又是从她祖父那边学来的。米马克印第安语中的‘恶灵’或‘妖怪’的发音没念好——我在图书馆查过。凯拉从去年年底到今年春天都常做魔鬼、吃人妖怪、阿拉麻古撒郎的噩梦。”

“她那祖父还真是慈祥。”我说得像是感动莫名。

“是啊,人间难得一见。那堆字母不见了,她伤心得要命,要去上假圣班的车都来了,我还没止得住她哭。还有,凯问你要不要去参加他们礼拜五下午的结业式。她和另一个小朋友比尔·图尔根要用丝绒板讲摩西出生的故事。”

“我一定不会错过。”我回答她……只是,我当然会错过。我们每一个都赶不上。

“你想她那些字母磁铁是到哪里去了,迈克?”

“我不知道。”

“你那边的都还在吗?”

“我的都还好好的,不过它们没有写字的本事。”我说的时候,看了看我自己空空的冰箱门,额前冒出几滴汗珠。我感觉得到汗珠往下流到眉心,像油。“你有没有……唉!我也不知道……感觉到什么吗?”

“你是说我有没有听到万恶的字母小偷从窗户爬出去?”

“你知道我的意思。”

“大概吧。”顿了一下,“我觉得晚上好像听到有声音。其实就是今天凌晨约三点的时候,我从床上起来,走进走廊。什么也没有,可是……你知道最近天气有多热,对不对?”

“对。”

“可是我这拖车里一点也不热,昨天晚上不热。还冷得像冰,真的,我看得到我呼出来的雾气。”

我相信,毕竟我自己就看过我呼出的雾气。

“当时那些小磁铁还在冰箱的门上吗?”

“我不知道，我在走廊里，没到厨房那边去。我四下看了一下就回床上去了。我可以说是跑回去的。有的时候床好像比较安全，你知道吧？”她又干笑起来，有一点不安，“跟小孩子一样，觉得被单好像是妖魔鬼怪的氪气石①。只是，一开始我钻进被单里时，觉得……我不知道……觉得好像已经有人先进来了。好像有人先躲在床下的地板上，然后……然后等我出去到走廊去查看时……偷钻进被单里来。”

把我的集尘网还我，我心里浮现这句话，不由得打了一个寒战。

“啊？”玛蒂接得很快，“你说什么？”

“我是在问，你想那会是什么？头一个闪进你脑子里的名字是什么？”

“德沃尔，”她说，“他。但拖车里没别人啊。”顿了一下，“我还希望是你呢。”

“我也希望。”

“听你这么说我很高兴，迈克。对这些你有什么看法没有？因为这真的很怪。”

“我想可能是……”我差一点就要跟她说我这边的字母的事。只是，万一我真说出口了，要说到什么程度才好呢？她又会相信多少呢？“……可能是凯自己把磁铁拿走了，晚上起来梦游拿走了，丢在拖车下面或哪里。你想这有没有可能？”

“若是凯半夜起来梦游四处走，我会更害怕。”玛蒂回答。

“那你今天晚上就让她和你一起睡。”我刚说完，就觉得她心里的声音像利箭一样朝我射过来：我宁可跟你一起睡。

但她顿了一下之后，说的是：“你今天会过来吗？”

“可能不行，”我说。我们讲电话时，她正在吃调味酸奶，一小口、一小口送进嘴里。“但你明天就可以见到我了，开派对的时候。”

“希望可以赶在大雷雨前吃完，听说雨会很大。”

“我想一定可以。”

“你还在想吗？我问只是因为我昨天晚上终于睡着之后，梦见了你。我梦到你吻我。”

---

① 氪气石(kryptonite)，美国漫画《超人》(*Superman*)里的超人所向无敌，唯独遇上氪气石就会神力尽失。

“我在想，”我说，“一直在想。”

但其实我想不起来那天我真的好好想过什么事没有。我记得的只是我的心思一直在飘，愈飘愈远，飘到我说了半天也没说清楚的神游地带。近傍晚时，尽管很热，我还是出门散步，走了很长一段——一路走到42巷接高速公路的路口。回程时，我在蒂德韦尔草地的边缘站了一会儿，远眺夕阳的余晖从天际隐没，谛听隆隆的雷声从新罕布什尔州那边遥遥传来。我再一次觉得现实世界好像很薄，不仅在这里，而是到处都如此。现实就像一层皮，拉开来撑在人身血肉的组织上面，我们此生永远没办法看得清楚。我看树木像手臂，看灌木像人脸。鬼魂，玛蒂说过。寒气逼人的鬼魂。

时间也很薄，在我看是如此。凯拉和我是真的去了弗赖堡的游园会——某种形式的吧，总之。我们是真的到了一九〇〇年。就在这片草地，红顶小子也可以说是正在那里，跟以前一样，就住在他们盖的整齐的小屋里面。我好像听得到他们弹奏吉他的琴音，他们的低语，他们的笑声。我好像看得到他们灯笼的微光，闻得到他们煎牛肉和猪肉的味道。“心肝宝贝啊，你还记得我吗？”她有一首歌这样子唱道，“唉，我已经不是你以前的那个甜心啦。”

我左手边的矮树丛有哗啦啦的声音传来。我朝那方向转过身去，以为会看到莎拉从树丛里走出来，穿着玛蒂的白色连身裙和白色运动鞋。衬着这么幽暗的天色，那身衣裙和运动鞋会像兀自在空中飘，直到她近在眼前才……

但什么也没有，还用说，当然是什么也没有，只有土拨鼠查克①上班忙了一天要打道回府。我不想再待在那里了。白昼的天光已经褪尽，雾气已然从地表升起。我转身回家。

我回到家后并没有直接进屋，而是拐弯沿着小径来到乔的工作室。打从那天我在梦里从这工作室把我的IBM拿回屋后，就再没进来过。我走在小径上时，不时有热闪电②为我照路。

乔的工作室很热，但没有霉味。我还闻到一股类似胡椒的香气，其实

---

① 土拨鼠查克(Chuck the Woodchuck)，卡通里的角色。

② 热闪电(heat lightning)，远处的闪电因为距离太远，只见其光不闻其声。

还挺好闻的，不知是不是乔种的那些香草。这里装了空调，而且可以运行——我开了冷气，在它前面站上一会儿。全身热得滚烫时，一下吹这么多冷气可能有害健康，但感觉很舒服。

除此之外，我就感觉不到有什么好了。我四下看了看，愈看就愈觉得这里有事情太过沉重，不仅仅是悲伤，感觉更像是绝望。现在想来，我觉得这应该是因为乔留在“莎拉笑”太少，而流连在这里又太多。我以前把我们的婚姻想作是玩家家酒的娃娃屋——婚姻不就是这样的吗？大部分就像娃娃屋，里面只有一半的东西是固定的，由小磁铁或看不见的缆线固定住。后来，不知是什么跑来把我们娃娃屋的一角掀了起来——这是全天下再简单不过的事，而我想，我其实还应该感谢那不知什么当初没有把小屋从地基整个拔起来，把它全掀翻过去。你看，它也只掀起一角，我这边的东西都没动，但乔那边就全都……

从娃娃屋里掉了出来，掉到了这里。

“乔，你在吗？”我问了一声，坐进她的椅子。没回应。墙上没有“砰”，树林里没有乌鸦或猫头鹰的叫声。我伸出一只手搭在她书桌上原来放打字机的地方，慢慢摩挲过去，沾了一手灰。

“我好想你，亲爱的。”我说完就哭了起来。

等泪止住了，我像孩子一样拉起T恤的衣角擦擦脸，四下查看。除了书桌上莎拉·蒂德韦尔的照片外，墙上还有一张我不记得我看过的照片——很旧，已经泛黑，都是树。照片的焦点是一株一人高的桦树，桦树立在湖边山坡的一块小空地上。那块空地现在十之八九看不到了，应该早就长满了树。

我又看看她摆了一罐罐香草和蕈菇的地方，她的档案柜，她放阿富汗毛毯的地方。她那张绿色的碎布地毯铺在地上。那罐铅笔还在她的书桌上面，一支支都是她摸过的、用过的。我拿起一支笔，在一张白纸前摆好写字的姿势，等了一下子，但啥也没有。我觉得这房间里像有生命，觉得像有人在盯着我看……只是，感觉不到它有要帮我的意思。

“我查出了一些事，但还不够。”我说，“那么多我搞不清楚的事里面，最重要的可能就是在冰箱门上写‘帮她’的人。是你吗，乔？”

没回答。

我又坐了一会儿——我想我是想紧抓住游丝般的最后一线希望

吧——才站起来，关掉空调，关掉电灯，衬着夜色里不时迸现跳跃的明亮闪电，朝别墅走回去。我在露台上坐了一会儿，眺望夜色。坐着坐着，我发觉自己不知什么时候已经把那条蓝色缎带从口袋里拿了出来，胡乱在手指头上缠过来缠过去，缠出了一个四不像的翻花框。这真的是从一九〇〇年跑来的东西吗？听起来绝对神经，但又绝对正常。夜色沉沉，闷热又肃静。我在心里勾画 TR 的每一个老人——可能连莫顿和哈洛那边的人也包括在内——一个个都已经把他们明天参加葬礼要穿的衣服拿出来放好。至于黄蜂路上的那辆拖车里面，凯正坐在地板上面看录像带《森林王子》——巴鲁和毛克利[①]在唱《不容回避》。玛蒂则坐在沙发上面，两条腿蜷缩着，读玛丽·希金斯·克拉克新出版的小说，一边跟着电视哼歌。两人穿的都是短裤睡衣，凯穿粉红色的，玛蒂穿白色的。

但一下子，我就感觉不到她们了，有一点像有时半夜里收音机的信号会无端不见一样。我走进北厢的卧室，脱掉衣服，爬上没整理过的床铺，钻进被单，几乎是头才碰枕头就马上睡着了。

午夜时，我忽然醒来，觉得有温热的手指头在我背脊上画上画下。我翻过身来，天上恰巧打过一道闪电，我就看到我床上另有一个女人的身影。莎拉·蒂德韦尔。她咧着嘴冲我笑，两只眼睛没有瞳仁。“唉哟甜心啊，我快要回来了。”她在漆黑里轻声跟我说了一句。我觉得她好像要伸手朝我过来，但这时天上又打过一道闪电，她那一边的床上就什么都没有了。

24

感应未必都是幽灵在冰箱门上玩磁铁，礼拜二早上的时候，我就忽然

---

① 《森林王子》(*The Jungle Book*)，根据吉卜林(Rudyard Kipling，1865—1936)名著《丛林奇谭》(*The Jungle Book*)改编的迪士尼卡通片，也就是俗称“泰山”的故事原型。巴鲁(Baloo)是故事里的大熊，毛克利(Mowgli)则是流落丛林和动物一起长大的男主角。

灵机一动，有了很棒的妙悟。那时我正在刮胡子，心里想的是去派对时别忘了带啤酒。就在这时，脑子里灵光一闪，而且跟所有的奇妙灵感一样，来得无由觅处。

我赶忙冲进起居室，倒也不算飞奔，边跑还能用毛巾擦掉脸上的刮胡膏。匆忙中，我朝《头痛时间》看了一眼，它就压在我写的那沓稿子的上面。我一开始想破解“往下十九”、“往下九十二”的时候，最先去翻的就是这本字谜书。倒不是说拿这做起点说不通，只是，《头痛时间》跟 TR-90 有什么关系呢？这书是在德里的“平装书专家”①买的。我总共做完了约三十册字谜书，其中只有六本不是在德里做完的。TR 的鬼应该不会对我在德里的字谜书有什么兴趣吧？反之，电话簿——

我伸手把电话簿从餐厅的桌上抓过来。这本电话簿虽然收录了城堡郡南部的每一个电话——莫顿、哈洛、卡许瓦卡玛，还有 TR——却不厚。我做的第一件事，就是翻白页的名录，看有没有九十二。结果是有。Y 和 Z 这两部分结束在第九十七页。

答案就在这里。一定是。

“找到了，对吧？”我问本特，“就在这里。”

没回应。本特的铃铛纹丝不动。

“不理你了，你这个标本大角鹿的脑袋瓜懂什么电话簿？”

往下十九。我翻到电话簿的第十九页，F 这个字母印得大大的，很显眼。我赶忙用手指头顺着第一行往下找。手指头一路往下滑，我的兴致跟着一路往下跌。第十九页的第十九个人名是哈罗德·费里斯，看不出来有什么意思。还有几个费尔顿、费纳，一个费克沙姆，几个费尼，六个费勒提，外加一大堆福斯，你数都数不清。第十九页的最后一个人名是弗雷明翰，还是看不出来什么意思，不过——

弗雷明翰，肯尼斯·P.

我盯着这个名字看了一会儿，心里慢慢有了底。这跟冰箱门上的字没有一点关系。

你要看的不是你以为你看到的，我心里有声音在说，就像你去买了一

---

① “平装书专家”(Mr.Papreback)，家族经营的连锁店，总共有十三家分店，遍布缅因州中部和北部。

辆蓝色的别克——

“结果到处都看到蓝色的别克。”我说，“要把这些全踢出去免得挡路。对，就该这样。”只是，我两只手往九十二页翻下去时，却在发抖。

第九十二页是城堡郡南区T字头的部分，尾巴有几个U开头的，比如艾尔顿·尤贝克和凯瑟琳·尤戴尔，把这一页走完。这下子我就懒得查这一页第九十二个名字了，看来电话簿根本不是破解磁铁字谜的关键。只不过，这电话簿还是指点了迷津。我合上电话簿，握在手里（封面印的是几个开心的农民手里拿着一篮篮的蓝莓酱），不经意间随便一翻，翻到了M字头的一页。你心里若有要找的东西，那东西就会忽然迸现在你眼前。

所有的K。

对啊，一堆姓斯蒂文斯的、姓琼斯的、姓玛莎的，还有梅泽夫、梅西尔、杰豪斯。不止，一路看下去好多名字是K开头的，但都只列出姓氏，不列名字。光是第五十页就有起码二十个K开头的名字，还有十几个C开头的名字。至于全名嘛……

我随便翻到的M字头的这一页，就有三个肯尼斯·摩尔，两个肯尼斯·蒙特。四个C开头的凯瑟琳，两个K开头的凯瑟琳。有一个凯西，一个凯耶娜，一个基弗。

“我的妈啊，像原子弹落尘。”我低声说了一句。

我一页页翻着电话簿，不敢相信怎么有这种事，但还是一路看下去。到处都是肯尼斯、凯瑟琳、基斯。还看到金柏莉、基姆、凯姆。也有凯米、凯娅（没错，当初我和乔还以为我们两个很有创意呢）、凯亚、肯德拉、凯拉、基尔、凯尔。柯比和柯克。还有一个女的叫姬西·鲍登，有一个男的叫基托·瑞尼——基托，凯拉说的“批箱”里的人写过的字。不论看到哪里，远比已经很常见的S字头、T字头、E字头的名字要多得多，到处都是K字头的名字在我眼底迸现。

我转头看一下钟——不想害约翰·斯托罗在机场瞎等，拜托，绝对不可以——结果没看到。当然看不到，这只“神经猫”早在先前发神经时把眼珠子给蹦掉啦。我“哈”一声大笑出来，把自己吓了一跳——这种怪笑法很难说特别正常。

“控制一下，迈克，”我说，“深呼吸，小子。”

我深吸一口气，憋住，再吐出来。转头看一眼微波炉的数字钟，八点十五，去接约翰还早。我转回头又开始快速游览电话簿，心里再次闪过一丝灵感——不像头一次有千万瓦特那么强，但要准确得多，由后事可证。

缅因州西部算是比较闭塞的地带——有点像“南部边陲”①那一带的丘陵地区——但也始终还是有一些从远地来的外人移入（“平地人”，这一带瞧不起人的时候就用这名称）。过去二三十年，这里还成为许多活动力强的老人的退休处所，可以钓鱼、滑雪，颐养天年。从这本电话簿里，就看得出来哪些人是新来移民，哪些人是古老的世家。巴毕奇、佩瑞蒂、奥昆德兰、多纳休、史摩纳克、德佛札克、毕兰德麦尔——全都是外地人，全都是“平地人”。杰尔伯特、梅泽夫、费斯伯瑞、史普鲁斯、泰瑞奥、佩罗、斯坦切菲尔德、史塔勃德、杜拜——就全都是城堡郡人氏。这下子明白我在说什么了吧。你在第十二页看到一大堆姓鲍伊的人，就知道这些人都是在这里落地生根够久，可以开枝散叶，让鲍伊的基因广为流传的。

姓佩瑞蒂和史摩纳克的人里面，的确也列了几个缩写K和K开头的名字，但并不多。和K有关的名字，绝大部分都是落脚在这里年代够久、浸淫这里的风气够深的人家。也就是说，吸进去的“落尘”够多，只不过，并不是辐射落尘，而是——

我心里忽然出现一幅画面：一个很高的黑色墓碑，比旧怨湖边最高的树木还要高，投下大片的阴影罩住了城堡郡大半个上空。这幅画面很清晰，很恐怖，我赶忙伸手遮住眼睛，电话簿跟着掉到桌上。但是，遮住眼睛好像反而放大了这幕景象：墓碑大得连太阳都遮掉了；TR-90匍匐在墓碑下面，像葬礼的花束。莎拉·蒂德韦尔的儿子淹死在旧怨湖里……或是被人淹死在旧怨湖里。她为儿子立了碑，作为纪念。不知道镇上还有谁注意到我刚才发现的事。我想几率不会很大。一般人翻电话簿都是找特定的人名，不会逐行逐个去读。不知道乔注意到了没有——不知道她有没有注意到，这地方只要是老一点的家族，几乎至少都有一个孩子的名字和莎拉·蒂德韦尔死去儿子的名字连得起来，不管是怎么连的。

---

① “南部边陲”（border South），这名词起自美国南北战争之前，指弗吉尼亚、肯塔基、密苏里、马里兰等邻接美国南部的地带，在正宗南部人眼里有不够“正南”的缺点，在北部人眼里又有没那么“正南”的优点。

乔不笨。所以，我觉得她应该注意得到。

我回到浴室，重新抹上刮胡膏，重新再刮一次胡子。刮完后，我走回电话旁边，拿起话筒，但才按了三个数字就停下来，眼睛飘向屋外的湖面。玛蒂和凯已经起床，正在厨房里忙，两人都穿着围裙，两人都兴奋不已。要开派对哦！她们一定会换上最漂亮的夏装，一定会用玛蒂的大型手提CD音响放音乐！凯在帮玛蒂做“早莓租”，等这草莓酥送进烤炉里后，就要接着做沙拉。我若现在打电话给玛蒂，说随便收拾几件行李就好，我带你和凯到迪士尼去玩个几天，玛蒂一定当我在闹着玩，催我快点穿好衣服，准时到机场接约翰。若我逼她一下，她就会说林迪刚要她回去工作，假如她礼拜五下午两点没准时到班的话，这差事准会泡汤。我若再逼她一下，她会干脆跟我说一句不行。

因为，在物外神游的不止我一个，对不对？有那感觉的人不止我一个。

我把话筒放回充电机座，走回北厢的卧室。那时我已经穿好衣服，但是刚穿上身的干净衬衫，腋下就已经有了汗渍。那天早上之热，跟前一个礼拜有得比，搞不好还更热，但我还是会早早就去接机的。这时，我心里头一次开始有一点不太想开派对，但我还是会准时赴约。迈克一定到，我就是这样的人。迈克不要命也会到。

约翰没给我他的航班号，但在城堡郡机场，这类小事根本就不需要。这一处繁忙的交通枢纽有三座停机坪，一座航站大楼，以前是“第一航空”的加油站——这栋小小的建筑锈渍斑驳的北墙，若有强光打上去，还看得到画了翅膀的“第一”的字样。跑道只有一条。保安由灵犬莱西负责，它是布雷克·佩尔兰养的牧羊犬，整日四仰八叉地躺在油布地板上面，有飞机起降就朝天花板竖起一只耳朵表示警戒。

我把头伸进佩尔兰的办公室，问他十点从波士顿起飞的飞机会准时到吗？他说会准时到，但觉得我要接的那一位要么最好在下午就飞回去，要么就在此过夜。天气要变坏了，他奶奶的，要变坏了。布雷克·佩尔兰说这坏天气是“放电天”。我知道他的意思，因为我的神经系统已经接收到了电力。

我走到航站楼跑道那边，坐在一张长椅上面，长椅上有“柯米耶超市”的广告（飞到我们的熟食部，一飨缅因州最好的肉制品）。太阳像一颗银色的纽扣，钉在白灿灿的东边天际。“头痛天气”，要是我妈就会这么说。天气是真要变了。对这风雨欲来，我也只能寄予最好的期望。

十点过十分的时候，我听到有嗡嗡声从南边传来。再过十五分钟，就有一架双引擎小飞机从阴沉的云团里钻了出来，啪一下降落在跑道上，再朝航站楼滑行过来。机上只有四名乘客，约翰·斯托罗是第一个下机的。我看到他时挤出一抹怪笑，不笑不行。他穿了一件黑色的T恤，前胸印着“我们是冠军”，下面穿的是卡其短裤，露出两条又白又细的小腿，十足都市白斩鸡。他手上的保温袋和公文包让他有一点忙不过来。我赶忙接过他的保温袋夹在腋下，晚四秒准被他摔到地上。

“迈克！”他朝我大喊，伸出一只手，掌心朝上。

“约翰！”我也同样高声回话（我这位字谜狂的脑袋里，马上蹦出 evoe 这个字）①，伸出手和他击掌。他中度英俊的脸上马上露出开心的笑，害我心头一阵内疚的刺痛。虽然玛蒂已经表明她倾心的对象不是约翰，老实说还是“倾心”的反义词；他也没有真替她解决什么麻烦——德沃尔自己抢在他有机会出手帮玛蒂解决之前，就先作了自我了断——但我还是觉得有那么一根讨厌的刺扎在心里。

“走吧，”他说，“赶快躲掉这股热气。你的车上有冷气吗？我猜有吧。”

“当然。”

“那有磁带放音机吗？你装了吗？若有，我就放一卷东西给你听，准会听得你抚掌大笑。”

“我好像没听过有人在平常的对话里用这四个字的，约翰。”

他脸上又泛起了笑，我这就注意到他脸上的雀斑还真多。安迪警长的儿子欧皮长大后当上了律师②。“我是律师，我讲话时连还没发明的字

---

① evoe，发音作“ee-veee”，古希腊酒神祭祀时表示畅快、欢乐的呼声，现只在古希腊、罗马经典的译作或是字谜里面才看得到。

② 欧皮（Opie），美国二十世纪六十年代 CBS 的情景喜剧《格里菲斯剧场》（*The Andy Griffith Show*），安迪·格里菲斯饰演的鳏夫警长和老妈一起抚养儿子欧皮，当年演欧皮的小童星就是现在的著名导演朗·霍华德（Ron Howard）。

都用得到。你有可以听磁带的东西吗?”

“当然有。”我举起保温袋,“牛排?”

“你说呢? 彼得·卢格,他们是——”

“——全世界最棒的,你跟我说过。”

我们朝航站楼走过去时,有人喊了我一声:“迈克吗?”

是罗密欧·比索内特,陪我出席采证庭、担当护卫的那位律师。他一只手上捧着一个裹着蓝色包装纸的盒子,盒上绑了白色缎带。他身边有一个人从凹凸不平的椅子上站了起来,身材很高,发际已经染上一层灰白。他穿了一身棕色的西装,蓝色的衬衫,系的是蝴蝶领结,领夹是高尔夫球杆的造型。这人看起来更像要出席农场拍卖会的农夫,而不像一两杯黄汤进肚就会耍宝的人,但我知道他一定就是那位私家侦探。他一脚跨过倒在地上昏睡的牧羊犬,和我握手:“我是乔治·肯尼迪,努南先生,很高兴和你见面。你写的书我太太每一本都读过。”

“哦,请代我谢谢她捧场。”

“一定带到。我车里有一本——精装的……”他有一点不好意思,许多人都这样,一到了要开口问这句时都这样,“不知道你有时间的时候可不可以替她签一个名?”

“我很荣幸,”我说,“最好是马上,免得忘记。”我转向罗密欧,“很高兴和你见面,罗密欧。”

“叫我罗米好了,”他说,“我也很高兴和你见面。”他把盒子递给我,“乔治和我合起来送的。我们觉得有人英雄救美,应该送一份礼才对。”

肯尼迪这下子看起来是真的有一点像一两杯黄汤进肚就很有趣的人了。那种会突发奇想跳上隔壁的桌子,拿桌布当苏格兰裙穿着跳舞的人。我朝约翰看过去,他朝我一耸肩,意思是:喂,不关我的事。

我拉开缎带的花饰,把手伸进透明胶带粘住的包装纸里面,抬起眼来的时候,看到罗米·比索内特正用手肘推肯尼迪。两人脸上都在笑。

“里面不会有什么忽然蹦出来对着我大叫呜啊! 呜啊! 不会吧,你们几个?”我问道。

“绝对不会。”罗米说的时候,脸上的笑意更深了。

嗨,我这人的娱乐精神跟谁比都不会差到哪里去。我撕开包装纸,打开纯白色的盒子,里面盖着四四方方的一大块棉花,我把棉花拿出来。从一开始我的笑就没消退过，但现在，我却觉得脸上的笑像要抽筋，嘴角也僵了，脊柱像是被什么揪住，手再也拿不住那盒子。

里面装的是麦克斯韦尔·德沃尔在大街上堵我时放在大腿上的氧气罩！他和罗杰特追着我打的时候，不时会拿起来嘶嘶吸上一口。罗米·比索内特和乔治·肯尼迪拿它当敌人脑袋上剥下来的头皮，来给我献宝，而我还要笑纳，当它很好玩——

“迈克?”罗米问得有一点紧张，“迈克，你没事吧？只是跟你开个玩笑——”

我眨一下眼睛，又仔细看，才发现根本不是氧气罩——老天爷啊我怎么会蠢到这个地步？别的不讲，它比德沃尔的氧气罩要大得多，而且它的材质是不透明的。这东西是——

我干笑一声，一时不知如何是好。罗米·比索内特脸上是松了好大一口气的表情，肯尼迪也是，只有约翰大惑不解。

“这真是，”我说，“很难笑。”我从面罩里面拉出一个小型麦克风。小麦克风吊在电线上晃来晃去，教我想起了菲利猫钟摇来摇去的尾巴。

“这是什么鬼东西?”约翰问。

“公园大道的大律师啊，”罗米看着乔治说话时，还特别把重音拉长，变成:公——园大——道的大——律师啊，“从——没见过这样的玩意儿，是吧，小朋友？没见过，哪——会见过。”接着切换到正常的腔调，谢天谢地。我长这么大一直住在缅因州，拿扬基腔来恶搞取笑在我听来“笑果”不大。“这是面罩速记机，速记员听迈克作证的时候就戴着这东西，迈克一直盯着他——”

“还真是把我给看傻了，”我说，“一个老家伙坐在角落里自顾自对着佐罗①的面罩嘟嘟囔囔。”

“加里·布里斯吓过的人可多着呢。”肯尼迪接口说，嗓音低沉浑厚，“这一带就只剩他还在用这玩意儿，他的寄物室里还有十或十一个。我知道这个，是因为这一具就是从他那边买来的。”

“怎么他没塞进你嘴里!”我说。

---

① 佐罗(Zorro)，二十世纪初年问世的连环故事里面讲西班牙语的“罗宾汉”，每次行侠仗义都戴着面罩，遮掩他贵族的真实身份。他的故事曾被改编为多部电影。

“我觉得拿来当纪念挺好的，”罗米说，“但我其实是想拿一只砍下来的手装进去送你的——真讨厌礼盒搞混了你看。怎么回事嘛！”

“就是今年这七月又热又难熬啊，”我说，“总归就是这么一句。”我把面罩速记机的带子绕在一根手指头上甩着玩儿。

“玛蒂说十一点能到，”约翰跟我们说，“我们喝一点啤酒，玩玩飞盘。”

“这两样我都在行。”乔治·肯尼迪说。

我们走到机场外的小停车场时，乔治改朝一辆灰色的日产尼桑“阿蒂玛”走去，在车后座摸了摸，回来时手上多了一本破破的《红衫男子》。“弗里达要我拿这本来。她有更新的书，但这本是她最喜欢的。不好意思书弄成这样——她读了约有六遍。”

“这本同样是我的最爱，”我说，这是实话。“我也喜欢里程数多的书。”这也是实话。我翻开书页，看到里面的衬页上抹了一道巧克力，已经干了，颇为得意，便拿笔写下：弗里达·肯尼迪留念。谢谢你先生适时伸出援手，谢谢你把他借给我，谢谢你爱读我的作品。迈克·努南。

我从来不写这么长的——一般我只写敬祝安康或是一切顺利就好。但我想补偿一下；我打开他们送的无伤大雅的搞笑小礼时，脸上是僵了那么一下。我忙着写留言时，乔治问我是不是在写新作。

“没有，”我说，“目前正处于充电状态。”我把书还给他。

“弗里达听了会失望。”

“还好啦。反正已经有《红衫男子》了嘛。”

“我们开车跟在你们后面。”罗米刚说完，西边天际就遥遥传来一记闷雷。这一记没比过去一个礼拜偶尔传来的雷声大，但它不再是旱雷。我们全都听了出来，几个人一起抬头朝那方向看过去。

“你想我们赶得及在暴风雨来前吃完吗？”乔治问我。

“可以吧，应该来得及。”

我开到停车场门口时，查看了一下外面的车流，就瞥见约翰正在看我，眼神若有所思。

“什么事啊？”

“没事，只是玛蒂说过你正在写书。是出了岔子还是怎样？”

我那童年伙伴还活蹦乱跳的，真的……只是绝不会有结尾了。我今天早上确定会下雨时就知道了。地下室的小子决定把书收回,原因不明。而且,追究原因可能还不太明智,答案说不定不太中听。

“是有状况,还不确定到底会怎样。”我把车子开上高速公路,瞥一眼后视镜,看到罗米和乔治坐在乔治的小阿蒂玛里面跟在后头。美国已经快要变成大个子专门坐小车的地方了。“你要放什么给我听?你自己的卡拉 OK 就免了,我可不要听你唱什么‘老哥昨晚一枪打碎点唱机’①!”

“哦,比那还棒,”他说,“棒多啦。”

他打开公文包,在里面翻了翻,翻出一个卡式录音带塑料盒。里面有一卷录音带,写着 7-20-98,昨天的日期。“我爱死它了。”他说时朝前倾,转开放音机,把录音带放进去。

我本以为吓死人的惊喜我那天早上都已经领教完毕,结果大错特错。

“不好意思,我有另一通电话不接不行。”约翰的声音从我雪佛兰的音箱里传来,十二万分平稳,律师的官腔十足。我敢赌一百万他细瘦的小白腿儿在录这卷录音带的时候,绝对藏得好好的。

接着一声干笑,沙哑、粗嘎,听得我胸口一紧,想起第一次看见她站在夕阳酒吧外面的情景。黑色短裤罩在黑色的连身泳衣外面。站在那里,活像从快速瘦身集中营跑出来的饥民。

“你是说你要去开你的录音机,是吧?”她说了这一句,我就想起她扔过来的那记飞石狠狠打中我的后脑勺后,湖水马上像是整个变色,从亮橘变成暗红,紧接着我就开始大口猛喝旧怨湖的水了,“没关系啊。你要录随便你录。”

这时,约翰忽然伸手按键让录音带弹出来。“唉,干吗给你听这个,”他说,“又没什么。我只是想让你听她满嘴胡说八道笑一笑的,可是……老兄你看起来不太对。要不要换我来开?你的脸色白得跟纸一样吓人!”

“我可以开,”我说,“你继续放吧,等一下我再跟你说我上礼拜五傍晚的那场小小历险记……但你绝不可以说出去。其他人没必要知道——”我竖起大拇指往肩膀后面一指,指向跟在后面的阿蒂玛——“玛蒂一样没必要知道。尤其是玛蒂。”

---

① 《老哥昨晚一枪打碎点唱机》(*Bubba Shot the Jukebox Last Night*),美国乡村男歌手马克·切斯特纳特(Mark Chestnut,1963—)一九九二年的名曲。

他伸手去拿录音带，不太确定，又问我一句："真的要听？"

"要。只是没想到又会听到她的声音，吓了一跳。她那嗓音……妈的，这录音带的音质真好。"

"埃弗里-麦克莱恩-伯恩斯坦事务所的一切都用最好的。还有，我们对于什么该录也有很严格的规定，你若想知道的话。"

"不用了。我看这些也没办法用在诉讼程序里，对不对？"

"有时候法官也会允许，但很少见。不过，这不是我们录音的理由。四年前就靠我们的录音带救过一个男人的命，就在我刚进事务所的时候。那男人现在由证人保护计划保护着。"

"放吧。"

他靠向前去，压下按键。

约翰："沙漠那边天气怎样，惠特莫尔女士？"

惠特莫尔："热。"

约翰："事情处理得还顺利吗？我知道这种事有多难挨——"

惠特莫尔："你知道个鬼啊，大律师，我跟你说，这些废话我们就省一省吧。"

约翰："这不就省了吗？"

惠特莫尔："你把德沃尔先生遗嘱的条件转达给他儿媳妇了吗？"

约翰："已经说了，夫人。"

惠特莫尔："那她的反应呢？"

约翰："目前无可奉告。等德沃尔先生的遗嘱认证过后可能就有了。但我想你应该也知道这类的附录就算有，也很少被法庭采纳的吧？"

惠特莫尔："唔，那个小妇人若真敢从镇上搬出去，我们就等着瞧，对不对？"

约翰："是。"

惠特莫尔："你们庆祝胜利的派对什么时候举行？"

约翰："不好意思，你说什么？"

惠特莫尔："拜托，我今天有六十件事要处理，还有一个老板明天要下葬。你会过去陪她和她女儿一起庆祝，对吧？你知道她也请了那个作家吧，她那姘头？"

约翰转头看我，一脸开心："你听，她气死了。她想藏，但是藏不住。气得她揪心肝啊。"

我没注意他在说什么，我的心思留在神游的物外，留在她说的（那个作家，她那姘头）话和她的言外之意。压在字面下的东西。我们只是要看你能游多远，那天她朝我喊过这句话。

约翰："我想我和玛蒂的朋友要做什么不关你的事，惠特莫尔女士。请您就容我以下犯上，建议您要玩就和您的朋友玩吧，别去打扰玛蒂·德沃尔去跟谁——"

惠特莫尔："你带个口信给他。"

我。她在说我。不，我才发觉不止于此——她是在对我说话。她的躯体或许远在美国的另一头，但她的声音和怨恨就在这辆车里，跟我们在一起。

还有麦克斯韦尔·德沃尔的遗嘱。不是他的律师写在白纸黑字上的狗屁废话，而是他的遗愿，那个王八蛋是死透了没错，但是啊，他还没松手，就是要抢监护权。

约翰："给谁口信，惠特莫尔女士？"

惠特莫尔："你跟他说，他一直没有回答德沃尔先生的问题。"

约翰："什么问题？"

她那地方会吸人吧？

惠特莫尔："你问他，他知道。"

约翰："你说的他若是迈克·努南，你可以自己去问他。今年秋天你回城堡郡出席遗嘱认证庭的时候就可以见到他了。"

惠特莫尔："我看不会。德沃尔先生的遗嘱是在这里订立、作证的。"

约翰："还是一样，要回缅因州来认证。他死在缅因州。我已经打定主意了。下一次你离开城堡郡的时候，罗杰特，一定会带着增加很多的法律知识走的。"

她终于像是生气了，声音倏地拉高，像乌鸦扯直了喉咙。

惠特莫尔："你以为——"

约翰："我不以为，我只知道。再见，惠特莫尔女士。"

惠特莫尔："你最好离——"

喀嗒一声，就只剩电话断线的嗡嗡声。接着是电脑语音在说："早上九点四十……东部夏时制时间……七月……二十日。"约翰按下弹出键，拿出录音带，放回他的公文包。

"我挂掉的。"他说的口气像第一次玩高空跳伞，"真的。她气疯了，对吧？你说她是不是气得不行？"

"对。"这是他要听的，但不是我真心相信的。气！对，气得不行？那可未必。玛蒂人在哪里和玛蒂的心理状态都不是她关心的，罗杰特打电话是要跟我说话，是要我回想踩在水里逃命、后脑血流如注的情景，是要再吓我一吓。她达到了目的。

"你没回答的那问题是什么？"约翰问我。

"我也不知道她到底是什么意思，"我说，"但我可以跟你说，为什么听到她的声音我会脸色发白。就看你会不会守口如瓶，就看你想不想听。"

"我们还有十八英里路要走，你就全跟我招了吧。"

于是我跟他说了礼拜五傍晚的事。我没把我看到的怪事或发的神经加进来，纯粹只讲迈克·努南在夕阳西下的时候沿着大街散步。就在我停在一株横躺在湖边的桦树边小站片刻，远眺夕阳朝群山缓缓落下的时候，那两个人悄悄出现在我身后。德沃尔坐着轮椅朝我冲来，到我终于从水里回到陆地，这一段我说得倒还挺忠于事实。

我说完后，约翰一开始一声也没吭，由此可以看出他有多震惊。在一般情况下，他这人是跟凯有得比的话匣子。

"喂，"我说了，"有评论吗？有问题吗？"

"你头发掀起来，让我看看你耳朵后面。"

我照他说的做了，掀起头发，露出一大块创可贴和一大片肿块。约翰靠近过来查看，像小孩子下课时跑来看他好朋友跟人打架的疤。"真惨！"

过一会儿终于说了一句。

轮到我没声音了。

“那两个老王八蛋存心要淹死你。”

我还是没说话。

“就因为你出手帮玛蒂，他们就要你的命。”

这下子我真是没话说了。

“你一直都没去报案？”

“一开始想过，”我说，“但后来觉得只会害我自己出丑，像爱告状的小瘪三和骗子！”

“你想那个奥斯古德会不会知道什么？”

“你是说他们要淹死我的事？什么也不会知道。他只是带口信的小喽啰。”

约翰又反常地没吭一声。过了几秒，他伸出手轻轻摸了一下我后脑勺上的肿块。

“哇——”

“对不起。”顿一下，“妈的，然后他就回沃林顿撒手人寰了。妈的，迈克，我若知道就绝对不会——”

“没关系。但你绝对不可以跟玛蒂说。我把头发弄成这样不是没理由的。”

“难道以后也都不跟她说吗？你觉得呢？”

“可能会说吧。等到他死掉很久了，事过境迁，我们可以把我不脱衣服就去游泳的事当笑话讲的时候。”

“那要再过一阵子呢。”他说。

“是啊，应该是。”

我们有一阵子都没说话，静静地往前开。我感觉得到约翰在想办法，要把气氛再带回到庆祝的情绪，为此我很感谢他。他往前靠，转开收音机，结果传来的是很吵的“枪炮与玫瑰”①——欢迎来到丛林世界，心肝宝贝，这里有的是乐子和游戏。

---

① “枪炮与玫瑰”(Guns N’Roses)，一九八五年成立于加州的美国摇滚乐队。《欢迎来到丛林世界》(“Welcome to the Jungle”)是他们发行的第一张专辑里的第一首歌。

“不吐不归，”他说，“对吧？”

我咧嘴一笑。那母夜叉还像魔音穿脑一样粘在我脑袋里面不走，要我笑可不容易，但我还是硬挤出来了。“你要的话。”我说。

“我要，”他说，“当然要。”

“约翰，就律师而言你真是个好人。”

“就作家而言你也真是个好人。”

这一次我脸上的笑比较自然，也停得比较久了。我们的车开过了TR-90 的路标。这时，太阳已经从阴沉的云气里面露脸，洒得到处都是灿烂的光，看起来像云破天晴的兆头。然而，我朝西边看过去，却发现西边灿烂的天光里带着黑影，雷雨云在怀特山脉已经愈积愈高。

25

我想，爱情对男人来说，是由等分的“情欲”加“怦然心动”组成的吧。“怦然心动”这一部分，女人懂。“情欲”这部分，女人以为她们懂。只是，她们没多少人——可能二十个里面有一个吧——真的抓得到情欲这部分到底是怎么回事，或有多深。但也幸亏是这样，她们才睡得着，才心绪安稳。而且，我这里说的不是大色狼、强奸犯、性骚扰之类的情欲；我说的是鞋店店员、高中校长这类人的情欲。

作家、律师这类人的就更不用啰嗦了。

我们在十点到十一点之间，开车到了玛蒂前门的院子。我正要把雪佛兰停在玛蒂锈得要烂了的吉普车旁边时，拖车的门开了，玛蒂从里面走出来，站在门阶的顶上。我深吸一口气，也听到身边的约翰一样在深呼吸。

她站在那里，身上穿的是一套玫瑰红的短裤加细肩带上衣、露出一截小腹，那模样真是我毕生见过的最美丽的姑娘。她的短裤虽然没短到“骚包”（这是我妈的话），但也短得够撩人了。她的细肩带上衣在肩膀上松松地绑了两个蝴蝶结，露出的微褐肤色也够让人遐想。长发披在肩上，脸上带着笑，朝我们挥手。我心里只想，她真的可以——就算现在带她到乡村俱乐部去，就穿成这样，她那样子也一定把每个人的嘴堵得牢牢的。

“老天爷，”约翰说，口气透着难耐的爱慕，“真美啊。”

“是啊，”我说，“脱窗的眼珠子放回眼睛里吧，喂！”

他马上用手像捧什么一样往眼睛上面一盖，而乔治也在这时把他的阿蒂玛开到了我们旁边。

“来吧，”我边说边打开车门，“开派对喽。”

“我不能靠近她，迈克，”约翰说，“我会化掉。”

“来吧，呆瓜。”

玛蒂从门阶上走下来，走过压着备份钥匙的番茄盆栽。凯跟在她后面，身上穿着和她妈妈差不多的款式，只是暗绿色的。她那害羞的毛病又来了，依我看，因为她一只手一直搂着玛蒂的大腿，另一只手的拇指还含在嘴里。

“客人都来了！客人都来了！”玛蒂笑着大喊，朝我扑了过来，紧紧搂住我，朝我嘴角亲一下。我也搂住她，亲在她的脸颊上面。之后，她转向约翰，看一眼他身上的T恤，再两手一拍，搂住了他。他也搂住她，我在心里想，这家伙刚才不还喊着说他会化掉么，这会儿倒把玛蒂搂得高高的，抱住她转一个圈，玛蒂抱着他的脖子跟着大笑。

“有钱的大小姐！有钱的大小姐！有钱的大小姐！”约翰像唱歌一样叫道，之后才把玛蒂放下来，让她站定在她脚上白鞋的软木根上。

“自由的大小姐！自由的大小姐！自由的大小姐！”玛蒂跟着他唱，“去它的钱啊！”约翰还没来得及回嘴，她就重重地吻了他的唇一下。他的手臂马上往上拉想环拥住她，但她在他得手之前先往后退了一步，马上转向罗米和乔治。他们两个正肩并肩站在一旁干等，像两个摩门教信徒准备要传教。

我走向前，想替他们介绍，但约翰已经抢先一步，而且，另一只手还是把先前未竟全功的使命给补上一半——这只手搂在玛蒂的腰上，带着她朝那二人走去。

这时，一只小手牵起了我的手。我朝下看，凯正抬眼盯着我。她的小脸严肃、苍白，但是尽得她母亲美丽的真传。金黄色的头发刚洗过，闪着光,用一条呢绒发圈绑在脑后。

“批箱里的人不喜欢我了,”她说时,清亮的笑声和无忧的神情都不见了,甚至泫然欲泣,“我的字母都跟我拜拜了。”

我抱起她,让她坐在我臂弯上面,跟那天我看到她穿着小泳衣沿着68号公路中线往前走时一样。我亲一下她的前额,再亲一下她的鼻尖。小脸上的肌肤细嫩光滑。“这我知道,”我说,“我再帮你买新的。”

“真的?”深蓝的眼睛写着怀疑,定定看着我。

“真的。我还要教你拼怪怪的字,像‘合子’还有‘吸水的’。我知道很多怪怪的字。”

“多多?”

“一百八十个。”

西边传来隆隆的雷声,听起来没有特别大声,却似乎比较集中。凯的眼睛朝西边看过去,再转回我脸上:“我怕,迈克。”

“怕?怕什么?”

“不知道。穿玛蒂衣服的小姐,我们看到的人。”接着再朝我身后看过去,“妈妈来了。”我听过不少女星讲“别当着孩子的面”这句台词时的口气,跟凯现在一模一样。凯拉在我手臂里扭了扭:“我要下去。”

我放她下去。玛蒂、约翰、罗米、乔治走到我们身边来。凯朝玛蒂跑过去,玛蒂抱起凯,像将军检阅部队一样看了看我们几个大男人。

“带啤酒了吗?”她问我。

“报告,带了。一箱百威,一打混合汽水,还有柠檬汁。”

“很好。肯尼迪先生——”

“乔治,夫人。”

“那好,乔治。还有,你再叫我一次夫人,我就给你鼻子一拳。我叫玛蒂。你可不可以开车到下面的湖景杂货店”——她把68号公路上的那家店指给他看,离我们约半英里——“买一些冰块回来?”

“遵命。”

“比索内特先生——”

“罗米。”

“拖车北面有一块小小的菜圃,罗米。你可以过去摘一两颗好看的生菜回来吗?”

“没问题。”

“约翰,我们把肉放进冰箱里吧。至于你嘛,迈克……”她伸手指向烤肉架,“这烤肉架是自燃式的——扔一根火柴进去以后赶快往后退就好。干活吧。”

“是！尊贵的夫人!”我说的时候,还在她面前双膝朝地上一跪。这一次终于逗得凯笑了出来。

玛蒂也边笑边拉着我的手,把我从地上拉起来:“好了啦,嘎啦啦爵士,”她说,“快要下雨了。我要赶在下雨前让大家都回到屋里,吃得饱饱的,跳都跳不动。”

城里人的派对开场,是在门口迎宾,收大衣,再咂！咂！咂！搞那一种隔空接吻(到底是什么时候开始这种古怪的社交礼仪的?)。至于乡下人开派对,开场则是做家务。拿东西、提东西、找东西,比如烤肉夹或是隔热手套之类的。女主人临时征召两个大汉去帮她搬野餐桌,但又觉得原来的位子更好,便要他们再摆回原位。不过,不知什么时候,你会发现你还真高兴。

我把木炭堆得略有一点袋子上画的那种金字塔的样子后,就点了一根火柴扔过去。木炭马上依我的心意熊熊烧了起来,我朝后一站,伸手擦一下额头。天气是会变得清凉,但看来不是你叫它来它就来。太阳穿透云层,天光已经从阴沉变为灿烂,只是西边的黑丝绒雷雨云还在往上堆,好像夜色在那边的天际爆掉了一条血管。

“迈克?”

我看向凯拉:“什么事,小宝贝?”

“你会保护我吗?”

“会啊。”我回答她的问题,没有一丝犹豫。

一时间,她对我的回答好像有一点困惑——可能只是因为我答得太快了吧。过了一下,她才又微微一笑。“好,”她说,“你看,卖冰人来了。”

乔治从杂货店回来,停好车,从车里钻出来。我带着凯拉朝他走过去。凯拉牵着我的手一前一后摇来摇去,像在宣示所有权。罗米也朝我们走来,扔着手上的三颗生菜玩。依我看,他这身手还威胁不了礼拜六傍晚在广场上迷得凯目不转睛的那位杂耍艺人。

乔治打开他阿蒂玛的后车门，拿出两袋冰块。“杂货店没开，”他说，“牌子上说‘下午五点开门’。要等的话也太久了，所以我就自己拿冰块，钱塞进信箱里面。”

当然是因为罗伊斯·梅里尔的葬礼才没开。为了送那老家伙入土，在观光人潮最旺的时候放弃一整天的生意，是有一点令人感动，但也觉得有一点发毛。

“冰块可以分我一点拿吗？”凯拉问。

“可以，但你不要结成冰哟。”乔治说完，把一袋冰放进凯朝他伸过去的手里，那袋冰约有五磅重。

“结成冰。”凯拉跟着说一句，咯咯笑着朝拖车走去。玛蒂正从拖车里出来，约翰跟在她身后，眼睛盯着她，活像中枪的小猎犬。“妈妈！你看！我在结成冰！”

我拿过另一袋冰：“我知道他们的冰柜摆在外面，但没上锁么？”

“我跟大部分的锁都交过朋友。”乔治说。

“哦，这样啊。”

“迈克，接住！”约翰扔过来一个飞盘，直朝我飞过来，但太高。我跳起来接，一把抓住。忽然间德沃尔回到了我脑中：*你是哪根筋不对，罗杰特？你什么时候投球跟小姑娘一样？你要对准他扔啊！*

我朝下看，看见凯正抬着头看我。“别想不好的事。”她说。

我对她笑笑，一反掌把飞盘交给她。“好，不想不好的事。你来吧，小甜心，扔给你妈妈。看你的喽。”

她也冲我甜甜一笑，转个身，手一挥，飞盘就咻一声准准地朝她妈妈飞了过去——她扔得很重，玛蒂差点接不住。看来不管小凯拉·德沃尔将来要做什么，她天生就是飞盘高手。

玛蒂再把飞盘扔给乔治，乔治转身，那身滑稽的褐色外套的衣角跟着往上掀。他轻巧地一反手，在背后接住了飞盘。玛蒂开心大笑，用力鼓掌，短上衣的下摆在肚脐上轻晃。

“好爱现哦！”约翰在门阶上大喊。

“嫉妒是最丑陋的感情。”乔治对着罗米·比索内特一喊，就把飞盘朝他扔过去。罗米接了后把飞盘扔给约翰，但扔得太歪，砰一声撞上拖车。约翰从门阶上跑下来捡飞盘，玛蒂转向我说：“我的手提音响放在起居室的茶几上，旁边有一叠 CD。大部分都很老，但总还是音乐。你去拿出来好吗？”

“没问题。”

我走进拖车，虽然有三台电扇在加班猛吹，放的位置也很有技巧，但里面还是很热。我扫一眼那些难看的量产家具，顺便欣赏一下玛蒂奋力要为这些摆设注入一丝气质的心血：不像会出现在拖车小厨房里的梵高海报，沙发上面爱德华·霍普的《夜鹰》，乔看了会笑出来的扎染窗帘。那股勇气，看得我不禁替她难过，也又生起了麦克斯韦尔·德沃尔的气。管他死还没死，我都想踢他一脚。

我走进起居室，看到玛蒂新买的玛丽·希金斯·克拉克放在沙发的茶几上面，有张书签露出一角。书旁放着两条小女孩的发带，有一点眼熟，但想不起来是否见凯戴过。我在那里皱着眉又站了一会儿，才拿起手提音响和 CD 朝外走去。“嘿！大伙儿来啊，”我说，“来摇滚啊！”

我一直都还好，直到她开始跳起舞来。我不知道你们觉得怎样，但这对我很重要。我在她起舞之前，一直都很好。在那之后，我的魂就不见了。

我们把飞盘拿到拖车后面去玩，一来是不想因为又吵又闹触怒了要去参加葬礼的乡民，但主要还是因为玛蒂的后院很适合玩飞盘——地很平，草也不高。玛蒂在漏接了两次后，就踢掉她的派对鞋，光着脚冲进拖车里面，再出来时，脚上已经换上了运动鞋。换鞋后，她的身手就好多了。

我们扔飞盘，喝啤酒，笑笑骂骂，乐疯了。凯接的功夫不行，但以三岁的小孩子来看，她的臂力还真不错，玩得也很尽兴。罗米把手提音响放在后门的门阶上，隆隆唱着八十年代晚期到九十年代初期的流行歌曲：U2、惊惧之泪、舞韵、拥挤的房子、一群海鸥、啊哈、手镯、玛丽莎·伊瑟莉姬、休·路易斯与新闻。每一首歌，每一个即兴重复乐段，我好像都很熟。

我们在正午的艳阳下跳上跳下、汗流浃背。眼睛里是玛蒂修长、微褐的美腿在飞跃，耳朵里是凯拉一阵阵嘹亮的笑声。罗米·比索内特有一次还跌得翻了一个大筋斗，口袋里的零钱全洒了，害约翰笑得站不住，跌坐在地上，连眼泪也流了下来。凯跑过去，猛地向他一无防备的大腿扑上去。约翰马上止住笑,"唉哟!"喊了一声,朝我看的眼睛晶亮但写着很痛,看来准是他乌青的蛋蛋想钻回他的肚子里面。

"凯拉·德沃尔!"玛蒂大喊一声,朝约翰看过去,很担心。

"我紧抱自瞎的四分会!"凯说得好得意。

约翰勉强朝她挤出笑,踉踉跄跄地想站起来。"是啊,"他说,"但他被你压扁了,裁判罚退十五码。"

"你还好吗?老弟?"乔治问他,虽然是关心的口气,但嘴角忍不住笑。

"没事,"约翰说,伸手把飞盘扔了出来,飞盘软软地晃过院子,"来吧,丢!看家本领要拿出来啊。"

远方的雷声变大了,但层叠的乌云依旧遥遥堆在西边。我们头顶上的天空仍是潮潮的蓝,澄净无邪。鸟儿依然高唱,蟋蟀也在草地里低鸣。烤肉架已经热气蒸腾,氤氲缥缈,没多久,就可以把约翰从纽约带来的牛排放上去。飞盘依然在空中回旋,一抹鲜红映着碧草、绿树的青翠和苍穹的蔚蓝。我还是情欲高涨,但一切静止如常——全世界的男人都会情欲高涨,而且绝大多数男人也都正情欲高涨,但就算是这样,冰帽也没化掉。只是,她一舞动起来,一切就随之改变。

音响放的是唐·亨利①的老歌,吉他的即兴重复段把人撩拨得受不了。

"唉呀呀,我喜欢的歌!"玛蒂大喊一声。飞盘朝她飞去,她伸手接住,往下一扔,人就踩在飞盘上面,当它是打在夜店舞台上的一个火热红点。她的身躯开始扭动,两手先是搭在颈背,后来下移到臀部,最后垂在后背。舞动时脚尖踩在飞盘上面始终没移动过,跳得跟歌词里说的一样——像海里的浪。

> "官方在地方的迪斯科舞厅男厕里装了窃听器,
> 但她一心一意只要跳舞,跳舞……
> 不让男生去卖他们偷来的武器,
> 她一心一意只要跳舞,她一心一意只要跳舞。"

---

① 唐·亨利(Don Henley, 1947—),美国摇滚乐队"老鹰乐队"(Eagles)的鼓手兼主唱,一九八〇年"老鹰"解散后单飞。

女人跳起舞来无不性感撩人——撩人得不得了——但我的反应不是针对这。我要应付的情欲，其实又不仅止于情欲，是我没办法应付的。像有一股力量在把我的气整个吸光，弄得我只能任她摆布。在那一刻，她是我生平仅见的绝美。她不是一个身穿短裤和中空短衫、踩在飞盘上面跳舞的漂亮少妇，而是维纳斯再世。她是我过去四年丢掉的一切的化身，这四年来我一直浑浑噩噩得连自己丢掉了一切还不自知。就算我现在还紧抓着一丝防备不放，也在这瞬息之间被她瓦解。年龄的差距不再重要。就算我那样子活像嘴巴闭起来舌头都还缩不回去，又有何妨；就算我会因此失去尊严、自负、自我，又有何妨。四年孤魂野鬼的日子，让我知道还有比这更难堪的。

她站在那里有多久呢？我是说跳舞，我不知道。可能没多久吧，可能连一分钟也没有，她就发觉我们都在盯着她看，一个个看得神魂颠倒——因为，我看到的，其他人也多少都看到了；我感觉到的，其他人也多少都感觉到了。在那一分钟里，不管它有多长吧，我想我们几个大男人应该没吸进多少氧气。

她从飞盘上下来，带着笑，脸颊冒起一片绯红，有些困惑但并不难堪。“不好意思，”她说，“我只是……我好喜欢这首歌。”

“她一心一意只想跳舞。”罗米说。

“是啊，有的时候她只要这一样。”玛蒂说时脸颊的红晕更深了，“不好意思，我去用一下化妆间。”她把飞盘扔给我，朝拖车冲去。

我深吸一口气，想定下心神，回到现实，却看到约翰也有同样的动作。乔治·肯尼迪脸上的表情有点呆，好像有人偷偷在他吃的东西里面加了镇定剂，刚发挥作用。

雷声隆隆，这一次听起来真的比较近了。

我把飞盘扫向罗米：“你发什么呆？”

“我觉得我要陷入爱河了。”他说，接着好像在心里摇自己一下——从他的眼睛看得出来，“我也觉得若还想在外面吃的话，最好现在就朝牛排进攻。帮个忙吧？”

“没问题。”

“我也来。”约翰说。

我朝拖车走回去，留下乔治和凯拉继续玩。凯拉缠着乔治问他有没有抓到过坏人。玛蒂站在打开的冰箱门边，正在把牛排往大盘子上堆："谢天谢地你们几个进来了。我才要不管三七二十一就这么把牛排吃下肚呢。我从没见过这么漂亮的东西。"

"你也是我从没见过的漂亮东西。"约翰说。他说得满腹真诚，但玛蒂回他的笑有一点恍惚，像在发呆。我在心里提醒自己记得：绝不要在女人手里捧着生牛排的时候称赞人家有多美，这是敲不中心弦的。

"你烤肉的功夫如何？"她问我，"讲实话，因为这些牛排太棒了，不准你搞砸。"

"还可以。"

"那好，你可以上工了。约翰，你当助手。罗米，你帮我弄沙拉。"

"荣幸之至。"

乔治和凯回到了拖车前院，现在正坐在休闲椅上，像伦敦俱乐部里的老夫老妻。乔治正在跟凯说他一九九三年在里斯本街跟劳夫·奈达还有坏人帮枪战的事。

"乔治，你的鼻子怪怪的，"约翰笑他，"它变得好长、好长喔。"

"拜托，"乔治回嘴，"我正在谈要事。"

"肯尼迪先生抓过很多'患'罪的坏人。"凯说，"他抓到坏蛋帮，把他们都关到苏柏麦①去了。"

"是啊，"我说，"肯尼迪先生也拿过奥斯卡，片名叫做《铁窗喋血》②。"

"一点也不错，"乔治说时抬起右手，两只手指头交叉，"我和保罗·纽曼。正是。"

"我们有他的'大利利'面酱。"凯说得一本正经，惹得约翰又笑了起来。我不觉得有多好笑，但笑是会传染的，光是看约翰那样子几秒钟也就够我笑翻了。我们两个一边拍烤肉架上的牛排，一边笑得像两个疯子，没把手烤焦还真是老天保佑。

"他们笑什么啊？"凯问乔治。

"他们两个是疯子，大脑只有这么一滴滴。"乔治跟她说，"再回来听故

---

① 苏柏麦（Supermax），美国科罗拉多州弗洛伦斯市（Florence）守卫极其严密的联邦监狱。

② 《铁窗喋血》（*Cool Hand Luke*），美国著名老牌男星保罗·纽曼（Paul Newman，1925—2008）一九六七年主演的名片，也叫乔治·肯尼迪的影星以此片赢得奥斯卡的最佳男配角奖。

事，凯——他们全都被我抓走了，只剩下‘人来疯’。‘人来疯’跳进他的车子，我跳进我的车子。我追他的过程你小孩子不要听——”

乔治不管我们，继续哄凯，任由约翰和我站在玛蒂的烤肉架边听得挤眉弄眼。“这样真棒，对不对？”约翰问我，我点点头。

玛蒂从拖车里出来，手中拿着裹在铝箔里的玉米。罗米跟在她身后，手上端着一个很大的沙拉碗，走得胆战心惊，下台阶时还得探头从大碗下面看清楚脚步。

我们围坐在野餐桌边，乔治和罗米坐一边，约翰和我中间夹着玛蒂坐另一边，凯坐在主位的休闲椅上，屁股下面垫着一大沓杂志。玛蒂在她脖子上围了一条洗碗巾，凯勉强屈就只因为：第一，她穿的是新衣服；第二，洗碗巾不是围兜，至少名称不是。

我们吃得很凶——沙拉、牛排（约翰说得没错，那真是我吃过最棒的牛排）、连梗烤玉米，甜点则是“早莓租”。等快进攻到“早莓租”时，西边的雷雨云已经推近了不少，院子里也卷起一阵很热的怪风。

“玛蒂，我以后若再也吃不到这么好吃的一餐，我也不奇怪，”罗米说，“谢谢你请我来。”

“要谢你才对。”她说时眼睛浮起了泪光。她伸出手，一边握住我的手，另一边握住约翰的手，同时用力捏了一下：“谢谢你们每一个人。你们若知道这个礼拜前我和凯过的是什么日子……”她摇摇头，再捏一下约翰和我的手，然后放掉，“但这一切都已经过去了。”

“嗨，你们看凯。”乔治忍不住笑。

凯已经睡眼蒙眬地歪在她坐的休闲椅上，头发大部分从发圈里散出来，堆在两颊。鼻尖沾了一小球奶油花，下巴颏中间也沾了一小颗黄黄的玉米粒。

“我丢飞盘有六天（千）次哟，”凯拉说得像在对大批观众宣读声明，“我累。”

玛蒂赶忙要站起来，我伸手按住她的手臂：“我来，好吗？”

她点点头，微微一笑：“你来就你来吧。”

我抱起凯拉绕着餐桌朝门阶走去。又一记雷声打了下来，很长、很低，隆隆滚来，像一条很大、很大的狗在低嗥。我抬眼看向愈来愈逼近的云层，却瞥见地表上好像有动静。一辆很旧的蓝色车子在黄蜂路上朝西往湖边开去。我会去注意那辆车,是因为车的挡泥板上有一张村里小店才看得到的那种傻气贴纸:喇叭故障——小心手指。

我抱着凯走上门阶,穿过门口时特地帮她转个身,免得她撞到头。“保护我,”她边睡边说,口气里透着忧伤,听得我背脊发凉。好像她知道她这要求别人是做不到的:“保护我,我很小,妈咪说我是小东西。”

“我会保护你,”我跟她说,再在她柔嫩的眉间亲了一下,“别担心,凯,你安心睡吧。”

我把她抱进她的房间,放进小床。那时,她已经睡沉了。我替她把鼻尖的奶油抹掉,再把下巴颏上的玉米粒拿掉。我看一眼表,时间是一点五十。这时,他们应该已经都聚集在怀恩堂了。比尔·迪安系的是灰领带。巴迪·杰利森戴了一顶帽子,他和几个人一起站在教堂后面,那几个人是在外面先抽完烟才进去的。

我转过身来,看见玛蒂就站在门口。“迈克,”她说,“到这里来,麻烦你。”

我朝她走过去。这一次,她的腰和我的手没再隔着一层衣服。她的肌肤温润、柔嫩得跟她女儿一样。她抬眼看我,双唇微张,朝我凑近,等她发觉到下面有异,马上就再靠得更近。

“迈克。”她再唤我一次。

我闭上眼睛,觉得像是刚走到一扇门边,门内灯火通明,洋溢着笑语和人声。也都在跳舞。因为,有的时候我们想做的就正是这样。

我要进去,我心里想,我要的正是这样,我要的就是这样。就随我要怎样就怎样吧。就随我——

这时,我发觉我心里想的正在脱口而出,一个字一个字轻轻地、快速地传入玛蒂的耳里。玛蒂偎在我怀里,我的两只手在她后背上上下下地来回摩挲,指尖轻抚她每一节的脊柱,摸到她的肩胛骨,然后回到她胸前,盖在她小小的乳房上面。

“没错,”她说,“我们两个都要。没错,就是这样。”

她缓缓举起手,用两只手的大拇指抹去我眼下的泪。我略朝后退:“那把钥匙——”

她嘴角一扬:“你知道在哪里。”

“我今天晚上就来。”

“好。”

“我一直……”我想清一下喉咙，但我看看凯拉，她睡得正沉，“我一直很寂寞。我想是我自己一直没发觉吧，但我一直都很寂寞。”

“我也是，而且我一直知道我们两个都是。吻一下，拜托。”

我吻她一下。我想我们的舌头应该碰了一下吧，但不确定。我现在记得最清楚的，就是她身上的生命力。她像一颗犹太陀螺①，在我的臂弯里不停轻轻旋转。

“嘿！”约翰在外面喊了一声，吓得我们两个马上分开，“你们要不要帮一下忙啊？快要下雨了。”

“谢谢你终于下定决心。”她用低低的声音跟我说完，便转身急忙退到拖车窄窄的走廊。而下一次她再跟我说话时，我想她并不知道自己是在跟谁说话，或她在哪里。下一次她再跟我说话的时候，已经奄奄一息。

“别吵醒孩子，”我听到她跟约翰说。约翰的回答是：“哦，对不起，对不起。”

我又在原地多站了一会儿，缓和呼吸，然后钻进浴室，用冷水泼脸。我记得转身要拿浴巾时，看见浴缸里有一个蓝色的塑料鲸鱼。我记得我那时心想，这只鲸鱼的气孔搞不好喷的是泡泡呢。我甚至记得脑子里闪过一个念头——写一本童书，讲会喷泡泡的鲸鱼。叫它威利？不好，太俗了。韦尔翰？嗯，这听起来感觉就不错，既尊贵，又悦耳。泡泡鲸鱼韦尔翰。

我也记得头上传来雷打下来的轰隆巨响。我记得那时我好开心，因为我终于下定了决心，十分期待晚上快一点到来。我记得外头有几个男人压低了声音在说话，也记得玛蒂压低声音跟他们说什么要放到哪里去。接着他们又都出去了。

我朝下看，下面鼓起的一大块已经快要消了。我记得那时我心里想，天下最滑稽的就属性欲被撩拨起来的男人的样子了，马上就又想起，我前

---

① 犹太陀螺(dreidel)，类似陀螺的犹太玩具，四面有字，合起来的意思是“奇迹出现于此”。

一阵子好像才想过这句话,好像是在梦里。我从浴室里出来,再去看一下凯——她已经侧翻过来,还是睡得很沉——之后才向走廊走去。我才刚到起居室,屋外就爆发了枪声。我绝对没把枪声和雷声搞混。有那么一下,我以为大概是回火之类的——不知哪个小鬼的改装车——但马上就知道了。我原本就隐隐觉得会出事……但我想的是鬼,不是枪声。要命的错误。

那飞快连发"啪!啪!啪!"的自动武器是格拉克[①]九厘米,这是我后来知道的。玛蒂发出尖叫——很高,能刺破人的耳膜,听得我全身发僵。我也听到约翰在痛苦地大喊,乔治·肯尼迪跟着吆喝:"趴下!趴下!天哪你快把她压下去!"

有东西打中拖车,噼里啪啦像一阵冰雹重重撒下。又有一阵咔啦咔啦的声音,凿破东西的声音,从西往东走。有东西在我眼前爆裂开来——我听到的。很像乐器颤动的"琤——",吉他的琴弦猛弹一下。厨房桌上,他们刚从外面拿进来的沙拉碗已经粉碎。

我跑向门口,差一点就从门口的空心砖台阶倒栽下去。我看到烤肉架翻倒在地上,还没熄火的木炭在前院稀落的草丛里面燃起星星点点的火苗。我看到罗米·比索内特坐在地上,两腿张开,呆呆地看着自己染满了血的脚踝。玛蒂跪在烤肉架旁边,两手扶地,长发披在脸上,好像要把火热的木炭扫成一堆,免得真烧出麻烦。约翰踉跄着朝我走过来,一只手伸在前面。他那条手臂上面都是血。

这时我看到了先前见过的那辆车——没什么特别、贴着滑稽贴纸的那辆房车。它是从路上开过去没错,但里面的人是故意开过去好查看我们的动静的,之后又转头开了回来。开枪的人上半身靠在前面的乘客座窗口外面。我看到他手里拿着一柄短粗的枪,还在冒烟。枪托是铁条枪托。他脸上一片蓝,平平的,只有两个大洞有眼睛——滑雪面罩。

我头上又传来一声暴雷,长长的咆哮惊醒一切。

乔治·肯尼迪正朝车子走去,看上去并不慌忙,一路上还不时用脚去踢挡路的滚烫木炭,不会理会他长裤右大腿的暗红色污渍一直在扩大。

---

① 格拉克(GLOCK),美国警用配枪品牌。

他不慌不忙地伸手到背后，就算那个枪手从车窗钻回去朝驾驶大喊："快走！快走！快走！"他仍旧镇定自持。那个驾驶同样戴着蓝色的面罩。乔治一直不紧不慢，没慌乱过分毫。而他还没把手枪掏出来，我就已经知道他为什么从来不肯脱掉那身好笑的凯托老爹①西装外套，连玩飞盘时都不肯脱。

那辆蓝色的车子(后来知道是一辆一九八七年代的福特，登记在奥本的索尼娅·贝利沃太太名下，前一天报案失窃)，一直停在路肩上面，也一直没有熄火。现在车子加速，从后轮掀起一阵棕色的、干干的尘土，一摆尾，撞得玛蒂的 RFD 信箱②从柱子上掉下来，飞到路中间。

乔治还是不慌不忙。他把两只手合起来，右手握枪，左手托枪，仔细瞄准，一连射出五发。前两发射中车尾——我看到了射出的那两个洞。第三发射中急着开走的福特后车窗，我听到有人大声喊痛。第四发射中哪里我不知道。第五发射穿了车子的左后轮，福特马上歪向那一边。开车的人刚要把方向拉回来，车子就马上失控，冲向下面三十码的洼地，撞上停在那里的玛蒂的拖车，翻倒在拖车旁边。接着一声轰！福特的尾巴烧起熊熊的大火。乔治有一发子弹一定打中了福特的油箱。开枪的那人急着要从乘客座的窗口爬出来。

"凯……带凯……走……"声音沙哑、微弱。

玛蒂正朝我爬过来。她的头有一半——右边那一半——看起来没事，但左半边就全毁，只剩一只呆滞的蓝色大眼，从披落在脸上的金黄乱发中露了出来。破掉的脑壳碎片撒在她微褐的肩上，像一块块瓷器残片。我多么希望跟各位说这些我一点都想不起来，我多么希望我说的这一切，是改由另一个人来跟各位回顾迈克·努南死后的事，但我做不到。呜呼哀哉！要排纵横字谜，准就是这四个字，表示哀痛至极。

"凯……迈克，去带凯……"

我跪下去，伸出双手抱住她，但她在我怀里挣扎。她还年轻力壮，所以，即使脑壳破裂，灰色的脑浆汩汩流出，她在我怀里还是一意挣扎，喊着

---

① 凯托老爹(Pa Kettle)，美国二十世纪四五十年代多部喜剧片里的男主角，讲的都是美国乡巴佬凯托一家人的奇遇记。

② RFD, Rural Free Delivery，美国乡村免费邮递服务的信箱。

要女儿，只想找到女儿，保护女儿，带女儿到安全的地方。

“玛蒂，没事。”我安抚她。就在路底的浸信会怀恩堂里，就在我神游地带的边陲，他们正在唱《有福的确据》①……但他们的眼睛却多半呆滞，一如我眼前透过血污乱发看着我的这一只眼睛。“玛蒂，不要，你休息，没事。”

“凯……带凯……别让他们……”

“他们伤不到她的，玛蒂，我保证。”

她身子一软，滑进我怀里，像鱼一样滑溜，尖声喊着女儿的名字，两只沾满血的手伸得长长的，伸向拖车。玫瑰色的短裤和上衣已经染成鲜红。草地上溅得都是鲜血，是她扑倒、爬行时留下来的。下面的山洼那边传来嘎嘎啦啦的爆炸声。那辆福特的油箱爆炸了，黑烟冲上暗沉的天空。一记暴雷轰隆隆打得又长又响，好像天老爷也在说，不够吵是吧，啊？那我就给你吵个够。

“玛蒂没事吧，迈克？”约翰喊我，声音在发抖，“上帝保佑她没——”

他双膝一软跪在我身边，两眼开始往上翻，到最后只剩眼白。他伸手抓住我的肩膀，虽然极力想保持清醒，但气力用尽，撑不下去，一个侧翻倒在玛蒂旁边，把我身上的衬衫扯掉了一半。接着，他的嘴角咕嘟嘟冒出白色的泡泡。在我们十二英尺开外的地方，翻倒的烤肉架附近，罗米正使劲要站起来，紧抿着嘴，表情很痛苦。乔治则是站在黄蜂路中间，一边从一个小袋子里装子弹，看来是他外套口袋里本来就有的，一边紧盯着枪手，那枪手正急着要从翻覆的车里出来免得身陷火海。乔治的右腿长裤现在已经全是血红色的了。他不会有性命危险，只是再也不会穿那身西装了，我心里想。

我抱住玛蒂，低下头将脸凑在她的脸上，嘴巴靠近她仅剩的一边耳朵，对她说：“凯拉不会有事，她在睡觉。她没事，我保证。”

玛蒂好像听懂了，在我怀里不再挣扎，颓然倒向草地，全身不停颤抖。“凯……凯……”这是她在人世说的最后几个字。她伸出一只手胡乱摸索，在草地上揪住一团乱草，用力拔了起来。

---

① 《有福的确据》（“Blessed Assurance”），这首圣诗是信徒得胜的凯歌，表示信徒有确切的证据知道耶稣属他，让他在痛苦中也能享有平安和喜乐。

“过来！”我听到乔治在喊，“过来这里！操你妈的王八羔子！想逃门儿都没有！”

“很糟吗？”罗米一瘸一拐地朝我走来，脸色惨白如纸。还没等我回话，他就开始：“天哪！天主圣母玛利亚，为我等罪人，今祈天主，及我等死后。尔胎子耶稣并为赞美。圣洁玛利亚，今祈天主，我等求助于尔。糟糕！迈克！糟糕了！”嘴里又开始乱念一通，但这次念的是刘易斯顿的街头法语，老一辈的人叫做“拉帕勒”。

“好了，”我说，他乖乖听话，好像就等着别人来叫他住嘴，“进去看凯拉一下，好不好？”

“好。”他开始朝拖车走过去，一只手扶着腿，拖着脚走。每往前拖上一步，就高声喊痛，却还是硬往前走。我闻到草地烧焦的味道，闻到愈来愈强的风势里面夹杂着带电的雷雨。而我怀里，那个轻轻旋转的陀螺，感觉也转得愈来愈慢了。

我把玛蒂翻过来，紧抱在怀里轻轻摇晃。怀恩堂里，牧师正在为罗伊斯朗诵《圣经·诗篇》第一百三十九章：“我若说，黑暗必定遮蔽我，我周围的亮光必定成为黑夜。”牧师在朗诵，火星人在听。我抱着玛蒂轻轻摇晃，头顶的天空满布乌黑的雷雨云。那天晚上说好要来找她的，用她放在盆栽下面的钥匙来找她。她踮着脚尖站在红色的飞盘上跳舞，舞动的身躯像海里的波浪。如今，她倒在我怀里快要死去，周围一小块、一小块的草地冒着火苗。和我一样爱慕她的那个男子躺在她身边，昏迷不醒，右手臂的T恤袖子染满了殷红的血，一直渗到他印着“我们是冠军”的T恤衫腰际。

“玛蒂，”我喊她，“玛蒂，玛蒂，玛蒂。”我抱着她轻轻摇晃，伸手轻抚她的额头。她浑身是血，半侧的额头却居然一滴血也没溅到。她的头发盖在全毁的左半边脸上。“玛蒂，”我轻念道，“玛蒂，玛蒂，我的玛蒂！”

闪电划过天际，是看到的第一记。一道鲜亮的蓝色弧线照亮西边的天空。玛蒂在我怀里颤抖得更加厉害——从脖子到脚不住颤抖。她双唇紧闭，眉心纠结，好像在集中意识。她伸出一只手想抓我的颈背，像坠崖的人慌乱得想随便抓住什么多撑一下，但马上就垂了下来，瘫在草地上面，手掌朝上松开。她又再颤抖一下，接着在我怀中全身虚软，就不再动了。

26

之后，我基本处于恍惚迷离的神游状态。我是回神过几次——比如那张胡乱写着家族世系的小纸条从我的旧速记簿里掉出来那次——但都只是短暂的插曲。有一点像我同时梦到玛蒂、乔、莎拉的情况，也有一点像我小时候那场梦境混乱的高烧，我差一点死于麻疹的那次。但是，大多数时候还是什么也不像。神游就是神游。我一直在那感觉里面，只愿上天没让我这样神游过。

乔治朝我走过来，押着那个戴着蓝色面罩的男人走在他前面。乔治现在也一瘸一拐的了，而且很严重。我闻到滚烫的热油、汽油和轮胎烧焦的味道。“她死了？”乔治问我，“玛蒂？”

“对。”

“约翰呢？”

“不知道。”我才说完，约翰就抽动了一下，呻吟了一声。他还活着，但流了很多血。

“迈克，听好，”乔治才开口，还没来得及说下去，就听到一长声凄厉的尖叫从洼地起火的车子里面传来。是那个开车的人，他陷在里面要烤熟了。枪手转身想跑过去，乔治马上举起手里的枪：“敢动一下我就毙了你。”

“你不可以让他就这样烧死，”开枪的人在面罩里面说，“连狗也不应该这样放着让它烧死。”

“他已经死了，”乔治说，“没有防火装备，你走不到那辆车十英尺内。”他站不稳，晃了一下，脸色白得跟我从凯脸上抹掉的发泡奶油一样。开枪的人作势要冲向他，乔治把枪举高。“再敢乱动你就别停，”乔治说，“我可不会住手，我发誓。把面罩拿下来。”

“不。”

“我才懒得跟你耗,耶西①,准备去见你的天父吧。”乔治把手中左轮手枪的撞针朝下拉。

那个开枪的人说了一声“耶稣基督!”一把扯下脸上的面罩。是乔治·富特曼,不怎么让人惊讶。他身后烧成一团大火球的福特里面又传来尖叫,之后就无声无息,只剩滚滚黑烟往上蹿升。几记雷声连番滚来。

“迈克,你到里面找东西把他捆起来,”乔治·肯尼迪说,“我可以再押他一分钟——硬是要两分钟也可以,但我血流得跟杀猪一样。找找看有没有捆绑带,那东西得连胡迪尼也绑得住才行。”

富特曼站在那里,眼光从肯尼迪身上飘到我身上又再飘回肯尼迪,然后偷偷瞄向68号高速公路。那里居然杳无人烟,但其实也没什么好奇怪的——暴风雨即将来袭,气象预报早就报得火热。观光客和避暑客都去找掩蔽处了,至于镇上的人……

镇上的人……大概全都竖着耳朵在听吧。虽不中亦不远矣。牧师正在讲罗伊斯·梅里尔这个人,长寿的一生卓有成就,承平、战时皆效力国家。只是,镇上的老人听的不是牧师嘴里的话。他们竖起耳朵听的是我们这边,专心得像在湖景杂货店里围在腌黄瓜的桶旁边听收音机转播职业拳击赛。

比尔·迪安紧抓着伊薇特的手腕,抓得指节发白。她的手好痛,但没有抱怨。她就是要他紧抓着她。为什么呢?

“迈克!”乔治喊我的声音明显减弱不少,“拜托你,你要帮忙啊。这人很危险!”

“放我走,”富特曼说,“这样比较好,你不觉得吗?”

“去你的狗屁大梦,操你妈的奶奶。”乔治骂回去。

我站起来,走过压着钥匙的盆栽,走上空心砖门阶。天上打过一道闪电,跟着传来隆隆的雷声。

拖车里,罗米坐在厨房桌边的一张椅子上面,惨白的脸色比乔治有过之而无不及。“孩子没事,”他是用尽力气才挤出这几个字的,“但好像醒过来了……我走不动了。我的脚踝整个报销了。”

---

① 耶西(Jesse),《圣经》里大卫王(King David)的父亲。

我朝电话走过去。

“别打了，”罗米说，声音嘶哑、颤抖，“我打过，不通。闪电可能打中别的地方，打坏设施了。天啊，我这辈子从没这么痛过。”

我朝橱柜走过去，把一张张抽屉拉开来，看里面有没有捆绑带，有没有晒衣绳，有没有……管它什么都好。我在里面的时候，万一肯尼迪在外面因失血过多昏过去，那也叫乔治的另一个家伙就会拿他的枪杀了他，再杀昏死在闷烧的草地上的约翰。等他解决了外面的两个，一定进拖车里来杀掉罗米和我。最后解决凯拉。

“不会，”我说，“他会留她活口。”

这样搞不好更惨。

第一张抽屉是银器。第二张是三明治袋、垃圾袋和扎得整整齐齐的一沓杂货店折扣券。第三张里面是隔热手套、隔热垫——

“迈克，玛蒂在哪里？”

我倏地转身，活像在配制毒品时被人活逮。凯拉站在走廊尾端的起居室，头发散在睡得红红的两颊旁边，发圈像手镯一样挂在一只手腕上面。她两只眼睛睁得大大的，满是惊惶。应该不是枪声惊醒她的，说不定连她妈妈的尖叫也没惊醒她。是我惊醒她的。我脑子里在想的事惊醒她的。

那时，我发觉自己想快一点把脑子里的影像盖掉，但太迟了。她先前就曾经看透我在想德沃尔的事，还告诉我别想不好的事。现在，她在我还没来得及把她挡在我脑子外面时，就看透了她妈妈的事。

她张着嘴，瞪着一双大眼睛，像手被老虎钳夹住一般发出尖叫，跑向门口。

“不要，凯拉，不要！”我一个箭步冲过厨房，差一点就跌在罗米身上(他看我的神情略有一点痴呆，看来神志不是很清楚)，及时抓住她。我抓住她的时候，也同时看到巴迪・杰利森正从怀恩堂的边门出去，两个先前和他在教堂外面抽烟的人跟着他一起走。现在我知道比尔为什么紧抓着伊薇特的手不放了，也感谢他紧抓着伊薇特的手不放——感谢他们两个。不知是什么在逼他跟巴迪他们几个一起去……但他不肯。

凯拉在我怀里挣扎，扭着身体硬是要朝门口冲，大口喘气，再次开始尖叫：“我要去！要妈妈！我要去！要妈妈！我要去——”

我轻声唤她，用的是我知道她一定听得到的声音，用的是只有她才听得到的声音。她在我怀里慢慢放松下来，转向我，两只睁得大大的眼睛里满是困惑，泪光盈盈。她盯着我再看了一会儿，就好像懂了，她不可以出去。我放下她，她在原地站了一下子，才朝后退，一直退到屁股抵在洗碗机上，然后顺着洗碗机的门往下滑，坐到了地上。之后，她开始低声呜咽——我从没听过那么凄惨、哀伤的哭声。她心里都清楚，你知道吧。我不把事情让她看清楚是没办法要她留在拖车里面的，我不把……由于我们两个都在神游的地带，所以我有办法这样。

巴迪载着他那两个朋友，开着他的小货车朝这里来了。货车的侧面漆着：邦姆建筑。

“迈克！”乔治大喊，口气惊慌，“你快点啊！”

“再一下，”我喊回去，“再一下就好，乔治！”

玛蒂和其他几个人已经把野餐用的东西堆在水槽边了，但我可以打赌，我冲去抓凯拉的时候，抽屉上面的富美家料理台绝对是干净的，没有东西的。但现在不是。黄色的糖罐已经打翻，洒出来的糖上面写了这几个字：

快走

“不行。”我咕哝一声，再去翻还没翻的抽屉。没胶带，没绳子，连烂手铐也没有。杂物齐全的厨房里面大部分都找得到至少三四副的啊！接着我灵机一动，去翻水槽下面的柜子。等我出去时，乔治已经晃得站不住，富特曼正盯着他伺机而动，随时要扑上去。

“你找到胶带了吗？”乔治·肯尼迪问我。

“没胶带，有更好的。”我说，“你老实说，富特曼，是谁付钱要你来的？德沃尔还是惠特莫尔？还是你不知道？”

“滚！”他骂一句。

我的右手一直放在背后。我用左手指向下面的洼地，挤出惊讶的表情：“奥斯古德在那里干吗？叫他走开！”

富特曼转头朝那边看过去——这是本能反应——我右手一伸，用我在玛蒂水槽下面工具箱里找到的榔头，猛朝他的后脑捶下去。捶下去的声音好恐怖；他后脑的头发掀起来，喷出的鲜血好恐怖；但以他脑壳破掉的感觉最最恐怖——像海绵一样扁下去,液体喷到榔头的把手,再粘到我的指甲缝里。他像个沙袋般一头栽下,我把手上的榔头往旁边一扔,倒抽一口气。

“也好,”乔治说,“有一点难看,但你能做的可能就是这样了,依……依……”

他没像富特曼那样一头栽倒——像控制得很好的慢动作,甚至还很优雅——但还是倒下去了。我拿起那把左轮手枪,看了看,用力扔进马路对面的树林子里。在这节骨眼儿上,拿一把枪在身边没啥好处,只会害我更麻烦。

另有两个人也从教堂离开了。一辆车,里面坐满身穿黑衣、头戴黑纱的妇女,也离开了。我得快一点才行。我解开乔治的长裤,替他脱下来。子弹在他的大腿扯出一块口子,但伤口看起来像是已经结痂。约翰的上臂就不一样了,还在喷血,血量吓人。我解下他的腰带,缠住他的手臂,用力缠得很紧。接着,我拍一下他的脸颊。他睁开眼睛瞪着我看,眼神涣散,认不出来我。

“张开嘴,约翰!”他呆呆看着我。我低下头朝他靠过去,几乎是鼻尖对鼻尖,对着他大喊:“张开嘴!现在!”他乖乖听话,像小孩子听到护士要他说“啊——”我把皮带的尾端塞进他嘴里:“咬紧!”他合上嘴。“咬住别放,”我说,“昏过去也绝不能放。”

我没时间去管他听懂没有。我站起来,一抬眼,只觉得四处都是亮晃晃的刺眼的蓝。一时间,好像跑进霓虹灯的广告招牌里面。头顶上有一条悬浮的、黑色的河,弯弯曲曲,扭来扭去,像一篮子蛇。我从没见过这么凶险的天色。

我赶忙冲上空心砖门阶,冲回拖车里去。罗米已经瘫软成一团,趴在桌子上面,脸朝下,靠在叠起来的手臂上面。若不是破掉的沙拉碗和沾在他头发上的生菜,那样子会很像幼儿园的小男孩在午睡。凯拉还是靠坐在洗碗机前面,号啕大哭不止。

我从地上抱起她,发现她尿裤子了。“我们现在就走,凯。”

“我要玛蒂!我要妈妈!我要玛蒂!叫她不要痛!叫她不要死!”

我冲过拖车,朝门口去时经过放着玛丽·希金斯·克拉克新作的茶几,又看到那一小团发带——可能是玛蒂派对前先拿来替凯绑头发,后来觉得发圈更好又改用发圈。这两条发带是白底镶鲜红色边的，很好看。我脚下没停就拿起发带，塞进屁股口袋，然后把凯换到另一只手上。

“我要玛蒂！我要妈妈！叫她回来呀！”她先用手拍我，要我停下来，后来开始扭屁股，用脚踢，用拳头打我的头侧，“我要下来！我要下来！我要下来！”

“不行，凯拉。”

“我要下来！我要下来！我要下来！我要下来！我——要——下——来！”

我快要抱不住了。我们已经走到了门口最高一级的台阶，她忽然不再挣扎：“我要思特里克男！我要思特里克男！”

一开始我没听懂她在说什么，等我朝她指的方向看过去，就懂了。在离压着钥匙的那一盆盆栽不远的走道上面，扔着一个绒毛玩具，凯的欢乐餐送的小狗。从思特里克兰德的样子看来，它在外头疯的时间可不短——浅灰色的毛已经变成暗灰色，沾的都是尘土——但若这只小狗可以安抚她，那就让她拿着也好。没时间去管尘土和细菌。

“只要你答应我一直闭着眼睛，直到我说睁开你才睁开，我就拿思特里克兰德给你。好不好？”

“好。”她说，全身在我的臂弯里颤抖，斗大的泪珠——你以为只有童话故事书里的插图才看得到的那一种，真人不会有的那一种，很大很大的泪珠——一颗颗从她眼里涌出，顺着脸颊往下滑。我闻到草地着火和牛排烧焦的味道，一时间，我觉得很想吐，颇教我惊慌，但我马上又压了下去。

凯闭上眼睛，又滑落两颗斗大的泪珠，滴到我的手臂上。温热的泪珠。她伸出一只手，张开手等着。我走下台阶，拾起小狗，踌躇了一下。先是发带，再是小狗。发带应该没问题，但让她把小狗带走就好像不太对劲。好像不太对劲，但是……

*这小狗是灰的，爱尔兰佬，*我脑子里不知是谁的声音轻轻说，*别瞎担心了，它是灰的。你梦里的那只玩具狗是黑的。*

我并不真的懂那声音到底在说些什么，也没时间去管。我把小狗放进凯拉张开的手上。她把小狗凑在脸上，亲一下小狗脏兮兮的毛，眼睛始终没睁开过。

“思特里克男可以让妈妈好起来，迈克。思特里克男是魔法狗狗。”

“眼睛不要睁开，我说可以才可以睁开。”

她把小脸抵在我的脖子上，我抱着她走过前院，朝另一头我的车走过去。我把她放进前座的乘客座，她乖乖躺下，手臂盖住头，一只胖胖的小手还紧抓着脏兮兮的玩具狗。我跟她说就这样躺着别动，在座位上躺着。她没明显表示说她听到了，但我知道她听到了。

我们得快一点，因为那几个老家伙快要到了。那些老家伙要了断这件事，要这条河直朝大海流去。现在我们只有一个地方可去，只有一个地方安全，那就是“莎拉笑”。但还有一件事我必须先处理一下。

我车子的后备厢里放了一条毛毯，旧的，但很干净。我拿出毛毯，走过院子，把毯子摊开盖在玛蒂·德沃尔身上。毯子盖住的她的身躯，在地上隆起一块，看起来小小的，好凄惨。我再四下看看，发现约翰正瞪着我看，两只眼睛呆呆的，透着惊愕。但我觉得他可能快要清醒过来了。那条腰带还是咬在他的嘴里，样子很像毒虫准备要打一针解瘾。

“森，么，畏，”他说——怎么会！我充分了解他的感受。

“再过一会儿就有人来救你们了。你撑着点，我得走了。”

“去，啊？”

我没回答。没时间回答。我转身去量乔治·肯尼迪的脉搏。很慢，但很强。他身边的富特曼严重昏迷，含含糊糊地在呻吟。要死还早得很，要取“爹地”的狗命没那么简单。天上的怪风把翻覆起火的车子的烟朝我这方向吹来，我又闻到了烧肉和烤牛排的味道，胃部一阵抽搐。

我朝我的雪佛兰跑过去，钻进驾驶座，从车道倒车。走前再看一眼——看一眼毛毯盖住的身躯，看一眼倒在地上的三个人，看一眼拖车，拖车侧面的墙有一排弯弯曲曲的黑色弹孔，车门大开。约翰用他好的那只手肘把身体撑起一半，腰带的尾端咬在嘴里，眼睛看着我，透着恍惚不解。天上的闪电亮得刺眼，我赶忙举起手想盖住眼睛，可刚举起手来，闪电就过去了，天色黑得像快要入夜。

“你别起来，凯，”我说，“你就那样躺着别动。”

“我听不到，”她说话的声音嘶哑模糊，抽抽噎噎，我几乎听不出来她在说什么，“凯，睡午，陪，思特里克男。”

“好，”我说，“这样很好。”

我把车开过那辆起火的福特，开到山丘底下，在沾满灰、有弹痕的停车标志旁边停了一下。我朝右看，看见那辆小货车在路肩上停了下来，车身一边漆着*邦姆建筑*。三个人挤在车厢里面看我。乘客座上的那个人是巴迪·杰利森，看他的帽子就知道。我故意用很慢的速度举起右手，朝他们伸出一根中指。他们没一个有反应，没有表情的脸上没一丝动静，但小货车开始慢慢朝我开过来。

我开车左转上了 68 号公路，顶着乌云密布的天色朝“莎拉笑”开去。

42 巷从公路岔出去朝西往湖边去两英里的地方，有一栋很旧的废弃谷仓，谷仓的墙上有褪色的字，依稀看得出来是：*唐卡斯特牛奶场*。我们开到附近时，东边的天际烧起一大片深紫泛白的光罩。我失声惊叫，雪佛兰的喇叭也跟着“叭”了一声——它自己响的，这我可以确定。一道棘刺状的闪电从光罩的底部往上蹿，刹时朝下打中了谷仓。这道闪电打中谷仓后停了一下，像辐射一样增生，再朝四面八方飞溅出去。这景象除了在电影里，我从没见过，连有一点点相像的也没有。随之而来的霹雳巨响像大爆炸。凯拉尖叫一声，钻进乘客座下面的车子底板，双手盖在耳朵上面，一只手上还是紧紧抓着那只小狗。

一分钟后，我开到了休格脊。42 巷就是在休格脊北坡的山脚从公路岔出去的。从休格脊的高处看得到一大片 TR-90：树林、野地、谷仓、农场，连湖面在黝暗的天色下泛起的幽光也看得到。天色黑得像煤灰，一道接一道的闪电映得天空几乎无时无刻不是闪着电光。大气染上一层透明的赭色光。我每吸一口气，都闻到火绒箱里的碎屑味道。休格脊后面的地形被亮光照得一清二楚，那种超乎自然的清晰透彻，我到现在还是忘不了。一种神秘莫测的感觉涌上我的心头，涌入我的大脑：这世界像是一层薄薄的皮，罩在无可名状的骨骸和幽暗之上。

我朝后视镜瞄一眼，看到那辆小货车旁边多出了另外两辆车。一辆的车牌是 V 开头的，表示它登记在打过仗的退役军人名下。我把车速放慢，他们跟着放慢。我加快，他们跟着加快。只是，我不觉得等我开进 42 巷之后他们还会再跟下去。

“凯，你还好吧？”

“睡觉觉。”她在座位下面回话。

“好。”我说完便开始沿着山坡往下开。

红色的汽车反光片刚照出我们的车转进42巷，天上就开始下冰雹了一颗颗很大的白色冰块从天上往下掉，砸在车顶像手指头用力敲下，然后反弹到引擎盖上，开始积在雨刷躺的凹处。

“什么事？”凯大喊。

“下冰雹，”我回答，“没关系。”话刚说出口，就有一颗柠檬大小的冰雹砸在我这一边的挡风玻璃上，再反弹回空中，在玻璃上面留下一个白白的印子，好几条短短的裂痕从印子中间往外扩散。那么约翰和乔治·肯尼迪不就躺在地上任冰雹砸，呼天不应叫地不灵吗？我把意识朝他们的方向转过去，但没一点感应。

等我把车子左转到42巷时，冰雹下得太猛，几乎看不清楚任何东西。车道上堆得都是冰块，不过，这一片白茫茫在树林里面比较浅，所以我决定到那边去躲一下。我扭开车头灯，光线在哗啦啦往下打的冰雹里划出两道亮亮的光锥。

我们的车一进林子，黑紫泛白的光罩就又亮了起来，照得我的后视镜亮得看不清楚。这时传来叽叽喳喳、噼里啪啦的声音，凯拉马上尖叫起来。我回头一看，只见一株很大的老云杉正慢慢朝小路横倒下去，参差断裂的树桩已经着火，还缠着电线。

挡住，我心里想，挡下这一头，可能连另一头也挡下来才好。我们已经到了，管它是好是坏，我们到了。

42巷两旁的树木浓荫蔽天，只在经过蒂德韦尔草地的路段，华盖才缺了一块。冰雹打在林子里如摧枯拉朽，十分大声，一棵棵树木当然被打得枝离叶散。这场冰雹是这一带史上损害最严重的一次，虽然下了约十五分钟就过去了，但足以打坏一整季的收成。

闪电在我们头顶上一直霹雳作响。我抬头看到一颗很大的橘黄色火球被一颗小一点的追着跑。两颗火球一前一后飞到了我们左侧的树林里，树顶的枝叶马上就着火烧了起来。我们有短短的一阵子时间是开在蒂德韦尔草地那一小截没有绿荫的路段上的，刚开到那里，冰雹就变成了倾盆大雨。若不是那时车子马上就又开进绿荫里面，我是绝对没办法再开下去的。幸亏有树木的绿荫略挡一挡，我才有办法龟速前进，整个人趴在方向盘上，在银色的水幕里面，靠着车头灯打出去的光，费劲看路往前开。雷声依然隆隆不止，风势也跟着加大，呼啸吹过树林，像在尖声怒骂。前方忽然有一根叶子很茂密的大树枝砸在路中间。我硬是碾过去，树枝就在我雪佛兰的底盘上撞呀刮啊地乱滚。

拜托，别再变坏，我心里想……或者该说是我在心里祈祷，求求你让我回屋子里去，求求你让我们两个回屋子里去。

等我开到屋前的车道时，风势的咆哮呼号已经像在刮飓风。疯狂乱舞的树木和急骤的雨势加起来，弄得这地方像是就要搅和成一锅不知什么材料做成的稀粥。车道的斜坡变成一条小溪，但我还是硬要我的雪佛兰对准车道走下去，没有一丝迟疑——总不能待在这里不动吧，若有树倒下来，准把我们像甜筒里的小虫一样压得扁扁的。

我知道不要踩刹车——一踩刹车，车子很可能会打斜朝一边甩，搞不好就直朝湖边的斜坡滑下去，一路沿着斜坡作前滚翻滚进湖里。所以，我把车子打到低速挡，用脚移两格，移到紧急刹车，让引擎带我们往下走，随雨幕猛烈冲刷挡风玻璃，把我们原木盖的别墅弄得像幻影。怎么可能！屋子里居然有灯亮，像潜水钟的舷窗在九英尺深的水下幽幽发光。看来，发电机正在转动……至少目前如此。

又一记闪电像长矛划过湖面，蓝绿色的闪光照亮黝黑一如深井的湖水，湖面被打出一波波的白色泡沫。枕木步道左边原有一株百年老松，现在横躺在湖边，一半的树身泡在水里。这时，我们身后不知哪里也有一棵树倒了下来，发出一声巨响。凯马上遮住耳朵。

“没事，小乖乖，”我说，“我们到了。我们终于到了。”

我关掉引擎，关掉灯。没有灯光我就不太看得到，白昼的天光几乎全被风雨遮掉。我去开门，但一开始打不开。我用力推，结果门不仅开了，还像是被人猛力从我手上拉开一般。我再走回去，一道很亮的闪电打下来，我就看到凯拉正从座位下面朝我爬过来，脸色吓得惨白，眼睛睁得大大的，满是惊恐。这时，门又打回来，用力撞在我屁股上，很痛。我无暇顾及，只是赶快把凯拉进怀里，抱着她转身回屋。冰冷的豪雨一下子就把我们两个淋得湿透。只是，这雨其实也不像是雨，而像是大瀑布。

“狗狗！”凯尖叫。但就算尖叫，我也听不太清。我看到了她的小脸，还有空空的两手。“思特里克男！思特里克男掉了！”

我四下看了一下，啊，在那里，在碎石路的车道上往下漂，正要漂过门阶。再过去一点,哗啦啦的水势已经淹过石板路往斜坡冲,思特里克兰德若再跟着水流下去,可能就会被冲到树林不知哪里,搞不好一路冲进湖里。

"思特里克男!"凯哭着说,"我的狗狗!"

忽然间,我们两个什么都不在乎,就只在乎这只要命的玩具狗。我抱着凯沿着车道追过去,完全不管雨势、风势和一道道打下来的闪电亮光。那只小笨狗却一直跑在我前面直朝斜坡流过去——带着它的那股水流太快,我赶不上。

倒是有东西把它挡在石板路的边缘:三株向日葵在强风里癫狂舞动,就像复兴运动的信徒在聚会上和上帝同欢,高呼"耶——稣基督!感谢——主!"而且,这三株向日葵看起来还很眼熟。说它们便是我梦里穿透门阶木板长出来的(也是我回来前比尔·迪安替我拍的那张照片里的)当然不可能,但真的就是。这三株绝对就是那三株。这三株向日葵便像《麦克白》里的"三女巫"①;这三株大大的向日葵便像是三盏探照灯。我已经回"莎拉笑"来了,我飘到神游的物外去了,我回到我的梦里,而且,这一次梦境扣住了我。

"思特里克男!"凯在我怀里往下弯腰,挥手蹬脚朝前伸。脚下太滑,对我们两个实在危险。"我要,迈克,我要!"

雷声从我们头上打下来,像一整篮的硝化甘油爆炸。凯和我同时尖叫。我一只脚跪地,伸长手臂一把捞起玩具小狗。凯马上紧紧抱住,往小狗身上亲了又亲。我踉踉跄跄地站起来,一记暴雷又响了,没头没脑地从空中打下来,像液体的皮鞭。我看一下那三株向日葵,它们好像也在打量我——你好啊,爱尔兰佬,好久不见,你说是吧?我使劲把凯抱好,转身朝屋子走去,举步维艰。车道上的积水已经深达我的脚踝,已经在融化的冰雹也堆得到处都是。一根树枝被风刮得飞过我们身边,打向我刚才跪下去捡思特里克兰德的地方。"刷!"很大一声,跟着连续好几声"砰!砰!砰!"另一根更大的树枝打中了屋顶,一路滚了下来。

我朝后门的门阶跑过去,心里原以为那个怪影子会冲向门口迎接

① "三女巫"(weird sisters),莎士比亚名剧《麦克白》(*Macbeth*)是由三个长胡须的古怪妇人开场,weird sisters 之名也有"命运三女神"的意思。

我们，两条白白的大袋子般的手臂张得开开的，用它阴森的老交情向我们示好。事实上，什么影儿也没有，只有狂风骤雨，但还需要别的么？

玩具小狗在凯手里抓得紧紧的。它全身湿透，加上在户外玩了那么几个小时沾上的一层灰，搞得毛都变成黑的。我这次倒没吓着，毕竟，我已经在我做过的梦里看见过了。

为时已晚。没有别的地方可去，没有别的地方可以让我们躲过这场暴风雨。我打开后门，把凯拉·德沃尔抱进“莎拉笑”里。

“莎拉笑”最中央的部分——也就是整栋屋子的中心——已经盖好近一百年了，什么风雨也没它的份儿。但当年七月某日下午湖区这一带的这场骤雨狂风，应该算是最惨烈的一次。只是，我们两个一进到屋里，开始像差点淹死的人般不住大口吸气，我心里就知道，这次老屋应该也挺得住。原木砌的墙面很厚，一进门简直跟一脚踏进堡垒的穹窿一样。管它屋外的风吹雨打再怎么凶猛、强劲，屋里听起来也只像是嗡嗡响的噪音，夹着暴雷作标点，偶尔点缀一下大树枝砸中屋顶而已。不过，屋里听来有一扇门——可能是地下室的门吧，我猜——没关紧，正一下、一下砰砰响，像鸣枪起跑的枪声。厨房的窗户被一棵倒下来的小树穿破了，针状的树尖倒在瓦斯炉的上方，随风摇摆的时候，在料理台和瓦斯炉上面投下阴影。我原想砍掉算了，但又转念不动手。至少它可以把破洞堵住。

我抱着凯走进起居室，两人一起看了一下湖面。黑色的湖面在黑色的天空下掀起阵阵大浪，浪头高得不像是真的。闪电一记接着一记，几乎没有停过，照亮湖边的那一圈树林围着湖面不住狂乱舞动、摇摆。这屋子虽然够结实，顶住了狂风的横扫连击，没被它吹到山坡下面，但也不禁跟着低声呻吟不止。

屋里还有一下、一下节奏稳定的轻柔铃声在响。凯把埋在我肩上的小脸抬起来，四下一看。

“你有大角鹿。”她说。

“对，它叫本特。”

“会不会咬人？”

“不会，小乖乖，它不会咬人。它就像……就像洋娃娃吧，我想。”

“那它的铃铛为什么一直响？”

“它很高兴我们到这里来了，它很高兴我们终于到了这里。”

我看到她的小脸才要高兴起来，我也看到她脑中闪过：玛蒂永远都不会在这里陪她一起高兴……又感觉到她硬是将这样的念头一把推开。有很大的东西摔到了屋顶上面，震得电灯光闪了一下，凯又开始呜咽。

“没事，小宝贝，”我一边说，一边抱着她在房里踱步，“没事，小宝贝，没事，凯。不哭，小宝贝，不哭。”

“我要妈妈！我要玛蒂！”

我抱着她在房里踱步，我想那时我的样子，应该就像做父母的在小宝贝闹肚子痛时都会有的反应吧。以她三岁的年龄，她懂得太多了，正因为如此，她受的苦远比别的三岁小孩要多得多。我抱着她在房里踱步，她身上的短裤浸着尿和雨水，压得我手上整个湿透。紧抱着我脖子的两条小手臂发烫，两颊上沾得又是鼻涕又是泪，细软的发丝在我们冲过滂沱大雨时淋得湿透打结，呼出来的气有丙酮的味道。她手上的玩具狗揪成黑黑的一团，不停渗出黑色的水，顺着指缝往下流。我抱着她在房里来回踱步。我抱着她在“莎拉笑”的起居室里来回踱步，身边灯光幽黯，只开着一盏头灯和一盏立灯。发电机的电流向来不会很稳定，也不会很安静，反而好像会呼吸，会叹息。我抱着她来回踱步，本特的铃铛不停轻轻地叮当，像是从我们有时接触得到但从没真正见过的世界传来的音乐。我抱着她在暴风雨的呼号里来回踱步。我想我那时可能还哼歌给她听，用心念轻抚她小小的身躯，两人一起神游得愈来愈远。室外有乌云狂卷疾驰，雨虐风饕，浇熄闪电击中树林燃起的火势。室内有屋梁不住呻吟，从破掉的厨房窗户钻进来的阵风卷起气流的漩涡，但顶着这一切，有凄凉的庇护，有回家的感觉。

最后，她的眼泪终于慢慢停了。她把脸颊搭在我肩上，小脑袋的重量全放了下来。我们慢慢走过面湖的那几扇窗时，我看到她睁着眼睛盯着外面墨黑里闪着银光的风雨，眼睛睁得斗大，眨也不眨。我也看到抱着她的是一个高个子的男子，发丝已薄。我发现我可以穿透我们两个直接看到餐厅的大餐桌。我蓦地想到，*我们两个的映像已经像幽灵了。*

“凯，要吃东西吗？”

“不饿。”

“要喝牛奶吗？”

“不要，可可。我好冷。”

“好，你现在当然觉得冷。我有可可。”

我想放她下去，她却慌得把我搂得更紧，两条胖胖的小腿紧紧夹着我往上爬。我便再把她抱起来，这一次改让她骑在我腰上。她便安心趴在我身上。

“那是谁啊？”她开始发抖，“谁跟我们在这里？”

“我不知道。”

“男孩，”她说，“我看到他了。”说时用抓在手里的思特里克兰德指向通往露台的玻璃拉门（露台上的椅子全都被吹翻了，堆在一角。其中有一对还不见了，显然是被吹到栏杆下面去了）。“他黑黑的，跟我和玛蒂看的好好笑的戏里面一样。还有别的黑黑的人也在这里。一个小姐戴着大帽子，一个先生穿蓝裤子。别的看不清楚。他们都在看，都在看我们，你有没有看到？”

“他们不会害我们。”

“真的吗？你确定？你确定？”

我没回答。

我在面粉罐后面翻出一盒“瑞士小姐”，拿出一包撕开，把里面的可可粉倒进杯子里。头上又传来一声暴雷。凯在我怀里吓得震了一下，发出一声很长、很凄惨的呜咽。我抱紧她，亲亲她的脸颊。

“我不要下去，迈克，我怕。”

“我会一直抱着你。你是我的心肝宝贝。”

“我怕那个男孩，那个穿蓝裤子的先生，那个小姐。穿玛蒂衣服的就是那个小姐。他们是鬼吗？”

“对。”

“他们是坏人吗？像在游园会里追我们的那些人？他们是坏人吗？”

“我不清楚，凯，我没骗你。”

“等一下就知道了。”

“啊？”

“你在想啊,‘等一下就知道了。’”

“对,”我说,“我大概就是这样子想。差不多是这样。”

我放了一壶水在炉上煮,然后抱着凯下楼到主卧室,心想乔应该还留有什么可以让凯套一套的吧。但乔的五斗柜全是空的,她那一边的壁橱也是。我让凯站在大双人床上,这张床从我回来后,连小睡一下也没睡过。我帮凯脱下衣服,把她抱进浴室,拿了一条大浴巾包住她。她伸手紧抓着浴巾,浑身发抖,嘴唇发青。我再拿一条浴巾帮她把头发尽量擦干。她全程都没松手放开她的小狗狗,那小狗狗的缝线已经裂开,里面塞的填充物漏了出来。

我打开医药柜,在里面翻了一下,在最上层翻到我要找的:笨海拉明,乔花粉热发作时拿来应急的。我原想看一下盒子底下的到期日,却差一点就笑了出来。这有差别吗?我抱凯站在放下来的马桶盖上,让她抱着我的脖子,然后拿了四颗小小的粉红带白的药丸,开始拆儿童安全防护膜。我洗干净我的漱口杯,倒进冷水。我在做这些事时,注意到浴室的镜子里面好像有影像在动;浴室的镜子照得到浴室的门口和门外的主卧室。但我在心里跟自己说,我看到的只不过是屋外风吹树木的影像。我把药丸拿给凯,她伸手要拿,又马上定住没动。

“吃吧,”我说,“是药。”

“什么药?”她问我,小小的手还是定在我手上的那一小撮药丸上面。

“治伤心的药,”我说,“你会不会吞药丸,凯?”

“会。我两岁时就会了。”

她又犹豫了一下,盯着我看,看进我心里。我想,她那时是想确定我跟她讲的话我自己也真的相信。而她看到的或感觉到的应该还让她满意,因为她从我手上拿起药丸放进嘴里,一颗放完再放一颗。她从杯子里一小口、一小口地喝水,把药丸吞下去。全吃下去后,她跟我说:“但我还是很伤心啊,迈克。”

“要等一下才会有效。”

我又到我放衬衫的抽屉翻了一下,找到一件洗得缩水的哈雷摩托车T恤。穿在她身上还是大得不像话,但我在一边打了一个结,结果就像怪怪的纱笼裙,还老是会从她肩头往下滑,几乎算得上俏皮。

我习惯在屁股口袋里面塞一把梳子。我把梳子拿出来，替她把头发从前额和太阳穴往后梳顺，她的模样看起来就比较像样了。但我总觉得还是少了不知什么，一样在我脑子里和罗伊斯·梅里尔连在一起的东西。说起来还真离谱……不是吗？

“迈克？什么拐杖啊？你在想什么拐杖啊？”

这时，我才想到。“棒棒糖拐杖，”我跟她说，“有条纹的那一种。”我从口袋里拿出那两条白色发带，红色的镶边在明暗不定的灯光下有一点像生肉的颜色。“很像这个。”我用发带帮她绑了两根小马尾。现在，她有她的发带，有她的黑色小狗狗，向日葵是往北边移了几英尺的距离，但到底还在。万事俱备，也差不多都是该有的样子。

又一记暴雷打下来，屋子附近有树倒下来，屋里的灯就全暗了。屋子陷入约五秒灰黑的暗影后，电又来了。我抱着凯要回厨房去，走过地下室门口时，听到身后传来笑声。我听到了，凯也听到了，从她的眼神看得出来。

“你要保护我，”她说，“你要保护我，因为我是小东西。你说过。”

“我会保护你。”

“我爱你，迈克。”

“我也爱你，凯。”

水壶已经在尖叫。我拿一个杯子，装进一半热水，再倒进牛奶降低水温，也让可可浓郁一点。我抱着凯走向长沙发。经过餐桌时，我看了一眼IBM打字机和我那沓稿子，字谜书还压在稿子上面。这些东西现在看起来都好像有一点可笑，也有一点让人难过，像以前就一直不太灵光的东西现在整个都失灵了。

闪电照得天空大亮，洒得整个房间都是紫色的光。在那大亮的瞬间，屋外扭动的树木活像张牙舞爪的怪物。就在照穿玻璃拉门打向露台的闪光里，我看到一个女人站在我们身后，就在木头炉台旁边。她真的戴着一顶草帽，宽宽的帽沿有车轮那么大。

“你说河已经快要流到大海了是什么意思？”凯问我。

我坐进沙发，把杯子递给她：“喝光。”

“那些人为什么要我妈妈痛痛？他们不喜欢我妈妈玩得高兴吗？”

“我想是的。”我说完就哭了出来。我把她抱在怀里，用手背擦去脸上的泪。

"你也应该吃那些治伤心的药。"凯说。她拿着手上的杯子朝我递过来，我帮她扎的松松的两根马尾在轻轻抖动："给你，你喝一半。"

我喝了一口。屋子北端又传来辗压、碎裂、掉落的巨响。发电机轰隆低鸣打了几个嗝，屋子里就又变暗。影子在凯的小脸上飞速划动。

"忍耐一下，"我跟她说，"不要怕，等一下电就来了。"过了一下电真的来了，只不过，现在我听出来发电机的低鸣里夹着不规律的呻吟，灯光闪烁也比较明显。

"讲故事，"她说，"讲灰姑姑的故事。"

"灰姑娘。"

"对，灰姑娘。"

"好，但是讲故事要收费。"我嘟起嘴，咂了一下。

她马上举起手上的杯子，可可很甜，很好喝。有人在盯着你看的感觉很沉重，一点也不好过。但就随他们去看吧。也没多久了，就让他们看吧。

"有一个小女孩叫灰姑娘——"

"很久很久以前！讲故事都要讲很久很久以前！讲故事都要讲很久很久以前！"

"哦，对，我忘了。好，很久很久以前，有一个很漂亮的小女孩，她的名字叫做灰姑娘。她两个很坏的同父异母姐姐叫……你记得吗，凯？"

"塔米菲和凡娜。"

"对，发胶国的女王们。她们规定灰姑娘要做很多很讨厌的家务，像扫壁炉啊，扫后院的狗大便啊。后来，有一支很有名的摇滚乐队，叫做'绿洲'，要到皇宫开演奏会，虽然每一个女孩子都受到邀请……"

等我讲到仙女教母抓了几只老鼠变成一辆奔驰大轿车的时候，笨海拉明开始发挥作用。它还真是治伤心的药，我朝下看，发现凯已经在我的臂弯里睡熟了，手上的杯子歪得快要翻过去。我把杯子从她手上拿下来，放在茶几上面，把她额前半干的头发往旁边拨。

"凯？"

没回答。她已经进入诺弟和眨眼比尔①的国度了，跟她之前没睡够

---

① 诺弟（Noddy）、眨眼比尔（Blinky）是英国童话书和卡通里的角色。

午觉说不定也有关系。

我抱起她朝北厢的卧室走去，她的两只小脚软软地上下晃动，哈雷摩托车T恤的下摆在她的膝盖周围轻飘。我把她放上床，把羽绒被直拉到她的下巴盖好。连番雷声像炮火连击，但她动也没动。累坏了，伤心，笨海拉明……加起来让她睡得很熟、很沉，带她远离鬼魂和悲伤，这样也好。

我弯下腰亲一下她的脸颊，她的小脸终于不再发烫。“我会保护你，”我说，“我保证，我一定会。”

好像是听到了我说的话，凯侧翻过来，把紧抓着思特里克兰德的手挪到下巴旁边，轻轻叹了一声。眼睫毛衬着脸颊黑得像煤灰，和她淡黄的发色形成奇怪的对比。看着她，我觉得心口满满的都是爱，涨得好难受，像作呕想吐的感觉。

保护我，我是小东西。

“我一定会保护你，凯宝贝儿。”

我走进浴室，开始往浴缸里装水，跟我那次梦里一样。我若赶在发电机整个不动前装够热水，她就正好可以在睡梦里撑过一切。我若有洗澡玩具就好了，万一她醒过来就可以拿给她玩，泡泡鲸鱼韦尔翰就可以。但她还有她的小狗狗，何况她搞不好不会醒。又不是要把她放在手摇泵下面进行冷死人的受洗仪式。我这人并不残酷，也没疯。

我的医药柜里只有抛弃式刮胡刀片，对我等一下要做的事不太合用，效率不够高，但到厨房拿一把牛排刀就好了。浴缸里的水够热的话，我搞不好还没一点感觉。每只手臂上各一个T，横杠要划过手腕——

这时，我回神了一下。有声音——我自己的声音，还加上乔和玛蒂——在喊：*你在想什么？哦，迈克，天哪你在想什么？*

雷声又响了，屋里的灯光闪了一下，雨开始往下哗啦啦地倒，还夹着强风。我就跟着又倒回去了，一切都很清楚，我该走的路无可争辩。就这样结束吧——悲伤、心痛、恐惧全都结束吧。我不要再想玛蒂踮着脚尖把飞盘当舞台灯光打出来的圆点跳舞了。我不要再看凯拉醒来，不想再看她眼睛里都是惨痛。我不想过今晚，不想过今晚过后的白天，或今晚过后的白天过后的白天。那列神秘列车不过就是一节、一节一模一样的车厢。生活就是苦。我想好好泡一次热水澡，把苦都治好。我抬起手臂，医药柜的镜子里一个模糊的人影——那个怪影子——跟着抬起手臂，像是摆出搞笑的欢迎姿势。是我。一直都是我,但不要紧。都不要紧。

我跪下一条腿摸一下水温。很舒服,很暖。那好,就算发电机现在停摆也没问题。浴缸很旧,很深。朝厨房走去拿刀时,我想过先在洗脸槽热一点的水里割破手腕后再抱着她爬进浴缸。不好,我决定不要。之后找来的人会有误会,那些都是心思龌龊、想法更龌龊的人。那些人在暴风雨结束,倒在路上的树木都清干净后,会到这里来。不行,替她洗好澡后,我就要把她放回床上去,连她手上的思特里克兰德一起。我再坐在床对面,坐在卧室窗边的那张摇椅上面。我会铺几条毛巾在腿上,尽量不让血染到我的长裤。最后,我也会跟着沉睡。

本特的铃铛依旧是响个不停,还更大声,敲得我很烦,再这样子敲下去连孩子都会被它吵醒。我决定把铃铛扯下来,要它永远给我闭嘴。我穿过卧室,这时,一道强风从我身边扫过。不是从厨房破掉的窗户吹过来的风,而是先前有过的那股暖暖的仿佛地铁里的风。这股风把字谜书《头痛时间》吹到了地板上,但稿子上有镇纸压着,没有跟着飞起来。我朝那方向看过去时,本特的铃铛却没了声音。

暗暗的房间里飘过轻轻耳语。我听不出来说了些什么,但又有什么关系?再搞这显灵,再给我吹一次另一个世界来的风,要紧吗?

雷声轰隆滚来,轻叹再起。这一次,由于发电机已经停摆,屋里的灯光全部熄灭,房间跟着陷入灰黑的暗影,我就听清楚了一个字:

十九。

我马上朝后转,在原地转了个一百八十度,把影影绰绰的黝暗房间看过一遍,最后,眼光落在我那沓书名要叫《我的童年伙伴》的稿子上面。这时,我想通了。

不是字谜书,也不是电话簿。

我的书,我写的稿子。

我走过去,心里模模糊糊地想,北厢浴室的浴缸里水应该已经停了。发电机一停,水泵就跟着停。没关系,水应该已经放得够深,也够热。我会先帮凯拉洗澡,但在这之前,我还有一件事要处理。我必须往下走十九,之后,我可能还要再往下走九十二。这些都没有问题,因为我已经写完一百二十页的稿子,所以不会有问题。我抓起柜子上的一盏电池提灯;

这柜子里还放着我收藏的数百张黑胶唱片。我打开提灯，放在桌上。提灯打出一圈圆圆的白光，照在我那沓稿子上面——在午后黝暗的光线里，亮得像聚光灯。

在我写的《我的童年伙伴》第十九页里面，蒂芙尼·泰勒——就是那个把自己改头换面变成雷吉娜·怀廷的应召女郎——正和安迪·德雷克一起坐在书房里面，回想约翰·桑博恩（约翰·沙克尔福德那时候用的化名）救下她三岁女儿凯伦一命的情景。我伴着窗外隆隆的雷鸣和不住冲刷露台拉门的雨声，读的就是这一段：

伙伴，努南著，第十九页

“是那个方向，我很确定，”她说，“但哪里都找不到她时，我就改到热池去找。”她点起一根烟，“结果看到的情况吓得我很想大叫，安迪——凯伦沉在水里，只有一只手露在水面上，指甲已经发黑。接着……我想我应该是跳进水里，但我不太记得，我吓得脑中一片空白。之后的事就像是在做梦，什么事在脑子里都挤在一起。那个园丁——桑博恩——把我推开，自己跳了下去，他的脚还撞到我的喉咙，害我有一个礼拜没办法吞东西。他用力去拉凯伦的一条手臂，我觉得凯伦的肩膀被他拉得脱臼了。但他拉到她了，他拉到她了。”

德雷克在黝暗的光线里看到她轻轻啜泣：“天哪，天哪，我那时还以为她死了。我真觉得她死了。”

我马上就懂了，但我还是把速记簿压在稿子左边的空白上面，让自己看得再清楚一点。稿子最左边每一行的第一个字母一路往下读，连起来正是直排的纵横字谜解答，拼出的是我一开始写这部小说时就差不多已经出现的信息：

owls undEr stud O

再来，若把倒数第二行另起一段的空格也加进去的话：

owls undEr studIO(猫头鹰在工作室底下)

比尔·迪安，帮我打理房子的人，坐在他卡车的驾驶座上。他到这里来的两大目的已经达到——欢迎我回TR；警告我离玛蒂·德沃尔远一点。现在他准备要走了。他冲着我笑，露出嘴里大大的假牙，那种假牙叫“乐百客”。“你若有时间就把猫头鹰找出来吧。”他跟我说。我问他乔弄两只塑料猫头鹰到这里来干吗，他说是为了吓走乌鸦，免得它们老是在木板上面大便。我接受他这说法，那时我脑子里转着别的事，只不过……“她好像是专程来办这件小事似的。”他说。我怎么从没想到过——至少那时一直没想到——在印第安人的民间故事里，猫头鹰还另有作用：据说它们可以挡下恶灵。乔若知道塑料猫头鹰可以吓走乌鸦，那她也一定知道猫头鹰可以挡下恶灵。她那人就爱捡这类的小知识搜集起来。我那喜欢追根究底的妻子。我那满脑子乱跑野马、才气纵横的妻子啊。

雷声隆隆传来。闪电划进层叠乌云，像泼出去的大片亮眼强酸。我站在餐厅的桌边，写好的一沓稿子拿在略微发抖的手里。

“天哪，乔，”我轻轻说道，“你到底挖出了什么？”

你又怎么会不跟我说呢？

不过，我想我知道答案。她没跟我说，应该是因为我有一点像麦克斯韦尔·德沃尔，他的曾祖父和我的曾祖父是在同一个茅坑里拉屎的。听起来说不通，事实却正是这样。而且，她连自己的大哥也没说过。关于这一点，我倒怪怪地还觉得有一点安慰。

我开始翻自己写的稿子，鸡皮疙瘩跟着爬满全身。

安迪·德雷克在迈克·努南写的《我的童年伙伴》不太蹙眉(frown)，而是皱眉(scowl)，因为皱眉里有猫头鹰(owl)。约翰·沙克尔福德在来佛罗里达以前，是住在加州的影城市(Studio City)。德雷克第一次和雷吉娜·怀廷见面，就是在她的书房(studio)里面。雷蒙德·加拉蒂最后登记的住址是拉戈岛的影城公寓(Studio Apartments)。雷吉娜·怀廷的闺中密友是斯黛菲·安德伍德(Steffie Underwood)。斯黛菲的丈夫叫陶尔·安德伍德(Towle Underwood)——真有一手，买一送一。

Owls under studio(猫头鹰在工作室底下)

到处都看得到，每一页都看得到，跟电话簿里K开头的名字一样，像一具纪念碑。这纪念碑不是莎拉·蒂德韦尔盖起来的——我很确定——而是约翰娜·阿伦·努南盖起来的。我的妻子背着守卫在偷偷跟我传递信息，一秉她宽大的胸怀，衷心期盼我看得到，也看得懂。

到了第九十二页，沙克尔福德在监狱的会客室里和德雷克谈话——两只手压在大腿下面，两只眼睛紧盯着脚踝上的铁链，不肯抬起脸来正视德雷克一眼。

伙伴，努南著，第九十二页

只说这一件事。其他的，妈的，有什么好？人生就是比赛，我比输了。你要我跟你说，我是真的曾把一个小女孩从水里拖出来，让她恢复心跳？是的，我做过，但不是因为我是英雄或圣人……

还有，但不必再读下去。同第十九页一样，“猫头鹰在工作室底下”这一排也在这一页的左边。我这沓稿子里，不管哪一页，大概都是这样。我还记得我发现自己先前的写作障碍已经不见了，我又可以开始写作的时候，心头的那份狂喜。我的写作障碍是不见了，但不是因为被我克服了或被我找到路给绕过去，而是乔帮我排除的。乔帮我克服写作障碍的目的，跟我二流恐怖奇情小说作家的事业是不是还走得下去，没有多少关系。那时，我站在不时划过的闪电亮光里面，觉得身边汹涌流动的气流里有看不见的访客在绕着我打转。我想起了莫兰老师，我小学一年级的女老师。你想跟着黑板上的帕玛①字母写出圆滑的曲线，但手不听使唤、线条开始发抖的时候，她会伸出她厉害的大手，扶着你的小手帮你一起写好。

乔就是这样子在帮我。

我随手乱翻这沓稿子，发现这几个关键词到处都是，有的地方是在不同行里，一个字叠一个字排成垂直的一串。她费尽了心思就是要让我知道这件事……而我要直到发现为什么之后才开始去找。

---

① 帕玛教学法(Palmer Method)，二十世纪初发明的英文字母教学法，通行于美国小学，教刚学写字的小孩写出漂亮的草体字。

我把稿子朝桌上一扔，但没等我把镇纸放回去，就有一阵冷得冻死人的强风从我身边刮过去，吹得稿纸在房间里像卷入旋涡一般狂乱飞舞。若那股强风想把一张张稿纸都绞成一条条碎屑，我敢说也一定可以。

不行！我刚抓住提灯的把手，就听到它大喊，不行，把事做完！

一阵又一阵冷风绕着我的脸不住地吹，好像有我看不到的人站在我面前，不住地对着我的脸吹气。那人跟着我往前走的脚步在往后退，鼓着腮帮子拼命吹气，像三只小猪的故事里躲在屋外的可恶大灰狼。

我把提灯挂在手臂上，两只手伸在前面，用力拍了一下，吹在我脸上的那一阵阵冷风就停了，只剩堵了一半的厨房窗户吹进来乱蹿的阵风。"她还在睡，"我知道那东西还在静静盯着我看，我说，"所以，还有时间。"

我开了后门走出去，强风马上堵住我，吹得我朝侧边颠踬几步，差一点摔倒在地。屋外狂舞的树林枝叶里面，到处都是绿色的人脸，死掉的人脸。德沃尔在内，还有罗伊斯和桑尼·蒂德韦尔，但最多的是莎拉·蒂德韦尔。

到处都是莎拉的脸。

不行！回去！你哪需要车子哪需要猫头鹰！甜心！回去！把事做完！把你来这里原本要做的事做完！

"我不知道我到这里来是要干吗。"我说，"在我找出来之前，我什么也不做。"

狂风呼啸，像在发动攻击，扯下别墅右边一棵松树上一根很大的树枝。树枝砸中我那辆雪佛兰的车顶，溅起大片水花，砸凹了一大块车顶，然后摔落在我身边。

在这里拍手的用处，大概就跟卡努特王喝令海潮退去[①]一样吧。这里是她的地盘，不是我的……而且，还只是她地盘的边儿而已。每朝大街和旧怨湖多走近一步，就离她地盘的中心更近一步。在那地方，时间是空的，幽灵才是主宰。我的天哪，到底是出了什么事会弄成这样？

往乔工作室去的小径上，水已经淹成小溪。我往前走了十几步，踩到

---

① 卡努特王(King Canute)，公元十一世纪统治古英格兰、丹麦、挪威等地的国王，有诸多传奇故事，最有名的就是他曾经号令大海退去但未成功。

一块大石头，重重朝侧边摔了下去。闪电在空中划出闪亮的斜线，我听到有大树枝断掉的声音，然后就觉得有很重的东西朝我砸过来。我连忙伸手护住脸，朝右边滚，滚到小径外面。那根大树枝砸在我身后的地上，我滚到了斜坡一半的地方，上面满是厚厚的松针，很滑。好不容易，我终于爬了起来。砸在小径上的那根大树枝，竟然比砸中我车子的那根还要粗，若真砸中了我，很可能弄得我脑袋开花。

回去！一阵恶毒的强风嘶嘶穿过树林。

把事做完！湖水咕噜噜、稀里哗啦地打上大街下面的石头和堤岸。

管好你自己的事！这一次是屋子发出的声音，是从地基传来的咕哝怒骂，管好你自己的事就好，我的事你别管。

但凯拉是我的事。凯拉是我女儿。

我从地上捡起提灯。灯罩摔裂了，但里面的灯泡仍然很亮，光线也很稳定——看来不是没人站在我这边。我弯下腰，顶住呼啸的强风，伸手护住头顶免得又有树枝砸下来，就再又跌又撞地走下斜坡，往我死去妻子的工作室踉跄走过去。

27

门一开始打不开。我在转门把时，门把会动，所以我知道门没锁住。雨大得像是要把林子淹没了……难道是有东西挡在门后？我往后退，双膝微蹲，侧着肩膀朝门撞过去。这次门动了一下。

准是她。莎拉。站在门后顶住门不让我进去。但她是怎么办到的？怎么可能？苍天在上！她妈的可是鬼啊！

我想起那辆“邦姆建筑”的小货车……仿佛心念一动即如招灵，我几乎能看到那辆小货车就在42巷入口的公路路边。几个老太太坐的轿车停在后面，而且现在又多出了三四辆车。每辆车的雨刷都在来回摆动，头灯在滂沱的大雨里面划出几道微微的圆锥形光束。几辆车排成一列，停在路肩，像是后院大拍卖。只不过，这不是后院大拍卖，只是几个老家伙静静坐在车子里面而已。这些老家伙跟我一样在神游，也在发送感应。

是她把他们叫来的，是她把他们给吸走了。德沃尔就是碰上了这样的事——当然，我也算是。我回这里后看到的那么多“异象”，很可能都是我自己的“灵力”弄出来的。想起来算挺好玩的。

只不过，“恐怖”可能才是我心里真正要用的形容词。

“乔，你要帮我。”我顶着倾盆大雨发出哀求。天上一阵阵闪电，映得豪雨如注的水幕闪现的刺眼银光跟着一阵阵瞬息明灭。“你爱我，现在就快帮我！”

我再度后退朝门撞过去，这次没遇上抵抗，弄得我整个人摔进门内，小腿还撞到了门框，双膝跪地，所幸提灯还牢牢抓在我手里。

寂然无声，只觉得屋里的灵力和幽魂像是在重整旗鼓。霎时万物俱息，只剩下我身后乔生前最爱闲逛的那一处林子——不管有没有我陪都爱去的林子——依然狂风猛吹，暴雨骤袭，像无情的园丁恣意修剪林子里已死或奄奄待毙的树木，把前十年平和时光里偷闲不做的活儿，趁这一小时的狂啸全都补齐。接着，屋门砰一声关上，开始了。我在提灯照出来的光线里看得一清二楚。一开始，我搞不清楚自己看的到底是什么，只知道满屋子乒乒乓乓、东西乱飞，我妻子生前钟爱的工艺作品和她收藏的宝贝全都毁了。

她挂在墙上加框保存的阿富汗地毯摔了下来，从工作室这一头飞到另一头，黑色的栎木框砸得四分五裂。她那几幅娃娃拼贴画里伸出来的洋娃娃头，一个个从画里飞出去，像狂欢派对在开香槟。挂在天花板的灯泡啪一下爆掉，洒了我一身碎玻璃。屋子里卷起一股冷冷的怪风，没多长时间一股就变成了多股，在屋子里乱蹿，卷成强大的气旋，温度也热了起来。气旋从我身边扫过，好像在仿效屋外的狂风骤雨。

至于莎拉，则是直朝书架冲过去。跟着，书架就像是用牙签和棒棒糖棍做的一样倏地爆裂成一大团细碎的木屑，如粉尘般从空中落下。靠墙放的爱斯基摩皮艇木桨飞到空中，先是用力快速划了几下，然后就像长矛般直朝我刺了过来。我赶忙往地板上趴，倒在绿色的碎布毯上面躲过去，几块灯泡的碎玻璃插进了我的手掌心。我趴下去时，摸到了别的东西——好像有一道隆起，就藏在地毯下面。那根木桨重重打在对面的墙上，马上断成两截。

接着是我妻子生前从没学会的五弦琴，也飞到空中转了两圈，琤琤琮琮拨出清脆的几个音，虽然走音，但还听得出来曲调——但愿我人在棉花田里，斯土往事不容忘记。①曲子弹到这里，就“哐——！”一声，五根琴弦悉数断裂。五弦琴在空中又转上一圈，发亮的钢弦在工作室的墙上打出一条条鱼鳞纹的反光。紧接着，五弦琴往地板上一栽，摔得七零八落，鼓状的琴身裂开，调音的弦轴飞开弹落，像一颗颗牙。

这时，室内流窜的空气也开始——该怎么说才好呢？——开始汇聚起来，到后来，听起来不再像气流，而是像人声——呼呼喘气、不属于尘世的诡异人声。若有声带让他们喊得出声的话，准会听到它们在尖声怒骂。提灯射出去的光束中涌现浮游的灰尘，呈螺旋状，时聚时散，飘舞不停。莎拉这时倏地出声咆哮，用她的破锣嗓子大骂：“走开，贱货！马上给我滚！不关你的——”接着，一声怪怪的、虚虚的“砰！”好像空气撞空气，之后就是冲过风洞的厉声尖叫。我认得这声音，前几天的半夜里我听过。是乔的尖叫。莎拉在对付她，莎拉在折磨她，因为她居然胆敢出手干涉。乔厉声尖叫。

“不！”我大喊一声，从地上站起来，“放开她！你放开她！”我朝前跨步，拿提灯在眼睛前面摇晃，想这样把莎拉打退。瓶口塞着软木塞的一堆玻璃瓶从我身边高高掠过——有装着干花的，有装着薄片蕈菇的，有装着木本香草的。一个个玻璃瓶打在对面的墙上，声音像清脆的木琴。没一个瓶子打中我，好像有一只看不见的手把瓶子转到别的方向去。

这时，乔的活盖式书桌飞到空中。这张书桌少说也有四百磅重，每一张抽屉里都塞满了东西，此时却轻得像羽毛，轻飘飘就飞了起来，在对峙相持的气流里面先是歪向一边，再歪向另一边。

乔又发出尖叫，这次的尖叫里饱含怒气，而非痛楚。我朝后颠踬几步，靠在紧闭的门上，觉得自己整个人好像都被掏空似的。看来会吸走活人能量的不是只有莎拉一个。这时，有白色的黏稠液体——这就是所谓

---

① 但愿我人在棉花田里，斯土往事不容忘记（wish I was in the land of cotton, old times there are not forgotten），美国南方民谣《迪克西兰》的头两句。

的“外质”①吧，我猜——从书桌的文件架上飞溅出来，总共约十二条细流，书桌便又猛然飞过工作室。飞得太快，我的眼睛几乎跟不上。有谁挡在前面，绝对被它撞翻倒地。马上就传来天崩地裂的一声嘶喊，愤恨夹着剧痛——这一次喊的是莎拉，我知道准是莎拉。书桌跟着撞上墙面，把墙撞出一个大洞，强风骤雨就从屋外猛灌了进来。书桌的活盖撞得松脱，挂在拉槽上像耷拉在嘴巴外面的舌头。书桌的每个抽屉都掉了下来，一卷卷线轴、一团团毛纱、几本小小的花草动物鉴别图册、某本树木指南、几个顶针，还有笔记本、编织针、干掉的魔术笔等等——乔在尘世的“遗害”，凯的说法——飞得到处都是，像骨骸和碎裂的乱发从被挖出来的棺木里被人乱扔一通，无所顾惜。

“住手，”我大喝一声，嗓子已经嘶哑，“住手，你们两个。够了。”

根本就不必我来啰唆。除了屋外肆虐的狂风暴雨之外，这时就只剩我一个人，只身站在我妻子凌乱残破的工作室里面。恶战已经结束。至少目前暂告休兵。

我跪在地上，把绿色的拼布地毯折起来，尽可能把地板上的碎玻璃包进去，看到多少就包多少。地毯下面有一扇掀盖式活门，里面是一个三角形的小贮藏室，顺着往湖面下去的斜坡盖出来的。我摸到的那道隆起就是活门的一条铰链。我本来是知道有这么一间小贮藏室的，也想过要到这里来找猫头鹰，但后来的事情接二连三，我就忘了。

活门上有一个凹口。我伸手去拉门，原以为又要被堵一次，没想到一下子就拉起来了。里面飘出来的那股味道，使我顿时愣在原地。不是潮湿的腐臭，至少一开始不是。那味道是“红”——乔最喜欢的香水。香气绕着我飘了一下就散掉了，紧接而来的是雨水、树根、烂泥巴的腥腐。不好闻，但我在湖边那棵可恶的桦树那边闻过更难闻的。

我拿提灯朝下面那三阶很陡的台阶照了一下，看到一个矮墩墩的东西。那是一具马桶，我记得好像是比尔·迪安和肯尼·奥斯特在一九九〇年或一九九一年时搬到这下面来的。还有裹在塑料袋里面的铁盒

---

① “外质”(ectoplasm)，据称为灵媒身上渗出来的物质，凝结后会出现死者的面容、手或身躯的形状。

子——其实就是档案柜的抽屉——堆在几层栈板上面。旁边是老唱片和报纸。另外有一台八声道的唱机，套在一个大塑料袋里面。再过去是一台旧录放影机，一样套着大塑料袋。最里面的角落——

我一屁股坐下来，伸长腿朝那边探过去，觉得有东西碰到我先前落水扭伤的脚踝。我拿起提灯朝膝盖中间一照，一时间觉得好像看到了一个黑人少年的身影。不是淹死在湖里的那个——这一个年龄更大，体型也大得多。十二岁吧，搞不好十四，而那个淹死的孩子绝对不超过八岁。

少年朝我龇牙咧嘴，像猫一样嘶嘶出声恫吓。他的眼睛里面没有瞳仁，跟湖底那孩子一样，一片白茫茫，像铜像。他还在朝我摇头：*你别下来，白人，让死者安息。*

"你又没有安息。"我说着把手上的提灯朝他照过去。一刹那，我像是看到了一个无比恐怖的东西。我可以看穿他的躯壳，也可以看进他的躯壳：他嘴里烂得只剩一截腐肉的舌头，他框在眼眶里的眼珠子，他脑壳里像腐败的生蛋般咕嘟冒泡的脑浆。片刻，他就又消失，只见螺旋状的游尘四处飘移。

我坐下来，把手上的提灯举高。提灯下面晃悠悠都是一团、一团的黑，影影绰绰，像要朝上扑来。

这小贮藏室（充其量也只能说是名称比较好听的"土库"），铺的是木头的栈板，垫在杂物和泥地中间。现在水已经淹进栈板下面，像潺潺的小溪，底下的泥土也冲走了不少，爬进去还更滑溜难行。"红"的幽香已经全闻不到了，取而代之的是腥臭的河床泥味，外加——我知道依当时那状况不太可能，但真的就有——一丝闷闷的火烧和灰烬的味道。

我一眼就看到了我钻进来要找的东西：乔用邮购弄来的那两只猫头鹰，她在一九九三年十一月专程跑到这里来签收的猫头鹰。就放在东北角，在那块斜铺的木头栈板和上方的工作室地板之间，只有约两英尺的高度。天哪，看起来跟真的一样！比尔说过，还真是一点也没说错。那两只猫头鹰被提灯的亮光一照，还真像两只鸟被绑得紧紧的塞进塑料袋里面闷死。眼睛像是两圈亮亮的结婚戒指，圈住斗大的黑色瞳仁；塑料羽毛漆成松针的墨绿色，肚子是脏脏的橙白色。我从吱吱嘎嘎、动来动去的栈板上朝那两只猫头鹰爬过去，提灯的光在它们中间跳来跳去，爬的时候还要强迫自己不要去想那黑人少年是不是就跟在后面要来抓我。等爬到了猫头鹰那边,我没多想就抬起头,结果一头撞在工作室地板下铺的绝缘板上面。心里不禁想,敲一下表示肯定,两下表示否定,你还真猪头。

我伸出手钩住包着猫头鹰的塑料袋,把它们拉过来。我只想快快出去,身子底下有水不住地流,感觉很怪,很不舒服。还有那火烧的气味也是,虽然地底下这么潮湿,这火烧的味道闻起来却更浓了。万一工作室烧起来怎么办?万一莎拉放火烧了房子,那可怎么办?就算有风雨泥流正泡着我的两条腿和肚皮,我也一样会被烤焦的。

我看到有一只猫头鹰是站在塑料底座上的——这样才更容易放在露台或门阶上吓走乌鸦——但另一只的底座却不见了。我朝活门倒退回去,一只手抓着提灯,另一只手抓着套着两只猫头鹰的大塑料袋,每听到头上打下一记暴雷就一阵胆战心惊。但才退没几步,绑塑料袋的湿绳子就散了,没底座的那只猫头鹰慢慢从袋子里朝我滑过来,镶金边的黑色大眼眨也不眨,定定地看着我的眼睛。

一股幽香朝我卷来。淡淡的“红”香水,闻来让人心头一宽。我伸手抓住这只猫头鹰前额的一撮羽毛,形状像角,把猫头鹰倒翻过来。原本应该安着底座的脚现在只剩两个木钉,中间有一个洞。洞里面藏了一个小马口铁盒,不必等我伸手到猫头鹰的肚子里去把铁盒子拿出来,我就已经猜到了。我用提灯一照,果不其然:乔的妙点子,老式的镀金花体字。是乔不知在哪里的老谷仓找到的铁盒。

我看着盒子,心跳得很厉害。头顶依然雷声隆隆,活门依然开着,但我已经忘了出去这件事。我把什么都扔到脑后,只顾着看手里的那个马口铁小盒。它约有雪茄盒那么大,但比较浅。我伸手抓住盒盖,把盒盖拿起来。

盒里散落着一些折起来的纸,下面压着两本速记簿,是我平常四处放的那种线圈笔记本,好让我随时可以记下写书的灵感和角色。这两本速记簿用橡皮筋扎在一起。盒子最上面放的是一张会反光的黑色方形薄片。我把薄片拿起来,凑近提灯旁边一看,才发现是一张相片的底片。

我看见底片上有幽魂魅影一般的人影,是颠倒的,略泛一点橘色。是乔,她身上穿的正是那件灰色的两截式泳衣。她站在我们的浮台上面,举着两只手搭在脑后。

"乔,"我只喊了这个字就哽咽起来,喉头堵得都是泪。我把底片拿在手里,不想放手,过了一会儿,才放回盒子和纸及速记簿摆在一起。她在一九九四年七月到"莎拉笑",为的就是这些:她先把东西都搜集好,然后想办法藏得严严的。她把猫头鹰从露台上拿下来(弗兰克说他听到露台那边有门"砰"的一声),放进这里。我好像看见那时的乔把一只猫头鹰的底座撬下来,将铁盒子塞进猫头鹰的塑料屁股里面,再用塑料袋把两只猫头鹰包好,拖到这下面来,留她大哥一人在屋外抽他的万宝路,觉得"莎拉笑"四周有灵力在振动,不好的振动。我不敢说我猜得到她这样做的理由,或当时她是怎么想的……但我知道,她有把握,到最后我一定会找到这里来的。要不然,她留这张底片在这里干吗?

盒子里散放的纸,大部分都是影印的剪报,《城堡岩号角》《每周新闻》之类,而《每周新闻》看来是《城堡岩号角》之前的报纸。每张影印纸上都有我妻子整齐、有力的笔迹。时间最早的是一八六五年,标题是*又一人安然返乡*。这安然返乡的城堡岩子弟叫做贾里德·德沃尔,三十二岁。有件我一直想不透的事:世代对不起来。现在忽然懂了。我蹲坐在栈板上面,提灯的光打在影印纸古老的印刷字体上时,脑子里响起了一首莎拉·蒂德韦尔唱过的歌,一首小曲:*老的做,小的就跟着做 /由老的做给小的看要怎么做*……

莎拉和红顶小子来到城堡岩,落脚在后来人称蒂德韦尔草地那一带时,贾里德·德沃尔应该已经有六十七八岁了。老归老,但精神依然矍铄。打过南北内战的老兵,正是年轻小伙子会当老大崇拜的那一号长辈。莎拉的歌唱得没错——是由老的做给小的看要怎么做。

而他们到底做了什么?

有关莎拉和红顶小子的剪报里没提到。虽然我只是大致看了一下,但剪报里的语气还是看得我倒抽一口气。要我形容的话,就是满嘴仁义道德遮不住的鄙夷嫌弃。红顶小子是"我们南边的黑鹂鸟儿"①、"我们有节奏感的黑仔"、一个个"满肚子阴沉的好脾气";至于莎拉则有"黑人妇女的好体态,宽宽的鼻梁、丰厚的双唇、高贵的额头","不管是男性同胞还是女性同胞,见她野性的气派、灿烂的笑容、沙哑的狂笑,无

① 黑鹂鸟(blackbird),比喻被抓去当奴隶的黑人或太平洋群岛的原住民。

不倾倒。”

这些文章，天可怜见，天地良心，都只是评论而已。还不错的评论——就看你在不在乎被人说是“满肚子阴沉的好脾气”。

我把影印的剪报快快翻了一遍，想找出来“我们南边的黑鹂鸟儿”是在怎样的情况下离开这里的，但没找到。我倒是看到一份标明为一九三三年七月十九日（我心头马上出现：往下十九）《号角》报的影印剪报。标题写的是：资深向导兼产业管理人救不回女儿。新闻里说弗雷德·迪安正和二百人一起在TR东边与森林大火奋战，风向突然一变，大火往旧怨湖的北端烧了过去，而原本大伙儿以为那里是很安全的。那时，湖区有许多居民在那一带搭棚钓鱼、打猎（这我自己倒还知道），旧怨湖边已经开起了一家杂货店，也有了正式的地名，叫“光环湾”。弗雷德的妻子希尔达正带着三岁的双胞胎儿女威廉和卡拉待在店里，让丈夫在外面“打火”。另还有许多人家的妻小也都在那里。

报纸上说风向一变，火势来得很快，“像急行军的连环爆”。火势跳过男人们在那方向留下来的唯一一道防火线，直朝旧怨湖的北端蹿过去。光环湾那边没有男人可以指挥大家，也没有女人有意愿或有能力扛起责任。大伙儿慌成一团，抢着把家当连同孩子搬上车子，上路逃命，结果把那一带唯一的联外道路堵得水泄不通。到最后，终于有老牛破车抛锚，女人们带着孩子等在泥巴路上，眼巴巴看着大火愈逼愈近，烧过大片四月起就没尝过雨水滋润的树林，出路又被塞住。

志愿救火队及时驰援。当弗雷德·迪安赶到妻小身边时，他的妻子正和一群妇女在推车，想把一辆堵在路上的抛锚福特双人座跑车给推开。这时，弗雷德赫然发现，比尔躺在车子后座的底板上睡得正沉，但卡拉不见人影。希尔达先前是把两个孩子都弄进了车里，放在后座，两个人按老习惯小手拉小手。但不知道什么时候，在小哥哥爬到底板上睡着，而希尔达忙着把最后一批东西往车上搬时，卡拉想必是想起了有玩具或是洋娃娃没拿，自己跑回了小木屋。就在她回小木屋时，她妈妈坐进他们那辆迪索托老爷车，没再朝车子后座的两个孩子看一眼就开车上路。卡拉·迪安要么还待在光环湾的小木屋里面，要么就是自己一人徒步上路，但不管怎样，大火一定会吞噬她。

往外的道路太窄，没办法让车辆回转，也太挤，没办法让方向对的车子硬挤过去。所以，弗雷德·迪安这位英雄，拔脚就朝蔽天的浓烟跑过去。那时，橘红色的火线已经开始突破浓烟，时隐时现。有风势加持的野火烧得正旺，追着他跑，像痴心的恋人。

我跪在栈板上面，就着提灯的光读这篇报道。读到这里，忽然就觉得火烧和浓烟的味道变强了。我咳了起来……接着，咳嗽又一次换成湖水的铁锈味，堵在我的嘴和喉咙里面。这次我是跪在我妻子工作室的贮藏间里面，只觉得好像就要淹死了。我往前倾，用力干呕，但只吐出一点点口水。

我转身看到了湖面。几只潜鸟在氤氲的湖面幽鸣，排成一条直线朝我飞来，鼓翅拍打水面。天空的蔚蓝已经被黑烟遮蔽，空气中弥漫着木炭和火药的味道，烟灰开始从天上往下掉。旧怨湖东边的湖岸这时已经燃起熊熊的火焰，偶尔还传来空心的树干被烧得爆裂的爆炸声，闷闷的，听起来像深水炸弹。

我朝下看，想挣脱眼前所见的异象，心里知道再过一下，我看到的就不再会是摸不着边的异象，而会变成真实的亲身经历，和我与凯拉先前到弗赖堡游园会一样。但我低头看到的，不是睁着一双镶金边大眼睛的猫头鹰，而是睁着一双晶亮水蓝色大眼的小孩。那孩子坐在野餐桌边，伸着两只胖胖的小手臂在哭。我看得很清楚，跟每天早上对镜刮胡子时看到的自己一样。我看到她——

约当凯拉的年龄，但要更胖一点，发色是黑的，而非金黄。她那头黑发正是她小哥哥的发色，他那头发不知要过多久才会到的一九九八年夏天开始泛白。除非有人救她脱离火热的炼狱，那多年过后的小哥哥，她是不可能看得到了。她穿的是白色连衣裙和红色的及膝袜，双手朝我伸过来，不停喊我爸爸，爸爸。

我才要朝她走过去，马上就有一团热气，好像还有形状，倏地穿过我的身体——这时，我才发觉我在这里算是幽灵，刚才那团热气，是弗雷德·迪安一头冲过来穿过我。爸爸！小女孩大喊，但她是在喊他，不是喊我。爸爸！小女孩紧紧抱住弗雷德，没去管烟灰把她的白色衣裙和圆嘟嘟的小脸都熏黑了。弗雷德亲亲她的小脸蛋，天上又落下烟灰，潜鸟鼓翅朝湖心飞去，凄厉的叫声像悼亡的哀鸣。

爸爸火要烧来了！小女孩大哭，弗雷德伸手把女儿抱起来。

我知道，要勇敢，弗雷德说，不会有事的，小甜心，但你要勇敢。

火不是要烧来了，而是已经烧来了。光环湾的东边已经全部陷入火海，正朝他们这边逼近过来，把男人们打猎、冰钓时喝醉闹酒的小屋一栋栋吞入火海。艾尔·勒鲁家的小屋后面，玛格丽特那天早上晾出去的衣物已经烧了起来，长裤、衣裙、内衣一件件燃起了火苗，晒衣绳更是烧成一条火线。烧焦的叶片和树皮如雨落下，一块余火未熄的灰烬掉在卡拉的脖子上面，烫得她痛叫出声。弗雷德正抱着她从斜坡往下面的旧怨湖走去，挥手帮她掸掉。

不要！我对着他们大喊。我知道这一切都不是我能改变的，但还是忍不住朝他大喊，还是想要扭转情势。别听它的！苍天在上，你别听它的！

爸爸，那个人是谁啊？卡拉问她父亲，小手朝我指了过来。这时，迪安家小屋的绿色屋瓦已经烧了起来。

弗雷德朝女儿手指的方向看过来。我觉得他脸上略有抽动，像是闪过一丝内疚。他知道他在做什么，这才是最可怕的——他在心底的深处，很清楚自己在大街末尾的光环湾到底在做什么。他知道，所以他生怕有人会看到他要做的事。但他什么也没看到。

还是他也看到了什么？他的眼睛好像有那么一下忽然睁得斗大，闪过一丝迷惑，好像他真的看见了什么——可能就是一道飘移舞动的螺旋状浮尘吧。还是他感应到了我？会不会呢？他是不是感觉到在火热的烟尘里有一阵冷风倏地吹过又消失？还是他觉得好像有一双手有意见，若不是因为没有实体，很可能就会阻挡他？他别过脸去，抬脚踩进自家船坞旁边的湖水里。

弗雷德！我朝他大喊，求求你，天哪，你看看她！你想你太太替女儿穿了一身白衣是凑巧吗？有谁会给孩子穿一身白绸缎衣服到屋外玩的？

爸爸，我们走到水里干什么？小女孩问道。

进水里躲开火，小甜心。

爸爸，我不会游泳。

不用游泳，弗雷德回答女儿，听得我不寒而栗！因为，这不是在哄小孩子的谎话——她真的不用游泳，现在不用，以后也永远不用。不过，弗雷德用的方法比起轮到诺尔摩·奥斯特上阵时用的方法，起码要仁慈得多——比起吱吱嘎嘎的手摇泵和大股大股往下冲的冰冷水柱,是要仁慈得多了。

小女孩的白衣在身边漂出一朵花,像白莲。腿上长袜的红,在水里荡漾。小手紧紧搂着父亲的脖子,两个人现在已经混在一群急着飞走的潜鸟里。一只只潜鸟用力鼓翅打在湖面上,搅出一朵朵白沫的水花,一双双慌乱的红色眼睛呆呆瞪着这对父女。空气里飘着浓浓的黑烟,遮蔽了上方的天色。我跟在他们后面,踉跄在水里前进——虽然我踩不出一丝水花,不留一点涉水的涟漪,但还是感觉得到水的寒意。旧怨湖在东边和北边已经全部陷入火海——像火墙筑起来的月湾,把我们三人围在里面。弗雷德·迪安抱着女儿直朝湖心的深处走去,好像要抱着女儿去受洗。他在心里不住念着他这是要救女儿,他只是要救女儿。而他太太希尔达此后终生不住在心里念着,孩子那时只是跑回木屋去找玩具,不是有谁故意把她留在那里的,留她一身白衣、红袜等着父亲去找她,而做父亲的找到了女儿后,就做出了惨无人道的事情。这便是过去,这便是往昔之地,父亲那一辈的罪孽传到儿女身上,连传了七代,还没办法了结。

弗雷德抱着女儿继续往湖心的深处走去。女儿发出尖叫,混在潜鸟的尖叫里面。直到弗雷德朝她尖叫的小嘴亲了一下,才止住了她。“我爱你啊,爸爸好爱他的小心肝。”他说完,便把女儿朝水里面放,跟全沉式浸洗礼一样,只是岸边没有诗班齐唱《同聚在那河边》,没人高呼“哈利路亚”! 而且,弗雷德也不会让她再浮出水面来。小女孩在漂在水面的那朵盛开的白莲献祭衣裙里拼命挣扎。过了一会儿,他不忍心再看下去,别过脸,眼光飘过湖心,看向西边野火还没烧到(也永远不会烧到)的远方。烟灰在他身边飞舞,像下着淅沥的黑雨,弗雷德眼里涌出了一颗颗豆大的泪珠。女儿在他手里面拼命挣扎,想挣脱父亲存心要淹死她的铁掌,而他只在心里低低念叨纯粹是意外,悲惨的意外,我带她到湖里来,是因为我能带她来的地方就只有这里,就只剩这里,但她着慌了,开始乱踢乱动,而且她还全身湿透,滑溜溜的,我抓不牢她,到后来,整个都抓不住了,结果就——

我忘了我是鬼,出声大喊:“凯娅,撑一下,凯!”就往水里潜下去,伸手抓住她。我看到她惊慌的小脸,她鼓鼓的蓝色眼睛,玫瑰花蕊般的小嘴吐出一条白沫水泡，朝水面弗雷德站的地方攀升。水面直淹到弗雷德的脖子，弗雷德双手用力把女儿往下压，不住在心里面跟自己说他这是要救她，说过一遍又一遍；只有这方法，他这是要救她，只有这方法。我伸手去抓她，去抓我的孩子，我的女儿，我的凯娅（他们全都是凯娅，不管男孩、女孩，他们都是我的女儿），但每一次我伸出去的手都从她的身体穿过去。接着更惨——唉，惨得多了——她朝我伸出手来，映着斑斓水影的两只手臂朝外漂荡，哀哀无告，求救无门。慌张乱抓的两只小手穿过我伸出去的手。我们没有办法接触，因为，现在的我，是鬼。我是鬼。眼看着她的挣扎愈来愈弱，我方才懂了，我没办法我没办法唉我——

没办法呼吸——我要淹死了。

我猛地弯下腰，张开嘴。这一次，我就吐出了一大口湖水，全吐在栈板上的那只猫头鹰身上，它就摆在我膝盖旁边。我把“乔的妙点子”盒紧抓在胸口，生怕里面装的东西会弄湿。但这样一来，又引发一阵反胃，冷冷的水不只从我嘴里冒出来，连鼻子里面也有。我赶忙深吸一口气，把水咳出来。

“这一切总要有个了结才好。”我说了一句。但不管你怎么看，这本来就是了结没错，因为，凯拉就是那最后的一个。

我顺着楼梯爬回工作室，往乱七八糟的地板上一坐，调整一下呼吸。屋外依旧雷声隆隆，雨势未曾稍减，但我觉得这场风暴的势头已经过了高峰。也有可能是我一厢情愿吧。

我坐在地板上，把两条腿往下垂进活门里面——里面已经没有鬼会来抓我的脚踝；我也不知道我怎么知道的，但我就是知道。我把套住这两本速记簿的橡皮筋拿下来，翻开第一本簿子，一页页看过去。上面写满了乔的笔迹，还夹着几张折起来的打字稿（当然是“信使”版球），单行间距：都是她在一九九三和一九九四年偷偷到 TR 来的收获。大部分都是零星的笔记，还有录音带的誊写稿。那些录音带可能都还放在我脚底下小贮藏室的不知哪里，可能跟那台录放影机或八声道音响摆在一起吧。但我不需要那些录音带。等时候到了——若时候真会到的话——我知道，大部分的事我在这两本速记簿里应该都找得到。出了什么事，谁做的，又是怎么掩盖掉的，都会在。但现在，这些我都不想去管。现在，我只想确定凯拉安全无恙，之后也不会有事，就好。而要达到这目的，只有一途可循。

Lye Stille(安息)

我想把橡皮筋套回速记簿时，还没翻的那本速记簿却从我湿滑的手里掉到了地板上，一张破破的绿色小纸片从簿子里面飘了出来。我捡起纸片，看见上面写着：

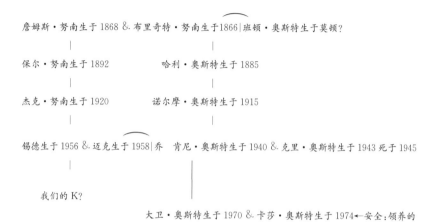

詹姆斯·努南生于 1868 & 布里奇特·努南生于1866|班顿·奥斯特生于莫顿？

保尔·努南生于 1892　　哈利·奥斯特生于 1885

杰克·努南生于 1920　　诺尔摩·奥斯特生于 1915

锡德生于 1956 & 迈克生于 1958|乔　肯尼·奥斯特生于 1940 & 克里·奥斯特生于 1943 死于 1945

我们的 K?

大卫·奥斯特生于 1970 & 卡莎·奥斯特生于 1974←安全：领养的

有那么一下子，我从先前一直神游的古怪又异常敏锐的感知里面脱离，世界重又回到它习惯的维度。只是，颜色不知怎么都太强烈了，东西都太靠近了。我只觉得自己像是战场上的士兵忽然被吓人的白光惊醒，什么都被白光照得一清二楚。

我父亲那一边是从布劳茨内克来的没错，但我也只对到这里而已。从这张小纸头来看，我的曾祖父叫詹姆斯·努南，他也绝对没和贾里德·德沃尔同在一个茅坑拉过屎。麦克斯韦尔·德沃尔跟玛蒂提起这件事时，要么是在唬人，要么就是搞错了……搞不好根本就是他自己弄混了，人活到了八十好几脑筋常会糊涂的。就算是德沃尔这样的厉害角色，脑筋再犀利，也难免有钝的时候。况且，他说得其实也不算离谱。因为，从这张小纸片上的表看起来，我的曾祖父是有一个姐姐，布里奇特。而布里奇特嫁给了——班顿·奥斯特。

我的手指头往下再指一行，到了“哈利·奥斯特”这边。他是班顿和布里奇特·奥斯特一八八五年生的儿子。“天啊，”我轻轻说了一声，“肯尼·奥斯特的祖父是我的舅公，而且是他们那一伙里面的。不管他们做了什么，哈利·奥斯特都有份。这中间的关联就在这里。”

我蓦地想起凯拉，心头惊惧万分。她自己一个人待在别墅里快要一个小时了。我怎么这么笨？我在这工作室里面的时候，谁都可以进屋里去。莎拉可以随便附身在任何一个人身上进——

我忽然想到未必会这样。那些杀人的大人和被杀的小孩都有血缘关系，而传到了现在，血缘已经很薄了，也就是，河终于要流进大海了。是还有比尔·迪安，但他躲“莎拉笑”躲得远远的。肯尼·奥斯特也还在，但他带着一家子人到“马的州”去了。而凯最近的血亲——她母亲、父亲、祖父——也都死了。

就只剩下我。这里就只剩下我一个是有血缘关系的后人。就只剩我可以干这样的事。除非——

我拔脚朝别墅冲回去，能多快就多快，在大雨淋得湿透的小路上又滑又蹎，急着要看她是不是没事。我不觉得莎拉有办法靠自己的力量去伤害凯拉，不管她叫来多少那些古人的灵力……但万一我错了呢？

万一我错了呢？

28

凯睡得很沉，跟我放下她出去前一样，侧着小身子，紧抓着脏兮兮的绒毛小狗靠在下巴颏。绒毛小狗弄脏了她的脖子，但我不忍心把小狗拿开。她再过去左边的地方，从敞开的浴室门后，听得到很规律的“叮叮”声，水正从水龙头往下滴进浴缸里面。冷空气在我四周徐徐环绕，像丝绒缠身，轻轻抚过我的脸颊。我只觉得脊背发凉。本特的铃铛从起居室传来轻轻一声叮当。

水还热着哪，甜心，莎拉低声细语，你就对她好，当她爸爸吧。赶快，去吧。照我说的去做，照我们两个想的去做。

我也真的很想照做，乔当初防着不让我到 TR、到“莎拉笑”这里来，想必就是为了这缘故。连她可能怀孕了先藏着没让我知道，也应该是这样。那感觉，像是我刚发现自己身体里面躲着一个吸血鬼、一个妖怪，而这个妖怪、这个吸血鬼，可是连一丝一般人说的“脱口秀良心”和“论坛版道德”①都没有。我身体里面的这部分，只想把凯抱进浴室，丢进浴缸的温水里面，压在水下，眼睁睁看着她的白底红边缎带在水底下漂啊漂，跟卡拉·迪安身上的白衣、红袜在湖底漂啊漂而岸边的野火在他们父女两人周围狂烧一样。我的这部分，对于由我来付这笔旧账的最后一期款项，可是乐得很。

“苍天在上，”我低声咕哝，举起一只颤抖的手，抹一把脸，“她会的把戏那么多，她的力量又那么强。”

我还没全跨过浴室的门，门就想先一步关起来，但我把它推开，一点也不费力气。只是，浴室医药柜的门砰一声打开了，镜面打在墙上破了，柜子里面的东西全飞出来，朝我打过来，所幸并没多少危险。这一次的飞弹包括牙膏、牙刷、塑料杯和放了很久的维克吸入剂②等。我伸手把浴缸的塞子用力拔起来，浴缸里的水开始咕嘟嘟流掉时，我听到哀怨的惊呼声，很轻，很轻。百年来 TR 这里淹死过的人已经够多，天可明鉴。有那么一刻，我觉得心底有一股强烈的冲动，想趁浴缸里的水还淹得死人的时候，把塞子再塞回去。只不过，我还是用力扯断塞子的链条，一把丢向走廊。这时，医药柜的门又猛地一关，镜面仅剩的碎玻璃这下子全掉到地上。

“你弄死了几个？”我问她，“除了卡拉·迪安、克里·奥斯特、我和乔的凯娅，还有几个？两个？三个？五个？到底要弄死几个你才甘心？”

全部都要！这一句回答猛地扔了过来，但里面不止有莎拉的声音，还有我的声音。她已经附在我身上，像小偷一样从地下室偷偷溜进了我的身体……我心底也已经在盘算，即使浴缸里的水全放光了，即使水泵一时没电发动不了，可屋外不就有那么一大片湖吗？

全部都要！那声音又喊了一次，全部都要！甜心！

---

① “脱口秀良心”(talk show conscience)、“论坛版道德”(op-ed page morality)，美国的脱口秀节目常见来宾激情演出，论坛版则是针对社论版而言的读者来信栏。

② 维克吸入剂(Vick’s inhaler)，宝洁公司(P&G)推出的鼻塞喷剂。

当然——不全部都要哪能甘心！不全死光了，“莎拉笑”是不会甘心安息的。

“我会帮你，让你安息，”我说，“我一定做到。”

浴缸里仅剩的最后一汪水也流光了……但是，外面不就有那么一大片湖吗？我随时都可以改变主意。我走出浴室，再去看一眼凯。她动也没动，莎拉跟着我在这屋里行动的感觉已经不见了，本特的铃铛也没吭一声……只是，我还是觉得心里七上八下的，不想留她一个人在这里。不过，若想把我要做的事做完，不留她一个人也不行。而且，要做就不要再迟疑了。郡警和州警最后一定会找到这里来，管它有没有暴风雨，管它有没有倒下来的树，他们终究会来的。

没错，只是……

我走进走廊，着急得四下看看。屋外雷声隆隆，但不像先前一声接一声那么急了。风势也一样。唯一没减弱的就是有人在盯着我看的感觉，而且，这一位不是莎拉。我又站住不动，在心里安慰自己，说这只是神经紧绷太久还没放松下来的缘故。过了一会儿，我才再沿着走廊向大门走去。

我打开门廊的大门……马上飞快朝屋内四下搜寻一番，像是以为一定有人或是什么东西躲在书架后面，伺机而动。可能就是那团影子吧，来向我要回它的集尘网。但就算真有什么影子，也就我一人而已，至少，在世界的这个角落里是这样。我看来看去，只看到骤雨打在窗玻璃上映现的波纹。

雨还是很大，光是从门廊冲到车道，就淋得我成了落汤鸡。我没去管它。没多久前，我刚看到一个小女娃被人活活淹死，自己也差一点跟着被淹死，所以再大的雨如今也挡不了我去完成要做的事。我把先前砸在车顶留下一个大凹痕的那根大树枝搬下来，往旁边一扔，打开雪佛兰后座的门。

我在翠苗圃买的东西还好好地放在后座上面，装在莉拉·普罗克斯给我的手提布袋里。修枝刀和铲刀都看得出来，唯独第三样东西看不出来，因为多套了一层塑料袋。*这一样要不要特别装起来？*莉拉问过我，*安全至上，才不后悔*。后来我要走时，她还说起肯尼的老狗小蓝莓准会追海鸥追到昏倒，开心得大笑几声，但眼睛始终没笑。说不定要分辨谁是火星人、谁是地球人，就是要靠这一点——火星人笑的时候眼睛从来不会跟着笑。

我也看到罗米和乔治送我的礼物还摆在前座：我一开始以为是德沃尔氧气罩的那个面罩式速记机。地下室的小子这时发话了——至少跟我讲了一点悄悄话吧——于是我探身到前座去，拎起面罩速记机的松紧带。至于我拿这玩意儿是要干吗，想也没想。我把速记机扔进手提袋，一把掼上车门，沿着枕木步道朝湖边走去。经过小码头时，我还钻进码头下面看了一下。我们有几样工具一直收在那里。那里没有鹤嘴锄，但我抓了一把铲子出来，拿来挖坟应该还可以。之后，我以此生不再的心情，依着梦中走的路线朝大街走去。我不需要让乔帮我去找出地点，“绿色贵妇”的手不就一直指着那地方没放下来过吗？而且，就算没有“绿色贵妇”帮我指路，就算莎拉·蒂德韦尔早已经不再发出冲天的恶臭，我想，我那时一样会知道要到哪里去找的。我想，我那时被蛊惑的心，一样会领着我去找到地方的。

有个人站在我和小路旁的那块灰色露头的巨石中间。等我走到最后一条枕木步道那里时，他出声叫我，沙哑刺耳的嗓音我熟得不能再熟。

“喂，我说你这大嫖客啊，你的婊子哪里去啦？”

他站在大街上面，顶着滂沱大雨，但那一身伐木工的衣服——绿色法兰绒长裤，格子花纹羊毛衬衫——还有头上那顶褪色的蓝色北军帽子，却都是干的。因为，滂沱的大雨直穿过他的身躯，没淋在他的身上。看起来很像真人，但和莎拉一样，只是一缕幽魂。我朝前踏步准备走向他时，虽然在心里用这句话给自己打气，心跳却还是不禁加速，在胸口怦怦跳得像敲打的鼓槌。

他穿的是贾里德·德沃尔的衣服，但并不是贾里德·德沃尔。这一位，是贾里德的曾孙麦克斯韦尔，生平事迹以偷雪橇开始、以自杀终了的麦克斯韦尔·德沃尔……他死前买凶杀了自己的儿媳，因为这女人好大的胆子，有他那么想要的东西居然硬就是不肯放手给他。

我朝他走过去，他往小路中间一挪，挡住了我。我感觉到一股股寒气从他身上散发出来。我这是作事实陈述，我现在记得怎样就说怎样：我感觉到一股股寒气从他身上散发出来。没错，真的是麦克斯韦尔·德沃尔，只是，他像在化装舞会上扮伐木工人，模样也像他儿子兰斯刚出生时的那年纪。上了年纪，但老当益壮，年轻一辈会绕在身边言听计从的那一号人物。这时候，好像是我的心念把他们全叫了来似的，紧接着我就看到他身后开始有其他人影也幽幽忽忽地现了形，排成一排，横挡在小路上面。都是那天跟贾里德一起在弗赖堡游园会的人，有几个我现在认得出来是谁了。比如弗雷德·迪安，当然，一九〇一年时他只有十九岁，他亲手淹死女儿还要再过三十多年。先前我觉得很像是我的那一个，便是哈利·奥斯特，我曾祖父的姐姐生的长子。他应该是十六岁，要兴风作浪还嫌太小，但在林子里和贾里德一起干活儿倒是够大，和贾里德在同一个茅坑拉屎也够大。结果，他们都误把贾里德的蛊惑当作睿智。另有一个忽然头一歪，挤了一下眼睛——这小动作我见过。在哪里见的？我想起来了：湖景杂货店。这小伙子是刚过世的罗伊斯·梅里尔的父亲。其他人我就不认得了，也不想知道。

“你休想打我们跟前过去，”德沃尔说时举起两只手，“想都别想！我说得对吧，伙计们？”

其他人全都咕咕哝哝表示同意——我想你在现在的摇头族①或帮派的小喽啰身上应该都看得到——但声音听起来很远，与其说有威胁还不如说很悲伤。这个套着贾里德·德沃尔衣服的人略有一点实体的感觉，可能是因为他生前就是个虎虎生风的人物吧，也可能是因为他刚死不久。但其他的，顶多就像投影罢了。

我再往前走，朝那团不停散发的寒气走过去，朝他的气味走过去——这种病人的味道，我先前遇见他时，他身上就有。

“你以为你是要去哪里？”他朝我大喊。

“散步养生，”我说，“法律没有禁止吧。这大街是乖的狗跟疯的狗都可以来的地方。你自己说过。”

“你哪会懂，”麦克斯韦尔·贾里德说，“你，永远都搞不懂。你不是那里的人，那里是我们的地方。”

我停下脚看着他，心里略有了一点兴趣。时间很赶，我急着要把事情

① 摇头族(headbanger)，常指重金属摇滚乐迷随着音量很大的乐音摇头晃脑，夜店的嗑药族也会有类似的动作，在此试译作“摇头族”。

做完……但我不知道又不行，而我认为德沃尔现在也想跟我讲了。

“那就让我懂，”我说，“让我相信那什么鬼地方真的是你的地方。”我看看他，又看看他身后那几个影影绰绰、半透明的人影，薄纱般的腐肉搭在荧荧的骨头上面，“跟我说你们做了什么事。”

“那时候是另一副样儿。”德沃尔说，“你刚来这里的时候，努南，可以往北一连走上三英里到光环湾，一路在大街上也只看到十来个人。劳动节过后，就连一个鬼影儿也遇不着了。在湖的这一边，你要走过大片乱生的野树丛，还要绕过倒下来的树木——等这场暴风雨过后，倒下来的树准会更多——搞不好还要绕过一两处横七竖八乱倒的树，因为，现下这年头，镇上的人都不再像以前那样懂得齐心合力一起维护这里的景观了。但在我们那时候——！树林子比现在要大得多，努南，间隔的距离也拉得更远，所以邻居对大家来说就很重要了，差不多等于是你的生活圈。在以前那年头，这里真的是一条街。你懂吧？”

我懂。看一看弗雷德·迪安和哈利·奥斯特等几个人荧荧闪烁的鬼影，我真的懂。他们不只是鬼影，他们还是开往另一年代的窗口上的毛玻璃。我看到了——

那年夏天的午后……一八九八年是吧？还是一九〇二年？一九〇七年？无所谓了。那年头，不管是哪一年都一样，好像时间全都静止不动。那年头，在老一辈的记忆里就等于黄金时代。那是“以前”的国度，那是“我小时候”的乐土。太阳洒在万物之上；美好的金色阳光，无休无止的七月末的阳光。湖水蓝得如梦似幻，缀着千百万颗璀璨的粼粼波光。大街呢？铺满柔细的野草，宽阔如林荫大道。这是林荫大道没错，是这里的人可以尽情挥洒的地方。这大街是交通的干道，是小镇纵横交错的缆线里面最重要的一条。我先前就一直觉得有这些缆线在——连乔还在世时，我就已经感觉到有这些缆线埋在表面之下，源头就是在这里。居民在大街上散步，沿着旧怨湖东边往南、往北漫步，一小群、一小群，在天边堆着层层白云的夏日里笑语不断。那些缆线就是从这里开始延伸出去。我看着看着忽然就懂了，先前把他们想作是火星人，想作是性情凶残、心机深沉的外星人，真是大错特错。这条阳光灿烂的大道东边，有大片黝暗的森林、沼泽、谷地，阴森在目，惨剧就躲在阴暗里面，蠢蠢欲动：伐木时一脚踩空，难产时医生还没从城堡岩坐马车赶到孕妇就已身亡等等，不一而足。

这里的人没有电，没有电话，没有救难队，没有人可以依靠——除了彼此和上帝，只是，连上帝在这里也已经有人开始半信半疑。他们活在森林和树木的暗影里面，但在艳阳高照的夏日午后，他们会到湖边来。他们只要到大街来，相视一笑，就真的到了TR——我现在已经觉得这TR就正是我说的神游物外之境。他们不是火星人，他们只是卑微的小人物，活在黑暗的边缘，如此而已。

我看到沃林顿的避暑客，几个男人穿着白色的法兰绒西装，两个女人穿着长裙网球装，手上还拿着球拍。有个人骑着一辆前轮特别大的三轮脚踏车，在人群里颤巍巍地穿梭。这群避暑客停下脚步，和一群镇上来的年轻男子谈话，想知道他们礼拜二晚上可不可以在沃林顿的镇民棒球场上掺一脚。本·梅里尔，罗伊斯未来的父亲，说可以啊，但别指望我们会看你们是从牛约(纽约)来的分上就放水。几个年轻人笑了起来，穿网球装的女人也跟着笑。

再过去一点，有两个男孩正在扔球玩，扔的是自家做的简陋棒球，在当地的俗名叫“霍西”。他们再过去那边，围了一群年轻母亲，兴奋地在聊自己的宝宝，一个个小娃儿都好好地坐在婴儿车里，自成一国。一些穿连身工作服的男人聚在一起，聊天气和农作、政治和农作、税赋和农作。一个在“团结中学”教书的老师，坐在一块灰色露头的巨石上面，这块巨石我很熟。这位老师正耐着性子开导一个生闷气的男孩，这孩子一心要到外地去做别的事情。我想这男孩长大后，应该就是巴迪·杰利森的父亲。喇叭破了——小心手，我想就是他吧。

大街沿边都有人坐着钓鱼，钓上来的鱼也不少；旧怨湖里多的是鲈鱼、鳟鱼、梭子鱼。有一个画家——同样是来避暑的，从他身上的罩衫和阴柔的贝雷帽就知道——已经支起了画架，正在画远处的群山，身旁站着两个满脸崇敬的女士。几个少女咯咯笑着走过，嘴里在讲男孩、衣服和学校的事。这里洋溢着美，还有平和。德沃尔说得没错，这世界我是不懂。这地方——

“真美，”我说时还费了一点力气，才把自己拖回来，“对，现在我知道了。但你要说的重点到底是什么？”

“我的重点？”德沃尔惊讶的表情夸张到有一点滑稽，“她以为她可以大大方方地在这里走来走去，跟别人一样，妈的这就是我说的重点！她以为她可以跟白人一样在这里晃！她，还有她那一口大板牙、大奶子、下贱的表情。她以为她有多特别，所以我们给了她一点教训！她以为她可以跟我一起散步，等发现不行还拿她的脏手碰我，把我掀翻到地上。随她吧，反正我们给了她一点教训。对吧，伙计们！”

其他几个又都咕哝着表示同意，但我觉得有几个——比如年轻的哈利·奥斯特——的表情不太对。

“我们让她知道她的身份，”德沃尔说，“我们让她知道她啥也不是，就只是一个——

黑鬼。这是他们那年夏天在树林里说过好多遍的字眼。一九〇一年的夏天，莎拉和红顶小子那帮人跑到世界的这角落里来，变成地方上人人争睹的乐手。她和她那兄弟，他们一整支黑鬼家族，居然被请进沃林顿为避暑客们表演，还喝香槟，吃生螯(蚝)……起码贾里德·德沃尔对他身边这群忠心的跟班是这么说的。说时，他们吃的还都是自家做的面包、肉、腌黄瓜，装在猪油罐里，他们的老妈给的(这几个年轻人没一个结了婚，只有奥伦·皮布尔斯已经订婚)。

只是，贾里德·德沃尔揪心的不是莎拉愈来愈响亮的名气，不是莎拉居然进了沃林顿，他也没亲眼看见莎拉和她兄弟真的在沃林顿坐下来和白人一起进餐，用他们黑鬼的黑手和白人一起从同一个大碗里拿面包吃。沃林顿的人终究是平地人，德沃尔对他身边专心听他说话的那几个小兄弟说，他听说像纽约和芝加哥那样的地方，白种女人有时也和黑鬼上床的。

怎么可能！哈利·奥斯特开口，说时眼睛还四下紧张地看了一回，好像生怕会有白种女人从树林子里走出来到鲍伊岭这边。哪有白种女人和黑鬼上床的道理！操他奶奶个头！

德沃尔斜着眼瞄他一下，像是在说等你到了我这年纪再说吧。而且，他这人才不管纽约、芝加哥那边的人在搞什么花样，那些平地人内战时他看得多啦……他还会跟你说，他打内战才不是要解放那些该死的黑奴。南方的棉花田尽可以蓄奴到地老天荒，他，贾里德·德沃尔，才不管这等鸟事。他打内战，为的是教训“梅森—迪克森线”①南边的那些乡巴佬鬼

① “梅森—迪克森线”(Mason-Dixon)，美国马里兰州和宾州的分界线，南北战争期间也是美国北禁奴和南蓄奴两边的分界线。

崽子,少以为你不喜欢规则就可以说不玩就不玩。他到南边是要把那些约翰尼乱党①鼻尖上的痂给揭下来的。居然要从美利坚合众国跑出去搞独立啊他们!天老爷啊你看看!

所以,他哪在乎奴隶不奴隶,他哪在乎棉花田不棉花田,他哪在乎黑鬼唱的什么鬼歌,还用他们唱的淫词儿来换香槟、生鳖(贾里德向来都把生蚝讲成生鳖,口气还很酸)吃吃喝喝。他哪有什么在乎的,只要他们好好待在该待的地方,也让他好好待在他要待的地方,就好。

但莎拉硬就是不依。那个眼睛长在头顶上的臭婊子硬就是不依。先前已经警告过她了,别到大街上来,但她就是不听。她要来就是要来,还穿着她那身白衣裙,好像里面躲着一个白人似的。有的时候连儿子也带在身边,她那儿子取了一个非洲的黑鬼名字,还没爹——他那爹啊,搞不好只和他妈在干草堆上搞了一晚,南边的阿拉巴马州哪里的。现在,你看看她,带着她这杂种儿子到处走,趾高气扬得活像是一只黄铜猴子②。她走在大街上,那副理直气壮的样子,活像这地方就是她的。可是,这里没人要跟她讲话,连个鬼影也没有——

“但根本就不是这样,对不对?”我问德沃尔,“所以,她才像扎在你曾祖父喉咙上的一根刺,是吧?是有人跟她说话。她有她独特的风情——她的笑吧,可能。男人会找她聊田里的事,女人会带着孩子去找她。其实,她们连孩子也愿意让她抱;她冲着孩子笑,孩子一样冲着她笑。年轻女孩找她聊男孩,男孩们……唔,我想就光是瞅着她看吧。只是,他们是怎么个看法呢?两眼直勾勾地看吧。我想他们躲到厕所打手枪时,大部分人脑子里想的都是她。”

德沃尔恶狠狠地朝我瞪了过来。他整个人在我面前快速变老,脸上的皱纹一条条愈来愈深,转眼就变成了那天在湖边的老头儿,咽不下被人顶撞的那口气而要把我撞进湖里。而且,他一变老,身影就跟着变淡。

---

① 约翰尼乱党(Johnny Reb),reb 指 rebel,南北战争期间北军对南军的贬称。

② 黄铜猴子(brass monkey),英国维多利亚时代的居家摆饰,常做成“非礼勿视、非礼勿听、非礼勿言”三种遮眼、掩耳、捂嘴的模样。

“贾里德最恨的其实就是这一点，对不对？他气他们没有不理她，没有排挤她。她可以在大街上走来走去，没一个人把她当黑鬼看。其实，他们还把她当邻居看。”

我处于神游的状态，而且比先前有过的都要深入，直达小镇无意识潜流的河流深处。我神游到那物外之境时，就好像可以直接啜饮河里的水，灌得满嘴、满喉咙、满肚子都是冷冷的金属味。

那年夏天，德沃尔一直在对他们洗脑。他们不只是他带的伐木工人，还是他的跟班：弗雷德和哈利和本和奥伦和乔治·安布鲁斯特和德雷珀·芬尼。芬尼在下一年夏天，就会摔断脖子淹死在水里，因为他喝醉时跑到伊德兹采石场玩跳水。只不过，他出的这件事是那种蓄意的意外。德雷珀·芬尼从一九〇一年七月起到一九〇二年八月，酒一直喝得很凶。因为，他不喝醉就睡不着；因为，他不喝醉就没办法把那只手从他脑子里赶出去。那只手从水里直直往上伸，握紧又松开，握紧又松开，弄得你很想大叫怎么不停！怎么它就是不停！

那年夏天，贾里德·德沃尔朝他们耳朵里不停地灌输那个黑鬼贱货、那个盛气凌人的贱货。那年夏天，他不停跟他们说他们若是男人就有责任维护社区的纯洁，他们要看清楚别人看不清楚的，要敢做别人不敢做的。

那天是七月的礼拜天下午，那时间，大街上来往的人潮会锐减。要再晚一点，到了约五点左右，人潮才会回来。从六点到太阳下山的时候，湖边的这条宽泥巴路就又会是熙来攘往，好不热闹了。下午三点是人最少的时候。卫理会的信徒都回哈洛去做他们下午的诗歌礼拜。沃林顿那边，来度假的平地人则聚在一起共享下午的安息日盛餐，大吃烤鸡或火腿。镇上每一户人家也都在忙他们的礼拜天晚餐，已经完工的就在午后的暑热里打瞌睡——歪在吊床上吧，哪里能睡就在哪里睡。莎拉最爱这宁静的时刻。她真的爱这样的时刻。她大半辈子的时间都耗在游乐场和熏死人的小酒馆里，扯着嗓子嘶吼，不这样就没办法压过喝得满脸通红、撒泼耍赖的醉鬼。她虽然也爱那样的日子里的亢奋激情和莫测变化，但她也爱这时候的安宁和静谧，爱这时候散步的安详。毕竟，她也不年轻了，有一个孩子，这孩子也已经快要把小娃娃的影儿给全丢了。那个礼拜天，她应该也想到过这大街也未免太安静了。她从草地开始一路往南走，走了近一英里，都没见着一个人影——连基托也跑得不见人影，不知到哪里去采野莓。感觉就像——

整个镇子都没人了。知道卡许瓦卡玛那边有一场“东方之星”餐会①，她当然也送了一份蘑菇派过去，因为她和“东方之星”里面的几位女士已经结为好友，她们都会到那里去做准备。但她有所不知的是，这一天也是新盖的浸信会怀恩堂的奉献日，这座教堂是TR这里第一所像样的教堂。陆续有人往教堂去了，是不是浸信会的都有。而她也隐约听到湖的另一边飘来了卫理会唱诗的歌声，歌声清甜、缥缈、美妙；距离和回声也能为破锣嗓子润色。

她一直没注意到那几个男人——大部分都还很年轻，平常连用眼角偷瞄她一眼都不敢——直到年龄最大的那位说话了，她才发现。“唉呀呀你看，有个黑鬼婊子穿白衣系红腰带哪！妈的穿成这样来湖边不会太花哨吗？你是哪根筋不对，贱货？你就是听不懂是吧？”

她转身看向他，虽然心生惧意，但没显露出来。她在这人世已经活了三十六个年头，十一岁时就知道男人有什么东西，又会把那东西往哪儿放。她知道男人像这样凑在一起，灌了满肚子土产威士忌(她闻得出来)，脑筋准会动也不动，从人变成一群疯狗。你若面露惧色，他们马上就会像疯狗一样扑上来，也很可能会像疯狗一样把你撕成碎片。

不止，他们就是在等她送上门来。要不然，又怎么解释这几个家伙会没头没脑地就这样冒出来？

“听懂什么啊，甜心？”她反问回去，没有丝毫退让。其他的人呢？其他人都跑哪儿去了？真要命！湖对面卫理会的人已经唱到了《信靠顺服》，飘来的歌声就算听得出来也只是嗡嗡响而已。

“你没资格走在白人走的地方！”哈利·奥斯特回答，稚气未脱的青春期嗓音喊到最后一个字时破了，听起来像老鼠吱吱叫，让莎拉忍俊不禁。她知道这一笑有多笨，但她没办法——她就是拿她自己的笑没办法，男人盯着她的胸脯和屁股看，她不也一样拿他们没办法吗？要怪就怪老天爷吧。

---

① “东方之星”(Easter Star)，一八五〇年由美国共济会(Freemasons)的律师会员在麻省波士顿创立的兄弟会组织，只要有一神教信仰的男女都可以加入，组织极为庞大。

“嗨，我要走哪里就走哪里，”她说，“有人跟我说过这里是公有地，没有人有权利不让我走。没有人有权利。你看过有谁不让我走的吗？”

“现在就有人不让你走。”乔治·安布鲁斯特说时卖力摆出狠劲。

莎拉看向他，不愠不火的眼神满是轻蔑，看得乔治心底暗自胆寒，双颊霎时冒火。“小子，”她说，“你现在强出头只是因为其他有教养的人都到别的地方去了。你为什么要让这个老头子牵着你的鼻子走？你就有一点教养，让女士通行吧。”

我全看到了。德沃尔的身影愈来愈淡、愈来愈淡，最后全都看不见了，只剩下两只眼睛，盖在蓝色的军帽下面，飘在那天大雨的午后（穿过他的身躯，我看到我的浮台已经被暴雨打碎，碎片拍打在堤岸上面）。我全看到了。我看到——

她开始朝前走去，正对着德沃尔。她若再站在原地和他们拌嘴，准会出事。她心里知道，她也从来不怀疑自己的直觉。而且，她若是朝其他人走过去，他们这位老大准会从侧面冲向她，其他人就会跟着一拥而上。这戴着蓝色破军帽的老家伙是带头的，该对付的就是他。她也应付得来。他是很厉害，厉害到这几个小鬼对他言听计从，像他养的狗，至少目前如此，但他没有她的力量、她的决心、她的能量。说她其实还挺乐意作这正式对决的，也可以。瑞格警告过她要小心，在这些乡巴佬（不过，瑞格的用语是“大鳄鱼”）还没露出狐狸尾巴之前——还没确定他们有多少人，有多坏之前——别急着跟人家掏心挖肺，但她还是用自己的方式，她就是相信自己心底的直觉。好了，现在来了，才七个而已，而且，真算是大鳄鱼的也只有一个。

我比你强，老家伙，她朝他走过去时在心底暗自念道。她直盯着他的眼睛，片刻没有移开，反而是他先垂下了眼睛，嘴角也好像抽动了一下，吐出舌头舔一下嘴唇，快得像蜥蜴。情况看来不错……还更好，他朝后退了一步。他朝后一退，他身边的那几个小鬼马上靠在一起，三个一组，缩成两个小集团。路这就让了出来，让她过去。卫理会的礼拜歌声缥缥缈缈的，悠扬又美妙，虔诚的乐音飘过旧怨湖平静的水面。听不太出来的嗡嗡赞美诗而已，没错，但是相隔数英里，依然美妙。

在主真道光中

我与救主同行
何等荣耀照亮的路程……①

我比你强，甜心，她发出信息，我也比你凶。你是大鳄鱼？那我是女王蜂！不想要我蜇你一口？那就别挡老娘我的去路。

“你这个贱货，”他啐了一口，但声音微弱。这时，他已经暗自在想今天可能还不是时候。她身上给人一种感觉，直到他靠得这么近才发现的感觉，黑人身上才有的阴森鬼气，所以还是再等一等比较好——

接着，他像是踩到树根还是石头（可能正是莎拉最后安息的那同一块石头吧），摔倒了。他的帽子掉了下来，露出头上正中间的一大块秃顶，裤子的缝线跟着裂开。这时，莎拉犯了要命的错误。可能是她低估了贾里德·德沃尔身上的力量吧，也可能她就是不由自主——他裤裆裂开的声音听起来就像是很大的一个响屁。不管是怎样，莎拉笑了起来——她那烟嗓沙哑、粗嘎的笑，她的个人标记。她这一笑，注定了她万劫不复。

德沃尔想也没想，从他摔倒的地方直接蹬出一脚，有鞋钉的伐木靴直朝莎拉飞去，快得像子弹。他这一脚，正中她身上最纤细也最脆弱的部位——她的脚踝。她在锥心的刺痛里一声尖叫，左脚踝断了。她一屁股跌坐在地上，原本拿在一只手里、收起来的阳伞，也掉到了地上。她深吸一口气，才要张口尖叫，躺在地上的贾里德就先大喝：“捂住她，别让她叫！”

本·梅里尔纵身一扑，用全身一百九十磅的力量把莎拉硬压在地上。莎拉刚要张口高呼的那声音霎时就像泄气的皮球，咻一下，只剩下近乎无声的叹息。这个本啊，从没跟女人跳过舞，遑论整个人像这样压在女人身上。他马上就被在自己身子底下不断挣扎的莎拉撩拨起了欲火。他顺着莎拉挣扎的身体一起扭动，脸上都是笑，连莎拉伸手用指甲刮他的脸颊也浑然未觉。从他那样子看来，他正兴奋得紧，骑虎难下。莎拉使劲想翻过身来，挣脱这局面，他便顺势跟着她翻身，变成她在上面。只是，他万万没想到莎拉居然会用自己的额头朝他的额头猛撞下来，撞得他眼前金星直冒。不过，到底他也只有十八岁，正是年富力强的时候，所以既没昏过去，

① 赞美诗《信靠顺服》的歌词。

也没降旗。

这时，奥伦·皮布尔斯从莎拉后背撕开她的衣裙，一样脸上都是笑。“人肉大战喽！”他兴奋得气竭声嘶，大喊一声，扑向莎拉，隔着衣服在莎拉的背上磨蹭。本则是在莎拉的下面，同样兴奋得很，像发情的公山羊般不住抽动，丝毫不管前额的裂伤流出来的鲜血正沿着头侧往下淌。莎拉知道她若不喊，准会输。只要她喊，基托听到了就会跑去找救兵，就会跑去找瑞格——

只是，她还没来得及喊，就看到那老家伙已经蹲在她旁边，手里拿着一柄长刃刀，在她眼前晃。“敢哼一声就割掉你的鼻子。”他说。她就是在这时候放弃了，毕竟，他们已经压垮了她。她笑的不是时候，固然是部分原因，但主要还是纯粹因为运气实在坏透了。照情形看，他们是不会罢手的，所以基托最好还是别靠过来才好——拜托老天爷，你看他现在在哪里就把他留在那里吧，看哪里长了一大片野莓，就让他在那里采莓子采个一小时别走吧。他最爱采野莓了，这些人不会搞上一小时的。这时哈利·奥斯特一把抓住她的头发，把她一边肩膀上的衣服扯下来，开始磨蹭她的脖子。

老家伙是唯一没在她身上搞的人。老家伙站在一旁，眼睛不住朝大街两头张望，眯着眼，很紧张。像是一头长了满身脏癣的野狼，刚把整个鸡笼里的鸡全吃完，正四处张望，留意是不是有陷阱或圈套。“喂，爱尔兰佬，停一下，”他朝哈利喊，戒备的眼神也飘向其他人，“把她弄进林子里面去，笨蛋啊你们，弄进里面别让人看到！”

他们没听，因为没有办法，太猴急了。他们拉着她的两只手，把她拖到灰色露头的大石头后面，就急着要在这里解决。莎拉向来是不太祷告的，但她现在一直在祷告。祷告他们饶她一命，祷告基托别靠过来，最好是每采两把野莓就先吃一把，弄得桶子老是装不满。祷告基托万一跑过来找她，看到出的事后，也要知道马上回头狂奔，跑得愈快愈好，别出声，赶快去找瑞格。

“含在嘴里，”乔治·安布鲁斯特说时不停喘气，“你敢咬我你看看，贱货！”

他们有从上面、有从下面，有从前面、有从后面，两个、三个一起。他们拖她去的地方，只要有人沿着大街走来，不想看到他们也难。那老家伙就站在他们旁边略有一点距离的地方，先看一下围在莎拉身边不住喘气的年轻人，一个个跪在地上，裤子褪到脚边，大腿被身边的灌木丛刮出一道道伤口；再看一下大街，睁大眼睛紧张地来回巡视。莫名其妙，竟然还有人——弗雷德·迪安——说了一句“不好意思，女士”。他射歪了，直朝东边的天上飞过去。说得像是他要跷二郎腿不小心碰到人家女士的小腿肚。

这还没完。有从她喉咙下去的，有从她股间下去的，年纪最小的那个还把她左边的乳房咬出血来。这还没完。他们都很年轻，等最后一个完事后，领头的那第一个，天哪，领头的那第一个又开始要再来一次。湖对面的卫理会教友已经唱到了“有福的确据，耶稣属我”。她看到那老家伙朝她走过来，心里想，快完了，他是最后一个了，撑下去撑住就快完了。他看看那个瘦巴巴的红头发小子，这小子一直把头朝后仰，还翻白眼。他吩咐他们去看路，现在要轮到他了，她已经屈服。

他解开他的腰带，解开他的裤裆，拉下内裤——膝头是脏脏的黑色，胯间是脏脏的黄色——他张开腿，跨在她身体两侧。她看到这老家伙的那小小的一根，软趴趴得像一条小蛇，还断了脖子。她还没来得及闭嘴，就又突然发出一记沙哑、粗嘎的笑声——连在这时候，浑身沾的都是强暴她的那几个人留在她身上热乎乎的黏液，遇到好笑的事她还是忍不住会笑。

“闭嘴！”德沃尔咆哮，一挥掌重重打在莎拉的脸上，打断了她的颧骨和鼻子，“你鬼叫个什么！”

“我看它大概会硬一点，就看你那些小鬼肯不肯躺在这里把粉嫩的屁股翘得朝天高了，甜心，是不是？”她问他，这时莎拉最后一次笑了起来。

德沃尔再次伸手要打莎拉，赤裸的胯间靠在莎拉赤裸的胯间，那话儿像软软的一条小虫耷拉在胯下。但他的手还没打下去，就听到有小男孩的声音在喊：“妈！他们在干什么，妈？你们滚开，坏蛋！”

虽然有德沃尔骑在她身上，莎拉还是猛地从地上坐起来，笑声已经没有，斗大的两只眼睛急着找基托。等看到了他，就见一个细瘦的小男孩，八岁左右，站在大街上面，身上穿的是连身裤，头上戴着一顶草帽，脚上是簇新的帆布鞋，一只手里提着一个铁桶，嘴唇还染着蓝紫色的野莓汁。他的两只眼睛圆睁，既不解又惊慌。

“快跑，基托！”莎拉大喊，“快跑——”

她只觉得脑子里像有一团火球爆燃开来，马上就又摔回灌木丛，耳朵里也听到老家伙在喊，声音像是从很远的地方传来："抓住他！别让他跑了！快！"

之后，她像沿着一条很长、很暗的斜坡往下滑，摔进"鬼屋"的走廊，一路往下滑、往下滑，滑到鬼屋深处千回百转的黑暗甬道里面，愈滑愈深，在幽深的暗处里面，她听到他，她听到她的心肝宝贝，他在——

尖叫。我跪在灰色的巨石旁边，手提袋摆在身旁，搞不清楚自己是怎么到这里来的，却听到他在尖叫——我绝对不记得自己是走到这里来的。我也在喊，惊恐又难过。她疯了吗？唉，也难怪。怪不得她啊。大雨还在下，但已经没有摧枯拉朽的猛劲。我呆呆看着自己搭在灰色石头上的惨白双手，看了几秒，才抬眼看一下四周。德沃尔那帮人已经不见了。

一团烟气带着恐怖的腐烂恶臭冲鼻而来，就像一记闷拳。我伸手在手提袋里乱摸，摸到罗米和乔治闹着玩送我的面罩式速记机，赶快戴在脸上，只是手指头发僵，好像不是自己的。我浅浅地吸一口气，试试效果。好了一点，虽不够，但勉强让我待得下去，不会想逃跑。逼我跑掉绝对是她在打的主意。

我抓起铲子开始挖地。"不行！"她在我背后不知哪里朝我大喊。我第一铲下去，就在地上挖出一个大口子，接下来每一铲，洞口都跟着加深，加宽。土很软，很好挖，底下长了一层纵横交错的细根，但铲子一插下去，马上就断了。

"不行！你敢！"

我没回头，我绝不给她机会把我赶走。她在这里的力量更强，可能是因为这里就是出事的地点吧。是吗？我不知道，也不在乎。我只想把这件事处理完毕。碰到树根长得比较密的地方，我就改用修枝刀去砍。

"不要动我！"

我飞快地回头看了一下。我之所以冒险瞄一眼，是因为这时她的声音里面夹着吱吱嘎嘎的怪声音——这吱吱嘎嘎的怪声音现在好像变成了她的声音。"绿色贵妇"不见了。那株桦树居然变成了莎拉·蒂德韦尔，莎拉的脸从交错的树枝和晶亮的树叶里面长了出来。沾着雨水的湿滑脸庞轻摇慢晃，一下散掉，一下合起来，又再散掉，然后再合起来。一时间，打从我到了这里就感受到的各种难解的怪现象都有了解答。她变幻不定的濡湿眼睛是人的眼睛。她那两只眼睛瞪着我,里面满是恨,还有哀求。

“我还没完!”她朝我大喊,哽咽的声音沙哑又粗嘎,“最坏的是他! 你不懂吗? 最坏的是他,她身体里面流着他的血,我没全部解决之前绝不住手。”

又传来一阵阴森的吱吱嘎嘎。她附身在桦树上面,把桦树变成了她的躯体,而且,她还想把桦树从地上拔起来。她若有办法,准会扑过来抓我;她若有办法,准会用桦树杀了我。用桦树柔韧的树枝勒死我。用桦树的叶片噎死我,弄得我像圣诞节的装饰。

“不管他有多邪恶,凯拉和他做过的事没有一点关系,”我说,“你不可以抓她。”

“我就是要抓她!”“绿色贵妇”尖叫。吱吱嘎嘎、撕扯碎裂的声音更响了,这时还多了晃动的嘶嘶声,我没再回头看。我不敢回头看。我拼命加快挖掘的速度。“我一定会得到她!”莎拉大喊,声音逼得更近。她正朝我靠近,但我硬是不回头。讲到会走路的树和灌木丛什么的,我会坚守《麦克白》的教训,敬谢不敏。“我会得到她! 他带走了我的孩子,我就要带走他的。”

“走开!”没听过的声音。

我手一松,铲子掉到了地上。我转过身,看到乔就站在我下面右手边的地方,正看着莎拉。莎拉已经变成疯子出现幻觉时才会看到的东西——一团绿里泛黑的恐怖东西,每朝大街走一步,都要滑上一下。莎拉已经脱离桦树,却把桦树的生命力给吸光了——那株桦树在她身后缩成一团,已经变黑,枯萎,死了。从桦树里面变身出来的那团东西,看起来很像“科学怪人的新娘”的雕塑品,毕加索的手笔。莎拉的脸在这团黑里面,一下浮起来、一下沉下去,一下浮起来、一下沉下去。

那团怪影子,我心里淡淡地浮现这句话,一直都是真的……若一直都是我的话,也一直都是她。

乔穿的是她死时那一天穿的白色衬衫加黄色休闲裤。不过,我没办法穿过她看到旧怨湖,跟我可以穿过德沃尔和他带的那帮小伙子看到湖面不同。她是完全有实体的。那时,我觉得后脑勺有怪怪的感觉,像是要被抽干了,我觉得自己大概知道是怎么回事。

“滚开! 贱人!”那个莎拉变的东西怒斥乔,举起双手向乔伸过去,跟在我噩梦里面朝我伸过来的情形一样。

“你休想。”乔的声音还是很平静，说完，她转向我，“快！迈克，动作要快。她已经不是原来的她了，她让外灵进到她里面。外灵是很危险的。”

“乔，我爱你。”

“我也爱——”

莎拉发出尖叫，开始旋转。树叶和树枝全糊成一团，分不出来，跟果汁机在打东西一样。原先看起来也只有一点点像女人的那东西，现在把伪装全都扔了。很强大、很可怕、非人的东西，就从这股旋涡里面出现，朝我的妻子直扑过去。它一扑到乔身上，乔原有的颜色和实体就不见了，好像被一只大手一下全抽走了一般。乔只剩一团幽幽的幻影和那东西扭打，而那东西不停地嘶吼、尖叫，朝乔扑抓。

“快啊！迈克，”乔大喊，“快！”

我赶快弯腰继续挖。

铲子像是挖到一样东西，不是土，也不是石头，不是木头。我把那东西周围的土刮开，下面就露出一截肮脏、长霉的帆布。我马上再挖，像疯了般，想挖出下面埋的东西，愈快愈好；想完成我要做的事，愈稳愈好。那团怪东西在我后面尖叫，愤怒的尖叫，我妻子也在尖叫，痛苦的尖叫。莎拉为了复仇，宁可放弃一部分的魂魄，让乔说的“外灵”进驻她的魂魄。我不知道那外灵是什么，以后也不想知道。我只知道，莎拉就是外灵的导体。我若及时处理的话——

我伸手到我挖出来的洞里面，把那个古老的帆布袋上的湿土拨开。帆布袋上有模糊的蜡染字样：麦考迪木材厂。麦考迪木材厂早在一九三三年的大火里面烧光了，这我知道，不知在哪里看过木材厂大火的照片。我伸手去抓帆布袋时，指尖一碰就戳破了布袋，里面马上飘出一股绿烟，带着呛鼻的恶臭。接着我听到低低的呼噜声，我听到的是——

德沃尔。他正压在莎拉身上，气喘吁吁，像一头猪。莎拉则是半昏迷，沾着鲜亮血渍、肿胀的嘴唇呢喃呓语，听不出来在说些什么。德沃尔压在她身上时，还转头去看德雷珀·芬尼和弗雷德·迪安，他们两个已经追上了那小男孩，把他抓了回来。小男孩嘴里不住喊叫，喊得震天价响，喊得能吵醒死人，他们在那边若听得到卫理会的教友在唱《我何其爱说那故事》，也就应该听得到这里的小黑鬼在大喊大叫。德沃尔说：“把他扔进水里，教他闭嘴。”这几个字像是有魔力似的，他才一开口，他那话儿就硬了起来。

“什么意思？”本·梅里尔问他。

“你少装傻，”贾里德骂道，这几个字是在他大口呼气将臀部往前顶时说的。他窄窄的臀部在午后的阳光里闪着光。“他看到我们了，你要割他喉咙弄得一身是血是吧？好啊，随你。那，拿去，我的刀给你，你请便。”

“不——不是，贾里德！”本吓得惊呼，在那把刀前瑟缩了一下。

他终于准备好了。是花了一点时间没错，但那又怎样，他哪能跟那几个小鬼比。你看看现在吧——！别管她那一张利嘴，别管她放肆的笑，别管镇上的人！他们要看就全都来吧。他插进她体内，她不就一直在等这一刻么？像她这样的货色等的就是这个啊！他插进她的体内，插得很深。不过，他在霸王硬上弓之余还忙着下命令。臀部一上一下抽动，滴！答！像菲利猫的尾巴。“你们快去收拾他！要不然你们是想让小黑鬼去告密，把你们送进肖申克①关上四十年？”

本抓住基托·蒂德韦尔的一只手臂，奥伦·皮布尔斯抓住另一只，两人开始拖着小男孩往湖边走，但才走到堤岸那边，两人就狠不下心了。强暴目中无人的黑鬼女人，这女人在贾里德跌倒摔破裤裆时居然笑他，是一回事；但是，把一个吓得要命的孩子像小猫一样压在泥塘里……就另当别论了。

他们松开手，互望一眼，看着彼此同遭蛊惑的眼睛。基托趁势挣脱开来。

“快跑，孩子！”莎拉大喊，“快跑去找——”贾里德双手一伸，紧紧捏住莎拉的脖子，用力勒紧。

小男孩踢到自己的铁桶，在地上跌了个狗吃屎，哈利和德雷珀就又抓到了他。“你准备怎么办？”德雷珀问的口气像是绝望的呜咽，哈利回答——

“该怎么办就怎么办。”这是哈利的回答。而现在，我也要做我该做的，尽管恶臭难当，尽管莎拉阻挡，尽管还有我亡妻的厉声尖叫。我把帆

---

① 肖申克（Shawshank），斯蒂芬·金另一部名著《肖申克的救赎》（*Rita Hayworth and the Shawshank Redemption*）里的黑牢，改编成电影的中文片名为《刺激一九九五》。

布袋从洞里面拖出来，绑在两头的绳子都还好好的，但我拖的时候，帆布袋从中间裂了开来，一声噗！听得人头皮发麻。

“快！”乔大喊，“我要撑不住了！”

那东西大声咆哮，像疯狗狂吠。有木头断掉的声音，很大声，像门被人用力一掼应声而碎，乔痛得哀号。我赶快去抓翠苗圃的手提袋，打开来，这时——

哈利——其他人叫他爱尔兰人是因为他长了一头胡萝卜色的红发——抓着百般挣扎的小男孩，笨手笨脚地像大熊抱，走到湖边就两个一起下水。小男孩挣扎得更厉害了，头上的草帽掉进湖里，在水面上漂。“抓住！”哈利喘着气喊。弗雷德·迪安跪在湖边伸长手捞起草帽，草帽不住滴水。弗雷德的眼睛恍惚失神，表情很像拳击手再过一回合就要用担架抬出去。莎拉·蒂德韦尔在他们身后已经开始发出嘎啦的声音，从胸口、从喉咙深处发出来的声音——这声音跟小男孩紧握的拳头一样，此后会一直在德雷珀·芬尼的脑海里面不断回荡，直到他跳下伊德兹采石场方才停止。贾里德的手加大力道，一边勒一边冲刺，全身汗流浃背。他那一身衣服上沾的汗，后来再怎么洗也洗不掉，等他想到这些汗可以叫做“杀人汗”，他就把衣服一劳永逸地烧了。

哈利·奥斯特也想要一劳永逸——永远摆脱掉这一切，绝不再见这些人，尤其是贾里德·德沃尔，他现在觉得德沃尔根本就是恶魔撒旦。哈利没办法回家，没脸见他的兄弟，除非这场噩梦结束，永远深埋。还有他母亲！他怎么敢再面对他深爱的母亲！布里奇特·奥斯特有甜美的爱尔兰圆脸蛋，有渐灰的华发，有温暖宽厚的胸脯。布里奇特永远不吝给他宽慰的话、安抚的手；布里奇特·奥斯特已经在羔羊宝血里得到救赎，洗净罪孽；布里奇特·奥斯特正在他们的餐会上替大家分馅饼，就在新盖的教堂里面。布里奇特·奥斯特是他亲爱的妈妈——若他万一被抓进法院以强暴、殴打妇女的罪名受审，即使受害者是黑人妇女——他怎能再面对她呢？或她怎肯再面对他？

所以，他把紧紧抓着他的小男孩用力扒开——基托抓过他，在脖子侧面抓出一道刮伤，那天晚上，哈利跟他亲爱的妈妈说这是他没注意而被灌木丛的刺刮到的，也让他亲爱的妈妈在他的伤口上亲了一下——一把按进水里。基托仰着脸看他，脸在水底下晃晃悠悠。哈利还看到一条小鱼甩着尾巴从一旁轻巧地游过去。河鲈吧，他想。一时间，他知道这小男孩看到了什么。这张棕黄的小脸，罩在粼粼的一层银色波光下面，一定看到了把他压在水里的这个人。存心要淹死他的这个人。哈利马上把这念头压下。不就是一个小黑鬼么，他在心底叮咛自己一句，无助又绝望。你说他是什么？就是一个小黑鬼！跟你没啥关系的人。

基托有一只手臂伸到了水面上——黑褐色的手臂一直在滴水。哈利略往后靠，不想再被他抓到，但基托的手不是要抓他，只是朝上伸。五根手指攥成一个拳头。张开。攥成一个拳头。张开。攒成一个拳头。小男孩的扑打开始减弱，乱踢的两只脚也开始变慢，直视哈利的两只眼睛渐渐蒙上一层怪怪的恍惚，但就是那只朝上伸的手臂，还是伸得笔直，手指还是一下张开、一下握紧，一下张开、一下握紧。德雷珀·芬尼站在岸上乱喊，心想现在一定会有人过来，看到他们做的这件可怕的事——其实应该说是他们正在做的这件可怕的事。要知道你们的罪必追上你们，《圣经》里说过①，一定会的。他张嘴是要跟哈利说快住手，现在撒手应该还来得及，放他起来，留他一命，但他张开嘴却发不出声音。在他身后，莎拉只剩最后一口气。在他眼前，莎拉的小男孩笔直伸着一只手，一下张开、一下握紧，一下张开、一下握紧，手的倒影在水面上晃漾。德雷珀心想不要再那样了，怎么那只手一直那样？好像祈祷得到应验似的，小男孩伸得笔直的手肘开始弯曲，手臂开始放松，手指再攥成一个小拳头，然后就不动了。这只手还晃了一下，接着——

我举起一只手盖住额头，想把这些幻象赶掉。这时，身后湿漉漉的灌木丛里传来一阵噼里啪啦的乱响，乔和她奋力阻挡的那个不知是什么的东西还在打。我把手伸进帆布袋的裂口，像医生撑大病人的伤口一样，用力一扯。一声低低的“啪”，帆布袋的裂口应声扩大，裂到了两头。

里面就是这对母子的遗骸——两个发黄的骷髅头，前额对着前额，像在说悄悄话；一条褪色的女用红皮带；一堆烂掉的衣服……还有一堆骨头。两副胸廓，一大一小；两副腿骨，一长一短。莎拉和基托·蒂德韦尔的遗骸，埋在湖边近一百年。

这时，大的那个骷髅头转了个方向，用空空的眼窝瞪着我看，上下两

---

① 要知道你们的罪必追上你们——《圣经》旧约〈民数记〉第三十二章第二十三节。

排牙齿咔嗒一声打在一起，像要咬我，堆在下面的其他骨头跟着开始咔咔啦啦乱动起来，好不阴森。这些骨头都很脆，有很多凹洞，一碰就碎。红色的腰带也一上一下不住扭动，生锈的带扣往上伸，像蛇头。

“迈克，”乔大喊，“快！快！”

我把手提袋里的小袋子拿出来，伸手就把里面塞的塑料瓶子抓出来。“安息”，小磁铁字母拼出过这两个字，又是一个小字谜。一条信息躲过守卫的法眼偷渡出来了。莎拉·蒂德韦尔是很可怕，但她太小看我的乔……她也太小看我们多年相依培养出来的心有灵犀。我那天到翠苗圃时，买了一瓶碱水①。现在我打开瓶口，把碱水倒在莎拉和她儿子的遗骨上面，冒出一股白烟。

有嘶嘶的声音，像开啤酒或汽水时会听到的声音。带扣融掉了。骨头变成白色，化成细粉，像白糖做的。我以前做过噩梦，梦到墨西哥的小孩子在“亡灵节”时，把串在长棍子上的尸体当棒棒糖吃。碱水渗进莎拉骷髅头泛黑的凹洞里去。她早慧的天才，她狂笑的灵魂，可是一度长居在这凹洞深处的。碱水渗入之后，骷髅头的眼眶随之扩大，那表情看起来先是惊愕，而后忧伤。

下颚掉了下来，牙齿的残根嘶嘶化为乌有。

头盖骨的上缘凹下去一块。

张开的手指骨头泡在碱水里一阵弹跳，也化为乌有。

“呜呜呜……”

湿漉漉的树林轻轻叹息，像扬起的风……只是，风势早已偃旗息鼓，水气深重的大气正屏息静待下一波进袭。那一声叹息，带着难以言喻的忧伤、期盼、绝望。感觉不到恨，她的恨已经消失，被我从海伦·奥斯特的店里买来的腐蚀性强碱完全烧光。莎拉远去的叹息继而为一声幽怨、近乎人声的鸟鸣取代。这一声幽鸣叫醒了我，把我从神游的地方叫了回来，我终于从我神游的那世界完整、彻底地回来了。我摇摇晃晃地站起来，转过身，朝大街看过去。

乔还在那里，一团模糊的人影，我现在可以穿过她看到湖面，以及天边堆得高高的乌云。下一波狂风闪电大作的暴风雨就要从群山那边再度

---

① 原文中安息为 Lye Stille，碱水是 lye。

来袭。乔身后像是有东西掠过——可能是小鸟吧，从避难的地方出来一下，看看重组过的世界成了什么模样——但我没去管它。我想看的只有乔，天知道她走了多远的路，受了多少的苦，跑到这里来帮我。她看起来累坏了，也受伤了，给人很弱的感觉。但那另外一样东西——“外灵”——已经走了。乔站在一圈桦树叶里，叶片像是烧焦了。她转向我，微微一笑。

“乔，我们办到了。”

她的嘴动了动，我听得到声音，但距离太远，听不出来她说的话。她看起来是像站在那里没错，但她很可能是隔着一道很宽的峡谷在跟我说话。不过，我知道她在说什么。你若喜欢理性的解释，那我就是从她的嘴型读出来她的意思吧。而你若喜欢浪漫的说法，那我就是直接从她心里读到的。我喜欢后面这一种。婚姻也是你神游的物外之境，你知道吧。婚姻也是神游的物外之境。

——那就好了嘛，对不对?

我朝下瞥一眼破掉的帆布袋，里面什么也没有了，只剩残块、碎片插在一汪咕嘟冒泡、黏糊糊的有毒液体里面。我闻了一下，虽然脸上还戴着面罩速记机，却还是被呛得咳了起来，马上退后。我再回头去找乔，就几乎看不到她了。

“乔！等一下！”

——没办法帮忙了，没办法留了。

从另一星系飘来的话语，从快要不见的唇里吐露出来，只隐约猜得到嘴型。乔现在只剩两只眼睛飘在暗暗的午后，那两只眼睛像是她身后的湖水做的。

——快……

她不见了。我连滚带爬地往她站的地方跑过去，两只脚踩在枯死的桦树叶上，扑了个空。我那样子一定滑稽透顶，除了全身湿透，脸上还戴了一副面罩式速记机，歪歪盖在脸的下半截，却张开双手拥抱潮湿、灰暗的空气。

我闻到一丝很微弱、很微弱的“红”香水……紧接着却只剩湿湿的泥土味、湖水味，还有碱水的恶臭；碱水流得到处都是。不过，起码腐尸的味道已经没有了。真的没有了，跟……

跟什么？跟什么？要么这些事没一件是假的，要么这些事没一件是真的。若都不是真的，那我就是得了失心疯，该进杜松丘的“蓝翼”去了。我朝那块灰色的大石看过去，看到我从湿地里拖出来的那袋白骨像化了脓的烂牙，一缕缕毒烟还在从袋子裂开的大口子里袅袅朝上攀升。别的不讲，这绝对是真的。“绿色贵妇”也是，它现在成了煤灰色的黑色贵妇——跟它后面那株松树的枯枝一样，死得透透的。那根枯枝平伸的样子，活像是一只指路的手。

没办法帮忙了……没办法留了……快。

没办法帮什么？我还有什么要帮的？结束了啊，对不对？莎拉已经不见了，幽魂和白骨一起化为乌有，晚安，甜姐儿，愿你安息。

不过，还是有一股呛鼻、逼人的恐惧在空气里弥漫，和地下飘上来的腐尸恶臭没多大差别。凯拉的名字开始在我脑子里敲，凯！凯！凯！像异域的热带禽鸟在叫。我拔脚沿着枕木步道朝屋子走去，虽然那时我已经精疲力竭，但走到半途仍然跑了起来。

我沿着楼梯爬上露台，再从露台进屋子里去。屋子看起来没两样——除了有倒下来的树从厨房的窗户钻进来之外，“莎拉笑”倒还挺耐得住风吹雨打——只不过，有事情不对劲。好像闻到了什么——说不定我真的闻到了，苦苦的、淡淡的。癫狂说不定真有野豌豆的气味，但这不是我会去研究的题目。

我走到前厅时停下脚步，朝那堆平装书看了一眼。几本埃尔莫尔·伦纳德和艾德·麦克班恩①堆在地上，像被人用手从书架上一把打下来，搞不好还是软弱无力的手。我才想到这里，就看到我留下的脚印——进来和出去的都有——已经开始干了。应该只有我的脚印才对。我和凯进门时，凯是抱在我手上的，应该只有我的才对。但不是，另外还有一行脚印比较小，但还没小到让人以为是小孩子的。

我拔脚跑过走廊，朝北厢的卧室奔去，嘴里喊着凯拉的名字。也有可能喊的是玛蒂或乔或莎拉吧。反正，凯拉的名字从我嘴里喊出来，就像是死尸的名字。羽绒被丢在地上，除了那只黑黑的玩具狗还躺在床上，躺在我梦里的同一个地方，床上是空的。凯不见了。

---

① 艾德·麦克班恩(Ed McBain，1926—2005)，美国畅销小说作家，警探小说鼻祖。

29

过去这几个礼拜，我的大脑有一部分一直感觉得到凯穿什么、在拖车的哪里、又在做什么，我现在就运用这部分来感应凯。只是，不用说，什么都感应不到——感应链也跟着消失了。

我出声喊乔——我想应该是吧——但乔也已经走了。现在我只能靠自己。就剩老天爷来帮忙了，帮我们两个。我觉得慌乱像要袭来，但我奋力压下。一定要保持头脑清醒，思绪一乱，凯活命的机会就会瞬息即逝。我快步穿过走廊朝玄关跑去，不去管压在大脑深处的讨厌声音，不去听那声音说我已经失去凯，凯已经死了。这种事我哪知道？既然感应链都已经断了，我怎么可能知道。

我看一眼地上散落的书，再看一眼大门。新来的脚印是从这里进来的，也是从这里出去的。天上闪电霹雳，雷声隆隆，狂风再起。我走向大门，刚伸手去握门把，就停在那里。有东西卡在门板和门柱的缝里。很细，轻软，像蜘蛛丝。

一根白发。

我盯着那根白发，却反常地没一丝惊讶。我早该想到的，还用说；若不是这天昏地暗的一天挨过那么多打击、惊吓，我早该想到的。不全都录在早上约翰放给我听的录音带里面了吗？回想起来却好像是上辈子的事了。

别的不讲，约翰挂她电话时，录音带里有报时的记录。早上九点四十分，东部夏时制时间。录音带里的电脑合成语音报出这时间，也就表示换算过去，罗杰特是在一大早六点四十分打这通电话的……这也要她是真的从棕榈泉打电话的。不是没有可能；而且，就算从机场开车到玛蒂住的拖车途中，我真的注意到这时间有一点怪怪的话，也可能在心里随便打发掉。加州多的是闹失眠的人，赶在太阳还没整个爬上地平线前把东岸的事办好，这有什么不对？只不过这里面还是有事情没办法这么容易就打发掉的。

例如约翰一度按停，要把录音带拿出来。他说这是因为我不仅没有发笑，反而脸色发白。我跟他说继续放没关系，我只是没想到会再听到她的声音。*她那嗓音……妈的，这录音带的音质真好。*只不过，那其实是地下室的小子，我那躲在潜意识里的同谋，听了约翰的录音带在作怪。绝对不是她的嗓音把地下室的小子吓得脸色发白，而是录音带背景里的嗡嗡声。你在TR打电话一定会听到这里独有的嗡嗡声，不论是打出去还是接电话。

罗杰特·惠特莫尔根本就没离开过TR-90。若因我一时不察没想到这件事，害得凯拉·德沃尔今天下午丢了性命，我一辈子不会原谅自己。我冲出屋外朝枕木步道狂奔，奔向即将再起的狂风骤雨里，心里不断说着这句话。

我没有一头飞过堤岸还真是老天保佑。我们那浮台有一半已经躺在堤岸上了，真摔下去，我很可能被浮台的碎片插得像利箭穿心，如吸血鬼般在木桩子上扭动挣扎。还真妙啊，这念头！

惊慌的人真的不宜快跑，那就像被毒蔓藤刮到。等我狂奔到步道的最后一节枕木，伸出手抱住一株松树帮忙刹车、察看情况时，我的脑子已经乱得快要没办法思考了。凯的名字又在我脑子里乱敲，好大声，没有余地做别的。

接着，一记暴雷从天上打下来，打在我的右手边，把一株很大的老云杉从根打断，仅剩下三英尺树干。这株云杉可能从莎拉和基托还在人世的时候就已经矗立在这里了。当时我若面对着闪电打下来的路径，准会瞎掉。虽然我赶忙别过脸去，但闪电还是留下一道宽宽的蓝光在我眼睛里面闪，像特亮的闪光灯打上了眼。一阵吱吱嘎嘎、天摇地动的声响，两百英尺高的云杉就这样倒进了湖里，溅起一大片水花，像在灰暗的天空和湖水之间挂了一帘长长的水幕。残留的树桩着火了，在雨里燃烧，像女巫的帽子。

这一击像扇了我一记耳光，打得我混乱的脑子清醒起来，让我有机会再用一次。我深吸一口气，强迫自己动脑。首先，我干吗没头没脑就往这边冲？我为什么觉得罗杰特会把凯拉带到湖边来？我不刚从湖边回去吗,她为什么不带着她避开我呢?比如沿着车道朝42巷去?

别傻了。她会朝这里来是因为大街是回沃林顿的路,沃林顿又是她待的地方。打从她把她老板的遗体用私人飞机送回加州后,她就一直待在那里。

她是趁我在乔工作室的地下贮藏室,找到藏在猫头鹰肚子里的小铁盒、研究小纸头上的世系表时,偷溜进屋子里来的。她那时候本来是可以把凯带走的,但我没给她机会。我冲了回来,怕出事,怕有人要抱走孩子——

罗杰特吓醒她了吗?凯看到她有没有想要警告我呢?我是不是因此才急得往这边冲?可能吧。那时我还没从神游地回来,我们两个的感应链还没断。我回去时,罗杰特一定已经就在屋子里了。搞不好她就躲在北厢的卧室壁橱里,从门缝里偷看。其实我也不是不知道的。那时我不是感应到她了吗?我不是感应到有东西在看我吗?而且不是莎拉。

但我还是扔下凯,抓了翠苗圃的手提袋朝这里来。右转。北转。走到桦树那边,走到露头大石那边,走到一袋白骨那边。我把该做的事处理完了。但就在我处理那件事的时候,罗杰特抱着凯拉沿枕木步道走在我后面,左转到大街上去了。再转向南,回沃林顿。我只觉得胸口堵着一块大石头直往下沉。我知道我可能真的听到了凯……甚至看到过凯。我猜是小鸟趁风雨暂停偷溜出来看一下状况的,其实根本就不是小鸟。凯那时已经醒了,看到了我——搞不好也看到了乔——想出声叫我们。但她刚出声,小小一声,就被罗杰特捂住了嘴。

那会是多久以前的事呢?回想起来好像有几辈子,但我知道其实没多久——不到五分钟,我看。但要淹死一个小女孩儿不需要多久。基托伸直手臂穿破水面的画面又要重回我的心头——他的小手一下张开、一下握紧,一下张开、一下握紧,好像要代替没办法呼吸的肺部——我赶忙把它推开。心里虽然很想立刻朝沃林顿的方向冲过去,但我也强迫自己压下。我若冲过去,只会又陷入慌乱。

乔死后那么多年,我第一次那么想她,想得好苦。但她这一回真的走了,连一声轻叹也没有。现在除了我自己,没有人可以依靠了。我选择朝南方走,沿着落满倒伏树木的大街走下去。倒下的树绕得开的就绕过去,完全挡住去路的就从下面爬过去,逼不得已才会从倒下来的树上吱吱嘎嘎踩过去。我一路走，一路想在心里念一些这时用得上的标准祈祷文，但没一篇过得了罗杰特浮现在我脑际的那张脸。张嘴尖叫、冷酷无情的脸。

我现在还记得当时自己心里想这是“鬼屋”的户外版。我七手八脚连翻带爬往前走时，沿路的树木都像在蛊惑我。第一回合重击没吹倒的树木，到了第二回合遇上追加的狂风骤雨就大批倒了下来，一次十几、二十棵。吵得就像巨人脚掌落地，但我根本不必去管自己踩出来的声音。我走过巴彻尔德家的营地时，只看见一圈圆圆的预铸水泥建筑套在钻出地表的露头巨石上面，像一顶帽子盖在脚凳上。整个屋顶都被一株倒下来的铁杉给铲平了。

从“莎拉笑”往南走了一英里后，我看到凯的白色发带掉在路上。我捡起发带，觉得发带的红边怎么那么像血。我把发带收进口袋，接着朝南走。

五分钟后，我走到一株老松树旁边。它横倒在小路上，树身长满苔藓，树干还有一部分连着残桩，撕裂成一条条，拉得长长的，歪扭成一团。一有水涌上来，冲过倒在湖里二三十英尺的树冠，断裂的树干就会像生锈的铰链般吱嘎乱叫。只能从下面爬过去，所以我只好跪下。才刚跪下，就看到那底下已经有膝盖压出来的痕迹。除此之外，我还看到别的东西：又一条发带。我把这条发带捡起来，和口袋里先前那条放在一起。

我才钻进松树底下一半，就听到又有一株大树倒下来，而且还近得多。紧接着传来一声尖叫——不是痛，不是怕，而是吃惊的怒气。再而后，虽然雨势淅沥加上风声不断，我居然听到了罗杰特在说：“回来！不要去那里！那里危险！”

我赶忙硬从树下挤过去，没注意到断掉的残枝在我后背下方刮出了一道伤口。过去后，我马上站起来，拔脚沿着小路狂奔。若挡路的倒树不是很大，我就停也不停，一跃而过；若大一点，我就手脚并用爬过去，完全不管它是不是会滚或滑。雷声轰响。一道很亮的闪电打下来，映着闪电的光，我看到树林后面有灰色的谷仓板建筑。我第一次见到罗杰特那天，只能看到一点点沃林顿。如今，这片树林像老旧的袍子般被风雨一刀划开——这一带绝对要过好几年才能恢复原貌。沃林顿的后半截已经被两株大树全都铲平了，那两株大树像是一起说好倒下来的，像餐宴桌上的刀叉，在一片狼藉里摆出一个枝繁叶茂的十字交叉。

接着是凯的声音，之所以穿得透风雨，纯粹因为她发出的是惊恐的尖叫：“走开！我不要你，白奶奶你走开！”听见她怕成这样，我心头一凛，但听到她的声音终究是好事。

从我听到罗杰特的叫声而停住脚的地方再往前四十英尺，就又有树横倒在路中央。罗杰特就站在树的另一端，伸长手朝凯够过去。她那只手在滴血，但我没去管她，我只注意凯。

从大街到夕阳酒吧的小码头是长条形的，至少有七十英尺，搞不好一百英尺。长度够，所以你可以在美丽的夏日傍晚和密友或爱人手牵手沿着码头散步，留下美好回忆。暴风雨没把它吹走——还没——但风势还是吹得码头像丝带般摇来摇去。我记得我小时候在礼拜六的日间音乐会里看过新闻短片，拍的是吊桥在飓风里被吹得四下乱甩。从沃林顿到夕阳酒吧的那段条形码头就是那副模样，在汹涌的水流里跳上跳下，每一节板条都在呻吟，像木头手风琴。码头上原本是有栏杆的——可能是要带晚上喝过头的人顺利回岸上用的吧——现在已经不见了。凯拉就站在这一长条摇晃不已、上下震动的木板架上。从她站的地方到岸边，我看到至少三处长方形的黑洞，应该是木板被扯掉了。码头底下有“哐啷！哐啷！哐啷！”的乱响，那是码头下面固定用的空铁桶撞击的声音。有几个这样的大铁桶已经松开了，被水冲走。凯站在码头上，张开两只手臂，像马戏团走钢丝的艺人那样维持身体的平衡。她身上的黑色哈雷摩托车T恤，在她小小的膝头和晒得红红的肩膀上不住拍打。

“回来！”罗杰特大喊。她稀薄轻软的头发四处翻飞，身上穿的亮亮的黑色雨衣皱成一团。她现在两只手都朝前伸了，一只在滴血，一只没有。我觉得她手上的伤搞不好是凯咬的。

“我不要，白奶奶！”凯把头摇得像拨浪鼓，看得我很想叫她不要摇头，凯宝贝儿，不要那样子摇头，不好。她歪了一下，一只手指向天，另一只手指向水面，一时间很像飞机在作急转弯。若码头正好挑这时候用力弹一下，凯一定会从旁边摔落下去。尽管她仍颤巍巍地维持住平衡，我还是觉得她的光脚在滑溜的木板上稍微滑了一下。“走开！白奶奶！我不要你！你……你去睡午觉吧，你累了。”

凯没看到我，她的注意力全在白奶奶身上。白奶奶也没看到我。我往地上一趴，慢慢在树底下往前爬，五体投地一般用手拖着身体往前挪。雷电轰隆打过湖面，像桃花心木球滚过，群山遥遥以回音应和。等我再跪起来时，就看到罗杰特正慢慢朝码头接在岸边的这一头靠近。只是她每朝前走上一步，凯就朝后退上一步，摇摇晃晃，十分危险。罗杰特把她没受伤的手朝前伸，有那么一下子，我觉得她这只手好像也开始流血了。只不过，流过她鸡爪般手指的东西颜色太深，不会是血。等她再开口说话，用她哄小孩的恐怖声音说话，听得我头皮发麻时，我才想到那东西是融化的巧克力。

“我们玩游戏好吗，凯宝贝儿?”罗杰特放软声调说，“你要先来吗?”她往前走一步。凯马上往后退一步，晃了一下，又平衡回来。我只觉得心脏像是陡地停了一下，之后才又开始扑通猛跳。我往前急走几步，想办法缩短我和那女人之间的距离，但没有跑。在她清醒之前，不能让她发现——若她还能清醒过来的话。其实，我才不在乎她会不会清醒。唉，我可是拿过榔头把乔治·富特曼的后脑勺给敲碎的，我当然有办法好好治一治这个母夜叉！我一边往前走，一边十指交握，握出一个大拳头。

“不要吗？你不要先来啊？害羞吗?”罗杰特用《游戏间》①的甜腻腔调说话，听得我牙根发麻，“好啊，那就我先开始！快乐，什么和快乐押韵啊，凯宝贝儿？饥饿，饿……刚才你在睡午觉，对不对？我到那里去把你叫醒……你要不要到这里来坐我腿上啊，凯宝贝儿？你饿不饿？我们可以你喂我巧克力，我喂你巧克力，跟以前一样……我有新的‘咚咚咚！’②可以讲给你听哦……”

又往前一步，她已经走到码头的边缘了。她若想的话，干脆就拿石头扔凯拉算了，跟她那天对付我一样，一直扔到命中凯拉把她打进水里为止。但我想，她那时连想都没想过要这样。人啊，一旦疯到一个地步，就像上了没有出口的高速公路。罗杰特那时对凯拉另有打算。

“来，凯，跟白奶奶玩游戏。”她又把巧克力伸出去，黏黏的好时巧克力从皱巴巴的锡箔包装纸上往下滴。凯拉的眼睛飘了一下，终于看到我了。我对她摇摇头，想跟她说别出声，但没用——她的小脸上马上换上开心、

---

① 《游戏间》(*Romper Room*)，美国为学龄前儿童拍摄的著名儿童节目，从一九五四年一直播到一九九四年，主题以教导学龄前儿童礼貌为主。

② “咚咚咚！”美国小孩常玩的游戏，例如一个小孩说“咚咚咚！”(敲门声)，另一个就说“谁啊?”由对方回答，如此两人对答下去。

放心的表情，大叫我的名字。我看到罗杰特惊得肩膀一耸。

我马上往前冲刺，跑过我们之间仅剩的十几英尺距离，把交握的双手举过头当作木棒，但在最后一刻脚底在湿漉漉的地上打滑，罗杰特身子一缩就躲过去了。我原本要打的是她的后脑勺，结果从她的肩头滑了下去。她踉跄了一下，一只膝头跪地，立刻又站了起来，两只眼睛瞪得像小号的蓝色弧光灯，射出怒火而非电光。“你！”她气得咬牙切齿，这个字像是从齿缝里挤出来的，听起来像是古代的咒语：“唏——纡！”凯拉在我们身后叫喊，在湿滑的木板上歪来歪去地跳，两只手臂上下摆动维持平衡，免得栽进湖里。湖水打上了木板，漫过她小小的光脚丫。

“站稳，凯！”我朝她喊了一声。罗杰特见我注意力跑掉了，马上抓住机会，一个转身就朝码头跑过去。我赶快追上去抓住她的头发，把她的头发抓了下来。全都抓下来，一根不剩。我呆站在水势汹涌的湖边，罗杰特的那一顶白发挂在我指间，像被我剥下来的头皮。

罗杰特转头看我一眼，像个站在雨里的老侏儒。我心想，*是他，德沃尔，他根本没死，他和那女人互换身份，自杀的人是她，用飞机送回加州的那具尸体也是她的——*

她又转身去追凯，这时，我就想到了。是罗杰特没错，但她的长相还真得他的真传。不管她是怎么了，都不只害她掉光头发，也让她老得特别快。那副样子有七十岁吧，我想，但比她实际上多出来起码十岁。

*镇上我认识好多人都给孩子取这样的名字，*梅泽夫太太跟我说过，觉得这样很可爱。麦克斯韦尔·德沃尔一定也是这么想的，因为他给长子取名为罗杰，给长女取名为罗杰特。也许她确实姓惠特莫尔——她年轻时应该结过婚——但假发一拿掉，谁是她的先人就毋待争辩了。在码头上踉跄走向凯拉要作个了断的那女人，是凯拉的姑妈。

凯马上朝后退，退得很快，没去注意脚底下站的地方。她一定会摔进水里的，依那情况她不可能站得住。但说时迟那时快，一波浪头打上她和罗杰特之间的码头，那截码头下面的铁桶已经松脱，走道铺的木板有一部分已经淹在水里。水中卷起一股白浪，往上飞升，开始搅成螺旋状；这情景我先前见过。罗杰特停住脚，站在漫过码头的水里，水已淹过她的脚踝。我则是在她身后约十二英尺的地方站住。

那股白浪的形状愈来愈清楚，就算脸还看不出来，但宽松的短裤、褪色的螺旋状花纹和棉布套衫我倒是认得出来。只有凯玛特超市卖的套衫才会怎样都看不出来样式！我看这搞不好是联邦法的一条。

玛蒂！脸色凝重、阴沉的玛蒂，用她凝重、阴沉的眼睛盯着罗杰特看。罗杰特张开两只手，踉踉跄跄地想朝后转。又一阵大浪打进码头下面，打得码头往上一弹又马上下坠，像游乐园的云霄飞车，震得罗杰特往旁边倒去。就在她身后，在滂沱大雨里现形的这股白浪人影后面，我看到凯四肢伏地趴在夕阳酒吧的门廊上面。那股浪头把她像人形圆片①一样弹到那里去了，暂时安全。

这时玛蒂转头看我，眼睛直视着我，嘴唇在动。乔的嘴型我读得出来，但这次我就抓瞎了。我集中全力，仍然没办法读出她在说什么。

“妈妈！妈妈！”

那团身形说是转身还不如说是旋转，短裤下摆以下的地方不像真的存在。那团身形沿着码头朝酒吧移过去，凯站在那里朝她张开双臂。

这时有东西抓住了我的脚踝。

我往下一看，在汹涌的水流里有一个溺水的鬼影，两只乌黑的眼睛从一丝不剩的秃头下面瞪着我看。是罗杰特，她正在不住咳嗽，乌梅一样发紫的嘴唇里不断吐出水来。没抓着我的另一只手软软地朝我挥舞，手指先是张开……然后握紧……再张开……再握紧。我跪下一条腿，抓住她那只手。那只铁爪马上紧紧扣住我的手，猛力往下拽，想把我拖下水。发紫的嘴唇咧得大大的，露出发黄的牙根，跟莎拉骷髅头的牙根一样。是的，没错——我觉得这次笑的人是罗杰特。

我马上一扭腰反身把她拉上来。我想也没想，纯粹是反射动作。我起码多她个一百磅，她整个人有四分之三就被我拉出了水面，像一条特大号的妖怪鳟鱼。她尖声大叫，把头往前一撞，张嘴咬住我的手腕。当下剧痛袭来，我的手先往上一抬，再往下甩，根本没去想这样是不是会伤到她，只想赶快挣脱这只黄鼠狼的利齿。在这同时，又一股大浪打中了码头，码头板条碎裂的边缘往上一掀，正好刺中罗杰特往下沉的脸。一只眼睛被打爆；一根水淋淋的黄色木板碎片像匕首般刺进她的鼻子；前额的薄皮裂

---

① 圆片(tiddlywink)，西方一种把圆片弹进容器的游戏。

成两半，啪一下从头骨飞脱，像原本绷紧而今忽然松掉的两片遮阳篷。紧接着，汹涌的湖水把她冲走了。一开始我还看得到她被打碎的脸，仰面朝上，被倾盆大雨打得湿淋淋的，惨白如日光灯的白光。没多久她就翻了过去，黑色的塑料雨衣在她身边打转，像她的尸衣。

我转回头朝夕阳酒吧看过去时，看到的就是盖在这世界浅表下的一瞥，但和我在“绿色贵妇”中看到的莎拉面容或外灵若隐若现的咆哮身形大不相同。凯拉站在酒吧前宽阔的木头门廊上面，身边散落一地乱七八糟、被风吹翻的柳条家具。她前面出现一柱涌泉，像龙卷风的形状，但看得出来有女人的身形——很模糊、很模糊，这身形已经愈来愈淡，即将消失。这女子的身形跪在地上，朝凯伸出双手。

她们想再抱抱对方。只是，凯的手臂直直穿过玛蒂的身形，淋的都是水。“妈妈，我抱不到你。”

水柱里的女子张口说话——我看得到她的嘴唇在动。凯拉目不转睛地盯着她看。之后，玛蒂转向我。我们四目交投，她的那双眼是湖水做的。她的那双眼，就是旧怨湖。旧怨湖早在我来到这里之前，就已经存在久远；而我走后，旧怨湖还会再存在久远。我抬起双手搭在唇上，亲一下掌心，朝玛蒂飞送过去。我看到两只影影绰绰的手抬了起来，像在接下我送过去的吻。

“妈妈不要走！”凯拉大喊，伸手抱住那模糊的身形，却马上被水浸得全湿，连忙后退，紧闭双眼，不住咳嗽。那里已经没有什么女人的身形了，只有湖水冲刷码头的木板，从木板的缝隙流回湖里。这股涌泉的源头在湖底很深、很深的地方，在湖底巨岩的裂缝深处。TR，还有世界的这个角落，就靠这块巨岩撑住。

我慢慢朝前走去，一样要小心维持平衡，沿着不住晃动的码头朝夕阳酒吧靠近。等我到了那里，马上把凯拉抱进怀里。她紧紧搂着我，抖得很厉害。我听得到她上下两排牙齿在咔咔打战，也闻得到她头发浸的都是湖水的味道。

“玛蒂来过。”她说。

“我知道，我看到了。”

“玛蒂把白奶奶赶走了。”

“我也看到了。不要乱动，凯，我们要回陆地上去，但你不要乱动。你乱动我们就会在水里游泳了。”

她真听话。等我们重回大街后，我想放她下地，可她拼命搂着我的脖子不放。这没关系。我想过带她进沃林顿，又改变了主意。沃林顿应该有毛巾可以用，可能也会有干的衣服，但我觉得沃林顿同样会有浴缸放满了热水等在那里。此外，雨势已经开始减缓，西边的天际也跟着变亮了。

“玛蒂跟你说什么啊，小宝贝儿？”我们沿着大街往北走时，我问凯。碰到倒伏的树木必须从底下钻过去时，凯愿意让我放她下来，但一等我们两个钻过去后，马上就又伸手要我抱她。

“要听话，不要伤心。但我伤心，我好伤心。”她哭了起来，我伸手轻抚她的头发。

等我们走到了枕木步道时，她已经哭累了……我看向西边的群山上方，看到一丝蓝天，很细，但是很亮。

“树都倒了。”凯四下看了看说，两只眼睛睁得大大的。

“唔……没有全倒，但倒了很多吧，我看。”

走到枕木步道的中途时，我喘得很厉害，上气不接下气。但我没问凯放她下来好吗。我不想放她下来，我只是需要调整一下呼吸。

“迈克？”

“什么事，小美人？”

“玛蒂还跟我说了别的。”

“嗯？”

“我偷偷跟你说好不好？”

“好啊。”

凯靠向我，把小嘴凑近我的耳边，压低声音说话。

我仔细听她说。等她说完了，我点点头，亲一下她的脸颊，把她换到另一边抱，就这样抱着她走完剩下的路，回到屋里。

这哪算本世纪最大的轰(风)暴！兄弟，你以为这样就算本世纪最大的轰暴？才不是哪！

那一年夏末和秋天两季搭在湖景杂货店充当店面的大野战医院帐篷里，几个老一辈的都这么说。有一棵大榆树倒下来横过68号公路，把杂货店像饼干盒般整个压扁。这棵榆树好像还嫌它闯的祸不够大似的，倒下来时牵拖一大束火花四射的电线,引燃了破裂油槽里的丙烷,整家店就轰——一声爆了。军用帐篷在暖和的天气里倒是不错的替代品,TR 的居民都说他们要到"陆军野战医院"①去领面包和啤酒——这是因为你还看得到帐篷顶的两边有模糊的红十字徽章。

那些老人家在帐篷旁边的折椅上坐成一排,遇到有别的老人家开着放屁的老爷车经过就挥手打招呼(这里登记在案的老人不是开老福特就是开老雪佛兰,在这方面,我倒很像是在朝他们靠近)。再待天气愈来愈凉,朝喝苹果酒、挖马铃薯的时节走去时,他们身上的汗衫就会换成法兰绒衬衫,小镇也开始在四周重盖了起来。那些老人就坐在那里聊去年冬天的冰雪暴,打断电力,从基特里到坎特堡吹倒了上百万棵树;聊一九八五年八月登陆的飓风;聊一九二七年冰雪齐来的飓风。*所以啊,风暴才多着哪!* 他们说,*大风暴才多着哪! 苍天在上!*

我相信他们说得没错,不会去跟他们辩——跟土生土长的扬基老人家辩,是没有多少赢的机会的,若辩的是天气,那就准输——只不过,一九九八年七月二十一日的这场暴风雨,永远是最惨烈的。我相信有一个小女孩也是这么想的。她很可能活得到二一〇〇年,看看现代医学的进步就知道,但我想,这场暴风雨在凯拉·伊丽莎白·德沃尔的心里,永远会是最重要的暴风雨。她的母亲在暴风雨里现身,穿着一身湖水来见她最后一面。

直到快六点的时候,我的车道才有车子开进来。来的不是城堡郡的警车,而是黄色的吊车,车顶不停闪着黄灯,有个穿着中缅因电力公司制服的人在操纵操作杆。不过,里面坐着的另一个人倒是警察——诺里斯·里奇韦克,城堡郡的警长。他朝我的大门走过来时,掏出了警枪拿在手上。

电视上那家伙说会变好的天气已经兑现,乌云和风暴被寒风吹往东边,风势刚好在强风的等级边缘。湿漉漉的树林里,雨停了后还是不停有树倒下。约五点时,我替自己和凯做了烤乳酪三明治和番茄汤……舒服

---

① 《陆军野战医院》(*MASH*),由同名原著改编的二十世纪七十年代的电影,黑色喜剧。中文译名也作《风流医生俏护士》。

餐,若是乔就会这么说。凯拉的样子无精打采的,但还是吃了,牛奶也喝了不少。我替她换了一件干T恤,她自己把头发扎在脑后。我拿白色缎带给她,但她很坚决地摇头不要,自己拿了一根橡皮筋。“我不喜欢那些缎带了。”她说。我想我也不喜欢,便把缎带扔了。凯瞅着我把缎带扔掉,没表示一点异议。之后,我走过起居室往炉子那边去。

“你要干什么?”她已经喝完第二杯牛奶,自己从椅子上爬下来,朝我走来。

“升火。可能是之前天气太热害我气血不足吧,总之我妈是这样说的。”

她没说话,静静地看着我把从桌上拿下来的那沓纸一张张放在炉子上面,卷一张,就塞一张进炉口。等我觉得塞得够多了,又把一块块引火柴堆在最上面。

“那些纸上写的什么啊?”凯问我。

“不重要的东西。”

“故事吗?”

“不算吧,比较像是……嗯,我也不知道。字谜吧,要不就是信。”

“好长的信。”她说完把小脑袋靠在我腿上,好像很累的样子。

“对啊,”我说,“情书通常都很长,但留着不好。”

“为什么?”

“因为……”会回过头来蛊惑你,我心里冒出来的话是这一句,但我不可能说出来,“因为以后会害你不好意思。”

“哦。”

“而且,”我又说,“这些纸有一点像是你的缎带。”

“你不喜欢它们了。”

“没错。”

这时她看到了那盒子——写着“乔的妙点子”的盒子。盒子放在起居室和水槽之间的料理台上,离原先挂那只疯癫猫的地方不远。我不记得我把这盒子从乔的工作室拿进这里来,也不觉得是我拿进来的。看见盒子我一时很是害怕,怕那盒子会飞起来……自己飞起来。现在我真的相信会有这样的事,而且不是没有理由。

只是,凯拉的眼睛亮了起来,从她午睡醒来知道母亲已死之后,第一次有了神采。她踮起脚尖拿到盒子,用小小的指尖轻轻摩挲盒子上的镀金花体字。我便想到小孩子自己可以有一个盒子,其实很重要。你需要有盒子装自己的宝贝——最爱的玩具、最漂亮的一截蕾丝、收到的第一件珠宝。或者是——母亲的照片。

“它好……漂亮啊。”凯轻轻说了一句,惊叹的一句。

“你要的话可以留着,看你在不在乎上面的字是‘乔的妙点子’,不是‘凯的妙点子’。里面有一些纸是我要读的,但我可以放到别的地方去。”

她抬头看我,想看我是不是在开玩笑,但我没开她玩笑。

“我要。”她还是用她轻柔、惊叹的口气回答。

我把盒子从她手里拿过来,取出里面的速记簿、纸条、剪报,再交还给她。她马上把盖子拿起来再盖上,练习一番。

“你猜我要放什么?”她说。

“你的宝藏?”

“对!”她说,脸上闪过一丝笑,“乔是谁啊,迈克? 我认识她吗? 我认识,对不对? 她是批箱里的人。”

“她——”我心里忽然闪过一件事,马上翻了一下泛黄的剪报。没有。我原以为是被我不小心掉在哪里了,但转眼又看到我要找的东西夹在一本速记簿中间,露出一角。我把它抽出来递给凯。

“这是什么?”

“底片。你倒过来拿。”

她听了照做,看了好一阵子,看得入迷。模糊得像幽幽的梦影,我看到了我的妻在凯的手中,我的妻站在我们的浮台上面,穿着她的两截式泳衣。

“这是乔。”我说。

“她好漂亮啊。她的盒子可以让我装东西,我好高兴。”

“我也很高兴,凯。”我亲一下她的头顶。

里奇韦克警长来敲门的时候,我原想我去应门的时候还是放聪明一点,举起双手,因为他看上去神经紧绷。结果一句随口讲的简单问句就缓和了情势。

“警长,艾伦·潘伯恩这几天到哪里去了?”

“新罕布什尔州。”里奇韦克回答时，手上的枪压低了一点（一两分钟后，他干脆把枪收进枪套里，而且好像没注意自己收枪了）。“他和波莉都还不错，波莉的关节炎不算。挺严重的吧，我想，但她还是过得不错。人啊，只要偶尔过得不错就能长命百岁，我就是这么想的。努南先生，我有很多问题要问你，你知道吧？”

“知道。”

“第一个问题，也是最重要的问题：那孩子在你这里吧？我是说凯拉·德沃尔。”

“对。”

“她在哪里？”

“我带你去看。”

我们走进北厢走廊，站在卧室门口朝里面看。凯盖着羽绒被，被子拉到下巴，睡得正沉。玩具小狗被她紧紧揪在一只手里——只看得到她这只手的一头露出小狗脏脏的尾巴，另一头露出小狗的鼻子。我们在门口站了好一会儿，都没说话，只是静静看着她在夏日傍晚的幽光中沉睡。树林里已经没有树木再倒下来了，不过，风还在吹，在“莎拉笑”的屋檐回荡，像千回百转的古代幽歌。

后　记

圣诞节下过雪——客气的六英寸白粉，衬得在桑福德的大街小巷报佳音的队伍很像《美好人生》①里的人物。我已经去看过凯拉第三次了，时间是二十六日凌晨一点四十五分，那时雪已经停了。很晚才升空的月亮饱满但苍白，挂在松松一团毛絮般的云影中朝大地偷窥。

我还是和弗兰克一起过圣诞，也同样又是最后才睡的两个人。几个孩子，包括凯在内，都已经睡得吵不醒。年度盛餐加礼物的狂欢，把他们累趴了。弗兰克的苏格兰威士忌已经喝到第三杯——我想他只要喝起苏格兰威士忌，就非三杯不欢——但我第一杯的顶都还没喝完呢。我想若不是凯在的话，我也很可能牛饮一番。我可以接她过来的那一天，通常最多只喝一杯啤酒。这次可以一连接她过来住三天……唉，这又算什么，若连圣诞节都不能跟自己孩子好好过，那还过个什么圣诞节？

"你还好吧？"我坐下来再拿起酒杯小啜一口表示一下时，弗兰克问我。

我对着他咧一下嘴。不问她还好吧而是问你还好吧。嗯，的确从来没听人说弗兰克这人不机灵的。

"你真该看看十月社会局的人让我带她过周末时的样子。我少说去看过她十几遍，自己才上床睡觉……然后还要再看。一直看。一直起来去门边，听她有没有在呼吸。礼拜五晚上我就连眯一下眼睛都没有，礼拜六可能睡了三个小时吧。所以你看，我已经进步很多了。可是你若把我

---

① 《美好人生》(*It's a Wonderful Life*)，一九四七年由詹姆斯·斯图亚特(James Stewat, 1908—1997)主演的黑白片，故事发生在圣诞节，主人公因为有天使相助而重拾美好人生。中文片名也作《风云人物》。

跟你说的说出去一个字——他们若听说我那天在暴风雨打坏发电机前，先放了一浴缸的水——我领养她的机会就飞了。到时候，就算我要去参加她的高中毕业典礼，可能都要填厚厚的三联单才行。”

我原来也不想跟弗兰克说浴缸的事的，只是我一说起来就一发不可收拾。我想，我若不找个人说明白，就没办法继续过日子了。等时候到了，约翰·斯托罗大概也会是我自白大会的听众。只是，除了我们现在处理的事情之外，约翰啥也不想提起。我们现在处理的事，就是凯拉·伊丽莎白·德沃尔。

“我一定守口如瓶，你别担心。领养大战打得怎么样了？”

“很慢。我开始恨缅因州的司法系统了，还有社会局。你把在这些机构里做事的人拆开来一个个看，都是好人啊，但放在一起……”

“就很坏了，啊？”

“有的时候我都觉得自己很像《荒凉山庄》[1]里的人了。狄更斯在小说里写道，进了法院，除了律师谁都是输家。约翰跟我说要有耐心，往好处想，我们已经大有进展，因为依我的条件，我——没有娶妻的中年白人男子——是最不能托付的人。可是凯在玛蒂死后已经待过两户寄养家庭了，而且——”

“她在附近的城镇就没有一个亲人了么？”

“玛蒂有一个阿姨。玛蒂还活着的时候，她就不想和凯沾上关系了，现在更是缺乏兴趣。尤其是——”

“——凯不会有钱了。”

“对。”

“那个叫惠特莫尔的女人口中的德沃尔的遗嘱都是骗人的。”

“当然。他把钱全都留给一家基金会，好像是要推动全球电脑素养什么的。我没有要骂尽全天下玩数字的人的意思，但还真想不出来有比这更冷酷的慈善义举的。”

“约翰现在怎么样了？”

“他恢复得还不错，但右手是永远没办法再像以前那么好用了。他差

---

① 《荒凉山庄》(*Bleak House*)，英国文豪狄更斯(Charles Dickens)讽刺英国司法体系的小说。

一点就因失血过多死掉。”

虽然弗兰克已经喝到他的第三杯威士忌了，但还是有办法把我从凯监护权的纠葛里拉出来一下，真有他的。我也乐意随他带着走。想到社会局把小孩子像没人要的玩具一样扔进寄养家庭，凯没日没夜地就是这样过日子，我就受不了。凯在那样的地方根本算不上在过日子，她只是人待在那里，整天没精打采，苍白无神，像养在笼子里不愁吃穿的小白兔。每一次看到我的车远远开进来，她才会活起来，挥着小手跳上跳下，像史努比站在它的狗屋上面一样。我们十月过的那次周末就很快乐（只是她一睡觉，我就没办法不半小时去看她一次），圣诞节就更开心了。她坚持要跟着我，在法庭上是一大助力……只是，司法的巨轮还是转得太慢了。

可能开春就好了，迈克，约翰跟我说过。他已经不是以前的约翰了，现在的他苍白又严肃。先前那个不知天高地厚的毛躁小子，急着要跟有钱大老爷麦克斯韦尔·德沃尔正面对着干的小子，已经不复存在。约翰在七月二十一日那天，学到了一点生死有命的功课，也一瞥世间愚昧残酷的真相。这个学会用左手而非右手跟人握手的人，已经不再会讲什么不喝到吐誓不罢休的话。他正在和费城的一个女孩交往，他母亲朋友的女儿。我不知道这是认真的还是怎样，凯的“约翰叔叔”对他这部分的生活口风很紧，但是，像他这样的人会愿意跟母亲朋友的女儿交往，通常都是认真的。

可能开春就好了吧。那年的晚秋到初冬，这几个字像他的口头禅。我有什么没做对吗？我问过他一次——感恩节刚过、又再受挫的时候我问他。

你没做错什么，他回答我，单亲的领养程序向来就比较慢，尤其是申请领养的人还是男人，更慢。那次说到这里时，约翰做了个难看的小手势，伸出他左手的中指在他握得松松的右手掌心里戳过来、戳过去。

这根本就是明摆着的性别歧视，约翰。

没错，但通常不是没有道理。你要怪就怪那些把小孩子的裤子脱下来的变态吧。你要怪就怪官僚习气吧。唉呀，你要怪连宇宙射线也可以怪。程序本来就很慢，但你到最后还是会赢的。你身家清白，还有凯拉一见到法官，一见到社工，就一直念叨“我要跟迈克住！”你也有一点钱撑得住他们折腾，不管他们要你填多少表格……但最重要的是，兄弟啊，你有我。

我有的不止是他——我还有那天我在步道上暂停一下喘口气时，凯在我耳边说的悄悄话。这话我一直没跟约翰说过，它也是我一直没跟弗兰克提的一两件事之一。

玛蒂说我现在是你的小东西了，凯在我耳边低低说道，玛蒂说你会照顾我的。

我很努力——在社会局那群死蜗牛肯让我陪她的时间里，我很努力——但等待实在辛苦。

弗兰克又拿起他的威士忌，朝我这边歪了歪，我对他摇了摇头。凯一心要堆雪人，所以我一定要准备好一大早被白雪上的阳光一晒不会头昏眼花。

“弗兰克，这些事你相信多少？”

他再替自己倒一杯酒，坐着不动，低头看着桌面沉思。等他再抬起头来的时候，脸上浮起了笑。那笑好像乔，看得我心碎。而他开口讲话时，还把他平常不算明显的爱尔兰英语土腔弄得怪腔怪调。

“信啊，我不就是个半醉的爱尔兰老乡，才在圣诞节的晚上听完鬼故事山大王讲的故事吗？”他说，“我全都信，你饭桶啊。”

我笑了，他也笑了。从鼻子里哼哼笑，半夜还不睡觉的人常就这样子笑，可能略有一点醉，但不想吵醒一屋子的人。

“你少来——真的，你相信多少？”

“全都相信，”他又说一次，土腔收起来了，“因为乔相信，也因为她。”他把头朝楼梯的方向点了一下，让我知道他说的她是指谁。“她跟我见过的小女孩全都不一样。她很可爱，但她那两只眼睛很不一样。起初我以为是因为妈妈惨死的关系，但不是。不止这样，对不对？”

“对。”我说。

“你也一样。你们两个身上都有。”

我想起我要把碱水倒进烂掉的帆布袋里的时候，乔拼命阻挡那个咆哮的东西。外灵，她叫那东西外灵。那时我没办法好好看它一下，说不定这样也好。说不定这样最好。

“迈克？”弗兰克的样子有一点担心，“你在发抖。”

“我没事，”我说，“真的没事。”

“那屋子现在怎样了?”他问我。我还住在“莎拉笑”里面。我一直拖到十一月初,才把德里的房子放到房市里出售。

“安静。”

“全都静下来了?”

我点点头,但事实并非完全如此。我有一两次睡到一半醒来,有玛蒂生前提过的那种感觉——有人在床上跟我一起,但不是危险的那一种。有一两次我还闻到(或以为我闻到)“红”香水的味道。有的时候,甚至空气里没一丝风的时候,本特的铃铛也会轻轻响个几声。好像有东西很寂寞,来打一声招呼。

弗兰克朝钟看过去,再看回我这边,表情有一点抱歉:“我还有几个问题——可以吗?”

“若连送礼日都熬不到凌晨,我就完啦,”我说,“你说吧。”

“你是怎么跟警方说的?”

“不用说多少。富特曼说的就够他们用了——还超过诺里斯·里奇韦克可以用的。富特曼说他和奥斯古德——开车的是奥斯古德,就是德沃尔那做房地产中介的喽啰——会开车去乱枪扫射是因为德沃尔威胁他们若不听话会很惨。州警局也在德沃尔在沃林顿的东西里面找到一份电汇单据。两百万,汇进开曼群岛的一个账户。单据上的名字写的是兰道夫·富特曼,兰道夫是乔治的中间名。这位富特曼先生现在已经在肖申克州立监狱住套房了。”

“罗杰特呢?”

“嗯,惠特莫尔是她母亲婚前的姓氏,但我想,若说罗杰特的心全在她父亲身上应该不会错。她得了白血病,一九九六年查出来的。她那年纪得了这种病——顺便说一句,她死的时候只有五十七岁——每三个有两个是没救的。但她那时正在做化疗,才会有假发的事。”

“她为什么要弄死凯拉?这我不懂。你把莎拉·蒂德韦尔的骨头都融化掉了,破除了她在人世作怪的灵力,那她的诅咒……你干吗那样看我?”

“你若见过德沃尔就会懂,”我说,“他这人可是要往西边到阳光灿烂的加州去之前,先放一把火把TR都烧光了的。我抓下罗杰特的假发时想到过他,还以为他们两个互换了身份。但我马上就想到了,是她没错,是罗杰特，只是头发掉光了。”

“你想得没错，化疗的关系。”

“但也不算对。弗兰克，对于鬼啊，我现在懂得比较多了。最重要的说不定是你最先看到的，最先想到的……通常都不会错。那天的确是他，是德沃尔。我敢说，他终究还是回来了。那整件事终究不是因为莎拉，对他来说不是。甚至不是因为凯拉。说到底，他为的是斯库特・拉里布的雪橇。”

我们两个都没说话。有那么一下子，静得我好像都听到了房子在呼吸的声音。你听得到的，你也知道，真注意听的话。这也是我现在多懂了一点的事。

“妈啊。”他终于开口说了一句。

“我不觉得德沃尔从加州回东部来是要杀她，”我说，“这绝不是他一开始的计划。”

“那他一开始的计划是什么？来认识他的小孙女？修补关系？”

“当然不是。你没听懂他是怎样的人。”

“那就点化点化我吧。”

“人面兽心的妖怪。他回东部来是要买她的，但玛蒂不肯卖。后来莎拉附在他身上，他就开始计划要凯的命了。我猜莎拉大概没想到会找到这么愿意配合的工具。”

“她前前后后到底害死了多少人？”弗兰克问我。

“我不确定，也不想去算。从乔的笔记和剪报来看，我敢说应该还有另外四个……借刀杀人，可以这么说吧……从一九〇一年到一九九八年。都是小孩子，名字都以 K 开头，都和害死她的人有很近的血缘关系。”

“我的天哪！”

“我不觉得老天爷在管这件事……是她要他们杀人偿命。”

“你替她难过，对不对？”

“对。她若敢伸一根手指头去碰凯，我一定把她撕成两半，但我也真的替她难过。她被轮奸、被杀害。她躺在地上命在旦夕的时候，她的孩子被人淹死在湖里。我的天，你会不替她难过吗？”

“我想会吧。迈克，你知道另一个死掉的男孩是谁吗？那个半夜在哭的孩子？他是那个因败血症死掉的孩子吗？”

“乔的笔记记的大部分就是这件事——她就是从这件事开始查的。罗伊斯·梅里尔对这件事很熟。半夜哭泣的孩子叫小瑞格·蒂德韦尔。你要知道，一九〇一年九月的时候，红顶小子在城堡郡做最后的演出时，TR几乎每个人都知道莎拉和她的儿子被杀了，也几乎每个人对谁做了这件事都心里有数。

“瑞格·蒂德韦尔那年八月花了许多时间追着城堡郡的警长跑，那警长叫尼赫迈亚·班纳曼。一开始是要找到活人——蒂德韦尔要警长发动搜寻——后来就改成要找尸体，再后来就变成要找杀人凶手……因为他一相信他们死了后，就知道一定是遇害死的。

“班纳曼一开始也挺同情他们的。镇上的人一开始好像每个人都挺同情他们。红顶小子他们待在TR的那阵子，镇上的人对他们都很好——贾里德最气的就是这一点——所以，我想桑尼·蒂德韦尔会犯下致命错误也就情有可原了。”

“什么致命错误？”

唉呀，他把火星当天堂。我在心里说，TR在他们看来一定就像天堂，直到那天莎拉和基托出去散步，小男孩提着他的铁桶，以后就再也没有回来。他们本以为终于找到了一处地方，可以让他们安心当黑人又可以自由呼吸的地方。

“他以为出事时，人们也会拿对待别人的方式来对他们，因为没出事时人们是拿对待别人的方式对他们的。可事实上，整个TR都团结起来，一致对外。知道贾里德和他那帮喽啰干了什么好事的人，没人会觉得那种行为可以原谅，但碰到要定输赢的时候……”

“你就会保护自己人了，要清理门户也要关起门来不让外人看。”弗兰克咕哝一句，把杯子里的酒喝光。

“对。等红顶小子在城堡郡游园会演出时，他们在湖边的小社区已经开始崩溃——这都是从乔的笔记里看来的，你知道吧，镇上的地方志没提一个字。

“到了劳动节时，主动的骚扰已经开始了——罗伊斯跟乔说的。一天比一天糟，一天比一天吓人，但桑尼·蒂德韦尔硬是不肯走，没查出来他妹妹和外甥出了什么事他不肯走。就算乐队其他的人朝比较友善的地方去了以后，他还是带着自家的血亲留在原地不走。

“后来，就有人设下陷阱。林子里有一块空地，就是现在叫做蒂德韦尔草地的东边约一英里的地方。空地中央有一株很大的桦树。乔的工作室里有一张照片。这群黑人在地方上的教堂不欢迎他们之后，就改在这里做他们自己的礼拜。那孩子——小瑞格——常去那里祷告或是安静地坐着沉思。镇上很多人都知道他有这习惯，有人就在林子里那孩子习惯走的小路上安了脚踏陷阱，上面盖着落叶和松针作掩饰。”

“天哪。”弗兰克轻呼一声，口气很难过。

“也可能不是贾里德·德沃尔或他的伐木班子放的——杀过人后，他们再也不想跟莎拉和桑尼他们那帮人有任何牵扯，都离他们远远的。那挖陷阱的人甚至说不定连他们的朋友也不是。那时候，他们也没几个朋友。但这并不能改变那个讨厌的事实，即湖边的那群人非要出来，挖些最好别碰的事，也不准别人不回答。所以才有人设下了陷阱。我不觉得那人有意要置人死地，但害他残废？看他少掉一只脚，后半辈子都要撑拐杖过日子？我想他们是存心要这样子。

“不管怎样，陷阱有用。那孩子踩到了陷阱……而他家里人有好一阵子找不到他。一定痛得很惨，那孩子之后就感染败血症，死了。桑尼就是在这时候放弃了。他还有别的孩子要照顾，还跟着他耗在这里的人就更别提了。所以，他们收拾衣物、吉他，走了。乔追踪到一些他们的后代，在北卡罗来纳。他们的后代还有很多都住在那里。一九三三年的大火，就是麦克斯韦尔·德沃尔年轻时烧的野火，把蒂德韦尔他们的小屋都烧光了。”

“我不懂莎拉和她儿子的尸体为什么一直没有人找到，”弗兰克说，“我懂你闻到的——就是那腐尸的味道——不是真的在那里，但你看那时候……你叫做大街的那条路若真的那么多人走的话……”

“德沃尔他们并没有把她们母子埋在我找到的地方，一开始没有。他们一开始应该只是把尸体朝树林子里面拖——可能就拖到现在‘莎拉笑’的北厢那里吧。他们先用树枝把尸体盖起来，那天晚上再回去处理。一定得在同一天，否则留得久了准会引来林子里的食腐动物。那天晚上，他们把尸体卷在帆布袋里拖到别的地方埋了。乔不知道确切的地点，但我猜应该是鲍伊岭，他们夏天多半在那里伐木。唉，鲍伊岭到现在都还是没什么人去的地方。他们把尸体拖到别的地方，说是那里应该没错。”

“那是怎么……为什么……”

“不是只有德雷珀·芬尼被自己做过的事情缠着不放，弗兰克——他们每一个都是。名副其实的阴魂不散。贾里德·德沃尔可能例外吧，我想。他事后又活了十年，而且看来是活得好好的。可是，其他的年轻人就开始做噩梦了，他们酗酒，打架，吵架……有谁敢提起红顶小子，马上就像刺猬般全身竖起了刺……”

“搞不好弄得自己像头上戴了帽子，写着‘活该挨踢，我们有罪’。”弗兰克说。

“对。就算 TR 的人全都用冷眼对待来处罚他们，也于事无补。后来芬尼死在采石场里面——我想是在采石场自杀的——贾里德的这一帮子就想到了一个主意。说是灵机一动吧，其实倒更像狗急跳墙。他们的想法是，若去把莎拉母子的尸体挖出来，拖回事发的地点重新埋了，就可以回复到以前，一切如常。”

“贾里德赞成这样子做吗？”

“从乔的笔记来看，那时他们已经不再靠近贾里德一步了。他们把那袋白骨重新埋了——没找贾里德·德沃尔——就埋在被我挖出来的地方。时间应该是一九〇二年的晚秋或是初冬吧，我想。”

“是她要回来的，对不对？我是说莎拉；回到那里，她才有办法对付他们。”

“也对付全镇的人，没错，乔也是这么想。所以，她才会在挖出一点事情后就再也不肯回‘莎拉笑’来了。尤其是她还发现自己可能怀孕之后。刚开始我们想要孩子时，我还说要给孩子取名叫凯娅，一定吓坏她了。我却一直没看出来。”

“莎拉是打算若德沃尔还没办好该办的事就挂了，那就改用你来弄死凯拉——毕竟他人那么老，健康状况又不好。乔则是赌你反而会救凯拉。这是你的想法，对吧？”

“对。”

“乔没看错。”

“但靠我一个人也不可能。从我那天晚上梦到莎拉唱歌开始，乔就一直跟在我身边，没离开过一步。莎拉也没办法要乔放手。”

“是的，乔从来不放弃，”弗兰克附和一句，用手擦擦一边的眼角，“你是怎么知道你那太姑婆的？那个嫁给奥斯特的？”

“布里奇特·努南·奥斯特，”我说，“布里奇，她的朋友都这么叫她。我问过我母亲，她指天画地说她什么也不知道，乔也从没问过她什么事。但我想她在骗我。当年这女孩准是家族里的不肖女——我从我提起这名字时我妈说话的口气就猜得出来。我不知道她是怎么遇见班顿·奥斯特的。搞不好是他有一天到布劳茨内克来看朋友，在烤蛤野餐时认识了布里奇特，就跟人家勾搭上了。很可能就是这样。这是一八八四年的事，那时候她十八岁，奥斯特二十三。两人就结婚了，闪电结婚那一种。哈利，就是那个出手把基托·蒂德韦尔淹死在水里的小子，六个月后就来报到了。”

“也就是说，出事时哈利还没满十七岁。”弗兰克说，“老天爷啊。”

“那时，他母亲已经信了教。他很怕他妈妈发现他们做的事后不知会怎么想他，这正是他会淹死基托的一部分原因。还有别的问题吗，弗兰克？我真的要睡着了。”

有一阵子他没吭声——我刚以为他没有要问的了，他就开始说：“还有两个，可以吗？”

“现在说不行也来不及了。什么问题？”

“那个你说过的鬼影子，外灵，我有一点担心。”

我没说话。我也担心。

“你想它会不会回来？”

“没有不回来的。”我说，“我无意说教，但外灵不都是会回到我们每个人身上来的么，对不对？因为我们每个人都是一袋袋白骨。而这外灵……弗兰克，这外灵要袋子里的东西。”

他想了想，一口咽下杯子里剩的威士忌。

“你还有一个问题？”

“对，”他说，“你又开始写作了吗？”

几分钟后我上楼，看过凯，刷过牙，再去看一次凯，然后才爬上床。从我躺的地方，可以从窗口看到天上惨白的月轮照在积雪上面。

你又开始写作了吗？

没有。除了写了一篇相当长的文章，记下我这夏天是怎么过的，准备日后给凯拉看，我什么也没写。我知道哈罗德很紧张，也知道没多久我就必须打电话给他，跟他说他已经猜到的事：这么多年来运转得一直很顺畅的机器终于停摆了。机器没坏——这部回忆录可以说是不到一眨眼或一口气的工夫就写出来了——但就是不动了。油箱不是没有油，火星塞不是不冒火星，电瓶不是没有电，但我的摇字琴就是呆呆地杵在脑子里闷不吭声。我替它套上防尘套。它一直惠我良多，你知道的，我可不想让它沾得都是灰。

这跟玛蒂的惨死有一部分关系。入秋后的某一天，我忽然想到，我先前至少在两本书里写过这类的惨事。通俗小说里面多的是这种故事。你有没有给自己设下过道德困境，结果弄得不知如何收拾？比如主人公迷上了年纪小他很多的女子？想要快刀斩断乱麻？那还不简单。“情节开始发臭的时候，把拿枪的人请出来吧。”雷蒙德·钱德勒不就说过了吗？差不多就这意思吧。

杀人是最下流的色情，杀人是把恣意妄为推到极致。我认为就算是想象的凶杀也应该严肃看待。这说不定就是先前这夏天我得到的领悟之一。可能就是玛蒂躺在我怀里挣扎的那时候吧；被打碎的头部鲜血直流，奄奄一息，眼睛已经看不见了，离世时嘴里还一直呼喊女儿的名字。想到我在小说里说不定就用过这类惨绝人寰的悲剧来解套，只教我自己作呕。

但我也有可能只是希望再等一等吧。

我记得我跟凯说过情书留着不好，那时我还有一句话想讲但没讲出来：它会回过头来蛊惑你。现在我还是身陷蛊惑……只是我不会主动蛊惑自己，当我合上我的梦之书时，完全是甘心情愿的。我想，我其实也可以朝那些梦倒一大瓶碱水，但我没伸手去碰。

我怎样也想不到会看见的事，我看过了；我怎样也想不到会感觉到的事，我感觉到了——更别提我先前感觉过、现在还感觉得到的，对那个安睡在走廊底的小女孩的感情。她现在是我的小东西，我是她的爸爸，这才重要。如今再也没别的事有这一半重要。

据说托马斯·哈代讲过，小说里写得最精彩的角色也不过是一袋白骨。他在写完《无名的裘德》之后，虽然正值才华鼎盛，却毅然封笔。后来他写了二十年的诗，有人问他为什么不写小说了，他说他搞不懂自己怎么居然会去沾小说这档子事这么久。回想起来还真蠢，他说，无聊。他的意思我懂，从现在到不知多久的将来，外灵想起了我这个人回头来找我时，我应该还找得到别的事做吧，比那些幽魂魅影更值得我去做的事。我说不定可以回“鬼屋”去，在墙后面敲铁链，但我没兴趣。我对恐怖故事已经没兴趣了，我喜欢想象玛蒂这样说梅尔维尔的《巴特比》。

我已经不再做记录员的工作了。现在啊，我才不要。

缅因州中洛威尔

一九九七年五月二十五日至一九九八年二月六日

致读者

我亲爱的书迷：

但愿《尸骨袋》害你至少一个晚上睡不着。不好意思，我这人就是这样。我自己就有一两天睡不着。打从我开始写这部小说起，要我到地下室去我就会紧张——就怕门会砰一声关起来，电灯啪一下熄灭，然后开始“咚咚咚”……只是，这对我来说起码也是写作的乐趣之一。你若觉得我这样很变态，嘿，别叫医生来。

我重回斯克里布纳出版社时，拿出了三部迥异的小说提案。第一部就是各位刚读完的这本（除非你是那种罕见的怪物，读书从书屁股开始），第二部是短篇小说集，第三部是回忆录加写作指南，叫做《写作这回事》（*On Writing*）。但我想这本写作指南学校里不会有人用，因为我写的时候玩得太凶，太高兴了。

我原以为短篇小说集是最简单的。它只比我的第一部短篇小说集《守夜》（*Night Shift*）略厚一点，但比第二部短篇小说集《迷雾》（*Skeleton Crew*）要薄一点。我手边有一堆很不错的故事，有几篇已经在小杂志上登过了，还有不少是从未问世的（只有《世事难料》〔“Everything's Eventual”〕和《黑衣男子》〔“The Man in the Black Suit”〕在大型杂志上登过）。我连书名都想好了：《一盏车灯》（*One Headlight*），跟“壁花乐队”（The Wallflowers）的一首歌借的。看起来很合适，写短篇小说若不像只靠一盏车灯摸黑回家，我还真不知道是什么。

只是，出事了。我想部分是因为和新的出版社、新的人合作，精神大振的缘故吧，但主要还是抓到了妙点子后就一路乘风破浪前进不止了。在写《尸骨袋》期间（在《尸骨袋》缓慢朝出版日蜿蜒前进期间，不时有书冒出来巴着我不放，我发现这跟疟疾发作没两样），我写了一部短篇，叫做

《亚特兰蒂斯之心》("Hearts in Atlantis")。算是我的小长篇之一吧,太长,不算短篇,但又太短,没有长篇小说的分量。我从开始写作以来,就一直被人骂写得未免长得讨厌(想想看《末日逼近》〔*The Stand*〕、《它》〔*It*〕、《绿魔》〔*The Tommyknockers*〕就好),这类半长不短的小说我写过十几篇,都暂时搁着,准备另外结集出书。这类"半长不短小说集"中的第一部叫做《肖申克的救赎》(*Different Seasons*),第二部叫做《午夜四点》(*Four Past Midnight*)。我很喜欢这两部小说集,里面的故事都是我的得意之作。不过,《尸骨袋》出书后,我就没计划再出这类小说集了,因为已经没故事了,柜子里是空的。

后来,我写了《亚特兰蒂斯之心》,结果它像一把钥匙,把耐心躲在我心底深处三十年,就等着有机会露脸的东西放了出来。我是在六十年代长大的人,在越战正炽的时候成长的人,从一开始写作就想把我成长的年代,我经历的时事,从《欢呼鱼》①到西贡沦陷到喇叭裤和迪斯科放客音乐没落,都写下来。总而言之,我想写我自己时代的事——哪个作家不是?只是觉得一旦写了,必定会弄得乱七八糟。很难想象我这是要怎么写,例如吧,写一篇故事里面的主角对着人比和平的手势,或是嘴上挂着"嘿!……帅哟!"

格特鲁德·斯泰因(Gertrude Stein)说过洛杉矶:"没有有的地方。"②我对六十年代的感觉也是这样,那年代是我这代人的意识真正成形的年代。我对六十年代之后的年头也是这种感觉,那年头我们尝过些许胜利,却也吞尽挫败的苦果。真要写美国第二次世界大战战后的第一代从"红莱德"空气步枪到军用卡宾枪到游乐园镭射枪,不如吞砖头还简单一点。而且,没错,我害怕。艾伦·金斯伯格(Allen Ginsberg)说过,"眼见我这一代出类拔萃的心灵腐烂败坏",我一样眼见我自己这一代顶尖的作家想写所谓的"婴儿潮"时代,却只拿出自作孽不可活加陈腔滥调作蕾丝边的作品来。

后来,我想到想太多对写作不好,很不好,所以我坐下来写《亚特兰蒂

① 《欢呼鱼》("Fish Cheer"),美国乐队 Country Joe and the Fish 一九六七年推出的反战歌曲,红极一时。

② There is no there there.

斯之心》的时候，并没想太多。我写作，不是要为一整个时代下注解。我只为了自己开心，而拿大学一年级时注意到的一件事来写。是不是要出版，我没有特别的规划，只是想我那几个孩子读了觉得好玩就行。结果，我就这样又找到了回来的路。我开始发现有方法可以让我写我们临到手又失去，写我们失去，写我们最后终于得到，又是怎么得到的，不带一丝说教。我讨厌故事说教，有人说这是“卖掉自己的天赋人权去换传道解惑”（可能是罗伯特·布洛克〔Robert Block〕讲的吧）。

写完《亚特兰蒂斯之心》后，我又回头写了一部长篇小说，这一部独立成书，叫做《卑鄙黄衣人》(*Low Men in Yellow Coats*)。另外一篇小说《盲眼威利》(“Blind Willie”)已经写好，只需要稍微调整一下，改成我当时在走的路线。第四篇也是新作，名为《我们怎么会在越南》(“Why We're in Viet Nam”)，它就像是完结篇，把我要说的话都作了总结。只不过即使是这样，我仍然有余事未了的感觉，所以我又写了最终篇，叫《夜色的天堂暗影一路沉落》(“Heavenly Shades of Night Are Falling”)。《亚特兰蒂斯之心》以鲍比·加菲尔德在康涅狄格州的哈维治开始，到了《夜色的天堂暗影一路沉落》，以四十年后鲍比在哈维治结束。最后的成果——尤其是最后加进来的这一段——就很像是一部小说而不是小说集了。但不管怎样，我都很满意。我想这里面的故事很吓人，很好玩，很悲伤，有时也能激发思考。你从来就没办法把自己要说的话全都说清楚，这是这一行最教人难过的地方……但有时，你倒还能抓得到汹涌翻搅的思绪，略有一点满足。十年前，我想都不敢想有办法驾驭这汹涌的思绪，想都不敢想能写得出来这样一本书。这本书若是按照写作大纲来写，就永远写不出来。借用六十年代的流行语说，你只能看着它水到渠成。

《亚特兰蒂斯之心》八月时会由斯克里布纳推出问世，各位十几岁的时候若正是面包鞋当红，也真有乐队给自己取名为“草莓闹钟”(Strawberry Alarm Clock)的话，那么这本小说应该可以让你回味起当年的你，当年的事，失去过什么，得到过什么。若你生得比较晚，那么《亚特兰蒂斯之心》也可以跟你说一说当年的我们，我们又是怎么变成现在这样的。期盼各位能够读读这本小说，和我分享读后的想法。还有……和平啊，兄弟！